Guy de Maupassant

Die Erbschaft und andere Novellen

Guy de Maupassant

Gesamtausgabe der Novellen und Romane
in zehn Taschenbüchern

Herausgegeben von Ernst Sander

Band I	Das Haus Tellier und andere Novellen (8560)
Band II	Madame Baptiste und andere Novellen (8561)
Band III	Miss Harriet und andere Novellen (8562)
Band IV	Die Erbschaft und andere Novellen (8563)
Band V	Yvette und andere Novellen (8564)
Band VI	Die kleine Roque und andere Novellen (8565)
Band VII	Die nutzlose Schönheit und andere Novellen (8566)
Band VIII	Ein Leben / Stark wie der Tod. Romane (8567)
Band IX	Bel Ami / Pierre und Jean. Romane (8568)
Band X	Mont-Oriol / Unser Herz. Romane (8569)

Guy de MAUPASSANT

GESAMTAUSGABE DER
NOVELLEN UND ROMANE

Die Erbschaft und andere Novellen

Goldmann Verlag

Nachdruck der Ausgabe München 1963

Aus dem Französischen von Irma Schauber und Ernst Sander

Made in Germany · 1. Auflage · 3/87

Umschlagentwurf: Design Team München, unter Verwendung
eines Fotos des Gemäldes »Frau mit schwarzer Boa«
von Henri de Toulouse-Lautrec (1892)
Satz: IBV Satz- und Datentechnik GmbH, Berlin
Druck: Presse-Druck Augsburg
Verlagsnummer: 8563
MV · Herstellung: Martin Strohkendl
ISBN 3-442-08563-2

Inhalt

Die Jahreszahlen geben das Jahr der französischen Erstveröffentlichung an. – Die Anmerkungen am Anfang der Novellen wurden vom Herausgeber Ernst Sander verfaßt. – Der Abdruck der Novellen »Ein Brief«, »Einsamkeit« und »Die Schwestern Rondoli« erfolgt mit Genehmigung des Marion von Schröder Verlages, Düsseldorf. Der Abdruck der Novelle »Der Schmuck« erfolgt mit Genehmigung des Verlages Philipp Reclam jr., Stuttgart.

Der erste Schnee

Französischer Titel: Première Neige
Erstdruck: Le Gaulois, 11. Dezember 1883

Der lange Promenadenweg La Croisette verläuft in einem flachen Bogen längs des blauen Wassers. Zur Rechten schiebt sich in der Ferne das Esterel-Gebirge ins Meer vor. Mit seinen zahlreichen spitzigen, bizarr geformten Gipfeln, einer anmutigen Südkulisse, begrenzt es den Blick und riegelt den Horizont ab.

Zur Linken schmiegen sich die Inseln Sainte-Marguerite und Saint-Honorat in die Flut und weisen ihre Rücken, auf denen Nadelgehölz wächst.

Und längs des weiten Golfes, längs der mächtigen Berge, die rings um Cannes gelagert sind, sieht das weiße Gewimmel der Villen aus, wie wenn sie sämtlich in der Sonne eingeschlafen wären. Schon aus der Ferne sind sie zu erkennen, die weißen Häuser, mit denen die Berghänge von oben bis unten gesprenkelt sind; in dem dunklen Grün wirken sie wie Schneeflecken.

Die dem Strand am nächsten gelegenen öffnen ihre schmiedeeisernen Gittertore nach der breiten Promenade hin, gegen die die Wellen geruhsam anlaufen. Das Wetter ist schön, die Luft milde. Den lauen Wintertag durchzieht kaum ein kühler Windhauch. Über die Gartenmauern hinweg lugen Apfelsinen- und Zitronenbäume mit einer Fülle goldener Früchte. Langsamen Schrittes gehen Damen über den Sand der Prunkstraße; sie plaudern mit Herren oder sehen Kindern zu, die mit Reifen spielen.

Gerade verläßt eine junge Dame ihr hübsches kleines Haus, dessen Tür unmittelbar auf die Croisette hinausgeht. Sie bleibt einen Augenblick stehen, überschaut die Spaziergänger, lächelt und geht müden Schrittes auf eine leere Bank zu, von der aus man das Meer zu sehen vermag. Der kurze Weg strengt sie an; sie setzt sich und atmet hastig. Ihr blasses Gesicht mutet an wie das einer Toten. Sie hüstelt und führt die durchsichtigen Finger an die Lippen, als wolle sie die schwächenden Hustenanfälle zurückhalten.

Sie blickt auf zum sonnenüberstrahlten, von Schwalben durchflitzten Himmel, zu den wunderlich geformten Gipfeln des Esterel in der Ferne und auf das blaue, ruhige, schöne Meer unmittelbar vor ihr. Abermals lächelt sie und flüstert vor sich hin: »Oh! Wie glücklich ich doch bin!«

Dennoch weiß sie, daß sie sterben muß, daß sie schwerlich noch den Frühling erleben wird, daß übers Jahr dieselben Leute über diese selbe Promenade gehen, wie sie jetzt an ihr vorüberschlendern, daß sie die laue Luft dieses milden Landstrichs atmen werden, mit ihren Kindern, die dann schon ein wenig größer geworden sind, im Herzen Hoffnung, Liebe und Glück, während das, was von ihrem armen Leib heute noch übrig ist, in einem Eichensarge vermodert und das Seidenkleid, das sie sich als Totengewand bestimmt hat, nur noch ihre Knochen einhüllt.

Dann ist sie nicht mehr. Das Leben wird für die andern auch weiterhin fortdauern. Für sie jedoch ist alles aus, für immer und ewig. Sie ist nicht mehr. Sie lächelt; sie atmet so tief, wie sie es mit ihren kranken Lungen vermag, den weichen Duft der Gärten.

Und sie versinkt in träumerisches Sinnen.

Erinnerungen steigen auf. Vor vier Jahren ist sie mit einem normannischen Edelmann verheiratet worden. Er war ein hochgewachsener, bärtiger Mann, gebräunt, mit breiten Schultern, kurzem Verstand und immer froher Laune.

Sie waren aus finanziellen Gründen zusammengegeben worden, von denen sie nicht das mindeste wußte. Nur zu gern hätte sie »nein« gesagt. Doch sie hatte ein »Ja« genickt, um dem Vater und der Mutter zu Willen zu sein. Sie war Pariserin, heiter und lebensfroh.

Ihr Mann brachte sie auf sein normannisches Schloß. Es war ein weitläufiges Gebäude aus Haustein, umstanden von mächtigen, sehr alten Bäumen. Eine hohe Fichtengruppe wehrte von der Front aus dem Blick. Zur Rechten gewährte eine Lücke die Aussicht über die Ebene, die sich nackt und kahl bis zu den fernen Bauernhöfen erstreckte. Vor dem Tor führte ein schmaler

Fahrweg vorüber, als einzige Verbindung mit der großen, etwa drei Kilometer entfernten Landstraße.

Oh, sie erinnert sich an alles: an ihre Ankunft, an ihren ersten langen Tag in der neuen Wohnung, an das abgeschiedene Leben, das sie in der Folgezeit dort geführt hat.

Als sie aus dem Wagen gestiegen ist, hat sie das alte Gebäude angeschaut und lachend erklärt: »Lustig ist es nicht gerade!«

Ihr Mann hat ebenfalls gelacht und geantwortet: »Ach was! Es lebt sich gut darin. Du wirst schon sehen. Ich wenigstens habe mich hier noch nie gelangweilt.«

Diesen ganzen ersten Tag hatten sie sich umarmt und geküßt, und das war ihr nicht eben langweilig vorgekommen. Am nächsten Tag hatte das gleiche Spiel begonnen, und so war die ganze erste Woche in Zärtlichkeiten hingeschwunden.

Dann hatte sie sich damit beschäftigt, das Hausinnere herzurichten und umzugestalten. Das dauerte einen guten Monat. Ein Tag nach dem andern wurde mit nichtigen Beschäftigungen hingebracht, die sie dennoch völlig beanspruchten. Sie lernte den Wert und die Wichtigkeit der kleinen Dinge im Leben kennen. Sie machte die Erfahrung, daß man sich für den Preis der Eier interessieren könne, die je nach der Jahreszeit ein wenig teurer oder billiger wurden.

Es war Sommer. Sie ging auf die Felder hinaus und sah der Ernte zu. Die Heiterkeit des Sonnenscheins gesellte sich derjenigen ihres Herzens zu.

Es wurde Herbst. Ihr Mann fing an, auf die Jagd zu gehen. Frühmorgens brach er mit seinen Hunden Médor und Mirza auf. Dann blieb sie allein, ohne übrigens über Henrys Fernsein allzu traurig zu sein. Indessen hatte sie ihn recht gern, aber er fehlte ihr nicht. Wenn er heimkam, beanspruchten vor allem die Hunde ihre Zärtlichkeit. Allabendlich sorgte sie mit geradezu mütterlicher Liebe für sie, streichelte sie immerfort und gab ihnen tausend reizende Kosenamen, mit denen ihren Mann zu benennen ihr nie in den Sinn gekommen wäre.

Er erzählte ihr auf immer die gleiche Weise von seinen Jagderlebnissen. Er beschrieb ihr die Orte, wo er Rebhühner aufgestöbert hatte; er gab seiner Verwunderung Ausdruck, daß in Joseph

Ledentus Klee sich kein Hase gezeigt habe, oder er schien voller Unwillen, daß Monsieur Lechapelier aus Le Havre stets an der Grenze seines Reviers herumstreiche, um das Wild abzuschießen, das er, Henry de Parville, ausgemacht habe.

Sie antwortete: »Ja, wirklich, das ist nicht nett von ihm« und dachte dabei an andere Dinge.

Es wurde Winter, ein kalter, regnerischer normannischer Winter. Endlose Regenschauer prasselten auf die Schieferplatten des mächtigen steilen Daches, das sich wie eine Klinge zum Himmel hob. Die Wege verwandelten sich in Schmutzbäche, das Land wurde zum Morast; kein Geräusch als das des niederrauschenden Wassers war vernehmlich, keine Bewegung wahrzunehmen als der wirbelnde Flug der Krähen, die wolkenhaft aufstoben, sich auf ein Feld niederließen und dann abermals fortflogen.

Gegen vier Uhr nachmittags kam das Heer der düsteren Vögel und ließ sich in den großen Buchen nieder, die links vom Schloß standen; dabei stießen sie mißtönende Schreie aus. Fast eine Stunde lang flatterten sie von Wipfel zu Wipfel, schienen sich zu zanken, krächzten und vollführten in dem grauen Gezweig ein schwarzes Hinundher.

Sie sah jeden Abend zu ihnen hin, schweren Herzens, und es überkam sie die düstere Schwermut der Nacht, die über das öde Land sank.

Dann klingelte sie nach der Lampe und rückte näher an das Feuer heran. Sie verbrannte große Holzscheite, ohne daß es ihr gelang, die riesengroßen, feuchten Zimmer zu erwärmen. Es fror sie den ganzen Tag, überall, im Salon, bei den Mahlzeiten, in ihrem Schlafzimmer. Es fror sie durch Mark und Bein, wie sie meinte. Ihr Mann kam erst zum Abendessen heim, denn er war immerfort auf der Jagd, oder er befaßte sich mit dem Saatgut, der Feldarbeit, mit allem, was es auf dem Gut zu tun gab.

Er kam guter Dinge und schmutzig heim, rieb sich die Hände und erklärte: »Tolles Wetter!« Oder auch: »Fein, jetzt ans Feuer zu rücken!« Manchmal fragte er: »Na, wie geht es uns denn heute? Sind wir zufrieden?«

Er war glücklich, wohlauf, wunschlos und ersehnte nichts, was über dieses einfache, gesunde, ruhige Leben hinausgegangen wäre.

Anfang Dezember, als es zu schneien begann, litt sie dermaßen unter der eisigen Luft im Schloß, dem alten Schloß, das im Lauf der Jahrhunderte immer kälter geworden zu sein schien, gerade wie die Menschen es im Lauf der Jahre werden, daß sie eines Abends ihren Mann bat: »Sag, Henry, könntest du hier nicht eine Heizung einbauen lassen? Dann würden die Wände trockener werden. Mir wird den ganzen Tag lang nicht richtig warm.«

Zunächst stand er sprachlos ob des absonderlichen Gedankens, daß in sein Herrenhaus eine Heizung eingebaut werden solle. Es wäre ihm weit natürlicher erschienen, wenn die Hunde vom Silbergeschirr hätten fressen sollen. Dann stimmte er mit der ganzen Kraft seiner breiten Brust ein ungeheures Gelächter an und sagte immer wieder: »Eine Heizung! Eine Heizung! Hahaha! Welch ein Spaß!«

Sie beharrte darauf: »Glaub mir nur: Man gefriert hier zu Eis! Du merkst es nicht, weil du immer in Bewegung bist; aber man gefriert zu Eis.«

Er antwortete, wobei er noch immer lachte: »Schluß damit! Man gewöhnt sich daran, überdies ist es gut für die Gesundheit. Paß nur auf, es bekommt dir vortrefflich. Wir sind doch keine Pariser, zum Donnerwetter! Wir hocken doch nicht hinterm Ofen! Außerdem ist es bald Frühling.«

Anfang Januar widerfuhr ihr ein großes Unglück. Ihre Eltern kamen durch einen Wagenunfall ums Leben. Sie fuhr zum Begräbnis nach Paris. Und während des nächsten halben Jahres hatte nichts als die Trauer in ihrer Seele Raum.

Die Milde der schönen Jahreszeit brachte sie schließlich wieder zu sich, und bis zum Herbst lebte sie in einer wehmütigen Gedankenlosigkeit.

Als die Kälte wieder einzusetzen begann, stand die Zukunft zum ersten Mal düster vor ihr. Was würde ihr fortan zuteil werden? Nichts. Welche Erwartung, welche Hoffnung vermochten ihr Herz zu beleben? Keine einzige. Ein Arzt, der befragt worden war, hatte erklärt, sie werde niemals Kinder bekommen.

Noch bitterer, noch grausamer als im vergangenen Jahr litt sie unablässig unter der Kälte. Sie hielt ihre zitternden Hände über die großen Kaminflammen. Das lodernde Feuer brannte auf ihrem Gesicht; über ihren Rücken jedoch, zwischen dem Fleisch und dem Kleiderstoff hindurch, schienen eisige Schauer zu gleiten. Sie bebte vom Kopf bis zu den Füßen. Unzählige Zugwinde schienen sich in den Zimmern eingenistet zu haben, es zog schneidend, auf eine verschlagene Weise; es war wie der Ansturm einer Schaur erbitterter Feinde. Immerfort war sie ihnen ausgesetzt; unaufhörlich bliesen sie sie an; bald auf den Händen, bald auf dem Hals spürte sie ihren eisigen, heimtückischen Atem.

Abermals erwähnte sie die Heizung; aber ihr Mann hörte sich das an, als habe sie ihn um den Mond gebeten. Der Einbau einer solchen Vorrichtung auf Parville kam ihm ebenso unmöglich vor wie die Entdeckung des Steins der Weisen.

Als er eines Tages geschäftlich in Rouen gewesen war, brachte er seiner Frau einen niedlichen kupfernen Fußwärmer mit, den er lachend eine »tragbare Heizung« nannte; und er meinte, das reiche völlig hin, um sie fortan vor jeder Kälteempfindung zu schützen.

Ende Dezember wurde ihr deutlich, daß sie dieses Leben nicht länger ertragen könne, und eines Abends beim Essen fragte sie schüchtern: »Sag mal, mein Lieber, könnten wir nicht für eine oder zwei Wochen nach Paris reisen, ehe es Frühling wird?«

Er war verblüfft: »Nach Paris? Nach Paris? Aber warum denn? Ach, was soll das nur? Hier zu Hause haben wir es doch wunderschön! Auf was für komische Einfälle du manchmal kommst!«

Sie stammelte: »Aber das wäre doch mal eine kleine Abwechslung.«

Er begriff sie nicht: »Warum denn eine Abwechslung? Möchtest du Theater, Abendgesellschaften, Essen im Restaurant? Du hast doch ganz genau gewußt, als du hierher kamst, daß Abwechslungen solcher Art dich nicht erwarten!«

Aus diesen Worten und zumal aus dem Ton, in dem sie gesprochen wurden, hörte sie einen Vorwurf heraus. Sie schwieg. Sie war schüchtern und sanft, ohne Widerstand und ohne Willen.

Im Januar brach heftige Kälte ein. Dann bedeckte der Schnee die Erde.

Als sie eines Abends wieder die große, schwankend wirbelnde

Krähenwolke beobachtete, die die Bäume umflatterte, fing sie, ohne sich dagegen wehren zu können, zu weinen an.

Ihr Mann kam ins Zimmer. Ganz überrascht fragte er: »Was hast du denn?«

Er war glücklich, völlig glücklich, denn er hatte sich nie ein anderes Leben, andere Freuden gewünscht. Er war in diesem schwermütigen Land geboren und aufgewachsen. Er fühlte sich daheim leiblich und geistig wohl.

Er verstand nicht, daß man Verlangen nach Abwechslung tragen, daß man nach mannigfachen Freuden dürsten könne; er verstand nicht, daß es manchen Menschen als unnatürlich erscheint, während der vier Jahreszeiten an einem und demselben Ort zu bleiben; er schien gar nicht zu wissen, daß der Frühling, der Sommer, der Herbst und der Winter für sehr viele Menschen neue Freude in einer neuen Umgebung mit sich zu bringen vermögen.

Sie wußte nicht, was sie antworten sollte, und trocknete sich hastig die Augen. Schließlich stotterte sie, in sich verloren: »Ich habe... Ich... ich bin ein bißchen traurig... Ich langweile mich ein bißchen...« Doch sie erschrak, als sie das gesagt hatte, und sie fügte schnell hinzu: »Und dann... Mir ist... mir ist ein bißchen kalt.«

Bei diesen Worten fuhr er auf: »Ja natürlich... Wieder mal deine Idee mit der Heizung. Aber laß nur, zum Donnerwetter! Kein einziges Mal hast du dich erkältet, seit du hier bist.«

Die Nacht kam. Sie ging hinauf in ihr Zimmer, denn sie hatte es durchgesetzt, daß sie allein schlief. Sie ging zu Bett. Aber selbst im Bett fror sie. Sie dachte: So geht es nun immer weiter, immer, bis ich tot bin. Und sie dachte an ihren Mann. Wie hatte er nur sagen können: »Kein einziges Mal hast du dich erkältet, seit du hier bist.«

Sie mußte also krank werden, sie mußte husten, damit er einsah, daß sie leide. Es überkam sie ein Unwille, der verzweifelte Unwille der Schwachen, der Furchtsamen.

Einen Husten mußte sie bekommen. Dann würde er Mitleid mit ihr haben. Gut, dann würde sie eben einen Husten bekommen; er sollte sie schon husten hören; dann müßte der Arzt geholt werden; er sollte schon sehen, ihr Mann, er sollte schon sehen!

Mit bloßen Füßen war sie aufgestanden, und ein kindlicher Gedanke ließ sie lächeln: Ich will nun mal eine Heizung, und ich werde sie schon bekommen. Ich huste einfach so sehr, daß er sich schon entschließen muß, sie einbauen zu lassen.

Und beinahe nackt setzte sie sich auf einen Stuhl. Sie wartete eine Stunde, zwei Stunden. Sie klapperte mit den Zähnen, aber sie merkte nicht, daß sie sich erkältete. Da entschloß sie sich zur Anwendung stärkerer Mittel.

Geräuschlos verließ sie ihr Schlafzimmer, stieg die Treppe hinab und öffnete die Gartentür.

Die schneebedeckte Erde schien erstorben. Rasch streckte sie den nackten Fuß aus und tauchte ihn in den weichen, eisigen Schaum. Eine Kälteempfindung, die schmerzhaft wie eine Wunde war, stieg ihr bis ins Herz; aber sie streckte auch noch das andere Bein aus und begann, langsam die Stufen hinabzusteigen.

Dann schritt sie über das Rasenparterre, wobei sie sich sagte: »Bis zu den Tannen will ich gehen.«

Sie ging mit kleinen Schritten und atmete dabei schwer; jedesmal, wenn sie den nackten Fuß in den Schnee setzte, meinte sie, sie müsse ersticken.

Sie rührte mit der Hand an die erste Tanne, als wolle sie sich vergewissern, daß sie tatsächlich ihren Vorsatz durchgeführt habe; dann kehrte sie um. Ein paarmal meinte sie, sie werde umsinken, so schwindelig und schwach fühlte sie sich. Bevor sie jedoch wieder hineinging, setzte sie sich in den Schnee und nahm sogar eine Handvoll und rieb sich die Brust damit.

Dann ging sie ins Haus und legte sich ins Bett. Nach einer Stunde war ihr, als habe sie einen Ameisenhaufen in der Kehle. Andere Ameisen liefen ihr an allen Gliedern entlang. Dennoch schlief sie.

Am andern Morgen hustete sie und konnte nicht aufstehen.

Sie hatte eine Lungenentzündung. Im Fieber redete sie irre, und in ihren Delirien bat sie immerfort um eine Heizung. Der Arzt verlangte, daß eine eingebaut werde. Henry fügte sich darein, verwirrt und widerwillig.

Sie konnte nicht wieder gesund werden. Die schwer angegriffenen Lungen ließen für ihr Leben fürchten.

»Wenn sie hier bleibt, übersteht sie den Winter nicht«, sagte der Arzt.

Sie wurde nach dem Süden geschickt.

Sie ging nach Cannes, erlebte die Sonne, gewann das Meer lieb und atmete den Duft blühender Orangenbäume.

Im Frühling kehrte sie dann heim in den Norden.

Jetzt aber lebte sie in steter Furcht, gesund zu werden, in steter Furcht vor den langen normannischen Wintern; und sobald es ihr besser ging, machte sie nachts ihr Fenster auf und dachte dabei an die milden Gestade des Mittelmeers.

Nun muß sie sterben; sie weiß es. Sie ist glücklich.

Sie blättert in einer Zeitung, die sie noch nicht entfaltet hat, und liest die Überschrift: »Der erste Schnee in Paris.«

Da durchrieselt sie ein Schauer, und dann lächelt sie. Sie schaut nach dem Esterel hinüber, das die untergehende Sonne rosig überhaucht; sie schaut in den weiten, blauen, so blauen Himmel, über das weite, blaue, so blaue Meer, und steht auf.

Und langsamen Schrittes geht sie ins Haus; nur wenn sie husten muß, bleibt sie stehen; denn sie ist zu lange draußen geblieben, und ihr ist kalt geworden, ein bißchen kalt.

Sie findet einen Brief ihres Mannes. Sie öffnet ihn, wobei sie immerfort lächelt, und sie liest:

»Mein Liebes,

ich hoffe, daß es Dir gut geht und daß Du Dich nicht gar zu sehr nach unserm schönen Land sehnst. Seit ein paar Tagen haben wir herrlichen Frost, und der verheißt Schnee. Ich meinerseits schwärme für solch ein Wetter, und Du kannst mir glauben, daß ich mich hüte, Deine verfluchte Heizung anzustecken...«

Sie hört auf zu lesen; sie ist ganz glücklich über den Einfall mit der Heizung, den sie gehabt hat. Ihre rechte Hand, die den Brief hält, sinkt langsam auf ihre Knie, während sie die linke zum Mund führt, als wolle sie dem bösartigen Husten wehren, der ihr die Brust zerreißt.

Übertragen von Ernst Sander

Das Modell

Französischer Titel: Le Modèle
Erstdruck: Le Gaulois, 17. Dezember 1883

Gerundet wie die Sichel des zunehmenden Mondes ruhte die kleine Stadt Étretat mit ihrer weißen Steilküste, ihrem weißen Kiesstrand und ihrem blauen Meer unter der strahlenden Sonne eines Julimittags. An den beiden Spitzen des Halbmonds steckten die beiden Molen der Einfahrt, die kleine rechts ihren Zwerginnenfuß, die andere links ihr Kolossenbein in das stille Wasser; und der Leuchtturm, der fast so hoch wie die Steilklippen war, unten breit und oben dünn, reckte sein spitziges Haupt gen Himmel.

Am Strand, auf der ganzen Länge der Promenade, saß eine Schar von Leuten und schaute den Badenden zu. Eine weitere Schar saß auf der Casinoterrasse oder ging auf und ab; sie entbreitete unter dem lichterfüllten Himmel einen Garten von eleganten Kleidern, aus dem die roten und blauen, mit großen, darauf gestickten Seidenblumen, hervorleuchteten.

Am Ende der Terrasse schlenderten andere Leute, die Ruhigen, die Stillen, fern der herausgeputzten Menge langsamen Schrittes einher.

Ein junger Mann, ein bekannter, berühmter Maler, Jean Summer, schritt langsam neben einem kleinen Krankenwagen, in dem eine junge Frau ruhte, seine Frau. Ein Diener schob behutsam diese Art Rollstuhl, und die Gehbehinderte betrachtete traurigen Blicks sinnend den freudigen Himmel, die freudige Helle und die Freude der andern.

Die beiden sprachen kaum. Sie sahen einander nicht an.

»Laß uns ein bißchen anhalten«, sagte die junge Frau.

Sie hielten an; der Maler setzte sich auf einen ihm von dem Diener dargebotenen Faltstuhl.

Die hinter dem reglosen, stummen Paar Vorbeigehenden musterten es mit bekümmerter Miene. Eine wahre Legende über sein selbstloses Opfer war im Umlauf. Er habe sie trotz ihres Gebrechens geheiratet, hieß es, erschüttert ob ihrer Liebe.

Nicht weit davon plauderten zwei junge Herren; sie saßen auf einem Kabestan, einer Schiffswinde, den Blick in die Weite gerichtet.

»Nein, das stimmt nicht; du mußt bedenken, daß ich Jean Summer ziemlich gut kenne.«

»Ja, aber warum hat er sie dann geheiratet? Denn bei der Heirat war sie doch schon verkrüppelt, nicht wahr?«

»Freilich. Er hat sie geheiratet... Er hat sie geheiratet... großer Gott, wie man eben heiratet: aus Dummheit!«

»Und nun?«

»Und nun? Es gibt kein ›und nun?‹, mein Lieber. Man ist dumm, weil man eben dumm ist. Überdies weißt du ja, daß lächerliche Ehen eine Spezialität der Maler sind; fast alle heiraten sie Modelle, ehemalige Geliebte, mit einem Wort: Frauen, die in jeder Beziehung als ›angeknackst‹ zu gelten haben. Und warum? Wenn man das wüßte! Dem Anschein nach müßte der beständige Umgang mit der ›Modelle‹ genannten Gattung dummer Gänse ihnen für alle Zeit Ekel vor dieser Art von Weibwesen einflößen. Aber das ist durchaus nicht der Fall. Nachdem sie ihnen gestanden oder gesessen haben, heiraten sie sie. Lies doch das wahre, grausame und schöne kleine Buch ›Künstlerfrauen‹ von Alphonse Daudet.

Bei dem Paar, das du da drüben sitzen siehst, hat der Unfall sich auf eine ganz besonders schreckliche Weise ereignet. Die kleine Frau hat eine Komödie gespielt oder vielmehr ein Schauerdrama. Kurz und gut, sie hat alles aufs Spiel gesetzt. War sie ehrlich? Hat sie Jean geliebt? Wenn man das wüßte! Wer könnte je genau unterscheiden, was bei den Handlungen einer Frau momentane Verbitterung und was ehrlich und echt ist? Ehrlich und aufrichtig sind sie immer in der ewigen Veränderlichkeit ihrer Eindrücke. Sie sind aufbrausend, verbrecherisch, aufopfernd, bewundernswert und gemein und niedrig, nur um unfaßlichen Gefühlswallungen zu gehorchen. Sie lügen in einem fort, ohne es zu wollen, ohne es zu wissen, ohne es zu verstehen, und sie bekunden zudem eine absolute Freimütigkeit in sinnlichen und seelischen Empfindungen und bezeigen sie in jähen, unerwarteten, unbegreiflichen, wahnwitzigen Entschlüssen, die unsere Vernunftschlüsse, unsere gewohnten Erwägungen und alle unsere egoistischen Kombinationen über den Haufen werfen. Das Unvorhergesehene und Jähe ihrer Entschließungen ist die Ursache, daß sie für uns unlösbare Rätsel bleiben. Immerfort fragen wir uns: ›Meinen sie es ehrlich? Heucheln sie?‹

Nun, mein Lieber, sie sind zu gleicher Zeit ehrlich und falsch, weil es in ihrer Natur liegt, daß sie beides bis zum Übermaß und weder das eine noch das andere sind.

Bedenke die Mittel, deren sich die Anständigsten bedienen, um von uns zu erlangen, was sie wollen. Sie sind zugleich kompliziert und einfach, diese Mittel. So kompliziert, daß wir sie im voraus niemals durchschauen, und so einfach, daß wir, wenn wir darauf reingefallen sind, nicht umhin können, uns darüber zu wundern und uns zu sagen: ›Nanu? Auf eine so dumme Weise hat sie mir mitgespielt?‹

Und es gelingt ihnen immer, mein Bester, vor allem, wenn es darum geht, daß sie geheiratet werden wollen.

Aber hör jetzt Summers Geschichte.

Selbstverständlich ist die kleine Frau ein Modell. Sie hat ihm in seinem Atelier gesessen. Sie war hübsch, vor allem elegant, und sie besaß, so scheint es, eine göttliche Taille. Er verliebte sich in sie, wie man sich in jede halbwegs reizvolle Frau verliebt, die man häufig sieht. Er bildete sich ein, er liebe sie aus ganzer Seele. Das ist ein eigentümliches Phänomen. Sobald man eine Frau begehrt, glaubt man ehrlich, man könne für den Rest seines Lebens nicht ohne sie auskommen. Man weiß ganz genau, daß einem genau dasselbe schon mehrmals passiert ist, daß nach dem Besitzen stets der Ekel kommt, daß es, wenn man sein Dasein an der Seite eines andern Wesens hinbringen will, nicht des brutalen körperlichen Verlangens bedarf, das rasch erlischt, sondern der Übereinstimmung von Seele, Temperament und Gemütsart. Man muß bei der Verführung, der man unterliegt, unterscheiden, ob sie von der körperlichen Erscheinung herrührt, von einer gewissen Sinnentrunkenheit, oder von einer tiefen geistig-seelischen Bezauberung.

Kurz und gut, er glaubte, er liebe sie; er legte ihr einen ganzen Berg von Treuegelöbnissen ab und lebte ganz und gar mit ihr zusammen.

Sie war tatsächlich hübsch und von jener nichtig-eleganten Albernheit, die die kleinen Pariserinnen so leicht haben. Sie plapperte, sie schwatzte drauflos, sie redete Dummheiten, die durch die drollige Art, mit der sie vorgebracht wurden, als geistvoll anmuteten. Sie vollführte ohne Unterlaß anmutige Gesten, die nur zu sehr danach angetan waren, ein Malerauge zu bestricken. Wenn sie die Arme hob, wenn sie sich neigte, wenn sie in den Wagen stieg, wenn sie einem die Hand bot, waren ihre Bewegungen genau abgemessen und zweckentsprechend.

Drei Monate lang war Jean blind dafür, daß sie im Grunde genauso war wie alle anderen Modelle auch.

Für den Sommer hatten sie in Andrésy ein kleines Haus gemietet.

Ich war eines Abends da, um die Zeit, da im Innern meines Freundes die ersten Besorgnisse aufkeimten.

Es war eine strahlende Nacht, und also wollten wir einen Gang am Flußufer machen. Der Mond ergoß über das zitternde Wasser einen Lichtregen; er zerbröckelte in den Strudeln, in der Strömung, auf dem ganzen breiten, langsam entgleitenden Fluß seine gelben Reflexe.

Wir gingen am Ufer entlang; wir waren ein wenig im Rausch der vagen Schwärmerei befangen, wie dergleichen Traumabende ihn in uns auszulösen vermögen. Es drängte uns, Übermenschliches zu vollbringen, unbekannte, auf eine köstliche Weise romantische Wesen zu lieben. Wir fühlten in uns Ekstasen, Wünsche, seltsame Sehnsüchte erbeben. Und wir schwiegen im Bann der heiteren, belebenden Kühle der bezaubernden Nacht, der Kühle des Mondlichts, das den Körper zu durchglühen, zu durchdringen, das Innere zu baden, zu durchduften, mit Glück zu durchtränken scheint.

Plötzlich stieß Joséphine (sie heißt Joséphine) einen Schrei aus: ›Oh! Hast du eben den großen Fisch springen sehen?‹

Ohne hinzusehen, ohne sich dessen bewußt zu sein, antwortete er: ›Ja, mein Herz.‹

Sie wurde böse. ›Nein, du hast es nicht gesehen, du standest ja mit dem Rücken zum Wasser.‹

Er lächelte: ›Ja, richtig. Es ist heute abend so schön, daß ich völlig gedankenlos bin.‹

Sie schwieg; aber nach einer Minute überkam sie der Drang zum Reden, und sie fragte: ›Fährst du morgen nach Paris?‹

Er sagte beiläufig: ›Keine Ahnung.‹

Abermals ärgerte sie sich: ›Glaubst du etwa, so etwas ist amüsant, ein Spaziergang, bei dem kein einziges Wort fällt? Wenn man nicht dumm ist, dann sagt man etwas.‹

Er antwortete nicht.

Dank ihrem perversen Fraueninstinkt spürte sie, daß sie ihn damit außer sich bringen würde, und fing an, den aufreizenden Schlager zu singen, der uns seit zwei Jahren Ohren und Geist lähmte: ›Ich guckte in die Luft.‹

Er sagte sehr leise: ›Bitte, sei doch still.‹

Wütend stieß sie hervor: ›Warum soll ich still sein?‹

Er antwortete: ›Du verdirbst uns die Landschaft.‹

Und dann kam es zu der Szene, der gräßlichen, schwachsinnigen Szene mit unvermuteten Vorwürfen, unzeitigen Gegenbeschuldigungen, und schließlich zu Tränen. Der übliche Verlauf. Sie kehrten um. Er hatte sie sich austoben lassen, ohne zu erwidern; er war gefangen durch die göttlich schöne Abendstimmung und sprachlos ob dieses Ungewitters an Dummheiten.

Ein Vierteljahr später rang er voller Entsetzen in den unüberwindlichen, unsichtbaren Banden, in die eine so geartete Gewohnheit unser Leben verstrickt. Sie hielt ihn fest, unterdrückte, marterte ihn. Von früh bis spät stritten sie sich, beschimpften und prügelten sich.

Schließlich wollte er ein Ende machen und es um jeden Preis zum Bruch kommen lassen.

Er verkaufte alle seine Bilder, lieh sich von Freunden Geld, brachte zwanzigtausend Francs zusammen (er war damals noch nicht allzu bekannt) und ließ sie eines Morgens mit einem Abschiedsbrief auf dem Kamin liegen.

Er suchte bei mir Zuflucht.

Gegen drei Uhr nachmittags schellte es. Ich ging öffnen. Eine

Frau stürzte mir entgegen, schubste mich beiseite, kam herein und tobte in mein Atelier: sie.

Er war bei ihrem Kommen aufgestanden.

Sie warf ihm den Umschlag mit den Geldscheinen vor die Füße, und zwar mit einer wahrhaft noblen Geste, und sagte kurz und knapp: ›Da haben Sie Ihr Geld. Ich will es nicht.‹ Sie war sehr blaß; sie zitterte am ganzen Leib; sicherlich war sie zu jeder Unbesonnenheit bereit.

Wie ich bemerkte, war auch er blaß geworden, blaß vor Zorn und Erbitterung; und vielleicht war er seinerseits zu jeder Gewalttat bereit. Er fragte: ›Was wollen Sie?‹

Sie antwortete: ›Ich will nicht wie eine Hure behandelt werden. Sie haben mich angefleht, Sie haben mich genommen. Ich habe von Ihnen nie etwas verlangt. Behalten Sie mich bei sich!‹

Er stampfte mit dem Fuß auf: ›Nein, dies geht zu weit! Wenn du etwa glaubst, daß du...‹

Ich hatte ihn am Arm gepackt. ›Still, Jean. Überlaß das mir.‹

Ich trat zu ihr hin, und behutsam, nach und nach, durch vernünftiges Zureden, leerte ich den Sack voller Argumente aus, deren man sich bei solcherlei Fällen bedient. Sie hörte mich an, reglos, starren Blicks, bockig und stumm.

Als ich schließlich nicht mehr wußte, was ich sagen sollte, und als ich merkte, der Auftritt werde ein schlechtes Ende nehmen, griff ich zu einem letzten Mittel. Ich sagte: ›Er hat dich nach wie vor lieb, Kleines; aber seine Familie will ihn verheiraten, mußt du wissen...‹

Sie zuckte zusammen: ›Ach so! Ja... Dann verstehe ich...‹ Sie sah ihn an: ›Du willst... Du willst... heiraten?‹

Er antwortete rundheraus: ›Ja.‹

Sie tat einen Schritt: ›Wenn du heiratest, bringe ich mich um... Hörst du?‹

Er sagte achselzuckend: ›Gut, bring dich um!‹

Sie stieß ein paarmal aus von schrecklicher Angst gedrosselter Kehle hervor: ›Was sagst du da... Was sagst du da... Was sagst du da?... Sag es nochmal!‹

Er wiederholte: ›Na ja, bring dich um, wenn es dir Spaß macht!‹

Erschreckend blaß sagte sie: ›Darauf mußte ich gefaßt sein. Ich springe aus dem Fenster.‹

Er fing an zu lachen, trat zum Fenster, machte es auf, verbeugte sich, als wolle er unter allen Umständen jemandem den Vortritt lassen: ›Diesen Weg bitte. Nach Ihnen!‹

Eine Sekunde lang sah sie ihn starr an – es war ein grauenhafter, wahnwitziger Blick. Dann nahm sie einen Anlauf, als wolle sie auf dem Land über eine Hecke springen, lief an mir, an ihm vorüber, sprang über das Fensterbord und verschwand...

Ich werde nie den Eindruck vergessen, den dieses offene Fenster auf mich machte, nachdem ich mitangesehen hatte, wie dieser fallende Körper es durchglitt; es kam mir für einen Sekundenbruchteil weit wie der Himmel und leer wie der Weltenraum vor. Instinktiv wich ich zurück und wagte nicht hinzusehen, als bestehe Gefahr, daß ich selber hinabstürzte.

Jean in seiner Verstörtheit stand starr.

Das arme Mädchen wurde mit gebrochenen Beinen weggetragen. Sie kann nie wieder gehen.

Ihr von Gewissensbissen fast wahnsinniger Liebhaber hat sie, vielleicht auch im Wiedererwachen alter Gefühle, wieder zu sich genommen und geheiratet.

So liegen die Dinge, mein Lieber.«

Es dunkelte. Die junge Frau fröstelte; sie wollte heim, und der Diener schob den kleinen Krankenwagen dem Dorf zu. Der Maler ging neben seiner Frau her, ohne daß seit einer Stunde zwischen den beiden ein Wort gewechselt worden wäre.

Übertragen von Ernst Sander

Der Schabernack

Erinnerungen eines Spaßmachers

Französischer Titel: La Farce. Mémoires d'un Farceur
Erstdruck: Le Gil-Blas, 18. Dezember 1883

Wir leben in einem Jahrhundert, in dem die Spaßmacher das Gehaben von Leichenbeschauern bekunden und Politiker genannt werden. Ein wahrer Schabernack, ein guter, fröhlicher, gesunder Schabernack, wie er bei unsern Vätern gang und gäbe war, wird bei uns zu Lande nicht mehr veranstaltet. Und dennoch: Gibt es Amüsanteres und Komischeres als einen richtigen Schabernack? Lustigeres, als leichtgläubige Seelen zu mystifizieren, als Tröpfe lächerlich zu machen, als Schlauköpfe in harmlose, spaßige Fallen geraten zu lassen? Gibt es Köstlicheres, als sich auf begabte Weise über Menschen lustig zu machen, sie selber zum Lachen über die eigene Naivität zu zwingen oder, wenn sie böse werden, sich durch einen neuen Schabernack zu rächen?

Was für Schabernackstreiche habe ich in meinem Dasein begangen! Und auch mir sind welche gespielt worden, heiliges Donnerwetter, und zwar glänzende! Ja, ich habe welche begangen, die zwerchfellerschütternd und schrecklich waren. Eins meiner Opfer ist an den Folgen gestorben. Es war kein großer Verlust, für niemanden. Eines Tages werde ich es erzählen, aber es dürfte mir schwer fallen, es mit Zurückhaltung zu tun; denn mein Schabernack war alles andere als wohlanständig, ganz und gar nicht, ganz und gar nicht. Die Sache ist in einem kleinen Dorf in der Umgebung von Paris vonstatten gegangen. Allen, die dabei waren, kommen, wenn sie daran zurückdenken, noch heute die Tränen vor Lachen, obwohl der hinters Licht Geführte dabei zu Tode gekommen ist. Friede seiner Seele!

Ich will heute von zwei Schabernacken erzählen, dem ersten, den ich angestiftet habe, und dem letzten, auf den ich hereingefallen bin.

Wir wollen mit dem letzteren anfangen, weil ich ihn weniger amüsant finde, zumal da ich ihm zum Opfer gefallen bin.

Ich fuhr im Herbst zur Jagd bei Freunden auf ein pikardisches Schloß. Selbstverständlich waren meine Freunde Spaßmacher. Mit andersgearteten Leuten will ich nichts zu schaffen haben.

Bei meiner Ankunft wurde mir ein fürstlicher Empfang zuteil, und der stimmte mich mißtrauisch. Es wurden Gewehrschüsse abgefeuert, ich wurde umarmt und auf beide Backen geküßt, ich wurde umschmeichelt, als erwarte man sich von mir einen Hauptspaß; ich sagte mir: »Obacht, alter Spürhund, da ist etwas im Gang!«

Während des Abendessens ging es über die Maßen hoch her, allzu sehr. Ich dachte: Diese Leute amüsieren sich nach Noten, und zwar ohne augenscheinlichen Grund. Also müssen sie innerlich auf irgendeinen guten Streich gefaßt sein. Ganz sicher haben sie mich dazu ausersehen. Obacht!

Während des ganzen Abends wurde übertrieben gelacht. Ich spürte einen Schabernack in der Luft liegen, wie der Hund das Wild wittert. Aber was mochte es sein? Einigermaßen beunruhigt, war ich auf der Hut. Kein Wort, keine Anspielung, keine Geste ließ ich unbeachtet. Alles schien mir verdächtig, bis hinab zu den Gesichtern der Dienerschaft.

Die Stunde zum Schlafengehen schlug, und siehe da: Ich wurde feierlich zu meinem Schlafzimmer geleitet. Warum wohl? Mit dröhnenden Stimmen wurde mir »Gute Nacht!« gewünscht. Ich ging hinein, schloß meine Tür ab und blieb stehen, ohne einen Schritt nach vorn zu tun, die Kerze in der Hand.

Im Korridor hörte ich Lachen und Flüstern. Sicherlich wurde ich belauscht. Und ich inspizierte mit den Blicken die Wände, die Möbel, die Zimmerdecke, die Wandbehänge, den Fußboden. Ich gewahrte nichts Verdächtiges. Hinter meiner Tür hörte ich Schritte. Ganz bestimmt war durchs Schlüsselloch geschaut worden.

Mir fiel ein, meine Kerze könnte plötzlich ausgehen und dann stände ich im Dunkeln da. Also zündete ich sämtliche Lichter auf dem Kamin an. Dann hielt ich nochmals Umschau, entdeckte jedoch nichts. Mir kleinen Schritten unternahm ich einen Rundgang durch den Raum. Nichts. Ich untersuchte eins nach dem andern alles, was darin stand. Nichts. Ich trat ans Fenster. Die Laden, dicke, massive Holzladen, waren offen geblieben. Ich schloß sie sorgfältig, dann zog ich die Vorhänge zu, schwere Plüschvorhänge, und stellte einen Stuhl davor, damit ich von draußen nichts zu befürchten hatte.

Dann setzte ich mich vorsichtig hin. Der Sessel war bequem und verläßlich. Zu Bett zu gehen wagte ich nicht. Dabei schritt die Zeit immer weiter vor. Und schließlich wurde mir bewußt, daß ich mich lächerlich machte. Wurde ich beobachtet, wie ich es vermutete, so mußte in der Erwartung des Gelingens der vorbereiteten Mystifikation gewaltig über meine Furchtsamkeit gelacht werden.

Also beschloß ich, mich schlafen zu legen. Allein das Bett war mir in besonderem Maße verdächtig. Ich zupfte an den Vorhängen. Sie schienen zu halten. Dabei drohte von dorther die Gefahr. Vielleicht würde ich eine eiskalte Dusche vom Betthimmel her bekommen oder, kaum daß ich lag, mitsamt der Matratze in den Boden sinken. Ich versuchte, mich jeden begangenen Schabernacks zu erinnern. Und ich wollte nicht hineinfallen. Keinesfalls!

Da fiel mir plötzlich eine Maßnahme ein, die ich für großartig hielt. Behutsam faßte ich die Kante der Matratze und zog sie langsam zu mir hin. Sie rutschte, mitsamt den Laken und den Bettdecken. All das zerrte ich säuberlich bis zur Zimmermitte, gegenüber der Eingangstür. Dort richtete ich mir, so gut ich konnte, ein Nachtlager her, fern dem verdächtigen Bettgestell und dem beunruhigenden Alkoven. Dann löschte ich alle Lichter, ging auf Zehenspitzen zurück und kroch unter die Decke.

Noch mindestens eine Stunde lag ich wach und fuhr beim leisesten Geräusch zusammen. Im Schloß schien alles ruhig. Ich schlief ein.

Ich muß lange und tief geschlafen haben; aber plötzlich wurde ich jäh dadurch aufgeweckt, daß ein schwerer Körper auf den meinen stürzte, und gleichzeitig ergoß sich in mein Gesicht, auf Hals und Brust eine brennend heiße Flüssigkeit, so daß ich vor Schmerz aufbrüllte. Und ein furchtbarer Krach, als sei ein ganzer Speisetisch mit Geschirr umgefallen, dröhnte mir in den Ohren.

Ich bekam unter der auf mich gefallenen Masse keine Luft; sie regte sich nicht. Ich streckte die Hände, um zu ertasten, was es sei. Ich faßte in ein Gesicht, an eine Nase, an Bartkoteletten. Da landete ich mit aller Kraft einen Faustschlag in jenes Gesicht. Aber auf der Stelle prasselte ein Hagelschauer von Ohrfeigen auf mich nieder, so daß ich mit einem Satz aus meiner durchnäßten Bettwäsche aufsprang und im Hemd in den Korridor hinaushastete; ich hatte gesehen, daß die Tür offenstand.

O Schrecken! Es war hellichter Tag! Auf den Lärm hin kamen alle herbeigestürzt; sie fanden auf meinem Bett den völlig durcheinandergeratenen Diener, der mir den Morgentee hatte bringen wollen, dabei auf mein improvisiertes Lager gestoßen, mir auf den Bauch gefallen war und mir, ohne es zu wollen, mein Frühstück ins Gesicht geschüttet hatte.

Einzig meine Vorsichtsmaßnahmen, das sorgliche Schließen der Laden, das Übernachten mitten im Zimmer, hatten mich dem gefürchteten Schabernack anheimfallen lassen.

Nein, wie ist an jenem Tag gelacht worden!

Der andere Schabernack, von dem ich erzählen möchte, hat sich in meiner frühen Jugend zugetragen.

Ich war fünfzehn, und ich verlebte die Ferien stets bei meinen Eltern, abermals auf einem Schloß, abermals in der Pikardie.

Es war bei uns häufig eine alte Dame aus Amiens zu Besuch, ein unerträgliches, sittenpredigendes, zänkisches, mauliges, übles, rachsüchtiges Frauenzimmer. Auf mich hatte sie es besonders abgesehen – ich weiß nicht, warum; alles und jedes klatschte sie über mich; sie verdrehte meine harmlosesten Worte und alles, was ich tun mochte, o dies gräßliche Weibstück!

Sie hieß Madame Dufour, trug eine schöne, tiefschwarze Perücke, obwohl sie mindestens sechzig war, und setzte darauf lächerliche kleine Hauben mit rosa Bändern. Sie stand in Ansehen, weil sie reich war. Ich haßte sie aus tiefster Seele und beschloß, mich ihrer Gemeinheiten wegen an ihr zu rächen.

Ich hatte gerade die Sekunda hinter mich gebracht, und in der Chemiestunde hatte mich in besonderem Maß ein Stoff namens Kalziumphosphat betroffen gemacht. Wird er ins Wasser geworfen, so flammt er auf, explodiert und entläßt weiße, infam stinkende Dampfringe. Um während der Ferien meinen Spaß zu haben, hatte ich ein paar Händevoll dieses Stoffes geklaut; er sah wie das aus, was man gemeinhin als »kristallinisch« bezeichnet.

Ich hatte einen gleichaltrigen Vetter. Ihm teilte ich meinen Plan mit. Es wurde ihm bänglich ob meiner Kühnheit.

Eines Abends nun also, als die ganze Familie noch im Wohnzimmer beisammen war, stahl ich mich in Madame Dufours Schlafzimmer und bemächtigte mich (Pardon, meine Damen) eines rundlich geformten Gefäßes, das man für gewöhnlich nicht weit vom Kopfende unterm Bett verbirgt. Ich versicherte mich, daß es völlig trocken sei, und schüttete auf seinen Boden eine Handvoll, eine gehörige Handvoll Kalziumphosphat.

Dann versteckte ich mich auf dem Speicher und wartete, bis es so weit war. Bald vermeldeten mir die Geräusche von Stimmen und Schritten, daß nach oben gegangen wurde; dann trat Stille ein. Da stieg ich barfuß hinab, hielt den Atem an und schaute bei meiner Feindin durchs Schlüsselloch.

Sorgfältig stellte sie ihre Habseligkeiten zurecht. Dann zog sie sich nach und nach aus und hüllte sich in einen großen weißen Morgenrock, der an ihrem Knochengerüst zu kleben schien. Sie nahm ein Glas, ließ Wasser hineinlaufen, fuhr sich mit einer Hand in den Mund, als wolle sie sich die Zunge herausreißen, und brachte etwas Rosa und Weißes zum Vorschein, das sie sogleich in das Wasser legte. Ich bekam es mit der Angst, als hätte ich einem schmählichen, furchtbaren Geheimnis beigewohnt. Es war aber nur ihr Gebiß.

Dann nahm sie sich die dunkle Perücke ab und stand nun mit einem kleinen Schädel da, den ein paar weiße Härchen überzogen wie Puder; das war so komisch, daß ich diesmal hinter der Tür fast vor Lachen losgeplatzt wäre. Dann betete sie, stand auf, trat an mein Rachewerkzeug heran, stellte es mitten im Zimmer zu Boden, hockte sich nieder und bedeckte es ganz und gar mit ihrem Morgenrock.

Klopfenden Herzens wartete ich. Sie war ganz ruhig, zufrieden und glücklich. Ich wartete... Auch ich war glücklich, wie man es ist, wenn man sich rächt. Zunächst hörte ich ein sehr leises Geräusch, ein Plätschern, und dann auf der Stelle eine Folge dumpfer Detonationen, wie fernes Gewehrfeuer.

Innerhalb einer Sekunde vollzog sich in Madame Dufours Gesicht etwas Erschreckendes und Überraschendes. Ihre Augen gingen auf, gingen zu, gingen wieder auf, dann sprang sie mit einer Geschmeidigkeit hoch, deren ich sie nie für fähig gehalten hätte, und sah nach...

Das weiße Zeug platzte, krepierte mit raschen, wehenden Flammen wie das griechische Feuer in alter Zeit. Und dicker Qualm stieg auf, bis zur Decke, ein geheimnisvoller Qualm, Entsetzen erregend wie Hexenwerk.

Was mochte sie denken, die arme Frau? An eine Teufelslist? An eine fürchterliche Krankheit? Glaubte sie, dies aus ihr entsprungene Feuer werde ihr die Eingeweide zerfressen, ausbrechen wie aus einem Vulkankrater oder sie in die Luft fliegen lassen wie eine zu stark geladene Kanone?

Irrsinnig vor Angst stand sie da und starrte auf das Phänomen. Dann plötzlich stieß sie einen Schrei aus, wie ich ihn nie zuvor gehört hatte, und fiel stocksteif auf den Rücken.

Ich machte, daß ich wegkam, kroch ins Bett und schloß gewaltsam die Augen, wie um mir zu beweisen, daß ich nichts getan, nichts gesehen, mein Schlafzimmer nicht verlassen hätte.

Ich sagte mir: »Sie ist tot! Ich habe sie umgebracht!« Und angstvoll lauschte ich auf den im Haus anhebenden Tumult.

Es gab ein Hinundhergelaufe; es wurde geredet; dann hörte ich, daß gelacht wurde; und dann empfing ich von väterlicher Hand einen Regen von Ohrfeigen.

Am nächsten Tag war Madame Dufour sehr bleich. Alle paar Augenblicke trank sie Wasser. Vielleicht versuchte sie, trotz aller Versicherungen des Arztes, das Feuer zu löschen, von dem sie glaubte, daß es ihr im Leib brenne.

Von jenem Tag an flüsterte sie, wenn in ihrem Dabeisein von Krankheit gesprochen wurde: »O Madame, wenn Sie wüßten! Es gibt so merkwürdige Krankheiten...«

Mehr sagte sie nie darüber.

Übertragen von Irma Schauber

Die Hand

Französischer Titel: La Main
Erstdruck: Le Gaulois, 23. Dezember 1883

Die Urgestalt dieser Novelle findet sich unter dem Titel »Die Totenhand« in Band I der vorliegenden Gesamtausgabe der Novellen und Romane

Alle umstanden Monsieur Bermutier, den Untersuchungsrichter, der seine Meinung über die geheimnisvolle Affäre von Saint-Cloud kundtat. Seit einem Monat hielt jenes unerklärliche Verbrechen Paris in Atem. Niemand begriff auch nur das mindeste.

Monsieur Bermutier stand mit dem Rücken am Kamin, sprach, verknüpfte Beweise, erging sich über die unterschiedlichen Auffassungen, zog indessen keinerlei Schlüsse.

Mehrere Damen hatten sich erhoben und waren zu ihm hingetreten; sie standen, und ihre Augen hingen an den Lippen des Beamten, die ernste Worte äußerten. Die Damen erschauerten, zitterten; ihre Gesichter verzerrten sich vor neugieriger Angst, vor gierigem, unersättlichem Verlangen nach Schrecken, das in ihrer Seele spukte und sie peinigte wie Hunger.

Eine, die noch bleicher als die andern war, sagte in eine Schweigepause hinein: »Grauenhaft ist es. Es grenzt ans Übernatürliche. Nie wird es enträtselt.«

Der Beamte wandte sich ihr zu: »Ja, Madame, es ist durchaus möglich, daß es nie enträtselt wird. Allein der Ausdruck ›übernatürlich‹, dessen Sie sich bedienten, ist hier nicht am Platz. Wir stehen einem sehr geschickt ausgesonnenen, sehr geschickt durchgeführten Verbrechen gegenüber, das so vom Geheimnisvollen umhüllt ist, daß wir es kaum von den undurchdringlichen Begleitumständen zu lösen vermögen. Aber ich habe früher einmal einen Fall untersuchen müssen, in den sich tatsächlich etwas Phantastisches zu mischen schien. Er hat übrigens zu den Akten gelegt werden müssen, mangels Mitteln zu seiner Aufklärung.«

Mehrere Damen stießen gleichzeitig und so schnell, daß ihre Stimmen nur eine einzige zu sein schienen, hervor: »Oh, erzählen Sie uns doch davon!«

Bermutier lächelte ernst, wie eben ein Untersuchungsrichter lächeln muß. Er sprach weiter: »Glauben Sie bitte nicht, ich hätte auch nur für einen Augenblick bei diesem Abenteuer etwas Außermenschliches vermuten können. Ich glaube lediglich an normale Ursachen. Aber wenn wir, um etwas auszudrücken, das wir nicht verstehen, uns statt des Wortes ›übernatürlich‹ einfach des Wortes ›unerklärlich‹ bedienen würden, so wäre das sehr viel besser. Jedenfalls haben bei der Affäre, von der ich Ihnen berichten werde, vor allem die Begleitumstände und das Vorhergegangene betroffen gemacht. Kurzum, die Sache verhielt sich folgendermaßen:

Ich war damals Untersuchungsrichter in Ajaccio, einer kleinen weißen Stadt an einem herrlichen, rings von hohen Bergen umgebenen Golf.

Ich hatte dort hauptsächlich Fällen von Vendetta nachzugehen. Es gibt darunter großartige, denkbar dramatische, wüste und heroische. Man stößt auf die schönsten Rachethemen, die man sich ausdenken kann, auf hunderjährigen Haß, der vielleicht eine Weile ruht, aber niemals erlischt, auf abscheuliche List, auf Mordtaten, die zu Metzeleien und fast zu Ruhmestaten werden. Zwei Jahre lang habe ich von nichts anderm reden hören als von blutiger Vergeltung, als von der entsetzlichen korsischen Voreingenommenheit, die zur Rache für jede Kränkung an der Person dessen, der sie begangen hat, und an seinen nächsten Verwandten zwingt. Ich habe es erlebt, daß Greise, Kinder, Vettern umgebracht worden sind; mir brummte der Kopf vor lauter solchen Geschichten.

Nun aber erfuhr ich eines Tages, ein Engländer habe für mehrere Jahre eine kleine Villa hinten am Golf gemietet. Er habe einen auf der Durchreise in Marseille gedungenen französischen Diener mitgebracht.

Bald beschäftigte alle Welt sich mit dieser eigenartigen Persönlichkeit. Der Engländer lebte völlig zurückgezogen in seinem Haus; er verließ es nur, wenn er auf die Jagd oder zum Angeln ging. Er sprach mit niemandem, kam nie in die Stadt und übte sich jeden Morgen eine Stunde oder zwei im Schießen mit der Pistole oder dem Karabiner.

Es bildeten sich um ihn Legenden. Er sei eine hochgestellte Persönlichkeit, wurde behauptet, und aus politischen Gründen aus der Heimat geflohen; dann wurde versichert, er halte sich verborgen, weil er ein entsetzliches Verbrechen begangen habe. Sogar die besonders grauenhaften Umstände wurden geschildert.

In meiner Eigenschaft als Untersuchungsrichter wollte ich einige Erkundigungen über diesen Mann einziehen; es war mir jedoch unmöglich, etwas zu erfahren. Er lebte unter dem Namen Sir John Rowell.

Also begnügte ich mich damit, ihn beobachten zu lassen; aber es wurde mir über ihn nichts Verdächtiges gemeldet.

Da indessen die Gerüchte über ihn nicht verstummten, sondern anschwollen, immer größere Ausmaße annahmen, entschloß ich mich zu einem Versuch, den Ausländer kennenzulernen, und begann regelmäßig in der Umgebung seines Besitztums auf die Jagd zu gehen.

Lange mußte ich auf eine Gelegenheit warten. Endlich bot sie sich in Gestalt eines Rebhuhns, das ich dem Engländer vor der Nase wegschoß. Mein Hund brachte es mir; ich nahm es ihm ab, entschuldigte mich bei Sir John Rowell über mein unwaidmännisches Verhalten und bat ihn, den erlegten Vogel anzunehmen.

Er war ein großer, rothaariger, rotbärtiger Mann, sehr hochgewachsen, sehr breitschultrig, eine Art freundlicher, höflicher Herkules. Er hatte nichts von der sogenannten britischen Steifheit und dankte mir für den von mir bewiesenen Takt in einem Französisch, das nach jenseits des Kanals klang.

Als ich schließlich eines Abends an seiner Tür vorüberging, sah ich ihn seine Pfeife rauchend rittlings auf einem Stuhl im Garten sitzen. Ich grüßte ihn, und er forderte mich auf, doch hereinzukommen und ein Glas Bier mit ihm zu trinken. Das ließ ich mir nicht zweimal sagen.

Er empfing mich mit geflissentlicher englischer Höflichkeit, sang das Lob Frankreichs und Korsikas, erklärte, wie sehr er ›diese‹ Land, ›diesen‹ Küste liebe.

Im weiteren Verlauf stellte ich ihm äußerst vorsichtig und unter Vorgabe höchsten Interesses einige Fragen über sein Leben und seine Pläne. Er antwortete ohne die mindeste Verlegenheit, erzählte mir, er sei viel gereist, in Afrika, in Indien, in Amerika. Lachend fügte er hinzu: ›Ich haben gehabt viele Abenteuer, oh yes.‹

Dann fing ich an, von der Jagd zu sprechen, und er wartete mir mit den seltsamsten Einzelheiten über die Jagd auf Nilpferde, Tiger, Elefanten und sogar auf Gorillas auf.

Ich sagte: ›Alle diese Tiere sind gefährliche Gegner.‹

Er lächelte: ›Oh no, der schlimmste war der Mensch.‹ Darauf fing er richtig zu lachen an, das gutmütige Lachen eines beleibten, selbstzufriedenen Engländers. ›Ich haben auch viel gejagt auf Menschen.‹

Dann kam er auf Waffen zu sprechen und bot mir an, mit ihm ins Haus zu gehen und mir Gewehre verschiedener Systeme zu zeigen.

Sein Wohnzimmer war schwarz ausgeschlagen, mit schwarzer, goldbestickter Seide. Große gelbe Blumen rankten sich über den düsteren Stoff und schimmerten wie Flammen.

Er verkündete: ›Dies sein eine japanische Tuch.‹

Aber mitten in der breitesten der bespannten Flächen lenkte etwas Seltsames meinen Blick auf sich. Es war ein quadratisches Stück roter Plüsch, von dem etwas Schwarzes sich abhob. Ich trat hinzu: Es war eine Hand, eine Menschenhand. Keine weiße, saubere Knochenhand, sondern eine schwarze, ausgedörrte mit gelben Fingernägeln, bloßgelegten Muskeln und alten Blutspuren; sie waren wie eine Schmutzkruste auf dem glatt wie von einem Beilhieb in der Mitte des Unterarms durchgeschnittenen Knochen.

Eine riesige Eisenkette war unlöslich um das Handgelenk dieses abstoßenden Gliedes genietet worden und hielt es mit einem Ring an der Mauer fest, der so dick war, daß ein Elefant daran hätte festgebunden werden können.

Ich fragte: ›Was ist denn das?‹

Der Engländer antwortete in aller Ruhe: ›Das haben gehören meine beste Feind. Er kommen aus Amerika. Es abgehauen mit

Säbel und Haut abgeschabt mit scharfem Kieselstein, dann in Sonne getrocknet acht Tage lang. Aoh, sehr gut für mich, das.‹

Ich berührte dieses menschliche Überbleibsel; es mußte einem Koloß angehört haben. Die über die Maßen langen Finger saßen an riesigen Sehnen, an denen hier und dort noch Hautfetzen hafteten. Diese geschundene Hand war ekelhaft anzusehen; sie weckte natürlich den Gedanken an irgendeine barbarische Rache.

Ich sagte: ›Jener Mann muß sehr stark gewesen sein.‹

Der Engländer antwortete sanftmütig: ›Oh yes; aber ich sein gewest stärker als er. Ich habe diese Kette angelegt, um ihn zu halten.‹

Ich glaubte, er scherze. Ich sagte: ›Jetzt hätte die Kette sich erübrigt; die Hand läuft schwerlich davon.‹

Sir John Rowell erwiderte ernsthaft: ›Sie immer will auf und davon. Diese Kette scin notwendig.‹

Mit einem raschen, forschenden Blick überflog ich sein Gesicht und fragte mich: ›Ist der Mann wahnsinnig, oder macht er schlechte Witze?‹

Doch sein Gesicht blieb undurchdringlich, ruhig und wohlwollend. Ich sprach von etwas anderem und besichtigte die Gewehre.

Indessen fiel mir auf, daß auf den Möbelstücken drei geladene Revolver lagen, als lebe dieser Mann in beständiger Angst vor einem Überfall.

Ich bin noch einige Male zu ihm gegangen. Dann nicht mehr. Man hatte sich an sein Vorhandensein gewöhnt; er war allen gleichgültig geworden.

Ein ganzes Jahr ging hin. Doch eines Morgens gegen Ende November weckte mich mein Diener mit der Nachricht, Sir John Rowell sei letzte Nacht ermordet worden.

Eine halbe Stunde später betrat ich mit dem Zentralkommissar und dem Hauptmann der Gendarmerie das Haus des Engländers. Der völlig verstörte und verzweifelte Diener saß weinend vor der Tür. Zunächst hatte ich *ihn* im Verdacht; aber er war unschuldig.

Der Schuldige ist nie entdeckt worden.

Beim Betreten von Sir Johns Wohnzimmer fiel mein Blick als erstes auf die mitten im Raum auf dem Rücken liegende Leiche.

Die Weste war zerfetzt, ein herausgerissener Ärmel hing nieder; alles ließ darauf schließen, daß ein wüster Kampf stattgefunden habe.

Der Engländer war erdrosselt worden! Sein schwarzes, gedunsenes, entsetzlich anzusehendes Gesicht schien grauenhaften Schrecken auszudrücken; zwischen den zusammengebissenen Zähnen hielt er etwas; der Hals war von fünf Löchern durchbohrt, von denen man hätte meinen können, daß sie von Eisenzacken herrührten; er war blutbedeckt.

Ein Arzt trat zu uns. Er untersuchte lange die Fingerspuren im Halsfleisch und äußerte dann die absonderlichen Worte: ›Man könnte sagen, er sei von einer Skeletthand erwürgt worden.‹

Mir lief ein Schauder über den Rücken, und ich warf einen Blick nach der Wand, nach der Stelle, wo ich damals die geschundene Hand gesehen hatte. Sie war nicht mehr da. Die Kette hing geborsten nieder.

Da beugte ich mich zu dem Toten nieder und fand in seinem verzerrten Mund einen der Finger jener verschwundenen Hand; er war genau am zweiten Glied durchschnitten oder vielmehr mittels der Zähne abgesägt.

Dann wurde mit der Bestandsaufnahme fortgefahren. Nichts wurde entdeckt. Keine Tür war aufgebrochen worden, kein Fenster, kein Möbelstück. Die beiden Wachhunde waren nicht aufgewacht.

Ich gebe in ein paar Worten die Aussage des Dieners wieder:

Seit einem Monat habe sein Herr aufgeregt gewirkt. Er habe viele Briefe bekommen und sie sorglich verbrannt. Oft habe er sich in einem an Irrsinn grenzenden Wutanfall eine Reitpeitsche gelangt und wild auf die getrocknete Hand eingeschlagen, die an die Mauer gekettet gewesen und, ohne daß man wisse, wie, in der Stunde des Verbrechens abhanden gekommen sei.

Er sei immer sehr spät zu Bett gegangen und habe sich sorglich eingeschlossen. Stets habe er Waffen in Reichweite gehabt. Oft habe er nachts laut gesprochen, als streite er sich mit jemandem.

In jener Nacht nun aber sei zufällig alles ganz still gewesen, und erst beim Öffnen der Fenster habe der Diener Sir John ermordet vorgefunden. Er habe niemanden in Verdacht.

Ich gab, was ich über den Toten wußte, den Beamten und den Vertretern der Behörde bekannt, und es wurden auf der ganzen Insel peinlich genaue Nachforschungen angestellt. Es ist nichts dabei herausgekommen.

Eines Nachts nun aber, ein Vierteljahr nach dem Verbrechen, suchte mich ein grauenhafter Alpdruck heim. Mir war, als sähe ich die Hand, die gräßliche Hand, wie einen Skorpion oder eine Spinne über meine Gardinen und meine Wände laufen. Dreimal wachte ich auf, dreimal schlief ich wieder ein, und dreimal sah ich das scheußliche Überbleibsel durch mein Zimmer krabbeln und die Finger bewegen wie Beine.

Am andern Morgen wurde mir die Hand überbracht; sie war auf dem Friedhof, auf Sir John Rowells Grab, gefunden worden; man hatte ihn dort bestattet, weil seine Familie nicht hatte ausfindig gemacht werden können. Der Zeigefinger fehlte.

Das, meine Damen, ist meine Geschichte. Weiter weiß ich nichts darüber.«

Die verstörten Damen waren blaß und zitterten. Eine rief: »Aber das ist doch keine Lösung des Rätsels und keine Erklärung! Wir tun die ganze Nacht kein Auge zu, wenn Sie uns nicht sagen, was Ihrer Meinung nach geschehen ist.«

Der Beamte setzte ein gestrenges Lächeln auf: »Selbstverständlich werde ich Sie gern vor schlimmen Träumen bewahren, meine Damen. Ich glaube ganz einfach, daß der rechtmäßige Eigentümer der Hand nicht tot gewesen, daß er vielmehr mit der ihm verbliebenen gekommen ist und sie sich geholt hat. Aber wie er das fertiggebracht hat, das habe ich nicht herausbekommen können. Es hat sich eben um eine Art Vendetta gehandelt.«

Eine andere der Damen flüsterte: »Nein, so kann es nicht gewesen sein.«

Und der noch immer lächelnde Untersuchungsrichter schloß: »Ich habe ja gleich gesagt, daß meine Erklärung Ihnen nicht behagen würde.«

Übertragen von Irma Schauber

Die es wagen

Französischer Titel: Celles qui osent

Dieses Feuilleton diente als Einleitung zu René Maizeroys Buch »Celles qui osent«, Verlag Flammarion, Paris 1883. Ihm vorher gingen einige Zeilen, die es mit dem Buch verknüpften.

Für René Maizeroy

Du hast häufig über die sich auf Gefühle beschränkende Liebe, die im Grunde nichts als eine heuchlerische Tarnung des Paarungsverlangens ist, Theorien entwickelt, die mich gerade um ihres Raffinements willen schockierten.

In deinem letzten Band nun finde ich vielerlei Dinge, die mir um ihrer Ehrlichkeit willen gefallen. Was nicht hindert, daß wir schwerlich je über die Liebe einer Meinung sein werden.

Daß diese angenehme Betätigung im Leben der Frauen großen Raum einnimmt, das begreife ich; sie haben ja sonst nichts zu tun. Aber verwunderlich wäre, daß sie im Leben eines Mannes anderes bedeuten könnte als einen Zeitvertreib, der sich unschwer variieren läßt wie gutes Essen oder das, was man als Sport bezeichnet. Was nun Treue und Beständigkeit betrifft, so ist dergleichen heller Wahnsinn. Nie wird mir jemand begreiflich machen, daß es nicht besser sei, zwei Frauen zu haben statt nur einer, drei statt zweien und zehn statt dreien. Daß man dann zu einer von ihnen häufiger zurückkehrt als zu den andern, ist etwas ganz Natürliches, gerade wie es natürlich ist, ein Gericht häufiger zu essen, das man besonders gern mag. Aber immer und ewig nur eine einzige Frau bei sich zu behalten – das käme mir genauso überraschend und widersinnig vor, wie wenn jemand, der gern Austern ißt, zu jeder Mahlzeit das ganze Jahr hindurch nur noch Austern äße. Treue und Beständigkeit, so scheint mir, berauben die Liebe eines Zaubers, der in der Fähigkeit zum Vermannigfachen und im Unvorhergesehenen beruht.

Das weibliche Herz, du lieber Himmel, ist gänzlich andersgeartet als das unsrige, und ich verstehe die Beweggründe, die die Frauen dazu treibt, in ihren Neigungen beharrlicher zu sein als wir.

Wir Männer vergöttern die Frauen, und wenn wir uns eine von ihnen zu einer vorübergehenden Bindung erwählen, so stellt das eine ihrem ganzen Geschlecht erwiesene Huldigung dar. Man kann die Brünetten abgöttisch lieben, weil sie brünett, und die Blonden, weil sie blond sind, die eine um ihrer heißen Augen willen, die einen ins Herz treffen, die andere ihrer Stimme wegen, die unsere Nerven in Schwingungen versetzt, diese um ihrer roten Lippen, jene um der Schweifung ihrer Taille willen; doch da wir leider, leider nicht alle diese Blumen gleichzeitig pflücken können, hat die Natur uns mit der Fähigkeit zur Umarmung begabt, den flüchtigen Liebschaften, den tollen Launen, und das alles treibt uns dazu, jede nach ihrer Art und zu ihrer Zeit zu begehren, wodurch der Wert jeder einzelnen in der Stunde der kopflosen Hingerissenheit gesteigert wird.

Nun aber, so scheint mir, sollte unsere kopflose Hingerissenheit sich auf die Zeit der Erwartung beschränken. Das gestillte Begehren nach Aufhebung des Unbekannten nimmt der Liebe ihren größten Wert.

Jede von uns eroberte Frau beweist uns abermals, daß alle, wenn wir sie in den Armen halten, einander nahezu gleich sind. Und gerade die Idealisten, die unaufhörlich der erträumten Illusion nachjagen, müßten am Morgen nach jeder Liebesnacht völlig niedergeschmettert sein. Wir andern, die wir von der Liebe weniger verlangen, sollten das Recht haben, ihr dankbarer zu sein für das wenige, das sie intelligenten und anspruchsvollen Männern spendet.

Beständigkeit führt zur Ehe oder zum Angekettetwerden.

Nichts im Dasein kommt mir betrüblicher und peinlicher vor als solcherlei Liebesbindungen von langer Dauer.

Nimmt man die Ehe ernst, so unterdrückt sie mit einem Schlag die Möglichkeit zu neuen Begierden, alle künftigen Zärtlichkeiten und deren Bezeigungen, das Sichausmalen des nächsten Tages und den ganzen Zauber der unverhofften Begegnungen.

Überdies ist die Ehe der hassenswerten Unzuträglichkeit teilhaftig, die Gatten zu kläglicher Alltagskost zu verdammen. Denn welcher Ehemann würde es wagen, sich bei seiner Frau die köstlichen Freiheiten herauszunehmen, die Liebhaber, die Liebespaare sogleich praktizieren?

Und gerade darin, gesteh es nur ein, beruht doch der höchste Preis der Liebe: im kühnen Wagemut der Küsse und des damit Zusammenhängenden. In der Liebe, der körperlichen Liebe, muß man wagen, unablässig wagen. Wir hätten nur recht wenige uns genehme Geliebte, wenn wir in unsern Liebesbezeigungen nicht kühner und unternehmender wären als die Ehemänner, wenn wir uns mit den platten, monotonen, vulgären Gewohnheiten ehelicher Nächte begnügten.

Die Frau träumt immer und ewig, sie träumt von dem, was sie nicht weiß, von dem, was sie mutmaßt, von dem, was sie ahnt und was sie errät. Nach dem ersten Erstaunen, nach der ersten Umarmung fängt sie von neuem an zu träumen. Sie hat gelesen, sie liest auch weiterhin. In jedem Augenblick enthüllen ihr dunkelsinnige Sätze, geflüsterte Scherze, unbekannte, zufällig mitangehörte Worte das Vorhandensein von Dingen, in denen sie sich nicht auskennt. Kommt sie dann zitternd und bebend dem Ehemann mit einer Frage, so setzt er auf der Stelle eine strenge Miene auf und antwortet: »Dergleichen Dinge gehen dich nichts an.« Sie aber findet, daß diese Dinge sie genauso viel angehen wie die andern Frauen. Was für Dinge sind es übrigens? Es gibt sie also? Geheimnisvolle, schmähliche, beschämende und gute sicherlich, da von ihnen nur ganz leise und mit erregten Gesichtern gesprochen wird. Es scheint, daß die Dirnen ihre Liebhaber mittels obszöner und vielvermögender Praktiken zu halten verstehen.

Der Ehemann nun, der sich in diesen Dingen gut auskennt, wagt nicht, seine Frau in die Mysterien des nächtlichen Beieinanders zu zweit einzuweihen, weil eine Frau, die man geheiratet hat, etwas anderes als eine Geliebte ist, den Teufel auch, und weil ein Mann seine Frau respektieren muß; denn schließlich ist sie die Mutter seiner Kinder oder wird es sein. Wenn er also nicht auf die Dinge verzichten will, die er legitim nicht zu unternehmen wagt, geht er zu irgendeiner Unreinen und gibt sich ihr hin.

Die Frau jedoch beginnt mit Erwägungen, wie sie einem schlichten, unumwundenen, gesunden Menschenverstand entsprechen: »Man lebt nur einmal.« – »Das Leben ist kurz.« – »Eine Frau, die mit zwanzig geheiratet hat, ist mit dreißig reif und mit vierzig im vorgerückten Alter.« Wenn man also nichts unternimmt, wenn man nichts kennenlernt, wenn man, bevor man an jene Grenze gelangt, nichts genießt, dann ist es aus für immer. Die ehelichen Freuden sind erschöpft. Sie ist ihrer überdrüssig, sie ekeln sie an. »Dann also... dann also... einen Liebhaber?« – »Warum denn nicht?« – »Jene Dinge, die nur im Ehebruch gewagt werden, sind vielleicht reizvoll und zauberhaft!«

Ist der Gedanke, ist das Verlangen einmal in ihrem Kopf erwacht, so steht der Fall bevor, sehr kurz bevor. Sie hat Vorbehalte, Hemmungen? Die ersteren: ja; die letzteren: nein. Ist der erste Schritt einmal getan, so muten dergleichen Unterscheidungen erstaunlich und grotesk an; sie sind jedoch allgemein verbreitet. Man könnte meinen, daß von dem Augenblick an, da eine Frau sich entschlossen hat, praktische Erfahrungen in der Liebe zu machen, der verbotenen, raffinierten, erfinderischen Liebe, sie immerfort mehr verlangen müßte, immerfort Neues wollen, immerfort auf der Suche sein, immerfort andersgeartete Küsse erwarten, immer schrillere und hitzigere. Aber so ist es gar nicht. Die Moral, die befremdliche, unangebrachte Moral tritt wieder in ihre Rechte ein.

Kannst du dir einen Mörder vorstellen, der es für sündiger hielte, einen Menschen mit einem Messer umzubringen als mit einer Pistole?

Sie wagen sie nicht samt und sonders, die bezaubernden Dinge, durch die das Leben weniger trübselig wird.

Ich für meine Person möchte, daß ein Dichter, ein wahrer Dichter sie eines Tages verwegen in kühnen, leidenschaftlichen Versen besänge, diese schändlichen Dinge, über die Schwachsinnige erröten. Es bedürfte dazu weder plumper Worte noch Schlüpfrigkeiten noch verhüllter Andeutungen; es müßte eine Folge kleiner, schlichter, freimütiger, ganz offenherziger Gedichte sein.

Erinnerst du dich gewisser Verse, die wir mitunter genossen

haben, Verse, die als schändlich und abscheulich gelten, die indessen wohltuend sind wie Liebesbezeigungen?

Etwas dieser Art hast du in Prosa zustande gebracht. Laß die Dummen schreien und fahr damit fort.

Übertragen von Ernst Sander

Ein Weihnachtsabend

Französischer Titel: Un Réveillon
Erstdruck: Buchausgabe »Mademoiselle Fifi«,
Verlag Victor Havard, Paris 1883

In welchem Jahr es geschah, weiß ich nicht mehr ganz genau. Seit einem vollen Monat lag ich mit der Hingerissenheit, der wilden Freude, dem Eifer, die man für neue Leidenschaften entfaltet, der Jagd ob.

Ich wohnte damals in der Normandie bei einem unverheirateten Verwandten namens Jules de Banville in dessen Schloß; außer ihm und mir waren nur noch seine Haushälterin, ein Diener und ein Feldhüter dort. Das Schloß, ein altertümliches graues Gebäude, war von ächzenden Tannen umstanden und lag im Schnittpunkt langer Eichenalleen, durch die der Wind hindurchgaloppierte; es mutete an, als sei es seit Jahrhunderten verlassen. Einzig antikes Mobiliar hauste in den stets verschlossenen Räumen, in denen ehedem die Menschen, deren Bildnisse in einem genauso zugigen Flur, wie die Alleen es waren, an der Wand hingen, feierlich ihre adligen Nachbarn empfangen hatten.

Wir nun aber hatten ganz einfach in der Küche Zuflucht gesucht und gefunden, dem einzigen bewohnbaren Winkel des Herrenhauses – einer riesengroßen Küche, in deren weit von unserm Platz wegliegende dunkle Ecken nur etwas Licht fiel, wenn ein neues Reisigbündel in den geräumigen Kamin geworfen wurde. Jeden Abend saßen wir behaglich am Feuer und dösten; unsere feuchten Stiefel dampften eine ganze Weile; die um unsere Füße herumliegenden Vorstehhunde träumten von der Jagd und schlugen schlafwandlerisch an; und danach stiegen wir in unser Schlafzimmer hinauf.

Es war der einzige Raum, der, der Ratten wegen, überall verschalt und vergipst worden war. Doch die Wände waren unverkleidet geblieben und nur gekalkt worden; es hingen Gewehre,

Hundepeitschen und Jagdhörner daran. Unsere Betten standen in den beiden Ecken dieser sibirischen Behausung; schlotternd und zähneklappernd schlüpften wir hinein.

Eine Meile vom Schloß entfernt fiel die Steilküste schroff zum Meer ab, und die mächtigen Atemzüge des Ozeans ließen Tag und Nacht die großen, gebeugten Bäume seufzen, das Dach und die Wetterfahnen greinen und das ganze ehrwürdige Gebäude aufschreien; es lief voll Wind durch die verrutschten Dachziegel, die wie Schlünde breiten Schornsteine, die nicht mehr richtig schließenden Fenster.

Es hatte an jenem Tag mächtig gefroren. Der Abend war hereingebrochen. Wir hatten uns an den Tisch vor dem großen Feuer in dem hohen Kamin gesetzt; darin brieten am Spieß ein Hasenhinterstück und zwei Rebhühner und strömten guten Duft aus.

Mein Vetter blickte auf: »Beim Zubettgehen dürfte es nicht gerade warm sein.«

Gleichgültig antwortete ich: »Nein; aber morgen früh sind auf den Teichen Enten.«

Die Haushälterin war dabei, auf dem einen Tischende für uns, auf dem andern für die Dienerschaft zu decken; sie fragte: »Wissen die Herren eigentlich, daß heute Heiliger Abend ist?«

Natürlich hatten wir es nicht gewußt; wir warfen kaum je einen Blick auf den Kalender. Mein Vetter sagte beiläufig: »Dann ist ja heute auch Mitternachtsmesse. Deswegen hat es den ganzen Tag geläutet.«

Die Magd entgegnete: »Ja und nein. Es hat auch geläutet, weil der alte Fournel gestorben ist.«

Der alte Fournel, ein ehemaliger Schäfer, war in der Gegend eine Berühmtheit. Er war mit seinen sechsundneunzig Jahren niemals krank gewesen, bis er sich vor einem Monat erkältet hatte, weil er in einer besonders dunklen Nacht in einen Tümpel gefallen war. Am nächsten Tag hatte er sich hingelegt. Von da an war es mit ihm zu Ende gegangen.

Mein Vetter sah mich an. »Wenn es dir recht ist«, sagte er, »schauen wir nachher mal bei den armen Leuten hinein.« Er meinte damit die Familie des Alten, seinen achtundfünfzigjährigen Enkel und seine um ein Jahr jüngere Enkelschwiegertochter. Die Zwischengeneration existierte schon seit langem nicht mehr. Sie hausten in einem elenden Gemäuer, rechts am Eingang des Weilers.

Ich weiß nicht, wie es zuging, aber der Gedanke an Weihnachten inmitten dieser Einsamkeit löste uns die Zungen. Wir saßen beisammen und erzählten einander von früheren Weihnachtsabenden, von Abenteuern in dieser ausgelassenen Nacht, von weit zurückliegenden Liebeserlebnissen und dem Erwachen am andern Morgen, dem Erwachen zu zweit mit seinen gefährlichen Überraschungen, dem Erstaunen, wenn man sah, wer neben einem lag.

Auf diese Weise dauerte unser Abendessen lange. Es folgten ihm mehrere Pfeifen, und im Bann der Aufgeräumtheit zweier Eigenbrötler, der mitteilsam machenden Aufgeräumtheit, wie sie sich unvermittelt zwischen zwei guten Freunden einstellen kann, redeten wir pausenlos weiter; wir durchstöberten uns nach vertraulichen Herzenserinnerungen, die einem nur in dergleichen Stunden des Gelöstseins entschlüpfen, um sie einander zu erzählen.

Die Haushälterin war längst hinausgegangen; jetzt erschien sie wieder und sagte: »Ich will zur Mette.«

»Jetzt schon?«

»Es ist Viertel nach elf.«

»Wenn wir nun ebenfalls zur Kirche gingen?« fragte Jules. »Die Christmette hier draußen auf dem Land ist etwas Merkwürdiges.«

Ich war einverstanden; wir wickelten uns in unsere Jagdpelze und zogen los.

Scharfe Kälte stach uns ins Gesicht und ließ unsere Augen tränen. Die kalte Luft griff die Lungen an und trocknete einem den Hals aus. Der tiefe, klare, harte Himmel war von Sternen durchstochen, von denen man hätte meinen können, der Frost habe sie ausgebleicht; sie schimmerten nicht wie ferne Lichter, sondern wie glitzernde Eiskristalle. In der Ferne hallten auf dem ehernen, ausgedörrten, dröhnenden Erdboden die Holzschuhe der Bauern, und in weiter Runde bimmelten die kleinen Dorfkirchenglocken und warfen ihre dünnen, gleichfalls wie gefroren anmutenden Klänge in die weite, eisige Nacht.

Das Land schlief nicht. Hähne, die sich durch das Lärmen hatten täuschen lassen, krähten, und wenn wir an Ställen entlanggingen, hörten wir das durch die Geräusche der Menschen gestörte Vieh sich regen und bewegen.

Als wir uns dem Weiler näherten, fiel Jules die Familie Fournel wieder ein. »Da in der Bruchbude wohnen sie«, sagte er. »Komm, laß uns hineingehen.«

Lange klopfte er vergebens. Da sah uns eine Nachbarin; sie kam aus ihrem Haus und wollte zur Kirche. »Sie sind zur Mette gegangen«, sagte sie. »Sie wollen für den Vater beten.«

»Wir werden ihnen schon begegnen, wenn sie herauskommen«, sagte mein Vetter.

Der abnehmende Mond zeichnete seine Sichelgestalt am Himmelssaum inmitten der unendlichen, mit vollen Händen in den Weltenraum gestreuten Saat leuchtender Samenkörner. Und in der dunklen Landschaft strebten von überall her kleine, zitternde Lichtchen dem spitzigen, unablässig läutenden Kirchturm zu. Zwischen den baumumstandenen Bauernhöfen, inmitten der nachtschwarzen Felder, flackerten sie, diese Lichtchen, dicht überm Erdboden. Es waren die Laternen mit den Hornscheiben, die die Bauern vor ihren Frauen hertrugen; sie trugen weiße Hauben und waren in lange, schwarze, ärmellose Umhänge gehüllt; hinter ihnen her trotteten mißgelaunt die schlaftrunkenen Kinder und hielten einander in der Finsternis an der Hand.

Durch die offenstehende Kirchentür konnte man in den kerzenerhellten Chor blicken. Eine Girlande kleiner, billiger Kerzen durchzog das armselige Kirchenschiff, und in einer Kapelle zur Linken lag auf dem Boden, auf echtem Stroh inmitten von Tannenzweigen, ein pummeliges Jesuskind aus Wachs und bot seine rosige, unecht wirkende Nacktheit dar.

Die gottesdienstliche Handlung begann. Die Bauern beteten mit krummen Rücken; die Frauen knieten. Die schlichten, in der kalten Nacht hergekommenen Leute schauten voller Rührung auf das ungeschickt bemalte Bildwerk und falteten die Hände, in ihrer Einfalt erschien ihnen der bescheidene Glanz dieser kindischen Darstellung ebenso lebensecht, wie er sie einschüchterte.

Die Kerzenflammen zuckten und flackerten in der eisigen Luft. Jules sagte: »Komm, wir gehen; draußen ist man besser aufgehoben.«

Und während die knienden Bauern fromm weiterschlotterten, fingen wir auf der menschenleeren Landstraße abermals an, unsere Erinnerungen hervorzukramen, bis die Mette zu Ende war; wir waren um jene Zeit wieder am Dorfeingang angelangt.

Ein Lichtfaden glitt unter der Tür der Fournels hindurch. »Sie halten die Totenwache«, sagte mein Vetter. »Wir wollen jetzt endlich zu den armen Leuten hineingehen; das macht ihnen Freude.«

Im Kamin verglühten ein paar Scheite. Das dunkle Zimmer war über die Maßen schmutzig; das wurmstichige, zeitgebräunte Holzwerk strömte einen erstickenden Gestank nach gebratener Blutwurst aus. Unter dem großen Tisch stand der lange, bauchige Backtrog; auf der Platte brannte in einem Leuchter aus gewundenem Schmiedeeisen eine Kerze; ihr Docht lief in einen pilzförmigen Rußklumpen aus, von dem ein bitterer Rauchfaden bis zur Decke emporqualmte. Und die beiden Fournels, der Mann und die Frau, saßen da und begingen für sich allein den Weihnachtsabend.

Düster, mit verbissenem Ausdruck und verstumpften Bauerngesichtern, aßen sie ernsthaft und stumm. Ein einziger Teller stand zwischen ihnen, und darauf lag ein großes Stück gebratene Blutwurst und stank wie die Pest. Dann und wann rissen sie mit der Messerspitze ein Stück davon ab, zerquetschten es auf ihrer Brotscheibe, schnitten sie in kleine Happen und zerkauten sie dann langsam. Wenn das Glas des Mannes leer war, nahm die Frau den Ziderkrug und goß es ihm wieder voll.

Als wir hereinkamen, standen sie auf, baten uns, wir möchten uns setzen und »tun wie sie«, und als wir dankten, aßen sie weiter.

Nach ein paar Minuten des Schweigens fragte mein Vetter: »Na, Anthime, Ihr Großvater ist nun also gestorben?«

»Ja, guter Herr, er ist nun hinüber.«

Dann fing das Schweigen von vorn an. Aus Höflichkeit schnuppte die Frau die Kerze. Um etwas zu sagen, brachte ich hervor: »Er war ja auch schon recht alt.«

Die siebenundfünfzigjährige Enkelschwiegertochter antwortete kühl: »Seine Zeit war um; er hatte hier nichts mehr zu tun.«

Unvermittelt stieg in mir der Wunsch auf, die Leiche dieses Hundertjährigen zu sehen, und ich bat, sie mir zu zeigen.

Die bis dahin so ruhigen Bauern gerieten jäh in Bewegung. Sie warfen einander beunruhigte, fragende Blicke zu und antworteten nicht.

Meinem Vetter entging ihre Betroffenheit nicht; er wiederholte meine Bitte.

Da fragte der Mann mit argwöhnischer und duckmäuserischer Miene: »Was haben Sie denn davon?«

»Nichts«, sagte Jules. »Aber so ist es doch üblich. Warum wollen Sie ihn uns nicht zeigen?«

Der Bauer zuckte die Achseln. »Oh, ich wollte schon; die Sache ist nur die: Augenblicklich geht es schlecht.«

Tausenderlei Vermutungen glitten uns durch den Kopf. Da die Enkel des Toten noch immer keine Miene machten, sondern einander gegenüber mit niedergeschlagenen Augen reglos sitzen blieben, mit den verbockten Gesichtern Mißzufriedener, die zu besagen schienen: »Macht doch, daß ihr wegkommt«, sagte mein Vetter mit einigem Nachdruck: »Los, Anthime, stehen Sie auf und führen Sie uns in sein Schlafzimmer.«

Aber der Mann hatte sich inzwischen gefaßt und sagte verdrossen: »Hat keinen Zweck, da ist er nicht mehr.«

»Ja, wo ist er denn dann?«

Die Frau kam ihrem Mann zuvor: »Ich will es Ihnen sagen: Wir haben ihn bis morgen in den Backtrog gepackt, weil wir keinen Platz sonst hatten.«

Sie schob den Blutwurstteller zurück, klappte die Tischplatte hoch, bückte sich mit der Kerze und leuchtete in das Innere der großen, offenen Truhe, auf deren Boden wir etwas Graues sahen, ein langes Paket, aus dessen einem Ende ein magerer Kopf mit struppigem weißen Haar herausragte und aus dem andern Ende zwei nackte Füße.

Es war der völlig eingeschrumpfte Alte; mit geschlossenen Augen, in seinen Hirtenmantel gerollt, lag er da und schlief seinen letzten Schlaf zwischen uralten, schwarzen, gleich ihm hundertjährigen Brotteigresten.

Und darüber hatten seine Nachkommen ihr Weihnachtsessen gegessen!

Jules rief voller Unwillen und zornbebend: »Warum habt ihr ihn denn nicht in seinem Bett liegen lassen, ihr blöden Bauerntrampel?«

Da fing die Frau an, weinerlich und sehr schnell herunterzuhaspeln: »Das will ich Ihnen sagen, lieber Herr. Wir haben nur ein Bett im Haus. Früher haben wir mit ihm zusammen drin geschlafen, wir waren ja bloß drei. Als er dann so krank wurde, da habe ich auf der Erde geschlafen; das ist hart, guter Herr, bei diesem Wetter. Na ja, und als er dann hinüber war, da haben wir uns gesagt: ›Nun merkt er ja nichts mehr, dieser Mensch, warum soll er also im Bett liegen bleiben? Wir können ihn doch ganz gut bis morgen in den Backtrog legen, dann kann ich diese Nacht, wo es doch so kalt ist, wieder ins Bett.‹ Schließlich konnte ich doch nicht mit dem Toten schlafen, liebe Herren!«

Mein Vetter ging erbittert hinaus und knallte die Tür hinter sich zu; ich war ihm gefolgt – ich lachte Tränen.

Übertragen von Ernst Sander

Der Alte

Französischer Titel: Le Vieux
Erstdruck: Le Gaulois, 6. Januar 1884

Lauer Herbstsonnenschein fiel in den Bauernhof, über die hohen Buchen an den Einfriedungsgräben hinweg. Das Erdreich unter dem von den Kühen kahlgeschorenen Rasen war vom unlängst gefallenen Regen her feucht und drückte sich bei jedem Schritt ein; es klang beinahe plätschernd; und die mit Äpfeln beladenen Apfelbäume säten ihre blaßgrünen Früchte in das dunkelgrüne Gras.

Vier junge, nebeneinander angebundene Färsen weideten und muhten dann und wann nach dem Wohnhaus hin; das Geflügel vollführte auf dem Misthaufen vor dem Stall ein buntfarbenes Durcheinander, scharrte, lief hin und her, gackerte, während die beiden Hähne unablässig krähten und für ihre Hennen Würmer suchten, worauf sie dann mit einem lebhaften Gluckern riefen.

Das hölzerne Gattertor ging auf; ein vielleicht vierzigjähriger Mann kam herein; er wirkte, als sei er sechzig, so faltig und verkrümmt war er; er ging mit langen Schritten, die das Gewicht der mit Stroh ausgestopften Holzschuhe noch mühseliger machte. Die zu langen Arme hingen ihm an beiden Körperseiten nieder. Als er auf den Hof kam, wedelte ein gelber, am Fuß eines riesigen Birnbaums neben einem Faß, seiner Hütte, angebundener Köter und kläffte dann vor Freude. Der Mann rief: »Kusch, Finot!«

Der Hund verstummte.

Aus dem Haus kam eine Bauersfrau. Ihr knochiger, breiter, platter Körper zeichnete sich unter dem an der Taille verengten Leibchen ab. Ein grauer, zu kurzer Rock reichte bis zur Hälfte der in blauen Strümpfen steckenden Beine; auch sie trug mit Stroh ausgestopfte Holzschuhe. Eine weiße, gelb gewordene Haube bedeckte das spärliche, am Schädel klebende Haar, und ihr braunes, mageres, häßliches und zahnloses Gesicht zeigte die

Mischung von barbarischer Menschenscheu und tierischer Stumpfheit, wie Bauerngesichter es häufig aufweisen.

Der Mann fragte: »Wie steht's mit ihm?«

Die Frau antwortete: »Der Herr Pfarrer hat gesagt, es sei aus, er komme nicht über die Nacht weg.«

Beide gingen ins Haus.

Sie gingen durch die Küche und dann in die niedrige schwarze Schlafkammer, kaum durch ein winziges Fensterquadrat erhellt, vor dem ein Fetzen normannischen Batikstoffes hing. Die dicken Deckenbalken durchzogen den Raum vom einen Ende zum andern; sie waren von der Zeit gebräunt, dunkel und verräuchert, und sie trugen den dünnen Bodenbelag des Speichers, auf dem bei Tag und Nacht ganze Scharen von Mäusen umherliefen.

Der gestampfte, gebuckelte, feuchte Lehmboden wirkte fettig, und das Bett ganz hinten in dem Gelaß bildete einen verschwommenen hellen Fleck. Ein regelmäßiges, rauh-heiseres Geräusch, ein hartes, röchelndes, pfeifendes Atmen wie das Wassergurgeln, das eine defekte Pumpe vollführt, ging von der umdunkelten Lagerstatt aus, auf der ein Greis im Sterben lag, der Vater der Bäuerin.

Der Mann und die Frau traten herzu und sahen den Sterbenden mit ihren ungerührten, schicksalsergebenen Augen an.

Der Schwiegersohn sagte: »Diesmal ist es aus; nicht mal bis zum Dunkelwerden dauert es mehr.«

Die Bauersfrau ergänzte: »Seit Mittag röchelt er so.«

Dann sagte sie nichts weiter. Der Vater lag mit geschlossenen Augen da; sein Gesicht war erdfarben, so trocken, daß es wie Holz anmutete. Sein halboffener Mund entließ den hart stoßenden Atem; das graue Leinentuch über der Brust hob sich bei jedem Zug.

Nach einem langen Schweigen sagte der Schwiegersohn: »Bleibt nichts, als ihn allein zu lassen, bis es aus ist. Hilft eben nichts. Trotzdem kommt es einem in die Quere mit den Zuckerrüben, weil das Wetter so gut ist. Sie müssen morgen verpflanzt werden.«

Seine Frau wirkte bei diesem Gedanken ein bißchen unruhig. Sie überlegte ein paar Augenblicke; dann erklärte sie: »Wenn er stirbt, kann er nicht vor Samstag begraben werden; dann hast du morgen Zeit für die Zuckerrüben.«

Der Bauer dachte nach und sagte dann: »Ja, aber morgen muß ich zur Leichenfeier einladen, und es kostet mich fünf bis sechs Stunden, wenn ich über Tourville nach Manchot gehe, zu all den Verwandten und Bekannten.«

Nachdem sie sich die Sache ein paar Minuten überlegt hatte, sagte die Bäuerin: »Es ist noch nicht drei, du könntest den Rundgang heute schon anfangen und alles erledigen, was in Tourville wohnt. Du kannst doch einfach sagen, er sei schon hinüber, weil er doch sozusagen morgen früh nicht mehr lebt.«

Der Mann stand ein paar Augenblicke ratlos da und erwog die Folgen und Vorteile dieses Einfalls. Schließlich erklärte er: »Na gut, ich ziehe los.« Er ging hinaus; dann kam er wieder herein und sagte nach einigem Drucksen: »Du hast nichts zu tun, du kannst Kochäpfel abschlagen, und dann machst du vier Dutzend Apfelkrapfen für die, die zur Leichenfeier kommen, damit sie sich stärken können. Den Backofen kannst du mit dem Reisig heizen, das im Schuppen bei der Apfelpresse liegt. Das ist trocken.«

Und er ging aus der Schlafkammer hinaus in die Küche, machte den Schrank auf, nahm ein Sechspfundbrot heraus, säbelte sorgfältig eine Schnitte ab, sammelte die auf die Tischplatte gefallenen Krumen in die hohle Hand und schüttete sie sich in den Mund, damit nichts umkam. Dann kratzte er mit der Messerspitze ein bißchen eingesalzene Butter vom Boden eines braunen Tontopfes, strich sie sich aufs Brot und fing genauso langsam an zu essen, wie er alles tat.

Dann überquerte er wieder den Hof, beruhigte den Köter, der abermals loskläffte, schlug den Weg an seinem Grenzgraben entlang ein und ging in Richtung Tourville davon.

Die alleingebliebene Frau machte sich an die Arbeit. Sie nahm den Deckel vom Mehlkasten und bereitete den Teig für die Apfelkrapfen. Sie knetete ihn lange, wandte ihn auf die eine, dann auf die andere Seite, zerquetschte ihn, zerstampfte ihn. Dann formte sie daraus eine dicke, weißlich-gelbe Kugel und ließ sie auf dem Tisch liegen.

Dann ging sie die Äpfel holen, und um den Baum nicht mit der langen Stange zu verletzen, nahm sie einen Schemel und stieg hinein. Sorgsam suchte sie die reifsten Früchte aus und sammelte sie in ihrer Schürze.

Vom Weg her rief eine Stimme: »He, Madame Chicot!«

Sie drehte sich um. Es war ein Nachbar, Meister Osime Favet, der Bürgermeister; er wollte seine Äcker düngen und saß mit baumelnden Beinen auf dem Jauchefaß. Sie antwortete: »Wollen Sie was von mir, Meister Osime?«

»Wie steht's denn mit dem Vater?«

Sie rief: »Der ist sozusagen schon hinüber. Samstag um sieben ist Leichenfeier, weil die Zuckerrüben drängen.«

Der Nachbar erwiderte: »In Ordnung. Hals- und Beinbruch! Gute Gesundheit!«

Höflich wie sie war, antwortete sie: »Danke, und Ihnen auch.« Dann machte sie sich wieder ans Apfelpflücken.

Sobald sie wieder im Haus war, sah sie nach ihrem Vater, in der Erwartung, er sei nun endlich tot. Aber schon an der Tür hörte sie sein geräuschvolles, eintöniges Röcheln, und da sie meinte, es sei unnötig und purer Zeitverlust, wenn sie an das Bett heranträte, fing sie mit der Bereitung ihrer Apfelkrapfen an.

Sie umhüllte die Früchte eine nach der andern mit einer dünnen Teigschicht; dann reihte sie sie auf dem Tisch auf. Als sie mit den achtundvierzig Kugeln fertig war und sie hintereinander in Dutzendreihen aufgestellt hatte, meinte sie, sie könne das Abendessen kochen, und hängte den Topf mit den Kartoffeln an den Haken über dem Feuer; sie hatte sich nämlich überlegt, daß es unnütz sei, heute schon den Backofen anzustecken; es blieb ihr ja noch der ganze morgige Tag für die Vorbereitungen.

Um fünf kam ihr Mann wieder heim. Als er über die Schwelle trat, fragte er: »Ist er hin?«

Sie antwortete: »Noch nicht ganz; er gurgelt immer noch.«

Sie gingen und sahen nach. Der Alte war völlig im gleichen Zustand. Sein rauher Atem war regelmäßig wie Pendelschlag; er ging weder schneller noch langsamer. Von Sekunde zu Sekunde kam er wieder, nur klang er dabei etwas anders, je nachdem die Luft in die Brust einströmte oder herausströmte.

Der Schwiegersohn sah ihn sich an; dann sagte er: »Mit dem geht es zu Ende, ohne daß es einer merkt, wie mit einer Kerze.«

Sie gingen wieder in die Küche und aßen stumm zu Abend. Als sie die Suppe ausgelöffelt hatten, aßen sie noch eine Butterschnitte; dann wurden die Teller abgewaschen, und sie gingen wieder in die Kammer des Sterbenden.

Die Frau hielt eine kleine Lampe mit blakendem Docht und bewegte sie vor dem Gesicht des Vaters hin und her. Hätte er nicht geatmet, so hätte man ihn bestimmt für tot halten können.

Das Bett des Bauernpaars stand versteckt am andern Ende des Raums in einer Art Alkoven. Ohne ein Wort zu wechseln, legten sie sich hin, löschten das Licht und machten die Augen zu; und bald begleiteten zwei ungleichmäßige Schnarchtöne, der eine tief, der andere heller, das ununterbrochene Röcheln des Sterbenden.

Auf dem Speicher liefen die Mäuse.

Der Ehemann wurde beim ersten Tagesgrauen wach. Sein Schwiegervater lebte immer noch. Er rüttelte seine Frau; dies Widerstreben des Alten machte ihm Sorgen. »Sag mal, Phémie, er will und will nicht sterben. Was machen wir nun?« Er wußte: Sie war nie um Rat verlegen.

Sie erwiderte: »Den Tag überlebt er ganz sicher nicht. Da brauchen wir keine Angst zu haben. Wenn der Bürgermeister nichts dagegen hat, können wir ihn trotzdem morgen begraben, weil das mit dem alten Renard genauso gehalten worden ist, er ist doch mitten in der Saatzeit gestorben.«

Das Offenkundige dieser Erwägung überzeugte ihn; er ging aufs Feld.

Seine Frau backte die Apfelkrapfen; dann erledigte sie sämtliche Verrichtungen, die der Hof erforderte.

Mittags war der Alte immer noch nicht tot. Die für das Verpflanzen der Zuckerrüben gedungenen Tagelöhner kamen in hellen Haufen und sahen sich den früheren Herrn an, der sich nicht trennen konnte. Jeder sagte sein Sprüchlein; dann gingen sie wieder aufs Feld.

Bei der Heimkehr um sechs atmete der Vater noch immer.

Da bekam sein Schwiegersohn es mit der Angst. »Was sollen wir jetzt bloß tun, Phémie?«

Auch sie wußte keine Lösung. Sie gingen zum Bürgermeister. Der versprach, es solle ein Auge zugedrückt werden, und die Beerdigung könne am folgenden Tag stattfinden. Auch der Dorfarzt erklärte sich aus Gefälligkeit gegenüber Meister Chicot bereit, den Totenschein vorzudatieren. Beruhigt gingen Mann und Frau wieder heim.

Sie legten sich zu Bett und schliefen wie nachts zuvor; ihr geräuschvolles Atmen mischte sich in das schwächer gewordene des Alten. Als sie aufwachten, war er immer noch nicht tot.

Das schmetterte sie nieder. Sie stellten sich vor das Lager des Vaters und musterten ihn mißtrauisch, wie als wolle er ihnen einen üblen Streich spielen, sie hinters Licht führen, ihnen nur aus Vergnügen entgegensein, und sie grollten ihm vor allem der Zeit wegen, die sie um seinetwillen verloren.

Der Schwiegersohn fragte: »Und was soll jetzt werden?«

Sie wußte dazu nichts zu sagen; sie antwortete: »Zu ärgerlich ist es!«

Jetzt konnten die Geladenen nicht mehr benachrichtigt werden; sie mußten gleich eintreffen. Es wurde beschlossen, sie zu erwarten und ihnen die Sache darzulegen.

Zehn Minuten vor sieben erschienen die ersten. Die Frauen waren in Schwarz, hatten den Kopf mit großen Schleiern verhüllt und traurige Gesichter aufgesetzt. Die Männer fühlten sich unbehaglich in ihren Tuchröcken und schritten desto entschlossener einher, je zwei und zwei, und redeten über Geschäftliches.

Meister Chicot und seine Frau waren verstört und empfingen sie mit verhärmten Gesichtern; beide traten gleichzeitig auf die erste Gruppe zu und fingen an zu schluchzen. Sie erklärten, was geschehen sei, erzählten von der Ungelegenheit, in der sie sich befanden, boten Stühle an, liefen hin und her, entschuldigten sich, wollten beweisen, daß jedermann wie sie gehandelt hätte, ergingen sich in endlosen Redereien, wurden mit einemmal geschwätzig, damit niemand sonst zu Worte kam.

Sie gingen von einem zum andern: »Wir hätten es nicht für möglich gehalten; es ist unglaublich, daß es so lange dauert!«

Die verdatterten Gäste waren ein bißchen enttäuscht, wie Menschen, die eine Feierlichkeit verpassen, auf die sie gefaßt gewesen sind; sie wußten nicht, was sie anfangen sollten; sie blieben, je nachdem, sitzen oder stehen. Manche wollten weggehen.

Meister Chicot hielt sie zurück: »Wir wollen trotzdem einen Happen essen. Wir haben Apfelkrapfen gebacken; die dürfen nicht umkommen.«

Bei dem Gedanken daran erhellten sich die Gesichter. Leise Unterhaltungen setzten ein. Nach und nach füllte sich der Hof; die zuerst Gekommenen teilten die Nachricht den Neuankömmlingen mit. Es gab ein Getuschel; der Gedanke an die Apfelkrapfen heiterte alle auf.

Die Frauen gingen ins Haus und sahen sich den Sterbenden an. Vor dem Bett bekreuzigten sie sich, stotterten ein Gebet, gingen wieder hinaus. Die auf den Anblick weniger erpichten Männer warfen bloß einen Blick durchs Fenster, das offengelassen worden war.

Madame Chicot erging sich in Schilderungen des Todeskampfes. »Seit zwei Tagen liegt er nun so da, nicht mehr und nicht weniger, nicht lauter und nicht leiser. Hört es sich nicht wie eine Pumpe an, in der kein Wasser mehr ist?«

Als alle sich den Sterbenden angeschaut hatten, wurde an die Mahlzeit gedacht; aber da sie zu viele waren und in der Küche keinen Platz gefunden hatten, wurde der Tisch ins Freie vor die Tür gerückt. Die vier Dutzend goldbraunen, appetitlichen Apfelkrapfen lagen auf zwei großen Platten und lenkten die Blicke auf sich. Jeder streckte die Hand aus, um einen zu ergattern, voller Angst, sie könnten nicht reichen. Aber es blieben sogar noch vier übrig.

Mit vollem Mund sagte Meister Chicot: »Wenn er uns so sähe, der Vater, dann würde er traurig sein. Als er noch lebte, da hat er sie besonders gern gegessen.«

Ein dicker, jovialer Bauer erklärte: »Jetzt ißt er keine mehr. Jeder zu seiner Zeit.«

Dieser Gedanke stimmte die Gäste keineswegs bekümmert, er schien sie vielmehr aufzuheitern. Jetzt war die Reihe an ihnen, die Krapfen zu vertilgen.

Die ob der Unkosten verzweifelte Madame Chicot lief unaufhörlich in den Keller und holte Zider. Schlag auf Schlag folgten die Krüge einander und wurden geleert. Nun wurde gelacht, es wurde lauter gesprochen, es wurde geschrien, wie man eben schreit, wenn man bei einem Festessen sitzt.

Plötzlich erschien eine alte Bäuerin, die aus Furcht vor dem, was ihr selbst bald widerfahren würde, bei dem Sterbenden geblieben war, am Fenster und rief gellend: »Jetzt ist er tot! Jetzt ist er tot!«

Alle verstummten. Die Frauen standen hastig auf, um ihn sich anzusehen.

Tatsächlich, er war tot. Er hatte aufgehört zu röcheln. Die Männer schauten einander an, blickten zu Boden; es war ihnen unbehaglich zumute. Sie waren mit dem Verzehren der Krapfen noch nicht ganz fertig. Der alte Schuft hatte sich den Augenblick schlecht ausgesucht.

Jetzt weinten die Chicots nicht mehr. Es war aus, sie konnten beruhigt sein. Immerfort wiederholten sie: »Wir haben es ja ganz genau gewußt, daß es nicht mehr lange dauern konnte. Wenn er sich bloß schon letzte Nacht entschlossen hätte, dann wären uns alle diese Ungelegenheiten erspart geblieben.«

Machte nichts, es war überstanden. Er würde einfach am Montag begraben werden, und bei der Gelegenheit sollte es dann noch mal Apfelkrapfen geben.

Die Gäste gingen weg und redeten über den Fall, sie freuten sich dennoch, dabei gewesen zu sein und etwas zu futtern bekommen zu haben.

Und als der Mann und die Frau endlich allein waren und einander gegenübersaßen, sagte sie mit angstverzerrtem Gesicht: »Nun muß ich noch mal vier Dutzend Apfelkrapfen backen! Wenn er sich bloß schon letzte Nacht entschlossen hätte!«

Und der mehr in sein Schicksal ergebene Mann antwortete: »So was kommt ja nicht alle Tage vor.«

Übertragen von Irma Schauber

Ein Brief

Französischer Titel: Lettre trouvée sur un Noyé
Erstdruck: Le Gil-Blas, 8. Januar 1884,
unter dem Pseudonym »Maufrigneuse«.

Sie fragen mich, gnädige Frau, ob ich mich über Sie lustig mache? Sie können nicht glauben, daß ein Mann niemals von der Liebe heimgesucht worden sei? Ich, ich habe nie geliebt, nie, nie!

Wie das zugegangen ist? Ich weiß es nicht. Nie habe ich mich in jener Art Trunkenheit des Herzens befunden, die da Liebe heißt! Nie habe ich in dem Traum, dem Aufruhr, der Entrückung gelebt, in die das Bild einer Frau uns zu versetzen vermag. Nie bin ich gehetzt, gepeinigt, durchfiebert, zu paradiesischen Entzückungen erhoben worden in der Erwartung oder im Besitz eines Wesens, das mich plötzlich begehrenswerter als alles Glück, schöner als alle andern Geschöpfe, wichtiger als das All gedünkt hätte! Nie habe ich um einer Frau willen geweint, nie um einer Frau willen gelitten. Keine einzige Nacht habe ich mit offenen Augen in Gedanken an sie hingebracht. Ein Erwachen, das Gedanken und Erinnerungen an sie durchleuchteten, ist mir unbekannt. Ich kenne weder den berauschenden Hoffnungstaumel, wenn ihr Kommen bevorsteht, noch die göttliche Schwermut der Reue, wenn sie davongeeilt ist und im Zimmer einen leichten Duft von Veilchen und Fleisch hinterlassen hat.

Ich habe nie geliebt.

Zwar habe auch ich mich oft gefragt, warum dem so sei. Und wirklich: Ganz genau weiß ich es nicht. Freilich habe ich einige Gründe gefunden; allein sie rühren an die Bereiche der Metaphysik, und Sie würden ihnen vielleicht keinen Geschmack abgewinnen können.

Ich glaube, ich stehe den Frauen allzu kritisch gegenüber, als daß ich ihren Reizen unterliegen könnte. Ich bitte Sie dieses Wortes wegen um Nachsicht. Ich will mich deutlicher ausdrücken.

Jedes Geschöpf hat eine psychische und eine physische Seite. Um lieben zu können, müßte ich einem Wesen begegnen, in dem sich beides harmonisch verbände, und solch ein Wesen habe ich nie gefunden. Immer hat eines überwogen, bald das Psychische, bald das Physische.

Die Intelligenz, die wir mit Recht von der Frau verlangen, damit wir sie lieben können, hat mit der Intelligenz des Mannes nichts gemein. Sie ist mehr und ist weniger. Die Frau muß einen offenen, zarten, sensiblen, feinen, allen Eindrücken gegenüber hingebungsbereiten Geist besitzen. Ihr Denken braucht weder kraftvoll noch ursprünglich und anregend zu sein; es ist indessen nötig, daß ihm Güte innewohne, Eleganz, Zärtlichkeit und ein wenig Koketterie, und sie muß über die Anpassungsfähigkeit verfügen, die sie innerhalb kurzer Zeit dem anzugleichen vermag, der ihr Leben teilt. Ihre hervorragendste Eigenschaft muß ein ausgeprägtes Taktgefühl sein, jener subtile Sinn, der für den Geist das nämliche bedeutet wie der Tastsinn für den Körper. Er enthüllt ihr tausend kleine Dinge, die Umrisse, die Berechnungen und Formen in der Ordnung des geistigen Gefüges.

Hübsche Frauen besitzen nur zu häufig eine Intelligenz, die in keinerlei Beziehung zu ihrer Person steht. Mich nun macht der geringste Mangel an Übereinstimmung betroffen und verletzt mich sogleich. In der Freundschaft ist das nicht allzu wichtig. Freundschaft ist ein Pakt, bei dem man Mängel und Werte in gleicher Weise in Kauf nimmt. Man vermag einen Freund oder eine Freundin kritisch zu beurteilen; man kann sich Rechenschaft über ihre guten Seiten geben, man kann über ihre schlechten hinwegsehen, ihren Wert ganz genau feststellen und sich dennoch einer intimen, tiefen und reizvollen Sympathie für sie überlassen.

Zur Liebe jedoch gehört Blindheit; man muß sich gänzlich preisgeben, über nichts nachdenken und nichts verstehen. Man muß die Schwächen genauso zu vergöttern wissen wie die Schönheit; man muß auf jedes Urteil, jede Besinnung, jeden Scharfblick verzichten können.

Zu einer solchen Verblendung bin ich unfähig, und gegen die vernunftwidrige Verführung empöre ich mich.

Aber das ist noch nicht alles. Ich habe eine dermaßen hohe und subtile Vorstellung von der Harmonie, daß nichts in der Wirklichkeit meinem Ideal zu entsprechen vermag. Wahrscheinlich halten Sie mich für verrückt! Doch hören Sie mich an. Meiner Meinung nach kann eine Frau eine erlesene Seele und einen bezaubernden Körper besitzen, ohne daß dieser Körper und diese Seele auf eine vollkommene Weise einander entsprechen. Ich will damit sagen, daß Menschen, die eine Nase von einer ganz bestimmten Form haben, keinesfalls auf jede beliebige Weise denken dürfen. Beleibte haben nicht das Recht, sich der gleichen Worte, der gleichen Redensarten zu bedienen wie Magere. Sie, gnädige Frau, die Sie blaue Augen haben, dürfen das Dasein nicht so betrachten, die Dinge und Geschehnisse nicht so werten, als wenn Sie schwarze Augen hätten. Die Abschattungen Ihres Blickes müssen unabänderlich mit den Abschattungen Ihrer Gedanken übereinstimmen. Um dergleichen wahrzunehmen, verfüge ich über einen sehr fein ausgebildeten Spürsinn. Lachen Sie mich getrost aus. Es ist so.

Und dennoch habe ich eines Tages eine Stunde lang zu lieben vermeint. Dummerweise war ich dem Einfluß der Begleitumstände erlegen. Ich habe mich von einem Widerschein der Morgenröte verführen lassen. Gestatten Sie, daß ich Ihnen die kurze Geschichte erzähle?

Eines Abends hatte ich ein hübsches, ein wenig überspanntes Mädchen kennengelernt, das, aus einer poetischen Laune, mit mir eine Nacht im Boot auf dem Fluß hinbringen wollte. Mir wären ein Zimmer und ein Bett lieber gewesen; allein ich ließ es bei dem Fluß und dem Kahn sein Bewenden haben.

Es war im Juni. Meine Freundin hatte sich eine Mondnacht ausgesucht, um sich desto besser berauschen zu können.

Wir hatten in einem Gasthaus am Ufer zu Abend gegessen, und gegen zehn Uhr stießen wir ab. Mir erschien dieses Abenteuer recht albern, aber da meine Gefährtin mir gefiel, ließ ich es mir nicht allzu nahe gehen. Ich setzte mich auf die Bank, nahm die Riemen, und wir fuhren los.

Ich konnte nicht leugnen, daß die Fahrt zauberhaft war. Wir glitten an einer buschigen Insel entlang, auf der Nachtigallen schlugen; die Strömung trug uns schnell auf dem von Silberschauern überrieselten Strom. Hell und einförmig unkten die Kröten; im Ufergras schrien sich die Frösche heiser, und das Glucksen des fließenden Wassers ließ um uns ein wirres, kaum wahrnehmbares, beunruhigendes Geräusch erstehen und erfüllte uns mit einer schwebenden, geheimnisvollen Furchtempfindung. Der milde Zauber der lauen Nacht und des im Mondlicht schimmernden Flusses bemächtigte sich unser. Es war wohlig, so dahinzugleiten, träumerischen Gedanken hingegeben, und die Nähe eines jungen, in zarten Empfindungen schwelgenden schönen Frauenwesens zu spüren.

Ich war ein wenig erregt, ein wenig verwirrt, ein wenig trunken ob der blassen Schönheit der Nacht und durch das Denken an meine Gefährtin.

»Setzen Sie sich doch neben mich«, sagte sie. Ich gehorchte. Sie sprach weiter: »Jetzt müssen Sie Verse aufsagen.«

Das ging meiner Meinung nach ein bißchen weit; ich lehnte es ab; sie bestand darauf. Ganz entschieden wollte sie aufs Ganze gehen; sie wollte das volle Gefühlsorchester, Mondschein und Verse eingeschlossen. Schließlich gab ich nach und sagte ihr aus Spottsucht ein reizendes Gedicht von Louis Bouilhet auf, dessen letzte Strophen also lauten:

Vor allem gilt mein Haß dem feuchtgeäugten Barden,
Der einen Stern beschaut und einen Namen lallt;
Dem die Natur, die ungeheure, leer erschiene,
Trüg' er im Sattel hinter sich sein Lieschen nicht.

Wie spaßhaft sind die guten Leute, die,
Um für das jämmerliche All uns zu begeistern,
An jeden Baum im Feld ein Unterröckchen hängen
Und Spitzenhäubchen auf die Stirn der Hügel stülpen!

Die haben schwerlich je den Götterklang vernommen,
Der ewigen Natur erschauernden Gesang,
Die einsam nicht in hohle Schlüfte eingedrungen,
Die nur von einer Frau geträumt im Waldgebraus.

Ich war auf Vorwürfe gefaßt. Nichts dergleichen erfolgte. Sie flüsterte: »Wie wahr das ist!«

Ich war einigermaßen betroffen. Hatte sie verstanden?

Allmählich hatte unser Boot sich dem Ufer genähert und sich an einem Weidenbaum verfangen, der es aufhielt. Ich faßte meine Gefährtin um die Hüfte und näherte äußerst behutsam meine Lippen ihrem Hals. Aber sie schüttelte mich mit einer jähen, verstörten Bewegung ab: »Lassen Sie das! Wie plump Sie sind!«

Ich versuchte, sie an mich zu ziehen. Sie sträubte sich, klammerte sich an dem Baum fest und hätte uns beinahe zum Kentern gebracht. Ich hielt es für richtiger, meine Versuche aufzugeben.

Sie sagte: »Eher würfe ich das Boot um. Mir ist so wohl! Ich träume. Es ist so schön!« Dann sagte sie noch, und in ihrer Stimme schwang eine gelinde Bosheit: »Haben Sie denn die Verse schon vergessen, die Sie mir eben aufgesagt haben?«

Das stimmte. Ich schwieg.

Dann sagte sie: »Los, rudern Sie weiter!«

Und ich legte mich aufs neue in die Riemen.

Nach und nach kam mir die Nacht recht lang und meine Lage lächerlich vor.

Meine Gefährtin fragte mich: »Wollen Sie mir etwas versprechen?«

»Ja. Was denn?«

»Sie müssen sich ganz ruhig, anständig und schicklich verhalten, wenn ich Ihnen erlaube...«

»Was denn? Sagen Sie es doch!«

»Gut. Ich möchte auf dem Boden des Bootes ausgestreckt auf dem Rücken neben Ihnen liegen und in die Sterne schauen.«

Ich rief: »Einverstanden!«

Sie fuhr fort: »Sie mißverstehen mich. Wir wollen uns nebeneinander legen. Aber ich verbiete Ihnen, mich anzurühren, mich zu küssen, kurz, mich... mich... liebzuhaben.«

Ich versprach es.

Sie drohte: »Wenn Sie auch nur eine Bewegung machen, werfe ich das Boot um.«

Und so haben wir denn nebeneinander gelegen und zum Himmel aufgeschaut und uns vom Strom treiben lassen. Die ungewissen Bewegungen des Bootes haben uns geschaukelt. Die leisen Laute der Nacht waren jetzt, auf dem Boden des Fahrzeugs, deutlicher zu vernehmen und ließen uns dann und wann erschauern. Und ich spürte, wie sich meiner eine sonderbare, herzergreifende innere Bewegung bemächtigte, eine unendliche Rührung, eine Art zwingenden Verlangens, meine Arme zu einer Umschlingung zu öffnen, mein Herz der Liebe zu öffnen, mich hinzugeben, meine Gedanken, meinen Körper, mein Leben, mein ganzes Sein jemandem hinzugeben.

Meine Gefährtin flüsterte wie im Traum: »Wo sind wir? Wohin treiben wir? Mir ist, als hebe es mich von der Erde auf! Wie schön das ist! Oh, wenn Sie mich doch liebten... ein klein wenig nur...«

Mein Herz begann zu pochen. Ich vermochte nichts zu erwidern; mir war, als liebte ich sie. In mir war keinerlei heftiges Begehren mehr. Mir war wohl, neben ihr zu liegen; nach anderem trug ich kein Verlangen.

Und so sind wir lange, lange geblieben, ohne uns zu rühren. Wir hatten einander bei der Hand gefaßt; ein köstlicher Bann hielt uns gefangen: eine unbekannte Macht, eine höhere, ein Bündnis, ein keusches, innerliches, unwiderrufliches Gefühl des Beieinanderseins, des Einandergehörens, ohne daß wir uns berührten. Was war das? Weiß ich es? Vielleicht Liebe?

Allmählich gebar sich der Tag. Es war drei Uhr morgens. Langsam überzog eine große Klarheit den Himmel. Das Boot scheuerte an etwas. Ich richtete mich auf. Wir waren an einer kleinen Insel angetrieben.

Aber ich verharrte in Entzücken, in glühender Erregung. Vor uns leuchtete die Weite des Firmamentes rot, rosig, veilchenfarben, von Glutwellen durchzogen wie von goldenem Rauch. Der Strom war purpurn, und drei Häuser am Ufer schienen zu brennen.

Ich neigte mich meiner Gefährtin zu. Ich hatte ihr sagen wollen: »Sehen Sie doch!« Aber ich schwieg, verloren, hingerissen, und sah nur sie. Auch sie war rosig, von einer körperlichen Rosenfarbe, über die ein wenig von der Himmelstönung sich ergossen hatte. Ihr Haar war rosig, ihre Augen, ihre Zähne, ihr Kleid, ihre Spitzen, ihr Lächeln – alles war rosig. Und ich glaubte nicht anders, so hingerissen war ich, als daß ich die Morgenröte vor mir sähe.

Behutsam richtete sie sich auf und bot mir die Lippen; und ich beugte mich zu ihr, zitternd, mit schwindelndem Hirn, in dem Gefühl, nun würde ich den Himmel küssen, das Glück küssen, den Traum küssen, der Frau geworden war, das Ideal küssen, das herabgestiegen und ein menschlicher Leib geworden war.

Da sagte sie: »Sie haben eine Raupe im Haar!«

Und deswegen hatte sie gelächelt!

Mir war, als bekäme ich einen Keulenschlag auf den Kopf. Jäh war mir so traurig zumute, als sei für mich auf Erden keine Hoffnung mehr.

Das ist alles, gnädige Frau. Es ist kindisch, nichtig und dumm. Aber seit jenem Tag glaube ich, daß ich niemals lieben kann. Indessen... Wer weiß?

Der junge Mensch, bei dem sich dieser Brief gefunden hat, ist gestern zwischen Bougival und Marly aus der Seine geborgen worden. Ein diensteifriger Flußschiffer, der seine Taschen durchstöbert hatte, um seinen Namen festzustellen, hat das Blatt gebracht.

Übertragen von Ernst Sander

Die Taufe

Französischer Titel: Le Baptême
Erstdruck: Le Gaulois, 14. Januar 1884

Für Guillemet

Vor dem Tor des Bauernhofes standen die sonntäglich gekleideten Männer und warteten. Die Maisonne ergoß ihr helles Licht über die blühenden Apfelbäume; sie waren rundlich wie große, duftende, weiße und rosa Blumensträuße; sie bedeckten den ganzen Hof mit einem Dach aus Blüten. Sie säten ohne Unterlaß rings um sich her ein Schneegestöber von winzigen Blütenblättern aus; sie wirbelten und drehten sich, als sie in das hohe Gras niedersanken, wo der Löwenzahn flammend leuchtete, wo Mohnblüten wie Blutstropfen wirkten.

Eine Sau mit gewaltigem Bauch und geschwollenen Zitzen lag träge am Rand des Misthaufens, während eine Ferkelschar sich um sie herumtummelte; ihre Schwänzchen ringelten sich wie Tauenden.

Plötzlich begann hinter den die Höfe umgebenden Bäumen die Kirchenglocke zu läuten. Ihre erzene Stimme sandte einen schwachen, entrückten Ruf zum heiteren Himmel hinauf. Schwalben schossen wie Pfeile durch die blaue Weite, die große, starre Buchen umrahmten. Manchmal wehte Stallgeruch vorüber, und darein mischte sich der linde, übersüße Duft der Apfelbäume.

Einer der Männer, die vor dem Tor standen, drehte sich nach dem Haus um und rief: »Los, Mélina, mach schnell, es läutet schon!«

Er war etwa dreißig Jahre alt, ein hochgewachsener Bauer, den die lange Arbeit auf den Feldern noch nicht gekrümmt und verunstaltet hatte. Sein Vater, ein alter Mann, der knorrig war wie ein Eichenstamm und gebuckelte Handgelenke und gewundene

Beine hatte, erklärte: »Das Weibervolk wird nie rechtzeitig fertig.«

Die beiden anderen Söhne des Alten fingen an zu lachen, und der eine sagte zu dem älteren Bruder, der gerade gerufen hatte: »Du mußt sie holen, Polyte, sonst kommt sie womöglich erst, wenn es Mittag schlägt.«

Und der junge Mann ging in sein Haus.

Eine Entenschar blieb dicht bei den Bauern stehen und fing an zu schnattern und mit den Flügeln zu schlagen; dann watschelte sie mit langsamen Schritten dem Teich zu.

Darauf erschien in der offengebliebenen Haustür eine dicke Frau; sie trug ein zwei Monate altes Kind. Die weißen Bänder ihrer hohen Haube baumelten ihr über den Rücken nieder; sie hingen über einem roten Umschlagetuch herab, das wie eine Feuersbrunst leuchtete; der in weißes Leinen gewickelte Säugling ruhte auf dem vorgewölbten Bauch der Kindsmagd.

Dann kam die große, kräftige Mutter ihrerseits heraus; sie war kaum achtzehn; sie wirkte frisch und ging lächelnd am Arm ihres Mannes. Und danach kamen die beiden Großmütter; sie waren verhutzelt wie Winteräpfel und offenbar schwach im überanstrengten Kreuz, weil sie sich so oft und so lange Zeit bei der Geduld erfordernden, harten Arbeit hatten bücken müssen. Die eine war Witwe; sie nahm den Arm des Großvaters, der vor dem Tor stehengeblieben war; sie setzten sich beide an die Spitze des Zuges, unmittelbar hinter dem Kind und der Hebamme. Und dahinter setzte sich dann der Rest der Familie in Marsch. Die jüngsten trugen Papiertüten mit Bonbons in der Hand.

In der Ferne läutete ohne Unterlaß die kleine Glocke und rief mit aller Kraft nach dem gebrechlichen Säugling, der erwartet wurde. Halbwüchsige stiegen auf die Grabenränder; an den Zäunen erschienen Leute; Mägde stellten die vollen Melkeimer zu Boden, blieben dazwischen stehen und schauten sich den Taufzug an.

Und die triumphierende Kindsmagd schleppte ihre lebendige Bürde und wich in den Hohlwegen zwischen den mit Bäumen bepflanzten Böschungen Wasserlachen aus. Und die Alten schritten gravitätisch einher; manchmal gerieten ihnen die Beine ein bißchen durcheinander; das kam von den Jahren und vom Reißen; und die Jungen hatten Lust zum Tanzen und schauten zu den Mädchen hin, die herbeigekommen waren, um sie vorüberziehen zu sehen; und der Vater und die Mutter schritten mit ernster Miene und aufrechter Haltung hinter dem Kind her, das später ihren Platz im Dasein einnehmen und im Dorf ihrem Namen zum Fortdauern verhelfen würde, dem im ganzen Bezirk wohlbekannten Namen Dentu.

Sie gelangten hinaus aufs freie Feld und schlugen einen Weg quer durch die Äcker ein; dadurch schnitten sie den weiten Umweg ab, den die Landstraße machte.

Jetzt tauchte die Kirche mit ihrem spitzigen Turm auf. Dicht unter dem Schieferdach war eine Öffnung; und darin bewegte sich etwas, kam und ging in behendem Schwingen, vorwärts und rückwärts hinter dem schmalen Fensterloch. Das war die noch immer läutende Glocke, die dem Neugeborenen zurief, es möge doch zum erstenmal in das Haus des lieben Gottes eingehen.

Ein Hund hatte sich dem Zug angeschlossen. Es wurden ihm Bonbons hingeworfen; er hüpfte den Leuten um die Beine.

Die Kirchentür stand offen. Der Priester, ein aufgeschossener, rothaariger, magerer und sehniger junger Mensch, ebenfalls ein Dentu, Onkel des Kleinen und Bruder des Vaters, wartete vor dem Altar. Und er taufte den Neffen nach den vorgeschriebenen Riten auf den Namen Prosper-César; der Kleine fing an zu weinen, als er das symbolische Salz zu schmecken bekam.

Nach Beendigung der Feierlichkeit blieb die Familie an der Schwelle stehen, bis der Abbé sein Chorhemd abgelegt hatte; dann wurde der Heimweg angetreten. Es ging jetzt schneller voran; alle hatten den Festschmaus im Sinn. Die gesamte Kinderschar des Dorfs lief hinterher, und jedesmal, wenn ihnen eine Handvoll Bonbons zugeworfen wurde, entstand ein wütendes Geheul, ein Ringkampf mit ausgerissenen Haaren; und der Hund stürzte sich ebenfalls in den Haufen, um etwas von dem Zuckerzeug zu erschnappen; er wurde am Schwanz, an den Ohren, den Pfoten weggezerrt; aber er war hartnäckiger als die Buben.

Die ein bißchen müde Kindsmagd sagte zu dem neben ihr gehenden Abbé: »Sagen Sie mal, Herr Pfarrer, wenn es Ihnen nichts ausmacht, dann nehmen Sie mir doch für eine Weile Ihren Neffen ab, damit ich mich verschnaufen kann. Ich habe gewissermaßen schon Magenkrämpfe.«

Der Priester nahm das Kind, dessen weißes Kleidchen einen blendend hellen Fleck auf der schwarzen Soutane bildete, und küßte es; die leichte Last machte ihn etwas verlegen; er wußte nicht recht, wie er sie tragen, in der richtigen Lage halten sollte. Alle fingen an zu lachen.

Die eine Großmutter fragte über die Köpfe hinweg: »Na, Abbé, tut es dir nicht ein bißchen leid, daß du nie im Leben so was haben wirst?«

Der Priester antwortete nicht. Er ging mit langen Schritten und starrte immerfort das blauäugige Kind an, dessen runde Backen er nur zu gern noch einmal geküßt hätte. Er konnte nicht dagegen an; er hob den Kleinen hoch und küßte ihn lange.

Der Vater rief: »Sag mal, Pfarrer, wenn du auch so einen willst, brauchst du es nur zu sagen.«

Und sie fingen an zu witzeln, wie eben Bauersleute ihre Witze machen.

Als alle bei Tisch saßen, brach die plumpe, ländliche Lustigkeit los wie ein Gewittersturm. Die beiden andern Söhne standen kurz vor der Hochzeit; ihre Bräute waren ebenfalls da, aber nur zum Festschmaus; und die Gäste machten in einem fort Anspielungen auf die künftigen Generationen, die diese Eheschließungen verhießen.

Das geschah in unflätigen, gepfefferten Ausdrücken, so daß die Mädchen rot wurden und kicherten und die Männer sich bogen vor Lachen. Sie schlugen mit den Fäusten auf die Tischplatte und brüllten. Der Vater und der Großvater fanden kein Ende mit neuen Schlüpfrigkeiten. Die Mutter lächelte; die Alten nahmen teil an der gehobenen Stimmung und steuerten ebenfalls etwas Saftiges bei.

Der an solcherlei bäuerliche Späße gewohnte Pfarrer saß ruhig neben der Kindsmagd und kitzelte mit der Fingerspitze das Mündchen seines Neffen, um ihn zum Lachen zu bringen. Der Anblick des Kindes schien ihn ganz betroffen zu machen, als hätte er nie zuvor so etwas gesehen. Nachdenklich und eingehend betrachtete er es mit einem versonnenen Ernst, mit einer in seinem tiefsten Innern erwachten Zärtlichkeit, die absonderlich, lebhaft und ein bißchen traurig war, für dieses gefährdete kleine Wesen, den Sohn seines Bruders.

Er hörte nichts, er sah nichts, er blickte auf das Kind nieder. Er hatte Lust, es nochmals auf die Knie zu nehmen; denn in seiner Brust und seinem Herzen dauerte noch immer die süße Empfindung von vorhin an, als er es auf dem Heimweg von der Kirche getragen hatte. Er war erschüttert über diesen Menschenkeim wie angesichts eines unaussprechlichen Mysteriums, über das er sich nie zuvor Gedanken gemacht hatte, eines erhabenen und heiligen Mysteriums, der Fleischwerdung einer neuen Seele, des großen Mysteriums des beginnenden Lebens, der erwachenden Liebe, der sich fortpflanzenden Sippe, der immer weiter strebenden Menschheit.

Die Kindsmagd langte mit rotem Gesicht und leuchtenden Augen zu; der Kleine lag zwischen ihr und der Tischplatte und war ihr lästig.

Der Abbé sagte zu ihr: »Geben Sie ihn doch mir. Ich bin nicht hungrig.«

Und so übernahm er denn nochmals das Kind. Alles rings um ihn her verschwand und löschte aus; er saß da und starrte auf das rosige, pausbäckige Gesichtchen, und nach und nach durchdrang die Wärme des kleinen Körpers die Windeln und den Stoff der Soutane, gelangte ihm bis an die Beine, durchflutete ihn wie eine sehr leichte, sehr wohltuende, sehr keusche, köstliche Zärtlichkeit, die ihm die Tränen in die Augen trieb.

Der Lärm der Tafelnden wurde entsetzlich. Das Kind, das durch den Krach gestört wurde, fing zu weinen an.

Eine Stimme rief: »Los, Abbé, gib ihm die Brust!«

Und eine Explosion von Gelächter erschütterte das Zimmer. Aber die Mutter war aufgestanden; sie nahm den Sohn und trug ihn ins Nebenzimmer. Nach ein paar Minuten kam sie wieder und erklärte, jetzt schlafe er ruhig in seiner Wiege.

Und das Festmahl nahm seinen Fortgang. Hin und wieder gingen die Frauen und Männer auf den Hof, dann kamen sie wieder herein und setzten sich an den Tisch. Fleischgerichte, Gemüse,

Zider und Wein wurden in die Münder gestopft, schwellten die Bäuche, ließen die Augen erglänzen und machten im Kopf taumelig.

Es dunkelte schon, als der Kaffee getrunken wurde.

Der Priester war seit langem verschwunden, ohne daß sein Fernsein jemanden gewundert hätte.

Schließlich stand die junge Mutter auf; sie wollte nachsehen, ob der Kleine noch immer schlief. Jetzt war es schon ganz dunkel. Auf Zehenspitzen ging sie ins Schlafzimmer, und sie streckte die Arme aus, um nicht gegen ein Möbelstück zu stoßen. Aber ein seltsames Geräusch ließ sie plötzlich innehalten; kopflos zog sie sich zurück; sie war fest davon überzeugt, sie habe gehört, daß jemand sich bewegte. Sehr blaß und zitternd kam sie wieder ins Eßzimmer und erzählte, was ihr widerfahren war. Sämtliche Männer sprangen lärmend auf, betrunken und Drohungen ausstoßend; und der Vater, eine Lampe in der Hand, stürzte vor.

Der Abbé lag schluchzend vor der Wiege auf den Knien, die Stirn auf das Kissen gedrückt, auf dem der Kopf des Kindes ruhte.

Übertragen von Irma Schauber

Coco

Französischer Titel: Coco
Erstdruck: Le Gaulois, 21. Januar 1884

In der ganzen Umgegend hieß der Hof der Familie Lucas »die Meierei«. Den Grund dafür hätte niemand angeben können. Sicherlich verbanden die Bauern mit dem Wort »Meierei« Vorstellungen von Reichtum und Größe; denn jener Hof war unbestreitbar der ausgedehnteste, wohlhabendste und bestgeleitete ringsum.

Der riesengroße Hofplatz war von fünf Reihen prächtiger Bäume umgeben, die die halbhohen, empfindlichen Apfelbäume gegen den rauhen Wind der Ebene schützten; es standen lange, ziegelgedeckte Gebäude darauf, in denen Futter und Getreide aufbewahrt wurden, schöne Viehställe aus Feldsteinen, Stallungen für dreißig Pferde, und ein Wohnhaus aus rotem Backstein, das wie ein Schlößchen anmutete.

Die Misthaufen waren ordentlich geschichtet; die Wachhunde hausten in Hütten; im hohen Gras tummelte sich Geflügelvolk.

Jeden Mittag setzten sich fünfzehn Leute, Herrschaft, Knechte und Mägde, an den langen Küchentisch, auf dem die Suppe in einer großen, blaugeblümten Steingutterrine dampfte.

Die Tiere, Pferde, Kühe, Schweine und Schafe, waren wohlgenährt, gepflegt und sauber; und Meister Lucas, ein hochgewachsener Mann, der allmählich einen Bauch bekam, unternahm dreimal täglich einen Rundgang und dachte an alles.

Aus Mitleid wurde ganz hinten im Pferdestall ein sehr alter Schimmel stehen gelassen, den die Herrin bis zu seinem natürlichen Tode füttern wollte, da sie ihn aufgezogen und immer bei sich gehabt hatte; es verbanden sich mit ihm für sie Erinnerungen.

Ein fünfzehnjähriger Pferdejunge namens Isidore Duval, abgekürzt Zidore genannt, hatte für diesen Invaliden zu sorgen, schüttete ihm im Winter sein Maß Hafer und Heu vor und mußte ihn im Sommer viermal täglich zum Hügel führen, wo das Pferd angepflockt wurde, und es an eine andere Stelle bringen, damit es immer frisches Gras im Überfluß hatte.

Das fast gelähmte Tier konnte nur mühsam die schweren, an den Knien verdickten, oberhalb der Hufe geschwollenen Beine heben.

Sein Fell, das nie mehr gestriegelt wurde, wirkte wie Greisenhaar, und seine sehr langen Wimpern verliehen seinen Augen einen traurigen Ausdruck.

Wenn Zidore es auf die Weide führte, mußte er es am Strick hinter sich herziehen, so langsam trottete das Pferd einher; und der gekrümmt gehende, keuchende Bursche bedachte es mit Flüchen und war wütend, daß er sich mit diesem alten Schinder abgeben mußte.

Angesichts der Wut des Pferdejungen auf Coco machten sich die Leute vom Hof darüber lustig und redeten in einem fort von Zidores Pferd, um den Halbwüchsigen noch mehr aufzubringen. Seine Kameraden zogen ihn auf. Im ganzen Dorf wurde er nur noch »Coco-Zidore« genannt.

Der Junge tobte; er verspürte in sich das immer stärkere Verlangen, sich an dem Pferd zu rächen. Er war ein magerer, langbeiniger Lümmel, sehr dreckig, mit einem lichten, spröden, struppigen Haarschopf. Er schien blöd zu sein; er sprach stotternd und unendlich mühselig, als könnten sich in seinem schwerfälligen Halbidiotenhirn keine Gedanken bilden.

Schon seit langem wunderte es ihn, daß Coco behalten, er entrüstete sich, daß an dieses unnütze Tier wertvolles Futter verschwendet wurde. Es war nicht mehr zur Arbeit tauglich, und also fand Zidore es ungerecht, daß es ernährt wurde, er fand es empörend, daß an diesen lahmen Klepper Hafer verschwendet wurde, Hafer, der doch so teuer war. Und oft sogar sparte er trotz Meister Lucas' Weisungen an Futter für das Pferd, schüttete ihm nur das halbe Maß vor, ließ es an Streu und Trockenfutter fehlen. Und in seinem wirren Kindskopf keimte und wuchs ein Haß, ein habsüchtiger Bauernhaß, Haß der tückischen, grausamen, gierigen, brutalen und feigen Bauern.

Als es Sommer wurde, mußte er das Tier wieder an seinen Hügelhang »bewegen«. Der Weg dorthin war weit. Der mit jedem Morgen wütendere Pferdejunge stapfte mit seinen schweren Schritten mitten über die Kornfelder.

Die auf den Äckern arbeitenden Männer riefen ihm scherzend zu: »He, Zidore, bestell Coco einen schönen Gruß von mir!«

Er antwortete nicht; aber im Vorübergehen brach er sich aus einer Hecke eine Gerte, und sobald er den Pflock, an den das alte Pferd angebunden war, an einer andern Stelle eingetrieben hatte, ließ er das Tier zu grasen anfangen; dann trat er tückisch näher heran und peitschte ihm die Kniegelenke. Das Tier versuchte wegzulaufen, auszuschlagen, den Hieben auszuweichen; es lief an seinem Strickende im Kreis, als müsse es ein Karussell ziehen. Und der Lümmel hieb wütend immer weiter, lief erbittert hinterher, mit vor Zorn zusammengebissenen Zähnen.

Dann ging er langsam weg, ohne sich umzudrehen, und das Pferd sah ihm mit seinen Greisenaugen nach, mit blutenden Flanken, außer Atem, weil es hatte traben müssen. Und erst, als es den blauen Kittel des jungen Bauern in der Ferne verschwinden sah, senkte es den knochigen weißen Kopf wieder auf das Gras.

Da die Nächte warm waren, mußte Coco jetzt draußen schlafen, hinten, am Rand der Schlucht, hinter dem Wald. Nur Zidore ging zu ihm.

Zu allem Überfluß belustigte der Lümmel sich jetzt damit, das Tier mit Steinen zu bewerfen. Zehn Schritt entfernt setzte er sich auf eine Böschung; da blieb er eine halbe Stunde lang hocken und warf dann und wann einen scharfkantigen Kiesel nach dem Klepper, der, unmittelbar vor seinem Feind angepflockt, stehen blieb und unablässig zu ihm hinsah und erst wieder zu grasen wagte, wenn Zidore weggegangen war.

Aber der Pferdejunge wurde den Gedanken nicht los: Warum soll dies Pferd, das nichts mehr tut, noch gefüttert werden? Es kam ihm vor, als bestehle die elende Schindmähre die andern ums Futter, als stehle sie den Menschen ihr Hab und Gut, die Gabe des lieben Gottes, als bestehle sie sogar ihn, Zidore, der doch arbeitete.

Also schränkte der Junge die Weidefläche jeden Tag ein bißchen mehr ein, indem er den Holzpflock, an dem der Strick befestigt war, nur wenig verrückte.

Das Tier fastete, magerte ab, wurde immer hinfälliger. Es war zu schwach, den Strick zu zerreißen; es streckte den Kopf nach dem hohen, grünen, schimmernden, so nahen Gras hin, dessen Duft zu ihm drang, ohne daß es hätte daran rühren können.

Eines Morgens jedoch fiel Zidore etwas ein: Er wollte Coco überhaupt nicht mehr weiterrücken lassen. Er hatte genug davon, um dieses Gerippes willen den weiten Weg zu machen.

Indessen ging er dennoch hin, um seine Rache auszukosten. Das beunruhigte Tier ließ ihn nicht aus den Augen. An diesem Tag schlug er es nicht. Er ging um das Pferd herum, die Hände in den Taschen. Er machte sogar Miene, es an eine andere Stelle zu lassen, steckte dann jedoch den Pflock wieder in dasselbe Loch und ging davon, hingerissen von seiner Erfindung.

Als das Pferd ihn davontrotten sah, wieherte es, um ihn zurückzurufen; aber der Pferdejunge fing an zu laufen und ließ es allein, ganz allein in seinem kleinen Tal, fest angebunden und ohne einen Grashalm in Reichweite seiner Zähne.

Ausgehungert wie es war, versuchte es, das üppige Gras zu erreichen, an das es mit den Nüstern rührte. Es kniete nieder, reckte den Hals, schob seine dicken, sabbernden Lippen vor. Vergebens. Den ganzen Tag über erschöpfte sich das alte Tier in unnützen Anstrengungen, schrecklichen Anstrengungen. Der Hunger verzehrte es, und es war um so furchtbarer angesichts des nährenden Grüns ringsum, das sich bis zum Horizont erstreckte.

An jenem Tag kam der Pferdejunge nicht nochmals her. Er streifte durch den Wald und suchte nach Vogelnestern.

Erst am andern Tag erschien er wieder. Der völlig entkräftete Coco hatte sich hingelegt. Als er den Jungen kommen sah, stand er auf, in der Erwartung, endlich an einen andern Platz gebracht zu werden.

Aber der kleine Bauer rührte nicht mal den im Gras liegenden Schlegel an. Er trat herzu, sah sich das Tier an, warf ihm einen Erdklumpen auf die Nase, der auf dem weißen Fell zerbröckelte, und ging pfeifend davon.

Solange es ihn noch sehen konnte, blieb das Pferd stehen; dann spürte es nur zu sehr, daß alle seine Versuche, an das nahe Gras heranzukommen, vergeblich sein würden, legte sich abermals auf die Seite und schloß die Augen.

Am nächsten Tag kam Zidore nicht.

Als er am folgenden erschien, lag Coco noch immer da; der Junge stellte fest, daß das Tier tot sei.

Da blieb er davor stehen, sah es an, zufrieden mit dem, was er getan hatte, und zugleich erstaunt, daß es so schnell gegangen war. Er stieß es mit dem Fuß an, hob eins seiner Beine hoch, ließ es wieder niederfallen, setzte sich darauf und blieb so sitzen, starrte auf das Gras und dachte an nichts.

Er ging zum Hof zurück, sagte aber nichts von dem Vorgefallenen, weil er während der Zeit, da er für gewöhnlich den Pflock des Pferdes hatte weiterstecken müssen, noch herumstreunen wollte.

Am nächsten Tag sah er wieder nach. Bei seinem Kommen flatterten Krähen auf. Zahllose Fliegen wimmelten auf dem Kadaver herum und umsummten ihn.

Beim Heimkommen erzählte er es. Da das Tier so alt gewesen war, wunderte sich niemand. Der Bauer sagte zu zwei Knechten: »Nehmt eure Spaten und grabt an Ort und Stelle ein Loch.«

Die Männer buddelten das Pferd dort ein, wo es Hungers gestorben war.

Und das Gras wuchs, grünte und gedieh üppig, genährt von dem armen Pferdeleib.

Übertragen von Irma Schauber

Misti

Französischer Titel: Misti
Erstdruck: Le Gil-Blas, 22. Januar 1884

Ich hatte damals eine komische kleine Frau zur Geliebten. Selbstverständlich war sie verheiratet; denn vor Prostituierten empfinde ich Abscheu. Welche Lust kann man im Grunde empfinden, wenn man sich mit einer Frau einläßt, der die Doppelangehörigkeit anhaftet, daß sie zugleich niemandem und aller Welt gehört? Und wirklich, alle Moral beiseite geschoben: Für die Liebe als Broterwerb habe ich kein Verständnis. So etwas ekelt mich ein bißchen an. Ich weiß, das ist eine Schwäche, und ich gebe sie zu.

Der Hauptreiz für einen Junggesellen, eine verheiratete Frau zur Geliebten zu haben, besteht darin, daß sie ihm ein Daheim beschert, ein reizendes, liebenswertes Daheim, wo alle für einen sorgen und einen verhätscheln, vom Ehemann bis zu den Hausangestellten. Man findet dort alle Annehmlichkeiten vereinigt: Liebe, Freundschaft, sogar väterliche Fürsorge, Bett und Tisch, kurzum alles, was das Glück des Lebens ausmacht, und hinzu kommt der unschätzbare Vorteil, daß man von Zeit zu Zeit die Familie austauschen, daß man sich abwechselnd in allen Gesellschaftsschichten ansiedeln kann, sommers auf dem Land bei einem Arbeiter, der einem in seinem Haus ein Zimmer vermietet, und winters in Bürgerkreisen oder selbst in der Welt des Adels, wenn man ehrgeizig ist.

Ich habe noch eine weitere Schwäche, die nämlich, die Ehemänner meiner Geliebten gern zu haben. Ich gestehe sogar, daß gewisse vulgäre oder grobschlächtige Ehemänner mir Ekel vor ihren Frauen einflößen, so reizend diese auch sein mögen. Doch wenn der Ehemann geistvoll ist oder etwas Einnehmendes besitzt, fasse ich für ihn unfehlbar eine tolle Sympathie. Ich hüte mich, wenn ich mit der Frau breche, es auch mit dem Gatten zum

Bruch kommen zu lassen. Auf diese Weise habe ich mir meine besten Freunde gewonnen; und auf diese Weise habe ich viele, viele Male die unbestreitbare Überlegenheit des männlichen Geschlechts über das weibliche innerhalb der Gattung Mensch festgestellt. Das weibliche verursacht einem alle erdenklichen Widerwärtigkeiten, macht einem Szenen, Vorwürfe usw; das männliche dagegen, das doch genauso viel Grund zu Klagen und Beschwerden hätte, behandelt einen, als sei man der Schutzengel von Heim und Herd.

Ich hatte also eine komische kleine Frau zur Geliebten, brünett, ein bißchen bizarr, launisch, frömmelnd, abergläubisch, leichtgläubig wie ein Mönch, aber zauberhaft. Vor allem küßte sie auf eine Art, die mir bei keiner andern begegnet ist... Aber das ist nicht die eigentliche Bindung... Und eine so glatte Haut! Allein schon wenn ich ihre Hände hielt, empfand ich ein unendliches Lustgefühl... Und die Augen! Ihr Blick glitt über einen hin wie ein langsames, liebliches, endloses Streicheln. Oftmals habe ich meinen Kopf auf ihre Knie gelegt, und dann haben wir uns ganz ruhig verhalten, sie mit dem leisen, feinen, rätselhaften Lächeln, wie es den Frauen eigentümlich ist, über mich geneigt, ich mit zu ihr aufgehobenen Augen; so wurde mir behutsam und köstlich wie eine in mein Herz einströmende Trunkenheit ihr klarer blauer Blick zuteil; er war so klar, als sei er erfüllt von Liebesgedanken, und so blau wie etwa ein Himmel voller Glückseligkeit.

Ihr Mann, Direktor eines großen, gemeinnützigen Unternehmens, war häufig nicht daheim, so daß wir über unsere Abende frei verfügen konnten. Bald verbrachte ich sie bei ihr, auf der Couch liegend, die Stirn auf einem ihrer Beine, während auf dem andern ein riesiger schwarzer Kater namens Misti schlief; den hatte sie über die Maßen gern. Unsere Finger begegneten einander auf dem nervösen Rücken des Tiers und liebkosten sich in seinem seidigen Fell. Ich spürte an meiner Wange seine warme Flanke, die in einem ewigen Schnurren leise erbebte, und manchmal legte sich eine ausgestreckte Pfote auf meinen Mund oder meine Wimpern, fünf offene Krallen, deren Spitzen sich mir in die Lidhaut piekten und sofort wieder zurückgezogen wurden.

Bald gingen wir aus und unternahmen das, was sie als »unsere Eskapaden« bezeichnete. Sie waren übrigens recht unschuldig. Sie bestanden darin, daß wir in einer Gaststätte der Bannmeile zu Abend aßen oder daß wir, nachdem wir bei ihr oder bei mir gegessen hatten, von einem Winkelausschank zum andern liefen, wie Studenten, die mal über die Stränge schlagen wollen.

Wir gingen in diese nur vom niederen Volk besuchten Kneipen und setzten uns ganz hinten in der verräucherten Spelunke auf wacklige Stühle. Bratfischgeruch hing in der Luft, erfüllte die Gaststube; Männer in Kitteln grölten und tranken Schnaps, und der erstaunte Kellner stellte zweimal Kirschen in Cognac vor uns.

Sie zitterte und hatte hinreißende Angst; sie schob den kleinen schwarzen, gefältelten Schleier bis zur Nasenspitze hinauf, die ihn in der Schwebe hielt, und darauf trank sie mit einer Lust, wie man sie empfindet, wenn man eine anbetungswürdige Ruchlosigkeit begeht. Jede verschluckte Kirsche gab ihr die Empfindung eines begangenen Fehltritts, jeder Schluck des scharfen Schnapses war für sie beim Hinabrinnen wie ein erlesener Genuß.

Dann sagte sie halblaut zu mir: »Laß uns jetzt gehen.« Und wir brachen auf. Sie glitt mit gesenktem Kopf und zaghaften Schrittes zwischen den Trinkenden hindurch; sie sahen sie mit mißzufriedenen Mienen vorbeigehen; und wenn wir dann wieder auf der Straße waren, stieß sie einen tiefen Seufzer aus, als seien wir einer schrecklichen Gefahr entgangen.

Manchmal fragte sie mich erschauernd: »Wenn man mir in solch einer Kneipe nun mal zu nahe träte, was tätest du dann?« Ich antwortete dann stets prahlerisch: »Ich würde dich natürlich schützen, zum Donnerwetter!« Darauf drückte sie immer beglückt meinen Arm, vielleicht sogar mit dem unbestimmten Verlangen, einmal tatsächlich belästigt und beschützt zu werden, mitanzusehen, wie Männer sich um ihretwillen prügelten, selbst jene Männer und ich!

Als wir eines Abends in einer Schnapsbudike auf dem Montmartre saßen, sahen wir eine alte, zerlumpte Frau hereinkommen; sie hielt ein schmutziges Spiel Karten in der Hand. Als sie eine Dame gewahrte, kam die Alte sofort an unsern Tisch und erbot sich, meiner Begleiterin wahrzusagen. In Emmas Seele war jeder erdenkliche Aberglaube heimisch; sie zitterte vor Verlangen und Unruhe, und so rückte sie denn beiseite und ließ die gute Frau neben sich Platz nehmen.

Sie war uralt, verrunzelt, hatte lappiges Fleisch um die Augen hängen und keinen einzigen Zahn mehr im Mund; sie breitete ihre dreckigen Karten auf dem Tisch aus. Sie legte kleine Stapel, türmte sie aufeinander, verteilte sie abermals und murmelte kaum verständliche Worte. Emma war blaß geworden; sie lauschte, wartete, kurzatmig, schnaufend vor Angst und Neugier.

Die Hexe fing an zu sprechen. Sie prophezeite ihr Allerweltsdinge: Glück und Kinder, einen blonden jungen Mann, eine Reise, Geld, einen Prozeß, einen braunen Herrn, die Rückkehr jemandes, einen Erfolg, einen Todesfall. Die Verkündung des Todesfalls machte die junge Frau ganz bestürzt. Wer würde sterben? Wann? Wie?

Die Alte antwortete: »Um das zu sagen, reicht die Kraft der Karten nicht aus; dazu müßten Sie morgen zu mir kommen. Dann sage ich es Ihnen aus dem Kaffeesatz; der trügt nie.«

Die ängstlich gewordene Emma sah mich an: »Sag, ist es dir recht, wenn wir morgen zu ihr gehen? Bitte, bitte sag ja. Sonst kannst du dir nicht vorstellen, welche Qualen ich durchmachen muß.«

Ich fing an zu lachen: »Wenn du willst, gehen wir hin, mein Herzchen.«

Und die Alte gab uns ihre Adresse.

Sie wohnte im sechsten Stock eines schauderhaften Hauses hinter Les Buttes-Chaumont. Wir gingen natürlich am nächsten Tag hin.

Ihr Zimmer, ein Dachgelaß mit zwei Stühlen und einem Bett, war mit dem absonderlichsten Krimskrams vollgepfropft; gebündelte Kräuter hingen an Nägeln, ausgedörrtes Getier stand umher, dazu Kugelgläser und kleine Flaschen mit mannigfach gefärbten Flüssigkeiten. Auf einem Tisch starrte uns ein ausgestopfter schwarzer Kater mit seinen Glasaugen an. Er wirkte wie der böse Geist dieser finsteren Behausung.

Emma wurde es vor Aufregung schwach in den Knien; sie setzte sich hin, und sogleich rief sie: »Oh, sieh nur! Der Kater da sieht genauso aus wie Misti!« Und sie setzte der Alten auseinander, sie habe genauso einen Kater, aber ganz genauso einen!

Die Wahrsagerin antwortete düster: »Wenn Sie einen Mann lieben, dürfen Sie ihn nicht behalten.«

In einer jähen Angstanwandlung fragte Emma: »Warum denn nicht?«

Da setzte die Alte sich ungezwungen zu ihr hin, nahm ihre Hand und sagte: »Er hat mein Leben zerstört.«

Meine Freundin wollte wissen, wieso. Sie drängte sich an die alte Hexe heran, bestürmte sie mit Fragen, bat sie: Die gleiche Leichtgläubigkeit machte die beiden zu Schwestern im Denken und Fühlen.

Endlich gab die Frau nach. »Den Kater da«, sagte sie, »den habe ich lieb gehabt wie einen Bruder. Ich war damals jung, und ganz allein, ich nähte als Heimarbeiterin. Ich hatte nur ihn; Mouton hieß er. Einer, der im selben Haus wohnte, hatte ihn mir geschenkt. Er war intelligent wie ein Kind und ganz sanft, und an mir hing er, liebe Dame, mich vergötterte er mehr als einen Fetisch. Den ganzen Tag lag er mir auf den Knien und schnurrte, und die ganze Nacht lag er auf meinem Kopfkissen; ich spürte seinen Herzschlag, jawohl.

Da aber schloß ich Bekanntschaft mit einem anständigen jungen Mann; er arbeitete in einer Weißwarenhandlung. Gut und gern drei Monate lang hat er bei mir nichts ausrichten können. Aber Sie wissen ja: Einmal wird man schwach, das passiert jeder; und außerdem hatte auch ich mich in ihn verliebt. Er war so nett, ach, so nett, und ein so guter Mensch! Er wollte, wir sollten zusammenwohnen, aus Sparsamkeitsgründen. Schließlich erlaubte ich ihm eines Abends, daß er mit zu mir hinaufkam. Zu etwas Gewissem war ich durchaus nicht entschlossen, nein, nein; aber mir machte der Gedanke Freude, wir könnten ein Stündchen beisammen sein.

Anfangs war er sehr zurückhaltend. Er sagte mir so liebe Dinge, daß mir das Herz schmolz. Und dann hat er mich geküßt, geküßt, wie man nur küssen kann, wenn man liebt. Ich hatte die

Augen zugemacht und lag in einem Glückskrampf da. Aber mit einemmal spüre ich, daß er furchtbar zusammenzuckt, und dabei stößt er einen Schrei aus, einen Schrei, den ich nie vergessen werde. Ich mache die Augen auf und sehe, daß Mouton ihm ins Gesicht gesprungen war und ihm mit seinen Krallen die Haut zerfetzte wie einen Leinenlappen. Und das Blut strömte nur so, der reinste Regenguß.

Ich will den Kater packen, aber er hielt sich fest und krallte und zerfetzte immer weiter, und er biß mich, so von Sinnen war er. Endlich bekomme ich ihn zu fassen und werfe ihn zum Fenster hinaus; es stand offen, weil ja Sommer war.

Dann habe ich meinem armen Freund das Gesicht abgewaschen, und da habe ich gesehen, daß ihm die Augen ausgekratzt waren, beide Augen!

Er mußte ins Krankenhaus gebracht werden. Knapp ein Jahr danach ist er gestorben. Ich wollte ihn bei mir behalten und für ihn sorgen, aber das hat er nicht gewollt. Es war, als habe er mich seitdem gehaßt.

Mouton, der hatte sich bei dem Fall das Rückgrat gebrochen. Der Concierge hat mir das tote Tier heraufgebracht. Ich habe ihn ausstopfen lassen, weil ich ihn trotzdem noch immer sehr gern hatte. Er hat es doch nur getan, weil er mich lieb hatte, nicht wahr?«

Die Alte verstummte und fuhr mit der Hand streichelnd über das leblose Tier, dessen Körper auf dem Drahtskelett wackelte.

Die erschütterte Emma hatte den angekündigten Todesfall völlig vergessen. Oder wenigstens war jetzt nicht mehr davon die Rede; sie drückte der Alten ein Fünffrancsstück in die Hand, und wir gingen.

Da ihr Mann anderntags zurückkam, konnte ich mehrere Tage nicht zu ihr gehen.

Doch als ich dann wieder bei ihr war, wunderte ich mich, daß Misti sich nicht zeigte. Ich fragte, wo er stecke.

Sie wurde rot und antwortete: »Den habe ich weggegeben. Ich hatte keine Ruhe mehr.«

Ich war ganz bestürzt. »Keine Ruhe mehr? Keine Ruhe mehr? Weshalb denn?«

Sie küßte mich lange und sagte ganz leise: »Weil ich Angst um deine Augen hatte.«

Übertragen von Ernst Sander

Ein Feigling

Französischer Titel: Un Lâche
Erstdruck: Le Gaulois, 27. Januar 1884

In der großen Welt wurde er »der schöne Signoles« genannt. Er hieß Vicomte Gontran-Joseph de Signoles.

Er war früh verwaist und Herr eines zulänglichen Vermögens, und so »stellte er etwas dar«, wie man zu sagen pflegt. Er besaß Haltung und gepflegte Umgangsformen, genug Redegewandtheit, um als geistvoll zu gelten, eine gewisse angeborene Anmut, ein nobles, stolzes Gehaben, einen ansehnlichen Schnurrbart und sanfte Augen, mithin alles, was den Frauen gefällt.

In den Salons war er gern gesehen, ein von den Damen begehrter Walzertänzer, und den Herren flößte er die lächelnde Feindschaft ein, die man für Leute mit energischen Gesichtern empfindet. Es hieß, er habe ein paar Liebesabenteuer gehabt, die vollauf imstande waren, einem Junggesellen Relief zu verleihen. Er lebte glücklich und ruhig im vollkommensten Wohlbehagen und seelischen Gleichgewicht dahin. Daß er gern den Degen und lieber noch die Pistole handhabte, war bekannt.

»Wenn ich mich einmal schlagen muß«, pflegte er zu sagen, »dann wähle ich die Pistole. Mit dieser Waffe bin ich sicher, daß ich den Gegner umlege.«

Nun lud er eines Abends zwei junge, mit ihm gut bekannte Frauen, die übrigens von ihren Männern eskortiert wurden, nach der Aufführung zu Tortoni zum Eisessen ein.

Sie waren seit einigen Minuten in dem Café, als er merkte, daß ein am Nachbartisch sitzender Herr eine der Damen unverblümt ansah.

Es schien ihr lästig zu sein und sie zu beunruhigen; sie senkte den Kopf. Schließlich sagte sie zu ihrem Mann: »Ich werde in einem fort von einem Herrn angestarrt. Ich kenne ihn nicht; kennst du ihn etwa?«

Der Ehemann, der nichts gemerkt hatte, blickte auf, erklärte dann aber: »Nein, bestimmt nicht.«

Halb lächelnd, halb verärgert fuhr die junge Frau fort: »Es ist sehr lästig; dieser Mensch vergällt mir mein Eis.«

Der Ehemann zuckte die Achseln: »Pah! Achte nicht darauf. Wenn man sich mit allen unverschämten Kerlen befassen wollte, käme man zu nichts anderem.«

Aber der Vicomte war aufgesprungen. Er könne nicht zulassen, daß ein Unbekannter einen Eisbecher vergälle, zu dem er eingeladen habe. Die Beleidigung gelte ihm, denn er habe seine Freunde zum Betreten dieses Cafés aufgefordert. Also gehe die Sache einzig ihn an. Er trat zu dem Mann hin und sagte: »Sie haben eine Art, Monsieur, jene Dame anzustarren, die ich nicht dulden kann. Bitte machen Sie Schluß damit.«

Der andere sagte: »Lassen Sie mich gefälligst in Ruhe, Sie!«

Mit zusammengebissenen Zähnen erklärte der Vicomte: »Hüten Sie sich! Sie zwingen mich sonst zu Weiterungen.«

Der Betreffende antwortete mit einem unflätigen Ausdruck, der von einem Ende des Cafés zum andern schallte und wie durch eine Feder jeden der Gäste zu einer jähen Bewegung veranlaßte. Alle, die den Rücken dorthin wandten, fuhren herum; alle übrigen hoben die Köpfe; drei Kellner drehten sich auf den Hacken um wie Kreisel; die beiden Mädchen an der Theke zuckten zusammen, dann drehten sie die Oberkörper, als seien sie zwei der gleichen Kurbel gehorchende Automaten.

Große Stille war eingetreten. Dann plötzlich durchknallte ein trockenes Geräusch die Luft. Der Vicomte hatte den Gegner geohrfeigt. Alle standen auf, um notfalls einzugreifen. Es wurden Visitenkarten ausgetauscht.

Als der Vicomte daheim war, ging er mehrere Minuten lang mit großen, lebhaften Schritten in seinem Schlafzimmer auf und ab. Er war viel zu erregt, um über irgend etwas meditieren zu können. Eine einzige Vorstellung beherrschte sein Denken: das Duell, ohne daß freilich vorerst die Vorstellung ihn irgendwie erschüttert hätte. Er hatte getan, was getan werden mußte; er hatte sich bezeigt, wie die Umstände es geboten. Es würde davon geredet, sein Verhalten würde gebilligt, er würde dazu beglückwünscht werden. Wie man in der größten Gedankenverwirrung vor sich hinredet, sagte er mehrmals laut: »Solch ein ungehobelter Kerl!«

Dann setzte er sich hin und begann zu überlegen. Morgen mußte er sich Zeugen verschaffen. Wen sollte er nehmen? Er ging die höchstgestellten und berühmtesten unter seinen Bekannten durch. Schließlich erkor er den Marquis de La Tour-Noire und den Oberst Bourdin, einen Herrn und einen Offizier; das war tadellos. Ihre Namen würden in den Zeitungen etwas hermachen. Er spürte, daß er Durst habe, und trank hintereinander drei Gläser Wasser; darauf setzte er sein Aufundabgehen fort. Er fühlte sich von Energien erfüllt. Wenn er hitzig und zu allem entschlossen auftrat und die strengsten und gefährlichsten Bedingungen verlangte, ein seriöses, ein sehr seriöses, ein erbarmungsloses Duell forderte, würde sein Gegner wahrscheinlich kneifen und sich entschuldigen.

Er nahm sich die Karte vor, die er aus der Tasche gezogen und auf den Tisch geworfen hatte, und überlas sie nochmals; im Café hatte er nur einen flüchtigen Blick darauf geworfen und sie dann in der Droschke bei der Heimfahrt im Lichtschein jeder Gaslaterne wieder und wieder gelesen. »Georges Lamil, Rue Moncey 51.« Sonst nichts.

Er schaute prüfenden Blicks das Nebeneinander von Buchstaben an; sie kamen ihm rätselhaft und voll verworrenen Sinnes vor. Georges Lamil? Wer mochte das sein? Was trieb dieser Mensch? Warum hatte er jene Dame auf solcherlei Weise angestarrt? War es nicht empörend, daß ein Fremder, ein Unbekannter urplötzlich in das Leben eines Mannes eingreifen konnte, weil er sich darin gefallen hatte, auf unverschämte Weise eine Frau zu fixieren? Und noch einmal sagte der Vicomte laut: »Was für ein ungehobelter Bursche!«

Dann blieb er nachdenklich stehen, den Blick noch immer auf die Visitenkarte gerichtet. In ihm erwachte Zorn wider dies Kartonstückchen; ein gehässiger Zorn, in den sich ein Gefühl des Unbehagens mischte. Was war das für eine blöde Geschichte! Er ergriff ein vor ihm liegendes offenes Taschenmesser und stach es mitten in den gedruckten Namen, als wolle er jemanden erdolchen.

Er mußte sich also schlagen! Er betrachtete sich als den Beleidigten; sollte er sich nun für den Degen entscheiden oder für die Pistole? Mit dem Degen war die Sache weniger gefährlich; aber bei der Pistole bestand die Möglichkeit, daß der Gegner kniff. Daß ein Duell auf Degen tödlich auslief, geschah selten; gegenseitige Vorsicht hinderte die Gegner daran, einander so nahe auf den Leib zu rücken, daß die Spitze tief eindringen konnte. Mit der Pistole setzte er sein Leben ernstlich aufs Spiel; aber er konnte sich auch mit allen Ehren aus der Affäre ziehen, ohne daß es zu einer bewaffneten Auseinandersetzung kam.

Er sprach vor sich hin: »Ich muß fest bleiben. Dann bekommt er Angst.«

Der Klang seiner Stimme ließ ihn zusammenfahren, und er blickte um sich. Er kam sich überaus nervös vor. Er trank noch ein Glas Wasser; dann begann er sich auszuziehen; er wollte sich schlafen legen.

Sowie er im Bett lag, blies er die Kerze aus und schloß die Augen. Er dachte: Mir bleibt noch der ganze morgige Tag zur Regelung meiner Angelegenheiten. Erst mal will ich jetzt schlafen und mich dadurch beruhigen.

Unter der Bettdecke war es sehr warm; es gelang ihm nicht einzuschlafen. Er wälzte sich hin, er wälzte sich her, blieb fünf Minuten auf dem Rücken liegen, legte sich dann auf die linke, danach auf die rechte Seite.

Nochmals hatte er Durst. Er stand wieder auf und trank. Und dann überkam ihn Unruhe: Sollte ich etwa Angst haben?

Warum fing sein Herz bei jedem wohlbekannten Geräusch im Schlafzimmer wild zu pochen an? Als die Wanduhr zu schlagen anhub, ließ das leise Knacken der sich hebenden Feder ihn zusammenfahren; er mußte den Mund weit aufmachen und ein paar Sekunden lang tief Atem holen, ein solcher Druck lag ihm auf der Brust.

Er fing an, mit sich selbst über die Möglichkeit zu hadern: Habe ich etwa Angst?

Nein, er hatte bestimmt keine Angst, da er ja doch entschlossen war, die Sache bis zum Ende durchzuführen, da er den festen, unumwundenen Willen hatte, sich zu schlagen, nicht zu zittern. Allein, er empfand eine tiefinnerliche Beklemmung, als er sich fragte: »Kann man wider seinen Willen Angst haben?«

Und dieser Zweifel, diese Unruhe, dies Erschrecken gewannen Gewalt über ihn; wenn nun eine Kraft, die stärker war als sein Wille, eine übermächtige, unwiderstehliche Kraft, ihn unterwarf – was würde dann geschehen? Ja, was konnte dann geschehen? Freilich würde er zum Kampfplatz gehen, da er ja hingehen wollte. Aber wenn er nun zitterte? Wenn er gar das Bewußtsein verlor? Und er dachte an seine gesellschaftliche Stellung, seinen Ruf und sein Ansehen, seinen Namen.

Unvermittelt überkam ihn ein befremdliches Verlangen, aufzustehen und sich im Spiegel zu betrachten. Er steckte die Kerze wieder an. Als er sein Gesicht auf der glatten Glasfläche gewahrte, erkannte er sich kaum wieder; ihm war, als habe er sich nie zuvor richtig gesehen. Seine Augen kamen ihm riesengroß vor; und er war blaß, gewiß, er war blaß, sehr blaß.

Er blieb vor dem Spiegel stehen. Er streckte die Zunge heraus, um sich von seinem Gesundheitszustand zu überzeugen, und da drang mit einem Schlag, wie ein Geschoß, der Gedanke in ihn ein: Übermorgen um diese Zeit bin ich vielleicht tot.

Und abermals begann sein Herz wütend zu klopfen.

Übermorgen um diese Zeit bin ich vielleicht tot. Der da mir gegenüber, dieses Ich, das ich da im Spiegel sehe, ist dann nicht mehr. Wie? Ich, der ich hier stehe, der ich mich anschaue, der ich mich leben spüre – ich liege in vierundzwanzig Stunden vielleicht tot in dem Bett dort, mit geschlossenen Augen, kalt, leblos, abgeschieden.

Er drehte sich nach seiner Lagerstatt um und sah sich deutlich in demselben Bettzeug, das er vor kurzem verlassen hatte, auf dem Rücken liegen. Er hatte die eingefallenen Backen, wie die Toten sie haben, und seine Hände, die sich nie wieder bewegen würden, waren weich und schlaff.

Da bekam er Angst vor seinem Bett, und um es nicht länger vor Augen zu haben, ging er in sein Rauchzimmer hinüber. Mechanisch langte er sich eine Zigarre, steckte sie an und begann von neuem, auf und ab zu gehen. Ihm war kalt; er ging auf die Klingel zu, um seinen Diener zu wecken; aber er hielt inne, die Hand schon zum Klingelzug erhoben: Der Mensch sieht mir sicher an, daß ich Angst habe.

Und er schellte nicht; er machte im Kamin Feuer. Seine Hände zitterten ein wenig in einem nervösen Beben, sobald sie etwas anfaßten. In seinem Kopf geriet alles durcheinander; seine wirren Gedanken liefen ihm davon, wurden ruckhaft, schmerzlich; es überkam ihn eine Berauschtheit, wie wenn er getrunken hätte.

Und ohne Unterlaß fragte er sich: »Was soll ich tun? Was wird aus mir werden?«

Sein ganzer Körper vibrierte; ein in Stößen wiederkehrendes Zittern durchrann ihn; er stand auf, ging ans Fenster und zog die Vorhänge auf.

Es wurde Tag, ein Sommertag. Der rosige Himmel überhauchte die Stadt, die Dächer, die Hausmauern mit rötlichem Schimmer. Ein großes Niederfluten weit sich dehnenden Lichtes, wie eine Liebkosung, ein Streicheln der aufgehenden Sonne, umhüllte die erwachte Welt; und mit jenem Licht strömte in das Herz des Vicomte eine frohe, behende, gewalttätige Hoffnung ein! War er denn irrsinnig, sich so von der Furcht niederzwingen zu lassen, noch ehe etwas entschieden war, noch ehe seine Zeugen mit denen Georges Lamils zusammengetroffen waren, noch ehe er überhaupt wußte, ob es zu dem Zweikampf kommen werde?

Er machte Toilette, kleidete sich an und trat festen Schrittes ins Freie.

Im Gehen wiederholte er sich: »Ich muß energisch auftreten, sehr energisch. Ich muß beweisen, daß ich keine Angst habe.«

Seine Zeugen, der Marquis und der Oberst, stellten sich ihm zur Verfügung, und nachdem er ihnen energisch die Hände gedrückt hatte, wurden die Bedingungen durchgesprochen.

Der Oberst fragte: »Wollen Sie ein seriöses Duell?«

Der Vicomte antwortete: »Sehr seriös.«

Der Marquis fuhr fort: »Legen Sie Wert auf Pistolen?«

»Ja.«

»Überlassen Sie es uns, alles Weitere zu regeln?«

Mit trockener, abgehackter Stimme stieß der Vicomte hervor: »Zwanzig Schritt, auf Befehl, Heben der Waffe statt Senken. Kugelwechsel bis zur Kampfunfähigkeit.«

Der Oberst erklärte befriedigt: »Das sind vortreffliche Bedingungen. Sie schießen gut; Sie haben alle Chancen auf Ihrer Seite.«

Damit trennten sie sich. Der Vicomte ging heim, um sie zu erwarten. Seine Erregung, die sich für eine Weile gemindert hatte, wuchs von Minute zu Minute. Längs der Arme, längs der Beine, in der Brust verspürte er eine Art Zittern, ein beständiges Zukken; er konnte sich nicht still verhalten, wenn er saß noch wenn er stand. Im Mund hatte er nicht einmal eine Andeutung von Speichel mehr, und alle paar Augenblicke vollführte er ein schnalzendes Geräusch mit der Zunge, als wolle er sie vom Gaumen lösen.

Er wollte zu Mittag essen, brachte indessen keinen Bissen hinunter. Da kam ihm der Gedanke, er könne sich ja Mut antrinken, und er ließ sich eine Karaffe Rum bringen; davon trank er nacheinander sechs Gläser.

Es überkam ihn eine Hitze, die wie ein Brand war, und ihr schloß sich alsbald eine seelische Betäubung an. Er dachte: Ich halte die Mitte. Jetzt geht es mir gut.

Doch nach einer Stunde hatte er die Karaffe geleert, und sein Erregungszustand wurde aufs neue unerträglich. Er verspürte ein irres Verlangen, sich am Boden zu wälzen, zu schreien, zu beißen. Es wurde Abend.

Als es schellte, bekam er eine solche Beklemmung, daß er kaum die Kraft zum Aufstehen und zum Empfang seiner Zeugen aufbrachte.

Er wagte nicht einmal, sie anzureden, sie zu begrüßen, ein einziges Wort auszusprechen, aus Furcht, sie möchten aus seinem veränderten Stimmklang alles erraten.

Der Oberst sagte: »Alles ist zu den von Ihnen vorgeschlagenen Bedingungen geregelt worden. Ihr Gegner hat anfangs die Vorteile des Beleidigten für sich beansprucht, dann aber fast auf der Stelle nachgegeben und in alles eingewilligt. Seine Zeugen sind zwei Offiziere.«

Der Vicomte brachte hervor: »Danke.«

Der Marquis fuhr fort: »Entschuldigen Sie, wenn wir nur auf einen Sprung zu Ihnen kommen; aber wir müssen uns noch mit tausend Dingen befassen. Wir brauchen einen guten Arzt, da das Duell ja doch bis zur Kampfunfähigkeit durchgeführt werden soll, und Sie wissen, daß mit Kugeln kein Spaßen ist. Ferner muß der Kampfplatz festgelegt werden, und zwar in der Nähe eines Hauses, damit notfalls der Verwundete dort hineingetragen werden kann, usw. Kurz und gut, wir haben noch zwei oder drei Stunden zu tun.«

Nochmals brachte der Vicomte hervor: »Danke.«

Der Oberst fragte: »Fühlen Sie sich wohl? Sind Sie ruhig?«

»Ja, sehr ruhig, danke.«

Die beiden Herren zogen sich zurück.

Als er wieder allein war, schien ihm, er werde verrückt. Sein Diener hatte die Lampen angezündet; er setzte sich an den Tisch; er wollte Briefe schreiben. Nachdem er oben auf einer Seite begonnen hatte: »Dies ist mein Testament...«, stand er mit einem Ruck auf und trat vom Tisch zurück; er fühlte sich außerstande, zwei Gedanken zu verknüpfen, einen Entschluß zu fassen, irgendeine Verfügung zu treffen.

Er würde sich also schlagen! Jetzt war es unvermeidlich. Was ging denn in ihm vor? Er wollte sich schlagen, seine Absicht, sein Wille dazu standen unwiderruflich fest; und er fühlte nur zu sehr, daß er trotz aller Anstrengung seines Denkvermögens, trotz aller Anspannung seines Willens kaum die erforderliche Kraft aufbringen werde, auch nur bis zum Kampfplatz zu gehen. Er versuchte, sich den Kampf vorzustellen, seine Haltung und die des Gegners.

Dann und wann schlugen ihm die Zähne mit einem trockenen Geräusch im Mund zusammen. Er wollte lesen; er nahm sich die Duellvorschriften von Châteauvillard vor. Dann fragte er sich: »Ist mein Gegner ein häufiger Besucher der Schießstände gewesen? Ist er bekannt? Ist er klassifiziert? Wie erfahre ich das?«

Das Buch des Barons de Vaux über das Pistolenschießen fiel ihm ein, und er durchflog es von Anfang bis zum Schluß. Georges Lamil war nicht darin erwähnt. Aber wenn der Mann kein

Schütze war, hätte er dann auf der Stelle der gefährlichen Waffe und den tödlichen Bedingungen zugestimmt?

Im Vorbeigehen klappte er das auf einem Tischchen liegende Gastin-Renette-Etui auf und nahm eine der Pistolen heraus; dann stellte er sich hin, als wolle er schießen, und hob den Arm. Aber er zitterte vom Kopf bis zu den Füßen, und der Lauf wakkelte nach allen Richtungen. Da sagte er sich: »Unmöglich. In diesem Zustand kann ich mich nicht schlagen.«

Er schaute das kleine, schwarze, tiefe Mündungsloch am Ende des Laufs an, das den Tod ausspeit, er dachte an die Entehrung, an das Getuschel in seinen Kreisen, an das Lachen in den Salons, an die Verachtung der Frauen, die Anspielungen in der Presse, die Beleidigungen, die ihm von seiten der Feigen zuteil werden würden.

Noch immer sah er die Waffe an; er spannte den Hahn und sah darunter ein Zündhütchen schimmern wie eine kleine rote Flamme. Zufällig war die Pistole geladen geblieben, aus Vergeßlichkeit. Und darüber empfand er eine verworrene, unerklärliche Freude.

Hatte er, wenn er vor dem andern stand, nicht die noble, ruhige Haltung, deren es bedurfte, so war er für alle Zeit erledigt. Er war befleckt, mit einem infamen Makel gezeichnet, in der guten Gesellschaft ausgeschlossen! Und jene ruhige, überlegene Haltung würde er nicht haben, er wußte es, er fühlte es. Dabei war er doch tapfer, denn er wollte sich doch schlagen! Er war tapfer, denn...

Der Gedanke, der ihn durchglitt, kam nicht einmal zu Ende; er machte den Mund weit auf, steckte den Pistolenlauf tief, bis zum Schlund, hinein und drückte ab.

Als auf den Knall hin sein Diener herbeistürzte, fand er ihn tot auf dem Rücken liegend. Ein Blutstrahl war über das weiße Papierblatt auf dem Tisch gespritzt und bildete einen großen roten Fleck unterhalb der vier Worte: »Dies ist mein Testament.«

Übertragen von Irma Schauber

Rose

Französischer Titel: Rose
Erstdruck: Le Gil-Blas, 29. Januar 1884,
unter dem Pseudonym »Maufrigneuse«

Es sieht aus, als seien die beiden jungen Frauen unter einer Blumenschicht begraben. Sie sind allein in dem großen mit Sträußen beladenen Landauer, der wie ein riesiger Blumenkorb wirkt. Auf der vorderen Bank stehen zwei mit weißem Satin ausgeschlagene Körbe voller Nizza-Veilchen, und auf dem über die Knie gebreiteten Bärenfell türmen sich Rosen, Mimosen, Nelken, Margueriten, Tuberosen und Orangenblüten; sie sind mit Seidenbändern zusammengebunden, scheinen die beiden zarten Körper zu erdrücken und lassen aus dem schimmernden, duftenden Lager nur die Schultern, die Arme und die Blusen hervorlugen; die eine ist blau, die andere fliederfarben.

An der Peitsche des Kutschers ist ein Büschel Anemonen befestigt, die Zügel der Pferde sind mit Nelken besteckt, die Radspeichen mit Reseda verkleidet; und anstelle der Laternen wirken zwei mächtige, runde Sträuße wie seltsame Augen dieses rollenden, blütenbedeckten Tierwesens.

Der Landauer fährt in schlankem Trab über die Landstraße, die Rue d'Antibes, und vor ihm, hinter ihm, neben ihm fährt eine Unzahl anderer geschmückter Wagen voller Frauen, die unter einem Meer von Veilchen fast verschwinden. Denn in Cannes ist Blumenfest.

Man langt am Boulevard de la Foncière an; dort findet die Schlacht statt. Längs der riesigen Avenue gleitet eine Doppelreihe geschmückter Equipagen in beiden Richtungen auf und ab wie ein Band ohne Ende. Von beiden Reihen aus bewirft man einander mit Blumen. Sie fliegen durch die Luft wie Kugeln, wie Bälle, sie treffen auf junge, frische Gesichter, flattern und fallen in den Staub, von wo eine Heerschar von Halbwüchsigen sie aufsammelt.

Eine dicht gedrängte Menge steht auf den Bürgersteigen und wird von berittenen Gendarmen im Zaum gehalten, sie gehen brutal vor und drängen die zu Fuß gehenden Schaulustigen zurück, als wollten sie dem Pöbel nicht gestatten, sich unter die Reichen zu mischen; die Menge sieht zu und verhält sich zugleich lärmend und ruhig.

Von einem Wagen zum andern werden Rufe getauscht; man erkennt einander, man bepfeffert sich mit Rosen. Ein Gefährt voller Frauen, die rot gekleidet wie Teufel sind, lenkt verlockend die Blicke auf sich. Ein Herr, der fast so aussieht wie die Bildnisse Heinrichs IV., schleudert voll freudigen Eifers einen riesigen Strauß, der an einem Gummiband befestigt ist. Unter der Bedrohung durch den Aufprall halten die Damen die Hände vor die Augen, und die Herren senken die Köpfe; aber das anmutige Geschoß beschreibt schnell und gefügig einen Bogen durch die Luft und kehrt dann zu seinem Herrn zurück, und der schleudert es gleich wieder in ein neues Gesicht.

Die beiden jungen Frauen leeren mit vollen Händen ihre Vorratskörbe voller Blumen und empfangen einen Hagel von Sträußen; nachdem dann die Schlacht eine Stunde angedauert hat, sind sie endlich müde und befehlen dem Kutscher, die Straße zum Golfe de Juan entlangzufahren; sie zieht sich am Meer hin.

Die Sonne verschwindet hinter dem Esterel; sie zeichnet vor der feurigen Untergangsröte die gezackte Silhouette des Vorgebirges schwarz ab. Das stille Meer erstreckt sich blau und klar bis zum Horizont, wo es mit dem Himmel verschmilzt, und das mitten im Golf ankernde Geschwader sieht aus wie eine Herde ungeheurer, auf dem Wasser ruhender Tiere, apokalyptischer Bestien, gepanzert und höckerig, mit dünnen Masten wie mit Federn besteckt, und mit Augen, die sie erhellen, wenn das Dunkel kommt...

Die jungen, unter der schweren Pelzdecke hingebreiteten Frauen schauen mit schmachtenden Augen.

Die eine sagt schließlich: »Manche Abende sind so köstlich, daß man meinen könnte, alles sei gut. Nicht wahr, Margot?«

Die andere entgegnet: »Ja, es ist schon gut. Aber stets fehlt etwas.«

»Was denn? Ich fühle mich vollkommen glücklich. Mich verlangt nach nichts.«

»Doch. Du denkst nur nicht daran. Möge noch so sehr Wohlsein unsere Körper betäuben – wir wünschen stets noch etwas mehr... etwas für das Herz.«

Und die andere lächelt: »Ein bißchen Liebe etwa?«

»Ja.«

Sie schwiegen und schauten vor sich hin; dann flüsterte die, die Margot hieß: »Ohne das kommt das Leben mir unerträglich vor. Mich verlangt danach, geliebt zu werden, und sei es nur von einem Hund. Übrigens geht es uns allen so, was du auch sagen magst, Simone.«

»Ach was! Ich möchte ganz und gar nicht von irgendeinem Wesen geliebt werden. Glaubst du, es wäre mir angenehm, wenn ich beispielsweise geliebt würde von... von...« Sie überlegte, von wem sie wohl geliebt werden könnte, und ließ den Blick über die weite Landschaft schweifen. Als ihre Augen über den Horizont geglitten waren, blieben sie an den beiden Metallknöpfen haften, die am Rücken des Kutschers glänzten, und sie fuhr lachend fort: »...etwa von meinem Kutscher?«

Madame Margot lächelte kaum merklich und sagte leise: »Sei überzeugt, es ist sehr amüsant, wenn man von einem Domestiken geliebt wird. Es ist mir zwei- oder dreimal widerfahren. Sie rollen dabei auf so komische Weise die Augen, daß man vor Lachen umkommen könnte. Natürlich bezeigt man sich desto strenger, je verliebter sie sind, und dann setzt man sie eines Tages unter dem erstbesten Vorwand vor die Tür, weil man sich lächerlich machen würde, wenn irgendwer was merkte.«

Madame Simone hörte zu und starrte dabei vor sich hin; dann erklärte sie: »Nein, ganz entschieden würde das Herz meines Lakaien mir nicht genügen. Erzähl mir doch, wie du gemerkt hast, daß sie dich liebten.«

»Das habe ich, genau wie bei andern Männern, daran gemerkt, daß sie blöd wurden.«

»Mir sind die andern, wenn sie mich liebten, gar nicht so dumm vorgekommen.«

»Die reinsten Idioten sind sie, außerstande zu einer Plauderei, einer Antwort, zum Begreifen von was auch immer.«

»Aber was ist denn in dir vorgegangen, wenn ein Domestike dich liebte? Bist du irgendwie... gerührt gewesen... oder geschmeichelt?«

»Gerührt? Nein. Geschmeichelt? Ja, ein bißchen. Die Liebe eines Mannes, gleichgültig, welcher Art, schmeichelt einem stets.«

»Na, na, Margot!«

»Doch, Liebste. Hör mal zu, ich will dir ein merkwürdiges Abenteuer erzählen, das mir zugestoßen ist. Du wirst sehen, wie komisch und verworren das ist, was in dergleichen Fällen in uns vorgeht.

In diesem Herbst sind es vier Jahre, daß ich einmal ohne Zofe war. Ich hatte es mit fünf oder sechs hintereinander versucht, und sie hatten sich sämtlich als ungeeignet erwiesen; ich verzweifelte beinahe, je eine zu finden, als ich aus einer kleinen Anzeige in einer Zeitung ersah, ein junges Mädchen, das nähen, sticken und frisieren könne und über die besten Auskünfte verfüge, suche eine Stellung. Überdies habe sie englische Sprachkenntnisse.

Ich schrieb an die angegebene Adresse, und am andern Tag stellte besagte Person sich vor. Sie war ziemlich groß, schmal, etwas blaß und anscheinend sehr schüchtern. Sie hatte schöne dunkle Augen, einen entzückenden Teint; sie gefiel mir auf der Stelle. Ich fragte nach ihren Zeugnissen: Sie gab mir eins in englischer Sprache, da sie, wie sie sagte, zuletzt bei Lady Rymwell in Stellung gewesen sei, zehn Jahre lang.

Das Zeugnis bescheinigte, das junge Mädchen habe von sich aus gekündigt, um nach Frankreich heimzukehren; während ihrer langen Dienstzeit sei ihr einzig ein wenig ›coquetterie française‹ vorzuwerfen gewesen.

Die schamhafte Gewundenheit des englischen Satzes ließ mich ein wenig lächeln, und ich stellte die Zofe auf der Stelle ein.

Noch am gleichen Tag begann sie ihren Dienst; sie hieß Rose.

Nach Ablauf eines Monats war ich von ihr begeistert.

Sie war ein Fund, eine Perle, ein Phänomen.

Sie verstand sich mit unendlichem Geschmack aufs Frisieren;

sie benähte einen Hut kunstvoller mit Spitzen als die beste Modistin, und sie konnte sogar Kleider anfertigen.

Ich war schlechthin verblüfft über all diese Fähigkeiten.

Sie kleidete mich rasch an und bekundete dabei eine erstaunliche Leichtigkeit der Hände. Nie habe ich ihre Finger auf meiner Haut gespürt, und mir ist ja nichts unangenehmer, als von Dienstmädchenhänden berührt zu werden. Nur zu bald verfiel ich einer bedenklichen Faulheit, so sehr gefiel es mir, mich von Kopf bis Fuß, vom Hemd bis zu den Handschuhen von diesem großen, schüchternen Mädchen anziehen zu lassen, das dabei stets ein bißchen rot wurde und nie ein Wort sprach. Stieg ich aus der Badewanne, frottierte sie mich und massierte mich, während ich schläfrig auf meinem Ruhebett lag; wahrhaftig, ich betrachtete sie weit eher als eine Freundin aus niederem Stand denn als eine Hausangestellte.

Nun bat eines Morgens mein Concierge mit geheimnisvoller Miene, mich sprechen zu dürfen. Ich war überrascht und ließ ihn vor. Er war ein verläßlicher Mann, alter Soldat, ehemaliger Bursche meines Mannes.

Es sah aus, als mache das, was er zu sagen hatte, ihn beklommen. Schließlich brachte er stockend hervor: ›Madame, unten ist der Polizeikommissar unseres Bezirks.‹

Ich fragte unwirsch: ›Was will der denn bei uns?‹

›Er will hier im Stadtpalais eine Haussuchung durchführen.‹

Die Polizei ist ja nun freilich etwas Unentbehrliches, aber ich kann sie nicht leiden. Ich finde, sie ist kein ehrenwertes Gewerbe. Und mehr verärgert als verletzt antwortete ich: ›Warum denn eine Haussuchung? Zu welchem Zweck? Ich lasse ihn nicht herein.‹

Der Concierge antwortete: ›Er behauptet, es halte sich hier ein Übeltäter versteckt.‹

Da bekam ich es mit der Angst und befahl, den Polizeikommissar zu mir zu bringen, damit er mir die Sache erklären könne. Es war ein recht wohlerzogener Mann, und er trug die Ehrenlegion. Er entschuldigte sich, bat um Verständnis und Nachsicht und versicherte mir dann, unter der Dienerschaft befinde sich ein Sträfling.

Ich war empört; ich antwortete, ich verbürgte mich für die gesamte Dienerschaft des Stadtpalais, und ich zählte sie ihm auf: ›Der Concierge Pierre Courtin, ehemaliger Soldat.‹

›Der ist es nicht.‹

›Der Kutscher François Pingau, Bauer aus der Champagne, Sohn eines Pächters meines Vaters.‹

›Der ist es nicht.‹

›Ein Stallknecht, ebenfalls aus der Champagne, und ebenfalls Sohn mir bekannter Bauersleute, ferner ein Lakai, den Sie gerade oben gesehen haben.‹

›Der ist es auch nicht.‹

›Dann müssen Sie wohl oder übel einsehen, daß Sie sich irren.‹

›Pardon, Madame, ich bin sicher, daß ich mich keinesfalls irre. Da es sich um einen höchst gefährlichen Verbrecher handelt, wollen Sie bitte die Güte haben, hier, vor Ihnen und mir, alle Leute erscheinen zu lassen.‹

Das lehnte ich zunächst ab; dann gab ich nach und ließ mein gesamtes Personal heraufkommen, das männliche und das weibliche.

Der Polizeikommissar musterte sie mit einem einzigen Blick und erklärte dann: ›Das sind nicht alle.‹

›Verzeihung, Herr Kommissar, es fehlt nur meine Zofe, ein junges Mädchen, das Sie kaum mit einem Sträfling verwechseln dürften.‹

Er fragte: ›Könnte ich sie ebenfalls sehen?‹

›Aber gewiß doch.‹

Ich schellte nach Rose; sie erschien sofort.

Kaum war sie hereingekommen, als der Kommissar ein Zeichen gab; zwei Männer, die ich nicht gesehen hatte, weil sie hinter der Tür standen, warfen sich auf sie, packten ihre Hände und fesselten sie mit Stricken.

Ich stieß einen Wutschrei aus und wollte vorstürzen und sie verteidigen.

Der Kommissar hielt mich zurück: ›Dieses Mädchen, Madame, ist ein Mann und heißt Jean-Nicolas Lecapet, 1879 zum Tode verurteilt wegen Mordes und voraufgegangener Vergewaltigung. Seine Strafe ist in lebenslängliche Zuchthausstrafe umgewandelt worden. Vor vier Monaten ist er ausgebrochen. Seither suchen wir ihn.‹

Ich war wie von Sinnen, völlig aus allen Wolken gefallen. Ich wollte es nicht glauben.

Lachend fuhr der Kommissar fort: ›Ich kann Ihnen lediglich mit *einem* Beweis aufwarten. Sein rechter Arm ist tätowiert.‹

Der Ärmel wurde hochgeschoben. Es stimmte.

Der Polizeibeamte sagte noch recht geschmackloserweise: ›Die sonstigen Feststellungen überlassen Sie besser uns.‹

Und dann wurde meine Zofe abgeführt!

Ja, und ob du es nun glaubst oder nicht: In mir herrschte nicht Zorn vor, auf diese Weise hinters Licht geführt, getäuscht und lächerlich gemacht worden zu sein, nicht die Scham, von diesem Kerl angezogen, ausgezogen, betastet und berührt worden zu sein... sondern... ein Gefühl tiefer Demütigung... der Demütigung als Frau. Verstehst du das?«

»Nein, nicht ganz.«

»Aber überleg doch mal... Er war verurteilt worden, dieser Bursche... wegen Notzucht... Na ja! Und ich habe in einem fort an die denken müssen, die er vergewaltigt hat, und das... das... hat mich gedemütigt... Da hast du es... Verstehst du es jetzt?«

Aber Madame Simone gab keine Antwort. Sie schaute vor sich hin, ihr Blick hing starr und mit sonderbarem Ausdruck an den beiden glänzenden Livreeknöpfen, und dabei lächelte sie das Sphinxlächeln, das die Frauen bisweilen zeigen.

Übertragen von Irma Schauber

Notizen eines Reisenden

Französischer Titel: Notes d'un Voyageur
Erstdruck: Le Gaulois, 4. Februar 1884

Sieben Uhr. Ein Pfiff; wir fahren ab. Der Zug fährt über die Drehscheiben; es klingt wie Theaterdonner; dann taucht er keuchend in die Nacht ein, bläst seinen Dampf aus, beleuchtet mit rotem Widerschein Mauern, Hecken, Wälder, Felder.

Wir sitzen zu sechst im Licht der Deckenlampe, drei auf jeder Bank. Mir gegenüber eine dicke Dame und ein dicker Herr, ein altes Ehepaar. In der linken Ecke ein Buckliger. Neben mir ein frischgebackenes Ehepaar, oder doch wenigstens ein junges Paar! Ob sie verheiratet sind? Die junge Frau ist hübsch, wirkt ehrbar, ist aber zu stark parfümiert. Was für ein Parfüm mag das sein? Ich kenne es, komme aber nicht auf den Namen. Doch, ja, richtig. Peau d'Espagne? Das besagt nichts. Abwarten.

Die dicke Dame beäugt die junge mit einer feindseligen Miene, die mir zu denken gibt. Der dicke Herr macht die Augen zu. Jetzt schon! Der Bucklige hat sich zur Kugel zusammengerollt. Ich kann nicht erkennen, wo er mit seinen Beinen geblieben ist. Bloß seine glänzenden Augen unter einer phrygischen Mütze mit roter Troddel sind zu sehen. Dann verschwindet er in seiner Reisedecke. Man könnte ihn für ein auf die Bank geworfenes kleines Paket halten.

Nur die alte Dame bleibt wach, argwöhnisch, unruhig, wie ein Wächter, der beauftragt ist, über Ordnung und Anstand im Waggon zu wachen.

Die jungen Leute verhalten sich still; über beider Knien liegt eine und dieselbe Decke; sie haben die Augen offen, sie reden nicht; ob sie verheiratet sind?

Auch ich tue, als schliefe ich; aber ich beobachte.

Neun Uhr. Die dicke Dame ist am Einduseln; ein paarmal hintereinander fallen ihr die Augen zu, der Kopf sinkt ihr auf die

Brust und ruckt dann und wann wieder hoch. In Ordnung. Sie schläft.

O Schlummer, du lächerliches Mysterium, der du den Gesichtern das groteskeste Aussehen verleihst, du bist der Enthüller der menschlichen Häßlichkeit. Du machst alle unsere Mängel offenbar, alle Mißbildungen und Makel! Du bringst es zuwege, daß jedes Gesicht, das du anrührst, sogleich zu einer Karikatur wird.

Ich stehe auf und ziehe den leichten blauen Schleier über die Deckenlampe. Dann nicke auch ich ein.

Von Zeit zu Zeit, wenn der Zug hält, wache ich auf. Ein Beamter ruft den Namen einer Stadt aus; dann geht es weiter.

Jetzt dämmert es. Wir fahren die Rhône entlang; sie strömt dem Mittelmeer entgegen. Alles schläft. Die jungen Leute halten einander umarmt. Ein Fuß der jungen Frau ist unter der Decke hervorgeschlüpft. Sie trägt weiße Strümpfe! Das ist etwas Gewöhnliches: Sie sind verheiratet. Im Abteil herrscht übler Geruch. Ich mache ein Fenster auf, um frische Luft hereinzulassen. Die Kälte weckt sie alle auf, bis auf den Buckligen, der unter seiner Decke schnarcht wie ein Dachs.

Im Licht des neuerstandenen Tages wirken die Gesichter noch häßlicher.

Die dicke Dame ist rot, ihr Haar hat sich gelöst, sie sieht schauderhaft aus; sie wirft einen gehässigen Rundblick auf ihre Abteilgenossen. Die junge Frau blickt lächelnd ihren Gefährten an. Wäre sie nicht verheiratet, so hätte sie erst mal in ihren Taschenspiegel geschaut!

Marseille. Zwanzig Minuten Aufenthalt. Ich frühstücke. Wir fahren weiter. Der Bucklige ist ausgestiegen; dafür haben wir zwei alte Herren bekommen.

Jetzt packen die beiden Ehepaare, das alte und das junge, ihren Mundvorrat aus. Die einen ein gebratenes Hähnchen, die anderen kaltes Kalbfleisch, Salz und Pfeffer in Papierfetzen, Cornichons in einem Taschentuch: alles geeignet, einem jedwede Nahrungsaufnahme bis in alle Ewigkeit zu verekeln! Ich kenne nichts Vulgäreres, Ungehörigeres, von schlechterer Erziehung Zeugendes als in einem Abteil zu essen, in dem sich noch andere Leute befinden.

Wenn es friert, reißt die Fenster auf! Wenn es heiß ist, macht sie zu und steckt euch eine Pfeife an, auch wenn ihr Abscheu vor Tabakrauch hegt; fangt an zu singen, zu bellen, betreibt die lästigsten Überspanntheiten, zieht Schuhe und Socken aus und beschneidet euch die Fußnägel; mit einem Wort: Versucht, euern schlecht erzogenen Fahrtgenossen ihren Mangel an Lebensart heimzuzahlen.

Der Vorbedachte führt ein Fläschchen mit Petroleum oder Benzin mit sich und sprengt es auf die Polster, sobald in seiner Gegenwart angefangen wird zu essen. Alles ist erlaubt, alles ist viel zu gut für die Flegel, die einem mit dem Gestank ihrer Fressalien das Dasein vergiften.

Wir fahren am blauen Meer entlang. Der Sonnenschein stäubt wie Regen auf die mit zauberhaften Städten besetzte Küste hernieder.

Jetzt kommt Saint-Raphaël. Drüben liegt Saint-Tropez, die kleine Hauptstadt dieses menschenleeren, unbekannten und entzückenden Landstrichs, der den Namen Maurengebirge führt. Ein breiter Fluß, den keine Brücke überspannt, der Argens, trennt diese fast wilde Halbinsel vom Festland ab, wo man einen ganzen Tag lang wandern kann, ohne einer Menschenseele zu begegnen, wo die auf den Bergen hockenden Dörfer mit ihren orientalischen Häusern, ihren Arkaden, ihren niedrigen, gemeißelten Rundbogentürmen so geblieben sind, wie sie ehedem waren.

Keine Eisenbahn, keine öffentliche Fahrgelegenheit durchquert diese prächtigen, bewaldeten Täler. Nur eine altertümliche Postkutsche befördert die Briefschaften von und nach Hyères und Saint-Tropez.

Wir fahren immer weiter. Jetzt kommt Cannes, das so hübsch an seinen beiden Golfen gelegen ist, gegenüber den Lèrins-Inseln, die, wenn man sie mit dem Festland verbinden könnte, zwei Paradiese für Kranke wären.

Jetzt der Golf de Juan; das Panzergeschwader scheint auf der Flut zu schlafen.

Jetzt Nizza. Es scheint, in dieser Stadt findet eine Ausstellung statt. Die wollen wir uns mal anschauen.

Man geht einen Boulevard entlang, der wie Sumpfgelände anmutet, und gelangt zu einem auf einer Anhöhe liegenden Gebäude zweifelhaften Geschmacks, das einer verkleinerten Nachbildung des Grand Palais du Trocadéro ähnelt. Drinnen ein paar Lustwandler inmitten eines Chaos von Kisten.

Die schon seit langem eröffnete Ausstellung wird sicherlich im nächsten Jahr fertig sein.

Das Innere wäre hübsch, wenn es vollendet wäre. Aber... das kann noch lange dauern.

Zumal zwei Abteilungen locken mich: »Lebensmittel« und »Schöne Künste«. O weh! Es finden sich zwar kandierte Früchte aus Grasse, Dragées, tausenderlei Dinge, lieblich zu verzehren... Aber es darf nichts verkauft werden... Man darf sich dies alles bloß ansehen, und zwar, damit der städtische Handel keine Einbuße erleidet! Naschwerk auszustellen, nur damit die Augen sich daran erfreuen, und zu verbieten, davon zu kosten, das erscheint mir als eine der schönsten Erfindungen des Menschengeistes!

Die Schönen Künste befinden sich... noch im Zustand der Vorbereitung. Aber ein paar Säle sind schon geöffnet, und dort sieht man außerordentlich schöne Landschaften von Harpignies, von Guillement, von Le Poittevin, ein herrliches Bildnis der Mademoiselle Alice Regnault von Courtois, einen köstlichen Béraud usw., alles übrige, wenn es erst ausgepackt worden ist.

Da man, wenn man schon etwas besichtigt, alles besichtigen muß, will ich mir einen Gratisaufstieg gönnen und begebe mich zu dem Luftballon der Firma Godard u. Co.

Der Mistral weht. Das Luftfahrzeug schwankt beunruhigend. Dann gibt es einen Knall. Das kommt, weil die Halteseile des Netzes am Zerreißen sind. Das Publikum darf den eingefriedeten Raum nicht betreten. Auch ich werde vor die Tür gesetzt.

Ich klettere auf meinen Wagen und schaue zu.

Alle paar Sekunden platzt ein weiteres Halteseil mit einem seltsamen Geräusch, und die braune Hülle des Ballons bemüht sich, den Netzmaschen zu entschlüpfen, die sie festhalten. Dann plötzlich kommt ein heftiger Windstoß, ein riesiger Riß läßt die dicke schwebende Kugel von oben bis unten aufklaffen, und sie sinkt in sich zusammen wie ein schlaffer Sack, geplatzt und tot.

Nach dem Erwachen am folgenden Tag lasse ich mir die städtischen Zeitungen bringen und lese zu meiner Verdutztheit: »Der gegenwärtig in unserm Küstengebiet herrschende Sturm hat die Verwaltung der Fessel- und Freiballons zu Nizza gezwungen, zwecks Vermeidung eines Unglücksfalls einen großen Aerostaten zu entleeren. Das System der sofortigen Gasentleerung, dessen Monsieur Godard sich bediente, ist eine seiner Erfindungen, die ihm die größte Ehre machen.«

Oh! Oh! Oh! Oh!

O braves Publikum!

Die ganze Mittelmeerküste ist das Kalifornien, das Goldland der Apotheker. Man muß zehnfacher Millionär sein, wenn man es wagt, eine einfache Dose Brustsalbe bei diesen großspurigen Handelsleuten zu erstehen, die Brustbeeren zu Preisen von Diamanten verkaufen.

Man kann von Nizza nach Monaco über die Corniche fahren, immer am Meer entlang. Es gibt nichts Hübscheres als diese in den Fels eingekerbte Straße, die die Meeresbuchten umrundet, unter Gewölben hindurchführt und inmitten einer wundervollen Landschaft in der Gebirgsflanke einherläuft und sich windet.

Dort liegt Monaco auf seinem Fels und dahinter Monte-Carlo... Pst! Wenn man etwas für das Glücksspiel übrig hat, ist es begreiflich, daß man für diese nette kleine Stadt schwärmt. Aber wie trübselig und traurig ist sie für alle, die *nicht* spielen! Es findet sich dort kein einziges anderes Vergnügen, keine einzige andere Belustigung.

Noch etwas weiter, dann kommt Menton, der wärmste Punkt der Küste und der von den Kranken am meisten besuchte. Dort werden die Orangen reif und die Lungenkranken gesund.

Für die Rückfahrt nach Cannes nehme ich den Nachtzug. In meinem Abteil sitzen zwei Damen und ein Marseiller, der sich darauf versteift, von Tragödien auf der Eisenbahn zu erzählen, von Mordtaten und Diebstählen.

»Ich habe einen Korsen gekannt, der kam mit seinem Sohn aus Paris zurück. Die Sache ist schon lange her, es war in den ersten Zeiten der Linie P. L. M., Paris-Lyon-Méditerranée. Ich steige mit ihnen zusammen ein, da wir befreundet waren, und los geht die Reise.

Der Sohn, der war zwanzig, und der konnte sich gar nicht satt daran sehen, wie rasch der lange Zug fuhr, die ganze Zeit beugte er sich aus dem Fenster und sah hinaus. Immerzu hat ihm der Vater gesagt: ›He! Nimm dich in acht, Mathéo, beug dich nicht so weit hinaus, sonst könntest du dir weh tun.‹ Aber der junge Bursche hat nicht mal geantwortet.

Ich habe zu dem Vater gesagt: ›Ach was, laß ihn doch, wenn es ihm Spaß macht.‹

Aber der Vater hat noch mal gesagt: ›Komm, Mathéo, beug dich nicht so weit hinaus.‹

Und als der Sohn noch immer nicht hören wollte, da hat er ihn an der Jacke gepackt, damit er sich ins Abteil lehnte, und hat daran gezogen.

Aber da ist der Körper uns auf die Knie gefallen. Er hat keinen Kopf mehr gehabt... Der war in einem Tunnel abgerissen worden. Und der Hals hat nicht mal mehr geblutet; alles Blut war längs der Strecke ausgelaufen...«

Eine der Damen stieß einen Seufzer aus, schloß die Augen, sank gegen ihre Reisegefährtin. Sie war ohnmächtig geworden...

Übertragen von Ernst Sander

Der Gönner

Französischer Titel: Le Protecteur
Erstdruck: Le Gil-Blas, 5. Februar 1884

Ein solches Glück hätte er sich niemals träumen lassen! Jean Marin, Sohn eines Gerichtsdieners in der Provinz, war gleich so vielen andern ins Quartier Latin gekommen und hatte Jura studiert. In den verschiedenen Kneipen, in denen er nacheinander verkehrte, hatte er Freundschaft mit mehreren großsprecherischen Studenten geschlossen, die beim Bier mit politischen Phrasen um sich warfen. Er bewunderte sie höchlichst und folgte ihnen hartnäckig von Café zu Café und bezahlte sogar, was sie verzehrt hatten, wenn er gerade mal bei Kasse war.

Dann ließ er sich als Anwalt nieder, vertrat einige Fälle und verlor sie sämtlich. Da jedoch las er eines Morgens in der Zeitung, einer seiner ehemaligen Kameraden aus dem Quartier sei zum Abgeordneten gewählt worden.

Er wurde abermals dessen treuer Hund, der Freund, der die lästigen Arbeiten erledigt, die erforderlichen Schritte unternimmt, den man holen läßt, wenn man ihn braucht, und dem gegenüber man sich keinerlei Zwang auferlegt. Bei einem parlamentarischen Umschwung jedoch wurde der Abgeordnete Minister, und ein halbes Jahr später erhielt Jean Marin seine Ernennung zum Staatsrat.

Zunächst bekam er einen solchen Anfall von Hochmut, daß er darüber fast den Kopf verlor. Im freudigen Verlangen, sich zu zeigen, lief er durch die Straßen, als reiche sein bloßer Anblick hin, seine Stellung erraten zu lassen. Er brachte es fertig, den Kaufleuten, in deren Läden er ging, den Zeitungsverkäufern, sogar den Droschkenkutschern in den gleichgültigsten Zusammenhängen zu sagen: »Ich, der ich Staatsrat bin...«

Dann aber überkam ihn, als Folge seiner Würde, aus beruflicher Notwendigkeit, aus dem Gefühl, als mächtiger und edelmütiger Mensch dazu verpflichtet zu sein, gebieterisches Verlangen, sich als Gönner zu bezeigen. Aller Welt bot er bei jeder Gelegenheit mit unerschöpflicher Großzügigkeit seine Unterstützung an.

Traf er auf den Boulevards ein bekanntes Gesicht, so trat er mit entzückter Miene zu dem Betreffenden hin, nahm dessen Hände, erkundigte sich nach seinem Befinden und erklärte, ohne irgendwelche Fragen abzuwarten: »Wie Sie ja wissen, bin ich Staatsrat und stehe Ihnen voll und ganz zur Verfügung. Wenn ich Ihnen bei etwas behilflich sein kann, dann bedienen Sie sich bitte meiner ohne jede Hemmung. In meiner Stellung besitzt man weitreichende Macht.«

Und dann ging er mit dem Freund, dem er gerade begegnet war, in ein Café und ließ sich Feder, Tinte und Papier bringen – »nur *ein* Blatt, Kellner, ich habe einen Empfehlungsbrief zu schreiben«.

Und so schrieb er denn Empfehlungsbriefe, zehn, zwanzig, fünfzig pro Tag. Er schrieb sie im Café Américain, im Bignon, bei Tortoni, in der Maison-Dorée, im Café Riche, im Helder, im Café Anglais, im Napolitain, überall, überall. Er schrieb sie an alle Beamten der Republik, von den Friedensrichtern bis hinauf zu den Ministern. Und er war glücklich, vollkommen glücklich.

Als er sich eines Morgens in eine Sitzung des Staatsrats begeben wollte, fing es an zu regnen. Er überlegte, ob er eine Droschke nehmen solle, nahm aber doch keine und ging zu Fuß.

Der Platzregen strömte immer heftiger nieder, überschwemmte die Gehsteige, überflutete die Fahrbahn. Monsieur Marin sah sich gezwungen, Zuflucht in einem Hauseingang zu suchen. Dort stand bereits ein alter Priester, ein alter Priester mit weißem Haar. Vor seiner Ernennung zum Staatsrat hatte Monsieur Marin nichts für die Geistlichkeit übriggehabt. Jetzt aber bezeigte er ihr Hochachtung, seit nämlich ein Kardinal ihn in einer heiklen Angelegenheit höflich um Rat gefragt hatte. Der Regen fiel als eine wahre Sturzflut, und die beiden Männer mußten, um sich vor den Spritzern zu schützen, bis zur Loge des Concierge zurückweichen.

Monsieur Marin, der stets ein unbändiges Gelüst zum Reden empfand, um sich ins rechte Licht zu setzen, erklärte: »Scheußliches Wetter, Herr Abbé!«

Der alte Priester verneigte sich: »Freilich, freilich. Recht verdrießlich, wenn man nur für ein paar Tage nach Paris gekommen ist.«

»Kommen Sie aus der Provinz?«

»Ja, ich bin nur vorübergehend hier.«

»Dann ist es allerdings recht unangenehm, wenn man für die paar Tage in der Hauptstadt Regenwetter hat. Uns Beamten, die wir das ganze Jahr über hier sind, uns macht das nichts aus.«

Der Abbé antwortete nicht. Er blickte auf die Straße hinaus, wo der Regen jetzt weniger eilfertig niederrauschte. Und plötzlich faßte er einen Entschluß und hob die Soutane, wie die Frauen ihre Röcke heben, wenn sie über einen Rinnstein hinwegtreten.

Monsieur Marin sah ihn weggehen und rief ihm nach: »Aber Sie werden ja durch und durch naß, Herr Abbé. Warten Sie doch noch ein Weilchen, dann hört es auf.«

Der gute Mann blieb unentschlossen stehen und sagte: »Die Sache ist nur die, daß ich es eilig habe. Ich muß zu einer wichtigen Besprechung.«

Monsieur Marin schien untröstlich: »Aber Sie werden ganz bestimmt durch und durch naß. Darf ich fragen, in welche Stadtgegend Sie wollen?«

Der Abbé schien zu zögern, dann sagte er: »In die Gegend des Palais-Royal.«

»In diesem Fall, Herr Abbé, möchte ich Ihnen, wenn Sie gestatten, den Schutz meines Regenschirms anbieten. Ich gehe nämlich zu einer Sitzung des Staatsrates. Ich selber bin Staatsrat.«

Der alte Priester hob die Nase und musterte sein Gegenüber; dann erklärte er: »Ich danke Ihnen vielmals, Monsieur, und nehme Ihr Anerbieten mit Freuden an.«

Da bot ihm Monsieur Marin den Arm und zog ihn mit sich fort. Er leitete ihn, paßte auf ihn auf, beriet ihn: »Obacht, ein Rinnstein, Herr Abbé. Nehmen Sie sich vor allem vor den Wagenrädern in acht; manchmal bespritzen sie einen von oben bis unten. Hüten Sie sich vor den Regenschirmen der Vorübergehenden. Nichts ist gefährlicher für die Augen als die Spitzen der Schirmstangen. Vor allem die Frauen sind geradezu unerträglich; sie geben auf nichts acht und bohren einem in einem fort die Spitzen ihrer Sonnenschirme oder Regenschirme ins Gesicht. Nicht die leiseste Rücksicht nehmen sie. Man könnte meinen, die ganze Stadt gehöre ihnen. Sie sind die Beherrscherinnen der Bürgersteige und der Fahrwege. Ich finde immer, ihre Erziehung ist bedenklich im argen gelassen worden.« Und er fing an zu lachen.

Der Pfarrer antwortete nicht. Er ging ein wenig gebeugt und suchte sich sorgfältig die Stellen aus, wo er den Fuß niedersetzen konnte, ohne sein Schuhzeug oder seine Soutane zu beschmutzen.

Monsieur Marin fuhr fort: »Sicherlich sind Sie nach Paris gekommen, weil Sie sich eine kleine Ablenkung gönnen wollen?«

Der Biedere erwiderte: »Nein, ich habe etwas zu regeln.«

»Siehe da! Etwas Wichtiges? Darf ich die Frage wagen, um was es sich handelt? Wenn ich Ihnen behilflich sein kann, stelle ich mich Ihnen gern zur Verfügung.«

Der Abbé schien verlegen. Er sagte halblaut: »Ach, es ist bloß eine kleine persönliche Angelegenheit. Eine kleine Schwierigkeit mit... mit meinem Bischof. Es interessiert Sie schwerlich. Es ist eine interne Angelegenheit... geistlicher Natur.«

Monsieur Marin ereiferte sich: »Aber gerade dergleichen Dinge werden doch im Staatsrat erledigt. Bitte bedienen Sie sich meiner in diesem Fall.«

»Ja, ich will ja auch zum Staatsrat. Sie sind viel zu gütig. Ich muß die Herren Lerepère und Savon aufsuchen und vielleicht auch Petitpas.«

Monsieur Marin blieb unvermittelt stehen: »Aber das sind ja meine Freunde, Herr Abbé, meine besten Freunde, vortreffliche Kollegen, reizende Leute. Ich will Sie allen dreien empfehlen, und zwar wärmstens. Verlassen Sie sich auf mich.«

Der Pfarrer bedankte sich, stammelte verwirrt Entschuldigungen und tausend Segenswünsche.

Marin war hingerissen: »Sie können sich rühmen, daß Sie ganz besonderes Glück entwickelt haben, Herr Abbé. Passen Sie nur auf, passen Sie nur auf: Dank meiner wird Ihre Angelegenheit geregelt wie geschmiert.«

Sie kamen zum Staatsrat. Marin nahm den Priester mit hinauf in sein Arbeitszimmer, ließ ihn am Kamin Platz nehmen, setzte sich selber an den Schreibtisch und begann zu kritzeln:

»Lieber Kollege, gestatten Sie mir, Ihnen allerwärmstens einen ehrwürdigen, höchst vortrefflichen und höchst verdienstvollen Geistlichen zu empfehlen, den Herrn Abbé...«

Er unterbrach sich und fragte: »Wie ist der werte Name, bitte?«

»Abbé Ceinture.«

»...den Herrn Abbé Ceinture, der Ihrer liebenswürdigen Gefälligkeit in einer kleinen Angelegenheit bedarf, die er Ihnen vortragen wird.

Ich bin glücklich über die Gelegenheit, lieber Kollege, die mir erlaubt, Ihnen...«

Und er schloß mit den üblichen Komplimenten.

Als er die drei Briefe geschrieben hatte, übergab er sie seinem Schützling, der sich nach einer Unzahl von Dankesbeteuerungen verabschiedete.

Monsieur Marin erledigte, was es zu tun gab, ging wieder heim, verbrachte einen geruhsamen Tag, schlief friedlich, erwachte froh und ließ sich die Zeitungen bringen.

Die erste, die er aufschlug, war ein radikales Blatt. Er las:

»Unser Klerus und unsere Staatsbeamten. – Wir kommen nie zu Ende mit der Anprangerung der Missetaten der Geistlichkeit. Ein gewisser Priester namens Ceinture, überführter Verschwörer gegen die jetzige Regierung, unter Anklage unwürdiger Handlungen, die wir lieber nicht näher bezeichnen wollen, zudem im Verdacht, ein ehemaliger Jesuit zu sein, der sich in einen einfachen Priester verwandelt hat, von einem Bischof kassiert aus Gründen, von denen versichert wird, daß sie besser verschwiegen blieben, und nach Paris berufen, um über seinen Lebenswandel Rechenschaft abzulegen, hat in der Person des Staatsrates Marin einen glühenden Verteidiger gefunden, der sich nicht gescheut hat, diesem soutanetragenden Missetäter die dringlichsten Empfehlungsbriefe an seine im Dienst der Regierung stehenden Kollegen zu geben. Wir lenken auf das unqualifizierte Verhalten dieses Staatsrats das Augenmerk des Ministers…«

Marin fuhr mit einem Satz aus dem Bett, zog sich an und eilte zu seinem Kollegen Petitpas, der zu ihm sagte: »Das ist denn doch! Sind Sie verrückt geworden, mir diesen alten Verschwörer zu empfehlen?«

Und Marin stotterte kopflos: »Unsinn… Hören Sie doch… Ich bin getäuscht worden… Er sah so anständig aus… Er hat mich hinters Licht geführt, auf unwürdige Weise hinters Licht geführt. Ich bitte Sie, lassen Sie ihn streng, aber sehr streng bestrafen. Ich will schreiben. Sagen Sie mir, an wen ich schreiben muß, damit er unbedingt verurteilt wird. Ich gehe zum Staatsanwalt und zum Erzbischof von Paris, ja, zum Erzbischof…«

Und er setzte sich ohne weiteres an Petitpas' Schreibtisch und schrieb: »Monseigneur, ich habe die Ehre, Eurer Erzbischöflichen Gnaden zur Kenntnis zu bringen, daß ich den Machenschaften und Lügen eines gewissen Abbé Ceinture zum Opfer gefallen bin, der meine Gutgläubigkeit ausgenutzt hat. Durch die Beteuerungen jenes Geistlichen in Täuschung befangen, habe ich…«

Als er den Brief unterschrieben und versiegelt hatte, drehte er sich nach seinem Kollegen um und erklärte: »Da haben Sie es, lieber Freund. Lassen Sie es sich eine Lehre sein. Geben Sie nie Empfehlungen!«

Übertragen von Irma Schauber

Der Regenschirm

Französischer Titel: Le Parapluie
Erstdruck: Le Gaulois, 10. Februar 1884

Für Camille Oudinot

Madame Oreille war sparsam. Sie wußte um den Wert einer Kupfermünze und verfügte über ein Arsenal strenger Grundsätze bezüglich der Vermehrung des Geldes. Ihr Hausmädchen mußte sich gehörig anstrengen, wenn es heimlich ein paar Sous beiseite bringen wollte, und Monsieur Oreille bekam nur unter äußersten Schwierigkeiten sein Taschengeld ausgehändigt. Dabei konnten sie ganz behaglich leben, und Kinder hatten sie nicht; doch Madame Oreille durchlitt jedesmal buchstäblich Qualen, wenn sie die blanken Geldstücke aus dem Haus wandern sah. Das gab ihr immer einen Stich durchs Herz; und jedesmal, wenn sie eine halbwegs bedeutende, aber unerläßliche Ausgabe zu machen hatte, schlief sie in der darauffolgenden Nacht sehr schlecht.

Oreille sagte zu seiner Frau immer von neuem: »Du solltest ein bißchen großzügiger sein. Wir essen doch niemals auch nur unsere Zinsen auf.«

Sie antwortete dann stets: »Man weiß nie, was passieren kann. Besser, mehr zu haben als weniger.«

Sie war eine untersetzte, vierzigjährige Frau, lebhaft, mit ein bißchen verrunzeltem Gesicht, sauber und häufig reizbar.

Ihr Mann stöhnte bei jeder Gelegenheit über die Entbehrungen, die sie ihn erdulden ließ. Einige darunter waren ihm besonders peinlich und schmerzlich, da sie an seine Eitelkeit rührten.

Er war Bürovorsteher im Kriegsministerium, und er war einzig, um seiner Frau zu gehorchen, in seiner Stellung verblieben, damit die ungenutzt bleibenden Einkünfte des Haushalts noch gesteigert wurden.

Nun aber kam er seit zwei Jahren mit immer demselben geflickten Regenschirm ins Büro, was seinen Kollegen Grund zum Lachen gab. Als er ihrer Spöttereien schließlich müde geworden war, verlangte er, Madame Oreille solle ihm einen neuen Schirm kaufen. Sie erstand einen zu acht Francs fünfzig, den Reklameartikel eines großen Warenhauses. Als die Beamten diesen in Paris zu Tausenden auf den Markt geworfenen Schirm erblickten, fingen sie mit ihren Hänseleien von vorn an, und Oreille litt grausam darunter. Der Schirm taugte nichts. Nach drei Monaten mußte er außer Dienst gestellt werden, und die Heiterkeit im Ministerium schlug hohe Wogen. Es wurde sogar ein Spottlied verfaßt, das in dem riesigen Gebäude von früh bis spät und von oben bis unten geträllert wurde.

Der verzweifelte Oreille befahl seiner Frau, ihm einen neuen Schirm aus guter Seide auszusuchen, einen zu zwanzig Francs, und als Beleg eine Quittung mitzubringen.

Sie kaufte einen für achtzehn Francs und erklärte, rot vor Unwillen, als sie ihn ihrem Mann in die Hand drückte: »Der muß aber mindestens fünf Jahre halten.«

Der triumphierende Oreille hatte im Büro durchschlagenden Erfolg.

Als er abends heimkam, warf seine Frau einen beunruhigten Blick auf den Schirm und sagte: »Du darfst ihn nicht zusammengewickelt und mit dem Gummibändchen stehen lassen, sonst wird die Seide brüchig. Paß ja gut auf ihn auf; so bald kauf' ich dir keinen neuen.«

Sie nahm ihn, löste den kleinen Ring des Gummibands und schüttelte die Falten auseinander. Doch dann stand sie starr und erschüttert da. Ein rundes Loch, groß wie ein Centimestück, kam mitten im Schirm zum Vorschein. Es mußte mit einer Zigarre hineingebrannt worden sein!

Sie stotterte: »Was ist denn da mit ihm passiert?«

Ihr Mann sah gar nicht hin und fragte in aller Ruhe: »Wem und was? Was meinst du eigentlich?«

Jetzt würgte sie die Wut; sie konnte kaum noch reden: »Du... du... du... hast ein Loch... in deinen Schirm gebrannt. Bist du... du... denn verrückt geworden? Willst du uns ruinieren?«

Er fuhr herum und spürte, daß er blaß wurde. »Was sagst du da?«

»Ich sage, daß du ein Loch in deinen Schirm gebrannt hast. Da!« Sie stürzte auf ihn los, als wolle sie ihn verprügeln, und hielt ihm mit einem Ruck das kleine, kreisrunde Brandloch unter die Nase.

Er verlor angesichts dieser Beschädigung völlig den Kopf und blubberte: »Ja... ja... was ist denn das? Ich weiß es wirklich nicht! Ich bin's nicht gewesen, das schwöre ich dir. Ich habe keine Ahnung, was ihm da zugestoßen ist, dem Schirm!«

Sie keifte ihn an: »Jede Wette, du hast im Büro Unfug damit getrieben, du hast den Hanswurst gespielt, du hast ihn aufgemacht und damit protzen wollen.«

Er antwortete: »Ein einziges Mal habe ich ihn aufgemacht, weil ich hatte zeigen wollen, wie schön er ist. Weiter nichts. Ich schwöre es dir!«

Aber sie trampelte vor Wut, und sie machte ihm eine der Eheszenen, die einem friedliebenden Menschen den häuslichen Herd weit entsetzlicher erscheinen lassen als ein Schlachtfeld, auf dem es Kugeln regnet.

Sie flickte die Stelle mit einem aus einem alten Schirm herausgeschnittenen Stückchen Seide; leider hatte er eine andere Farbe; und am andern Morgen zockelte Oreille mit dem gestopften Schirm los. Er stellte ihn in seinen Schrank und dachte höchstens an ihn wie an eine schlechte Erinnerung.

Aber kaum war er am Abend daheim angelangt, als seine Frau ihm auch schon den Schirm aus den Händen riß, um sich von seinem Zustand zu überzeugen, und da blieb ihr angesichts eines irreparablen Unheils die Luft weg. Der Schirm war von kleinen Löchern durchsiebt, die offenbar durch Verbrennung entstanden waren: Es sah aus, als sei die Asche einer brennenden Pfeife darüber ausgeleert worden. Der Schirm war hin, rettungslos hin.

Sie beschaute ihn wortlos; sie war viel zu zornig, als daß sich ihrer Kehle ein Laut hätte entringen können. Auch Oreille stellte den Schaden fest und stand dümmlich, erschrocken und betroffen da.

Dann blickten die beiden einander an; dann schlug er die Augen nieder; dann knallte ihm, von ihr geworfen, der unbrauchbar gewordene Schirm ins Gesicht; dann fand sie in einer Zornesaufwallung die Stimme wieder und brüllte ihn an: »O du Halunke, du Halunke! Das hast du absichtlich getan! Aber das sollst du mir bezahlen! Einen andern bekommst du nicht...«

Und es begann abermals eine Eheszene. Nach einer Ungewitterstunde konnte er endlich den Mund auftun. Er schwor, die Sache sei ihm unverständlich; es könne bloß ein böswilliger Streich oder ein Racheakt gewesen sein.

Ein Klingeln an der Flurtür befreite ihn. Es war ein zum Abendessen geladener Freund.

Madame Oreille legte ihm den Fall dar. Der Kauf eines neuen Regenschirms scheide aus; ihr Mann bekomme nie wieder einen.

Vernünftigerweise wandte der Freund ein: »Dann verdirbt er sich seine Garderobe, und die kostet bestimmt mehr.«

Die noch immer wütende kleine Frau antwortete: »Dann kann er den für das Hausmädchen nehmen; einen seidenen kaufe ich ihm nicht zum zweiten Mal.«

Bei dieser Zumutung wurde Oreille rebellisch: »Dann scheide ich aus meiner Stellung aus! Mit einem Hausmädchenschirm gehe ich nicht ins Ministerium.«

Der Freund warf ein: »Laß doch den hier neu beziehen; das kostet nicht viel.«

Die außer sich geratene Madame Oreille stotterte: »Das Beziehen kostet mindestens acht Francs. Acht Francs und achtzehn, das macht sechsundzwanzig! Sechsundzwanzig Francs für einen Regenschirm, das ist heller Wahnsinn! Der reinste Irrsinn ist das!«

Der Freund, ein bescheidener Bürgersmann, hatte eine Erleuchtung: »Laßt ihn euch doch von eurer Versicherung bezahlen. Die Versicherungsgesellschaften kommen für Brandschaden auf, vorausgesetzt, daß er im eigenen Haus entstanden ist.«

Auf diesen Ratschlag hin beruhigte sich die kleine Frau unvermittelt; nach einer Minute des Überlegens sagte sie zu ihrem Mann: »Bevor du morgen in dein Ministerium gehst, sprichst du im Büro der ›Maternelle‹ vor, läßt den Zustand deines Schirms feststellen und verlangst Schadenersatz.«

Monsieur Oreille zuckte zusammen: »Nie im Leben nehme ich mir das heraus! Wir müssen achtzehn Francs in den Schornstein schreiben, und weiter gar nichts. Daran gehen wir nicht kaputt.« Und am andern Morgen zog er mit einem Spazierstock los. Zum Glück war schönes Wetter.

Die allein daheimgebliebene Madame Oreille konnte über den Verlust ihrer achtzehn Francs nicht hinwegkommen. Sie hatte den Schirm auf dem Eßzimmertisch liegen und drehte ihn hin und her, ohne zu einer Lösung zu gelangen.

In einem fort mußte sie an die Feuerversicherung denken; aber auch sie wagte es nicht, sich den spöttischen Blicken der Herren auszusetzen, die sie empfangen würden; denn anderen Leuten gegenüber war sie schüchtern, wurde der geringsten Kleinigkeiten wegen rot und hatte Hemmungen, sobald sie mit ihr Unbekannten reden mußte.

Dabei schmerzte die Einbuße der achtzehn Francs sie wie eine Wunde. Sie wollte nicht mehr daran denken, und dennoch hämmerte der Verlust grausam auf sie ein. Doch was sollte sie tun? Die Stunden gingen hin; sie kam zu keiner Entscheidung. Da plötzlich, wie bei Feiglingen, die mit einemmal dreist werden, stand ihr Entschluß fest: »Ich gehe hin, und dann werden wir schon sehen!«

Aber zunächst mußte der Regenschirm so zugerichtet werden, daß ein Totalschaden entstand und die Sache leicht durchzufechten war. Sie nahm vom Kaminsims ein Streichholz und brannte zwischen den Stäben ein handgroßes Loch ein; darauf rollte sie, was noch von der Seide übrig war, behutsam zusammen, band sie mit dem Gummibändchen fest, nahm Halstuch und Hut und ging eilenden Schrittes zur Rue de Rivoli, wo die Versicherungsgesellschaft sich befand.

Doch je näher sie dem Gebäude kam, desto mehr verlangsamte sich ihr Schritt. Was sollte sie sagen? Was würde ihr geantwortet werden?

Sie blickte zu den Nummern der Häuser auf. Noch achtundzwanzig lagen vor ihr. Ein Glück! Da hatte sie noch Zeit zum Nachdenken. Immer langsamer ging sie. Plötzlich durchfuhr es sie. Da war die Tür, auf der in schimmernden Goldbuchstaben stand: »La Maternelle, Feuerversicherungsgesellschaft.« Sie war schon angelangt! Eine Sekunde lang blieb sie stehen, ängstlich, beschämt; dann ging sie an der Tür vorüber, machte kehrt, ging nochmals daran vorüber, machte abermals kehrt.

Schließlich sagte sie sich: »Dabei muß es doch sein. Je eher, desto besser.«

Doch als sie in das Gebäude hineinging, merkte sie, daß sie Herzklopfen hatte.

Sie trat in einen weitläufigen Raum ein, in dem ringsum Schalter waren, und an jedem Schalter war ein Männerkopf zu sehen; der übrige Körper war durch eine Schranke verborgen.

Ein Herr mit einem Aktenstapel erschien.

Sie blieb vor ihm stehen und fragte mit leiser, schüchterner Stimme: »Verzeihung, können Sie mir wohl sagen, an wen ich mich wenden muß, damit ich das Geld für etwas Verbranntes bekomme?«

Er antwortete mit dröhnender Baßstimme: »Erster Stock links. Büro für Brandunglücke.«

Das Wort schüchterte sie noch mehr ein; sie empfand die größte Lust, einfach wegzulaufen, nichts zu sagen, ihre achtzehn Francs zu opfern. Aber bei dem Gedanken an diese Summe faßte sie wieder Mut und stieg ganz außer Atem die Treppe hinauf; auf jeder Stufe blieb sie stehen.

Im ersten Stock sah sie eine Tür und klopfte. Eine deutlich vernehmbare Stimme rief: »Herein!«

Sie ging hinein und sah sich in einem großen Raum, in dem drei die Rosette der Ehrenlegion tragende, feierliche Herren im Gespräch standen:

Der eine fragte: »Was wünschen Sie, Madame?«

Es verschlug ihr die Sprache; sie stammelte: »Ich komme… ich komme… eines Brandunglücks wegen.«

Der Herr wies höflich auf einen Sessel: »Haben Sie die Güte zu warten; in einer Minute stehe ich Ihnen zur Verfügung.«

Dann wandte er sich wieder den beiden andern zu und setzte das Gespräch fort: »Die Gesellschaft glaubt sich Ihnen für nicht mehr als vierhunderttausend Francs verpflichtet. Wir können Ihre Forderung auf die hunderttausend Francs nicht anerkennen, von denen Sie behaupten, wir müßten sie überdies noch zahlen. Übrigens hat die Schätzung...«

Einer der beiden andern unterbrach ihn: »Das genügt. Die Gerichte werden entscheiden. Uns bleibt nichts, als uns zu verabschieden.« Und nach mehreren feierlichen Verneigungen verließen sie das Zimmer.

Wenn sie es über sich gebracht hätte, mit ihnen zu verschwinden – wie gerne hätte sie es getan; sie wäre davongelaufen und hätte alles im Stich gelassen! Aber wäre das möglich gewesen?

Der Herr trat zu ihr, verbeugte sich und fragte: »Was steht Ihnen zu Diensten, Madame?«

Sie brachte mühsam hervor: »Ich bin... wegen diesem hier hergekommen.«

Der Direktor senkte mit naivem Erstaunen den Blick auf das Etwas, das ihm entgegengehalten wurde.

Mit bebender Hand versuchte sie, das Gummibändchen aufzuknöpfen. Nach mehreren Versuchen gelang es ihr, und dann öffnete sie mit einem Ruck das fetzenbehangene Skelett des Regenschirms.

Mit teilnahmsvoller Stimme sagte der Herr: »Mit dem steht es anscheinend recht schlecht.«

Zögernd erklärte sie: »Zwanzig Francs hat er mich gekostet.«

Er staunte: »Tatsächlich? So viel?«

»Ja, es war mal ein tadelloser Schirm. Ich möchte, daß Sie sich von seinem Zustand überzeugen.«

»Vortrefflich, vortrefflich. Aber ich sehe nicht ein, was *ich* damit zu tun haben könnte.«

Es überkam sie Unruhe. Vielleicht leistete diese Versicherungsgesellschaft überhaupt keinen Schadenersatz für Dinge geringen Wertes. Sie sagte: »Aber... er ist doch verbrannt...«

Der Herr stritt es nicht ab: »Das sehe ich nur zu gut.«

Sie stand mit offenem Mund da und wußte nicht mehr, was sie sagen sollte; dann merkte sie plötzlich, daß sie etwas vergessen habe, und stieß hastig hervor: »Ich bin Madame Oreille. Wir sind bei der ›Maternelle‹ versichert, und ich komme, damit Sie mir den Schaden ersetzen.« Und in ihrer Angst vor einer glatten, eindeutigen Ablehnung beeilte sie sich hinzuzufügen: »Ich verlange bloß, daß Sie ihn neu beziehen lassen.«

Dem Direktor war die Sache peinlich; er erklärte: »Aber... wir sind doch kein Schirmgeschäft. Mit dergleichen Reparaturen können wir uns nicht abgeben.«

Da spürte die kleine Frau, wie ihre Selbstsicherheit wiederkehrte. Hier mußte gekämpft werden. Also würde sie kämpfen! Alle Angst war von ihr gewichen; sie sagte: »Ich verlange ja bloß die Kosten der Reparatur. Machen lassen will ich sie selber.«

Der Herr schaute ratlos drein: »Wirklich, der Betrag ist recht klein. Es wird von uns niemals Ersatz für dergleichen geringfügige Schäden verlangt. Sie müssen doch zugeben, daß wir keinen Ersatz für Taschentücher, Handschuhe, Kehrbesen, abgetragene Pantoffeln leisten können, für all die kleinen Dinge, die tagtäglich der Gier der Flammen zum Opfer fallen können.«

Sie wurde rot; sie fühlte, wie Zorn in ihr aufstieg. »Aber wir hatten im letzten Dezember einen Kaminbrand, und der hat uns einen Schaden von mindestens fünfhundert Francs verursacht; dabei hat mein Mann nicht das mindeste von der Versicherung verlangt; also ist es heute nur recht und billig, wenn sie mir meinen Regenschirm bezahlt!«

Der Direktor witterte die Lüge und sagte lächelnd: »Meinen Sie nicht auch, Madame, daß es recht merkwürdig ist, daß Ihr Mann, der für einen Schaden in Höhe von fünfhundert Francs keinen Ersatz verlangt hat, jetzt die Kosten für die Reparatur eines Regenschirms verlangt, die nur fünf oder sechs Francs betragen?«

Sie ließ sich nicht aus der Fassung bringen und antwortete: »Verzeihung, der Schaden in Höhe von fünfhundert Francs ging zu Lasten meines Mannes, während der Schaden in Höhe von achtzehn Francs zu meinen Lasten geht, und das ist ganz etwas anderes.«

Er erkannte, daß er sie nicht loswerden konnte und lediglich seine Zeit verschwendete; also fragte er schicksalsergeben: »Bitte, erzählen Sie mir, wie das Unglück sich zugetragen hat.«

Sie merkte, daß ihr der Sieg winkte, und fing an zu berichten: »Folgendermaßen war es: Ich habe im Flur so ein Messingding stehen, in das die Schirme und die Spazierstöcke hineingestellt werden. Neulich, beim Heimkommen, habe ich den hier hineingestellt. Ich muß Ihnen noch sagen, daß gerade darüber ein Wandbrett ist, und darauf stehen immer Leuchter und Zündhölzer. Ich strecke also die Hand aus und nehme vier Zündhölzer. Ich streiche eins an; es will nicht brennen. Ich streiche das zweite an; es flammt auf und geht gleich wieder aus. Ich streiche das dritte an; mit dem geht es genauso.«

Der Direktor unterbrach sie, weil er einen geistvollen Scherz anbringen wollte: »Dann waren es also vom Staat gelieferte Zündhölzer?«

Sie verstand ihn nicht und redete weiter: »Mag sein. Jedenfalls hat das vierte gebrannt, und ich habe meine Kerze angesteckt; dann bin ich in mein Schlafzimmer gegangen und habe mich schlafen legen wollen. Aber nach einer Viertelstunde, da ist mir, als rieche es brenzlig. Und dabei habe ich immer solche Angst vor Feuer! Wenn wir jemals ein Brandunglück haben sollten, dann bin ich nicht schuld! Vor allem seit dem Kaminbrand, von dem ich Ihnen erzählt habe, komme ich aus der Angst nicht mehr heraus. Ich stehe also auf, und schließlich sehe ich, daß mein Regenschirm glüht. Wahrscheinlich ist eins der Streichhölzer in ihn hineingefallen. Und jetzt sehen Sie bloß mal an, in welchen Zustand er geraten ist...«

Der Direktor war inzwischen mit sich ins reine gekommen; er fragte: »Wie hoch beziffern Sie den Schaden?«

Es verschlug ihr die Sprache; sie wagte es nicht, eine bestimmte Summe zu nennen. Dann wollte sie sich als großzügig zeigen und sagte: »Lassen Sie ihn doch reparieren. Ich vertraue ihn Ihnen gern an.«

Er winkte ab: »Nein, das kann ich nicht. Sagen Sie mir, wieviel Sie fordern.«

»Ja... mir scheint... daß... Passen Sie mal auf: Ich will an Ihnen nichts verdienen... Wir könnten folgendes tun. Ich bringe meinen Schirm zu einem Schirmgeschäft und lasse ihn mit guter, haltbarer Seide überziehen, und dann bringe ich Ihnen die Rechnung. Wäre Ihnen das recht?«

»Vollauf, Madame; jetzt ist alles in Ordnung. Hier haben Sie eine Bescheinigung für die Kasse; da wird Ihnen der Betrag zurückerstattet.«

Und er hielt Madame Oreille einen Zettel hin; sie nahm ihn, stand auf, bedankte sich und ging hinaus; sie hatte es eilig, wieder draußen zu sein, aus Angst, er werde sich die Sache anders überlegen.

Jetzt ging sie beschwingten Schrittes die Straße hinab und suchte nach einem möglichst eleganten Schirmgeschäft. Als sie einen recht vornehm wirkenden Laden gefunden hatte, ging sie hinein und sagte selbstsicher: »Der Schirm hier soll mit Seide, mit sehr guter Seide bezogen werden. Nehmen Sie die beste, die Sie haben. Ich sehe nicht auf den Preis.«

Übertragen von Ernst Sander

Idyll

Französischer Titel: Idylle
Erstdruck: Le Gil-Blas, 12. Februar 1884,
unter dem Pseudonym »Maufrigneuse«

Für Maurice Leloir

Der Zug nach Marseille hatte Genua verlassen und fuhr die langen Windungen der Felsküste entlang; zwischen Meer und Gebirge glitt er wie eine eherne Schlange dahin; er klomm oberhalb von Strandstreifen mit gelbem Sand entlang, den kleine Wellen säumten, und drang jäh in das schwarze Maul der Tunnels hinein wie ein Tier in sein Schlupfloch.

Im letzten Waggon des Zuges saßen einander eine dicke Frau und ein junger Mann stumm gegenüber und sahen sich dann und wann an. Sie mochte etwa fünfundzwanzig Jahre alt sein, und da sie einen Fensterplatz innehatte, schaute sie sich die Landschaft an. Sie war eine kräftige Piemonteser Bäuerin mit schwarzen Augen, voluminöser Brust und fleischigen Backen. Sie hatte mehrere Pakete unter die Holzbank geschoben und hielt auf den Knien einen Korb.

Er war um die zwanzig, mager, gebräunt, von der dunklen Gesichtsfarbe derer, die bei brennender Sonne Feldarbeit verrichten. Neben ihm lag, in ein Taschentuch geknotet, sein ganzer Besitz: ein Paar Schuhe, ein Hemd, eine Hose und eine Jacke. Auch er hatte etwas unter die Bank gelegt: eine Schaufel und eine Spitzhacke, die mit einem Strick zusammengebunden waren. Er wollte sich in Frankreich Arbeit suchen.

Die am Himmel emporsteigende Sonne übergoß die Küste mit einem Feuerregen; es war gegen Ende Mai, und köstliche Düfte wogten und drangen in die Waggons ein, deren Fenster niedergeschoben waren. Blühende Orangen- und Zitronenbäume hauchten ihr süßes, mildes, kräftiges, verwirrendes Aroma in den ruhigen Himmel; es mischte sich mit dem Hauch der überall wie Unkraut längs des Schienenstrangs in den üppigen Gärten, an den Türen der alten Häuser und sogar auf freiem Feld wachsenden Rosen.

Die Rosen sind an dieser Küste daheim! Sie erfüllen das Land mit ihren mächtigen und leichten Düften, sie machen aus der Luft eine Köstlichkeit, etwas, das würziger ist als Wein, aber ebenso berauschend.

Der Zug fuhr langsam, als wolle er in diesem Garten, dieser lauen Weichheit verweilen. Alle paar Minuten hielt er an, in kleinen Bahnhöfen, vor ein paar weißen Häusern; dann fuhr er in seinem gelassenen Tempo weiter, nach langem Pfeifen. Keiner stieg ein. Es war, als sei die ganze Welt schlafbefangen und könne sich an diesem warmen Frühlingsmorgen nicht zu einer Ortsveränderung entschließen.

Von Zeit zu Zeit schloß die dicke Frau die Augen, riß sie aber jäh wieder auf, wenn ihr Korb ihr von den Knien rutschte und herunterzufallen drohte. Mit einer behenden Geste hielt sie ihn fest, schaute ein paar Minuten aus dem Fenster und duselte von neuem ein. Auf ihrer Stirn perlten Schweißtropfen; sie atmete mühsam, als leide sie unter einem lästigen Druck.

Der junge Mann hatte den Kopf gesenkt und schlief den schweren Schlaf der Bauern.

Plötzlich, als der Zug aus einem kleinen Bahnhof hinausfuhr, schien die Bäuerin vollends zu erwachen, machte ihren Korb auf, entnahm ihm ein Stück Brot, hartgekochte Eier, ein Fläschchen Wein und Pflaumen, schöne, rote Pflaumen, und begann zu essen.

Auch der Mann war mit einem Ruck erwacht und sah ihr zu, er sah zu, wie jeder Bissen von den Knien zum Mund wanderte. Er saß mit untergeschlagenen Armen da, mit starren Augen, hohlen Backen, zusammengepreßten Lippen.

Sie futterte, wie eine dicke, gefräßige Frau eben futtert; alle paar Augenblicke trank sie einen Schluck Wein, um die Eier hinunterzuspülen; Pausen machte sie nur, um zu verschnaufen.

Alles ließ sie verschwinden, das Brot, die Eier, die Pflaumen, den Wein. Und als sie mit ihrer Mahlzeit fertig war, machte der junge Bursche die Augen wieder zu. Da knöpfte sie sich die Bluse auf, weil sie sich beengt fühlte, und da plötzlich schaute der Mann abermals hin.

Ihr machte das nichts aus; sie knöpfte sich auch noch das Kleid auf, und der starke Druck ihrer Brüste ließ den Stoff aufklaffen, und dazwischen erschien in dem immer größer werdenden Spalt ein bißchen weiße Wäsche und ein bißchen Haut.

Als die Bäuerin es sich etwas behaglicher gemacht hatte, sagte sie auf italienisch: »Es ist so heiß, daß man kaum atmen kann.«

Der junge Mann antwortete im selben Idiom und derselben Aussprache: »Schönes Reisewetter.«

Sie fragte: »Sind Sie aus Piemont?«

»Aus Asti.«

»Ich aus Casale.«

Sie waren Landsleute. Sie fingen an zu plaudern.

Sie redeten weitschweifige Alltäglichkeiten her, wie die Leute aus dem Volk sie unablässig herleiern und die für ihren trägen, horizontalen Geist völlig ausreichen. Sie sprachen von der Heimat. Sie hatten gemeinsame Bekannte. Sie nannten Namen und freundeten sich mehr und mehr an, in dem Maße, wie sie einen weiteren Menschen ausfindig machten, mit dem sie beide zusammen gewesen waren. Die hastigen, gedrängten Worte entglitten den Mündern mit ihren voll klingenden Endungen und ihrer italienischen Melodik. Dann kamen sie auf Persönliches zu sprechen.

Sie war verheiratet; sie hatte schon drei Kinder, die sie der Obhut ihrer Schwester überlassen hatte, weil sie eine Stellung als Amme antreten wollte; es sei eine gute Stellung bei einer französischen Dame in Marseille.

Auch er suchte Arbeit. Es war ihm gesagt worden, in Marseille könne er welche finden, weil dort viel gebaut werde.

Dann schwiegen sie.

Die Hitze wurde entsetzlich; sie regnete gleichsam von den Waggondächern nieder. Hinter dem Zug her wirbelte eine Staubwolke und wehte hinein; und die Düfte der Orangenbäume und der Rosen wurden immer heftiger und würziger, schienen sich zu verdichten und schwerer zu werden.

Die beiden Reisenden schliefen abermals ein.

Beinahe gleichzeitig machten sie die Augen auf. Die Sonne sank dem Meer zu; sie erleuchtete die glatte blaue Fläche mit einem Platzregen von Helle. Die kühlere Luft wirkte, als sei sie leichter geworden.

Die Amme mit ihrer offenen Bluse, den schlaffen Backen, den matten Augen atmete schwer; mit gedrückter Stimme sagte sie: »Ich habe seit gestern nicht die Brust gegeben; jetzt dreht sich mir alles im Kopf, als würde ich ohnmächtig.«

Er antwortete nicht; er wußte nicht, was er sagen sollte.

Sie fuhr fort: »Wenn man so viel Milch hat wie ich, muß man dreimal täglich die Brust geben, sonst drückt es einen. Es ist, als hätte ich auf dem Herzen eine Last, eine Last, die mich am Atmen hindert und die mir alle Glieder zerbricht. Ein wahres Unglück ist es, wenn man so viel Milch hat.«

Er stieß hervor: »Ja. Ein wahres Unglück ist so was. Es muß Sie sehr quälen.«

Sie schien sich tatsächlich ganz krank zu fühlen, leidend und hinfällig. Sie flüsterte: »Man braucht bloß draufzudrücken, dann sprudelt die Milch hervor wie eine Quelle. Ganz komisch sieht das aus. Man sollte es nicht für möglich halten. In Casale kamen immer alle Nachbarn und schauten mir dabei zu.«

Er sagte: »Ach, tatsächlich?«

»Ja, tatsächlich. Ich würde es Ihnen gern mal zeigen, aber das hülfe mir nicht. Dadurch käme doch nicht genug heraus.«

Und sie verstummte.

Der Zug hielt. Hinter der Schranke stand eine Frau und hielt ein kleines, weinendes Kind auf dem Arm. Sie war mager und zerlumpt.

Die Amme sah zu ihr hinüber. Voller Mitgefühl sagte sie: »Da ist wieder mal eine, der ich helfen könnte. Und das Kind könnte *mir* helfen. Sehen Sie, ich bin nicht reich, weil ich ja doch von daheim weggehe und von meinen Leuten und von meinem lieben Letztgeborenen und eine Stellung antrete; aber ich würde fünf Francs draufzahlen, wenn ich bloß das Kind da für zehn Minuten haben und ihm die Brust geben könnte. Das würde es beruhigen und mich erleichtern. Ich würde mich dann wie neugeboren fühlen.«

Abermals verstummte sie. Dann fuhr sie sich ein paarmal mit der glühend heißen Hand über die Stirn, von der der Schweiß niederrann. Sie ächzte: »Ich kann es nicht mehr aushalten. Ich glaube, ich muß sterben.« Und mit einer unbewußten Geste machte sie ihr Kleid ganz auf.

Die rechte Brust kam zum Vorschein, riesig, gespannt, mit der braunen Knospe. Und die arme Frau wimmerte: »O mein Gott! O mein Gott! Was soll ich bloß tun?«

Der Zug setzte sich wieder in Bewegung, und die Fahrt durch all die Blumen ging weiter; ihre Düfte wurden immer eindringlicher, wie stets an warmen Abenden. Manchmal zeigte sich ein Fischerboot und wirkte wie eingeschlafen auf dem blauen Meer; sein weißes, unbewegtes Segel spiegelte sich im Wasser, als stehe darunter ein weißes Boot auf dem Kopf.

Verwirrt stotterte der junge Mann: »Ja... Ich könnte... ich könnte Ihnen schon helfen.«

Sie antwortete mit zerbrochener Stimme: »Ja, wenn Sie wollen. Sie täten mir einen großen Gefallen. Ich kann es nicht mehr aushalten, ich kann nicht mehr.«

Er kniete vor ihr nieder, und sie bückte sich zu ihm hin und schob ihm mit Ammengeste die dunkle Spitze ihrer Brust in den Mund. Als sie sie in beide Hände nahm, um sie dem Mann zu reichen, quoll ein Tropfen Milch heraus. Er trank ihn hastig; er nahm die schwere Brust zwischen die Lippen wie eine Frucht. Und dann fing er gierig und regelmäßig zu saugen an.

Er hatte der Frau beide Arme um die Taille gelegt und drückte sie, um näher heranzukommen; und er trank in langsamen Zügen mit Bewegungen des Halses, die wie die der Säuglinge waren.

Plötzlich sagte sie: »Genug mit dieser; nehmen Sie jetzt die andere.«

Und gehorsam nahm er die andere.

Sie hatte dem jungen Mann beide Hände auf den Rücken gelegt; sie atmete jetzt kräftig und beglückt; sie genoß den Hauch der Blumen und zugleich die Luftstöße, die die Fortbewegung des Zuges in die Waggons warf.

Sie sagte: »Es duftet hier recht gut.«

Er antwortete nicht; er trank noch immer an dieser fleischernen Quelle, mit geschlossenen Augen, um den Genuß zu steigern.

Dann aber schob sie ihn sanft zurück: »Nun ist es genug. Mir ist besser. Dadurch ist mir die Seele in den Leib zurückgekehrt.«

Er war aufgestanden und wischte sich mit dem Handrücken den Mund ab.

Sie schob die beiden lebendigen Kürbisse ihrer geschwellten Brust wieder in die Bluse und sagte: »Sie haben mir einen großen Gefallen getan. Ich danke Ihnen vielmals.«

Und er antwortete mit dankbar klingender Stimme: »Ich habe *Ihnen* zu danken. Ich habe seit zwei Tagen nichts gegessen.«

Übertragen von Irma Schauber

Der Schmuck

Französischer Titel: La Parure
Erstdruck: Le Gaulois, 17. Februar 1884

Sie war eines jener hübschen, liebreizenden Mädchen, von denen man meinen sollte, das Schicksal habe sie gleichsam aus Versehen in einer Beamtenfamilie zur Welt kommen lassen. Sie hatte keine Mitgift, keine Aussichten, keinerlei Gelegenheit, Bekanntschaften zu machen, verstanden, geliebt und schließlich von einem reichen und vornehmen Mann geheiratet zu werden; und so ließ sie sich denn von einem Subalternbeamten aus dem Kultusministerium heimführen. Sie ging schlicht gekleidet; denn sie besaß ja keinen Schmuck; allein sie fühlte sich unglücklich, als sei sie deklassiert. Denn Frauen haben keinen Sinn für Kaste und Rasse – ihnen bedeuten Schönheit, Anmut und Liebreiz dasselbe wie Herkunft und Familie. Ihre Hierarchie wird einzig durch angeborenen Takt, Instinkt für Eleganz und Geschmeidigkeit des Geistes bestimmt, und diese sind es, die Mädchen aus dem Volk und Damen von Welt einander gleichmachen. Sie litt unablässig, denn sie fühlte sich für jede nur erdenkliche Verfeinerung, für jeden Luxus geboren. Sie litt unter der Armseligkeit ihrer Wohnung, den elenden, kahlen Wänden, den durchgescheuerten Plüschmöbeln, den häßlichen Stoffen. All dieses – eine beliebige andere Frau ihrer Gesellschaftsschicht würde es sicherlich kaum bemerkt haben – quälte und empörte sie. Wenn sie die kleine Bretonin anschaute, die ihr den dürftigen Haushalt führte, stiegen in ihr trostlose Verzweiflung und verworrene Wunschträume auf. Sie träumte von verschwiegenen Gemächern mit schwellenden Orientteppichen und hohen, leuchtenden Bronzekandelabern, von zwei stattlichen Lakaien in Eskarpins, die in der drückenden Hitze des russischen Ofens müde geworden waren und in mächtigen Lehnsesseln schnarchten; sie träumte von geräumigen, mit antikem Brokat ausgeschlagenen Salons, von erlesenen Möbeln, auf denen köstliche Porzellane standen; sie träumte von kleinen, koketten, parfümierten Salons, Räumen, eigens geschaffen für die Five-o'clock-Plaudereien mit den intimsten Freunden, lauter berühmten und begehrten Männern, von denen beachtet zu werden alle Frauen sich neidvoll sehnen.

Wenn sie beim Essen an dem runden Tisch mit dem schon drei Tage alten Tischtuch ihrem Mann gegenübersaß, der den Suppenterrinendeckel abhob und mit verklärter Miene schmatzte: »Ja, die gute Hausmannskost! Was Besseres gibt es einfach nicht!«, dann träumte sie von vornehmen Tafelrunden, schimmerndem Silber, Gobelins mit altertümlichen Gestalten und fremdartigen Vögeln inmitten eines Märchenwaldes; sie träumte von köstlichen Gerichten, die auf wundervollem Geschirr dargereicht wurden, von geflüsterten Liebenswürdigkeiten, die man mit einem Sphinxlächeln anhörte, während man das rosige Fleisch einer Forelle oder einen Haselhuhnflügel speiste.

Sie nannte weder schicke Kleider noch Juwelen ihr eigen, nichts, gar nichts. Und dabei sehnte sie sich nach nichts anderem; einzig dafür fühlte sie sich geschaffen. Sie hätte so gern gefallen, verführerisch und begehrt erscheinen, beneidet werden mögen. Sie hatte eine reiche Freundin, eine Mitschülerin vom Kloster her; aber sie brachte es nicht über sich, sie zu besuchen – es war ihr zu schmerzlich, bei der Heimkehr die eigenen vier Wände wiedersehen zu müssen. Und so weinte sie denn, tagelang, vor Kummer, Gram, Verzweiflung und Enttäuschung.

Eines Abends kam ihr Mann freudestrahlend heim und schwenkte einen großen Briefumschlag. »Hier«, sagte er, »etwas für dich!«

Hastig riß sie den Umschlag auf und entnahm ihm eine gedruckte Karte, auf der zu lesen stand: »Der Kultusminister Georges Ramponeau und Gattin beehren sich, Herrn und Frau Loisel auf Montag, den 18. Januar, zu einer Abendgesellschaft im Ministerialgebäude einzuladen.«

Anstatt entzückt zu sein, wie ihr Mann gehofft hatte, warf sie die Einladung verdrossen auf den Tisch und murmelte: »Was soll ich denn damit?«

»Aber, liebes Kind, ich meinte, es würde dich freuen. Du gehst niemals aus, und dies ist doch nun wirklich eine schöne Gelegenheit! Es war schwierig genug, eine Karte zu bekommen. Alle wollten sie eine, man riß sich darum, und für Beamte stehen nur ein paar zur Verfügung. Alle offiziellen Größen kannst du dort sehen.«

Gereizt sah sie ihm ins Gesicht, und dann fragte sie mürrisch: »Willst du mir vielleicht sagen, was ich anziehen soll, wenn ich da hingehe?«

Daran hatte er nicht gedacht; er stotterte: »Aber du hast doch dein Theaterkleid. Ich finde das sehr nett...« Er verstummte, verblüfft und verwirrt.

Seine Frau weinte nämlich. Zwei dicke Tränen kollerten langsam aus den Augenwinkeln zu den Mundwinkeln.

Er stammelte: »Was hast du denn?«

Sie aber riß sich mit grausamer Anstrengung zusammen, schluckte ihr Leid hinunter, wischte sich die feuchten Backen ab und erwiderte ruhig: »Nichts. Ich habe nun mal keine Toilette, und folglich kann ich das Fest da nicht mitmachen. Schenk nur die Karte irgendeinem Kollegen, dessen Frau besser dran ist als ich.«

Er war wie vor den Kopf geschlagen. »Paß mal auf, Mathilde«, antwortete er, »wieviel könnte denn wohl eine halbwegs anständige Toilette kosten, ein bißchen was Einfacheres, das du auch bei anderen Gelegenheiten tragen könntest?«

Sie besann sich ein paar Sekunden, berechnete die Sache und überlegte gleichzeitig, wieviel sie würde fordern können, ohne daß der sparsame Beamte auf der Stelle entsetzt »Nein!« schrie. Schließlich antwortete sie zögernd: »Ganz genau kann ich das nicht sagen, aber mit vierhundert Francs, meine ich, könnte man schon auskommen.«

Er wurde ein bißchen blaß, denn eben diese Summe hatte er zurückgelegt, um eine Flinte zu kaufen und sich im nächsten Sommer ein paar Jagdpartien zu leisten; sonntags schossen seine Freunde auf der Ebene von Nanterre ab und zu Lerchen. Aber er sagte: »Gut. Vierhundert Francs will ich dir geben. Aber sieh zu, daß du ein recht schönes Kleid bekommst.«

Der Tag des Festes nahte, und Frau Loisel schien traurig, unruhig, beklommen. Und dabei war ihre Abendtoilette fix und fertig.

Eines Abends fragte ihr Mann: »Was hast du eigentlich? Seit drei Tagen bist du ganz verdreht.«

Und sie antwortete: »Es ärgert mich, daß ich keinen Schmuck habe, kein Geschmeide, nichts, was ich anlegen könnte. So werde ich schließlich doch recht dürftig aussehen. Am liebsten ginge ich überhaupt nicht hin.«

Er entgegnete: »Nimm doch einfach frische Blumen. Das ist jetzt modern. Für zehn Francs bekommst du zwei oder drei wunderschöne Rosen.«

Sie war nicht davon abzubringen. »Nein... Nichts ist blamabler, als zwischen so vielen reichen Frauen armselig auszusehen.«

Aber da rief ihr Mann: »Bist du aber dumm! Geh doch zu deiner Freundin, der Frau Forestier, und bitte sie, dir einiges von ihrem Schmuck zu leihen. Ihr kennt euch doch recht gut, also kannst du es getrost tun.«

Sie jauchzte: »Ja, wahrhaftig! Daran habe ich gar nicht gedacht!«

Am nächsten Tag ging sie zu ihrer Freundin und klagte dieser ihr Leid.

Frau Forestier öffnete einen Spiegelschrank, nahm eine gewichtige Kassette heraus, stellte sie auf den Tisch, schlug den Deckel auf und sagte: »Such dir was aus, Kindchen!«

Zuerst kamen Armreifen, dann ein Perlenhalsband, dann ein venetianisches Kreuz aus Gold und Edelsteinen, ein herrliches Stück. Vor dem Spiegel probierte sie ein Schmuckstück nach dem andern an, unschlüssig, kaum fähig, die Sachen wieder abzulegen, zurückzugeben. Immerfort fragte sie: »Hast du nicht noch was?«

»Natürlich! Sieh nur ordentlich nach. Ich weiß doch nicht, was du gern haben möchtest.«

Plötzlich entdeckte sie in einem schwarzen Atlasetui ein wundervolles Brillantenhalsband; unbändige Begierde ließ ihr Herz heftig pochen. Ihre Hände zitterten, als sie danach langte. Sie legte es sich um, über ihr hochgeschlossenes Kleid, und verharrte in entzückter Selbstbetrachtung. Dann fragte sie mit stockender Stimme, ganz ängstlich: »Würdest du mir wohl dies hier leihen, nur dies?«

»Aber gewiß doch, natürlich!«

Sie fiel der Freundin um den Hals, küßte sie stürmisch und enteilte alsdann mit dem Schatz.

Der Tag des Festes war gekommen. Frau Loisel gefiel ausnehmend. Sie war die Hübscheste von allen, elegant, voller Anmut, lächelnd und toll vor Freude. Alle Herren schauten zu ihr hin, fragten einander, wer sie sei, und wollten ihr vorgestellt werden. Die Attachés baten sie sämtlich um einen Walzer. Sogar dem Minister fiel sie auf.

Sie tanzte trunken, hingegeben, lustberauscht, selbstvergessen, im Triumph ihrer Schönheit, im Leuchtglanz ihres Erfolges, in einer Art Glückswolke, in die sie all diese Huldigungen, dies Bewundertwerden, dies Begehrtwerden hüllten, dieser vollkommene Sieg, der einem Frauenherzen so süß ist.

Gegen vier Uhr morgens rüsteten sie zum Aufbruch. Seit Mitternacht schlief ihr Mann in einem abgelegenen Salon, und das Gleiche taten drei andere Herren, deren Frauen sich großartig amüsierten.

Er legte ihr den für den Heimweg mitgenommenen Mantel um die Schultern, einen bescheidenen Alltagsmantel, dessen Ärmlichkeit grell von der eleganten Balltoilette abstach. Sie empfand das sogleich und wollte eilig fort, damit die anderen Frauen, die sich in schwere Pelze wickelten, es nicht bemerkten.

Loisel hielt sie fest: »Warte doch! Draußen erkältest du dich nur. Ich will eine Droschke holen.«

Aber sie hörte nicht auf ihn, sondern hastete die Treppe hinab. Auf der Straße war kein Wagen zu bekommen; sie hielten Ausschau und riefen jeden Kutscher an, den sie von weitem vorbeifahren sahen.

Wütend und vor Kälte zitternd gingen sie zur Seine hinab. Am Uferdamm trieben sie dann schließlich eines jener uralten Nachtvehikel auf, die man in Paris nur zu sehen bekommt, wenn es dunkel ist, als ob sie sich schämten, ihre Schäbigkeit tagsüber zur Schau zu stellen.

Sie fuhren bis vor ihre Haustür in der Rue des Martyrs und stiegen mißmutig die Treppe zu ihrer Wohnung hinauf. Nun ist es aus, dachte sie; und ihm fiel ein, daß er um zehn im Ministerium sein müsse.

Vor dem Spiegel legte sie den Mantel ab, den sie um die Schultern getragen hatte, um sich noch einmal in ihrem Glanz zu sehen. Mit einem Mal stieß sie einen Schrei aus. Das Halsband war fort.

Ihr schon halb ausgezogener Mann fragte: »Was ist denn los?«

Sie drehte sich um und stammelte wie närrisch: »Ich... ich... Das... Frau Forestiers Halsband ist weg.«

Entsetzt fuhr er auf: »Was? Wieso? Das ist ja einfach nicht möglich!«

Und sie sahen in jeder Kleiderfalte, jeder Mantelfalte, in allen Taschen nach. Sie fanden es nicht.

Er fragte: »Hattest du es noch, als wir hinuntergingen?«

»Ja, in der Vorhalle des Ministeriums habe ich noch drangefaßt.«

»Aber wenn du es auf der Straße verloren hättest, hätten wir es doch hinfallen hören. Also muß es in der Droschke liegen.«

»Ja, das kann sein. Hast du dir die Nummer gemerkt?«

»Nein, weißt du sie nicht?«

»Nein.«

Niedergeschmettert sahen sie einander an.

Schließlich zog Loisel sich wieder an. »Ich will«, sagte er, »das Stück, das wir zu Fuß gegangen sind, absuchen; vielleicht finde ich es.« Und er ging fort.

Sie blieb niedergeschlagen auf ihrem Stuhl sitzen, im Abendkleid; sie fand keine Kraft, sich hinzulegen oder den Kamin anzuzünden; ihr Kopf war ganz leer.

Gegen sieben kam ihr Mann zurück. Er hatte es nicht gefunden. Er ging zum Fundbüro, zu den Geschäftsstellen der Zeitungen, um eine Belohnung auszuschreiben, zu den Droschkenhaltestellen, überallhin, wohin irgendein Hoffnungsschimmer ihn trieb.

Sie wartete den ganzen Tag, noch immer außer sich über dies fürchterliche Unglück.

Am Abend kam Loisel heim, verstört und bleich; nichts hatte er ausgerichtet. »Du mußt deiner Freundin schreiben«, sagte er, »der Verschluß des Halsbandes sei entzweigegangen, und du habest es zum Reparieren fortgebracht. Auf diese Weise gewinnen wir Zeit und können uns umtun.«

Sie schrieb. Er diktierte.

Nach einer Woche hatten sie allen Mut verloren.

Und Loisel, der um fünf Jahre gealtert war, erklärte: »Wir müssen daran denken, für das Kleinod Ersatz zu schaffen.«

Am folgenden Tag packten sie das Etui ein, in dem das Halsband gelegen hatte, und gingen zu dem Juwelier, dessen Name im Innern stand. Er schlug in seinen Büchern nach: »Bei mir ist das Halsband nicht gekauft worden, gnädige Frau; nur das Etui habe ich angefertigt.«

Und nun wanderten sie von Juwelier zu Juwelier und suchten nach einem dem verlorenen ähnlichen Stück; sie trachteten, sich vorzustellen, wie es ausgesehen hatte, beide krank vor Sorge und Angst.

In einem Geschäft am Palais Royal stöberten sie schließlich ein Diamantenkollier auf, das dem gesuchten völlig zu gleichen schien. Es hatte einen Wert von vierzigtausend Francs. Sie sollten es für sechsunddreißigtausend haben.

So baten sie denn den Juwelier, es innerhalb der nächsten drei Tage nicht zu verkaufen. Und sie bedingten sich aus, daß es für vierunddreißigtausend Francs zurückgenommen werden sollte, wenn das verlorene Halsband vor Ende Februar wiedergefunden würde. Loisel besaß achtzehntausend Francs, sein väterliches Erbteil. Den Rest galt es zu leihen.

So lieh er denn; diesen bat er um tausend Francs, jenen um fünfhundert, den um hundert, den um sechzig. Er stellte Wechsel aus, ging gefährliche Verpflichtungen ein, bekam es mit Wucherern zu tun, mit allen möglichen Geldverleihern. Er kompromittierte sich bis an sein Lebensende, er gab seine Unterschrift, ohne zu wissen, ob er jemals seine Verpflichtungen würde erfüllen können, und gequält von der Angst um die Zukunft, vor sich das graue Elend, das sich fortan um ihn breiten würde, mit der Aussicht auf eine Unzahl physischer Entbehrungen und Gewissensnöte, erreichte er das rettende Ufer und zählte dem Kaufmann sechsunddreißigtausend Francs auf den Tisch.

Als Frau Loisel das Halsband der Frau Forestier zurückbrachte, sagte diese kühl: »Eigentlich hättest du es schon ein bißchen eher bringen dürfen, schließlich hätte ich es ja doch brauchen können.«

Aber sie machte das Etui nicht auf, wie Frau Loisel gefürchtet hatte. Wenn sie die Unterschiebung bemerkt hätte – was würde sie wohl gedacht haben? Was würde sie gesagt haben? Ob sie sie wohl für eine Diebin gehalten hätte?

Und Frau Loisel lernte das schreckliche Armutsleben kennen. Übrigens nahm sie ihr Schicksal ohne weiteres heroisch auf sich. Diese fürchterliche Schuld mußte eben bezahlt werden. Sie war gewillt, sie zu zahlen. Das Dienstmädchen wurde entlassen; ein Wohnungswechsel fand statt; nun hausten sie unterm Dach in einer Mansarde.

Sie lernte die grobe Hausarbeit kennen, die ekelhaften Hantierungen in der Küche. Sie wusch Geschirr ab und verletzte sich die rosigen Fingernägel an schmierigen Fettöpfen und verrußten Kasserollenböden. Sie wusch schmutzige Wäsche, Hemden und Lappen, und hängte sie zum Trocknen über die Leine; jeden Morgen stellte sie den Mülleimer auf die Straße und schleppte Wasser nach oben, wobei sie auf jedem Treppenabsatz stehen blieb, um zu verschnaufen. Wie eine Frau aus dem Volk ging sie gekleidet, und beim Gemüsehändler, beim Kolonialwarenhändler, beim Bäcker feilschte sie, den Einholkorb am Arm, steckte Grobheiten ein und verteidigte Heller um Heller ihres elenden Geldes.

Jeden Monat hieß es Wechsel einlösen, Wechsel prolongieren, um Zeit zu gewinnen.

Abends erledigte der Mann Nebenarbeiten; er brachte die Bücher eines Kaufmanns in Ordnung, und nachts fertigte er bisweilen Abschriften an, für fünf Sous pro Seite.

Und dieses Leben währte zehn Jahre.

Nach zehn Jahren hatten sie alles zurückbezahlt, alles, mit Zins und Zinseszins.

Jetzt sah Frau Loisel wie eine Greisin aus. Sie war zu einem grobknochigen, harten, derben Proletarierweib geworden. Sie frisierte sich schlecht, ihre Röcke saßen schlampig, ihre Hände waren rot, sie sprach schrill und laut und wusch unter beträchtlichem Wasseraufwand die Fußböden auf. Nur manchmal, wenn ihr Mann im Dienst war, setzte sie sich ans Fenster und gedachte jenes Abends damals, jenes Balles, wo sie so schön gewesen und so sehr gefeiert worden war.

Was würde wohl geschehen sein, wenn sie nicht den Schmuck verloren hätte? Wer weiß? Wer weiß? Wie seltsam, wie wechselvoll ist doch das Leben! Wie wenig gehört dazu, daß wir untergehen oder gerettet werden!

Und als sie eines Sonntags über die Champs-Elysées ging, um sich von den Plackereien der Woche zu erholen, erblickte sie plötzlich eine Dame, die mit einem Kind spazierenging. Es war Frau Forestier, die noch immer jung, noch immer schön, noch immer verführerisch aussah.

Frau Loisel fühlte es heiß in sich aufsteigen. Sollte sie sie ansprechen? Ja, natürlich. Und da nun alles bezahlt war, durfte sie ihr auch die Wahrheit sagen. Warum auch nicht?

Sie ging auf sie zu. »Guten Tag, Jeanne.«

Die andere erkannte sie ganz und gar nicht und war verdutzt, von dieser vulgären Frau so vertraulich angeredet zu werden. Sie stotterte: »Ja... Aber... ich weiß nicht... Sicher irren Sie sich.«

»Nein. Ich bin Mathilde Loisel.«

Die Freundin schrie auf: »Oh, du arme Mathilde, wie furchtbar hast du dich verändert!«

»Ja, ich habe Schweres durchmachen müssen, seit wir uns nicht gesehen haben; und sehr viel Elend... und alles um deinetwillen!«

»Um meinetwillen? Wieso?«

»Weißt du noch, das Diamantenhalsband, das du mir geliehen hast, als ich auf das Ministeriumsfest gehen wollte?«

»Ja. Was ist damit?«

»Nun, ich hatte es verloren!«

»Aber du hast es mir ja wiedergebracht.«

»Ein anderes habe ich dir gebracht, ein ganz ähnliches. Und zehn Jahre lang haben wir daran abbezahlt. Nicht wahr, du kannst dir denken, daß das nicht leicht für uns gewesen ist, denn wir hatten ja doch nichts... Aber jetzt ist alles erledigt, und ich bin heilfroh deswegen.«

Frau Forestier war stehen geblieben. »Ein Diamantenhalsband hast du gekauft, sagst du, als Ersatz für meins?«

»Ja! Und du hast es nicht einmal bemerkt, haha! Es sah auch genauso aus wie das andere.« Und Mathilde lächelte stolz und voll naiver Freude.

Aufs äußerste bewegt ergriff Frau Forestier ihre beiden Hände. »O arme, liebe Mathilde! Meins war ja doch nur eine Imitation. Höchstens fünfhundert Francs wert!«

Übertragen von Ernst Sander

Ein Kaufhandel

Französischer Titel: Une Vente
Erstdruck: Le Gil-Blas, 22. Februar 1884,
unter dem Pseudonym »Maufrigneuse«

Die p. p. Brument (Césaire-Isidore) und Cornu (Prosper-Napoléon) erscheinen vor dem Schwurgericht des Départements Seine-Inférieure unter der Anklage des versuchten Mordes durch Ertränken, begangen an der Frau Brument, gesetzlicher Ehefrau des ersten der Genannten.

Die beiden Angeklagten sitzen nebeneinander auf der traditionellen Bank. Es sind zwei Bauern. Der erste ist klein, dick und hat kurze Arme, kurze Beine und einen runden, roten, bepickelten Kopf, der unmittelbar, ohne Andeutung eines Halses, auf einem ebenfalls runden, ebenfalls kurzen Oberkörper sitzt. Er ist Schweinezüchter und wohnt in Cacheville-la-Goupil, Kreis Criquetot.

Cornu (Prosper-Napoléon) ist mager, mittelgroß und hat übertrieben lange Arme. Er trägt den Kopf schief, hat ausgeprägte Kinnbacken und schielt. Ein blauer Kittel, lang wie ein Hemd, fällt ihm bis auf die Knie, und sein gelbes, spärliches, am Schädel klebendes Haar gibt seinem Gesicht ein verbrauchtes, dreckiges, verderbtes, durch und durch abstoßendes Aussehen. Er hat den Spitznamen »der Pfarrer« bekommen, weil er sich glänzend darauf versteht, Choräle und sogar die Geräusche des Serpents zu imitieren. Diese Begabung lockte Gäste in großer Zahl in seine Kneipe – er ist nämlich Kneipenwirt in Criquetot –, die lieber die »Cornu-Messe« als die Messe des lieben Gottes hören.

Madame Brument sitzt auf der Zeugenbank; sie ist eine spindeldürre Bäuerin und scheint immerfort zu schlafen. Sie sitzt reglos mit auf den Knien gefalteten Händen da, mit starrem Blick und stumpfsinniger Miene.

Der Vorsitzende fährt mit dem Verhör fort: »Die beiden, Frau Brument, sind also zu Ihnen ins Haus gekommen und haben Sie in ein Faß voll Wasser geworfen. Erzählen Sie, wie das vor sich gegangen ist, in allen Einzelheiten. Stehen Sie auf.«

Sie steht auf. Sie wirkt lang wie ein Schiffsmast; ihre Haube sitzt ihr wie eine weiße Halbkugel auf dem Kopf. Sie spricht mit schleppender Stimme: »Ich war beim Bohnenschnippeln. Da sind die beiden hereingekommen. Ich habe mir gesagt: ›Mit denen stimmt was nicht. Die sind nicht wie sonst, die haben was vor.‹ Sie haben mich schief angesehen, vor allem Cornu, der schielt ja. Ich mag es nicht, wenn sie zusammenstecken, weil dabei nie was Gutes herauskommt. Ich frage sie: ›Was wollt ihr denn von mir?‹ Keine Antwort. Ich war sozusagen mißtrauisch...«

Der p. p. Brument unterbricht heftig die Aussage und erklärt: »Ich war besoffen.«

Da wendet Cornu sich zu seinem Komplizen hin und sagt mit einer Stimme, die tief wie ein Orgelbaßton ist: »Sag, wir sind beide besoffen gewesen, dann sagst du die Wahrheit.«

Der Vorsitzende (streng): »Sie wollen sagen, Sie seien angetrunken gewesen?«

Brument: »Aber mächtig!«

Cornu: »So was kann jedem mal passieren.«

Der Vorsitzende (zu dem armen Opfer): »Fahren Sie mit Ihrer Aussage fort, Frau Brument.«

»Also, da hat Brument zu mir gesagt: ›Willst du dir hundert Sous verdienen?‹

›Ja‹, habe ich gesagt, ›hundert Sous, die findet man nicht einfach so auf der Straße.‹

Da hat er zu mir gesagt: ›Mach die Augen auf und tue wie ich‹, und dann fummelt er an dem großen alten Faß herum, dem unter der Regentraufe an der Hausecke, und bums, kippt er es um, dann rollt er es in meine Küche herein, und dann stellt er es hoch, mitten in der Küche, und dann sagt er zu mir: ›Nun hol Wasser und kipp es hinein, bis es voll ist.‹

Da gehe ich denn also mit zwei Eimern zum Brunnen und schleppe Wasser her, und dann noch mal Wasser, und so fast eine geschlagene Stunde lang, weil nämlich das Faß groß wie ein Abortbottich ist, mit Verlaub, Herr Vorsitzender.

Inzwischen, da haben Brument und Cornu einen gehoben, und dann noch einen, und dann noch einen. Einfach vollaufen haben sie sich lassen, alle beide, und ich sage zu ihnen: ›Jetzt seid ihr voll, viel voller als das Faß.‹ Und Brument, der antwortet mir: ›Reg dich nicht auf, mach weiter, du kommst auch noch dran, jeder kommt auf seine Kosten.‹ Ich kümmere mich nicht drum, was er da sabbelt, schließlich war er besoffen.

Als das Faß randvoll ist, da sage ich: ›So, fertig.‹

Und da gibt Cornu mir hundert Sous. Nicht Brument, sondern Cornu; Cornu hat sie mir gegeben. Und Brument, der sagt: ›Willst du noch mal hundert Sous verdienen?‹

›Ja‹, sage ich, weil ich nämlich an so nette Geschenke nicht gewöhnt bin.

Da sagt er mir: ›Zieh dich aus.‹

›Ausziehen soll ich mich?‹

›Ja‹, sagt er.

›Wie weit soll ich mich denn ausziehen?‹

Er sagt: ›Wenn du dich vielleicht schämst, dann behalte das Hemd an; das stört uns nicht.‹

Hundert Sous sind hundert Sous, und so ziehe ich mich also aus, aber es war mir gar nicht recht, daß ich mich vor den beiden Lumpenkerlen ausziehen sollte. Ich habe meine Haube abgesetzt, dann habe ich die Bluse ausgezogen und dann den Rock und dann meine Holzschuhe.

Brument hat gesagt: ›Die Strümpfe kannst du anbehalten; wir sind nette Menschen.‹

Und Cornu, der hat auch noch gesagt: ›Ja, wir sind nette Menschen.‹

Da habe ich denn sozusagen da gestanden wie Mutter Eva. Und die beiden sind aufgestanden, kaum auf den Beinen konnten sie sich halten, so viel hatten sie gesoffen, mit Verlaub, Herr Vorsitzender. Ich habe mir gesagt: ›Was haben sie jetzt bloß vor?‹

Und Brument hat gefragt: ›Fertig?‹

Und Cornu hat gesagt: ›Ja, fertig.‹

Und da packen sie mich, Brument am Kopf und Cornu an den

Füßen, so wie man sozusagen ein Wäschestück anfaßt, und da habe ich losgebrüllt.

Und Brument, der hat gesagt: ›Halt's Maul, Schlampe.‹

Und da haben sie mich hochgehoben und mich in das Faß gesteckt, und das war ganz voll Wasser, und mir hat es alle Säfte verschlagen, ich bin zu Eis geworden bis in die Gedärme.

Und Brument, der hat gesagt: ›Weiter nichts?‹

Cornu hat gesagt: ›Nichts weiter.‹

Brument hat gesagt: ›Der Kopf ist draußen, das zählt.‹

Cornu hat gesagt: ›Dann steck ihr den Kopf auch noch hinein.‹

Und da hat Brument mir den Kopf hinuntergeduckt, um mich sozusagen zu ersäufen, und das Wasser ist mir in die Nase gelaufen, und ich hatte schon das Paradies vor Augen. Und immer tiefer hat er mich geduckt. Und ich war ganz weg.

Und da muß er es mit der Angst bekommen haben. Er hat mich herausgezogen und zu mir gesagt: ›Los rasch, trockne dich ab, du Gerippe.‹

Ich habe gemacht, daß ich wegkam, ich bin zum Herrn Pfarrer gelaufen, und der hat mir einen Rock von seiner Haushälterin geliehen, weil ich doch sozusagen nichts anhatte, und dann ist er zum Feldhüter Chicot gegangen, und der ist nach Criquetot gelaufen und hat die Gendarmen geholt, und die haben mich nach Hause gebracht.

Und da rennen dann Brument und Cornu mit den Köpfen aneinander wie zwei Widder.

Brument hat gebrüllt: ›Ist nicht wahr, ich sage dir, sie hat mindestens einen Kubikmeter. Dein Mittel, da ist nichts dran.‹

Cornu hat gebrüllt: ›Vier Eimer, das ist sozusagen kein halber Kubikmeter. Dagegen kannst du nicht an, und so ist es.‹

Der Wachtmeister hat sie beim Kragen gepackt. Ich habe weiter nichts machen können.«

Sie setzte sich. Das Publikum lachte. Die verblüfften Geschworenen schauten einander an.

Der Vorsitzende sagte: »Angeklagter Cornu, Sie scheinen der Anstifter dieser infamen Machenschaft gewesen zu sein. Was haben Sie dazu zu sagen?«

Und nun stand Cornu auf: »Herr Vorsitzender, ich war besoffen.«

Der Vorsitzende entgegnete ernst: »Das weiß ich. Weiter!«

»Ich rede ja schon. Also, Brument, der kommt morgens gegen neun in mein Restaurant und läßt sich zwei Zehntel Calvados geben, und er sagt: ›Der andere soll für dich sein, Cornu.‹ Und ich setze mich zu ihm hin, und ich trinke, und aus Höflichkeit lade ich ihn auch zu einem ein. Und das hat er dann noch mal getan und ich auch, und so ein Calvados nach dem andern, und gegen Mittag, da hatten wir dann gehörig einen sitzen.

Da fängt Brument an zu plärren; das ging mir zu Herzen. Ich frage ihn, was er hat.

Er sagt mir: ›Ich brauche bis Donnerstag tausend Francs.‹

Daraufhin werde ich eisig; das können Sie sich denken. Und er schlägt mir Hals über Kopf vor: ›Ich verkaufe dir meine Frau.‹

Ich war besoffen, und ich bin Witwer. Sie können sich denken, das hat mich aufgeregt. Ich habe sie nicht gekannt, seine Frau; aber schließlich: Frau ist Frau, nicht wahr? Ich frage ihn: ›Wie willst du sie mir denn verkaufen?‹

Er überlegt oder tut wenigstens so. Wenn man besoffen ist, dann hat man keinen klaren Kopf, und er antwortet: ›Ich verkaufe sie dir nach Kubikmetern.‹

Mich hat das nicht weiter gewundert; ich war genauso besoffen wie er, und was ein Kubikmeter ist, das wußte ich von meinem Beruf her. Das sind tausend Liter; es war mir recht.

Nun mußten wir uns bloß noch über den Preis einig werden. Der hängt von der Qualität ab. Ich frage ihn also: ›Wieviel pro Kubikmeter?‹

Er antwortet: ›Zweitausend Francs.‹

Ich springe hoch wie ein Kaninchen, und dann stelle ich mir vor: Eine Frau, die hat höchstens dreihundert Liter Inhalt. Trotzdem sage ich: ›Zu teuer.‹

Er antwortet: ›Billiger kann ich nicht. Sonst setze ich zu.‹

Sie verstehen, man ist nicht für nichts und wieder nichts Schweinehändler. Man kennt sich aus. Aber wenn er ein Stückchen Schnur ist, der Speckverkäufer, dann bin ich Eisendraht, wenn's ans Kaufen und Verkaufen geht. Na ja, na ja!

Ich sage ihm also: ›Wenn sie neuwertig wäre, dann würde ich nichts sagen; aber bei dir ist sie doch in Benutzung gewesen, nicht wahr? Also mußt du mit dem Preis heruntergehen. Ich gebe dir fünfzehnhundert Francs pro Kubikmeter, und keinen Sou mehr. Einverstanden?‹

Er antwortet: ›Einverstanden. Schlag ein!‹

Ich schlage ein, und wir zockeln los, Arm in Arm. Schließlich muß man im Leben einander helfen.

Aber da wird mir bange: ›Aber wie willst du denn ihren Literinhalt messen, ohne daß du sie in was Flüssiges setzt?‹

Da setzt er mir denn seine Idee auseinander, es fiel ihm ziemlich schwer, weil er doch besoffen war. Er sagt zu mir: ›Ich nehme ein Faß, und das schütte ich randvoll. Da stecke ich sie hinein. Was an Wasser herausläuft, das messen wir, und danach wird sich gerichtet.«

Ich sage: ›Gemacht, hab' ich kapiert. Aber das Wasser, das herausläuft, das fließt doch weg; wie willst du das wieder zusammenschöpfen?‹

Da sagt er, ich sei ein Idiot, und setzt mir auseinander, wir brauchten das Faß doch bloß wieder um die herausgelaufene Menge nachzufüllen, wenn seine Frau wieder draußen sei. Was wir an Wasser wieder reinfüllten, das ergebe das Maß. Ich kalkulierte: Zehn Eimer, das macht ein Kubikmeter. Der ist nämlich gar nicht so dumm, auch wenn er besoffen ist, dies Rindvieh da!

Kurz und gut, wir gehen zu ihm, und ich schaue mir die Betreffende an. 'ne schöne Frau war sie nicht gerade. Das kann jeder sehen; sie ist ja hier. Ich sage mir: ›Ich bin angeschmiert, macht nichts, abgemacht ist abgemacht.‹ Schön oder häßlich, bei der Benützung läuft das auf eins hinaus, nicht wahr, Herr Vorsitzender? Und dann merke ich, daß sie dürr ist wie ein Pumpenschwengel. Ich sage mir: ›Die hat keine vierhundert Liter Inhalt.‹ Ich kenne mich da aus, ich habe ja immerzu mit Flüssigkeiten zu tun.

Wie wir es gemacht haben, das hat sie Ihnen schon erzählt. Sogar die Strümpfe und das Hemd haben wir ihr angelassen, zu meinem Nachteil.

Als es getan war, da ist sie weggelaufen.

Ich sage: ›Obacht, Brument! Sie geht uns durch die Lappen!‹

Er antwortet: ›Nur keine Bange, die schnappen wir uns immer

noch. Sie muß doch wiederkommen, wenn sie ins Bett will. Jetzt wollen wir mal messen, wieviel herausgelaufen ist.‹

Wir messen. Keine vier Eimer. Ha, ha, ha, ha!«

Der Angeklagte fängt unbändig zu lachen an, daß einer der Gendarmen ihn in den Rücken knuffen muß. Als er sich beruhigt hat, redet er weiter:

»Also kurz und gut, Brument erklärt: ›Nichts zu machen, ist nicht genug.‹

Ich brülle ihn an, er brüllt mich an, ich überbrülle ihn, er schlägt auf mich ein, ich knuffe zurück. Das wäre so weitergegangen bis zum Jüngsten Tag, schließlich waren wir ja besoffen.

Da kommen die Gendarmen! Sie schimpfen und fluchen, sie fesseln uns. Ins Gefängnis. Ich verlange Schadenersatz.«

Er setzt sich wieder.

Brument bestätigt das Geständnis seines Komplizen in allen Punkten. Die verdatterten Geschworenen ziehen sich zur Beratung zurück.

Nach einer Stunde kommen sie wieder; die Angeklagten werden freigesprochen, aber strengstens auf die Heiligkeit der Ehe und die genauen Grenzen geschäftlicher Transaktionen hingewiesen.

Brument macht sich zusammen mit seiner Ehefrau auf den Rückweg zum ehelichen Heim.

Cornu begibt sich wieder in seine Kneipe.

Übertragen von Ernst Sander

Die Erbschaft

Französischer Titel: L'Héritage
Erstdruck: La Vie militaire, März und April 1884

Die erste Fassung dieser Novelle stellt die Erzählung »Eine Million« dar, die in Band II der vorliegenden Gesamtausgabe der Novellen und Romane enthalten ist.

Für Catulle Mendès

I

Obgleich es noch nicht zehn Uhr war, strömten die Beamten wie eine Flutwelle in das große Eingangstor des Marineministeriums; sie waren aus allen Gegenden von Paris herbeigeeilt, denn der Jahreswechsel rückte näher, und das war die Zeitspanne gesteigerten Arbeitseifers und der Beförderungen. Ein Geräusch von eilenden Schritten erfüllte das weitläufige, wie ein Labyrinth gewundene Gebäude, das von unentwirrbaren Fluren durchzogen wurde; darauf mündeten zahllose Türen zu den einzelnen Büros.

Alle gingen in ihre Abteilungen, drückten den bereits angelangten Kollegen die Hand, zogen das Jackett aus und die alte Arbeitsjacke an und setzten sich an ihre Schreibtische, wo Stöße von Papieren ihrer warteten. Dann ging es zum Einheimsen von Neuigkeiten in die Nachbarbüros. Zunächst erkundigte man sich, ob der Chef schon da sei, ob er gut aufgelegt wirke, ob die eingegangene Tagespost besonders umfangreich sei.

Der Schreiber vom Dienst, dem das »allgemeine Material« unterstand, Monsieur César Cachelin, ein ehemaliger Unteroffizier der Marineinfanterie, der im Lauf der Zeit zum Registrator aufgerückt war, trug in ein dickes Buch alles ein, was der Kabinettsbote gerade gebracht hatte. Ihm gegenüber schrieb der Expedient, der alte Savon, mit langsamer Hand eine Depesche ins reine und befleißigte sich dabei mit zur Seite geneigtem Kopf und schrägem Blick der steifen Haltung eines peinlich genauen Kopisten.

Cachelin, ein dicker Mann, dessen kurzes weißes Haar ihm bürstenartig auf dem Schädel stand, sagte, während er seine tägliche Arbeit verrichtete: »Zweiunddreißig Depeschen aus Toulon. Dieser Hafen macht uns genauso viel Arbeit wie die vier andern zusammen.« Dann richtete er an den alten Savon die Frage, mit der er ihm jeden Morgen aufwartete: »Na, Papa Savon, wie geht's Ihrer Frau?«

Ohne sein Tun zu unterbrechen, antwortete der Alte: »Sie wissen doch, Monsieur Cachelin, daß dieses Thema mir sehr peinlich ist.«

Und der Schreiber vom Dienst lachte, wie er tagtäglich lachte, wenn er diesen Satz zu hören bekam.

Die Tür ging auf, und Monsieur Maze kam herein. Das war ein gutaussehender, braunhaariger, mit übertriebener Eleganz gekleideter Herr, der sich deklassiert vorkam, weil er meinte, daß seine äußere Erscheinung und seine Manieren ihn über seine Stellung hinaushöben. Er trug auffällige Ringe, eine dicke Uhrkette, ein Monokel, und zwar bloß aus Angabe, denn bei der Arbeit legte er es beiseite; und er vollführte häufig ein Schlenkern mit den Handgelenken, durch das er seine Manschetten zur Geltung brachte: Sie waren mit dicken, schimmernden Knöpfen verziert. Von der Tür her fragte er: »Viel zu tun heute?«

Cachelin antwortete: »Dafür sorgt, wie stets, Toulon. Man merkt, daß der Neujahrstag näherrückt; die entfalten da unten viel Eifer.«

Nun jedoch erschien ein anderer Beamter, Monsieur Pitolet, ein Spaßmacher und Schöngeist, und fragte lachend: »Entfalten wir bei alledem vielleicht keinen Eifer?« Dann zog er die Uhr und erklärte: »Sieben Minuten vor zehn, und schon alle Mann auf dem Posten! Mazette! Was sagen Sie dazu? Und ich möchte wetten, daß Seine Würden Monsieur Lesable pünktlich um neun zur gleichen Zeit wie unser erlauchter Chef hier gewesen ist.«

Der Schreiber vom Dienst hörte auf zu schreiben, steckte seine Feder hinters Ohr und stützte die Ellbogen auf die Pultplatte:

»Ach, wenn der nicht weiterkommt, dann bestimmt nicht, weil er es an Mühe hätte fehlen lassen!«

Und Pitolet setzte sich auf die Tischkante, baumelte mit den Beinen und antwortete: »Aber er kommt ja weiter, Papa Cachelin, er kommt ja weiter, darauf können Sie sich verlassen. Ich wette zwanzig Francs gegen einen Sou, daß er Chef ist, ehe zehn Jahre um sind.«

Maze, der sich am Ofen die Beine wärmte, drehte sich eine Zigarette und sagte: »Zum Henker! Ich will lieber mein Leben lang auf zweitausendvierhundert bleiben, als mich abzurackern wie der.«

Pitolet drehte sich auf den Hacken um die eigene Achse und sagte spöttisch: »Was Sie nicht gehindert hat, mein Bester, heute, am 20. Dezember, schon vor zehn Uhr hier zu sein.«

Aber der andere zuckte mit gleichgültiger Miene die Achseln: »Du lieber Himmel! Ich will schließlich ebenfalls nicht, daß alle mich überrunden! Wenn ihr alle euch den Sonnenaufgang von hier aus anseht, dann tue ich das Gleiche, obwohl ich über euern Diensteifer die Hände ringe. Aber von da aus ist es ein weiter Weg bis zum Anreden des Chefs mit ›verehrter Meister‹, wie Lesable es tut, und zum Weggehen um halb sieben und zum Mitnehmen von Arbeit nach Hause. Überdies gehöre ich der Gesellschaft an und habe andere Verpflichtungen, die meine Zeit beanspruchen.«

Cachelin hatte mit den Eintragungen aufgehört, saß nachdenklich da und schaute verlorenen Blicks vor sich hin. Schließlich fragte er: »Glaubt ihr, daß er noch dieses Jahr befördert werden wird?«

Pitolet rief: »Darauf kannst du dich verlassen, er wird es, unter allen Umständen. Er ist nicht umsonst ein so geriebener Bursche.«

Und dann wurde die ewige Frage der Beförderungen und der Gratifikationen durchgesprochen, die seit einem Monat diesen großen Bienenkorb von Bürokraten vom Erdgeschoß bis zum Dach in Atem hielt.

Die Aussichten wurden berechnet, Ziffern vermutet, Titel erwogen; man entrüstete sich schon im voraus über vermutete Ungerechtigkeiten. Die endlosen Diskussionen setzten wieder ein, die schon tags zuvor gepflogen worden waren und die unvermeidlich am nächsten Tag mit denselben Erwägungen, denselben Begründungen und im selben Wortlaut abermals aufgegriffen werden würden.

Ein weiterer Schreiber kam herein, klein, blaß, kränklich wirkend, Monsieur Boissel; er lebte wie in einem Roman von Alexandre Dumas Père. Für ihn wurde alles zu einem ungemeinen Abenteuer; jeden Morgen erzählte er seinem Bürogefährten Pitolet, welch seltsame Begegnungen ihm am Vorabend widerfahren seien, von Tragödien, die sich bei ihm daheim hätten abspielen können, von Schreien auf der Straße, die ihn veranlaßt hätten, um drei Uhr zwanzig in der Nacht sein Fenster aufzumachen. Jeden Tag hatte er Streithammel getrennt, durchgehende Pferde aufgehalten, in Gefahr befindliche Frauen gerettet, und obwohl er von kläglicher Leibesschwachheit war, brüstete er sich ohne Unterlaß schleppenden und überzeugten Tons mit Taten, die er vermöge der Kraft seiner Arme verrichtet habe.

Sobald er durchschaut hatte, daß von Lesable die Rede war, erklärte er: »Diesem Rotzlöffel sage ich eines Tages, was für einer er ist; und wenn er mich jemals überholt, dann nehme ich ihn auf eine Weise beim Schlafittchen, daß ihm die Lust vergeht, es ein zweites Mal zu tun!«

Maze, der nach wie vor rauchte, grinste und sagte: »Sie täten gut, es heute schon zu tun; ich weiß nämlich aus sicherer Quelle, daß Sie dieses Jahr zugunsten Lesables übergangen werden.«

Boissel hob die Hand: »Ich schwöre Ihnen, daß, wenn ...«

Abermals war die Tür aufgegangen, und ein untersetzter, jüngerer Mann mit dem Backenbart eines Marineoffiziers oder Rechtsanwalts und einem sehr hohen steifen Kragen, kam lebhaft mit sorgenvoller Miene herein; er pflegte seine Worte zu überstürzen, als finde er nie Zeit, mit allem, was er zu sagen hatte, je zu Ende zu kommen. Er verteilte hastige Händedrücke wie jemand, der keine Muße zum Zeitvertrödeln hat, trat zu dem Schreiber vom Dienst hin und sagte: »Lieber Cachelin, geben Sie mir doch bitte den Vorgang Chapelou, Kabelgarn, Toulon, A. T. V. 1875.«

Der Beamte stand auf, langte sich einen in Kopfhöhe über ihm stehenden Karton, entnahm ihm ein Aktenbündel in blauer Leinenhülle und reichte es ihm: »Hier, Monsieur Lesable; Sie wissen doch, daß der Chef gestern den Akten drei Depeschen entnommen hat?«

»Ja. Die habe ich. Danke.« Und der junge Mann verschwand eilfertigen Schrittes.

Kaum war er wieder draußen, als Maze erklärte: »Eiwei! Spielt der sich auf! Man könnte drauf schwören, er sei schon Chef.«

Und Pitolet entgegnete: »Immer mit der Ruhe! Er wird es vor uns allen.«

Cachelin hatte sich noch nicht wieder an seine Schreiberei gemacht. Es war, als sei er von einer fixen Idee besessen. Er sagte bloß: »Der hat eine schöne Zukunft vor sich, der Bursche!«

Und Maze brummelte verächtlich: »Für die, die das Weiterkommen im Ministerium für eine Karriere halten – ja. Für alle andern – recht wenig...«

Pitolet unterbrach ihn: »Beabsichtigen Sie etwa, Gesandter zu werden?«

Der andere tat eine ungeduldige Geste: »Es handelt sich nicht um mich. Ich pfeife darauf! Was nicht hindert, daß die Stellung eines Bürochefs in der Gesellschaft nie viel bedeuten wird.«

Der alte Savon, der Expedient, hatte inzwischen immer weiter abgeschrieben. Aber seit ein paar Augenblicken tauchte er seine Feder mehrmals hintereinander ins Tintenfaß, dann wischte er sie hartnäckig an dem wassergetränkten Schwamm in dem kleinen Becher ab, ohne daß es ihm gelang, mit seinem Gekritzel fortzufahren. Die schwarze Flüssigkeit glitt an der metallenen Spitze nieder und fiel in runden Flecken aufs Papier. Betroffen und untröstlich schaute der gute Mann auf seine Abschrift, die er, wie so viele andere seit einiger Zeit, nun wieder von vorn würde anfangen müssen, und sagte leise und bekümmert: »Schon wieder mal verfälschte Tinte...«

Aus allen Mündern brach schallendes Gelächter hervor. Cachelin brachte mit seinem Bauch den Tisch zum Schüttern; Maze bog sich, als wolle er rücklings in den Kamin kriechen; Pitolet stampfte mit dem Fuß auf, hustete, schwenkte die rechte Hand, als sei sie naß geworden, und sogar Boissel bekam kaum Luft, obwohl er im allgemeinen die Dinge eher von der tragischen als von der komischen Seite nahm.

Doch der alte Savon, der schließlich seine Feder am Schoß seines Gehrocks abwischte, fuhr fort: »Da gibt es nichts zu lachen. Ich muß meine ganze Arbeit zwei- oder dreimal machen.« Er entnahm dem Behälter einen anderen Briefbogen, schob sorgsam das Linienblatt zurecht und begann aufs neue mit der Anrede: »Herr Minister und lieber Kollege...« Jetzt hielt die Feder die Tinte fest und schrieb die Briefe säuberlich. Und der Alte nahm seine schiefe Haltung wieder ein und schrieb weiter ab.

Die andern hatten weitergelacht. Es blieb ihnen die Luft weg. Seit bald einem halben Jahr nämlich spielten sie dem alten Mann denselben Schabernack, und er kam ihnen nicht auf die Schliche. Jener Streich bestand darin, daß sie ein paar Tropfen Öl auf den nassen Schwamm fallen ließen, der zum Abwischen der Federn diente. Der auf diese Weise mit der fettigen Flüssigkeit überzogene Stahl hielt die Tinte nicht fest, und der Expedient wunderte sich und verzweifelte stundenlang, verbrauchte ganze Büchsen voll Stahlfedern und Flaschen Tinte und erklärte schließlich, die Lieferungen an das Büro seien samt und sonders nicht in Ordnung.

Seine Befugnisse waren seither zur Plage, einer wahren Marter geworden. Es wurde dem Alten Schießpulver in den Tabak gemischt, es wurden ihm alle möglichen Pülverchen in die Wasserkaraffe geschüttet, aus der er dann und wann ein Glas trank, und es war ihm eingeredet worden, seit dem Kommune-Aufstand würden alle im Gebrauch befindlichen Materialien auf solcherlei Weise von den Sozialisten verfälscht, um der Regierung einen Tort anzutun und eine Revolution herbeizuführen.

Er hegte deswegen einen schrecklichen Haß gegen die Anarchisten; er meinte, sie lägen überall auf der Lauer, seien überall versteckt; er war besessen von einer rätselhaften Angst vor einem verhüllten, furchtbaren Unbekannten.

Da aber erscholl im Flur ein scharfes Klingeln. Es war nur zu bekannt, dies jähzornige Klingelzeichen des Chefs Monsieur

Torchebeuf, und alle stürzten zur Tür, um sich wieder an ihre Arbeitsstätten zu begeben.

Cachelin fuhr mit seinen Eintragungen fort; dann legte er abermals den Federhalter nieder, nahm den Kopf in die Hände und grübelte.

Er brütete über einer Idee, die ihm seit einiger Zeit hart zusetzte. Als ehemaliger Unteroffizier der Marineinfanterie, der nach drei Verwundungen entlassen worden war, einer im Senegal und zweien in Cochinchina, und dann durch eine besondere Vergünstigung im Marineministerium angestellt, hatte er in seiner langen Laufbahn als kleinster Subalternbeamter mancherlei Nöte in Kauf nehmen müssen, mancherlei Härten und Verdrießlichkeiten; folglich betrachtete er die Autorität, die amtliche Autorität, als das Schönste, was es auf Erden gab. Ein Bürochef galt ihm als ein Ausnahmewesen, das in einer höheren Sphäre lebte; und die Beamten, die er sagen hörte: »Der hat es faustdick hinter den Ohren, der kommt rasch weiter«, dünkten ihn von anderer Rasse, von anderer Natur, als er es war.

Somit empfand er für seinen Kollegen Lesable eine solche Achtung, daß sie an Verehrung grenzte, und nährte den geheimen Wunsch, seine Tochter an ihn zu verheiraten.

Sie würde eines Tages reich, sehr reich sein. Das war im ganzen Ministerium bekannt; denn seine Schwester, Mademoiselle Cachelin, besaß eine Million, eine runde, glatte, verfügbare, solide Million; sie hatte sie, wie gesagt wurde, durch die Liebe erworben, aber durch eine spät erwachte Frömmigkeit gesühnt.

Die alte Jungfer, die ehedem »Buhlerin« gewesen war, hatte sich mit fünfhunderttausend Francs zur Ruhe gesetzt; mittels verbissener Sparsamkeit und bescheidenster Lebensführung hatte sie sie innerhalb von achtzehn Jahren mehr als verdoppelt. Seit langem schon wohnte sie bei ihrem Bruder, einem Witwer mit einem Töchterchen namens Coralie; zu den Haushaltskosten freilich trug sie nur in recht bescheidenem Maße bei; sie hütete und vermehrte ihr Geld und sagte in einem fort zu Cachelin: »Macht nichts, es ist ja für deine Tochter, aber verheirate sie rasch, ich will meine Großneffen noch erleben. Sie soll mir die Freude verschaffen, ein Kind unseres Blutes zu küssen.«

Die Sache hatte sich im Verwaltungsapparat herumgesprochen, und es fehlte keineswegs an Bewerbern. Es hieß, daß sogar Maze, der schöne Maze, der Löwe des Büros, den alten Cachelin mit spürbaren Absichten umwedele. Aber der ehemalige Unteroffizier, ein durchtriebener Kerl, der sich auf allen Breitengraden getummelt hatte, wollte nur jemanden, der eine Zukunft hatte, jemanden, der Chef werden und etwas von seinem Glanz auf ihn, César, den alten Unteroffizier, zurückfallen lassen würde. Lesable kam ihm wunderbar zustatten, und seit langem suchte er nach Mitteln und Wegen, ihn an sich heranzuziehen.

Plötzlich reckte er sich auf und rieb sich die Hände. Er wußte, wie er es anzufangen hatte.

Er kannte die Schwächen aller. Lesable war nur bei seiner Eitelkeit zu packen, seiner Berufseitelkeit. Er wollte zu ihm gehen und ihn um seine Protektion bitten, wie man zu einem Senator oder einem Abgeordneten, wie man zu einer hochgestellten Persönlichkeit geht.

Da Cachelin seit fünf Jahren nicht befördert worden war, hielt er es für so gut wie sicher, daß er in diesem Jahr drankommen würde. Er würde also so tun, als glaube er, er verdanke es Lesable, und ihn als Zeichen seiner Dankbarkeit zum Abendessen einladen.

Kaum hatte er diesen Plan gefaßt, da begann er auch schon mit dessen Durchführung. Er ging an den Schrank, nahm sein Straßenjackett vom Haken, zog das alte aus, nahm sämtliche eingetragenen Aktenstücke, die die Obliegenheiten seines Kollegen betrafen, und begab sich in das Büro, das vermöge einer besonderen Vergünstigung seiner Beflissenheit und der Wichtigkeit seiner Befugnisse wegen jener Beamte ganz allein innehatte.

Der junge Mann saß an einem großen Tisch und schrieb inmitten von aufgeschlagenen Aktenordnern und verstreuten Papieren, die mit roter oder blauer Tinte numeriert waren.

Als er den Schreiber vom Dienst hereinkommen sah, fragte er biederen Tones, in dem eine gewisse Achtung mitschwang: »Na, mein Lieber, bringen Sie mir viel zu tun?«

»Ja, es geht. Und außerdem hätte ich gern mal mit Ihnen gesprochen.«

»Setzen Sie sich und rücken Sie damit heraus.«

Cachelin nahm Platz, hüstelte, schnitt ein verwirrtes Gesicht und brachte mit unsicherer Stimme hervor: »Folgendes führt mich zu Ihnen, Monsieur Lesable. Ich mag keine langen Umwege. Ich will frei und offen sein wie ein alter Soldat. Ich komme, weil ich Sie um einen Gefallen bitten möchte.«

»Um welchen?«

»Das ist rasch gesagt. Ich muß dieses Jahr unbedingt befördert werden. Ich habe niemanden, der sich für mich einsetzt, und da habe ich an Sie gedacht.«

Lesable wurde ein bißchen rot; er war erstaunt, erfreut, erfüllt von hochmütiger Betroffenheit. Indessen entgegnete er: »Aber ich bedeute doch hier nicht das mindeste, lieber Freund. Ich bin weit weniger als Sie, der Sie Oberregistrator werden. Ich kann nichts für Sie tun. Glauben Sie mir, daß...«

Cachelin fiel ihm mit respektvoller Barschheit ins Wort: »Ach was! Sie haben das Ohr des Chefs, und wenn Sie ihm ein einziges Wort zu meinen Gunsten sagen, geht es mit mir glatt. Bedenken Sie, daß ich in achtzehn Monaten pensioniert werde, und wenn ich nicht am 1. Januar aufrücke, bedeutet das für mich fünfhundert Francs weniger. Ich weiß freilich, daß geredet wird: ›Cachelin sitzt nicht in der Klemme, seine Schwester hat eine Million.‹ Es stimmt ja nun zwar, daß meine Schwester eine Million hat; aber die läßt ihre Million Junge bekommen, und mir gibt sie nichts davon ab. Die Million ist für meine Tochter; auch das stimmt; aber meine Tochter und ich, das sind zwei verschiedene Leute. Ich wäre schön dran, wenn meine Tochter und mein Schwiegersohn im eigenen Wagen fahren und ich selber nichts zu beißen habe. Sie können sich in meine Lage hineindenken, nicht wahr?«

Lesable nickte: »Stimmt, stimmt ganz genau, was Sie da sagen. Ihr Schwiegersohn könnte sich Ihnen gegenüber nicht nett verhalten. Und außerdem ist man stets besser dran, wenn man niemandem etwas schuldig ist. Kurz und gut, ich verspreche Ihnen, daß ich mein Möglichstes tun, daß ich mit dem Chef reden, ihm den Fall darlegen und notfalls dringlich werden will. Verlassen Sie sich auf mich!«

Cachelin stand auf, ergriff beide Hände seines Kollegen, drückte und schüttelte sie militärisch und stotterte: »Danke, danke, verlassen Sie sich drauf, wenn ich je eine Gelegenheit finde... Wenn ich je... könnte...« Er sprach nicht zu Ende, er fand keinen Abschluß für seinen Satz; er ging und ließ den Flur durch seinen alten Kommißstiefel-Marschtritt erdröhnen.

Aber in der Ferne hörte er ein ärgerliches Klingeln und setzte sich in Laufschritt, da er wußte, wer da schellte. Es war der Chef, Monsieur Torchebeuf, und er verlangte nach seinem Schreiber vom Dienst.

Acht Tage später fand Cachelin eines Morgens auf seinem Schreibtisch einen versiegelten Brief liegen, der folgendes enthielt:

»Lieber Kollege,

ich bin glücklich, Ihnen mitteilen zu können, daß der Minister auf den Vorschlag unseres Direktors und unseres Chefs hin gestern Ihre Ernennung zum Oberregistrator unterzeichnet hat. Morgen bekommen Sie die offizielle Anzeige. Bis dahin wissen Sie von nichts, nicht wahr?

Herzlichst Ihr

Lesable.«

César lief sofort in das Büro seines jungen Kollegen, dankte ihm, entschuldigte sich, beteuerte seine Ergebenheit, erschöpfte sich in Dankesbezeigungen.

Am anderen Tag kam tatsächlich heraus, daß die Herren Lesable und Cachelin beide befördert worden waren. Die übrigen Beamten mußten ein besseres Jahr abwarten und steckten als Ausgleich eine Gratifikation ein; sie bewegte sich zwischen hundertfünfzig und dreihundert Francs.

Boissel erklärte, er wolle Lesable dieser Tage um Mitternacht an einer Straßenecke auflauern und ihm eine Tracht Prügel verabfolgen, daß er am Boden liegen bleibe. Die andern Beamten sagten nichts.

Am folgenden Montag begab sich Cachelin gleich nach seiner Ankunft feierlich in das Büro seines Gönners und sagte zeremoniös: »Ich hoffe, Sie erweisen mir die Ehre, so um Dreikönig zu uns zum Abendessen zu kommen. Den Tag wollen Sie bitte selber bestimmen.«

Ein wenig überrascht hob der junge Mann den Kopf und sah den Kollegen scharf an; dann antwortete er, ohne den Blick abzuwenden, damit er die Gedanken des andern genau zu lesen vermöchte: »Tja, mein Lieber... Die Sache ist nur die, daß meine Abende von jetzt an für einige Zeit besetzt sind.«

Cachelin beharrte und sagte gutmütig und harmlos: »Hören Sie, bereiten Sie uns doch nach dem Dienst, den Sie mir erwiesen haben, nicht den Kummer einer Ablehnung. Im Namen meiner Familie und meinem eigenen bitte ich Sie darum.«

Der ratlose Lesable zögerte. Er hatte alles durchschaut, aber er wußte nicht, was er antworten sollte, da er keine Zeit zum Überlegen und zum Erwägen des Für und Wider gehabt hatte. Schließlich dachte er: Wenn ich zum Abendessen hingehe, verpflichtet mich das zu nichts, und er nahm mit zufriedener Miene an und suchte sich den nächsten Samstag aus. Lächelnd fügte er hinzu: »Damit ich am Morgen danach nicht gar zu früh aufzustehen brauche.«

II

Cachelin hatte im oberen Teil der Rue Rochechouart im fünften Stock eine kleine Wohnung mit Terrasse inne, von wo aus man ganz Paris überblicken konnte. Sie hatte drei Schlafzimmer, eins für seine Schwester, eins für seine Tochter, eins für ihn; das Eßzimmer diente zugleich als Wohnzimmer.

Die ganze Woche hindurch war er in beständiger Aufregung des bevorstehenden Abendessens wegen. Lange wurde die Speisenfolge erörtert, da es ein zugleich bürgerliches und vornehmes Essen werden sollte. Folgendes wurde festgelegt: Kraftbrühe mit Ei, Vorspeisen, Krabben und Wurst, ein Hummer, ein schönes Hähnchen, junge Erbsen aus der Dose, Gänseleberpastete, Salat, Eis, Dessert.

Die Gänseleber wurde bei dem benachbarten Fleischwarenhändler gekauft, unter dem Hinweis, sie müsse erstklassig sein. Die Terrine kostete übrigens drei Francs fünfzig. Des Weines wegen wandte Cachelin sich an den Händler an der Ecke, der ihm für gewöhnlich ein Liter des roten Getränks lieferte, mit dem er seinen Durst zu stillen pflegte. Er wollte in keine große Weinhandlung gehen; er dachte: Die kleinen Händler haben wenig Gelegenheit, ihre besseren Weine abzusetzen. Auf diese Weise liegen sie bei ihnen lange im Keller und werden ausgezeichnet.

Am Samstag kam er beizeiten heim und überzeugte sich, daß alles bereit sei. Das ihm öffnende Hausmädchen war röter als eine Tomate; ihr Herd war nämlich schon mittags angesteckt worden, aus Angst, er werde nicht rechtzeitig im Gang sein; er hatte ihr also den ganzen Tag lang das Gesicht gerötet, und die Aufregung hatte ein übriges getan.

Er ging ins Eßzimmer, um alles zu überprüfen. Mitten in dem kleinen Raum bildete der runde Tisch einen großen weißen Fleck im grellen Licht der mit einem grünen Schirm versehenen Lampe.

Auf den vier Tellern lagen die Servietten; Mademoiselle Cachelin-Tante hatte sie zu Bischofsmützen gefaltet; daneben lagen die Bestecke aus Weißmetall und standen zwei Gläser, ein großes und ein kleines. Der Anblick dünkte César unzulänglich, und er rief: »Charlotte!«

Die linke Tür tat sich auf, und es erschien eine untersetzte Alte. Sie war zehn Jahre älter als ihr Bruder und hatte ein schmales Gesicht, das weiße, mittels Papilloten hergestellte Locken umrahmten. Ihre dünne Stimme schien zu schwach selbst für ihren kleinen, gebeugten Körper; sie ging schleppenden Schrittes, und ihre Bewegungen waren schläfrig.

In ihrer Jugendzeit hatte es von ihr geheißen: »Welch ein liebliches Geschöpf!«

Jetzt war sie eine magere alte Frau, auf Grund früherer Gewohnheiten sehr sauber, eigensinnig, dickköpfig, dabei engen Geistes, ängstlich und sehr empfindlich. Da sie sehr fromm geworden war, schien sie ihre Abenteuer vergangener Tage völlig vergessen zu haben. Sie fragte: »Was willst du denn?«

Er antwortete: »Ich finde, daß zwei Gläser nichts hermachen. Wenn wir nun Champagner reichten... Der kostete mich höchstens drei oder vier Francs, und dann könnte man auch noch die Spitzgläser hinstellen. Dann sähe das ganze Zimmer gleich ganz anders aus.«

Mademoiselle Charlotte antwortete: »Ich sehe nicht ein, was bei dieser Mehrausgabe herauskommen sollte. Na, schließlich und endlich bezahlst du es ja; mich geht es nichts an.«

Er zögerte; er versuchte, sich selbst zu überzeugen: »Ich versichere dir, es macht sich viel besser. Und außerdem hebt es beim Königskuchen die Stimmung.« Dieser Grund hatte die Entscheidung herbeigeführt. Er nahm den Hut und stieg die Treppe hinab; nach fünf Minuten kam er mit einer Flasche wieder, auf deren Bauch ein großes, weißes, mit einem riesigen Wappen geschmücktes Schild klebte: »Grand vin mousseux de Champagne du comte de Chatel-Rénovau.«

Und Cachelin erklärte: »Er kostet nur drei Francs, und er scheint ganz ausgezeichnet zu sein.«

Er holte eigenhändig die Spitzgläser aus einem Schrank hervor und stellte sie zu den Gedecken.

Die rechte Tür tat sich auf. Seine Tochter kam herein. Sie war groß, üppig und rosig, ein schönes Mädchen von kräftigem Schlag mit kastanienbraunem Haar und blauen Augen. Ein schlichtes Kleid zeichnete ihre runde, geschmeidige Taille ab; ihre volle Stimme, fast die eines Mannes, hatte jenen tiefen Klang, der die Nerven in Aufregung versetzt. Sie rief: »Mein Gott! Champagner! Wie herrlich!« und klatschte auf kindliche Weise in die Hände.

Der Vater sagte zu ihr: »Vor allem sei liebenswürdig zu dem Herrn; er hat mir mancherlei Gefälligkeiten erwiesen.«

Sie lachte ein klingendes Lachen, das besagte: »Ich weiß Bescheid.«

Die Flurglocke schlug an, Türen gingen auf und zu. Lesable erschien. Er war im Frack mit weißer Binde und weißen Handschuhen. Er wirkte fabelhaft.

Cachelin war verwirrt und entzückt ihm entgegengestürzt: »Aber, mein Lieber, wir wollten doch ganz unter uns sein; sehen Sie doch, ich bin im Straßenanzug.«

Der junge Mann antwortete: »Ich weiß, Sie hatten es mir gesagt, aber ich bin es nun mal gewohnt, abends stets im Frack auszugehen.« Den Klappzylinder unterm Arm, eine Blume im Knopfloch, verneigte er sich.

César stellte vor: »Meine Schwester, Mademoiselle Charlotte; meine Tochter Coralie; unter uns nennen wir sie Cora.«

Alle verbeugten sich oder deuteten Knickse an.

Cachelin fuhr fort: »Ein Wohnzimmer haben wir nicht. Das ist zwar ein bißchen lästig, aber man gewöhnt sich dran.«

Lesable entgegnete: »Reizend ist es!«

Dann wurde ihm der Klapphut abgenommen, den er hatte behalten wollen. Und danach zog er sich umständlich die Handschuhe aus.

Sie hatten irgendwo Platz genommen; sie sahen einander von weitem an, über den Tisch hinweg, keiner sagte vorerst etwas.

Cachelin fragte: »Ist der Chef lange da geblieben? Ich bin schon früh verschwunden, um meinen Damen zur Hand zu gehen.«

Lesable antwortete ungezwungen: »Nein. Wir sind zusammen weggegangen, weil wir die Verbuchung der Persennige für Brest zu besprechen hatten. Das ist eine außerordentlich komplizierte Angelegenheit, die uns viel zu schaffen macht.«

Cachelin glaubte seine Schwester ins Bild setzen zu müssen; er sagte zu ihr: »Im Büro werden alle schwierigen Fragen von Monsieur Lesable bearbeitet. Man kann sagen, er vertrete den Chef.«

Die alte Jungfer nickte höflich und erklärte: »Oh, ich weiß, Monsieur besitzt vielerlei Fähigkeiten.«

Das Dienstmädchen kam, stieß die Tür mit dem Knie auf und hielt mit beiden Händen eine große Suppenterrine in die Luft. Da rief der Hausherr: »Jetzt also zu Tisch! Setzen Sie sich dorthin, Monsieur Lesable, zwischen meine Schwester und meine Tochter. Ich denke, Sie haben keine Angst vor Damen.«

Und das Abendessen begann.

Lesable spielte den Liebenswürdigen, mit leicht selbstgefälliger, beinahe herablassender Miene; dabei musterte er aus dem Augenwinkel das junge Mädchen und verwunderte sich über ihre Frische, ihre appetitliche, strahlende Gesundheit. Mademoiselle Charlotte tat, was sie konnte; sie wußte um die Absichten ihres Bruders und ließ das banale Gespräch nicht abreißen, das sich an jeden erdenklichen Gemeinplatz klammerte. Cachelin strahlte, sprach laut, scherzte, schenkte den vor einer Stunde bei dem

Händler an der Ecke gekauften Wein ein: »Ein Glas von diesem kleinen Burgunder, Monsieur Lesable. Ich will nicht behaupten, er sei ein Hochgewächs, aber er ist gut, gehörig abgelagert und naturrein; dafür kann ich mich verbürgen. Wir haben ihn von Freunden, die dort ansässig sind.«

Das junge Mädchen saß stumm da, ein bißchen rot, ein bißchen schüchtern, beklommen ob der Nähe dieses Mannes, dessen Gedanken sie argwöhnte.

Als der Hummer aufgetragen wurde, erklärte César: »Das ist eine Persönlichkeit, mit der ich gern Bekanntschaft schließen möchte.«

Lesable erzählte lächelnd, ein Schriftsteller habe den Hummer »den Kardinal der Meere« genannt, da er nicht gewußt habe, daß dieses Tier vor dem Kochen schwarz ist.

Cachelin lachte aus Leibeskräften und sagte immer wieder: »Hahaha! Wie ist das komisch!«

Aber Mademoiselle Charlotte war ernst geworden und stieß hervor: »Ich sehe nicht ein, was für Beziehungen es da geben soll. Der betreffende Herr hat etwas Unpassendes gesagt. Ich habe Verständnis für alle Scherze, für alle, aber ich erhebe Widerspruch, wenn in meinem Dabeisein die Geistlichkeit lächerlich gemacht wird.«

Der junge Mann, der der alten Jungfer gefallen wollte, nahm die Gelegenheit wahr und legte ein Bekenntnis zum katholischen Glauben ab. Er redete von geschmacklosen Leuten, die die ewigen Wahrheiten auf die leichte Schulter nähmen. Und er schloß: »Ich achte und verehre die Religion meiner Väter; ich bin darin aufgewachsen; ich bleibe ihr getreu bis zum Tode.«

Cachelin war das Lachen vergangen. Er rollte Brotkügelchen und brummte vor sich hin: »So ist es recht, so ist es recht.« Dann wechselte er das ihn langweilende Thema, und auf Grund der eingewurzelten Beharrlichkeit aller derer, die Tag für Tag dieselbe Arbeit erledigen, fragte er: »Der schöne Maze tobt doch sicher, daß er nicht befördert worden ist, was?«

Lesable lächelte: »Nichts zu machen. Jedem nach seinem Verdienst!« Und dann wurde von Ministern geredet, und alle nahmen leidenschaftlich daran teil, weil die beiden Frauen die Beamten fast genauso gut kannten wie Cachelin selber, da er ihnen jeden Abend davon erzählte. Mademoiselle Charlotte nahm besonderen Anteil an Boissel, der Abenteuer, die er erzählte, und seines romanhaften Charakters wegen, während Mademoiselle Cora sich heimlich für den schönen Maze interessierte. Übrigens hatten die beiden Frauen jene beiden Männer nie zu sehen bekommen.

Lesable sprach von ihnen in dem überlegenen Tonfall, den etwa ein Minister anschlägt, wenn er sein Personal beurteilt; alle lauschten ihm. »Maze ermangelt durchaus nicht gewisser guter Eigenschaften; aber wenn man weiterkommen will, muß man mehr arbeiten als er. Er hat eine Schwäche für die große Welt, für alle möglichen Freuden. Das alles verursacht in seinem Geist eine Störung. Er wird es nie weit bringen, und schuld daran ist er selber. Dank seiner Beziehungen wird er vielleicht einmal Unterchef, aber weiter auch nichts. Was Pitolet betrifft, so redigiert er gut, das muß man anerkennen; er verfügt über eine Eleganz der Form, die sich nicht abstreiten läßt, hat aber keine Tiefe. Bei ihm ist alles Oberfläche. Man könnte ihn keinesfalls an die Spitze einer wichtigen Abteilung stellen, aber für einen intelligenten Chef, der ihm alles vorkaut, wäre er recht brauchbar.«

Mademoiselle Charlotte fragte: »Und Boissel?«

Lesable zuckte die Achseln: »Ein armer Kerl, ein armer Kerl. Er sieht nichts in den richtigen Maßverhältnissen. Er malt sich Geschichten aus, um stehend einzuschlafen. Für uns ist er eine wertlose Kraft.«

Cachelin fing an zu lachen und erklärte: »Der Beste ist der alte Savon.«

Und nun mußten sie alle lachen.

Darauf wurde von den Theatern und den im Lauf des Jahres aufgeführten Stücken gesprochen. Lesable beurteilte mit der gleichen Überheblichkeit die dramatische Literatur, klassifizierte säuberlich die Autoren und legte die Stärken und Schwächen eines jeden mit der üblichen Sicherheit eines Mannes dar, der sich für unfehlbar und universell gebildet hält.

Sie waren inzwischen mit dem Geflügel fertig geworden. Jetzt öffnete César unter einem Aufwand an Behutsamkeit, der auf den

Inhalt schließen ließ, die Terrine mit der Gänseleberpastete. Er sagte: »Ich weiß nicht, ob diese hier gut geraten ist. Aber für gewöhnlich sind sie tadellos. Wir bekommen sie von einem Vetter, der in Straßburg wohnt.«

Und jeder aß mit hochachtungsvoller Langsamkeit von der in dem gelben Steingutgefäß enthaltenen Pastete.

Als das Eis aufgetragen wurde, enthüllte sich eine Katastrophe. Es war eine Sauce, eine Suppe, eine klare, in der Kompottschüssel schwankende Brühe. Das Hausmädchen hatte den Konditorjungen, der es gegen sieben Uhr gebracht hatte, gebeten, es doch selber aus der Form herauszunehmen, aus Angst, sie werde damit nicht fertig.

Der verzweifelte Cachelin wollte es zurückschicken, beruhigte sich jedoch bei dem Gedanken an den Königskuchen. Er schnitt ihn mit so mysteriöser Miene an, als sei darin ein Geheimnis erster Ordnung enthalten. Alle starrten den symbolischen Kuchen an; er wurde weitergereicht, und es wurde jedem empfohlen, die Augen zuzumachen, wenn er sein Stück nahm.

Wer würde die Bohne bekommen? Alle Lippen überflog ein albernes Lächeln. Lesable stieß ein leises, erstauntes »Ach!« aus und zeigte zwischen Daumen und Zeigefinger eine dicke, noch mit Kuchenkrümeln bedeckte weiße Bohne vor. Und Cachelin klatschte Beifall und rief dann: »Jetzt müssen Sie die Königin wählen! Jetzt müssen Sie die Königin wählen!«

In des Königs Kopf setzte ein kurzes Zögern ein. Wäre es nicht klug, wenn er Mademoiselle Charlotte erwählte? Sie würde geschmeichelt sein, gewonnen, geworben! Dann überlegte er, daß er ja im Grunde Mademoiselle Coras wegen eingeladen worden sei und er für blöd gehalten werden würde, wenn er die Tante nähme. Also wandte er sich seiner jungen Nachbarin zu, bot ihr die Herrschergewalt verleihende Hülsenfrucht dar und fragte: »Mademoiselle, gestatten Sie mir, Sie ihnen zu reichen?« Und sie schauten einander zum erstenmal voll an.

Sie sagte: »Danke!« und empfing das Unterpfand der Rangerhöhung.

Er dachte: Sie ist tatsächlich hübsch. Herrliche Augen hat sie. Und frisch und gesund und munter ist sie auch, zum Donnerwetter!

Ein Knall ließ die beiden Frauen aufspringen. Cachelin hatte den Champagner entkorkt, er schoß ungestüm aus der Flasche heraus und rann über das Tischtuch. Dann wurden die Gläser mit Schaum gefüllt, und der Hausherr erklärte: »Er ist von guter Qualität, man sieht es ja.« Aber als Lesable trinken wollte, um sein Glas am Übersprudeln zu hindern, rief César: »Der König trinkt! Der König trinkt! Der König trinkt!« Und die ebenfalls leicht angeheiterte Mademoiselle Charlotte kläffte mit ihrer hohen Stimme: »Der König trinkt! Der König trinkt!«

Lesable war voller Selbstsicherheit, und als er es auf die Tischplatte stellte, sagte er: »Wie Sie sehen, ich habe Haltung!« Dann wandte er sich Mademoiselle Cora zu: »Jetzt sind Sie dran!«

Sie wollte trinken, aber da alle riefen: »Die Königin trinkt! Die Königin trinkt!«, wurde sie rot, mußte lachen und stellte das Spitzglas vor sich hin.

Der Schluß des Essens verlief überaus heiter; der König bezeigte sich der Königin gegenüber als zuvorkommend und galant. Als dann die Liköre gereicht worden waren, verkündete Cachelin: »Jetzt wird abgeräumt, damit wir Platz haben. Wenn es nicht regnet, können wir ein paar Minuten auf die Terrasse gehen.« Er legte Wert darauf, die Aussicht vorzuführen, obwohl es dunkel war.

Also wurde die Glastür aufgemacht. Ein feuchter Windzug drang herein. Draußen war es lau wie im April, und alle stiegen die Stufe hinab, die das Eßzimmer von dem breiten Balkon trennte. Es war nichts zu sehen als ein verschwommener Lichtschimmer, der über der großen Stadt schwebte wie die feurigen Kränze, die man den Heiligen auf die Stirn setzt. Hier und dort schien jene Helligkeit lebhafter zu sein; Cachelin machte sich ans Erklären: »Sehen Sie, da drüben, was da so leuchtet, das ist das Eden. Da die Zeile der Boulevards. Ganz deutlich kann man sie erkennen. Bei Tag ist die Aussicht hier großartig. Da kann man reisen, so viel man will: Etwas Schöneres bekommt man nicht zu sehen.«

Lesable hatte sich neben Cora auf das Eisengeländer gestützt; sie schaute stumm und geistesabwesend ins Weite; es hatte sie unvermittelt einer der melancholischen Anfälle von Sentimentalität überkommen, wie sie dann und wann die Seelen erschlaffen. Mademoiselle Charlotte war aus Angst vor der Feuchtigkeit wieder zurück ins Speisezimmer gegangen. Cachelin redete nach wie vor; mit ausgestrecktem Arm zeigte er in Richtungen, wo der Invalidendom, der Trocadéro, der Große Triumphbogen liegen mußten.

Halblaut sagte Lesable: »Schauen Sie sich gern Paris von hier oben aus an, Mademoiselle Cora?«

Sie zuckte ein wenig zusammen, als erwache sie, und antwortete: »Ich... Ja, vor allem abends. Ich denke dann an alles, was da unten vor uns geschieht. Wieviel glückliche und wieviel unglückliche Menschen gibt es doch in all diesen Häusern! Könnte man alles sehen, so würde man vielerlei erfahren!«

Er war so nahe an sie herangerückt, daß ihre Ellbogen und ihre Schultern sich berührten. »Bei Mondschein muß es märchenhaft sein.«

Sie flüsterte: »Das kann man schon sagen. Es ist wie ein Kupferstich von Gustav Doré. Wie schön müßte es sein, wenn man ganz langsam über die Dächer hinwandeln könnte.«

Daraufhin erkundigte er sich nach ihren Neigungen, ihren Träumen, nach allem, was ihr Freude machte. Sie antwortete unbefangen, als ein bedachtsames, vernünftiges Mädchen, das nicht versonnener ist, als es sein muß. Er fand, sie habe gesunden Menschenverstand, und er sagte sich, es müsse wirklich reizend sein, den Arm um diese runde, feste Taille legen und lange mit kleinen, langsamen Küssen, wie man in kleinen Schlucken einen sehr guten Cognac trinkt, diese frische Wange küssen zu können, dicht am Ohr, das der Widerschein einer Lampe beleuchtete. Er fühlte sich angezogen und innerlich bewegt durch die Empfindung der unmittelbaren Nähe einer Frau, durch das Verlangen nach reifem, jungfräulichem Fleisch, durch die köstliche Verführungskraft des jungen Mädchens. Ihm war, als könne er stundenlang, nächtelang, wochenlang, immer so neben ihr lehnen, sie bei sich spüren und vom Zauber der Berührung mit ihr durchdrungen werden. Und in seinem Herzen schwoll angesichts des großen, vor ihm sich entbreitenden Paris etwas wie ein poetisches Gefühl; er lebte das Leben der Stadt mit, ihr Leben der Lust und des Lasters. Ihm war, als beherrsche er die Riesenstadt, als schwebe er über ihr; und er hatte die Empfindung, als müsse es köstlich sein, sich jeden Abend an der Seite einer Frau auf diesen Balkon zu stützen und mit ihr zu kosen, ihre Lippen zu küssen, sie zu umschlingen, hoch über dem ausgedehnten Stadtgebilde, hoch über allen Liebschaften, die es in sich beschloß, hoch über allen vulgären Befriedigungen, hoch über allen gemeinen Begierden, nahe den Sternen.

Es gibt Abende, an denen auch die am wenigsten zu Überschwenglichkeiten geneigten Seelen zu träumen beginnen, als seien ihnen Flügel gewachsen. Vielleicht war er ein wenig betrunken.

Cachelin, der seine Pfeife holen gegangen war, kam wieder und steckte sie sich dabei an. »Ich weiß«, sagte er, »daß Sie nicht rauchen; daher biete ich Ihnen keine Zigaretten an. Dabei gibt es nichts Besseres, als hier eine verglimmen zu lassen. Wenn ich weiter unten wohnen müßte, möchte ich nicht mehr leben. Wir könnten es; das Haus gehört nämlich meiner Schwester, und die beiden Nachbarhäuser, das rechts und das links, ebenfalls. Die werfen ihr hübsch was ab. Sie hat sie seiner Zeit billig kaufen können, die Häuser.« Er drehte sich nach dem Eßzimmer um und rief: »Sag mal, Charlotte, wieviel hast du für die Grundstücke hier bezahlt?«

Da fing die spitzige Stimme der alten Jungfer zu reden an; Lesable verstand nur Satzfetzen: »... im Jahr 1863 ... fünfunddreißigtausend Francs ... erst später bebaut ... die drei Häuser ... ein Bankier ... beim Wiederverkauf mindestens fünfhunderttausend Francs ...«

Sie erzählte von ihrem Vermögen mit der gleichen wohlgefälligen Willfährigkeit wie ein alter Soldat von seinen Feldzügen. Sie berichtete von ihren Käufen, den ihr seither gemachten Angeboten, den Versteigerungen usw.

Der höchst interessierte Lesable drehte sich um, so daß er jetzt mit dem Rücken am Balkongitter lehnte. Aber da er noch immer nur Bruchstücke der Erklärungen vernehmen konnte, ließ er seine junge Nachbarin ohne weiteres stehen und ging ins Zimmer, um alles ganz genau zu erfahren; und er setzte sich zu Mademoiselle Charlotte und unterhielt sich mit ihr lange über die Möglichkeit der Erhöhung der Mieten, und was in Wertpapieren oder Grundstücken gut angelegtes Geld einbringen könne.

Er ging gegen Mitternacht und versprach wiederzukommen.

Einen Monat später war im Ministerium von nichts anderem die Rede als von der Hochzeit zwischen Jacques-Léopold Lesable und Mademoiselle Céleste-Coralie Cachelin.

III

Das junge Paar zog in dasselbe Stockwerk wie Cachelin und Mademoiselle Charlotte; die Wohnung glich genau der ihrigen; ihr bisheriger Mieter war an die Luft gesetzt worden.

Indessen wurde Lesable von Unruhe heimgesucht; die Tante hatte durch keine endgültige Verschreibung Cora die Erbschaft zusichern wollen. Sie hatte sich jedoch bereitgefunden, »vor Gott« zu schwören, ihr Testament sei gemacht und bei dem Notar Belhomme hinterlegt worden. Sie hatte außerdem versprochen, ihr gesamtes Vermögen solle der Nichte anheimfallen, vorbehaltlich einer Bedingung. Auf das Drängen, doch mit dieser Bedingung herauszurücken, lehnte sie nähere Erklärungen ab, schwor jedoch mit einem kleinen, wohlwollenden Lächeln, sie sei leicht zu erfüllen.

Angesichts dieser Erklärungen und der Halsstarrigkeit der alten Betschwester glaubte Lesable, die Sache auf die leichte Achsel nehmen zu können, und da das junge Mädchen ihm sehr gefiel, triumphierte sein Begehren über seine Ungewißheiten; er gab den hartnäckigen Bemühungen Cachelins nach.

Jetzt war er glücklich, obgleich ihn nach wie vor ein Zweifel zwackte. Und er liebte seine Frau; sie hatte seine Erwartungen in keinerlei Weise enttäuscht. Ruhig und eintönig rann sein Leben hin. Innerhalb weniger Wochen hatte er sich an seinen neuen Status als Ehemann gewöhnt, und er bezeigte sich auch fernerhin als der vollkommene Beamte, der er von je gewesen war.

Das Jahr ging hin. Wieder rückte der Neujahrstag heran. Zu seiner Überraschung erhielt er nicht die Beförderung, mit der er gerechnet hatte. Nur Maze und Pitolet rückten um einen Dienstgrad höher; und Boissel erklärte Cachelin im Vertrauen, er habe sich vorgenommen, jene beiden Kollegen mit einer gehörigen Tracht Prügel zu bedenken – eines Abends, beim Weggehen, gegenüber dem großen Eingangstor, angesichts aller. Er unternahm indessen nichts dergleichen.

Acht Tage lang fand Lesable keinen Schlaf vor Niedergeschlagenheit, trotz seines Eifers nicht befördert worden zu sein. Dabei hatte er sich abgeschuftet; er hatte unendlich lange den Unterchef Monsieur Rabot vertreten, der jährlich neun Monate im Krankenhaus Val-de-Grâce zu liegen pflegte; er war jeden Morgen um halb neun zum Dienst erschienen; er war jeden Abend um halb sieben weggegangen. Was wollte man überdies noch von ihm? Wurde eine solche Arbeitsleistung und eine solche Bemühung nicht anerkannt, dann würde er einfach tun wie die andern, und damit basta. Jede Arbeit ist ihres Lohnes wert. Wie hatte Monsieur Torchebeuf, der ihn doch wie einen Sohn zu behandeln pflegte, ihn auf solcherlei Weise preisgeben können? Darüber wollte er Klarheit haben. Er wollte den Chef aufsuchen und sich mit ihm aussprechen.

Also klopfte er eines Montagmorgens vor dem Kommen seiner Kollegen an die Tür dieses Gewaltigen.

Eine scharfe Stimme rief: »Herein!«

Er trat ein.

Monsieur Torchebeuf saß klein und mit einem dicken Kopf, der auf seiner Schreibunterlage zu liegen schien, an einem großen, mit Aktenkram überlasteten Tisch und schrieb. Als er seinen Lieblingsbeamten vor sich sah, sagte er: »Tag, Lesable; geht's Ihnen gut?«

Der junge Mann antwortete: »Guten Tag, verehrter Meister, glänzend, und Ihnen?«

Der Chef hörte mit seiner Schreiberei auf und schwang mit dem Sessel herum. Sein winziger, gebrechlicher, magerer, in einen schwarzen, streng geschnittenen Gehrock gezwängter Körper stand in absolutem Mißverhältnis zu dem großen Sessel und der lederbezogenen Rückenlehne. Eine riesengroße, auffällige, ebenfalls für ihren Träger viel zu große Rosette eines Offiziers der

Ehrenlegion schimmerte wie ein Stück rot glühender Kohle auf der schmalen, unter einem ansehnlichen Schädel wie zusammengedrückt wirkenden Brust; es schien, als habe das ganze Individuum sich nach oben hin zu einer Kuppel entwickelt wie ein Pilz.

Das Kinn war spitzig, die Backen waren hohl, die Augen blutunterlaufen; die übermäßige Stirn bedeckte weißes, nach hinten gestrichenes Haar.

Monsieur Torchebeuf sagte: »Setzen Sie sich, lieber Freund, und sagen Sie mir, was Sie herführt.«

Allen andern Beamten gegenüber befleißigte er sich militärischer Rauheit; er kam sich vor wie der Kapitän an Bord seines Schiffes, weil für ihn nämlich das Ministerium ein großes Schiff darstellte, das Admiralsschiff aller französischen Geschwader.

Der ein wenig erschütterte, ein wenig blasse Lesable stotterte: »Verehrter Meister, ich hatte Sie fragen wollen, ob ich mir irgend etwas habe zuschulden kommen lassen?«

»Unsinn, mein Lieber! Warum kommen Sie mir mit einer solchen Frage?«

»Weil es mich ein bißchen überrascht hat, daß ich dieses Jahr nicht wie in den letzten befördert worden bin. Erlauben Sie, daß ich Ihnen alles bis zum Letzten darlege, verehrter Meister, und daß ich Sie ob meiner Kühnheit um Nachsicht bitte. Ich weiß, daß mir von Ihnen außerordentliche Gunstbezeigungen zuteil geworden sind und unverhoffte Vorteile. Ich weiß, daß im allgemeinen Beförderungen nur alle zwei oder drei Jahre ausgesprochen werden; aber gestatten Sie mir bitte auch, daß ich Sie darauf hinweise, daß ich im Büro etwa das Vierfache der Arbeitslast eines gewöhnlichen Beamten bewältige und mindestens alles in allem die doppelte Zeit dort bin. Würden also meine Arbeitsleistung und die Entlohnung gegeneinander abgewogen, so dürfte sich ergeben, daß das eine das andere beträchtlich überwiegt.« Er hatte sich diesen Satz, den er für vortrefflich hielt, vorher genau überlegt.

Der verdutzte Torchebeuf suchte nach einer Entgegnung. Schließlich brachte er leidlich kühl hervor: »Obwohl es grundsätzlich nicht statthaft ist, daß dergleichen Dinge zwischen Chef und Beamten erörtert werden, möchte ich Ihnen in Anbetracht

Ihrer verdienstlichen Leistungen diesmal antworten. Ich habe Sie, wie in den vorhergegangenen Jahren, zur Beförderung vorgeschlagen. Aber der Direktor hat Ihren Namen gestrichen mit dem Hinweis, daß Ihre Eheschließung Ihnen eine schöne Zukunft verbürge, mehr als ein gutes Auskommen, ein Vermögen nämlich, zu welchem Ihre bescheidenen Kollegen es nie bringen werden. Ist es letztlich nicht angebracht, die Lebensbedingungen jedes einzelnen in Betracht zu ziehen? Sie werden einmal reich, sehr reich sein. Dreihundert Francs mehr im Jahr werden für Sie nichts bedeuten, während diese kleine Erhöhung für das Budget der andern sehr viel ausmacht. Das ist der Grund, lieber Freund, warum Sie dieses Jahr zurückgestellt worden sind.«

Der betroffene und verärgerte Lesable zog sich zurück.

Abends beim Essen verhielt er sich seiner Frau gegenüber grob. Sie bezeigte sich für gewöhnlich als frohgemut, von ziemlich ausgeglichener Stimmung, wenngleich eigenwillig; und wenn sie etwas durchsetzen wollte, gab sie nie nach. Sie besaß für ihn nicht mehr den sinnlichen Zauber der ersten Zeit, und obgleich sein Begehren stets wach blieb, da sie jung und hübsch war, empfand er gelegentlich die so nahe an Ekel grenzende Ernüchterung, wie sie sich nur zu bald im Gemeinschaftsleben zweier Menschen einstellt. Die tausenderlei trivialen oder grotesken Einzelheiten des Daseins, die vernachlässigte Kleidung am Morgen, das vulgäre, alte, verschlissene, wollene Hauskleid, der verschossene Morgenrock, denn sie waren ja nicht reich, und auch alle die aus allzu großer Nähe mit angesehenen notwendigen Verrichtungen in einem ärmlichen Haushalt ließen für ihn den Firnis von der Ehe abblättern und die Blume des Poetischen welken, die die Verlobten aus der Ferne verlockt.

Auch machte Tante Charlotte ihm das häusliche Leben unangenehm, weil sie nie mehr daraus zu entfernen war; sie steckte ihre Nase in alles, wollte alles beherrschen, machte über alles Bemerkungen, und da die beiden schreckliche Angst hatten, sie vor den Kopf zu stoßen, wurde alles mit resignierter Miene in Kauf genommen, aber auch mit immer größer werdender, verborgen gehaltener Verzweiflung.

Sie ging mit ihrem schleppenden Altfrauenschritt kreuz und

quer in der Wohnung umher; und ihre schrille Stimme sagte ohne Unterlaß: »Eigentlich könntet ihr mal dies tun; eigentlich könntet ihr mal das tun.«

Waren die beiden Eheleute allein beieinander, so rief Lesable nervös: »Deine Tante wird unerträglich. Ich kann sie nicht mehr ausstehen. Hast du verstanden? Nicht mehr ausstehen kann ich sie.«

Aber Cora antwortete ganz ruhig: »Was soll *ich* denn dagegen tun?«

Dann fuhr er auf: »Widerlich, eine solche Familie zu haben!«

Und sie entgegnete, noch immer gefaßt: »Ja, die Familie ist widerlich, aber die Erbschaft ist gut, nicht wahr? Also sei nicht blöd. Du hast genauso viel Interesse daran wie ich, Tante Charlotte mit Samtpfötchen anzufassen.«

Und er hielt den Mund, da er nicht wußte, was er darauf antworten sollte.

Jetzt lag die Tante ihnen unablässig mit der fixen Idee in den Ohren, sie müßten ein Kind bekommen. Sie schob Lesable in die Zimmerecke und tuschelte ihm zu: »Lieber Neffe, ich lege Wert darauf, daß Sie vor meinem Tode Vater werden. Ich will meine Erben sehen. Sie wollen mir doch nicht etwa einreden, Cora sei nicht zur Mutterschaft geschaffen. Man braucht sie doch nur anzusehen. Wenn man heiratet, lieber Neffe, dann tut man es, um eine Familie zu gründen und Nachkommen zu bekommen. Unsere heilige Mutter Kirche verbietet unfruchtbare Ehen. Ich weiß, ihr seid nicht reich und daß mit einem Kind Unkosten verbunden sind. Aber nach meinem Tode fehlt es euch an nichts. Ich will einen kleinen Lesable haben, ich will es nun mal, haben Sie mich verstanden?«

Da nach fünfzehnmonatiger Ehe ihr Wunsch sich noch immer nicht verwirklicht hatte, wurde sie zweiflerisch und fortgesetzt dringlicher; sie flüsterte Cora Ratschläge zu, als Frau, die ehedem mancherlei Einblicke bekommen hat und sich ihrer bei guter Gelegenheit zu erinnern weiß.

Eines Morgens konnte sie nicht aufstehen, da sie sich unpäßlich fühlte.

Da sie nie zuvor krank gewesen war, geriet Cachelin aus dem

Häuschen; er klopfte bei seinem Schwiegersohn an: »Lauf rasch zu Doktor Barbette; und dem Chef sagst du, nicht wahr, ich käme in Anbetracht der Umstände heute nicht ins Büro.«

Lesable verbrachte einen Tag voller Ängste; er war außerstande, zu arbeiten, zu redigieren und sich mit den einzelnen Vorgängen zu befassen.

Torchebeuf wurde stutzig und fragte ihn: »Warum sind Sie heute so durcheinander, Monsieur Lesable?«

Und der nervöse Lesable antwortete: »Ich bin sehr erschöpft, verehrter Meister; ich habe die ganze Nacht bei unserer Tante gewacht; ihr Zustand ist sehr ernst.«

Aber der Chef entgegnete kühl: »Cachelin ist ja bei ihr geblieben; das dürfte genügen. Ich kann mein Büro nicht um der Privatangelegenheiten meiner Beamten willen in Unordnung geraten lassen.«

Lesable hatte seine Taschenuhr vor sich auf die Tischplatte gelegt und wartete mit fieberhafter Ungeduld, daß es fünf werde. Sowie die Uhr im großen Hof schlug, ging er sofort weg; zum erstenmal in seinem Leben verließ er das Büro auf die Minute pünktlich.

Er nahm für den Heimweg sogar eine Droschke, so heftig war seine Unruhe, und er erklomm die Treppe im Laufschritt.

Das Dienstmädchen öffnete ihm; er stotterte: »Wie geht es ihr?«

»Der Arzt hat gesagt, es stehe recht schlecht.«

Er bekam Herzklopfen und war tief erschüttert: »Ach, tatsächlich?« Ob sie sterben werde?

Er wagte sich jetzt nicht in das Schlafzimmer der Kranken hinein und ließ Cachelin rufen, der bei ihr wachte.

Der Schwiegervater erschien sogleich; behutsam machte er die Tür auf. Er hatte seinen Schlafrock an und die Nachtmütze auf; so hatte er an gemütlichen Abenden immer in der Kaminecke gesessen. Er flüsterte: »Es geht ihr schlecht, sehr schlecht. Seit vier Stunden ist sie ohne Bewußtsein. Am Nachmittag ist sie sogar schon versehen worden.«

Da spürte Lesable, daß ihm die Knie weich wurden; er setzte sich hin. »Wo ist meine Frau?«

»Bei ihr.«

»Was hat der Arzt gesagt?«

»Es sei ein Schlaganfall. Sie kann sich davon erholen, aber sie kann auch diese Nacht sterben.«

»Werde ich gebraucht? Wenn du mich nicht brauchst, möchte ich lieber nicht hineingehen. Es wäre mir schmerzlich, sie in diesem Zustand zu sehen.«

»Nein. Geh nur in deine Wohnung. Wenn eine Veränderung eintritt, lasse ich dich sofort rufen.«

Und Lesable begab sich in sein Heim. Die Wohnung kam ihm verändert vor, größer, heller. Aber da er sich nicht ruhig verhalten konnte, trat er auf den Balkon hinaus.

Es war in den letzten Julitagen, und die große, hinter den beiden Türmen des Trocadéro untergehende Sonne warf einen Flammenregen über das ungeheure Gewimmel der Dächer.

Die leuchtend rote Raumesweite zu seinen Füßen war weiter oben blaßgolden getönt, dann gelblich, dann grün, in einem hellen, vom Licht gestreichelten Grün; dann wurde sie hoch droben blau, zu einem reinen, kühlen Blau.

Wie Pfeile flitzten Schwalben vorbei, kaum sichtbar, und zeichneten vor dem Himmelspurpur das hakenförmige, flüchtige Profil ihrer Flügel ab. Und über der endlosen Häusermasse, über dem fernen, offenen Land schwebte eine rosa Wolke, ein feuriger Schwaden, in den, wie in eine Apotheose, die Spitzen der Kirchtürme hineinragten, die schlanken Firste der Bauwerke. Der Große Triumphbogen stand riesig und schwarz vor dem lohenden Himmel, und die Kuppel des Invalidendoms wirkte wie eine zweite Sonne, die vom Firmament auf den Rücken eines Gebäudes gefallen war.

Lesable hielt sich mit beiden Händen an dem Eisengeländer fest und trank die Luft, wie man Wein trinkt, und dabei war in ihm das Verlangen, zu hüpfen, zu schreien, wilde Gesten zu vollführen, eine so starke, triumphierende Freude verspürte er in sich. Das Leben dünkte ihn strahlend, die Zukunft eitel Glück! Was würde er jetzt tun? Und er erging sich in Träumen.

Ein Geräusch hinter ihm ließ ihn zusammenfahren. Es war seine Frau. Sie hatte gerötete Augen; ihre Backen waren ein wenig gedunsen, sie sah erschöpft aus. Sie bot ihm die Stirn zum Kuß; dann sagte sie: »Wir essen bei Papa zu Abend, damit wir in ihrer Nähe sind. Das Mädchen bleibt bei ihr, solange wir essen.«

Er folgte ihr in die Nachbarwohnung.

Cachelin saß schon am Tisch und wartete auf Tochter und Schwiegersohn. Auf der Anrichte standen ein kaltes Hähnchen, Kartoffelsalat und Erdbeerkompott; in den Tellern dampfte die Suppe.

Sie setzten sich.

Cachelin erklärte: »Dies sind Tage, wie ich sie nicht häufig erleben möchte. Es ist wirklich kein Spaß.« Das sagte er mit gleichgültiger Stimme, und sein Gesicht bekundete eine gewisse Genugtuung. Und dann fing er als jemand, der einen gesunden Appetit hat, zu futtern an, fand das Hähnchen vortrefflich und den Kartoffelsalat erfrischend.

Lesable jedoch empfand einen Druck auf dem Magen und Unruhe in der Seele; er langte kaum zu; er lauschte nach dem Nachbarzimmer hin; aber dort blieb alles still, als sei niemand darin. Auch Cora hatte keinen Hunger; ihr ging die Sache nahe, sie war weinerlich gestimmt; dann und wann wischte sie sich mit einem Serviettenzipfel die Augen.

Cachelin fragte: »Was hat eigentlich der Chef gesagt?«

Und Lesable wartete mit sämtlichen Einzelheiten auf; der Schwiegervater wollte alles ganz genau wissen, ließ es ihn wiederholen, pochte darauf, alles zu erfahren, als sei er dem Ministerium ein Jahr lang ferngeblieben.

»Es hat doch sicher aufgeregtes Gerede gegeben, als sie erfuhren, sie sei krank?« Und er malte sich seine glorreiche Rückkehr nach ihrem Tode aus, und die Gesichter, die die Kollegen dann machen würden; dabei sagte er, als antworte er auf einen heimlichen Gewissensbiß: »Nicht, daß ich der guten Frau was Schlimmes wünschte! Gott weiß, daß ich sie gern möglichst lange behalten möchte; aber Eindruck wird es dennoch machen. Der alte Savon wird darüber den Kommuneaufstand vergessen.«

Sie machten sich an die Erdbeeren; da tat die Tür des Krankenzimmers sich spaltbreit auf. Es durchfuhr die Tafelnden dermaßen, daß sie mit einem Ruck samt und sonders betroffen auf den Beinen standen. Und es erschien das Dienstmädchen, mit genauso ruhigem und blödem Gesicht wie immer. Es sagte gleichmütig: »Sie atmet nicht mehr.«

Und Cachelin warf seine Serviette auf den Tisch und stürzte davon wie verrückt; Cora ging ihm klopfenden Herzens nach; Lesable indessen blieb an der Tür stehen und sah aus der Entfernung auf den hellen Fleck des kaum vom letzten Tagesschimmer beleuchteten Bettes. Er sah den Rücken des sich über die Lagerstatt beugenden Schwiegervaters; er bewegte sich nicht, er überprüfte die Sachlage; und plötzlich vernahm er seine Stimme, und es war, als ertöne sie von fern, von sehr fern her, vom Ende der Welt; es war eine der Stimmen, wie sie unsere Träume durchhallen und einem erstaunliche Dinge sagen. Die Stimme sagte: »Stimmt! Nichts mehr zu hören!« Er sah, wie seine Frau auf die Knie fiel, mit der Stirn auf das Bettlaken; sie schluchzte. Da entschloß er sich hineinzugehen, und da Cachelin sich wieder aufgerichtet hatte, gewahrte er auf dem weißen Kopfkissen Tante Charlottes Gesicht mit den geschlossenen Augen, so hohlwangig, so starr, so bleich, daß sie wie eine Wachspuppe anmutete.

Angstvoll fragte er: »Ist es aus?«

Cachelin, der ebenfalls seine Schwester angesehen hatte, drehte sich nach ihm um, und sie musterten einander. Er antwortete: »Ja« und war dabei bemüht, seinem Gesicht einen schmerzlichen Ausdruck zu verleihen; aber die beiden Männer hatten einander auf den ersten Blick durchschaut, und ohne zu wissen, warum, ganz instinktiv, gaben sie einander die Hände, wie um sich gegenseitig für das zu bedanken, was sie füreinander getan hatten.

Darauf erledigten sie, ohne Zeit zu verlieren, tatkräftig alles, was ein Todesfall erfordert.

Lesable übernahm es, den Arzt zu holen und so schnell wie möglich die dringlichsten Besorgungen zu machen.

Er nahm seinen Hut und hastete die Treppe hinab; er hatte es eilig, auf die Straße zu kommen, allein zu sein, aufzuatmen, nachzudenken, einsam sein Glück auszukosten.

Als er mit seinen Besorgungen fertig war, ging er, anstatt heimzukehren, auf den Boulevard; es trieb ihn das Verlangen, Menschen zu sehen, sich in das Gewühl zu mischen, in das frohe, abendliche Leben. Am liebsten hätte er allen Vorübergehenden zugerufen: »Ich habe fünfzigtausend Francs Zinsen!« Mit den Händen in den Taschen schritt er einher, blieb vor den Schaufenstern stehen, sah sich genau die kostbaren Stoffe an, die Schmuckstücke, die Luxusmöbel, erfüllt von dem freudigen Gedanken: »Das alles könnte ich mir jetzt kaufen!«

Aber als er an einem Sargmagazin vorbeikam, streifte ihn jäh der Gedanke: Wenn sie nun gar nicht tot wäre? Wenn sie sich getäuscht hätten?

Und eiligeren Schrittes ging er heim, von Zweifeln geplagt.

Beim Eintreten fragte er: »Ist der Arzt da gewesen?«

Cachelin antwortete: »Ja. Er hat den Tod festgestellt und die Anmeldung übernommen.«

Sie gingen ins Sterbezimmer. Cora schluchzte noch immer; sie saß in einem Sessel. Sie weinte ganz sanft, leichthin, jetzt wie ohne jeden Kummer, mit den locker sitzenden Tränen, über die die Frauen verfügen.

Sobald sie sich zu dritt allein in der Wohnung befanden, sagte Cachelin leise: »Nun da das Dienstmädchen schlafen gegangen ist, können wir nachsehen, ob nichts in den Möbeln versteckt ist.«

Und die beiden Männer machten sich ans Werk. Sie leerten alle Schubladen, durchstöberten sämtliche Taschen, entfalteten die geringsten Papiere. Es wurde Mitternacht, ohne daß sie etwas Interessantes gefunden hatten. Cora war eingeschlafen; sie schnarchte leise und regelmäßig. César fragte: »Ob wir bis Tagesanbruch hier bleiben müssen?« Der verdutzte Lesable meinte, das gehöre sich wohl so. Da sagte der Schwiegervater kurz entschlossen: »In diesem Fall wollen wir die Sessel hineintragen.« Und sie schleppten die beiden Polstersessel aus dem Schlafzimmer der jungen Eheleute herbei.

Eine Stunde später schliefen die drei Verwandten mit ungleichmäßigen Schnarchlauten angesichts der erkalteten Leiche in ihrer ewigen Starre.

Sie erwachten, als es schon hell war, beim Hereinkommen des Dienstmädchens.

Cachelin rieb sich die Lider und erklärte: »Vor ungefähr einer halben Stunde bin ich ein bißchen eingenickt.«

Aber Lesable, der sogleich wieder Herr seiner selbst war, erklärte: »Das habe ich gemerkt. Ich bin keine Sekunde lang ohne Bewußtsein gewesen; ich hatte lediglich die Augen zugemacht, damit sie sich ein bißchen ausruhen konnten.«

Cora ging in ihre Wohnung hinüber.

Da fragte Lesable mit anscheinender Gleichgültigkeit: »Wann wollen wir zum Notar gehen und Einblick in das Testament nehmen?«

»Tja... Heute vormittag, wenn es dir recht ist.«

»Muß Cora mitkommen?«

»Das wäre vielleicht besser; schließlich ist sie ja die Erbin.«

»Dann will ich ihr sagen, sie solle sich fertigmachen. Und Lesable ging mit seinem lebhaften Schritt hinaus.

Notar Belhommes Büroräume wurden gerade aufgemacht, als Cachelin, Lesable und seine Frau sich in dunkler Trauerkleidung mit schmerzverzerrten Gesichtern dort einfanden.

Der Notar empfing sie sogleich und ließ sie Platz nehmen.

Cachelin ergriff das Wort: »Herr Notar, Sie kennen mich: Ich bin Mademoiselle Charlotte Cachelins Bruder. Dies hier sind meine Tochter und mein Schwiegersohn. Meine arme Schwester ist gestern gestorben; morgen findet die Beerdigung statt. Da Sie ihr Testament aufbewahren, sind wir hergekommen, um uns zu erkundigen, ob es nicht etwa eine Verfügung über ihre Bestattung enthält oder ob Sie uns eine sonstige Mitteilung zu machen haben.«

Der Notar zog ein Schubfach auf, entnahm ihm einen Briefumschlag, schlitzte ihn auf, zog ein Blatt daraus hervor und sagte: »Hier habe ich ein Duplikat des Testamentes; ich kann Ihnen auf der Stelle davon Kenntnis geben. Die andere Ausfertigung, die mit dieser gleichlautend ist, muß in meinen Händen verbleiben.« Und er las vor:

»›Ich unterzeichnete Victorine-Charlotte Cachelin verfüge hiermit letztwillig:

Ich hinterlasse mein gesamtes Vermögen, das sich auf etwa eine Million einhundertzwanzigtausend Francs beläuft, den Kindern, die aus der Ehe meiner Nichte Céleste-Coralie Cachelin hervorgehen, bei Nutznießung der Zinsen durch die Eltern bis zur Volljährigkeit ihrer Abkömmlinge.

Die nachstehenden Verfügungen regeln den jedem Kind anheimfallenden Anteil sowie den den Eltern bis zu deren Tod verbleibenden Anteil.

Sollte mein Tod eintreten, bevor meine Nichte einen Erben hat, so soll mein gesamtes Vermögen in Händen meines Notars verbleiben, und zwar drei Jahre lang, damit mein oben ausgedrückter Wille erfüllt werde, sofern während dieser Zeitspanne ein Kind geboren wird.

In dem Falle jedoch, daß der Himmel Coralie während der drei auf meinen Tod folgenden Jahre keinen Erben beschert, soll mein Vermögen durch meinen Notar an die Armen und an die Wohlfahrtsinstitute laut nachstehender Liste verteilt werden.‹«

Es folgte eine unendlich lange Aufstellung von Namen von Gemeinschaften, von Ziffern, von Anweisungen und Empfehlungen.

Dann übergab Notar Belhomme das Dokument höflich dem vor Erschütterung stummen Cachelin. Er glaubte sogar, noch ein paar Erklärungen hinzufügen zu müssen. »Als Mademoiselle Cachelin«, sagte er, »mir zum erstenmal die Ehre erwies, davon zu sprechen, daß sie auf diese Weise testieren wolle, gab sie dem innigen Wunsch Ausdruck, die Geburt eines Erben ihres Blutes zu erleben. Auf alle meine Erwägungen und Bedenken hat sie mit der immer nachdrücklicheren Bekundung ihres Willens geantwortet, der sich übrigens auf eine religiöse Empfindung gründet, da ihrer Meinung nach jede unfruchtbare Ehe auf einen Fluch des Himmels schließen lasse. Ich habe sie in keiner ihrer Absichten umstimmen können. Bitte glauben Sie mir, daß ich das lebhaft bedaure.« Dann sagte er noch und lächelte dabei Coralie an: »Ich zweifle nicht daran, daß das Desideratum der Verblichenen bald erfüllt werden wird.«

Und die drei Verwandten zogen ab; sie waren viel zu betroffen, um irgendeinen Gedanken fassen zu können.

Seite an Seite gingen sie ihrem Heim zu, stumm, beschämt und wütend, als hätten sie einander bestohlen. Alle Trauer, selbst die

Coras, hatte sich verflüchtigt; die Undankbarkeit der Tante bewahrte sie vor Tränen.

Schließlich sagte Lesable, dessen blasse Lippen in verkrampftem Ärger zusammengepreßt waren, zu seinem Schwiegervater: »Gib mir doch mal das Dokument, damit ich de visu Kenntnis davon nehme.« Cachelin reichte ihm das Blatt, und der junge Mann fing an, es zu lesen. Er war auf dem Bürgersteig stehen geblieben, und obwohl die Vorübergehenden ihn anrempelten, blieb er stehen und durchwühlte mit seinen durchdringenden, erfahrenen Augen die Worte. Zwei Schritt vor ihm warteten die beiden anderen, nach wie vor stumm. Dann gab er das Testament zurück und erklärte: »Nichts zu machen. Sie hat uns schön übers Ohr gehauen!«

Cachelin, den das Zunichtewerden seiner Hoffnungen ärgerte, entgegnete: »Es lag doch bloß an dir, ein Kind in die Welt zu setzen, zum Satan! Ihr wußtet doch, daß sie sich seit langem eins wünschte.«

Lesable zuckte, ohne zu antworten, die Achseln.

Beim Heimkommen fanden sie einen Haufen Leute ihrer wartend vor, Leute, deren Beruf etwas mit Todesfällen zu tun hat. Lesable ging in seine Wohnung, er wollte mit alledem nichts mehr zu schaffen haben, und César schnauzte sie an, schrie, man solle ihn gefälligst in Ruhe lassen, verlangte, daß all das so schnell wie möglich zu Ende gebracht werde, und fand, man habe es nicht eben eilig, ihm diesen Kadaver vom Hals zu schaffen.

Cora hatte sich in ihr Schlafzimmer eingeschlossen und verhielt sich lautlos still.

Nach einer Stunde jedoch klopfte Cachelin an die Tür seines Schwiegersohns und sagte: »Lieber Léopold, ich komme zu dir, um dir einiges zu sagen, was ich mir überlegt habe; denn schließlich müssen wir uns ja mal aussprechen. Meiner Ansicht nach müssen wir dennoch ein anständiges Begräbnis veranstalten, damit das Ministerium keinen Argwohn schöpft. Über die Kosten werden wir uns schon einigen. Übrigens ist noch nicht alles verloren. Ihr seid noch nicht lange verheiratet, und es müßte nicht mit rechten Dingen zugehen, wenn ihr keine Kinder bekämet. Ihr macht euch daran, und damit basta. Und zwar schleunigst.

Übernimmst du es, so bald wie möglich im Ministerium vorbeizuschauen? Ich will die Adressen der Trauerbriefe schreiben.«

Verbittert gab Lesable zu, daß sein Schwiegervater recht habe, und sie nahmen einander gegenüber an den beiden Enden eines langen Tisches Platz, um die schwarz umrandeten Traueranzeigen zu unterzeichnen.

Dann wurde zu Mittag gegessen. Cora erschien wieder, mit gleichgültiger Miene, als gehe dies alles sie nicht das mindeste an, und langte tüchtig zu, da sie tags zuvor gefastet hatte.

Kaum war das Essen zu Ende, als sie wieder in ihrem Schlafzimmer verschwand. Lesable ging zum Marineministerium, und Cachelin setzte sich auf dem Balkon rittlings auf einen Stuhl und rauchte eine Pfeife. Das schwere Sonnenlicht eines Sommertags fiel wuchtig auf die Unzahl von Dächern; einige, auf denen sich Glasfenster befanden, blitzten wie Feuer und warfen so blendende Strahlen zurück, daß man nicht hinsehen konnte.

Und Cachelin saß in Hemdsärmeln da, kniff die Augen ob des Lichtgeriesels zusammen und schaute zu den fernen Hügeln weit drüben, weit drüben hinüber, jenseits der großen Stadt, jenseits der staubigen Bannmeile. Er malte sich aus, wie die Seine breit, ruhig und kühl am Fuß jener Hügel entlangströme, auf deren Hängen Bäume standen, und daß man unter dem grünen Blätterdach, den Bauch im Gras, so dicht am Flußufer, daß man ohne weiteres ins Wasser spucken konnte, weit besser aufgehoben sei als auf seiner bleiheißen Terrasse. Und es bedrängte ihn Unbehagen, der peinigende Gedanke, das schmerzliche Gefühl ihrer Katastrophe, des unerwarteten Unglücks, das um so bitterer und brutaler war, je lebhafter und länger die Hoffnung angedauert hatte; und ganz laut, wie man es nur in der größten Geistesverwirrung, in der Besessenheit von fixen Ideen tut, sprach er vor sich hin: »Dreckiges Saumensch!«

Hinter sich im Schlafzimmer hörte er die Leute vom Beerdigungsinstitut hin und her gehen und das beständige Geräusch des Hammers, der den Sarg zunagelte. Seit dem Besuch bei dem Notar hatte er die Schwester keines Blickes mehr gewürdigt.

Aber allmählich durchdrangen ihm Wärme, Heiterkeit, der helle Zauber dieses Hochsommertages Leib und Seele, und er überlegte, daß die Lage alles andere als hoffnungslos sei. Warum sollte seine Tochter kein Kind bekommen? Sie war doch erst seit knapp zwei Jahren verheiratet! Sein Schwiegersohn wirkte kräftig, gut gebaut und gesund, wenngleich er klein war. Sie würden schon ein Kind bekommen, zum Donnerwetter noch mal! Und außerdem: Es blieb ihnen ja nichts anderes übrig!

Lesable hatte sich ins Ministerium geschlichen und war in sein Büro geschlüpft. Auf seinem Tisch fand er einen Zettel mit den Worten: »Der Chef möchte Sie sprechen«. Zunächst vollführte er eine Geste der Ungeduld, er empörte sich gegen den Despotismus, der sich nun wieder auf ihm austoben würde; doch dann stachelte ihn ein jäher, heftiger Wunsch an, sich dennoch durchzusetzen. Er würde ebenfalls Chef werden, und zwar bald; und er würde noch höher steigen.

Ohne den Gehrock abzulegen, den er auf der Straße trug, begab er sich zu Monsieur Torchebeuf. Er fand sich bei ihm mit dem schmerzzerrissenen Gesicht ein, wie man es bei traurigen Gelegenheiten aufsetzt, und es kam sogar noch etwas mehr dazu, nämlich der Ausdruck echten, tiefen Kummers, der unwillkürlichen Niedergeschlagenheit, den ein heftiger Verdruß den Zügen aufprägt.

Der stets über ein Aktenstück gebeugte dicke Kopf des Chefs hob sich, und er fragte barsch: »Den ganzen Vormittag hätte ich Sie gebraucht. Wo haben Sie gesteckt?«

Lesable antwortete: »Verehrter Meister, wir haben unglücklicherweise meine Tante Mademoiselle Cachelin verloren, und ich bin eigens hergekommen, um Sie um Ihre Teilnahme an der Beisetzung zu bitten; sie findet morgen statt.«

Torchebeufs Gesicht hatte sich sogleich aufgeheitert. Und er antwortete mit einem Anhauch von Rücksichtnahme: »In diesem Fall liegen die Dinge anders. Ich danke Ihnen und gebe Ihnen frei; Sie haben sicherlich viel zu erledigen.«

Aber Lesable legte Wert darauf, Diensteifer zu bezeigen: »Danke, verehrter Meister, es ist bereits alles getan, und ich möchte bis zum Büroschluß hier bleiben.« Und er ging wieder in sein Arbeitszimmer.

Die Nachricht hatte sich verbreitet; aus allen Büros kamen die

Kollegen herbei; sie gratulierten ihm eher, als sie ihm ihr Beileid aussprachen, und vor allem wollten sie sehen, welche Haltung er zur Schau trug. Er ertrug die Redensarten und die Blicke mit resignierter Schauspielermaske und einem Takt, über den alle staunten. »Er hat sich gut in der Gewalt«, sagten die einen. Und die anderen meinten: »Gleichgültig, im Grunde muß er heilfroh sein.« Maze, der Kühnste von allen, fragte ihn mit unbeteiligter Weltmannsmiene: »Wissen Sie eigentlich genau, wie hoch das Vermögen sich beziffert?«

Lesable erwiderte, und seine Stimme klang dabei völlig uninteressiert: »Nein, genau nicht. Das Testament spricht von etwa zwölfhunderttausend. Das weiß ich, weil der Notar uns sofort einige die Trauerfeier betreffende Klauseln hat mitteilen müssen.«

Allgemein wurde angenommen, Lesable werde nicht im Ministerium verbleiben. Mit sechzigtausend Francs Zinsen bleibt man nicht Aktenschmierer. Dann ist man jemand; dann kann man werden, was einem beliebt. Die einen meinten, er liebäugle mit dem Staatsrat; die anderen glaubten, er erwäge, Abgeordneter zu werden. Der Chef machte sich darauf gefaßt, sein Entlassungsgesuch zu bekommen, das er dann an den Direktor weiterleiten mußte.

Das gesamte Ministerium kam zur Trauerfeier; alle meinten, sie sei ein bißchen dürftig. Aber es lief das Gerücht um: »Mademoiselle Cachelin selber hat es so gewollt. Es hat im Testament gestanden.«

Am Tag danach nahm Cachelin seinen Dienst wieder auf, und nach einer Woche der Unpäßlichkeit kam Lesable ebenfalls wieder; er sah ein bißchen bläßlich aus, war indessen emsig und eifrig wie zuvor. Man hätte meinen können, in ihrer beider Dasein habe sich nichts geändert. Es fiel lediglich auf, daß sie ostentativ dicke Zigarren rauchten, sich über die Staatsrenten unterhielten, über Eisenbahnaktien, über große Wertpapiere, als Leute, die das Ihrige in der Tasche hatten; auch sprach sich nach einiger Zeit herum, sie hätten in der Umgebung von Paris ein Landhaus gemietet, um dort das Ende des Sommers zu verleben.

Alle dachten: Sie sind geizig wie die Alte; es muß in der Familie liegen; da ist einer wie der andere; aber wie dem auch sei, es ist geschmacklos, bei einem solchen Vermögen im Ministerium zu bleiben.

Nach einiger Zeit geriet die ganze Sache in Vergessenheit. Die beiden waren erledigt und abgeurteilt.

IV

Als Lesable hinter Tante Charlottes Leichenwagen hergeschritten war, hatte er immerfort an die Million denken müssen; Groll hatte in ihm genagt, und zwar um so heftiger, als er geheimgehalten werden mußte; er hatte aller Welt um seines kläglichen Mißgeschicks willen gegrollt.

Er hatte sich auch gefragt: »Warum habe ich kein Kind, wo ich doch seit zwei Jahren verheiratet bin?« Und die Angst, es zu erleben, daß seine Ehe unfruchtbar bleiben werde, machte ihm Herzklopfen.

Wie ein junger Bursche, der beim Volksfest zu dem schimmernden Vogel, den es abzuschießen gilt, hoch droben auf der Stange emporschaut und sich gelobt, es mittels Energie und Willenskraft fertigzubringen, die dazu nötige Gewandtheit und Zähigkeit zu erwerben, faßte Lesable den verzweifelten Entschluß, Vater zu werden. So viele andere waren es – warum also nicht auch er? Vielleicht war er lässig gewesen, unbedacht, hatte irgend etwas nicht gewußt, infolge grenzenloser Gleichgültigkeit. Da er nie das dringliche Verlangen verspürt hatte, einen Erben zu hinterlassen, war er nie völlig darauf bedacht gewesen, dieses Ergebnis zu erzielen. Fortan wollte er sich erbitterte Mühe geben; er wollte nichts außer acht lassen, und er würde Erfolg haben, weil er es so wollte.

Doch als er wieder daheim war, fühlte er sich so schlecht, daß er sich zu Bett legen mußte. Die Enttäuschung war allzu hart gewesen; jetzt durchlitt er ihre Nachwirkungen.

Der Arzt hielt seinen Zustand für so bedenklich, daß er völlige Ruhe verschrieb, was Zurückhaltung in gewissen Dingen in sich schloß, und zwar für längere Zeit. Es wurde eine Gehirnentzündung befürchtet.

Allein nach acht Tagen war er wieder auf den Beinen und nahm seinen Dienst im Ministerium wieder auf.

Doch da er sich noch immer für leidend hielt, wagte er nicht, sich dem ehelichen Lager zu nähern. Er zögerte und zitterte wie ein General, der eine Schlacht zu liefern hat, eine Schlacht, von der seine Zukunft abhängt. Und jeden Abend wartete er bis zum nächsten Tag, in der Hoffnung auf eine Stunde voller Gesundheit, Wohlbefinden und Energie, in der man sich schlechthin alles zutraut. Alle Augenblicke fühlte er sich den Puls, und da er ihn entweder für zu schwach oder für zu schnell hielt, nahm er die Spannkraft erhöhende Mittel, aß rohes Fleisch, unternahm, ehe er heimging, lange, stärkende Spaziergänge.

Da er nicht so zu Kräften gelangte, wie es ihm vorschwebte, kam er auf den Einfall, den Rest der warmen Jahreszeit in der Umgebung von Paris zu verbringen. Und bald setzte sich in ihm die Überzeugung fest, die frische Luft werde auf sein Temperament von unfehlbar günstigem Einfluß sein. In seiner Lage zeitigt das Landleben wunderbare, entscheidende Wirkungen. Er beruhigte sich durch die Gewißheit des nahen Erfolgs und sagte, mit einem gewissen Unterton in der Stimme, in einem fort zu seinem Schwiegervater: »Wenn wir erst auf dem Land sind, fühle ich mich besser, und dann geht alles gut.«

Allein schon das Wort »Landhaus« schien für ihn eine geheimnisvolle Bedeutung zu haben.

Also mieteten sie in dem Dorf Bezons ein Häuschen und bezogen es alle drei. Die beiden Männer gingen jeden Morgen durch die Felder nach Colombes zum Bahnhof und kamen abends, gleichfalls zu Fuß, zurück.

Cora war hingerissen, daß sie auf diese Weise an dem sanft hinströmenden Fluß wohnen durfte; sie setzte sich am Ufer nieder, pflückte Blumen, kam mit dicken Sträußen zierlichen, blonden, zitternden Grases heim.

Jeden Abend machten sie zu dritt einen Spaziergang am Ufer entlang bis zur Schleuse von La Morue und tranken im Restaurant »Zum Lindenbaum« eine Flasche Bier. Der durch die lange Reihe von Pfählen eingedämmte Fluß schoß zwischen den Lükken hindurch, sprang, brodelte, schäumte in einer Breite von hundert Metern, und das Brausen des niederstürzenden Wassers ließ den Boden erzittern; in der Luft wogte eine dünne Dunstwolke, ein feuchter Brodem; er stieg von der Kaskade auf wie leichter Dampf und verbreitete ringsum einen Geruch nach zerstäubtem Wasser und aufgewühltem Schlamm.

Es dunkelte. In der Ferne, gegenüber, deutete ein großer Lichtschimmer an, wo Paris lag; er veranlaßte Cachelin jeden Abend zu der Äußerung: »Eine tolle Stadt ist es trotzdem!« Von Zeit zu Zeit fuhr ein Zug über die die Spitze der Insel überquerende Eisenbrücke, vollführte ein donnerndes Rollen und verschwand alsbald nach links oder nach rechts, nach Paris oder zum Meer hin.

Gemächlichen Schrittes kehrten sie heim, sahen dem Aufgehen des Mondes zu, setzten sich an eine Grabenböschung, um desto länger zuschauen zu können, wie das weiche gelbe Licht in den ruhigen Strom fiel und mit dem Wasser von dannen zu fließen schien; die aufgerauhte Strömung bewegte es hin und her wie ein Moirégewebe aus Feuer. Die Kröten stießen ihr kurzes, metallisches Quaken aus. Rufe von Nachtvögeln durcheilten die Luft. Und manchmal glitt etwas Großes, lautlos Schattenhaftes über den Fluß und störte seinen stillen, glitzernden Lauf. Es war ein Boot von Seinemarodeuren, die plötzlich ihr Wurfnetz auswarfen und geräuschlos mittels des geräumigen, dunklen Geflechts ihre Beute, schimmernde, zappelnde Gründlinge, ins Boot beförderten wie einen aus der Wassertiefe emporgehobenen Schatz, einen Schatz lebendiger, silbriger Fische.

Cora, der das alles naheging, stützte sich zärtlich auf den Arm ihres Mannes, dessen Absichten sie erraten hatte, obgleich zwischen ihnen nichts besprochen worden war. Es war für sie wie eine abermalige Verlobungszeit, ein zweites Warten auf die Liebesumarmung. Manchmal bedachte er sie mit einer flüchtigen Liebkosung hinterm Ohr, am Nackenansatz, an dem bezaubernden, zarten Fleckchen Fleisch, wo die ersten Haare sich kräuselten. Sie antwortete durch einen Druck der Hand; und sie begehrten einander und versagten sich noch; sie wurden von etwas angetrieben und zurückgehalten, von dem ein energischerer Wille ausströmte: dem Phantom der Million.

Cachelin hatte sich im Gefühl der um ihn aufgesprossenen Hoffnung beruhigt; er lebte glücklich und zufrieden dahin, trank seinen Wein unvermischt, aß viel und spürte um die Dämmerung Anfälle von poetischen Stimmungen in sich aufsteigen, das nichtige Gefühl der Rührung, das beim Erblicken gewisser ländlicher Erscheinungen auch die Stumpfsinnigsten überkommt: bei einem Lichtregen im Gezweig, einem Sonnenuntergang hinter fernen Hügeln mit purpurnen Reflexen auf dem Strom. Und er erklärte: »Wenn ich so was sehe, glaube ich an Gott. Mich zwickt es da« – er zeigte auf die Magengrube – »und mir wird ganz anders. Ganz komisch wird mir zumute. Mir ist, als sei ich in eine Badewanne gesteckt worden, daß mir die Tränen kommen.«

Lesable ging es bedeutend besser; es war plötzlich ein Tätigkeitsdrang über ihn gekommen, der ihm seit langem fremd geworden war, ein Verlangen, umherzulaufen wie ein Fohlen, sich im Gras zu wälzen, Freudenschreie auszustoßen.

Er hielt die Zeit für gekommen. Es kam zu einer richtigen Hochzeitsnacht.

Dann durchlebten sie Flitterwochen voller Liebesbezeigungen und Hoffnungen.

Doch dann merkten sie, daß ihre Versuche fruchtlos blieben und daß ihr Zutrauen getäuscht worden war.

Sie waren verzweifelt; dies kam einer Katastrophe gleich. Aber Lesable ließ den Mut nicht sinken; er versteifte sich darauf und erging sich in übermenschlichen Anstrengungen. Seine vom gleichen Verlangen angetriebene, in der gleichen Furcht zitternde Frau, die zudem robuster als er war, bot sich seinen Versuchen willfährig dar, regte ihn zu Umarmungen an, entfachte unablässig sein ermattendes Glühen.

In den ersten Oktobertagen kehrten sie nach Paris zurück.

Das Leben wurde für sie hart. Sie hatten jetzt in einem fort unfreundliche Worte auf den Lippen, und Cachelin, der ahnte, wie die Dinge standen, ärgerte sie mit alten, boshaft-giftigen, unflätigen Soldatenwitzen.

Und unausgesetzt verfolgte sie ein Gedanke, höhlte sie aus, stachelte ihren gegenseitigen Groll an: der Gedanke an die unerreichbare Erbschaft. Jetzt führte Cora das große Wort und nahm ihren Mann hart ins Geschirr. Sie behandelte ihn als dummen Jungen, als Hosenmatz, als einen, an dem nicht viel dran ist. Und Cachelin sagte bei jedem Abendessen aufs neue: »Wenn ich reich gewesen wäre, hätte ich mir viele Kinder zugelegt... Wenn man arm ist, muß man sich zurückhalten.« Und zu seiner Tochter sagte er überdies noch: »Du bist im Grunde genauso veranlagt wie ich; aber leider...« Und er warf einen bedeutungsvollen Blick auf seinen Schwiegersohn und begleitete ihn mit einem verächtlichen Achselzucken.

Lesable entgegnete nichts; er kam sich vor wie ein Mensch höherer Art, der in eine Familie von Bauernlümmeln geraten ist. Im Ministerium wurde gemeint, er sehe schlecht aus. Sogar der Chef fragte ihn eines Tages: »Sie sind doch nicht etwa krank? Mir kommt es vor, als hätten Sie sich verändert.«

Er antwortete: »O nein, verehrter Meister. Vielleicht bin ich ein bißchen erschöpft. Ich habe in der letzten Zeit viel gearbeitet, was Ihnen sicherlich nicht entgangen ist.«

Er rechnete fest mit seiner Beförderung zum Jahresende, und in dieser Hoffnung hatte er sein arbeitsames Leben als Musterbeamter wieder aufgenommen.

Doch er bekam nur eine geringfügige Gratifikation, eine noch armseligere als alle andern. Sein Schwiegervater Cachelin bekam überhaupt nichts.

Tief verstimmt suchte Lesable abermals seinen Chef auf und redete ihn zum erstenmal in seinem Leben nur mit »Monsieur« an. »Was für einen Sinn hat es denn, sich abzuschuften, wie ich es tue, wenn es für mich keinerlei Frucht trägt?«

Torchebeufs dicker Kopf trug eine gekränkte Miene zur Schau: »Ich habe Ihnen bereits gesagt, Monsieur Lesable, daß ich Auseinandersetzungen dieser Art zwischen uns nicht dulde. Ich wiederhole, daß ich Ihre Beanstandung für ungebührlich halte in Anbetracht eines Vergleichs zwischen Ihrem gegenwärtigen Vermögensstand und der Armut Ihrer Kollegen...«

Lesable konnte nicht mehr an sich halten: »Aber ich besitze doch nicht das mindeste! Unsere Tante hat ihr Vermögen dem ersten aus unserer Ehe hervorgehenden Kind hinterlassen! Mein Schwiegervater und ich, wir leben von unsern Gehältern!«

Der erstaunte Chef erwiderte: »Wenn Sie heute auch nichts besitzen, eines Tages sind Sie auf alle Fälle reich. Es kommt also auf dasselbe heraus.«

Und Lesable trat den Rückzug an; er war über die entgangene Beförderung noch tiefer niedergeschlagen als über die unerreichbare Erbschaft.

Als jedoch Cachelin ein paar Tage danach gerade in seinem Büro angelangt war, kam der schöne Maze mit einem Lächeln auf den Lippen herein, dann erschien leuchtenden Auges Pitolet, dann stieß Boissel die Tür auf und kam mit aufgeregter Miene herein, grinste und warf den andern Blicke geheimen Einverständnisses zu. Der alte Savon saß unentwegt auf seinem hohen Stuhl, die Füße wie ein kleiner Junge auf die Querstange gestemmt, die Tonpfeife im Mundwinkel, und machte Abschriften.

Keiner sagte ein Wort. Sie schienen auf etwas zu warten, und Cachelin machte sich ans Registrieren seiner Akten, wobei er, seiner Gewohnheit gemäß, laut vor sich hinredete: »Toulon. Lieferungen für Offiziersmesse der ›Richelieu‹. – Lorient. Schwimmwesten für die ›Desaix‹. – Brest. Versuche mit Segeltuch englischer Herkunft!«

Lesable erschien. Er holte sich jetzt jeden Morgen die sein Gebiet betreffenden Vorgänge, da sein Schwiegervater sich nicht mehr die Mühe machte, sie ihm durch einen Bürodiener hinbringen zu lassen.

Während er in den auf dem Schreibtisch des Registrators liegenden Akten herumwühlte, sah Maze ihn schräg von der Seite an und rieb sich die Hände, und Pitolet, der sich eine Zigarette drehte, hatte Freudenfältchen um die Mundwinkel, Anzeichen einer Heiterkeit, die er kaum noch zurückzudämmen vermochte. Er wandte sich dem Expedienten zu: »Sagen Sie mal, Papa Savon, Sie haben doch im Lauf Ihres Lebens mancherlei Erfahrungen gemacht, nicht wahr?«

Der Alte merkte, daß er jetzt wieder aufgezogen und daß von seiner Frau geredet werden solle, und gab keine Antwort.

Pitolet fuhr fort: »Jedenfalls haben Sie doch das Geheimnis entdeckt, wie man Kinder macht; Sie haben doch mehrere gehabt?«

Der wackere Mann blickte auf: »Sie wissen, Monsieur Pitolet, daß ich Scherze über diese Dinge nicht mag. Ich habe das Pech gehabt, eine unwürdige Lebensgefährtin zu heiraten. Als mir der Beweis ihrer Untreue wurde, habe ich mich von ihr getrennt.«

Gleichgültigen Tons und ohne zu lachen fragte Maze: »Nicht wahr, jener Beweis ist Ihnen mehrmals geworden?«

Und der alte Savon antwortete todernst: »Ja.«

Pitolet ergriff aufs neue das Wort: »Was nicht hindert, daß Sie der Vater mehrerer Kinder sind, drei oder vier, habe ich sagen hören.«

Der Alte war sehr rot geworden und fuhr auf: »Sie wollen mich kränken, Monsieur Pitolet; aber das soll Ihnen nicht gelingen. Freilich, meine Frau hat drei Kinder gehabt. Ich habe Grund zu der Annahme, daß das erste von mir ist, aber die beiden andern leugne ich ab.«

Pitolet fuhr fort: »Richtig. Es wird allgemein behauptet, das erste sei von Ihnen. Das genügt. Es ist was sehr Schönes, ein Kind zu haben, was sehr Schönes und Beglückendes. Jede Wette: Lesable wäre begeistert, wenn er eins machte, nur ein einziges, wie Sie.«

Cachelin hatte mit dem Registrieren aufgehört. Er lachte nicht mit, obwohl der alte Savon für gewöhnlich die Zielscheibe seiner Witze war und er eine beträchtliche Menge ungehöriger Späße über Savons eheliche Mißgeschicke losgelassen hatte.

Lesable hatte seine Akten zusammengekramt; aber da er spürte, daß etwas gegen ihn im Schild geführt wurde, wollte er da bleiben; sein Stolz hielt ihn zurück, er war betroffen und verärgert und zerbrach sich den Kopf, wer den Kollegen sein Geheimnis habe preisgeben können. Da fiel ihm wieder ein, was er dem Chef gesagt hatte, und es wurde ihm klar, daß er auf der Stelle energisch auftreten müsse, wenn er nicht Gegenstand des Spottes für das gesamte Ministerium werden wolle.

Boissel grinste nach wie vor und ging auf und ab. Er ahmte die eingerostete Stimme der Straßenausrufer nach und brüllte: »Das Geheimnis, wie Kinder gemacht werden, zehn Centimes, zwei Sous! Kauft das Geheimnis, wie Kinder gemacht werden, enthüllt von Monsieur Savon, mit vielen grauenhaften Einzelbeschreibungen!«

Alle fingen an zu lachen, außer Lesable und seinem Schwiegervater. Und Pitolet trat zu dem Registrator hin: »Was haben Sie eigentlich, Cachelin? Wo ist Ihre sonstige Fröhlichkeit hingekommen? Man könnte meinen, Sie fänden es nicht komisch, daß Papa Savon von seiner Frau ein Kind bekommen hat. Ich finde das sehr, sehr ulkig. Das bringt nicht jeder fertig!«

Lesable hatte sich wieder daran gemacht, in den Akten zu wühlen; er tat, als lese er und höre nichts; aber er war blaß geworden.

Boissel hub abermals mit Gassenbubenstimme an: »Hier steht zu lesen, wie nützlich Erben für das Einheimsen von Erbschaften sind! Zehn Centimes, zwei Sous! Kauft, Leute, kauft!«

Da fragte Maze, der diese Art von Geistesblitzen für unter seiner Würde hielt und einen persönlichen Groll gegen Lesable hegte, weil dieser ihn der lange im tiefsten Herzensgrund genährten Hoffnung auf Vermögen beraubt hatte, ihn unmittelbar: »Was haben Sie eigentlich, Lesable? Sie sind ja ganz blaß.«

Lesable hob den Kopf und sah dem Kollegen unverhohlen ins Gesicht. Ein paar Sekunden lang zögerte er mit zitternden Lippen und suchte nach irgend etwas Verletzendem und Geistvollem; aber da ihm nichts einfiel, was geeignet gewesen wäre, antwortete er: »Gar nichts habe ich. Es wundert mich bloß, wie raffiniert Sie vorgehen.«

Maze stand noch immer mit dem Rücken zum Kamin und hob mit beiden Händen die Schöße seines Gehrocks hoch; lachend antwortete er: »Man tut, was man kann, mein Lieber. Es geht uns wie Ihnen; die Sache klappt nicht immer...«

Eine Explosion von Gelächter schnitt ihm das Wort ab. Der verdutzte alte Savon begriff von ungefähr, daß es sich nicht mehr um ihn handelte, daß er nicht mehr aufgezogen wurde; er saß mit offenem Mund da, den Federhalter in der Luft. Und Cachelin lauerte, bereit, mit den Fäusten auf den erstbesten einzuschlagen, den der Zufall ihm kenntlich machte.

Lesable stieß stotternd hervor: »Mir unverständlich. Was soll denn bei mir nicht geklappt haben?«

Der schöne Maze ließ einen der Schöße seines Gehrocks fallen, zwirbelte sich den Schnurrbart und sagte liebenswürdig: »Ich weiß, daß bei Ihnen alles klappt, was Sie unternehmen. Es war also falsch, daß ich von Ihnen sprach. Übrigens handelt es sich um Papa Savons Kinder und nicht um Ihre, weil Sie ja keine haben. Da nun aber bei Ihnen alles klappt, womit Sie sich befassen, ist es sonnenklar: Wenn Sie keine Kinder haben, so rührt das daher, daß Sie keine gewollt haben.«

Lesable fragte unwillig: »Was schert Sie das?«

Auf diesen provozierenden Ton hin erhob nun auch Maze die Stimme: »Sagen Sie mal, was fällt Ihnen eigentlich ein? Versuchen Sie bitte, höflich zu sein, sonst bekommen Sie es mit mir zu tun!«

Aber der vor Wut zitternde Lesable verlor alle Mäßigung: »Monsieur Maze, ich bin kein Fatzke wie Sie und kein geleckter Schöntuer. Ich bitte Sie, mich in Zukunft mit Anreden zu verschonen. Sie und Ihresgleichen gehen mich einen Dreck an.« Und er warf einen herausfordernden Blick auf Pitolet und Boissel.

Maze war jäh klar geworden, daß wahre Stärke auf Ruhe und Ironie beruht; aber da er sich in allem verletzt fühlte, worauf er eitel war, wollte er seinen Feind ins Herz treffen und antwortete in gönnerhaftem Ton, dem Ton eines wohlwollenden Ratgebers, aber mit Wut in den Augen: »Mein lieber Lesable, Sie gehen zu weit. Übrigens begreife ich Ihren Verdruß vollauf; es ist ärgerlich, ein Vermögen zu verlieren, und noch dazu, es um einer solchen Kleinigkeit willen zu verlieren, um etwas willen, das so leicht, so einfach ist... Wenn Sie wollen, tue *ich* Ihnen den kleinen Gefallen, ganz umsonst, als guter Kollege. So was läßt sich in fünf Minuten erledigen...«

Er war noch beim Reden, als ihn Papa Savons Tintenfaß, von Lesable geworfen, mitten auf die Brust traf. Eine Tintenflut schwappte ihm übers Gesicht und verwandelte ihn mit erstaunlicher Schnelligkeit in einen Neger. Er stürzte vor, rollte die Augen, daß man nur das Weiße sah, und hob die Hand zum Zuschlagen. Aber Cachelin deckte den Schwiegersohn, packte den großen Maze um den Leib und hielt ihn auf, schob ihn zurück, schüttelte ihn, knuffte und puffte ihn und drängte ihn gegen die Wand. Mit einem heftigen Ruck machte Maze sich frei, riß die

Tür auf, schrie den beiden Männern zu: »Sie werden von mir hören!« und verschwand.

Pitolet und Boissel gingen ihm nach. Boissel erklärte, warum er nicht eingegriffen habe, nämlich aus Angst, jemanden umzubringen, wenn er am Kampf teilgenommen hätte.

Sowie Maze wieder in seinem Büro war, versuchte er, sich zu säubern, brachte es jedoch nicht fertig; er war mit dunkelvioletter Tinte eingefärbt worden, einer, die als unvertilgbar und unauslöschlich galt. Wütend und außer sich stand er vor seinem Spiegel und rieb sich heftig mit dem zusammengeknüllten Handtuch das Gesicht ab. Aber das führte nur dazu, daß die dunkle Farbe sich noch mehr ausdehnte und durch das unter die Haut strömende Blut rötliche Schattierungen annahm.

Boissel und Pitolet waren ihm gefolgt und bedachten ihn mit Ratschlägen. Der eine sagte, er müsse sich das Gesicht mit reinem Olivenöl waschen; der andere, hier helfe nur Ammoniak. Der Bürodiener wurde zu einem Apotheker geschickt, um dessen Rat zu erbitten. Er kam mit einer gelben Flüssigkeit und einem Stück Bimsstein wieder. Auch das nützte nichts.

Mut- und ratlos setzte Maze sich hin und erklärte: »Jetzt muß noch der Ehrenpunkt bereinigt werden. Wollen Sie meine Zeugen sein und zu Monsieur Lesable gehen und entweder eine zureichende Entschuldigung oder Genugtuung mit bewaffneter Hand verlangen?«

Beide erklärten sich bereit und fingen an zu beraten, wie dabei vorgegangen werden müsse. Sie hatten keine Ahnung vom Verhalten bei dergleichen Angelegenheiten, wollten es jedoch nicht zugeben, und im Bann des Verlangens, alles korrekt zu erledigen, verbreiteten sie sich in schüchternen und unterschiedlichen Auffassungen. Sie kamen überein, daß ein ins Ministerium zwecks Regelung der Kohlenlieferungen abkommandierter Fregattenkapitän befragt werden solle. Er wußte auch nicht mehr als sie. Nachdem er sich die Sache überlegt hatte, riet er ihnen nichtsdestoweniger, zu Lesable zu gehen und ihn um die Namhaftmachung zweier Zeugen zu bitten.

Auf dem Weg zum Büro ihres Kollegen blieb Boissel plötzlich stehen: »Ist es nicht erforderlich, daß wir Handschuhe anziehen?«

Pitolet zögerte einen Augenblick: »Ja, vielleicht.«

Aber um sich Handschuhe zu verschaffen, hätten sie das Gebäude verlassen müssen, und mit dem Chef war nicht zu spaßen. Also wurde der Bürodiener zu einem Händler geschickt, mit dem Auftrag, eine Auswahl zu holen. Die Frage der Farbe machte ihnen lange zu schaffen. Boissel wollte schwarze; Pitolet hielt diese Farbe für unter diesen Umständen unangebracht. Sie nahmen violett.

Als Lesable die Männer behandschuht und feierlich hereinkommen sah, warf er den Kopf zurück und fragte unhöflich: »Was wollen Sie?«

Pitolet antwortete: »Wir sind von unserm Freund Maze beauftragt worden, von Ihnen entweder eine Entschuldigung oder eine Genugtuung mit der Waffe zu fordern, und zwar um der Art und Weise willen, zu der Sie sich ihm gegenüber haben hinreißen lassen.«

Doch Lesable, der immer noch außer sich war, rief: »Wie bitte? Erst beleidigt er mich, und jetzt will er mich auch noch fordern? Sagen Sie ihm, daß ich ihn verachte, daß ich alles verachte, was er sagt oder tut!«

Boissel trat vor und sagte mit tragischer Miene: »Auf diese Weise zwingen Sie uns, in der Presse ein Protokoll zu veröffentlichen, das Ihnen sehr unangenehm sein wird.«

Der boshafte Pitolet fügte hinzu: »Und das Ihre Ehre und Ihr Weiterkommen als Beamter ernstlich gefährden würde.«

Der niedergeschmetterte Lesable sah sie an. Was sollte er tun? Er wollte Zeit gewinnen. »Meine Herren, in zehn Minuten werde ich Ihnen antworten. Bitte warten Sie in Monsieur Pitolets Büro darauf.«

Sobald er allein war, ließ er den Blick in die Runde schweifen, als suche er Rat und Schutz.

Ein Duell! Er sollte ein Duell ausfechten!

Zitternd und bebend saß er da, ein friedlicher Mensch, der nie an eine solche Möglichkeit gedacht, sich auf solch ein Risiko, auf die damit verbundenen Aufregungen nie innerlich eingestellt, seinen Mut in Voraussicht dieses furchtbaren Ereignisses nie gestählt hatte. Er wollte aufstehen und fiel mit klopfendem Herzen und weichen Knien auf seinen Stuhl zurück. Zorn und Kraft waren ihm jäh hingeschwunden. Aber der Gedanke an die Meinung des Ministeriums und an das Gerede, das der Vorfall in allen Büros auslösen mußte, weckte seinen ermattenden Stolz, und da er nicht wußte, wozu er sich entschließen sollte, begab er sich zum Chef, um dessen Ansicht zu hören.

Torchebeuf war verblüfft und zunächst ratlos. Von der Notwendigkeit eines Zweikampfes war er nicht überzeugt, und er bedachte, daß dies alles seinen Dienstbetrieb abermals in Unordnung bringen würde. Er äußerte: »Ich kann Ihnen darüber nichts sagen. Das ist ein Ehrenhandel, der mich nichts angeht. Soll ich Ihnen ein paar Empfehlungsschreiben an den Kommandanten Boué mitgeben? Der kennt sich in dergleichen Dingen aus und kann Ihnen Weisungen erteilen.«

Lesable war damit einverstanden und ging zu dem Kommandanten; dieser fand sich sogar dazu bereit, sein Zeuge zu sein; als zweiten Sekundanten erkor er sich einen Unterchef.

Boissel und Pitolet, beide nach wie vor in Handschuhen, erwarteten sie. Sie hatten aus dem Nachbarbüro zwei Stühle geliehen, so daß vier Sitzgelegenheiten zur Verfügung standen.

Man begrüßte einander feierlich, man nahm Platz. Pitolet ergriff das Wort und legte die Situation dar. Der Kommandant hörte ihn an und sagte dann: »Die Sache ist ernst, aber eine gütliche Lösung scheint mir nicht ausgeschlossen; es hängt alles von den beiderseitigen Absichten ab.« Er war ein alter, gewitzter Mariner, der an der Sache seinen Spaß hatte.

Und es hub ein langes Verhandeln an, in dessen Verlauf hintereinander vier Briefentwürfe abgefaßt wurden, da die Entschuldigungen beiderseitig sein mußten. Wenn Monsieur Maze anerkannte, es habe ihm prinzipiell die Absicht zu beleidigen fern gelegen, so würde Monsieur Lesable ohne weiteres zugeben, er habe mit dem Werfen des Tintenfasses vollauf Unrecht gehabt, und sich seiner unbedachten Heftigkeit wegen entschuldigen.

Und die vier Bevollmächtigten kehrten zu ihren Auftraggebern zurück.

Maze saß jetzt an seinem Tisch und war ob der Möglichkeit eines Duells höchlichst aufgeregt, obwohl er darauf gefaßt war, daß sein Gegner kneifen werde; er betrachtete abwechselnd seine beiden Wangen in einem der kleinen runden Blechspiegel, wie sie alle Beamten in ihrem Schubfach liegen haben, um vor dem abendlichen Fortgehen Bart, Haar und Schlips in Ordnung zu bringen.

Er las die ihm vorgelegten Briefe und erklärte mit sichtlicher Befriedigung: »Damit wird, wie mir scheint, der Ehre Genüge getan. Ich bin zur Unterzeichnung bereit.«

Lesable seinerseits hatte ohne jeden Einwand dem Text seiner Zeugen zugestimmt und dabei erklärt: »Wenn das Ihre Auffassung ist, kann ich nicht umhin beizupflichten.«

Und die vier Bevollmächtigten traten abermals zusammen. Die Briefe wurden ausgetauscht; es folgten feierliche Verbeugungen, und da nun der Zwischenfall aus der Welt geschafft worden war, gingen sie auseinander.

In den Büros herrschte ungewöhnliche Aufregung. Die auf Nachrichten erpichten Angestellten liefen von einer Tür zur andern und überschütteten einander auf den Fluren mit Fragen.

Als bekannt wurde, der Fall sei beigelegt worden, folgte allgemeine Enttäuschung. Einer sagte: »Das macht der Liebe kein Kind, und Lesable ebenfalls nicht.« Und dieses Witzwort kam in Umlauf. Ein Beamter reimte ein Liedchen darauf zusammen.

Doch als alles beendet schien, ergab sich eine neue Schwierigkeit; Boissel wies darauf hin: »Welche Haltung sollen die beiden Gegner einnehmen, wenn sie sich gegenübertreten? Einander grüßen? Oder so tun, als kennten sie sich nicht?« Es wurde beschlossen, sie sollten, als geschehe es durch Zufall, im Büro des Chefs zusammentreffen und dort im Dabeisein Monsieur Torchebeufs ein paar höfliche Worte wechseln.

Diese Zeremonie wurde alsbald durchgeführt; danach fuhr Maze, der sich eine Droschke hatte kommen lassen, nach Hause; er wollte versuchen, sich die Gesichtshaut zu reinigen.

Lesable und Cachelin gingen gemeinsam heim, stumm, einer auf den andern wütend, als schöben sie sich gegenseitig die Schuld an dem Geschehenen in die Schuhe.

Kaum war Lesable in seiner Wohnung, als er erbittert den Hut auf die Kommode warf und seine Frau anschrie: »Jetzt habe ich aber wirklich die Nase voll. Ich muß um deinetwillen zum Duell antreten!«

Verdutzt, ja ganz aufgeregt schaute sie ihn an: »Zum Duell? Warum denn?«

»Weil Maze mich um deinetwillen beleidigt hat.«

Sie trat zu ihm: »Um meinetwillen? Wieso denn?«

Er warf sich aufgebracht in einen Sessel und fuhr fort: »Er hat mich beleidigt... Weiter brauche ich dir nichts zu sagen.«

Aber sie wollte es ganz genau wissen: »Ich bestehe darauf, daß du mir sagst, was er über mich verbreitet hat.«

Lesable wurde rot; dann stammelte er: »Er hat mir gesagt... Er hat mir gesagt... Er hat auf deine Unfruchtbarkeit angespielt.«

Es gab ihr einen Ruck; dann riß die Wut sie fort, und die väterliche Ungeschlachtheit durchbrach ihre weibliche Zurückhaltung; sie platzte los: »Ich? Ich soll unfruchtbar sein? Was weiß der denn davon, dieser Flegel? Jawohl, mit dir zusammen bin ich unfruchtbar, weil du kein Kerl bist! Wenn ich irgend jemand anders geheiratet hätte, gleichgültig, wen, verstehst du, dann hätte ich längst einen Haufen Kinder! Rede du nur, rede du nur! Es kommt mich teuer zu stehen, daß ich einen Schlappschwanz wie dich geheiratet habe! Und was hast du dem Burschen geantwortet?«

Der ob dieses Ungewitters ins Bockshorn gejagte Lesable brachte stotternd hervor: »Ich habe ihn... geohrfeigt.«

Verblüfft musterte sie ihn: »Und was hat er da getan?«

»Er hat mir seine Zeugen geschickt. Und damit basta!«

Jetzt nahm sie Anteil an der Geschichte, da ihr, wie allen Frauen, dramatische Geschehnisse etwas Verlockendes waren; sie war plötzlich milder gestimmt; sie empfand unvermittelt Hochachtung für diesen Mann, der sein Leben aufs Spiel setzen wollte, und sie fragte: »Wann schlagt ihr euch denn?«

Er antwortete in aller Ruhe: »Wir schlagen uns überhaupt nicht; die Sache ist durch die Zeugen beigelegt worden. Maze hat sich bei mir entschuldigt.«

Sie sah ihn von oben bis unten an, voll äußerster Verachtung: »Oh! Ich werde in deinem Beisein beleidigt, und du läßt es geschehen, und nun schlägst du dich nicht mal! Es hat gerade noch gefehlt, daß du zu allem Überfluß ein Feigling bist!«

Er fuhr auf: »Ich befehle dir, du hältst jetzt den Mund. Ich weiß besser als du über alles Bescheid, was meine Ehre angeht. Hier ist übrigens Mazes Brief. Da, lies ihn, dann bist du im Bild.«

Sie nahm das Blatt, überflog es, erriet alles und rief höhnisch: »Und du hast ebenfalls solch einen Brief geschrieben? Ihr habt Angst voreinander gehabt, und weiter gar nichts. Wie feige sind doch die Männer! Wenn wir Frauen an eurer Stelle wären... Kurz und gut, hier drin steht, ich, deine Frau, sei beleidigt worden, und du begnügst dich mit diesem Wisch? Jetzt wundert es mich nicht mehr, daß du es nicht fertigbringst, ein Kind zu zeugen. Eins entspricht dem andern. Du bist bei den Frauen genauso schlapp wie bei den Männern. An was für einen Menschen bin ich geraten!«

Sie hatte unversehens die Stimme und die Gesten Cachelins angenommen, die plebejischen Gesten eines alten Unteroffiziers und einen männlichen Stimmklang.

Mit in die Hüften gestemmten Händen stand sie vor ihm, groß, stark, kraftvoll, mit runder Brust, rotem Gesicht und tiefer, vibrierender Stimme; das Blut färbte ihre frischen Wangen, die eines hübschen Mädchens; sie musterte den vor ihr sitzenden kleinen, blassen, etwas kahlköpfigen, glattrasierten Mann mit dem kurzen Anwaltsbackenbart. Am liebsten hätte sie ihn erwürgt, ihn zermalmt.

Und sie sagte noch einmal: »Du bist zu nichts imstande, zu gar nichts. Sogar als Beamter läßt du dich von allen andern überholen.«

Die Tür ging auf; der durch das laute Sprechen herbeigelockte Cachelin erschien und fragte: »Was ist denn hier los?«

Sie fuhr herum: »Ich sage diesem Hanswurst die Wahrheit.«

Und als Lesable den Blick hob, gewahrte er, wie ähnlich die beiden waren. Ihm war, als werde vor seinen Augen ein Schleier aufgehoben und er sehe Vater und Tochter jetzt so, wie sie in Wirklichkeit waren: aus gleichem Blut, von der gleichen vulgären, ungeschlachten Rasse. Und er meinte, er sei verloren, dazu verdammt, für alle Zeit seines Lebens mit diesen beiden zusammen zu sein.

Cachelin erklärte: »Wäre wenigstens eine Scheidung möglich! Es ist alles andere als angenehm, mit einem Kapaun verheiratet zu sein.«

Bei diesem Ausdruck sprang Lesable auf, vor Wut zitternd. Er trat auf seinen Schwiegervater zu und schrie, wobei er sich verhaspelte: »Hinaus! Hinaus! Du bist in *meiner* Wohnung, verstanden? Ich schmeiße dich hinaus!« Und er packte die auf der Kommode stehende Wasserkaraffe – in der Flüssigkeit war ein Beruhigungsmittel aufgelöst – und schwang sie wie eine Keule.

Der eingeschüchterte Cachelin verdrückte sich rückwärts zur Tür und brummelte: »Was hat er denn mit einemmal?«

Doch Lesables Zorn verrauchte keineswegs; dies war zu viel gewesen. Er drehte sich nach seiner Frau um, die ihn noch immer anstarrte, leidlich erstaunt über seine Heftigkeit, stellte die Flasche wieder auf das Möbelstück und brüllte sie an: »Und was dich betrifft... was dich betrifft...« Aber da ihm nichts einfiel, was er hätte sagen können, und da seine Stimme ganz anders geklungen hatte, blieb er mit verzerrtem Gesicht vor ihr stehen.

Sie fing an zu lachen.

Dieser Heiterkeitsausbruch beleidigte ihn abermals, er geriet außer sich, stürzte auf sie zu, packte sie mit der linken Hand am Hals und ohrfeigte sie wütend mit der rechten. Kopflos, nach Luft schnappend, wich sie zurück. Sie stieß an das Bett und fiel rücklings darauf. Er ließ sie keineswegs los; er schlug immer weiter. Dann richtete er sich erschöpft und außer Atem auf; plötzlich schämte er sich seiner Brutalität und stammelte: »Ja...ja...ja... Das kommt davon.«

Aber sie blieb ganz still liegen, als habe er sie umgebracht. Sie lag auf dem Rücken an der Bettkante, jetzt hielt sie das Gesicht mit beiden Händen bedeckt. Beklommen trat er herzu; er überlegte, was jetzt geschehen müsse, und wartete, daß sie die Hände vom Gesicht nähme, damit er sehen könne, was in ihr vorgehe. Seine Angst stieg immer mehr an, und nach ein paar Minuten flüsterte er: »Cora, hör doch mal, Cora!« Sie antwortete weder, noch regte sie sich. Was hatte sie? Was tat sie? Und vor allem, was würde sie tun?

Seine Wut war ebenso schnell hingeschwunden, wie sie aufgelodert war; er kam sich ekelhaft und fast wie ein Verbrecher vor. Er hatte eine Frau geschlagen, *seine* Frau, er, der vernünftige, kühle, wohlerzogene, immer besonnene Mann. Und in der weichen Stimmung, die die Rückwirkung in ihm auslöste, hätte er sie am liebsten um Verzeihung gebeten, wäre vor ihr auf die Knie gefallen und hätte die geohrfeigte rote Wange geküßt. Behutsam tupfte er mit der Fingerspitze auf eine der flach auf dem unsichtbaren Gesicht liegenden Hände. Sie schien nichts zu spüren. Er redete ihr gut zu, er streichelte sie, wie man einen ausgescholtenen Hund streichelt. Sie merkte es nicht. Abermals sagte er: »Cora, hör doch, Cora, es war unrecht von mir, hör doch.« Sie wirkte wie eine Tote. Da versuchte er, ihre Hand hochzuheben. Sie ließ sich ganz leicht lösen, und er gewahrte ein offenes Auge, das ihn ansah, ein starres, beängstigendes, ihn vollends ratlos machendes Auge.

Er redete weiter: »Hör doch, Cora, ich habe mich vom Zorn hinreißen lassen. Aber dein Vater hat mich zum Äußersten getrieben. So darf man keinen Mann beleidigen.«

Sie gab nicht die leiseste Antwort, als habe sie nichts gehört. Er wußte nicht, was er sagen, was er tun sollte. Er küßte sie dicht am Ohr, und als er sich aufrichtete, sah er in ihrem Augenwinkel eine Träne, eine dicke Träne, die sich löste und rasch über die Wange rann; und das Lid zuckte und schloß und öffnete sich in einem fort.

Da packte ihn Schmerz, Rührung übermannte ihn; er breitete die Arme aus, warf sich über seine Frau, schob mit den Lippen ihre andere Hand beiseite, bedeckte ihr ganzes Gesicht mit Küssen und bat: »Arme, liebste Cora, verzeih mir doch, bitte, verzeih mir.«

Sie weinte immer weiter, geräuschlos, ohne Schluchzer, wie man weint, wenn tiefer Kummer einen heimsucht.

Er hielt sie eng an sich gedrückt, streichelte sie, flüsterte ihr alle Koseworte ins Ohr, die ihm einfielen. Aber sie blieb unzugänglich. Indessen hörte sie zu weinen auf. Lange blieben sie so umschlungen liegen.

Die Nacht sank nieder und erfüllte das kleine Schlafzimmer mit Dunkelheit; und als im Zimmer nichts mehr zu sehen war, wurde er kühn und erbat seine Verzeihung auf eine Weise, daß sie von neuem Hoffnung schöpfen durften.

Als sie aufgestanden waren, muteten sein Gesicht und seine Stimme wieder an wie gewöhnlich, als sei nichts geschehen. Sie dagegen schien sanfter geworden; ihre Stimme klang weicher als sonst; sie bedachte ihren Mann mit unterwürfigen, fast zärtlichen Blicken, als habe die unerwartete Züchtigung und Wiedergutmachung ihre Nerven entspannt und ihr Herz besänftigt. In aller Ruhe äußerte er: »Dein Vater hockt ganz allein in seiner Wohnung; sicher langweilt er sich; du solltest ihn zu uns herüberholen. Überdies ist es Zeit zum Abendessen.« Sie ging.

Es war tatsächlich sieben Uhr, und das Hausmädchen meldete, die Suppe sei fertig; dann erschien Cachelin ruhig und lächelnd mit seiner Tochter. Sie setzten sich zu Tisch und plauderten an diesem Abend so herzlich miteinander wie seit langem nicht; es war, als sei ihnen allen irgendein Glück zuteil geworden.

V

Aber ihre nach wie vor genährten, stets aufs neue angefachten Hoffnungen blieben unerfüllt. Von Monat zu Monat wurden ihre Erwartungen enttäuscht, trotz Lesables beharrlichen Versuchen und trotz des guten Willens seiner Frau; beide fieberten vor Ängsten. Unablässig machten sie einander den Mißerfolg zum Vorwurf, und der verzweifelte, abgemagerte, ausgepumpte Ehemann hatte vor allem unter Cachelins plumpen Anspielungen zu leiden; Cachelin nannte ihn in der jetzt stets herrschenden kriegslustigen Atmosphäre immer nur »Herr Haushahn«, wahrscheinlich im Gedenken an den Tag, da ihm beinahe die Karaffe ins Gesicht geworfen worden war, weil er sich das Wort »Kapaun« hatte entschlüpfen lassen.

Seine Tochter und er waren instinktmäßig Verbündete; der beständige Gedanke an das große, ihnen so nahe und dennoch unerreichbare Vermögen reizte sie zur Wut; sie wußten kaum noch, was sie sich ausdenken konnten, um diesen Impotenten, von dem ihr ganzes Unglück herrührte, zu demütigen und zu quälen.

Jeden Tag, wenn zu Tisch gegangen wurde, wiederholte Cora: »Wir haben nichts Richtiges zum Abendessen. Wären wir reich, dann wäre das alles ganz anders. Meine Schuld ist es nicht.«

Wenn Lesable ins Büro ging, rief sie ihm vom Schlafzimmer aus nach: »Nimm den Regenschirm mit, damit du mir nicht schmutzig wie ein Omnibusrad nach Hause kommst. Schließlich kann ich nichts dafür, daß du immer noch den Bürohocker spielen mußt.«

Wenn sie selber ausgehen wollte, konnte sie sich nicht den Ausruf verkneifen: »Mir sagen zu müssen, daß ich im eigenen Wagen fahren könnte, wenn ich einen andern Mann geheiratet hätte!«

Zu jeder Stunde, bei jeder Gelegenheit dachte sie daran, stichelte ihren Mann mit Vorwürfen, bedachte ihn mit einer Kränkung, die wie ein Peitschenhieb war, und schob ihm allein alle Schuld zu, machte einzig ihn dafür verantwortlich, daß sie des Geldes, das sie hätte besitzen können, verlustig gehe.

Als er eines Abends abermals die Geduld verlor, rief er: »Zum Donnerwetter, hältst du nun endlich mal den Mund? Es ist nämlich ganz allein *deine* Schuld, hast du verstanden, wenn wir kein Kind bekommen, *ich* habe nämlich eins...«

Er hatte gelogen; aber alles andere war ihm lieber als diese ewigen Vorwürfe und die Schmach, als impotent zu gelten.

Anfangs schaute sie ihn verwirrt an und versuchte, aus seinen Augen die Wahrheit zu lesen; doch dann begriff sie und sagte voller Verachtung: »Du... ausgerechnet du hast ein Kind?«

Er antwortete dreist: »Ja, einen vorehelichen Jungen; ich lasse ihn in Asnières aufziehen.«

Vollkommen ruhig fuhr sie fort: »Wir fahren morgen hin, damit ich ihn mir mal ansehen kann.«

Er wurde rot bis über beide Ohren und stieß stotternd hervor: »Ganz wie du willst.«

Am andern Morgen stand sie um sieben auf, und als er sich darüber wunderte, sagte sie: »Aber wir wollten doch deinen kleinen Jungen besuchen! Gestern abend hast du es mir versprochen. Hast du etwa heute keinen mehr?«

Übelgelaunt sprang er aus dem Bett: »Wir gehen nicht zu meinem Jungen, sondern zu einem Arzt; der wird schon sagen, was mit dir los ist.«

Sie antwortete selbstsicher: »Soll mir recht sein.«

Cachelin nahm es auf sich, im Ministerium zu melden, daß sein Schwiegersohn krank sei; und das Ehepaar Lesable erkundigte sich bei einem benachbarten Apotheker und schellte dann Punkt eins an der Tür des Doktors Lefilleul, des Verfassers mehrerer Werke über die Hygiene der Fortpflanzung.

Sie traten in ein weißes Zimmer mit Goldleisten ein; es war schlecht möbliert und wirkte kahl und unbewohnt, trotz der vielen Sitzgelegenheiten. Sie setzten sich. Lesable war aufgeregt, er zitterte, und zugleich fühlte er sich beschämt. Sie kamen dran und gelangten in eine Art Arbeitszimmer, wo ein untersetzter, dicker Mann sie förmlich und kalt empfing.

Er wartete, daß sie mit dem herausrückten, was sie hergetrieben hatte; aber der bis über beide Ohren rote Lesable wagte nicht, sich zu äußern. Also entschloß seine Frau sich dazu und sagte mit der ruhigen Stimme einer Frau, die fest entschlossen ist, ihr Ziel zu erreichen: »Wir sind zu Ihnen gekommen, weil wir kinderlos sind. Es hängt davon für uns ein großes Vermögen ab.«

Die Konsultation beanspruchte lange Zeit und war bis ins Einzelne gehend und peinlich. Cora schien sich nicht im mindesten zu genieren und bot sich der eingehenden Untersuchung durch den Arzt als eine Frau dar, die ein höheres Interesse antreibt, das sie alles ertragen läßt.

Nachdem der erfahrene Mediziner sich etwa eine Stunde lang mit den Eheleuten befaßt hatte, drückte er sich nur unklar aus. »Ich kann nichts Anormales und nichts Spezielles feststellen«, sagte er. »Übrigens kommt der Fall ziemlich häufig vor. Es geht mit den Körpern wie mit den Charakteren. Da wir es erleben, daß so viele Ehen der Unvereinbarkeit der Temperamente wegen unglücklich verlaufen, ist es nicht weiter verwunderlich, daß andere der physischen Unvereinbarkeit wegen kinderlos bleiben. Madame scheint mir in besonderem Maße gut konstituiert und zur Mutterschaft befähigt zu sein. Monsieur dagegen, obwohl er in keiner Weise von der Norm abweicht, kommt mir geschwächt vor, vielleicht sogar infolge seines intensiven Verlangens, Vater zu werden. Gestatten Sie, daß ich Sie auskultiere?«

Etwas kleinlaut zog sich Lesable die Weste aus, und der Arzt horchte eine ganze Weile den Thorax und den Rücken des Beamten ab; dann beklopfte er ihn hartnäckig vom Magen bis zum Hals und vom Kreuz bis zum Nacken.

Er stellte eine leichte Unregelmäßigkeit beim ersten Takt der Schläge des Herzens fest, und sogar etwas Bedrohliches in der Lunge. »Sie müssen sich pflegen, sich sorgsam pflegen. Sie sind blutarm und in einem Erschöpfungszustand, und weiter gar nichts. Das alles ist vorerst bedeutungslos, könnte aber binnen kurzem unheilbar werden.«

Lesable war vor Angst ganz blaß geworden und bat um ein Rezept. Es wurde ihm eine komplizierte Diät verschrieben: Eisen, rohes Fleisch, Fleischbrühe mehrmals täglich, Bewegung, Ruhe und den Sommer über ein Landaufenthalt. Dann erteilte der Arzt ihm Ratschläge für die Zeit, da es ihm besser gehen werde. Er wies beide auf Praktiken hin, die in ihrem Fall üblich seien und die oft zum Erfolg geführt hätten.

Die Konsultation kostete vierzig Francs.

Als sie wieder auf der Straße waren, stieß Cora in dumpfem Zorn und des Künftigen gewiß hervor: »*Ich* habe gut abgeschnitten!«

Er gab keine Antwort. Angstverzehrt schritt er einher und überdachte und erwog jedes Wort des Arztes. Hatte er ihm alles gesagt? Hatte er ihn nicht etwa schon für verloren gehalten? Jetzt dachte er kaum noch an die Erbschaft und an das Kind! Es handelte sich ja um sein Leben!

Ihm war, als vernehme er in seinen Lungen ein Pfeifen, als poche sein Herz heftiger und unregelmäßiger. Beim Durchqueren der Tuilerien bekam er einen Schwächeanfall und sagte, er müsse sich hinsetzen. Seine aufgebrachte Frau blieb neben ihm stehen, um ihn zu demütigen, und musterte ihn von oben bis unten mit verächtlichem Mitleid. Er schnaufte mühsam und übertrieb noch die gelinde Atemnot, die von seiner Aufgeregtheit herrührte; er hielt die Finger seiner Linken auf das rechte Handgelenk und zählte die Pulsschläge.

Cora trat vor Ungeduld von einem Fuß auf den andern und fragte: »Bist du nun bald fertig mit deinem komischen Benehmen? Können wir weiter?«

Er stand auf, wie ein zum Tode Verurteilter aufsteht, und zokkelte los, ohne ein einziges Wort zu äußern.

Als Cachelin das Ergebnis des Arztbesuchs erfuhr, ließ er seiner Wut freien Lauf. Er brüllte: »Jetzt sitzen wir schön in der Tinte! Jetzt sitzen wir drin!« Und er blickte den Schwiegersohn mit geradezu blutdürstigen Augen an, als wolle er ihn auffressen.

Lesable hörte nicht auf ihn; er hörte überhaupt nichts; er hatte nichts mehr im Kopf als seine Gesundheit, sein bedrohtes Leben. Mochten sie doch keifen, der Vater und die Tochter; sie steckten nicht in seiner Haut, und seine Haut, die wollte er sich bewahren.

Fortan standen Arzneiflaschen auf dem Tisch, und er maß bei jeder Mahlzeit die Medikamente genau ab, unter dem Lächeln seiner Frau und dem lärmenden Gelächter seines Schwiegervaters. Alle paar Augenblicke besah er sich im Spiegel, alle paar Augenblicke legte er sich die Hand aufs Herz, um dessen Pochen zu kontrollieren; er ließ sich in einem dunklen Gelaß, das als Garderobe diente, ein Bett aufschlagen, da er jeden ehelichen Kontakt mit Cora vermeiden wollte.

Er empfand jetzt gegen sie einen furchtsamen Haß, in den sich Verachtung und Ekel mischten. Überdies dünkten ihn nunmehr alle Frauen Ungetüme, reißende Tiere, denen es aufgegeben war, die Männer umzubringen; des Testamentes der Tante Charlotte gedachte er nur noch wie eines zurückliegenden Unfalls, durch den man beinahe zu Tode gekommen ist.

Weitere Monate gingen hin. Es blieb nur noch ein Jahr bis zu dem verhängnisvollen Zeitpunkt.

Cachelin hatte im Eßzimmer einen riesengroßen Kalender aufgehängt; jeden Morgen strich er darauf einen Tag aus; und der Ärger darüber, daß er nichts tun könne, die Verzweiflung, daß er spürte, wie das Vermögen von Woche zu Woche mehr entschwand, die Gereiztheit bei dem Gedanken, daß er auch weiterhin sich im Büro würde abrackern müssen und dann mit einer Pension von zweitausend Francs bis zu seinem Tode dahinleben, trieben ihn zu heftigen Äußerungen, die bisweilen beinahe zu Tätlichkeiten ausarteten.

Er konnte Lesable nicht mehr ansehen, ohne daß er in dem wütenden Verlangen erbebte, ihn zu verprügeln, ihn in Grund und

Boden zu schlagen, ihn mit Fußtritten zu zerstampfen. Er haßte ihn mit einem maßlosen, unvernünftigen Haß. Jedesmal, wenn er ihn die Tür aufmachen und hereinkommen sah, war ihm, als schleiche sich bei ihm ein Dieb ein, der ihm ein geheiligtes Gut, ein Familienerbstück gestohlen habe. Er haßte ihn grimmiger als einen Todfeind und verachtete ihn gleichzeitig um seiner Schlappheit und vor allem um seiner Feigheit willen, seit Lesable aus Angst um seine Gesundheit darauf verzichtet hatte, die gemeinsame Hoffnung auch weiterhin zu nähren.

Denn Lesable lebte tatsächlich so getrennt von seiner Frau, als hätte kein Band sie je vereint. Er näherte sich ihr nicht mehr, er rührte sie nicht mehr an; er wich sogar ihrem Anblick aus, im gleichen Maße aus Scham wie aus Furcht.

Tagtäglich fragte Cachelin seine Tochter: »Na, hat dein Mann sich entschlossen?«

Sie antwortete stets: »Nein, Papa.«

Jeden Abend kam es bei Tisch zu peinlichen Szenen.

Cachelin wiederholte unablässig: »Wenn ein Mann kein Mann ist, dann sollte er lieber krepieren und seinen Platz einem andern einräumen.«

Und dem fügte Cora hinzu: »Jedenfalls steht fest, daß es überflüssige und lästige Menschen gibt. Ich weiß nicht, was sie auf Erden zu tun haben, außer allen andern beschwerlich zu fallen.«

Lesable schluckte seine Medikamente und gab keine Antwort.

Eines Tages schließlich brüllte der Schwiegervater ihn an: »Weißt du, wenn du jetzt, nun es dir besser geht, kein anderes Verhalten an den Tag legst, weiß ich nur zu gut, was meine Tochter zu tun hat.«

Der Schwiegersohn spürte, daß eine neue, noch schlimmere Kränkung im Anzug war; er sah auf und richtete einen fragenden Blick auf den Alten.

Cachelin redete weiter: »Sie nimmt sich einfach einen andern, Himmelherrgott noch mal! Und du hast verdammtes Glück gehabt, daß sie es nicht schon längst getan hat. Wenn man einen Schlappschwanz wie dich geheiratet hat, ist alles erlaubt.«

Der leichenblasse Lesable entgegnete: »Ich hindere sie nicht daran, deinen guten Rat zu befolgen.«

Cora hatte die Augen niedergeschlagen. Und Cachelin, der verschwommen spürte, daß er zu weit gegangen sei, saß einigermaßen verlegen da.

VI

Im Ministerium hatte es den Anschein, als lebten die beiden Männer in leidlich gutem Einvernehmen. Es hatte sich zwischen ihnen ein verschwiegenes Bündnis herausgebildet, die häuslichen Streitigkeiten vor den Kollegen geheimzuhalten. Sie redeten einander mit »Lieber Cachelin« und »Lieber Lesable« an, taten dann und wann sogar, als lachten sie beide über irgend etwas, als seien sie froh und glücklich und mit ihrem gemeinsamen Leben vollauf zufrieden.

Lesable und Maze aber bekundeten einander die zeremonielle Höflichkeit zweier Gegner, zwischen denen es beinahe zum Duell gekommen war. Der nicht erfolgte Zweikampf, bei dessen Vorstellung es sie kalt überrieselte, hatte bei beiden eine übertriebene Höflichkeit gezeitigt, eine deutlicher betonte Hochachtung, vielleicht sogar den heimlichen Wunsch nach einer Annäherung, die der verworrenen Befürchtung entsproß, es könne zu einem abermaligen Zusammenstoß kommen. Ihr Verhalten wurde beobachtet und gebilligt als das von Weltmännern, die einen Ehrenhandel gehabt haben.

Sie grüßten einander schon von weitem mit ernster Gemessenheit und zogen würdevoll und tief den Hut.

Reden taten sie nicht miteinander, da keiner der beiden es auf sich zu nehmen wagte, den ersten Schritt zu tun.

Doch als Lesable eines Tages eilig zum Chef gerufen wurde und zwecks Bezeigung seines Eifers zu laufen anhob, stieß er an der Flurecke mit vollem Schwung gegen den Bauch eines andren Beamten, der aus der entgegengesetzten Richtung kam. Es war Maze. Beide fuhren zurück, und Lesable fragte mit verlegener, höflicher Beflissenheit: »Ich habe Ihnen doch nicht weh getan, Monsieur?« Der andere antwortete: »Nicht die Spur, Monsieur.«

Von diesem Augenblick an hielten sie es für angebracht, ein paar Worte zu wechseln, wenn sie einander begegneten. Dadurch ergab sich ein gegenseitiges Überbieten an Höflichkeiten; einer bezeigte sich zuvorkommender als der andere, was bald zu einer gewissen Vertrautheit führte, und dann zu einer Intimität, die nur durch Zurückhaltung gedämpft wurde – der Intimität von Leuten, die einander falsch eingeschätzt haben, die indessen ein gewisses ängstliches Zögern daran hindert, dem, was sie vorwärts drängt, nachzugeben; darauf spann sich dann auf Grund der wechselseitigen Liebenswürdigkeiten und der Besuche von Büro zu Büro eine Kameradschaft an.

Jetzt kam es zwischen ihnen häufig zu einem Schwätzchen, wenn sie in die Registratur kamen, um sich zu erkundigen, was es Neues gebe. Lesable hatte seinen Dünkel als des Vorwärtskommens sicherer Beamter abgelegt, Maze hatte auf seine weltmännischen Allüren verzichtet; und Cachelin beteiligte sich an ihren Unterhaltungen; er schien ihre Freundschaft voller Interesse zu beobachten. Manchmal, wenn der schöne Kollege in aufgereckter Haltung gerade hinausgegangen war und dabei mit der Stirn fast den oberen Türbalken gestreift hatte, brummte Cachelin mit einem Blick auf den Schwiegersohn vor sich hin: »Das ist doch wenigstens ein Kerl!«

Als sie eines Morgens zu viert beisammen waren, da der alte Savon sein Abschreiben nie unterbrach, brach plötzlich der Stuhl des Expedienten zusammen, den wohl irgendein Witzbold angesägt hatte, und der gute Mann rollte mit einem Schreckensschrei am Boden.

Die drei andern stürzten auf ihn zu. Der Registrator schob die Machenschaft den Kommunarden in die Schuhe, und Maze wollte mit aller Gewalt die verletzte Stelle sehen. Cachelin und er versuchten sogar, den Alten auszuziehen, um ihn, wie sie sagten, zu verbinden. Aber er leistete verzweifelten Widerstand und rief, es sei ihm nichts geschehen.

Als die Heiterkeit sich beschwichtigt hatte, sagte Cachelin unvermittelt: »Wissen Sie was, Monsieur Maze? Jetzt, wo wir so gut miteinander stehen, sollten Sie doch mal sonntags zu uns zum Essen kommen. Das würde uns alle freuen, meinen Schwiegersohn, mich und meine Tochter; die kennt Sie dem Namen nach recht gut; bei uns wird nämlich viel vom Büro gesprochen. Na, einverstanden?«

Lesable gesellte seine freilich etwas kühleren Bitten denen seines Schwiegervaters zu: »Kommen Sie doch; Sie machten uns damit eine Freude.«

Maze zögerte verlegen; lächelnd gedachte er der umlaufenden Gerüchte.

Cachelin wurde dringlich: »Also abgemacht?«

»Na, dann gut. Ich komme gern.«

Als beim Heimkommen der Vater zu Cora sagte: »Denk dir nur, nächsten Sonntag kommt Maze zum Essen zu uns«, da war sie zunächst verwundert und sagte zögernd: »Maze? Sieh mal einer an!« Und sie wurde rot bis an die Haarwurzeln, ohne zu wissen, warum. Sie hatte oft von ihm reden hören, von seinem Gehaben, seinen Erfolgen, denn im Ministerium galt er als ein Draufgänger, was die Frauen betraf, und für unwiderstehlich, und also hegte sie schon seit langem den Wunsch, ihn kennenzulernen.

Cachelin rieb sich die Hände und sprach weiter: »Paß nur auf, der ist ein strammer Bursche und ein hübscher Kerl. Hochgewachsen wie ein Gendarm, ganz was anderes als dein Mann.«

Sie antwortete nichts, sie war verwirrt, als sei es ihr anzumerken gewesen, daß sie sich in heimlichen Gedanken mit ihm beschäftigt hatte.

Das Abendessen wurde mit der gleichen Sorgfalt vorbereitet wie ehedem das für Lesable. Cachelin redete des langen und breiten über die einzelnen Gänge und wollte, alles solle untadelig sein, und als sei ein uneingestandenes, noch schwankendes Vertrauen in seinem Herzen aufgeschossen, wirkte er heiterer und wie beschwichtigt durch eine heimliche, nicht fehlschlagende Vorahnung.

Den ganzen Sonntag über hatte er eifrig ein Auge auf die Vorbereitungen; Lesable bearbeitete unterdessen eine dringende Sache, die er tags zuvor vom Büro mit heimgenommen hatte. Es war die erste Novemberwoche, und der Neujahrstag rückte näher.

Um sieben langte Maze an und war strahlender Laune. Er trat näher, als sei er daheim, und überreichte Cora mit einer Verbeugung und höflichen Worten einen dicken Rosenstrauß. Dann sagte er in dem ungezwungenen Ton von Leuten, die den Umgang mit der großen Welt gewohnt sind: »Mir ist, Madame, als kennte ich Sie schon ein wenig und als hätte ich Sie schon als ganz kleines Mädchen gekannt; Ihr Herr Vater hat mir schon seit einer Reihe von Jahren von Ihnen erzählt.«

Als Cachelin die Blumen sah, rief er: »Das ist aber mal vornehm!«

Und seiner Tochter fiel ein, daß Lesable, als er sich zum erstenmal bei ihnen einfand, keine mitgebracht hatte.

Der schöne Beamte schien ganz bezaubert zu sein, lachte gutherzig wie einer, der zum erstenmal zu alten Freunden kommt, und bedachte Cora mit diskreten Galanterien, die ihr die Wangen purpurn färbten. Er fand sie außerordentlich begehrenswert. Sie hielt ihn für überaus verführerisch.

Als er gegangen war, fragte Cachelin: »Na, ist das nicht ein famoser Kerl? Der muß es faustdick hinter den Ohren haben. Anscheinend kriegt er sämtliche Frauen herum!«

Cora war weniger offenherzig, gab indessen zu, sie finde ihn liebenswürdig und gar nicht so angeberisch, wie sie geglaubt hatte.

Lesable, der weniger abgespannt und bekümmert als für gewöhnlich aussah, gab zu, er habe ihn in der ersten Zeit »verkannt«.

Maze kam zunächst nur mit einiger Zurückhaltung wieder, dann aber immer häufiger. Allen gefiel er. Er wurde ins Haus gezogen und weidlich verwöhnt. Cora kochte ihm, was er besonders gern aß. Und die drei Männer waren bald ein Herz und eine Seele, so daß sie kaum noch voneinander ließen. Der neue Freund nahm die Familie mit ins Theater, und zwar auf Presseplätze, die er geschenkt bekommen hatte.

Der Rückweg nachts durch die von Menschen wimmelnden Straßen wurde zu Fuß zurückgelegt, bis zur Haustür des Ehepaars Lesable. Maze und Cora gingen im gleichen Schritt voraus, Hüfte an Hüfte, in der gleichen Bewegung, im gleichen Rhythmus schwingend, wie zwei Wesen, die dazu erkoren sind, Seite an Seite durchs Leben zu schreiten. Sie sprachen halblaut, es herrschte zwischen ihnen ein vortreffliches Einverständnis; sie lachten unterdrückt, und manchmal drehte die junge Frau sich um und warf einen Blick auf Vater und Mann.

Cachelin beobachtete sie wohlwollend, und mehrfach, ohne zu

bedenken, daß er zu seinem Schwiegersohn spreche, erklärte er: »Die beiden wirken prachtvoll; es ist eine Freude, sie beisammen zu sehen.« Lesable antwortete gleichmütig: »Sie sind beide fast gleich groß« und war glücklich, daß sein Herzklopfen sich gemildert hatte, daß er weniger schnaufte, wenn er rasch ging, und daß ihm alles in allem heiterer zumute war; allmählich ließ er den Haß gegen den Schwiegervater sich verflüchtigen, zumal da dieser seit einiger Zeit mit seinen anzüglichen Boshaftigkeiten aufgehört hatte.

Zu Neujahr erhielt er seine Beförderung. Darüber empfand er eine so ungestüme Freude, daß er beim Heimkommen zum erstenmal seit einem halben Jahr seine Frau küßte. Das schien ihr die Sprache zu verschlagen; sie war geniert, als habe er sich eine Umziemlichkeit herausgenommmen; und sie sah Maze an, der gekommen war, um ihr zum neuen Jahr seine Glückwünsche darzubringen. Auch er wirkte verlegen und wandte sich dem Fenster zu wie jemand, der nichts gesehen haben will.

Bald jedoch wurde Cachelin wieder reizbar und bösartig; abermals fing er an, dem Schwiegersohn mit seinen Witzeleien das Leben schwer zu machen. Manchmal griff er sogar Maze an, als grolle er auch ihm, der über sie verhängten Katastrophe wegen, deren unvermeidlicher Zeitpunkt mit jeder Minute näherrückte.

Nur Cora wirkte völlig unbeirrt, völlig glücklich. Dem Anschein nach hatte sie das bedrohliche, schon so nahe Datum vergessen.

Es wurde März. Mit aller Hoffnung schien es aus zu sein, denn am 20. Juli würden seit Tante Charlottes Tod drei Jahre verflossen sein.

Ein vorzeitiger Frühling hatte die Erde aufkeimen lassen, und Maze schlug den Freunden vor, eines Sonntags einen Spaziergang am Seineufer zu unternehmen, um im Buschwerk Veilchen zu pflücken.

Mit einem Frühzug fuhren sie los und stiegen in Maisons-Lafitte aus. Noch wehte ein winterlicher Schauer durch das kahle Gezweig, aber das ergrünte, leuchtende Gras war bereits mit weißen und blauen Blumen durchsprenkelt, und die Obstbäume an den Hängen sahen mit ihren mageren, mit erschlossenen Knospen bedeckten Armen aus, als seien sie mit Rosengewinden geschmückt.

Die schwerfällige Seine floß traurig, schlammig von den letzten Regengüssen, zwischen den vom Hochwasser des Winters angenagten Ufern einher, und alles Land mutete naß an, sah aus, als sei es dem Bad entstiegen, und hauchte in der Lauheit der ersten Sonnentage eine mildwürzige Feuchtigkeit aus.

Sie schlenderten durch den Park. Der verdrossene Cachelin schlug mit dem Spazierstock auf Erdschollen; er war noch bedrückter als sonst, er dachte an jenem Tag noch erbitterter an das sich nun bald vollziehende Unheil. Auch Lesable war es unbehaglich zumute, weil er befürchtete, im Gras nasse Füße zu bekommen; seine Frau und Maze indessen versuchten, einen Blumenstrauß zusammenzubekommen. Cora wirkte seit einigen Tagen leidend, matt und blaß.

Sie wurde rasch müde und wollte umkehren und zu Mittag essen. Sie gingen in ein kleines, neben einer zerbröckelnden alten Mühle gelegenes Restaurant, und bald stand das traditionelle Essen der einen Ausflug machenden Pariser auf dem mit zwei Servietten gedeckten Holztisch in der Laube; sie lag ganz dicht am Fluß.

Sie aßen gebackene Gründlinge, zerkauten mit Kartoffeln umlegtes Rindfleisch, und als die Salatschüssel voll grüner Blätter herumgereicht wurde, stand Cora plötzlich auf, lief ans Ufer und hielt sich dabei mit beiden Händen die Serviette vor den Mund.

Lesable fragte besorgt: »Was hat sie denn?«

Maze wurde verlegen, errötete und stammelte: »Ja... Ich weiß nicht recht... Eben war ihr noch ganz wohl!«

Und Cachelin saß verdattert da, die Gabel mit dem Salatblatt daran in der Luft. Er stand auf, um nach seiner Tochter zu sehen. Als er sich vorbeugte, sah er sie stehen; sie lehnte mit dem Kopf an einem Baum, und es war ihr speiübel. Eine blitzschnelle Vermutung fuhr ihm in die Beine, und er ließ sich wieder auf seinen Stuhl fallen, worauf er ratlose Blicke auf die beiden Männer warf, die jetzt ebenfalls beide ziemlich betreten aussahen. Er durchbohrte sie mit ängstlichen Blicken und wagte kein Wort mehr; er war schier von Sinnen vor Angst und Hoffnung.

In tiefem Schweigen verging eine Viertelstunde. Und Cora erschien wieder, ein bißchen blaß; das Gehen fiel ihr schwer. Niemand drang mit genaueren Fragen in sie; alle schienen ein glückliches Ereignis zu vermuten, über das zu sprechen peinlich war; sie brannten darauf, es zu wissen, und fürchteten, es zu erfahren. Nur Cachelin fragte: »Ist dir besser?« Sie antwortete: »Ja, danke, es war nichts weiter. Aber wir wollen beizeiten heim; ich habe ein bißchen Migräne.« Und auf dem Heimweg nahm sie den Arm ihres Mannes, wie um etwas Mysteriöses anzudeuten, das zu gestehen sie noch nicht wagte.

Am Bahnhof Saint-Lazare verabschiedeten sie sich. Maze schützte etwas Geschäftliches vor, das ihm gerade eingefallen sei, grüßte, schüttelte Hände und ging von dannen.

Sobald Cachelin mit Tochter und Schwiegersohn allein war, fragte er: »Was ist mit dir beim Mittagessen losgewesen?«

Doch Cora gab zunächst keine Antwort, und erst nach einigem Zögern sagte sie: »Nichts weiter. Ein bißchen Übelkeit.«

Sie ging schlaffen Schrittes und lächelte vor sich hin. Lesable fühlte sich unbehaglich, wirr im Kopf, von einer Fülle konfuser Ideen durchspukt; sie widersprachen einander, waren teils von Verlangen nach Luxus trächtig, teils von dumpfer Wut, von unbekennbarer Scham, von eifersüchtiger Feigheit; er tat, wie am Morgen die Schläfer, die die Augen schließen, um nicht den Lichtstrahl zu sehen, der zwischen den Vorhängen hindurchgleitet und ihr Bett mit einem leuchtenden Hieb durchschneidet.

Gleich nach der Heimkunft redete er von einer Arbeit, die er noch beenden müsse, und schloß sich ein.

Da legte Cachelin der Tochter beide Hände auf die Schultern und sagte: »Du bist schwanger, was?«

Sie stammelte: »Ja, ich glaube. Seit zwei Monaten.«

Sie hatte noch nicht ganz zu Ende gesprochen, als er vor Aufgeräumtheit einen Satz tat; dann fing er an, sie mit einem Cancan zu umtanzen, wie er in öffentlichen Ballokalen üblich ist; es war eine alte Erinnerung aus seiner Militärzeit. Er schwang die Beine, er hüpfte trotz seines Bauches, die ganze Wohnung wakkelte. Die Möbel schwankten, die Gläser in der Anrichte klirrten aneinander, die Hängelampe kam in Bewegung und schlingerte wie eine Schiffslampe.

Dann schloß er die geliebte Tochter in die Arme, küßte sie ab wie ein Irrer und gab ihr einen gemütlichen kleinen Klaps auf den Bauch: »Na, endlich ist es soweit! Hast du es deinem Mann schon gesagt?«

Sie wurde plötzlich schüchtern und flüsterte: »Nein... noch nicht... Ich... ich habe erst abgewartet.«

Cachelin aber rief: »Gut, in Ordnung. Die Sache ist dir peinlich. Warte, ich selber will es ihm sagen.« Und er hastete in die Wohnung seines Schwiegersohnes.

Lesable saß untätig da; bei Cachelins Hereinkommen stand er auf. Aber der andere ließ ihm keinerlei Zeit zur Besinnung: »Du, weißt du, daß deine Frau schwanger ist?«

Der sprachlose Mann verlor alle Haltung; seine Wangen färbten sich rot. »Was? Wie? Cora? Tatsächlich?«

»Schwanger ist sie, hast du mich verstanden? Jetzt kann alles klappen!« Und in seiner Freude faßte er Lesables beide Hände, drückte sie, schüttelte sie, als wolle er ihn beglückwünschen, ihm danken; dabei sagte er immer wieder: »Ach, endlich ist es soweit. Tadellos! Tadellos! Bedenk doch: Jetzt kriegen wir das Vermögen.« Und da er nicht länger an sich halten konnte, schloß er den Schwiegersohn in die Arme.

Er schrie: »Mehr als eine Million, bedenk doch nur, mehr als eine Million!« Von neuem fing er zu tanzen an; dann sagte er plötzlich: »Aber komm doch mit, sie wartet auf dich; komm und gib ihr wenigstens einen Kuß!« Damit packte er ihn mit beiden Armen, schob ihn vor sich her und stieß ihn hinein, daß er wie eine Bombe in das Zimmer platzte, in dem Cora bedrückt stehen geblieben war und gelauscht hatte.

Als sie ihren Mann erblickte, wich sie zurück; in ihr ging etwas vor, das ihr den Atem benahm. Er blieb vor ihr stehen, bleich und zerquält. Er sah aus wie ein Richter und sie wie eine Angeklagte.

Endlich sagte er: »Anscheinend bist du schwanger?«

Mit zitternder Stimme brachte sie hervor: »Ja, es scheint so.«

Aber Cachelin packte sie beide bei den Hälsen und drückte sie aneinander, Nase an Nase: »Aber so küßt euch doch, zum Donnerwetter! Ihr habt doch wirklich allen Grund dazu!« Und als er sie losgelassen hatte, erklärte er im Überschwang toller Freude: »Endlich ist die Partie gewonnen! Paß mal auf, Léopold, wir kaufen jetzt baldigst ein Landhaus. Da kannst du dann sicher wieder gesund werden.«

Bei dieser Vorstellung durchzuckte es Lesable.

Der Schwiegervater redete weiter: »Dahin laden wir dann Torchebeuf und Frau ein, und da der Unterchef demnächst ins Gras beißt, kannst du seine Nachfolge antreten. Das ist der rechte Weg.«

Je länger Cachelin sprach, desto deutlicher sah Lesable alles vor sich; er malte sich aus, wie er den Chef vor einem hübschen weißen Häuschen am Flußufer empfing. Er trug dabei eine Zwillichweste und auf dem Kopf einen Panamahut.

Etwas Wohltuendes drang ihm bei dieser Hoffnung ins Herz, etwas Warmes und Gutes, das mit ihm zu verschmelzen schien, ihn erleichterte, so daß er sich bereits besser fühlte.

Er lächelte, ohne vorerst zu antworten.

Cachelin war berauscht von Hoffnungen, von dannen getragen von Träumen; er fuhr fort: »Wer weiß? Wir könnten in der Gegend zu einflußreichen Leuten werden. Du wirst vielleicht Abgeordneter. Auf jeden Fall können wir die ganze Gesellschaft des Ortes zu uns einladen und uns was gönnen. Ihr haltet euch ein Pferdchen und einen Korbwagen, und damit wird jeden Tag zum Bahnhof gefahren.«

Bilder von Eleganz, von Luxus und Wohlleben stiegen in Lesable auf. Der Gedanke, er selber könne ein schmuckes Wägelchen kutschieren, wie die reichen Leute, die er so oft um ihr Los beneidet hatte, brachte ihn endgültig dazu, Genugtuung zu empfinden. Er konnte nicht umhin zu sagen: »Ja, wirklich, das wäre ganz reizend.«

Cora sah ihn gewonnen und lächelte ebenfalls gerührt und dankbar; und Cachelin, der jetzt keine Hindernisse mehr gewahrte, erklärte: »Wir essen im Restaurant zu Abend. Den Teufel auch, heute soll ein kleines Fest gefeiert werden.«

Beim Nachhausekommen waren sie alle drei ein bißchen angesäuselt, und Lesable, der alles doppelt sah und dem die Gedanken im Kopf herumtanzten, fand nicht die Tür zu seiner dunklen Schlafkammer. Vielleicht aus Versehen, vielleicht aus Gedankenlosigkeit legte er sich in das noch leere Bett, das seine Frau aufnehmen sollte. Und die ganze Nacht hindurch war ihm, als schwanke seine Lagerstatt, als schlingere und rolle und stampfe sie und kentere wie ein Schiff. Sogar ein bißchen seekrank wurde er. Beim Aufwachen war er verdutzt, Cora in seinen Armen zu finden.

Sie schlug die Augen auf, lächelte, und in einer plötzlichen Aufwallung küßte sie ihn dankbar und voll herzlicher Zuneigung. Dann sagte sie mit der weichen Stimme, wie sie die Frauen beim Liebesgetändel haben: »Wenn du ganz, ganz nett bist, gehst du heute nicht ins Ministerium. Jetzt brauchst du nicht mehr so pünktlich zu sein; wir sind ja bald reich. Und wir machen noch mal einen Ausflug aufs Land, wir beide ganz allein.«

Er fühlte sich ausgeruht, erfüllt von dem lässigen Wohlgefühl, das auf die Lendenlahmheit nach Liebesnächten folgt, und angenehm abgespannt in der Bettwärme. Er empfand ein träges Verlangen, lange so liegen zu bleiben, nichts mehr zu tun, als still und behaglich vor sich hin zu leben. Ein ihm unbekanntes, machtvolles Bedürfnis nach Faulheit lähmte seine Seele und teilte sich seinem Körper mit. Und ein umrißloser, beständiger, Glück spendender Gedanke erfüllte ihn: Er würde reich sein und unabhängig.

Doch plötzlich überkam ihn ein Angstgefühl, und er fragte leise, als befürchte er, seine Worte könnten durch die Wände hindurch gehört werden: »Bist du dir denn wenigstens ganz sicher, daß es stimmt?«

Sogleich beschwichtigte sie ihn: »Ja, laß nur gut sein. Ich habe mich nicht geirrt.«

Und er, der noch immer etwas zweifelte, machte sich daran, sie behutsam zu betasten. Er ließ die Hand über ihren gewölbten Bauch gleiten. Er erklärte: »Ja, es stimmt – aber vor dem festgesetzten Datum kommst du schwerlich nieder. Vielleicht wird unser Recht angefochten werden.«

Diese Vermutung machte sie wütend. Nein, zum Donnerwetter, jetzt, nach so viel Nöten, Scherereien und Bemühungen, wolle sie nicht mehr schikaniert werden, das kam nicht in Frage! In ihrer Empörung hatte sie sich aufgesetzt. »Wir gehen sofort zum Notar«, sagte sie.

Er aber meinte, sie sollten sich zunächst ein ärztliches Zeugnis verschaffen.

Also gingen sie abermals zu Doktor Lefilleul.

Er erkannte sie auf der Stelle wieder und fragte: »Na, hat es geklappt?«

Beide wurden rot, und Cora, die ein wenig Haltung verlor, sagte unsicher: »Ja, ich glaube.«

Der Arzt rieb sich die Hände: »Ich hatte es nicht anders erwartet, ich hatte es nicht anders erwartet. Das Mittel, das ich Ihnen angegeben hatte, hilft immer, sofern nicht bei dem einen der beiden Teile radikale Unfähigkeit vorliegt.« Nachdem er die junge Frau untersucht hatte, erklärte er: »Die Sache stimmt! Bravo!«

Und er schrieb auf ein Formular: »Ich Endesunterzeichneter, Doktor der Medizin der Pariser Fakultät, bescheinige, daß Madame Léopold Lesable, geborene Cachelin, alle Symptome einer etwa dreimonatigen Schwangerschaft aufweist.« Dann fragte er Lesable: »Na, und Sie? Ihre Lunge? Ihr Herz?« Er auskultierte ihn und bezeichnete ihn als völlig geheilt.

Froh und glücklich, Arm in Arm, beschwingten Fußes, gingen sie weg. Aber unterwegs fiel Léopold etwas ein: »Ehe wir zum Notar gehen, tätest du vielleicht gut daran, dir zwei oder drei Handtücher um die Taille zu wickeln; das lenkt den Blick auf sich und ist besser. Da kann er nicht glauben, wir wollten bloß Zeit gewinnen.«

Also gingen sie heim, und er zog seine Frau eigenhändig aus und versah sie mit einem falschen Mutterleib. Zehnmal hintereinander veränderte er die Lage der Handtücher und trat ein paar Schritte zurück, um sich von der Wirkung zu überzeugen; er war darauf bedacht, daß es absolut natürlich aussehe.

Als das Ergebnis ihn befriedigte, zogen sie nochmals los, und auf der Straße sah es aus, als sei er stolz, diesen vorgewölbten Bauch, die Bezeugung seiner Männlichkeit, spazieren zu führen.

Der Notar empfing sie voller Wohlwollen. Dann hörte er sich ihre Darlegungen an, überflog das ärztliche Zeugnis, und als Lesable betonte: »Übrigens brauchen Sie sie sich ja bloß mal anzusehen«, warf er einen überzeugten Blick auf die dicke, spitzig vorgebuckelte Taille der jungen Frau.

Ängstlich warteten sie; der Gesetzeskundige erklärte: »Vortrefflich. Ob das Kind schon geboren worden ist oder erst noch geboren werden soll – es ist da, und es lebt. Wir werden also die Testamentsvollstreckung bis zu Madames Niederkunft stunden.«

Beim Verlassen des Büros küßten sie einander auf der Treppe, so heftig war ihre Freude.

VII

Seit dieser glücklichen Entdeckung lebten die drei Verwandten in vollkommener Eintracht. Sie waren frohgestimmt, ausgeglichener und zueinander nett. Cachelin hatte seine alte Jovialität wiedergewonnen, und Cora überhäufte ihren Mann mit Fürsorglichkeiten. Lesable schien ein anderer Mensch geworden zu sein; er war stets zufrieden und gutartig wie nie zuvor.

Maze kam seltener und schien sich jetzt in der Familie weniger behaglich zu fühlen; er wurde zwar immer gut aufgenommen, allein etwas kühler; denn das Glück macht selbstsüchtig und Außenstehende entbehrlich.

Cachelin schien eine gewisse geheime Feindseligkeit gegen den schönen Beamten zu empfinden, den er vor ein paar Monaten noch so überschwenglich in seine Familie eingeführt hatte. Er war es, der jenen Freund über Coralies Zustand ins Bild setzte. Er sagte ihm kurz und unverhohlen: »Sie müssen wissen, meine Tochter erwartet was Kleines.«

Maze spielte den Erstaunten und entgegnete: »Was Sie nicht sagen! Da müssen Sie ja sehr glücklich sein.«

Cachelin antwortete: »Verdammt noch mal!« und stellte fest, daß sein Kollege durchaus nicht begeistert zu sein schien. Die Männer mögen nun mal den Anblick der Frauen, die sie lieben, in diesem Zustand nicht, gleichgültig, ob sie sie hineingebracht haben oder nicht.

Dennoch fand Maze sich jeden Sonntag zum Abendessen ein. Aber diese Abende der Gemeinsamkeit wurden zu etwas Peinlichem, obwohl es dabei zu keinem ernsthaften Zerwürfnis kam; und die eigentümliche Beklommenheit steigerte sich von Woche zu Woche.

Als Maze eines Abends gegangen war, erklärte Cachelin sogar mit wütender Miene: »Der Kerl ödet mich allmählich an.«

Und Lesable antwortete: »Fest steht jedenfalls, daß er bei näherer Bekanntschaft nicht gewinnt.«

Cora hatte den Blick gesenkt. Sie schien, wenn der große Maze da war, immer ein bißchen verlegen zu sein, und er wirkte in ihrem Dabeisein irgendwie beschämt; er sah sie nicht mehr an wie ehedem, lächelte ihr nicht mehr zu, lud sie nicht mehr ins Theater ein und schien das bislang so herzliche Einvernehmen nur noch als ein notwendiges Übel anzusehen.

Aber als eines Donnerstags zur Stunde des Abendessens Coras Mann vom Büro heimkam, küßte sie ihm den Backenbart zärtlicher als sonst und flüsterte ihm ins Ohr: »Wahrscheinlich bist du mir jetzt böse.«

»Warum denn?«

»Weil... Ja, vorhin ist Monsieur Maze da gewesen. Aber ich mag nun mal nicht ins Gerede kommen, und ich habe ihn gebeten, er solle mich nie besuchen, wenn du nicht daheim bist. Er scheint ein bißchen gekränkt gewesen zu sein.«

Der überraschte Lesable fragte: »Ja, was hat er denn gesagt?«

»Ach, viel gesagt hat er nicht, aber was er gesagt hat, das hat mir trotzdem nicht behagt, und da habe ich ihn gebeten, er möge seine Besuche ganz und gar einstellen. Du weißt ja: Papa und du hatten ihn zu uns ins Haus gebracht; ich habe nichts dafür gekonnt. Und nun habe ich Angst, du würdest mißgestimmt sein, daß ich ihm das Haus verboten habe.«

Ihrem Mann strömte dankbare Freude ins Herz: »Das hast du gut gemacht, wirklich gut. Ich danke dir sogar dafür.«

Und um die Stellung der beiden Männer zueinander klar zu umreißen, die sie schon im voraus festgelegt hatte, sagte sie noch: »Im Büro mußt du tun, als wüßtest du nichts; du sprichst einfach mit ihm wie bisher; nur eingeladen wird er nicht wieder.«

Und Lesable schloß seine Frau zärtlich in die Arme und küßte sie eine ganze Weile auf Augen und Wangen. Mehrmals sagte er: »Du bist ein Engel! Ein Engel bist du!« Und an seinem Bauch fühlte er die schon kräftig ausgebildete Vorwölbung, die das Kind verursachte.

VIII

Bis zum Ende der Schwangerschaft geschah nichts, was des Erwähnens wert wäre.

In den letzten Septembertagen kam Cora mit einem Mädchen nieder. Es erhielt den Namen Désirée; doch da eine feierliche Taufe veranstaltet werden sollte, wurde beschlossen, sie solle erst im nächsten Sommer stattfinden, in dem Landhaus, das sie zu kaufen planten.

Sie machten eins in Asnières ausfindig, auf der die Seine beherrschenden Anhöhe.

Während des Winters hatte sich Bedeutsames ereignet. Sowie die Erbschaft angetreten war, hatte Cachelin sein Gesuch um Pensionierung eingereicht, das sofort bewilligt wurde, und war aus dem Büro ausgeschieden. Fortan beschäftigte er sich in seinen Mußestunden damit, mittels einer Laubsäge Zigarrenkistendeckel zu zersägen. Er fertigte Uhren an, Kästchen, Blumenständer, alle möglichen seltsamen Kleinmöbel. An dieser Tätigkeit begeisterte er sich; er war auf den Geschmack gekommen, als er auf der Avenue de l'Opéra einen fliegenden Händler solche Brettchen hatte bearbeiten sehen. Es ging nicht anders: Jedermann mußte tagtäglich seine neuen Entwürfe bewundern; sie waren von einer zugleich erklügelten und kindlichen Kompliziertheit. Er selber war hingerissen von seinem Tun und wiederholte unablässig: »Unglaublich, was man alles fertigbringt!«

Monsieur Rabot, der Unterchef, war endlich gestorben; Lesable versah seine Funktionen, wenngleich er den Titel noch nicht bekommen hatte; dazu fehlte es ihm nach seiner letzten Beförderung noch an Dienstjahren.

Cora war rasch eine völlig andere Frau geworden, eine zurückhaltendere und elegantere; sie hatte alle Veränderungen, zu denen ein Vermögen verpflichtet, sogleich erkannt, erraten und gewittert.

Am Neujahrstag machte sie der Frau des Chefs einen Besuch; das war eine dicke Person, die trotz eines fünfunddreißigjährigen Aufenthalts in Paris Provinzlerin geblieben war. Und Cora legte so viel Anmut und Verführungskunst an den Tag, als sie Madame Torchebeuf bat, doch die Patin ihres Kindes zu sein, daß die Chefsgattin sich einverstanden erklärte. Pate sollte Großvater Cachelin werden.

Die Feierlichkeit fand an einem strahlenden Junisonntag statt. Das ganze Büro war eingeladen worden, bis auf den schönen Maze; mit dem verkehrten sie nicht mehr.

Um neun Uhr stand Lesable am Bahnhof und wartete auf den Pariser Zug; währenddessen hielt ein Groom in einer Livree mit dicken Goldknöpfen ein wohlgenährtes, niedliches Pony am Zügel, das vor einen funkelnagelneuen Korbwagen gespannt war. Die Lokomotive pfiff in der Ferne, dann kam sie in Sicht, wie sie ihren Rosenkranz von Waggons nach sich zog; diesen entströmte eine Flut von Fahrgästen.

Monsieur Torchebeuf entstieg einem Abteil erster Klasse, gefolgt von seiner Frau; sie war auffällig bunt gekleidet. Aus einem Abteil zweiter kletterten Pitolet und Boissel. Den alten Savon einzuladen war nicht gewagt worden; allein es bestand eine Verabredung, ihm im Lauf des Nachmittags zufällig zu begegnen; dann sollte er mit Zustimmung des Chefs zum Abendessen gebeten werden.

Lesable ging seinem Vorgesetzten entgegen; dieser wirkte in seinem Gehrock mit der großen Rosette der Ehrenlegion, die wie eine voll erblühte Rose prunkte, winzig klein. Sein mächtiger Schädel, auf dem ein breitkrempiger Hut saß, erdrückte förmlich seinen schmächtigen Körper und lieh ihm das Aussehen eines Fabelwesens; und wenn seine Frau sich nur um eine Winzigkeit auf den Fußspitzen aufreckte, konnte sie ihm mühelos über den Kopf hinwegblicken.

Der strahlende Léopold verbeugte sich und dankte. Er ließ sie in den Korbwagen steigen; dann lief er zu den beiden Kollegen hin, die sich bescheiden im Hintergrund gehalten hatten, drückte ihnen die Hände und entschuldigte sich, daß er sie nicht ebenfalls in dem allzu kleinen Wagen mitnehmen könne: »Gehen Sie einfach der Uferstraße nach, dann kommen Sie an meine Haustür: Villa Désirée, die vierte nach der Biegung. Beeilen Sie sich!« Und dann stieg er in seinen Wagen, ergriff die Zügel und fuhr los; der Groom schwang sich behend auf den kleinen Rücksitz.

Die Feierlichkeit vollzog sich mit allem erdenklichen Gepränge. Dann ging es zurück in die Villa zum Mittagessen. Jeder fand unter seiner Serviette ein Geschenk, das dem Rang des Gastes entsprach. Die Patin bekam ein massiv goldenes Armband, ihr Mann eine Schlipsnadel mit Rubinen, Boissel eine Brieftasche aus Juchten und Pitolet eine herrliche Meerschaumpfeife. Es wurde gesagt, diese Geschenke biete Désirée ihren neuen Freunden an.

Madame Torchebeuf war puterrot vor Verlegenheit und Freude und legte sich den funkelnden Reif um den dicken Arm, und da der Chef eine winzige schwarze Schleife trug, in die die Nadel schlechterdings nicht gesteckt werden konnte, befestigte er das Schmuckstück am Aufschlag seines Gehrocks, unterhalb der Ehrenlegion, wie einen zweiten, weniger bedeutenden Orden.

Durch das Fenster war ein breiter Streifen des Flusses zu sehen; er strömte zwischen den baumbestandenen Ufern nach Suresnes hinunter. Das Sonnenlicht regnete auf das Wasser nieder und verwandelte es in einen Feuerstrom. Zu Beginn der Mahlzeit ging es ernst und würdig zu, der Anwesenheit des Chefsehepaars Torchebeuf wegen. Dann stieg die Stimmung. Cachelin machte ein paar Witze schweren Kalibers; dazu glaubte er sich berechtigt, da er jetzt reich war, und alle lachten.

Hätten Pitolet oder Boissel sie gemacht, so würden sie sicherlich Anstoß erregt haben.

Beim Nachtisch mußte das Kind gebracht werden; sämtliche Gäste küßten es. Es lag tief in schneeige Spitzen gebettet und schaute alle diese Menschen aus seinen blauen, ungewissen, gedankenlosen Augen an und wandte ein wenig den pausbäckigen Kopf, in dem ein beginnendes Aufmerken zu erwachen schien.

Inmitten des Stimmengewirrs flüsterte Pitolet dem neben ihm sitzenden Boissel ins Ohr: »Sie sieht aus wie eine kleine Mazette*.« Am folgenden Tag machte das Witzwort die Runde im Ministerium.

Es hatte inzwischen zwei geschlagen; die Liköre waren getrun-

* »Mazette« bedeutet zugleich »Schindmähre«, »schwächliches Wesen« und einen erstaunten Ausruf wie »Potztausend!«, ganz abgesehen von der Anspielung auf Maze. (Anmerkung des Übersetzers)

ken worden, und Cachelin schlug eine Besichtigung des Grundstücks vor; danach könne dann ein Spaziergang am Seineufer unternommen werden.

Wie eine Prozession zogen die Gäste von Raum zu Raum, vom Keller bis zum Speicher; dann wurde der Garten durchschlendert, von Baum zu Baum, von Pflanze zu Pflanze; darauf wurden für den Spaziergang zwei Gruppen gebildet.

Cachelin, der sich in Gegenwart der Damen ein bißchen unbehaglich fühlte, schleppte Boissel und Pitolet in die Cafés am Ufer, während die Damen Torchebeuf und Lesable mit ihren Männern zum anderen Ufer hinübergingen, da Frauen, die auf sich hielten, sich nicht unter das unanständige Sonntagspublikum mischen konnten. Langsam schritten sie auf dem Treidelweg einher, gefolgt von den beiden Männern, die ernsthaft über Büroangelegenheiten sprachen.

Auf dem Fluß flitzten Boote vorüber, vorwärts getrieben durch ausgreifende Riemenschläge junger Leute mit nackten Armen, deren Muskeln unter der sonnengebräunten Haut spielten. Die mitgenommenen Mädchen lagen auf schwarzen oder weißen Fellen und bedienten das Ruder; sie waren schläfrig von der Sonne und hielten sich die offenen Schirme aus roter, gelber oder blauer Seide über die Köpfe; das sah aus, als schwämmen riesengroße Blumen auf dem Wasser einher. Vom einen Boot zum andern schollen Rufe und Schimpfkanonaden; und in der Ferne war der wirre, anhaltende Lärm von Menschenstimmen vernehmlich, wie das Gebrodel einer festtäglichen Menge ihn erzeugt. Längs des Flusses saßen Reihen unbeweglicher Angler; auf den schwerfälligen Fischerbooten standen fast nackte Badende, machten Kopfsprünge, kletterten wieder an Bord und stürzten sich von neuem in die Strömung.

Madame Torchebeuf schaute sich das alles mit großen Augen an. Cora sagte zu ihr: »So ist es alle Sonntage. Das stört mich in dieser reizenden Gegend.«

Langsam kam ein Boot heran. Es wurde von zwei Mädchen gerudert; zwei junge Männer lagen darin. Eins der Mädchen rief zum Ufer hin: »Hallo, hallo, ihr beiden Tugendbolzen! Ich habe einen Mann zu verkaufen, spottbillig! Wollt ihr ihn?«

Cora wandte sich mit verächtlicher Miene ab, schob den Arm unter den ihres Gastes und sagte: »Hier kann man wirklich nicht bleiben, lassen Sie uns umkehren. Was sind das für infame Kreaturen!« Und sie machten kehrt.

Monsieur Torchebeuf sagte gerade zu Lesable: »Also abgemacht: zum 1. Januar. Der Direktor hat es mir dienstlich zugesagt.«

Und Lesable antwortete: »Ich weiß nicht, wie ich Ihnen danken soll, verehrter Meister.«

Beim Heimkommen gewahrten sie Cachelin, Pitolet und Boissel, die Tränen lachten und den alten Savon beinahe trugen: Sie hätten ihn am Ufer mit einer Kokotte aufgestöbert, wie sie im Scherz behaupteten.

Der völlig aus der Fassung geratene Alte versicherte immer wieder: »Ist ja nicht wahr, nein, ist nicht wahr. So was dürfen Sie nicht sagen, Monsieur Cachelin, das ist nicht nett von Ihnen!«

Und Cachelin, dem die Luft wegblieb, kreischte: »Du alter Schwerenöter! ›Mein geliebtes Gänsefederchen‹ hast du zu ihr gesagt! Jetzt haben wir ihn erwischt, den Schäker!« Sogar die Damen mußten lachen, so verdattert wirkte der alte Knabe.

Cachelin fuhr fort: »Wenn Monsieur Torchebeuf es gestattet, behalten wir den Gefangenen zur Strafe bei uns, und er muß mit uns zu Abend essen.«

Wohlwollend stimmte der Chef zu. Und dann wurde weiter über die verlassene Dame gelacht, die der Alte nach wie vor ableugnete; er war tief gekränkt über diesen Schabernack.

Daraus ergab sich bis zum Abend unerschöpflicher Stoff zu Witzeleien und sogar zu Schlüpfrigkeiten.

Cora und Madame Torchebeuf saßen unter der Markise auf der Veranda und schauten auf die Spiegelungen der untergehenden Sonne. Sie schüttete Purpurstaub ins Laubwerk. Kein Windhauch ließ die Zweige schwanken; heiterer, unendlicher Friede sank vom stillen, lodernden Himmel nieder.

Noch ein paar Boote fuhren langsam vorüber; sie wollten zurück zu den Schuppen.

Cora fragte: »Wie es scheint, hat der arme Monsieur Savon ein schlechtes Frauenzimmer geheiratet?«

Madame Torchebeuf wußte über alles Bescheid, was das Büro

betraf; sie antwortete: »Ja, ein Waisenmädchen, viel zu jung für ihn; sie hat ihn mit einem schlechten Kerl betrogen und ist schließlich mit ihm auf und davon gegangen.« Dann fügte die dicke Dame noch hinzu: »Ich habe gesagt, es sei ein schlechter Kerl gewesen, aber Genaueres weiß ich nicht. Die beiden sollen einander sehr lieb gehabt haben. Und wie dem auch sei, der alte Savon ist nicht gerade verführerisch.«

Madame Lesable erwiderte ernsthaft: »Das ist kein Entschuldigungsgrund. Der arme Mann ist sehr zu bedauern. Unser Nachbar gleich nebenan, Monsieur Barbou, ist in der gleichen Lage. Seine Frau hat sich in eine Art Maler verliebt, der den Sommer hier zu verbringen pflegte, und ist mit ihm ins Ausland gegangen. Mir ist unbegreiflich, daß eine Frau so tief sinken kann. Meiner Auffassung nach müßte es ganz besondere Strafmaßnahmen für dergleichen verworfene Frauen geben, die einer Familie zur Schande gereichen.«

Am Ende des Gartenweges tauchte die Amme auf; sie trug die in Spitzen gehüllte Désirée. Das Kind wurde den beiden Damen entgegengetragen; es sah im rotgoldenen Abenddunst ganz rosig aus. Es schaute den lohenden Himmel mit demselben blassen, erstaunten und ausdruckslosen Blick an, den es über die Gesichter wandern ließ.

Die Männer, die plaudernd in einiger Entfernung gestanden hatten, traten herzu, und Cachelin nahm sein Enkelkind und hob es mit beiden Armen so hoch, wie er konnte, als wolle er es zum Firmament hinaufreichen. Mit seinem langen, weißen, bis zum Boden niederfallenden Kleid hob es sich vor dem schimmernden Hintergrund der Weite ab.

Und der Großvater rief: »So was ist doch das Beste, was es auf Erden gibt, nicht wahr, Papa Savon?«

Und der Alte antwortete nicht; er wußte nichts zu sagen, oder vielleicht ging ihm auch zu viel im Kopf herum.

Ein Diener öffnete die Verandatür und meldete: »Madame est servie!«*

Übertragen von Irma Schauber

* Das heißt: »Gnädige Frau, es ist angerichtet«, oder wörtlich: »Die gnädige Frau ist bedient worden.« (Anmerkung des Übersetzers)

Einsamkeit

Französischer Titel: Solitude
Erstdruck: Le Gaulois, 3. März 1884

Es war nach einer Herrengesellschaft, die überaus lustig verlaufen war. Einer der Geladenen, ein alter Freund, sagte zu mir: »Hast du Lust, mit mir über die Champs-Elysées heimzugehen?« So sind wir denn fortgegangen und die lange Prunkstraße hinabgeschlendert, unter nur noch spärlich belaubten Bäumen. Kein Geräusch war zu vernehmen, bis auf das wirre, ununterbrochene Lärmen von Paris. Ein frischer Wind strich uns übers Gesicht, und die Legionen der Sterne besäten den dunklen Himmel mit Goldpuder.

Mein Gefährte sprach: »Ich weiß nicht, wie es kommt, aber ich kann hier, und zumal nachts, leichter atmen als irgendwo anders. Mir ist, als werde mein Denken weiter. In manchen Augenblikken werden mir Erleuchtungen zuteil, die mich eine Sekunde lang glauben lassen, ich stünde unmittelbar vor der Enthüllung des göttlichen Geheimnisses aller Dinge. Doch dann schließt das Fenster sich wieder, und alles ist aus.«

Von Zeit zu Zeit sahen wir zwei Schatten an den Hausmauern entlanggleiten; wir gingen an einer Bank vorüber, wo zwei ineinander Versunkene einen einzigen dunklen Flecken bildeten.

Mein Begleiter flüsterte: »Die armen Leute! Nicht, daß sie mir Ekel einflößten – wohl aber unendliches Mitleid. Unter allen Mysterien des menschlichen Lebens habe ich nur eins durchdrungen, daß nämlich all unser Leiden am Dasein einzig der Tatsache entspringt, daß wir in alle Ewigkeit allein sind, und daß all unsere Bemühungen, all unsere Handlungen nur dahin zielen, dieser Einsamkeit zu entfliehen. Die dort, diese Liebenden auf den Bänken in öffentlichen Anlagen, suchen, genauso wie wir, wie alle Geschöpfe, ihrer Vereinzelung zu entrinnen, und wenn es nur für eine Minute wäre; aber dennoch bleiben sie stets allein, und wir ebenfalls.

Man wird sich dessen mehr oder weniger bewußt; darauf läuft alles hinaus.

Seit einiger Zeit erdulde ich die erbärmliche Marter, verstanden zu haben, daß ich der schrecklichen Einsamkeit, in der ich lebe, gewahr geworden bin, und ich weiß, daß es dagegen kein Mittel gibt, kein einziges, hörst du? Was wir auch versuchen mögen, was wir auch beginnen, wie gewaltig auch der Überschwang unserer Herzen, der Ruf unserer Lippen und die Umschlingung unserer Arme sein mögen – wir sind stets allein.

Ich habe dich heute abend hierher, auf diese Promenadenstraße, geschleppt, damit ich nicht allein nach Haus zu gehen brauche; denn gegenwärtig leide ich entsetzlich unter der Einsamkeit meiner Wohnung. Aber was kommt dabei heraus? Ich spreche, du hörst mir zu, und wir sind alle beide einsam; wir gehen zwar nebeneinander her, aber jeder für sich. Ob du mich wohl verstehst?

Selig sind, die einfachen Geistes sind, sagt das Evangelium. Ihrer ist die Illusion des Glückes. Sie wenigstens spüren sie nicht, unsere einsame Not; sie irren nicht, gleich mir, im Leben umher, ohne eine andere Berührung als Rippenstöße, ohne eine andere Freude als die selbstische Genugtuung der Erkenntnis, des Einsehens, der Ahnung und des unendlichen Leidens am Wissen um unsere ewige Vereinzelung.

Du hältst mich für ein bißchen verrückt, nicht wahr?

Hör mir zu. Seit ich der Empfindung der Einsamkeit meines Wesen inne geworden bin, ist mir, als sänke ich jeden Tag tiefer in ein lichtloses unterirdisches Gewölbe, dessen Begrenzung ich nicht zu finden vermag, dessen Ende ich nicht kenne und das vielleicht unendlich ist! Ohne daß jemand mit mir, ohne daß jemand um mich wäre, gleite ich dahin; ohne daß ein lebendes Wesen die gleiche düstere Straße schritte. Dieses Kellergewölbe ist das Leben. Bisweilen höre ich Geräusche, Stimmen, Schreie... und ich taste mich zu diesen wirren Lauten hin. Doch nie weiß ich genau, von wo sie kommen; und nie begegne ich jemandem, nie finde ich in dem Dunkel, das um mich ist, eine andere Hand. Ob du mich wohl verstehst? – Bisweilen haben ein paar Menschen dieses wilde Leid geahnt. Musset hat aufgestöhnt:

Wer naht mir? Wer ruft mich? Ach, keiner.
Allein. – Nur der Stundenschlag dröhnt.
O Einsamkeit! – O armes Sein!

Doch bei ihm handelte es sich nur um einen vorübergehenden Zweifel, nicht jedoch um eine endgültige Gewißheit, wie bei mir. Er war Dichter; er bevölkerte das Leben mit erdachten Gestalten, mit Traumbildern. Er ist niemals wahrhaft allein gewesen. Ich, ich bin allein!

Hat nicht Gustave Flaubert, einer der großen Unglücklichen auf dieser Erde, weil er einer der großen Erleuchteten war, an eine Freundin diesen verzweifelten Satz geschrieben: ›Wir leben alle in einer Wüste. Keiner versteht keinen.‹

Nein, keiner versteht keinen, was man auch denken, was man auch sagen, was man auch versuchen möge. Weiß die Erde, was auf den Sternen geschieht, die dort oben funkeln, eine feurige Saat im Weltenraum, uns so entrückt, daß wir lediglich das Licht einiger weniger wahrnehmen, während die unzählige Heerschar der andern sich in der Unendlichkeit verliert, und dennoch die einzelnen einander womöglich so nahe stehen, daß sie vielleicht ein Ganzes bilden, wie es die Moleküle eines Körpers tun?

Nun, ebenso wenig weiß der Mensch, was im andern Menschen vor sich geht. Wir stehen einander ferner als ein Stern dem andern; ja, wir sind womöglich in noch stärkerem Maße vereinzelt, weil unser Denken unauslotbar ist.

Kannst du dir etwas Fürchterlicheres vorstellen als die beständige Reibung mit Wesen, von deren Beschaffenheit wir nichts wissen? Wir lieben einander, als seien wir aneinander gekettet, ganz nahe, aber dennoch so, daß wir die Arme ausstrecken und einander doch nicht nahekommen. Ein qualvolles, notwendiges Verlangen nach Vereinigung wirkt in uns; doch alle unsere Bemühungen bleiben vergeblich, unser Überschwang unnütz, unser Vertrauen fruchtlos, unsere Umschlingungen ohnmächtig, unsere Liebe eitel. Wenn wir uns miteinander vermischen wollen, so bringt unser wechselseitiges Glühen uns nur dahin, daß wir einander wehe tun.

Nie fühle ich mich einsamer, als wenn ich mein Herz einem

Freund preisgebe, weil ich dann das unüberschreitbare Hindernis desto deutlicher wahrnehme. Er ist da, dieser Mensch; ich sehe seine hellen Augen auf mich gerichtet; aber seine dahinter ruhende Seele – die kenne ich nicht. Er hört mir zu. Was denkt er? Ja, was denkt er? Ob du wohl diese Qual nachempfinden kannst? Vielleicht haßt er mich? Oder er verachtet mich? Oder er lacht mich heimlich aus? Er denkt über das nach, was ich ihm sage, er beurteilt mich, er verspottet mich, er verdammt mich, er hält mich für durchschnittlich oder gar für dumm. Wie soll ich wissen, was er über mich denkt? Wie soll ich wissen, ob er mich genauso gern hat wie ich ihn? Und was in seinem runden Kopf vor sich geht? Welch ein Mysterium ist doch das Denken eines andern Wesens, das man nicht kennt, das zugleich freie und verborgene Denken, das wir weder durchschauen noch leiten noch beherrschen noch besiegen können!

Und ich, ich mag mich noch so sehr bemühen, mich völlig hinzugeben, alle Pforten meiner Seele aufzutun – ich gelange dennoch nicht zu einer restlosen Preisgabe. In meinen Tiefen, meinen letzten Tiefen bewahre ich die geheime Stätte meines Ichs, und bis dorthin vermag niemand vorzudringen. Niemand kann es entdecken und bis dorthin gelangen, weil niemand mir ähnelt, weil keiner keinen versteht.

Ob wenigstens du mich in diesem Augenblick verstehst? Nein, du hältst mich für verrückt! Du zergliederst mich; du bist auf der Hut vor mir! Du fragst dich: ›Was hat er heute abend nur?‹ Aber wenn du es eines Tages begreifen solltest, wenn dir mein entsetzliches und zugleich subtiles Leiden offenbar wird, dann komm und sag mir einzig: ›Ich habe dich verstanden!‹ Dann wirst du mich vielleicht für einen Augenblick glücklich machen. Die Frauen machen mich am tiefsten meiner Einsamkeit bewußt. O Elend! Elend! Wie habe ich unter ihnen gelitten, weil sie mich häufig, und zwar in stärkerem Maße als die Männer, in der Täuschung gewiegt haben, ich sei nicht allein!

Wenn die Liebe einen überkommt, so meint man, man weite sich. Eine übermenschliche Glückseligkeit bemächtigt sich unser. Weißt du, warum? Weißt du die Ursache dieser unsäglichen Glücksempfindung? Es ist einzig so, weil man glaubt, nicht länger allein zu sein. Die Vereinzelung, die Verlassenheit des Menschenwesens scheint aufgehoben zu sein. Oh, welch ein Irrtum!

Die Frau wird noch ärger als wir durch das Liebesverlangen gepeinigt, das unser einsames Herz martert, und so ist sie zur großen Traumlüge geworden.

Du weißt um die köstlichen Stunden, die wir im Miteinander mit diesen langhaarigen Geschöpfen durchleben, diesen Wesen mit den berückenden Zügen, deren Blick uns toll macht. Welch irrsinnige Verzückung verwirrt uns den Geist! Welche Selbsttäuschung überkommt uns!

Nicht wahr, es sieht aus, als würden sie und ich im nächsten Augenblick eins werden? Doch dieser nächste Augenblick tritt niemals ein, und nach Wochen der Erwartung, des Hoffens und der trügerischen Freuden merke ich eines Tages plötzlich, daß ich einsamer bin denn je zuvor.

Nach jedem Kuß, jeder Umarmung wird das Gefühl der Vereinzelung nur desto größer. Und das zerreißt einem das Herz; es ist fürchterlich.

Hat der Dichter Sully Prudhomme nicht geschrieben:

Die Leidenschaft: ein unruhvolles Greinen,
Der armen Liebe unfruchtbarer Drang,
Die Seelen durch die Leiber zu vereinen...

Und dann trennt man sich. Es ist aus. Kaum, daß man die Frau wiedererkennt, die einem für einen Lebensaugenblick alles bedeutet und deren innerste und sicherlich banale Gedanken man nie kennengelernt hat!

Selbst in den Stunden, da es geschienen hatte, daß man in einem geheimnisvollen Zusammenklang der Wesen, in einer schlackenlosen Verschmelzung aller Wünsche und allen Verlangens bis in die tiefste Tiefe ihrer Seele hinabgetaucht sei, erweckt uns bisweilen ein Wort, ein einziges Wort aus unserem Irrtum und läßt uns, wie ein Blitz in der Nacht, den schwarzen Abgrund erkennen, der zwischen uns klafft.

Und dennoch gehört es zum Schönsten auf dieser Erde, einen Abend lang bei einer geliebten Frau zu sein, stumm, beinahe völlig glücklich, einzig durch das Gefühl ihres Daseins. Mehr darf man nicht verlangen; denn niemals vermögen zwei Wesen miteinander zu verschmelzen.

Was nun aber mich betrifft, so habe ich jetzt meine Seele verschlossen. Ich sage niemandem mehr, was ich glaube, was ich denke und was ich liebe. Da ich mich zu dem Schrecken der Einsamkeit verdammt weiß, betrachte ich die Dinge, ohne jemals meine Ansicht kundzutun. Was liegt schon an Meinungen, an Zänkereien, an Freuden, am Glauben! Da ich mit niemandem zu teilen vermag, verhalte ich mich gleichgültig gegenüber allen. Mein Denken, das sich der Wahrnehmbarkeit entzieht, bleibt unerforscht. Ich habe einen Vorrat banaler Redensarten, mit denen ich auf die alltäglichen Fragen antworte, und ein Lächeln, das ›Ja‹ bedeutet, wenn ich mir nicht einmal die Mühe einer Antwort machen will.

Verstehst du das?«

Wir waren die lange Prunkstraße bis zum Triumphbogen hinaufgegangen, dann waren wir sie wieder bis zur Place de la Concorde hinabgeschritten; denn er hatte das alles langsam vorgebracht, und er hatte noch mancherlei andere Dinge gesagt, deren ich mich nicht mehr erinnere.

Unvermittelt blieb er stehen und wies mit der Hand nach dem hohen Granitobelisken, der sich auf dem Pflaster von Paris erhebt und seine ägyptische Schlankheit zu den Sternen aufreckt, ein der Heimat beraubtes Denkmal, auf dessen Flächen sich die Geschichte seines Landes in seltsamen Zeichen eingemeißelt findet. Mein Freund rief: »Sieh, wir alle sind wie dieser Stein.«

Dann ging er ohne ein weiteres Wort davon.

War er betrunken? War er verrückt? War er weise? Ich weiß es noch nicht. Bisweilen ist mir, als habe er recht; bisweilen ist mir, als habe er den Verstand verloren.

Übertragen von Ernst Sander

Die alte Sauvage

Französischer Titel: La mère Sauvage
Erstdruck: Le Gaulois, 3. März 1884

Für Georges Pouchet

I

Seit fünfzehn Jahren war ich nicht in Virelogne gewesen. Ich fuhr im Herbst hin, zur Jagd bei meinem Freund Serval, der endlich sein von den Preußen zerstörtes Schloß hatte wiederaufbauen lassen.

Ich hatte das Dorf sehr, sehr gern gehabt. Es gehört zu den köstlichen Erdenwinkeln, die für die Augen einen sinnlichen Zauber besitzen. Man liebt sie mit physischer Liebe. Wir, für die die Erde etwas Verführerisches besitzt, hegen zärtliche Erinnerungen an gewisse Quellen, gewisse Wälder, gewisse Teiche, gewisse Hügel, die wir oftmals gesehen und die uns froh gestimmt haben wie glückliche Geschehnisse. Manchmal denken wir zurück an ein Stückchen Wald oder einen Steiluferstreifen oder einen mit Blüten überpuderten Obstgarten, die wir nur ein einziges Mal an einem heiteren Tag gesehen haben und die in unserm Herzen verblieben sind wie die Bilder von Frauen, denen wir an einem Frühlingsmorgen auf der Straße begegneten; sie trugen helle, durchsichtige Kleider und hinterließen in Leib und Seele ein ungestilltes, unvergeßliches Verlangen, das Gefühl, als habe das Glück uns gestreift.

Die ganze Landschaft um Virelogne hatte ich geliebt; sie ist mit kleinen Gehölzen gesprenkelt und wird von Bächen durchzogen, die sich im Boden hinschlängeln wie das Blut der Erde leitende Adern. Dort wurden Krebse, Forellen und Aale gefischt. Ein göttliches Glück! An manchen Stellen konnte gebadet werden, und häufig konnte man in dem hohen Gras, das am Rand dieser winzigen Wasserläufe sproß, rostfarben gefleckte Schnepfen entdecken.

Ich ging leichtfüßig wie eine Ziege und sah zu meinen beiden vor mir stöbernden Hunden hin. Serval stampfte hundert Meter rechts von mir durch ein Luzernenfeld. Ich ging um das Buschwerk herum, das die Grenze des Waldes von Les Saudres bildet, und gewahrte eine in Trümmern liegende Hütte.

Plötzlich hatte ich sie vor Augen, wie ich sie zum letztenmal im Jahre 1869 gesehen hatte: sauber, mit Wein bewachsen, mit Hühnern vor der Tür. Gibt es etwas Traurigeres als ein totes Haus mit seinem aufrechtstehenden, verfallenden, unheimlichen Gerippe?

Ich mußte auch an eine alte Frau denken, die mich in jener Hütte an einem sehr erschöpfenden Tag mit einem Glas Wein bewirtete, und daran, daß Serval mir hernach die Geschichte der Bewohner erzählt hatte. Der Vater, ein alter Wilderer, war von den Gendarmen erschossen worden. Der Sohn, den ich ehedem gesehen hatte, war ein großer, klapperdürrer Bursche, der gleichfalls als ein wüster Wildmörder galt. Die Familie hieß Sauvage, was »einzelgängerisch, ungesellig und ungesittet« bedeutet.

War es ein Name oder ein Spitzname?

Ich rief Serval. Er kam mit seinen langen Stelzschritten heran.

Ich fragte ihn: »Was ist aus den Leuten da geworden?«

Und er erzählte mir folgendes Abenteuer.

II

»Als der Krieg erklärt worden war, wurde der damals dreiunddreißigjährige Sohn Sauvage Soldat und ließ die Mutter in der Behausung allein. Sie wurde nicht allzu sehr bemitleidet, die Alte, weil sie Geld hatte; das war bekannt.

Sie blieb also ganz allein in dem abseitigen, fern vom Dorf gelegenen Haus am Waldrand. Übrigens hatte sie keine Angst; sie war vom selben Schlag wie ihre Männer, eine rauhe, hochgewachsene, magere Alte, die nur selten lachte und mit der nicht gescherzt wurde. Die Bauersfrauen, nebenbei gesagt, lachen kaum je. Das ist Sache der Männer! Sie haben traurige, beschränkte Seelen, da sie ein trübseliges Leben ohne Lichtblicke führen. Der Bauer lernt ein bißchen lärmende Fröhlichkeit in der Kneipe; aber seine Lebensgefährtin bleibt ernst und sieht unabänderlich streng aus. Ihren Gesichtsmuskeln ist die Bewegung, die das Lachen auslöst, fremd geblieben.

Die alte Sauvage fuhr mit ihrem gewöhnlichen Dasein in der Hütte fort, die bald tief verschneit dalag. Einmal die Woche kam sie ins Dorf und holte sich Brot und ein bißchen Fleisch; dann ging sie wieder heim in ihre Bruchbude. Da von Wölfen geredet wurde, zog sie mit dem Gewehr auf dem Rücken los, dem verrosteten Gewehr des Sohnes mit dem vom vielen Anfassen abgescheuerten Kolben; und sie bot einen kuriosen Anblick, die lang aufgeschossene Sauvage, wie sie etwas gebeugt, mit langen, langsamen Schritten durch den Schnee stapfte; der Lauf der Waffe ragte über die schwarze Haube empor, die ihrem Kopf eng anlag und ihr weißes Haar gefangenhielt: Niemand hat es je zu sehen bekommen.

Eines Tages rückten die Preußen an. Sie wurden auf die Einwohner verteilt, je nach Vermögen und Möglichkeiten der einzelnen. Die Alte, von der man wußte, daß sie reich war, bekam vier.

Es waren vier wohlgenährte Burschen mit heller Haut, blonden Bärten und blauen Augen; trotz der Anstrengungen, die sie schon durchgemacht hatten, waren sie fett geblieben; sie waren gute Kerle, auch im eroberten Land. Da sie allein mit dieser bejahrten Frau waren, bezeigten sie sich ihr gegenüber zuvorkommend und ersparten ihr nach Kräften Anstrengungen und Ausgaben. Morgens konnte man sie alle vier beobachten, wie sie in Hemdsärmeln am Brunnen unter einem gehörigen Aufwand an Wasser im harten Schneelicht ihre weißen und rosa Nordmännerkörper wuschen, während die alte Sauvage kam und ging und das Essen kochte. Dann sah man sie die Küche reinmachen, die Fenster putzen, Holz hacken, Kartoffeln schälen, Wäsche waschen, alle Hausarbeiten erledigen, wie vier gute Söhne für ihre Mutter sorgen.

Sie aber dachte unaufhörlich an den ihrigen, die Alte, ihren großen Mageren mit der Hakennase, den braunen Augen und dem starken Schnurrbart, der auf seiner Lippe einen Wulst aus schwarzen Haaren bildete. Jeden Tag fragte sie jeden der bei ihr einquartierten Soldaten: ›Wissen Sie, wohin das dreiundzwanzigste französische Infanterieregiment gerückt ist? Bei dem steht mein Sohn.‹

Sie antworteten: ›Nein, nix gehört, nix, gar nix davon wissen.‹

Und da sie, die daheim Mütter hatten, sich in ihre Nöte und Unruhe hineinversetzen konnten, erwiesen sie ihr tausend kleine Freundlichkeiten. Sie mochte sie übrigens recht gern, ihre vier Feinde; denn die Bauern empfinden kaum je patriotischen Haß; der ist bloß den höheren Klassen eigentümlich. Die Niedrigen, die am meisten bezahlen, weil sie arm sind, und auf die jede neue Belastung zurückfällt, die massenweise getötet werden, die das wahre Kanonenfutter bilden, weil sie die meisten sind, die mithin am grausamsten unter dem furchtbaren Elend des Krieges leiden, weil sie die schwächsten und die am wenigsten widerstandsfähigen sind, haben schwerlich Verständnis für kriegerischen Eifer, reizbares Ehrgefühl und die vorgeblichen politischen Verwicklungen, die innerhalb von sechs Monaten zwei Nationen aussaugen, die siegreiche wie die besiegte.

Wenn im Dorf von den Deutschen der alten Sauvage die Rede war, hieß es: ›Die vier haben es gut getroffen.‹

Nun aber sah die alte Frau, als sie allein in der Hütte war, eines Morgens in der Ferne einen Mann über das flache Land auf ihre Behausung zukommen. Bald erkannte sie ihn; es war der Gemeindebote, der die Briefe austrug. Er gab ihr einen Feldpostbrief, und sie entnahm dem Futteral die Brille, die sie immer beim Nähen aufsetzte, und las:

›Madame Sauvage,

Gegenwärtiges bringt Ihnen eine traurige Nachricht. Ihr Sohn Victor ist gestern gefallen, durch eine Kanonenkugel, die ihn buchstäblich in zwei Stücke gerissen hat. Ich war dicht dabei, da wir ja doch in der Kompanie Nebenmänner waren, und er hat mir von Ihnen oft erzählt, und ich sollte Sie noch am selben Tag benachrichtigen, wenn ihm was zustieße.

Ich habe ihm die Uhr aus der Tasche genommen und will sie Ihnen bringen, wenn der Krieg aus ist.

Césaire Rivot, Soldat 2. Klasse im 23. Infanterieregiment‹

Der Brief war drei Wochen zuvor abgesandt worden.

Sie weinte nicht. Sie blieb starr sitzen, so betroffen, so verstumpft, daß sie noch nicht einmal litt. Sie dachte: ›Nun ist Victor gefallen.‹ Dann stiegen ihr allmählich die Tränen in die Augen, und Schmerz überflutete ihr Herz. Gedanken kamen ihr, einer nach dem andern, schreckliche, quälende. Nie wieder würde sie ihn in die Arme schließen, ihren Jungen, ihren Großen, nie wieder! Die Gendarmen hatten den Vater, die Preußen den Sohn umgebracht... Er war durch eine Kanonenkugel zerfetzt worden, in zwei Stücke. Und ihr war, als sehe sie es mit an, das Grauenhafte, das Fallen des Kopfes, mit offenen Augen, und dabei biß er sich auf die Spitzes seines dichten Schnurrbarts, wie er es immer getan hatte, wenn er wütend war.

Was mochten sie danach mit seiner Leiche angefangen haben? Hätten sie ihr ihren Jungen wenigstens ins Haus gebracht, wie ihren Mann, mit der Kugel mitten in der Stirn!

Aber da hörte sie Stimmen. Es waren die aus dem Dorf zurückkommenden Preußen. Schnell steckte sie den Brief in die Tasche und empfing sie ruhig; ihr Gesicht war ganz wie sonst; sie hatte Zeit gehabt, sich die Augen zu trocknen.

Sie lachten alle vier, sie waren guter Dinge, weil sie ein schönes, sicherlich geklautes Kaninchen mitbrachten, und sie deuteten der Alten durch Zeichen an, es werde etwas Gutes zu essen geben.

Sie machte sich sogleich an die Bereitung des Mittagessens; aber als das Kaninchen geschlachtet werden mußte, hatte sie nicht das Herz dazu. Dabei war es durchaus nicht das erste! Einer der Soldaten erledigte es durch einen Fausthieb hinter die Ohren.

Nun das Tier tot war, zog sie den roten Körper aus dem Fell; aber der Anblick des Blutes, das sie fühlte, das ihr die Hände bedeckte, lauwarmes Blut, das sie erkalten und gerinnen spürte, ließ sie vom Kopf bis zu den Füßen erzittern; und immer sah sie ihren Großen vor sich, in zwei Teile zerstückelt, und auch ganz rot, wie dieses noch zuckende Tier.

Sie setzte sich mit ihren Preußen zu Tisch, aber essen konnte sie nicht, keinen einzigen Bissen. Sie verschlangen das Kaninchen, ohne sie zu beachten. Sie schaute sie von der Seite an, stumm; sie brütete einen Gedanken aus, und dabei blieb ihr Gesicht so ungerührt, daß sie nichts merkten.

Unvermittelt sagte sie: ›Nicht mal eure Namen weiß ich, und dabei sind wir schon einen Monat beisammen.‹

Es kostete die vier einige Mühe zu verstehen, was sie wollte, und sie sagten ihre Namen. Aber das genügte ihr noch nicht; sie ließ sie sich auf einen Zettel schreiben, und sogar noch die Adresse ihrer Familien; abermals setzte sie sich die Brille auf ihre große Nase, schaute die unbekannte Schrift an, faltete das Blatt zusammen und steckte es in die Tasche, über den Brief, der ihr gesagt hatte, daß ihr Sohn tot sei.

Als sie mit Essen fertig waren, sagte sie zu den Männern: ›Jetzt will ich was für euch tun.‹

Und sie machte sich daran, Heu auf den Speicher zu schaffen, wo die vier schliefen.

Sie wunderten sich über das Tun der Alten; sie erklärte ihnen, sie würden es so weniger kalt haben; da halfen sie ihr. Sie häuften die Heuballen bis zum Strohdach; sie machten sich eine Art großer Schlafkammer mit vier Heuwänden, einen warmen, duftenden Raum, in dem sie wunderbar zu schlafen hofften.

Beim Abendessen zeigte einer von ihnen sich besorgt darüber, daß die alte Sauvage noch immer nichts aß. Sie behauptete, sie habe Magenkrämpfe. Dann steckte sie ein gutes Feuer an, damit sie es warm hätte, und die vier Deutschen stiegen mittels der Leiter, die sie dazu jeden Tag benutzten, hinauf in ihre Unterkunft.

Sobald die Falltür zugeklappt war, nahm die Alte die Leiter weg; dann machte sie geräuschlos die nach außen führende Tür auf und holte Strohbündel, mit denen sie ihre Küche anfüllte. Sie ging barfuß durch den Schnee, so behutsam, daß nichts zu hören war. Dann und wann lauschte sie auf das dröhnende, ungleichmäßige Schnarchen der vier schlafenden Soldaten.

Als sie meinte, ihre Vorbereitungen genügten, warf sie eins der Strohbündel in den Kamin, und als es brannte, verteilte sie es auf den andern; dann ging sie hinaus und sah zu.

Innerhalb einiger Sekunden erleuchtete heftige Helle das ganze Innere der Hütte, dann wurde daraus ein schrecklicher Glutherd, ein gigantischer glühender Ofen, dessen Licht durch das enge Fenster hervorbrach und einen leuchtenden Strahl auf den Schnee warf.

Dann erscholl aus dem oberen Teil des Hauses ein lauter Schrei, dann ein zeterndes Heulen von Menschenstimmen, schrille, angstvolle, entsetzte Rufe. Die Falltür war innen verbrannt heruntergefallen, ein Feuerwirbel stob in den Speicher hinein, durchstieß das Strohdach und stieg zum Himmel empor wie eine ungeheure Fackelflamme, und die ganze Hütte loderte.

Im Prasseln der Feuersbrunst, im Krachen der Mauern und Zusammenbrechen der Balken war nichts mehr zu hören. Plötzlich stürzte das Dach ein, und das glühende Gerippe des Hauses schleuderte inmitten einer Rauchwolke eine große Funkengarbe in die Luft.

Das weiße, vom Feuer überlohte Land leuchtete wie ein rotgefärbter Silberspiegel. In der Ferne fing eine Glocke an zu läuten.

Die alte Sauvage war vor ihrer zerstörten Behausung stehen geblieben, mit ihrem Gewehr, dem des Sohnes, bewaffnet; sie hatte gefürchtet, einer der Männer könne entkommen.

Als sie sah, daß alles aus war, warf sie die Waffe in die Glut. Ein Schuß knallte.

Leute kamen herbeigelaufen, Bauern, Preußen.

Sie fanden die Frau auf einem Baumstumpf sitzen, ruhig und zufrieden.

Ein deutscher Offizier, der Französisch sprach, als sei er geborener Franzose, fragte sie: ›Wo sind Ihre Soldaten?‹

Sie streckte den mageren Arm nach dem roten Gehäuf des erlöschenden Brandherds aus und antwortete laut und deutlich: ›Da drin!‹

Sie wurde umdrängt. Der Preuße fragte weiter: ›Wie ist das Feuer entstanden?‹

Sie stieß hervor: ›Ich habe es angelegt.‹

Es wurde ihr nicht geglaubt; alle meinten, sie sei durch das Unglück wahnsinnig geworden. Doch als dann alle sie umstanden und ihr zuhörten, erzählte sie alles von Anfang an, vom Kommen des Briefes bis zum letzten Schrei der zusammen mit ihrem Haus verbrannten Männer. Sie ließ keine Einzelheit dessen aus, was sie gefühlt und was sie getan hatte.

Als sie damit fertig war, zog sie die beiden Papierfetzen aus der Tasche, und um sie im letzten Schein des Feuers unterscheiden zu können, setzte sie sich auch noch die Brille auf; dann zeigte sie das eine Blatt vor und sagte: ›Das hier ist Victors Todesnachricht.‹ Dann zeigte sie das andere vor, deutete mit dem Kopf auf die rote Ruine und fügte hinzu: ›Das hier sind ihre Namen, damit an ihre Leute geschrieben werden kann.‹ Unbeirrt hielt sie dem Offizier, der sie an den Schultern gepackt hatte, das weiße Blatt hin und fuhr fort: ›Schreiben Sie ihnen, wie es gekommen ist, und sagen Sie ihren Eltern, daß ich es getan habe, Victoire Simon, die Sauvage! Vergessen Sie es nicht.‹

Der Offizier schrie in deutscher Sprache Befehle. Sie wurde gepackt und an die noch heiße Mauer ihres Hauses gestellt. Dann traten rasch in zwanzig Metern Entfernung zwölf Männer vor ihr an. Sie rührte sich nicht. Sie hatte verstanden; sie wartete.

Ein Befehl hallte, ihm folgte sofort eine lange Detonation. Ein verspäteter Schuß knallte ganz allein, nach den andern.

Die Alte fiel nicht um. Sie stürzte hin, als seien ihr die Beine abgesichelt worden.

Der preußische Offizier trat herzu. Sie war fast in zwei Teile zerfetzt, und in der verkrampften Hand hielt sie ihren blutbesudelten Brief.«

Mein Freund Serval sagte noch: »Als Vergeltungsmaßnahme haben die Deutschen das Schloß beim Dorf zerstört, meinen Besitz.«

Ich aber dachte an die Mütter der vier gutmütigen Burschen, die dort drinnen verbrannt waren, und an den abscheulichen Heroismus jener andern Mutter, die an der Mauer dort erschossen worden war.

Und ich nahm ein Steinchen auf; es war noch vom Feuer geschwärzt.

Übertragen von Irma Schauber

Der Bettler

Französischer Titel: Le Gueux
Erstdruck: Le Gaulois, 9. März 1884

Er hatte bessere Tage gekannt, trotz seiner Not und seines Gebrechens.

Mit fünfzehn Jahren waren ihm in der Hauptstraße von Varville durch einen Wagen beide Beine zermalmt worden. Seither bettelte er; er schleppte sich auf seinen Krücken schwankend weiter, die ihm die Schultern bis zu den Ohren hinaufgedrückt hatten, so daß sein Kopf zwischen zwei Bergbuckeln eingezwängt schien, die Wege entlang, durch die Höfe der Bauerngüter.

Er war ein Findelkind; der Pfarrer von Les Billettes hatte ihn am Tag vor dem Fest der Toten in einem Chausseegraben gefunden und ihn eben deswegen Nicolas Toussaint getauft; mildherzige Leute hatten ihn großgezogen; Unterricht hatte er nie genossen; nach ein paar Gläsern Schnaps, zu denen der Dorfbäcker ihn eingeladen hatte, war er unter die Räder geraten und zum Krüppel geworden, lächerlicherweise, und seitdem war er ein Vagabund, der sich auf nichts verstand, als die Hand auszustrecken.

Früher hatte die Baronin d'Avary ihm als Schlafstätte eine mit Stroh gefüllte Nische neben dem Hühnerstall des zum Schloß gehörenden Wirtschaftshofes überlassen; er hatte sich darauf verlassen können, daß er an Tagen großen Hungers stets ein Stück Brot und ein Glas Zider vorgesetzt bekam. Zudem hatte ihm die alte Dame oftmals von der Freitreppe oder vom Fenster ihres Schlafzimmers aus ein paar Sous zugeworfen. Jetzt war sie tot.

In den Dörfern wurde ihm kaum noch etwas gegeben; man kannte ihn allzu gut; man war seiner in den vierzig Jahren müde geworden, die man ihn seinen mit Lumpen bedeckten, mißgestalteten Körper auf seinen beiden Holzbeinen von Haus zu Haus hatte schleppen sehen. Dabei wollte er nicht anderswo hingehen, weil er auf Erden nichts kannte als diese Gegend, diese drei oder vier Weiler, in denen er sein elendes Leben gefristet hatte. Er hatte seinen Betteleien Schranken gesetzt und wäre nie über jene Grenzen hinausgegangen, die keinesfalls zu überschreiten er gewohnt war.

Er hatte keine Ahnung, daß die Welt sich hinter den Bäumen, die stets seinen Gesichtskreis eingeschränkt hatten, noch weiter ausdehnte. Er dachte auch nicht darüber nach. Und wenn die Bauern, die es satt hatten, ihm immerfort an ihren Feldrainen oder ihren Grenzgräben zu begegnen, ihm zuriefen: »Warum gehst du nicht mal in die andern Dörfer, anstatt immer hier herumzuhinken?«, dann gab er keine Antwort und trollte sich, weil in ihm eine vage Furcht vor dem Unbekannten war, die Furcht des Armen, der sich auf verworrene Weise vor tausenderlei Dingen ängstigt, vor neuen Gesichtern, Schimpfreden, den argwöhnischen Blicken der Leute, die ihn nicht kannten, und vor den Gendarmen, die zu zweit auf den Landstraßen einhergehen und ihn sich instinktiv im Buschwerk oder hinter Steinhaufen verkriechen ließen.

Gewahrte er sie, die in der Sonne bunt leuchteten, in der Ferne, so bezeigte er plötzlich eine eigentümliche Behendigkeit, die Behendigkeit eines Tiers, das in ein Schlupfloch flüchten will. Er rutschte an seinen Krücken hinunter, ließ sich fallen wie ein alter Lappen, rollte sich zur Kugel zusammen, wurde ganz klein, unsichtbar, wie ein in seinen Bau gehuschtes Kaninchen; seine braunen Lumpen verschmolzen mit der Erde.

Dabei hatte er nie mit den Gendarmen zu tun gehabt. Aber es lag ihm nun mal im Blut, als hätte er diese Furcht und dies geschickte Verhalten von seinen ihm unbekannten Eltern geerbt.

Er hatte keine Unterkunft, kein Dach überm Kopf, keine Hütte, keine Zufluchtsstätte. Im Sommer schlief er überall, und im Winter schlich er sich mit bemerkenswerter Geschicklichkeit in die Scheunen oder in die Ställe. Stets machte er sich aus dem Staub, ehe seine Anwesenheit bemerkt worden war. Er kannte die Löcher, durch die er in die Gebäude schlüpfen konnte; und die Handhabung der Krücken hatte seinen Armen eine überraschende Stärke zuteil werden lassen, so daß er einzig durch die Kraft seiner Hände bis zu den Heuböden hinaufklettern konnte, wo er bisweilen vier oder fünf Tage verblieb, ohne sich vom Fleck zu rühren, wenn er bei seinen Rundgängen genügend Nahrungsvorrat eingeheimst hatte.

Er lebte inmitten der Menschen wie die Tiere des Waldes, ohne jemanden zu kennen, ohne jemanden gern zu haben; bei den Bauern erregte er lediglich gleichgültige Verachtung oder resignierte Feindseligkeit. Er war mit dem Spitznamen »Glocke« bedacht worden, weil er zwischen seinen beiden hölzernen Pfählen vor- und zurückschwang wie eine Glocke zwischen ihren Trägern.

Seit zwei Tagen hatte er nichts gegessen. Keiner gab ihm mehr etwas. Jetzt endlich wollte man nichts mehr mit ihm zu schaffen haben. Die in ihren Türen stehenden Bäuerinnen riefen ihm schon von weitem zu, wenn sie ihn kommen sahen: »Willst du wohl machen, daß du wegkommst, du Herumtreiber? Erst vor drei Tagen habe ich dir ein Stück Brot gegeben!«

Und dann machte er auf seinen Krücken kehrt und ging auf das nächste Haus zu, wo er genauso empfangen wurde.

Die Frauen riefen sich von einer Tür zur andern zu: »Man kann doch diesen Nichtstuer nicht das ganze Jahr hindurch füttern!«

Dabei mußte auch der Nichtstuer jeden Tag etwas essen.

Er war durch Saint-Hilaire, Varville und Les Billettes hindurchgehinkt, ohne einen Centime oder eine alte Brotkruste zu bekommen. Nur die Hoffnung auf Tournolles blieb ihm noch; aber bis dorthin waren es zwei Meilen auf der Landstraße, und er fühlte sich so müde, daß er sich nicht mehr weiterschleppen konnte, da sein Bauch genauso leer war wie seine Tasche.

Dennoch zog er los.

Es war Dezember; ein kalter Wind lief über die Felder und pfiff in den kahlen Zweigen, und die Wolken galoppierten über den niedrigen, düsteren Himmel und hasteten wer weiß wohin. Der Krüppel ging langsam, er setzte seine Krücken, erst die eine, dann die andere, mit peinigender Anstrengung auf und stützte sich dabei auf das in sich verdrehte, ihm verbliebene Bein; es lief in einen mit Lumpen umwickelten Klumpfuß aus.

Dann und wann setzte er sich auf eine Grabenböschung und

verschnaufte ein paar Minuten. Der Hunger senkte in seine wirre, schwerfällige Seele tiefe, ratlose Angst. Er hatte nur *einen* Gedanken: »Was essen«; aber er wußte nicht, auf welche Weise.

Seit drei Stunden mühte er sich den endlosen Weg entlang; als er dann die Bäume des Dorfes gewahrte, beschleunigte er seine Bewegungen.

Der erste Bauer, dem er begegnete und den er um eine milde Gabe bat, antwortete ihm: »Bist du schon wieder da, alter Kunde? Werden wir dich denn nie und nimmer los?«

Und »Glocke« ging weiter. An jeder Tür wurde er hart angefahren und weggeschickt, ohne daß er etwas bekam. Trotzdem setzte er seinen Rundgang geduldig und hartnäckig fort. Kein einziger Sou wurde ihm gegeben.

Da ging er auf die außerhalb des Dorfes gelegenen Höfe; er schleppte sich auf vom Regen aufgeweichten Feldwegen hin und war so von Kräften, daß er kaum noch seine Krücken hochheben konnte. Überall wurde er weggejagt. Es war einer der kalten, trübseligen Tage, an denen die Herzen sich zusammenkrampfen, an denen die Gehirne gereizt und die Seelen düster sind, an denen die Hand sich weder zum Schenken noch zum Helfen öffnet.

Als er in allen ihm bekannten Häusern vorgesprochen hatte, legte er sich in einem Winkel des Grenzgrabens von Bauer Chiquets Hof nieder. Er »hakte sich aus«, wie immer gesagt wurde, um zu veranschaulichen, wie er zwischen den beiden hohen Krükken niederglitt, indem er sie unter den Armen durchrutschen ließ. Und dort blieb er lange liegen, vom Hunger gepeinigt, aber zu stumpf, um sein unausdenkbares Elend voll ermessen zu können.

Er wartete auf irgend etwas, aus jenem unbestimmten Warten heraus, das immer in uns verharrt. Er wartete an der Ecke jenes Bauernhofs im eisigen Wind auf die geheimnisvolle Hilfe, die man sich stets vom Himmel oder von den Menschen erhofft, ohne sich zu fragen, wie oder warum oder von wem sie eintreffen könnte. Eine Schar schwarzer Hühner lief vorüber und suchte sich Futter im Erdboden, der alle Menschen ernährte. Jeden Augenblick pickten sie mit einem Zuhacken des Schnabels ein Korn oder ein unsichtbares Insekt auf, und dann fuhren sie mit ihrer langsamen, sicheren Suche fort.

Gedankenlos sah »Glocke« zu ihnen hin; dann kam ihm mehr im Magen als im Kopf eher die Empfindung als der Gedanke, daß eins der Tiere sich vortrefflich essen ließe, wenn man es auf einem Reisigfeuer briete.

Die Mutmaßung, daß er damit einen Diebstahl begehe, streifte ihn nicht einmal. Er langte sich einen in Reichweite seiner Hand liegenden Stein, und da er geschickt war, tötete er durch einen Wurf das am dichtesten bei ihm pickende Huhn. Das Tier fiel auf die Seite und schlug mit den Flügeln. Die andern liefen auf ihren winzigen Pfoten wackelnd davon, und »Glocke« klomm wieder an seinen Krücken hinauf und hinkte mit ähnlichen Bewegungen wie die Hühner los, um seine Jagdbeute an sich zu raffen.

Als er bei der kleinen, am Kopf rotgefleckten Tierleiche anlangte, bekam er einen furchtbaren Stoß in den Rücken, so daß er seine Krücken losließ und zehn Schritte weit wegrollte. Und der aufgebrachte Bauer Chiquet stürzte sich auf den Dieb, deckte ihn mit Hieben zu und schlug auf ihn ein wie ein Wahnsinniger, wie eben ein bestohlener Bauer zuschlägt; mit der Faust, mit Kniestößen bedachte er den Körper des wehrlosen Krüppels, wohin er gerade traf. Die Leute vom Hof kamen gleichfalls herbeigelaufen und halfen ihrem Herrn wacker beim Verprügeln des Bettlers. Als sie es dann müde waren, auf ihn einzudreschen, packten sie ihn, trugen ihn weg und schlossen ihn bis zur Ankunft der herbeigeholten Gendarmen in den Holzstall ein.

»Glocke« war halbtot, blutete, kam um vor Hunger und blieb am Boden liegen. Es wurde Abend, dann Nacht, dann wieder Morgen. Noch immer hatte er nichts gegessen.

Die Gendarmen kamen gegen Mittag und machten überaus vorsichtig die Tür auf, da sie auf Widerstand gefaßt waren; denn Bauer Chiquet hatte behauptet, er sei von dem Bettler angegriffen worden und nur mühsam seiner Herr geworden.

Der Wachtmeister brüllte: »Los, aufstehen!«

Aber »Glocke« konnte sich nicht mehr bewegen; zwar versuchte er, sich an seinen Krücken hochzuziehen; es gelang ihm jedoch nicht. Sie glaubten an Verstellung, an eine List, an Bockigkeit des Übeltäters, und die beiden Bewaffneten schnauzten ihn an, packten grob zu und stellten ihn gewaltsam auf seine Krücken.

Er hatte Angst, die angeborene Angst vor den Männern mit den gelben Lederkoppeln, die Angst des Wildes vor dem Jäger, der Maus vor der Katze, und mit übermenschlicher Anstrengung gelang es ihm, sich aufrecht zu halten.

»Marsch!« sagte der Wachtmeister. Er zockelte los. Die ganze Bewohnerschaft des Hofes sah ihm dabei zu. Die Frauen drohten mit der Faust, die Männer grinsten und riefen ihm Schimpfworte zu: Endlich war er geschnappt worden! Jetzt hatten sie ihn auf gute Art vom Hals.

Zwischen seinen beiden Bewachern ging er davon. Er brachte die verzweifelte Energie auf, deren er bedurfte, sich noch bis zum Abend hinzuschleppen; er war völlig verstumpft; er wußte gar nicht mehr, wie ihm geschah, er war viel zu bestürzt, um irgend etwas zu begreifen.

Die ihnen Begegnenden blieben stehen und sahen sich seinen Vorbeizug an, und die Bauern brummten: »Das ist sicher ein Dieb!«

Es dunkelte schon, als sie in der Kreisstadt anlangten. Bis dorthin war er nie gekommen. Er konnte sich wirklich nicht vorstellen, was geschehen war und was ihm etwa noch zustoßen könne. All dies Schreckliche, das ihm unversehens widerfuhr, all die neuen Gesichter und Häuser machten ihn bestürzt und stumm.

Kein Wort brachte er hervor; er hatte ja auch nichts zu sagen, da ihm alles unverständlich blieb. Überdies hatte er schon seit Jahren mit niemandem mehr gesprochen; er hatte den Gebrauch der Zunge nahezu verlernt; und sein Denken war viel zu verworren, als daß er es in Worte hätte umsetzen können.

Er wurde in das Gefängnis der kleinen Stadt gesperrt. Den Gendarmen kam es nicht in den Sinn, daß er möglicherweise etwas zu essen haben müsse; er wurde bis zum nächsten Tag allein gelassen.

Aber als er frühmorgens zum Verhör geholt werden sollte, lag er tot am Boden. War das eine Überraschung!

Übertragen von Ernst Sander

Begegnung

Französischer Titel: Rencontre
Erstdruck: Le Gil-Blas, 11. März 1884,
unter dem Pseudonym »Maufrigneuse«

Für Édouard Rod

Es geschah zufällig, ganz zufällig. Der Baron d'Étraille war des Herumstehens satt gewesen, und da alle Räume der Prinzessin an diesem Festabend offen und zugänglich waren, hatte er die hell erleuchteten Salons verlassen und sich in das leere und fast dunkle Schlafzimmer begeben.

Er hielt Umschau nach einem Sessel, in dem er schlafen konnte, da er überzeugt war, seine Frau werde schwerlich vor Tagesanbruch fortgehen wollen. Von der Tür aus sah er das breite Bett mit der goldgeblümten Azurdecke mitten in dem weitläufigen Raum stehen wie einen Katafalk, in dem die Liebe hätte bestattet liegen können; denn die Prinzessin war nicht mehr jung. Ganz hinten erweckte ein großer heller Fleck den Eindruck eines Sees, den man durch ein hohes Fenster erblickt. Es war ein diskret angebrachter, übergroßer Spiegel; er war mit düsteren Draperien verkleidet, die man bisweilen hatte fallen lassen, oft aber hochgezogen hatte; und die spiegelnde Scheibe schien die Lagerstatt, ihre Helfershelferin, zu mustern. Man hätte meinen können, sie habe Erinnerungen, Reueempfindungen und Sehnsüchte wie jene Schlösser, die die Schatten der Toten durchgeistern, und werde über seine leere, glatte Fläche die bezaubernden Formen gleiten sehen, die die Hüften nackter Frauen aufweisen, und die lieblichen Bewegungen der Arme bei der Liebesumschlingung.

Lächelnd und ein wenig gerührt war der Baron auf der Schwelle dieses Liebesgemachs stehen geblieben. Doch plötzlich zeigte sich etwas in dem Spiegel, als seien die gerufenen Geister tatsächlich vor ihm aufgetaucht. Ein Mann und eine Frau, die auf einem sehr niedrigen, vom Dunkel verhüllten Sofa gesessen hatten, waren aufgestanden. Und die blanke Kristallfläche, die ihre Bilder spiegelte, gab sie wieder, wie sie dastanden und sich küßten, ehe sie voneinander schieden.

Der Baron erkannte seine Frau und den Marquis de Cervigny. Er wandte sich ab und ging als ein kraftvoller, seiner selbst sicherer Mann davon; er wartete, bis es hell wurde, um dann die Baronin heimzubegleiten; aber an Schlaf dachte er nicht mehr.

Als er mit ihr allein war, sagte er: »Madame, ich habe vorhin im Schlafzimmer der Prinzessin de Raynes alles mitangesehen. Deutlicher auszudrücken brauche ich mich schwerlich. Für Vorwürfe, Gewalttätigkeiten und Lächerlichkeit habe ich nichts übrig. Da wir dergleichen Dingen aus dem Weg gehen wollen, werden wir uns ohne Aufhebens trennen. Meine Anwälte werden die Fragen Ihres Unterhalts meinen Weisungen entsprechend regeln. Wenn Sie nicht mehr in meinem Haus wohnen, genießen Sie die Freiheit, nach Ihrem Ermessen zu leben; aber ich sage Ihnen im voraus: Da Sie nach wie vor meinen Namen tragen werden, bin ich für den Fall eines Skandals gezwungen, mich streng zu zeigen.«

Sie wollte etwas sagen; er hinderte sie daran, verbeugte sich und ging in seine Zimmer zurück.

Er fühlte sich eher erstaunt und traurig als unglücklich. In der ersten Zeit ihrer Ehe hatte er sie sehr geliebt. Jenes Glühen war nach und nach erkaltet, und letzthin hatte er des öfteren kleine erotische Erlebnisse gehabt, sei es in der Welt des Theaters, sei es in der Gesellschaft, wobei er dennoch eine gewisse Neigung für die Baronin beibehalten hatte.

Sie war noch ganz jung, kaum vierundzwanzig, klein, merkwürdig blond und schmächtig, allzu schmächtig. Ein Pariser Püppchen war sie, fein, verwöhnt, elegant, kokett, ziemlich geistvoll, mehr liebreizend als schön. Wenn er mit seinem Bruder unter vier Augen über sie sprach, pflegte er zu sagen: »Meine Frau ist zauberhaft, verlockend; die Sache ist nur die: Man hat bei ihr zu wenig Greifbares. Sie ist wie die Gläser Champagner, in denen alles Schaum ist. Kommt man schließlich auf den Grund, so ist es dennoch gut und schön, aber viel zu wenig.«

Er ging zerwühlt in seinem Schlafzimmer auf und ab, und es fielen ihm tausenderlei Dinge ein. Dann und wann schwoll Zorn in ihm auf, und er verspürte ein rohes Verlangen, dem Marquis alle Knochen im Leib zu zerbrechen oder ihn im Klub zu ohrfeigen. Dann stellte er fest, das sei geschmacklos; es werde über ihn und nicht über den andern gelacht werden und darüber, daß dieses Aufbegehren weit mehr seiner verletzten Eitelkeit als einem gequälten Herzen entspringe. Er ging zu Bett, schlief indessen kaum.

Ein paar Tage danach wurde in Paris bekannt, Baron und Baronin d'Étraille hätten sich der Unvereinbarkeit der Charaktere wegen gütlich getrennt. Es kam zu keinerlei Vermutungen, zu keinerlei Getuschel, und es wunderte sich niemand.

Allein der Baron ging, um ihm etwa peinlichen Begegnungen auszuweichen, ein Jahr auf Reisen, verbrachte den folgenden Sommer in Badeorten am Meer, den Herbst auf der Jagd und kehrte erst im Winter wieder nach Paris zurück. Seine Frau traf er kein einziges Mal.

Er wußte, es wurde nicht über sie geredet. Also war sie wenigstens darauf bedacht, den Schein zu wahren. Mehr verlangte er nicht.

Er langweilte sich, ging abermals auf Reisen, dann ließ er sein Schloß Villebosc instand setzen, was zwei Jahre beanspruchte, dann empfing er dort seine Freunde, was ihn mindestens fünfzehn Monate in Atem hielt; dann wurde er dieses abgebrauchten Vergnügens müde und siedelte wieder in sein Stadthaus in der Rue de Lille über, genau sechs Jahre nach der Trennung.

Er war jetzt fünfundvierzig, hatte eine reichliche Menge ergrauten Haars, einen Ansatz zum Bauch, und in ihm nagte die Melancholie von Leuten, die einmal schön, umworben und geliebt worden sind und nun von Tag zu Tag mehr verfallen.

Einen Monat nach seiner Rückkehr nach Paris erkältete er sich auf dem Heimweg vom Klub und fing an zu husten. Sein Arzt riet ihm, den Rest des Winters in Nizza zu verbringen.

Also bestieg er eines Montagabends den Schnellzug.

Da er sich verspätet hatte, langte er an, als der Zug sich gerade in Bewegung setzte. In einem Abteil war noch Platz; er ging hinein. Es lag schon jemand auf der andern Polsterbank, jemand, der so sehr in Pelzdecken und Mäntel eingewickelt war, daß sich nicht erkennen ließ, ob es sich um einen Mann oder eine Frau handelte. Nur ein längliches Kleiderbündel war zu gewahren. Als er erkannt hatte, daß er sich keine Gewißheit verschaffen könne, machte der Baron es sich ebenfalls bequem, setzte seine Reisemütze auf, breitete seine Decken aus, rollte sich hinein, machte sich lang und schlief ein.

Erst um die Morgendämmerung erwachte er und warf sogleich einen Blick auf seinen Reisegefährten. Er hatte sich während der ganzen Nacht nicht gerührt und schien noch tief zu schlafen.

Das nahm Monsieur d'Étraille wahr; er vollzog seine Morgentoilette, bürstete sich Bart und Haar, glättete sich das Gesicht, das sich bei einer Nachtfahrt immer stark verändert, wenn man ein gewisses Alter erreicht hat.

Ein großer Dichter hat gesagt: »Ein jeder Morgen ist Triumph, solang man jung!«

Ist man jung, so ist jedes Erwachen etwas Herrliches: Die Haut ist frisch und glatt, die Augen leuchten, das Haar schimmert, so kräftig ist es.

Wenn man altert, ist jedes Erwachen etwas Klägliches. Die Augen sind stumpf und trübe, die Backen rot und gedunsen, die Haare wirr und der Bart durcheinandergeraten; dadurch wirkt das Gesicht greisenhaft, erschöpft, verbraucht.

Der Baron hatte sein Reisenecessaire geöffnet und richtete sich die Züge durch eine leichte Bürstenmassage wieder her. Dann wartete er.

Der Zug pfiff und stoppte. Der Abteilgenosse bewegte sich. Sicherlich war er aufgewacht. Dann fuhr die Lokomotive wieder an. Jetzt drang ein schräger Sonnenstrahl in den Waggon, quer über den Schlafenden hin; er bewegte sich abermals, wandte den Kopf hin und her wie ein aus dem Ei schlüpfendes Küken und zeigte dann vollkommen ruhig sein Gesicht.

Es war eine junge blonde Frau, taufrisch, sehr hübsch und mollig. Sie setzte sich aufrecht.

Der verblüffte Baron schaute sie an. Er wußte nicht, ob er seinen Augen trauen durfte. Denn er hätte darauf schwören können, es sei ... es sei seine Frau, aber auf eine erstaunliche Weise verändert ... zu ihrem Vorteil verändert, füllig geworden, genauso füllig wie er selber, nur daß es ihr besser stand.

Sie schaute ihn unbeirrt an; sie schien ihn nicht wiederzuerkennen und schälte sich still aus den sie umhüllenden Stoffmassen heraus.

Sie bekundete die Ungezwungenheit einer ihrer selbst sicheren Frau, die hochmütige Kühnheit einer Erwachenden, die weiß und spürt, daß sie schön ist und jugendlich wirkt.

Der Baron verlor tatsächlich den Kopf.

War es seine Frau? Oder eine andere, die ihr wie eine Schwester ähnelte? Seit sechs Jahren hatte er sie nicht gesehen; er konnte sich täuschen.

Sie gähnte. Er erkannte die Handbewegung wieder, die sie dabei vollführte. Dann jedoch wandte sie sich abermals ihm zu und musterte ihn von oben bis unten, ließ einen ruhigen, teilnahmslosen Blick über ihn hingleiten, einen ahnungslosen Blick; dann schaute sie in die Landschaft hinaus.

Er saß wie vor den Kopf geschlagen da, auf eine gräßliche Weise ratlos. Er wartete ab; hartnäckig lugte er von der Seite zu ihr hin.

Allerdings, zum Teufel, es war seine Frau! Wie hatte er schwanken können? Solch eine Nase hatte keine zweite! Tausend Erinnerungen glitten ihm durch den Kopf, Erinnerungen an Liebesnächte, an kleine Eigenheiten ihres Körpers, an den kleinen Leberfleck auf ihrer Hüfte, an den andern auf dem Rücken, dem ersten gerade gegenüber. Wie oft hatte er diese Schönheitsmale geküßt! Er fühlte, wie ihn die Berauschtheit vergangener Tage überkam, er glaubte den Duft ihrer Haut zu verspüren, ihr Lächeln, wenn sie ihm die Arme um die Schultern schlang, die weichen Schwankungen ihrer Stimme, alle ihre anmutig-klugen Schmeichelkünste.

Aber wie anders, um wieviel schöner war sie geworden; sie war es, und sie war es nicht. Er fand sie reifer, ansehnlicher, fraulicher, verführerischer, begehrenswerter, anbetungswürdig-begehrenswert.

Diese fremde, unbekannte Frau, die er ganz zufällig in einem

Eisenbahnabteil getroffen hatte, gehörte also ihm, gehörte ihm nach Gesetz und Recht. Er brauchte nur zu sagen: »Ich will.«

Ehedem hatte er in ihren Armen geschlafen, in ihrer Liebe gelebt. Und jetzt kam sie ihm so verwandelt vor, daß er sie kaum wiedererkannte. Sie war gleichzeitig eine andere und sie selber: Sie war eine andere, die geboren worden war, sich entwickelt hatte und gewachsen war, seit er sie verlassen hatte; und sie war auch sie selber, die, die er besessen hatte und deren Haltung er nun gewandelt wiederfand, die Züge von damals ausgeprägter, das Lächeln weniger geziert, die Gesten sicherer und bewußter. Es waren zwei Frauen in einer, ein Gemisch von einem guten Teil Unbekanntem und Neuem mit einem guten Teil geliebter Erinnerung. Es war etwas Seltsames, Bestürzendes, Aufregendes, eine Art Liebesgeheimnis, das eine köstliche Verwirrung durchschwang. Es war seine Frau in einem neuen Körper, einem neuen Fleisch, das seine Lippen noch nie durchforscht hatten.

Und es fiel ihm ein, daß sich ja innerhalb von sechs Jahren tatsächlich alles in uns ändert. Nur der Umriß bleibt erkennbar, und manchmal schwindet selbst dieser hin.

Blut, Haar, Haut, das alles beginnt von neuem, das alles bildet sich abermals. Und wenn man einander lange nicht gesehen hat, findet man ein völlig andersgeartetes Wesen wieder, obwohl es nach wie vor dasselbe ist und den gleichen Namen trägt.

Und auch das Herz kann sich verändern, und auch die Gedanken wandeln, erneuern sich, so daß wir innerhalb einer Spanne von vierzig Lebensjahren durch langsame, beständige Umbildungen vier oder fünf völlig neue und andersgeartete Wesen zu werden vermögen.

Er sann nach und war verstört bis zum tiefsten Wesensgrund. Plötzlich mußte er an die Nacht denken, da er sie im Schlafzimmer der Prinzessin überrascht hatte. Keinerlei Zorn flammte in ihm auf. Er hatte ja jetzt nicht die Frau von damals vor sich, das magere, lebhafte Püppchen.

Was sollte er tun? Wie sie anreden? Was ihr sagen? Ob *sie* ihn wiedererkannt hatte?

Abermals stoppte der Zug. Er stand auf, verbeugte sich und sagte: »Berthe, wünschen Sie irgend etwas? Ich könnte es Ihnen holen...«

Sie sah ihn von Kopf bis Fuß an und antwortete ohne die mindeste Verwunderung, ohne Verwirrung, ohne aufgebracht zu sein, mit ruhiger Gleichgültigkeit: »Nein… Nichts… Danke.«

Er stieg aus und machte ein paar Schritte auf dem Bahnsteig, um sich ein bißchen Bewegung zu verschaffen und nach der Erschütterung wieder klaren Sinnes zu werden. Was sollte er jetzt tun? In einen anderen Waggon steigen? Das würde nach Flucht aussehen. Sich galant zeigen, sich eifrig um sie bemühen? Das würde aussehen, als bitte er um Verzeihung. Herrisch auftreten? Dann würde er ungehobelt wirken, und überdies hatte er ja wirklich kein Recht mehr dazu.

Er stieg wieder ein und setzte sich auf seinen Platz.

Auch sie hatte während seiner Abwesenheit rasch Toilette gemacht. Sie saß jetzt, halb liegend, auf ihrer Bank, unzugänglich und strahlend.

Er beugte sich zu ihr hin und sagte: »Liebe Berthe, da ein recht merkwürdiger Zufall uns nach sechs Jahren der Trennung wieder zusammengeführt hat, nach einer Trennung in gegenseitigem Einverständnis, sollten wir einander da auch weiterhin als unversöhnliche Feinde betrachten? Wie sind hier ohne das Dabeisein eines Dritten zusammen. Daran läßt sich nichts ändern. Ich jedenfalls bleibe hier. Wäre es also nicht besser, wir unterhielten uns wie… wie… gute… Freunde, bis wir an unserm Reiseziel angelangt sind?«

Sie antwortete ruhig: »Ganz wie Sie wollen.«

Daraufhin schwieg er; er wußte nicht, was er sagen sollte. Doch dann faßte er sich ein Herz, rückte zu ihr hin, setzte sich auf den Mittelplatz und sagte mit werbender Stimme: »Ich merke, daß ich Ihnen den Hof machen muß; einverstanden. Übrigens ist das ein Vergnügen, weil Sie ganz reizend sind. Sie können sich nicht vorstellen, wie Sie seit sechs Jahren gewonnen haben. Ich erinnere mich keiner Frau, die mir eine ähnlich köstliche Empfindung eingeflößt hätte wie vorhin Sie, als ich zusah, wie Sie aus Ihren Pelzen schlüpften. Wirklich, ich hätte eine solche Verwandlung nicht für möglich gehalten…«

Ohne den Kopf zu bewegen, ohne ihn anzuschauen, äußerte sie: »Ich kann Ihnen nicht dasselbe sagen; Sie haben viel verloren.«

Er wurde rot; in ihm drehte sich alles; dann sagte er mit einem resignierten Lächeln: »Sie sind hart.«

Sie sah ihn an: »Warum? Ich stelle lediglich fest. Sie haben doch hoffentlich nicht die Absicht, mir eine Liebeserklärung zu machen? Also ist es absolut gleichgültig, ob ich finde, Sie sähen gut oder weniger gut aus. Aber ich merke, das Thema ist Ihnen unangenehm. Wir wollen lieber von etwas anderem sprechen. Was haben Sie getrieben, seit wir uns zum letztenmal sahen?«

Er war einigermaßen fassungslos; er stammelte: »Ich? Ich bin auf Reisen gewesen, auf der Jagd, ich bin älter geworden, wie Sie sehen. Und Sie?«

Sie erklärte fröhlich: »Ich? Ich habe den Schein gewahrt, wie Sie es mir nahegelegt haben.«

Ein brutales Wort schwebte ihm auf den Lippen. Er sprach es nicht aus, sondern langte nach der Hand seiner Frau und küßte sie: »Dafür bin ich Ihnen dankbar.«

Sie war überrascht. Tatsächlich, er war stark und stets Herr seiner selbst.

Er fuhr fort: »Da Sie in meine erste Bitte eingewilligt haben, ist es Ihnen recht, wenn wir jetzt ohne Bitterkeit miteinander plaudern?«

Sie tat eine kleine, verächtliche Handbewegung: »Bitterkeit? In mir ist keinerlei Bitterkeit. Sie sind mir vollkommen fremd. Ich versuche einzig, eine etwas schwierige Unterhaltung im Fluß zu erhalten.«

Er schaute sie nach wie vor an; trotz ihrer abweisenden Haltung fühlte er sich verlockt, empfand er den jähen Wunsch, sie zu erobern, einen unwiderstehlichen Wunsch, einen Wunsch als Herr und Gebieter.

Sie wußte nur zu gut, daß sie ihn gekränkt hatte; erbitterter stieß sie hervor: »Wie alt sind Sie jetzt eigentlich? Ich habe Sie für jünger gehalten, als Sie aussehen.«

Er wurde blaß: »Fünfundvierzig.« Dann fügte er hinzu: »Ich habe vergessen, mich nach der Prinzessin de Raynes zu erkundigen. Verkehren Sie nach wie vor mit ihr?«

Sie warf ihm einen haßerfüllten Blick zu: »Ja, nach wie vor. Es geht ihr vortrefflich – Dank für Ihre Nachfrage.«

Und sie blieben mit aufgewühltem Herzen und verstörter Seele nebeneinander sitzen.

Plötzlich erklärte er: »Liebe Berthe, ich habe mir gerade eben alles anders überlegt. Sie sind meine Frau, und ich möchte, daß Sie noch heute in mein Haus zurückkommen. Ich finde, Sie haben an Schönheit und Charakter sehr gewonnen; ich will Sie wieder zu mir nehmen. Ich bin Ihr Mann; ich bin dazu berechtigt.«

Sie war bestürzt, und er schaute ihr in die Augen, um ihre Gedanken zu lesen. Sein Gesicht war kalt, undurchdringlich und entschlossen.

Sie antwortete: »Es tut mir leid, aber ich bin gebunden.«

Er lächelte: »Um so bedauerlicher für Sie. Das Gesetz ist auf meiner Seite. Ich werde mich seiner bedienen.«

Die Ankunft in Marseille stand bevor. Der Zug pfiff und verlangsamte seine Fahrt.

Die Baronin stand auf, rollte unbeirrt ihre Decken zusammen und wandte sich dann ihrem Mann zu: »Lieber Raymond, treiben Sie nicht Mißbrauch mit einem Zusammensein, das ich in die Wege geleitet habe. Ich habe eine Vorsichtsmaßregel treffen wollen, eingedenk Ihres Ratschlags, damit ich, was auch geschehen möge, weder von Ihnen noch von der Welt etwas zu befürchten hätte. Nicht wahr, Sie fahren nach Nizza?«

»Ich fahre, wohin Sie fahren.«

»Durchaus nicht. Hören Sie mich an, dann verspreche ich Ihnen, daß Sie mich in Ruhe lassen werden. In ein paar Minuten werden Sie auf dem Bahnsteig die Prinzessin de Raynes und die Gräfin Henriot sehen; sie erwarten mich mit ihren Männern. Ich habe gewollt, daß Sie und ich miteinander gesehen würden und daß offensichtlich sei, wir hätten die Nacht allein in einem und demselben Abteil verbracht. Fürchten Sie nichts! Die Damen werden es überall herumerzählen, so überraschend wird die Geschichte ihnen vorkommen. – Ich habe Ihnen vorhin gesagt, ich hätte in jeder Beziehung befolgt, was Sie mir damals nahegelegt hatten: Ich hätte sorglich den Schein gewahrt. Von allem Sonstigen ist nicht die Rede gewesen, nicht wahr? Nun, und damit es auch weiterhin so sei, habe ich Wert auf diese Begegnung gelegt. Sie haben mir eingeschärft, ich solle darauf bedacht sein, jeden

Skandal zu vermeiden; ich vermeide ihn, mein Lieber... Denn ich befürchte... ich befürchte...« Sie wartete, bis der Zug endgültig hielt, und als dann eine Schar von Freunden auf die Waggontür zustürzte und sie aufmachte, führte sie den Satz zu Ende: »Ich fürchte, ich bekomme ein Kind.«

Die Prinzessin streckte ihr die Arme entgegen, um sie zu küssen.

Die Baronin deutete auf den vor Bestürztheit wie betäubt dastehenden Baron, der die Wahrheit zu erkennen versuchte: »Erkennen Sie denn Raymond nicht wieder? Freilich, er hat sich verändert. Er hat sich bereit gefunden, mich zu begleiten, damit ich nicht allein zu reisen brauchte. Manchmal machen wir dergleichen kleine Eskapaden als gute Freunde, die aber nicht zusammenleben können. Wir verabschieden uns übrigens hier. Er hat schon wieder genug von mir.« Sie hielt ihm die Hand hin; er ergriff sie mechanisch. Dann sprang sie auf den Bahnsteig, mitten unter die sie Erwartenden.

Der Baron zog heftig die Tür zu, viel zu erschüttert, um etwas sagen oder um einen Entschluß fassen zu können. Er hörte, wie die Stimme seiner Frau und ihr fröhliches Lachen sich entfernten.

Er hat sie nie wiedergesehen.

Hatte sie gelogen? Hatte sie die Wahrheit gesagt? Das hat er nie erfahren.

Übertragen von Ernst Sander

Glück

Französischer Titel: Le Bonheur
Erstdruck: Le Gaulois, 16. März 1884

Es war die Stunde des Tees, bevor die Lampen hereingebracht wurden. Die Villa lag hoch überm Meer; die verschwundene Sonne hatte im Hinabsinken den Himmel rosig überhaucht und mit Goldpuder bestäubt, und faltenlos, ohne eine leise Aufrauhung, leuchtete das Mittelmeer noch im sterbenden Licht und sah aus wie eine polierte, maßlos große Metallplatte. In der Ferne, zur Rechten, zeichneten die gezackten Berge ihr schwarzes Profil auf dem blassen Purpur des Sonnenuntergangs ab.

Es wurde von der Liebe gesprochen; man erörterte dies alte Thema, man sagte aufs neue Dinge, die man schon recht oft gesagt hatte. Die milde Melancholie der Dämmerung verlangsamte die Sprechweise und ließ in den Seelen eine weiche Stimmung wogen, und das Wort »Liebe«, das unaufhörlich wiederkehrte, bald von einer kräftigen Männerstimme gesprochen, bald mit leichterem Klang von einer Frauenstimme hingesagt, schien den kleinen Salon zu erfüllen, darin umherzuflattern wie ein Vogel, darin zu schweben wie ein Geist.

Kann man mehrere Jahre lang hintereinander lieben?

»Ja«, behaupteten die einen.

»Nein«, versicherten die andern.

Man unterschied die einzelnen Fälle, zog Trennungslinien, führte Beispiele an, und in allen, Herren wie Damen, tauchten verwirrende Erinnerungen auf, die sie nicht aussprechen konnten und die sie auf den Lippen hatten; alle sprachen sie mit tiefer Hingabe und glühender Anteilnahme von dem banalen und zugleich herrlichen Etwas, dem zärtlichen, geheimnisvollen Einvernehmen zweier Menschenwesen.

Aber plötzlich rief jemand, dessen Blick in die Weite gerichtet gewesen war: »Oh! Seht doch nur, da hinten! Was ist denn das?«

Über dem Meer, ganz in der Ferne, war eine graue, riesige, umrißlose Masse aufgetaucht.

Die Frauen waren aufgestanden und schauten verständnislos diese überraschende Erscheinung an; sie hatten sie noch nie beobachtet.

Jemand sagte: »Das ist Korsika! Zwei- oder dreimal im Jahr erblickt man es so, unter ganz besonderen atmosphärischen Bedingungen, wenn die Luft so durchsichtig ist, daß die aus dem Wasser aufsteigenden Dünste, die sonst immer die Ferne verschleiern, es nicht verbergen.«

Sie vermochten die Grate verschwommen zu erkennen, sie glaubten die schneeigen Gipfel wahrzunehmen. Und alle waren überrascht, betroffen, fast erschrocken angesichts dieses jähen Erscheinens einer Welt, angesichts dieses dem Meer entstiegenen Phantoms. Vielleicht erstanden in ihnen seltsame Visionen, wie die derer, die gleich Kolumbus in unerforschte Ozeane vordrangen.

Da sagte ein alter Herr, der bislang geschwiegen hatte: »Hören Sie, ich habe die Insel kennengelernt, die sich da vor uns aufreckt, als wolle sie selber uns die Antwort auf das Besprochene geben und in mir eine sonderbare Erinnerung wachrufen; ich habe nämlich ein wundervolles Beispiel ausdauernder Liebe erlebt, einer unwahrscheinlich glücklichen Liebe. Ich will Ihnen davon erzählen.

Vor jetzt fünf Jahren habe ich eine Reise durch Korsika unternommen. Diese wilde Insel ist uns unbekannter und entrückter als Amerika, obwohl man sie bisweilen von Frankreichs Küsten aus erblicken kann wie heute.

Stellen Sie sich eine noch im Zustand des Chaos befindliche Welt vor, eine ungestüme Aufwölbung von Bergen, die enge Schluchten trennen, und darin rauschen Gießbäche; kein Stückchen Ebene, nur ungeheure Granitwogen und gigantische Erdwellungen, die mit Buschwald oder hohen Kastanien- und Fichtenwäldern bewachsen sind. Es ist jungfräuliches, unbestelltes Ödland, obgleich man gelegentlich ein Dorf erblickt; das sieht dann aus wie ein Haufen Felsblöcke auf einem Berggipfel. Kein

Ackerbau, kein Gewerbe, keine Kunst. Nie trifft man dort auf ein Stück bearbeitetes Holz, ein Eckchen gemeißelten Steins, nie auf ein Erinnerungszeichen an den kindlichen oder raffinierten Hang der Vorfahren zu anmutigen und schönen Dingen. Das macht am meisten in diesem prächtigen und harten Land betroffen: die ererbte Gleichgültigkeit gegenüber dem Erpichtsein auf verlokkende Formen, das wir als Kunst bezeichnen.

Italien, wo jeder von Meisterwerken strotzende Palazzo an sich schon ein Meisterwerk ist, wo Marmor, Holz, Bronze, Eisen, Metalle und Steine vom Genie des Menschen zeugen, wo die kleinsten Dinge aus alter Zeit, die in den Häusern herumstehen, dieses göttliche Bedachtsein auf Anmut enthüllen – Italien ist für uns alle die geheiligte Heimat, die wir lieben, weil sie uns die Mühe, die Größe, die Macht und den Triumph der schöpferischen Intelligenz aufzeigt und beweist.

Und ihm gegenüber ist das wilde Korsika so geblieben wie in seinen frühesten Tagen. Der Mensch lebt dort in seinem roh gefügten Haus und ist gleichgültig gegen alles, was nicht unmittelbar mit der Daseinsfristung oder mit Familienstreitigkeiten zu tun hat. Und er besitzt nach wie vor die Fehler und Vorzüge barbarischer Rassen; er ist heftig, haßsüchtig, blutdürstig, ohne es zu wissen, aber auch gastfreundlich, großherzig, ergeben, naiv; er öffnet dem Wanderer seine Tür und gibt für die geringste Bezeigung von Sympathie seine treue Freundschaft.

Seit einem Monat also durchwanderte ich diese herrliche Insel und hatte dabei das Gefühl, ich befände mich am Ende der Welt. Keine Gasthäuser, keine Schenken, keine Landstraßen. Auf Maultierpfaden gelangt man zu den sich an die Berglehnen klammernden Weilern, die hoch über gewundenen Abgründen liegen; aus ihnen hört man abends ununterbrochen die dumpfe, tiefe Stimme des Gießbachs herauftönen. Man klopft an die Haustüren. Man bittet um Obdach für die Nacht und um etwas zum Leben für den nächsten Tag. Und man setzt sich an den schlichten Tisch, und man schläft unter dem schlichten Dach; morgens drückt man die dargebotene Hand des Gastgebers, und er begleitet einen bis zum Dorfrand.

Eines Abends kam ich nach zehnstündiger Wanderung an eine

ganz einsam in einem engen Tal liegende Behausung; das Tal mußte etwa eine Meile weiter ins Meer ausmünden. Die beiden schroffen Hänge des Gebirges waren mit Buschwald, mit herabgestürzten Felsblöcken und hohen Bäumen bedeckt; sie schlossen diese jämmerlich traurige Schlucht ein wie zwei düstere Mauern.

Um die Hütte herum standen ein paar Reben, ein kleiner Garten war da und etwas weiter entfernt ein paar große Maronenbäume, etwas, wovon man leben konnte, und das bedeutete in diesem armen Land ein Vermögen.

Die Frau, die mich empfing, war alt, streng und ausnahmsweise sauber. Der auf einem Strohstuhl sitzende Mann stand auf und verbeugte sich; dann setzte er sich wieder, ohne ein Wort zu sagen.

Seine Gefährtin sagte zu mir: ›Haben Sie Nachsicht mit ihm; er ist jetzt taub. Er ist zweiundachtzig Jahre alt.‹

Sie sprach das in Frankreich gesprochene Französisch. Das machte mich stutzig. Ich fragte sie: ›Stammen Sie nicht aus Korsika?‹

Sie antwortete: ›Nein, wir sind vom Festland. Aber wir leben nun schon fünfzig Jahre hier.‹

Mich überkam eine an Furcht grenzende Angstempfindung bei dem Gedanken an die in diesem düsteren Loch, fern den Städten, in denen Menschen wohnen, hingebrachten Jahre. Ein alter Hirte kam herein, und wir machten uns an das einzige Gericht dieses Abendessens, eine dicke Suppe; sie war aus Kartoffeln, Speck und Kohl zusammengekocht.

Nach Beendigung der kurzen Mahlzeit setzte ich mich draußen vor die Tür, und das Schwermutvolle der öden Landschaft zog mir das Herz zusammen; es wurde bedrückt von der Trauer, die den Wanderer manchmal abends an gewissen trostlosen Stätten überkommt. Es scheint einem dann, daß alles, Dasein und Welt, dem Ende nahe sei. Man durchschaut jäh das erschreckende Elend des Lebens, die Vereinsamung aller Menschen, die Nichtigkeit des Ganzen und die schwarze Herzenseinsamkeit, die sich bis zum Tod in Träumen wiegt und sich dadurch selbst betrügt.

Die alte Frau setzte sich zu mir, und von der Neugier geplagt, die stets in der Tiefe auch der entsagungsvollsten Seelen nistet, fragte sie mich: ›Sie kommen also aus Frankreich?‹

›Ja, ich mache eine Vergnügungsreise.‹

›Sind Sie etwa aus Paris?‹

›Nein, aus Nancy.‹

Mir schien, als durchschaure sie ein ungewöhnliches Angerührtsein. Wie ich das bemerkt oder erfühlt habe, weiß ich nicht.

Langsam wiederholte sie: ›Aus Nancy sind Sie?‹

In der Tür erschien der Mann, teilnahmslos wie alle Tauben.

Sie fuhr fort: ›Lassen Sie nur. Er kann nicht hören.‹ Dann, nach ein paar Sekunden: ›Dann kennen Sie wohl viele Leute in Nancy?‹

›Freilich, fast alles, was einen Namen hat.‹

›Etwa die Familie de Sainte-Allaize?‹

›Ja, sogar recht gut. Sie war mit meinem Vater befreundet.‹

›Wie heißen Sie denn?‹

Ich sagte meinen Namen.

Sie sah mich starr an, und dann brachte sie mit der leisen Stimme, die die Erinnerungen wachrufen, hervor: ›Ja, ja, ich weiß es noch recht gut. Und die Brisemans – was ist aus denen geworden?‹

›Die sind alle tot.‹

›Oh! Und die Sirmonts, kennen Sie die auch?‹

›Ja, der letzte ist General.‹

Da sagte sie zitternd vor Erschütterung, vor Angst, vor irgendeinem wirren, mächtigen, heiligen Gefühl, vor irgendeinem Drang, zu gestehen, alles zu sagen, von den Dingen zu sprechen, die sie bislang in der Tiefe ihres Herzens verschlossen hatte, und von den Menschen, deren Name sie verstörte: ›Ja, Henri de Sirmont. Ich weiß, ich weiß. Er ist mein Bruder.‹

Ich hob den Blick zu ihr auf, außer mir vor Überraschung. Und dann fiel mir plötzlich alles wieder ein.

Die Angelegenheit hatte seiner Zeit im lothringischen Adel großes Ärgernis erregt. Ein schönes, reiches junges Mädchen, Suzanne de Sirmont, war von einem Unteroffizier des von ihrem Vater kommandierten Husarenregiments entführt worden.

Er war ein hübscher Kerl gewesen, ein Bauernsohn, aber der

blaue Dolman hatte ihm gut gestanden, diesem Soldaten, der da die Tochter seines Obersts verführt hatte. Sicherlich hatte sie ihn gesehen, er war ihr aufgefallen, sie hatte sich in ihn verliebt, als sie die Eskadron hatte vorbeidefilieren sehen. Aber wie hatte sie es fertiggebracht, ihn anzureden, wie hatten sie einander treffen, zu einem Einverständnis gelangen können? Wie hatte sie es auf sich genommen, ihm verständlich zu machen, daß sie ihn liebe? Das hat nie jemand erfahren.

Kein Mensch hatte etwas gefühlt, etwas geahnt. Eines Abends, als seine Dienstzeit um gewesen, war er mit ihr verschwunden. Es wurden Nachforschungen angestellt, aber sie blieben unauffindbar. Nie wieder hörte man von ihr; sie wurde für tot und gestorben gehalten.

Und jetzt hatte ich sie in diesem finsteren Tal wiedergefunden.

Nun war die Reihe an mir; ich sagte: ›Ja, ich erinnere mich. Sie sind Mademoiselle Suzanne.‹

Sie nickte. Aus ihren Augen fielen Tränen. Dann wies sie mit dem Blick auf den ruhig in der Tür seines Hauses stehenden Greis und sagte zu mir: ›Er ist es.‹

Und ich erkannte, daß sie ihn noch immer liebte, daß sie ihn nach wie vor mit verführten Augen ansah.

Ich fragte: ›Sind Sie wenigstens glücklich gewesen?‹

Sie antwortete mit vom Herzen kommender Stimme: ›Ja, sehr glücklich. Er hat mich sehr glücklich gemacht. Ich habe nichts bereut.‹

Ich sah sie an; ich war traurig, überrascht, aufs höchste verwundert über die Macht der Liebe! Dieses reiche Mädchen war jenem Mann, jenem Bauern gefolgt. Sie war selber zur Bäuerin geworden. Sie hatte sich seinem Leben angepaßt, das ohne alle Reize, ohne Luxus, ohne die mindeste Verfeinerung war; sie hatte sich seinen schlichten Gewohnheiten gefügt. Und sie liebte ihn noch immer. Sie war eine Bauersfrau mit Haube und Leinenrock geworden. Sie hatte an einem rohen Holztisch von einem Steingutteller einen Brei aus Kohl und Kartoffeln mit Speck gegessen und dabei auf einem Strohstuhl gesessen. Sie hatte auf einem Strohsack neben ihm geschlafen.

Sie hatte immer nur an ihn gedacht! Sie hatte sich weder nach

Schmuck noch nach feinen Stoffen noch nach Eleganz noch nach weichen Sesseln noch nach der durchdufteten Wärme von Schlafzimmern mit bespannten Wänden zurückgesehnt, noch nach der Wohligkeit der Daunenkissen, darein die Körper sinken, wenn sie ruhen wollen. Sie hatte nach nichts Verlangen getragen als nach ihm; wenn er bei ihr war, dann war sie wunschlos gewesen.

Ganz jung hatte sie dem gewohnten Leben und der Gesellschaft und denen, die sie großgezogen, die sie geliebt hatten, den Rücken gekehrt. Nur mit ihm war sie in diese wilde, abgelegene Bergschlucht gekommen. Und er war für sie alles gewesen, alles, was man sich wünscht, alles, was man erträumt, alles, was man ohne Unterlaß erwartet, alles, was man sich endlos erhofft. Er hatte von Beginn bis zum Ende ihr Dasein mit Glück erfüllt.

Glücklicher hätte sie nicht sein können.

Und die ganze Nacht hindurch habe ich den rauhen Atemzügen des alten Soldaten gelauscht, der da auf seiner kargen Lagerstatt neben der lag, die ihm aus der Ferne bis hierher gefolgt war, und habe dieses seltsame, schlichte Abenteuer überdacht, dieses so vollkommene, aus so wenig erschaffene Glück.

Und bei Sonnenaufgang habe ich den beiden alten Eheleuten die Hand gedrückt und bin weitergezogen.«

Der Erzähler verstummte.

Eine Dame sagte: »Wie dem auch sei, sie hat eben ein allzu leicht zu verwirklichendes Ideal, allzu primitive Bedürfnisse und allzu einfache Forderungen an das Leben gehabt. Sie muß sehr dumm gewesen sein.«

Eine andere sagte langsam: »Was kommt es darauf an? Sie ist glücklich gewesen.«

Und weit hinten am Horizont verschmolz Korsika mit dem Dunkel, sank allmählich zurück ins Meer, ließ seinen großen Schatten hinschwinden, der erschienen war, als wolle die Insel selber die Geschichte der beiden bescheidenen Liebenden erzählen, die ihr Gestade beherbergte.

Übertragen von Ernst Sander

Die Wirtin

Französischer Titel: La Patronne
Erstdruck: Le Gil-Blas, 1. April 1884,
unter dem Pseudonym »Maufrigneuse«

Dem Doktor Baraduc

»Ich wohnte damals als möblierter Herr in der Rue des Saints-Pères«, sagte Georges Kervelen.

»Als meine Eltern sich schlüssig geworden waren, ich solle in Paris Jura studieren, hatte es bei der Regelung aller Einzelheiten langes Hinundhergerede gegeben. Mein Wechsel war zunächst auf zweitausendfünfhundert Francs festgesetzt worden; aber meine gute Mutter hatte es mit der Angst bekommen und meinem Vater erklärt: ›Wenn er von seinem ganzen Geld nun schlechten Gebrauch macht und zu wenig ißt, dann ist das sehr schädlich für seine Gesundheit. Junge Leute sind zu allem fähig.‹

Also wurde beschlossen, es solle für mich eine Pension ausfindig gemacht werden, eine anständige, behagliche Pension, und der Preis werde allmonatlich von meiner Familie unmittelbar entrichtet werden.

Ich war bislang nie aus Quimper herausgekommen. Ich wünschte mir alles, was man sich in meinem Alter wünscht, und war nur zu geneigt, auf jede erdenkliche Weise fröhlich drauflos zu leben.

Um Rat befragte Nachbarn hatten meinen Vater darauf hingewiesen, Madame Kergaran, eine Landsmännin, nehme Pensionäre auf. Also setzte mein Vater sich schriftlich mit dieser ehrbaren Dame auseinander, und so langte ich eines Abends in Begleitung meines Koffers bei ihr an.

Madame Kergaran war etwa vierzig. Sie war sehr dick, sprach mit der Stimme eines Instruktionshauptmanns und erledigte alle schwebenden Fragen mit einem einzigen unumwundenen und endgültigen Wort. Ihr Haus war schmal; es hatte nach der Straße hin in jedem Stockwerk nur eine einzige Öffnung, so daß es wie eine aus Fenstern bestehende Leiter aussah, oder vielmehr wie eine Scheibe von Haus, die zwischen zwei andere wie zwischen ein Sandwich eingeklemmt war.

Die Wirtin mit dem Hausmädchen wohnte im ersten Stock; gekocht und gegessen wurde im zweiten; vier bretonische Pensionäre hatten den dritten und vierten inne. Ich bekam die beiden Zimmer des fünften.

Eine kleine, dunkle, wie ein Korkenzieher gewundene Treppe führte zu diesen beiden Mansarden hinauf. Unablässig stieg Madame Kergaran den ganzen Tag lang diese Spirale hinauf und hinab und befaßte sich mit dieser Schubfachbehausung wie ein Kapitän mit seinem Schiff. Zehnmal hintereinander kam sie in jede Wohnung, kontrollierte alles mit einem erstaunlichen Wortschwall, überzeugte sich, ob die Betten gut gemacht, ob die Kleider gut ausgebürstet seien, ob die Bedienung nichts zu wünschen übrig lasse. Kurzum, sie sorgte für ihre Pensionäre wie eine Mutter, besser als eine Mutter.

Die Bekanntschaft mit meinen vier Landsleuten war bald geschlossen. Zwei studierten Medizin und die beiden andern Jura; doch alle litten sie unter dem despotischen Joch der Wirtin. Sie hatten Angst vor ihr wie die Spitzbuben vor dem Feldhüter.

In mir aber erhob sich sogleich ein Drang nach Unabhängigkeit; ich bin nämlich von Natur aus ein Rebell. Von vornherein erklärte ich, ich wolle heimkommen, wann es mir beliebe; denn Madame Kergaran hatte Mitternacht als äußerste Grenze festgesetzt.

Als ich diese Forderung vorbrachte, richtete sie ein paar Sekunden lang die hellen Augen auf mich und erklärte dann: ›Das geht nicht. Ich kann nicht dulden, daß Annette die ganze Nacht hindurch geweckt wird. Nach der festgesetzten Stunde haben Sie draußen nichts mehr zu suchen.‹

Ich antwortete entschlossen: ›Nach dem Gesetz sind Sie verpflichtet, mir jederzeit aufzumachen. Lehnen Sie das ab, dann lasse ich es durch die Polizei protokollieren und übernachte auf Ihre Kosten im Hotel, wie es mein Recht ist. Sie müssen mir also wohl oder übel aufmachen oder aber mich wegschicken. Entweder Tür auf, oder ich gehe. Sie haben die Wahl.‹

Ich lachte ihr ins Gesicht, als ich diese Bedingungen stellte. Nach der ersten Verblüffung wollte sie unterhandeln; aber ich zeigte mich unzugänglich, und sie gab nach. Wir einigten uns dahingehend, daß ich einen Hauptschlüssel bekam, freilich unter dem festen Versprechen, daß niemand darum wissen solle.

Meine Energie hatte auf sie einen heilsamen Eindruck gemacht, und fortan gab sie mir deutliche Beweise ihrer Gunst. Sie bezeigte mir Aufmerksamkeiten, kleine Fürsorglichkeiten, Rücksichtnahmen und sogar eine gewisse barsche Zärtlichkeit, die mir durchaus nicht mißfiel. Manchmal, wenn ich besonders gut aufgelegt war, überrumpelte ich sie mit einem Kuß, und zwar einzig und allein der heftigen Ohrfeige wegen, die sie mir dann stets sofort verabfolgte. Neigte ich den Kopf schnell genug, so sauste ihre erhobene Hand mit der Geschwindigkeit eines Geschosses über mich hin, und wenn ich dann machte, daß ich wegkam, lachte ich wie verrückt, und sie schrie: ›O dieser Schuft! Das zahle ich Ihnen heim.‹

Wir waren gute Freunde geworden.

Da jedoch lernte ich, sozusagen auf der Straße, ein Mädchen kennen, eine Verkäuferin.

Sie wissen, was es mit dergleichen Liebeleien in Paris auf sich hat. Eines Tages begegnet man auf dem Weg ins Kolleg einem jungen, langhaarigen Wesen, das am Arm einer Freundin ein bißchen herumbummelt, ehe es wieder zu seiner Arbeitsstätte geht. Man wechselt einen Blick, und man empfindet im Innern den kleinen Stoß, den einem die Augen gewisser Frauen versetzen. Sie sind eins der reizendsten Erlebnisse unseres Daseins, diese schnell aufschießenden körperlichen Sympathien, diese leichte, köstliche Verführung, wie man sie ganz plötzlich empfindet, wenn man ein Wesen streift, das dazu geschaffen worden ist, daß es uns gefällt und von uns geliebt wird. Ob mehr oder weniger, darauf kommt es nicht an. Es liegt in ihrer Natur, daß sie auf das geheime Liebesverlangen der männlichen Natur sofort reagieren. Beim ersten Erblicken jenes Gesichts, jenes Mundes, jenes Haars, jenes Lächelns spürt man, wie ihr Zauber sich einem in Gestalt einer wohltuenden, köstlichen Freude mitteilt; man spürt, wie ein beglückendes Wohlbefinden einen durchströmt, wie plötzlich eine noch unklare Zärtlichkeit erwacht und einen diesem Frauenwesen entgegentreibt, das man noch gar nicht kennt. Es ist, als sei von ihm ein Ruf ausgegangen, dem man antwortet, eine Anziehung, die einen hinreißt; es ist, als kenne man jenes Mädchen schon seit langem, als habe man sie schon gesehen und erlebt, als wisse man, was sie denkt.

Am nächsten Tag geht man zur selben Stunde durch dieselbe Straße. Man sieht sie wieder. Am folgenden Tag geht man abermals hin und am nächstfolgenden nochmals. Endlich kommt es zu den ersten gewechselten Worten. Und die Liebelei nimmt ihren Verlauf, und dieser Verlauf ist regelmäßig wie der einer Krankheit.

Nach drei Wochen also befand ich mich mit Emma in dem Stadium, das dem Fall vorherzugehen pflegt. Jener Fall hätte sich schon früher ereignet, wenn ich gewußt hätte, wo ich ihn hätte zuwege bringen können. Meine Freundin wohnte bei den Ihren und lehnte es mit wunderlicher Energie ab, die Schwelle eines Absteigehotels zu überschreiten. Ich zerbrach mir den Kopf bei der Suche nach Mitteln und Wegen, einer List, einer Gelegenheit. Endlich faßte ich einen verzweifelten Entschluß: Ich wollte sie eines Abends gegen elf zu einer Tasse Tee einladen und mit hinauf in mein Zimmer nehmen. Madame Kergaran ging jeden Abend Punkt zehn zu Bett. Mittels meines Hauptschlüssels konnte ich also geräuschlos zu mir hinaufgehen, ohne daß es auffiel. Nach einer Stunde oder zweien ließ sich das Hinuntergehen auf die gleiche Weise bewerkstelligen.

Emma ließ sich erst ein bißchen bitten; dann nahm sie meine Einladung an.

Ich durchlebte einen schlimmen Tag. Ich war alles andere als ruhig. Ich befürchtete Komplikationen, eine Katastrophe, irgendeinen schauerlichen Skandal. Es wurde Abend. Ich verließ das Haus und ging in ein Lokal, wo ich zwei Tassen Kaffee und vier oder fünf Schnäpse zu mir nahm, um mir Mut zu machen. Dann bummelte ich ein bißchen auf dem Boulevard Saint-Michel umher. Ich hörte es zehn schlagen, dann halb elf. Und langsamen Schrittes begab ich mich an die Stätte unseres Stelldicheins. Sie stand schon da und wartete. Mit einer streichelnden Bewegung hakte sie mich unter, und wir machten uns gemächlich auf den Weg zu meiner Wohnung. Je näher ich der Haustür kam, desto größer wurde meine Beklommenheit. Ich dachte: Hoffentlich ist Madame Kergaran schon zu Bett. Ein paarmal sagte ich zu Emma: ›Vor allem sei leise auf der Treppe.‹

Sie fing an zu lachen: ›Hast du denn Angst, daß uns jemand hört?‹

›Nein, aber ich möchte meinen Zimmernachbarn nicht aufwecken; er ist schwerkrank.‹

Jetzt sind wir in der Rue des Saints-Pères. Ich nähere mich meiner Wohnung mit dem gleichen bänglichen Vorgefühl, wie man es empfindet, wenn man zum Zahnarzt geht. Sämtliche Fenster sind dunkel. Sicherlich liegt alles in tiefem Schlaf. Ich atme auf. Ich öffne die Tür mit Einbrecherbehutsamkeit. Ich lasse meine Freundin hineingehen, schließe wieder ab und steige auf Zehenspitzen die Treppe hinauf, wobei ich den Atem anhalte und Wachszündhölzer anstecke, damit das junge Mädchen nicht stolpert.

Als wir an dem Schlafzimmer der Wirtin vorübergehen, spüre ich, daß mein Herz hastiger schlägt. Endlich sind wir im zweiten Stock, dann im dritten, im fünften. Ich bin in meiner Behausung. Viktoria!

Aber ich wagte nur ganz leise zu sprechen und zog mir die Schuhe aus, um kein Geräusch zu machen. Der auf einem Spirituskocher bereitete Tee wurde an der Ecke meiner Kommode getrunken. Dann wurde ich zudringlicher, immer kühner, und nach und nach, wie im Spiel, zog ich meiner Freundin ein Kleidungsstück nach dem andern aus; sie gab widerstrebend nach, wurde rot, verwirrt und zögerte den entscheidenden, wonnigen Augenblick hinaus.

Sie hatte nichts mehr als ein kurzes weißes Hemdchen an, als meine Tür mit einem Ruck aufgerissen wurde und Madame Kergaran mit einem Leuchter in der Hand erschien, in genau dem gleichen Kostüm wie Emma.

Ich war mit einem Satz von ihr weggesprungen, stand bestürzt da und sah zu den beiden Frauen hin, die einander anstarrten. Was würde jetzt geschehen?

Mit hochfahrender Stimme, wie ich sie von ihr bislang noch nie gehört hatte, sagte die Wirtin: ›Ich dulde in meinem Haus keine Nutten, Monsieur Kervelen.‹

Ich stotterte: ›Aber Madame Kergaran, die junge Dame ist doch bloß meine Freundin! Sie hat gerade eine Tasse Tee bei mir getrunken.‹

Die dicke Frau antwortete: ›Man zieht sich nicht bis aufs Hemd aus, wenn man eine Tasse Tee trinken will. Sie sorgen dafür, daß diese Person augenblicklich das Haus verläßt.‹

Die aus allen Wolken gefallene Emma fing an zu weinen und verbarg das Gesicht im Hemd. Ich verlor den Kopf; ich wußte weder, was ich tun noch was ich sagen sollte. Mit unwiderstehlicher Autorität sagte die Wirtin noch: ›Helfen Sie der jungen Dame beim Anziehen, und dann führen Sie sie auf der Stelle hinaus.‹

Natürlich blieb mir nichts anderes übrig; ich hob das Kleid auf, das am Fußboden lag wie ein geplatzter Luftballon, streifte es dem Mädchen über den Kopf und bemühte mich mit unendlicher Mühe, es zuzuhaken, es zurechtzuzupfen. Sie half mir dabei; sie schluchzte noch immer, völlig kopflos, überhastet, in einem fort tat sie was Falsches, sie fand sich weder mit den Schnüren noch mit den Knopflöchern zurecht; und währenddessen stand Madame Kergaran mit ihrer Kerze in der Hand unerschütterlich da und leuchtete mit der Pose einer strengen Richterin.

Emma beschleunigte jetzt ihr Tun, stülpte sich den Hut auf, knüpfte, steckte Nadeln fest, schnürte, band geradezu wütend, im wilden Verlangen wegzukommen; und ohne sich auch nur die Schuhe zuzuknöpfen, lief sie an der Wirtin vorbei und eilte die Treppen hinab. Ich folgte ihr in Schlappen, ich selber war ja auch fast ausgezogen, und sagte stammelnd mehrmals: ›Emma, so hör doch, Mädchen!‹

Ich fühlte, ich mußte ihr etwas sagen, aber es fiel mir nichts ein. Unmittelbar an der Haustür bekam ich sie zu fassen; ich wollte den Arm um sie legen, aber sie stieß mich heftig zurück;

leise und nervös stieß sie hervor: ›Laß mich... Laß mich... Rühr mich nicht an.‹ Sie machte, daß sie auf die Straße kam, und warf die Tür hinter sich zu.

Ich ging wieder nach oben. Madame Kergaran war auf dem Treppenabsatz des ersten Stocks stehen geblieben; ich stieg langsam die Stufen hinauf und war auf alles gefaßt und zu allem bereit.

Die Schlafzimmertür der Wirtin stand offen; sie forderte mich zum Eintreten auf und sagte streng: ›Ich habe mit Ihnen zu reden, Monsieur Kervelen.‹

Gesenkten Kopfes ging ich als erster hinein. Sie stellte ihren Leuchter auf den Kaminsims; dann kreuzte sie die Arme über der mächtigen Brust, die von einer dünnen weißen Bettjacke notdürftig bedeckt war: ›Hören Sie mal, Monsieur Kervelen, halten Sie mein Haus eigentlich für einen Puff?‹

Ich gab klein bei. Leise sagte ich: ›Ach was, Madame Kergaran. Sie dürfen nicht böse sein. Sie wissen doch, wie es mit jungen Leuten ist.‹

Sie antwortete: ›Ich weiß vor allem, daß ich dergleichen Kreaturen nicht in meinem Haus zu haben wünsche. Haben Sie verstanden? Ich weiß, daß ich mein Heim und den guten Ruf meiner Pension respektiert zu sehen wünsche. Haben Sie verstanden? Ich weiß...‹ Mindestens zwanzig Minuten lang redete sie, stapelte Gründe auf, Bekundungen des Unwillens, begrub mich unter Hinweisen auf die Anständigkeit ihres ›Unternehmens‹ und bepfefferte mich mit bissigen Vorwürfen.

Aber anstatt ihr zuzuhören (ein Mann ist ein seltsames Tier), musterte ich sie. Ich nahm kein Wort, kein einziges Wort mehr auf. Sie hatte prächtige Brüste, das Weibsstück, feste, weiße, mollige; vielleicht waren sie ein bißchen zu dick, aber so verlokkend, daß mir Schauer über den Rücken liefen. Nie wäre ich auf den Gedanken gekommen, daß es unter den Wollkleidern der Wirtin dergleichen gebe. In der leichten Bekleidung wirkte sie zehn Jahre jünger. Und mir wurde ganz komisch zumute; es ging mir – wie soll ich mich ausdrücken? – durch und durch. Jäh befand ich mich ihr gegenüber in derselben Situation, die vor einer Viertelstunde in meinem Zimmer unterbrochen worden war.

Und hinter ihr, im Alkoven, gewahrte ich ihr Bett. Es war aufgedeckt, zerwühlt, an der Einhöhlung der Laken war das Gewicht des Körpers zu ermessen, der darin gelegen hatte. Und ich dachte, es müsse in jenem Bett sehr angenehm und sehr warm sein, wärmer als in irgendeinem andern Bett. Warum wärmer? Das weiß ich nicht, wohl um der Üppigkeit der Fleischmassen willen, die dort geruht hatten.

Gibt es etwas Aufregenderes und Hinreißenderes als ein zerwühltes Bett? Dieses hier berauschte mich und jagte mir einen Schauer nach dem andern über die Haut.

Sie redete noch immer, aber jetzt ruhiger; sie sprach als eine barsche, wohlwollende Freundin, der an nichts mehr gelegen ist, als zu verzeihen.

Ich stotterte: ›Aber sehen Sie... Sehen Sie... Madame Kergaran... Sehen Sie...‹ Und als sie, meiner Antwort begierig, verstummt war, umfing ich sie mit den Armen und fing an, sie zu küssen, aber zu küssen wie ein Ausgehungerter, wie einer, der darauf seit langem gewartet hat.

Sie sträubte sich, sie wandte den Kopf ab, war aber nicht allzu böse; mechanisch, ihrer Gewohnheit entsprechend, sagte sie ein paarmal: ›O der Schuft... der Schuft... der Schu...‹

Sie konnte das Wort nicht mehr zu Ende bringen; ich hatte sie hochgehoben, ich preßte sie an mich und trug sie. In gewissen Augenblicken, lassen Sie's gut sein, verfügt man über tolle Kräfte!

Ich stieß an die Bettkante, ich fiel vornüber, ohne sie loszulassen.

Es war tatsächlich sehr angenehm und sehr warm in ihrem Bett.

Als eine Stunde später die Kerze niedergebrannt war, stand die Wirtin auf und steckte eine neue an. Und als sie dann wieder zu mir geschlüpft war und ihr rundes, kräftiges Bein unter die Bettdecke schob, flüsterte sie mit hinterhältiger, tief befriedigter, vielleicht dankbarer Stimme: ›O der Schuft... der Schuft!‹«

Übertragen von Ernst Sander

Das Fässchen

Französischer Titel: Le petit Fût
Erstdruck: Le Gaulois, 7. April 1884

Für Adolphe Tavernier

Meister Chicot, der Gastwirt aus Épreville, brachte seinen leichten Einspänner vor dem Hof der alten Magloire zum Halten. Er war ein hochgewachsener, munterer Bursche von etwa vierzig Jahren, rotgesichtig und wohlbeleibt; es hieß von ihm, er habe es faustdick hinter den Ohren.

Er band sein Pferd am Torpfosten fest; dann ging er in den Hofraum. Sein Besitz stieß an die Äcker der Alten, und jenen Äckern galt seit langem sein Trachten. Zwanzigmal hatte er versucht, ihr den ganzen Hof abzukaufen; aber die alte Magloire hatte es stets hartnäckig abgelehnt.

»Ich bin hier geboren, und ich will hier auch sterben«, hatte sie immer gesagt.

Als er kam, saß sie vor ihrer Haustür und schälte Kartoffeln. Sie war zweiundsiebzig, ausgedörrt, faltig, gebeugt, aber unermüdlich wie ein junges Mädchen.

Chicot klapste sie freundschaftlich auf den Rücken, und dann setzte er sich auf einem Schemel zu ihr. »Na, Mutter, was macht die Gesundheit? Immer noch gut?«

»So ganz leidlich. Und Sie, Meister Prosper?«

»Na ja, hier und da zwackt es; sonst steht es ganz befriedigend.«

»Na, dann ist es ja gut.«

Weiter sagte sie nichts. Chicot sah ihr bei ihrer Beschäftigung zu. Ihre verkrümmten, knotigen Finger, die hart wie Taschenkrebsbeine waren, nahmen wie eine Kneifzange die graubraunen Knollen aus einem Bottich; sie ließ sie sich rasch herumdrehen und säbelte mit dem alten Messer, das sie in der andern Hand hielt, lange Bänder der Schale ab. Und wenn dann die Kartoffel ganz gelb geworden war, warf sie sie in einen Eimer voll Wasser. Drei wagemutige Hühner kamen eins nach dem andern bis an ihren Rocksaum heran, pickten die Schalen auf und flüchteten dann, die Beute im Schnabel, davon, so schnell ihre Füße sie trugen.

Chicot wirkte durch etwas, das nicht über seine Lippen wollte, bedrückt, beklommen und schüchtern. Endlich nahm er einen Anlauf: »Sagen Sie mal, Mutter Magloire...«

»Was steht denn zu Diensten?«

»Den Hof, wollen Sie mir den noch immer nicht verkaufen?«

»Nein, will ich nicht. Damit können Sie nicht rechnen. Was ich gesagt habe, das habe ich gesagt; Sie brauchen darauf nicht wieder zurückzukommen.«

»Mir ist nämlich was eingefallen; dadurch kämen wir beide auf unsere Kosten.«

»Und das wäre?«

»Passen Sie auf. Sie verkaufen ihn mir, und dann behalten Sie ihn trotzdem. Sie wissen nicht, worauf ich hinaus will? Dann hören Sie mal genau zu.«

Die Alte hörte mit dem Kartoffelschälen auf und starrte den Gastwirt mit ihren lebhaften Augen unter den gekräuselten Lidern an.

Er redete weiter: »Jetzt kommen die Einzelheiten. Ich gebe Ihnen jeden Monat hundertfünfzig Francs. Passen Sie genau auf: Ich komme jeden Monat mit meinem Einspänner her und zähle Ihnen dreißig Fünffrancsstücke auf den Tisch. Und sonst geschieht nichts weiter, nicht das mindeste; Sie bleiben in Ihrem Haus wohnen, Sie kümmern sich nicht um mich, Sie sind mir nichts schuldig. Sie tun nichts, als daß Sie mein Geld einstecken. Ist Ihnen das klar und recht?« Er blickte sie fröhlich und wohlgelaunt an.

Die Alte musterte ihn mißtrauisch; sie überlegte, wo hier die Falle sei. Sie fragte: »Das also bekäme ich; aber für Sie springt doch aus dem Hof nichts heraus?«

»Darüber zerbrechen Sie sich bitte nicht den Kopf. Sie bleiben darauf sitzen, solange der liebe Gott Sie am Leben läßt. Es geht alles so weiter wie bisher. Sie lassen mir bloß durch den Notar ein Papierchen ausstellen, daß nachher der Hof an mich übergeht. Sie haben keine Kinder, bloß ein paar Neffen, aus denen Sie sich nicht viel machen. Ist Ihnen das so recht? Sie behalten Ihren Hof, solange Sie leben, und ich bringe Ihnen allmonatlich dreißig harte Fünffrancsstücke. Dabei schneiden Sie gut ab.«

Die Alte war verdutzt, ein bißchen unsicher, aber das Angebot kam ihr lockend vor. Sie antwortete: »Ich sage nicht von vornherein nein. Die Sache ist nur die, daß ich mit mir darüber zu Rate gehen muß. Kommen Sie im Lauf der nächsten Woche wieder her; dann reden wir noch mal darüber. Habe ich es mir genau überlegt, dann bekommen Sie meine Antwort.«

Und Meister Chicot zog ab, zufrieden wie ein König, der gerade ein großes Reich erobert hat.

Der alten Magloire ging die Sache im Kopf herum. In der folgenden Nacht tat sie kein Auge zu. Vier Tage lang zögerte sie und ging einher, als habe sie Fieber. Sie witterte, daß bei dem Handel für sie etwas faul sei; aber der Gedanke an die dreißig Silberstücke, an das schöne, klingende Geld, das ihr in die Schürze fließen würde, das ihr gewissermaßen vom Himmel fiel, ohne daß sie einen Finger zu rühren brauchte, setzte ihr hart zu und stachelte ihre Begehrlichkeit an.

Also ging sie zum Notar und trug ihm den Fall vor. Er riet ihr, Chicots Angebot anzunehmen, aber fünfzig Silberlinge statt der gebotenen dreißig zu fordern; denn ihr Hof sei gut und gern sechzigtausend Francs wert.

»Wenn Sie noch fünfzehn Jahre leben«, sagte der Notar, »dann hat er auf diese Weise immer erst fünfundvierzigtausend Francs dafür bezahlt.«

Die Alte durchzitterte es bei der Aussicht auf fünfzig Silberstücke in jedem Monat; allein sie war nach wie vor mißtrauisch und fürchtete tausenderlei unvorhergesehene Dinge, versteckte Tücken, stellte bis in den späten Nachmittag hinein immer neue Fragen und konnte sich nicht zum Weggehen entschließen. Schließlich ließ sie das Dokument anfertigen und ging mit so wirrem Kopf heim, als habe sie vier Schoppen heurigen Ziders getrunken.

Als Chicot kam, um sich die Antwort zu holen, ließ sie sich erst lange bitten und erklärte, sie wolle nicht; aber in ihr nagte die Furcht, er werde sich nicht bereit finden, ihr die fünfzig Silberstücke zu bewilligen. Da er indessen nicht lockerließ, rückte sie schließlich mit ihrer Forderung heraus.

Er zuckte zusammen, so enttäuscht war er, und lehnte ab.

Da fing sie an, um ihn herumzubekommen, sich über die vermutliche Dauer ihres Lebens zu verbreiten. »Ich mache es ganz sicher nur noch fünf oder sechs Jahre. Jetzt bin ich dreiundsiebzig und gar nicht mehr richtig auf den Beinen. Neulich abends, da habe ich geglaubt, ich würde abschnappen. Es war mir, als machte mich einer innen ganz leer; ich habe mich gerade noch in mein Bett schleppen können.«

Aber auf *den* Leim ging Chicot nicht. »Na, na, sachte, sachte, Sie alte Gerissene, Sie sind noch genauso gut im Stand wie unser Kirchturm. Sie werden mindestens hundertzehn. Sie nehmen noch an meinem Begräbnis teil, das können Sie mir glauben.«

Der ganze Tag wurde mit der Feilscherei vergeudet. Aber da die Alte nicht nachgab, erklärte der Gastwirt sich schließlich zum Zahlen der fünfzig Francsstücke bereit.

Am nächsten Tag wurde der Vertrag unterzeichnet. Und die alte Magloire verlangte sogar noch fünfzig Francs als Aufgeld.

Drei Jahre gingen hin. Die gute Frau war wohlauf wie durch Zauberkunst. Um keinen einzigen Tag schien sie gealtert zu sein, und Chicot rang innerlich die Hände. Ihm war, als zahle er diese Rente schon seit einem halben Jahrhundert, als sei er hinters Licht geführt, übers Ohr gehauen worden, ruiniert. Von Zeit zu Zeit besuchte er die Bäuerin, wie man im Juli nachsieht, ob das Korn auf dem Feld schon schnittreif ist. Jedesmal, wenn sie ihn begrüßte, funkelte in ihrem Blick etwas Boshaftes auf. Es sah aus, als beglückwünsche sie sich zu dem Streich, den sie ihm gespielt hatte, und er stieg jedesmal rasch wieder auf seinen Einspänner und brummte in sich hinein: »Du willst und willst nicht verrekken, du altes Gerippe!«

Er wußte nicht, was er anfangen sollte. Jedesmal, wenn er sie sah, hätte er sie erwürgen mögen. Er haßte sie mit einem wilden, hinterhältigen Haß, dem Haß eines bestohlenen Bauern.

Inzwischen suchte er nach Mitteln und Wegen.

Eines Tages fuhr er wieder zu ihr hin und rieb sich die Hände, wie er es damals getan, als er ihr den Handel vorgeschlagen hatte. Und nachdem er ein Weilchen mit ihr geplaudert hatte, fing er an: »Sagen Sie mal, Mutter, warum kommen Sie eigentlich nie zum Essen in meine Kneipe, wenn Sie in Épreville sind? Die Leute reden schon darüber; es heißt, wir hätten uns verkracht, und das ist mir sehr unlieb. Sie brauchen natürlich bei mir nichts zu bezahlen, wissen Sie. Mir kommt es auf ein Essen nicht an. Wenn Sie also mal Lust dazu haben, dann kommen Sie getrost; wird mir eine Freude sein.«

Das ließ die alte Magloire sich nicht zweimal sagen, und als sie am übernächsten Tag mit ihrem Karrenwagen, den ihr Knecht Célestin kutschierte, zum Markt fuhr, spannte sie ihr Pferd ohne weiteres bei Meister Chicot aus und verlangte das ihr versprochene Essen.

Der Gastwirt strahlte, behandelte sie wie eine Dame und setzte ihr gebratenes Hähnchen, Blutwurst, Bratwurst, Hammelkeule und mit Speck gekochten Kohl vor. Aber sie aß so gut wie nichts; sie war von Kindheit an immer sehr mäßig gewesen und hatte nur von ein bißchen Suppe und Butterbroten gelebt.

Der enttäuschte Chicot redete ihr zu. Trinken tat sie auch kaum. Den Kaffee lehnte sie ab.

Er fragte: »Aber ein Schnäpschen trinken Sie doch wenigstens?«

»Ja, das schon. Da sage ich nicht nein.«

Und er rief aus voller Lungenkraft durch die Gaststube: »Rosalie, bring mal den Cognac, den allerfeinsten, den hochprozentigen.«

Und die Kellnerin erschien mit einer langhalsigen Flasche, auf die ein papierenes Rebblatt geklebt war.

Er goß zwei Gläschen ein. »Kosten Sie mal, Mutter; das ist was Besonderes.«

Und die wackere Alte fing behutsam an zu trinken, ganz kleine Schlucke, damit die Freude desto länger dauere. Als das Glas leer war, ließ sie es abtropfen und erklärte: »Ja, das ist tatsächlich was Feines.«

Sie hatte noch nicht zu Ende gesprochen, als Chicot ihr auch schon das zweite Glas eingoß. Sie wollte ablehnen; aber es war zu spät; sie süffelte genauso lange daran herum wie an dem ersten.

Da wollte er sie zu der dritten Runde einladen; aber sie sträubte sich. Er beharrte: »Aber das ist doch wie Milch, wissen Sie; ich trinke davon zehn bis zwölf, und es macht mir nicht das mindeste aus. Das rinnt in einen rein wie Zuckerwasser. Weder im Bauch noch im Kopf spürt man was; es ist, als ob es sich auf der Zunge in Luft auflöste. Das Beste für die Gesundheit, was es gibt!«

Da sie nur zu große Lust hatte, gab sie nach, ließ sich jedoch das Glas nur halbvoll gießen.

Da rief Chicot in einem Anfall von Spendierfreudigkeit: »Hören Sie mal, wenn Sie ihn so gern mögen, dann schenke ich Ihnen ein Fäßchen voll, damit Sie merken, daß wir nach wie vor gute Freunde sind.«

Die brave Frau sagte nicht nein und fuhr leicht benebelt davon.

Am andern Tag fuhr der Gastwirt in Mutter Magloires Hof ein und holte aus seinem Wagenkasten ein mit Eisenreifen beschlagenes Fäßchen hervor. Er bestand darauf, sie müsse von dem Inhalt kosten, damit sie sicher sei, es handele sich um denselben Cognac; und als sie jeder drei Glas getrunken hatten, verabschiedete er sich und sagte dabei: »Und wissen Sie, wenn er alle ist: Ich habe noch mehr davon; nur keine falsche Scham! Mir kommt es nicht drauf an. Je eher Sie damit fertig sind, desto mehr freut es mich.« Damit stieg er wieder in sein Gefährt.

Vier Tage später sprach er abermals bei ihr vor. Die Alte saß vor ihrer Tür und schnippelte sich Brot in die Suppe.

Er trat zu ihr hin, begrüßte sie und brachte die Nase ganz dicht an ihr Gesicht, um ihren Atem zu schnuppern. Er witterte sofort eine Schnapsfahne. Da strahlte sein Gesicht auf. »Wollen Sie mich nicht zu einem Gläschen einladen?« fragte er.

Und sie stießen zwei- bis dreimal miteinander an.

Doch nur zu schnell kam in der ganzen Gegend das Gerücht

auf, die alte Magloire saufe heimlich. Bald wurde sie auf dem Küchenfußboden liegend aufgefunden, bald mitten auf ihrem Hof, bald auf einem Feldweg, und dann mußte sie ins Haus getragen werden und war leblos wie eine Leiche.

Chicot fuhr jetzt nicht mehr zu ihr, und wenn ihm von der Bäuerin berichtet wurde, brummte er mit bekümmertem Gesicht: »Ist es nicht gräßlich, bei ihrem Alter, daß sie sich das angewöhnt hat? Sehen Sie, wenn man alt ist, dann ist bei so was nichts mehr zu machen. Das nimmt mit ihr noch ein schlimmes Ende!«

Es nahm tatsächlich ein schlimmes Ende mit ihr. Sie starb im nächsten Winter, um Weihnachten; sie war total besoffen in den Schnee gefallen und liegen geblieben.

Und Meister Chicot erbte den Hof und erklärte: »Zu traurig! Wenn sie nicht ans Saufen geraten wäre, hätte sie gut und gern noch weitere zehn Jahre leben können.«

Übertragen von Irma Schauber

Kâli

Französischer Titel: Châli
Erstdruck: Le Gil-Blas, 15. April 1884,
unter dem Pseudonym »Maufrigneuse«

Für Jean Béraud

Der Admiral de la Vallée, der in seinem Lehnstuhl eingeschlummert zu sein schien, sagte mit seiner Altweiberstimme: »Ich habe mal ein kleines, sehr eigenartiges Liebesabenteuer gehabt; soll ich es Ihnen erzählen?«

Und dann sprach er, ohne sich zu rühren, aus der Tiefe seines breiten Sessels heraus, und dabei verblieb auf seinen Lippen das runzlige Lächeln, das er stets beibehielt, das Voltaire-Lächeln, um dessentwillen er als ein abscheulicher Skeptiker galt.

I

»Ich war zu jener Zeit dreißig und Leutnant zur See, als ich mit einer astronomischen Untersuchung in Mittelindien beauftragt wurde. Die englische Regierung stellte mir alle erforderlichen Mittel zur erfolgreichen Durchführung meines Unternehmens zur Verfügung, und so drang ich bald mit einer Begleitung von ein paar Männern in das fremdartige, überraschende, wunderbare, ungeheuer große Land ein.

Ein Bericht über diese Reise würde zwanzig Bände beanspruchen. Ich durchquerte unwahrscheinlich großartige Landschaften; ich wurde von Fürsten von übermenschlicher Schönheit, die in einer unglaublichen Pracht lebten, empfangen. Zwei Monate lang war mir, als zöge ich durch ein Gedicht, als durcheilte ich auf den Rücken imaginärer Elefanten ein Märchenreich. Inmitten phantastischer Wälder entdeckte ich unwirklich anmutende

Ruinen; in Städten, die wie Traumbilder waren, fand ich gewaltige Baudenkmäler; sie waren fein und ziseliert wie Kleinodien, leicht wie Spitzengespinste und riesig wie Gebirge, diese fabelhaften, göttlichen Bauten, von einer solchen Anmut, daß man sich in ihre Formen verliebt, wie man sich in eine Frau verlieben kann; bei ihrem Anblick empfindet man ein physisches, sinnliches Lustgefühl. Kurzum, wie Monsieur Victor Hugo sagt: Ich wandelte wachend in einem Traum.

Endlich gelangte ich an das Ziel meiner Reise, die Stadt Ganhara; ehedem war sie eine der reichsten Städte Mittelindiens; heute ist sie ziemlich heruntergekommen. Sie wird von einem sehr reichen, gebieterischen, gewalttätigen, großherzigen und grausamen Fürsten regiert, dem Radscha Maddan, einem typischen orientalischen Herrscher: zartsinnig und barbarisch, leutselig und blutdürstig, von femininer Anmut und unbarmherziger Wildheit.

Die Stadt liegt in einem Tal am Ufer eines kleinen Sees; ihn umsteht eine Schar von Pagoden, deren Mauern das Wasser umspielt.

Von weitem sieht die Stadt aus wie ein heller Fleck; er wird immer größer, je näher man kommt, und nach und nach gewahrt man Kuppeln, Obelisken, Spitztürme, all die eleganten, schlanken Erhöhungen der graziösen indischen Bauwerke.

Etwa eine Marschstunde von den Toren entfernt, begegnete ich einem über die Maßen prunkvoll aufgeschirrten Elefanten, den eine Ehreneskorte umgab; der Souverän hatte sie mir entgegengesandt. Und ich wurde mit großem Pomp zum Palast geleitet.

Gern hätte ich mir die Zeit genommen, mich erlesen umzuziehen; doch das ließ die fürstliche Ungeduld nicht zu. Zunächst wollte man mich kennenlernen, wissen, wessen man sich von mir als Mittel der Zerstreuung zu vergewärtigen habe; dann würde man weitersehen.

Zwischen Soldaten hindurch, die bronzefarben wie Statuen waren und funkelnde Uniformen trugen, wurde ich in einen großen, von Galerien umgebenen Saal geführt, in dem in glänzende Gewänder gekleidete, mit kostbaren Edelsteinen besternte Männer standen.

Auf einer Bank, die an unsere Gartenbänke ohne Rückenlehne erinnerte, aber mit einem wunderbaren Teppich bedeckt war, gewahrte ich eine leuchtende Masse, eine Art sitzender Sonne; das war der Radscha; er saß reglos da und erwartete mich in einem Gewand von reinstem Kanarienvogelgelb. Er war mit zehn oder fünfzehn Millionen Diamanten beladen, und auf seiner Stirn funkelte nur ein einziger, der berühmte ›Stern von Delhi‹; er ist von je im Besitz der erlauchten Dynastie der Parihara von Mundore gewesen, der mein Gastgeber entstammte.

Er war ein junger Mann von etwa fünfundzwanzig Jahren und schien Negerblut in den Adern zu haben, obwohl er der reinsten Hindu-Rasse angehörte. Er hatte große, starre, etwas unbestimmt dreinschauende Augen, hervortretende Backenknochen, dicke Lippen, einen gelockten Bart und schimmernde, spitze Zähne, die er in einem mechanischen Lächeln oftmals entblößte.

Er stand auf und reichte mir nach englischem Brauch die Hand; dann ließ er mich neben sich auf einer Bank Platz nehmen, die so hoch war, daß meine Füße kaum den Boden berührten. Es saß sich sehr unbequem darauf.

Und sogleich bot er mir für den nächsten Tag eine Tigerjagd an. Die Jagd und Kampfspiele waren seine Lieblingsbeschäftigungen, und er verstand kaum, daß man sich mit etwas anderm befassen könne.

Augenscheinlich war er überzeugt, ich sei einzig von so weit hergekommen, um ihn ein bißchen zu zerstreuen und ihn bei seinen Vergnügungen zu begleiten.

Da ich völlig auf ihn angewiesen war, versuchte ich, seinen Neigungen zu schmeicheln. Er war dermaßen angetan von meiner Einstellung, daß er mir sofort einen Kampf zeigen wollte; er zog mich in eine im Innern des Palastes befindliche Arena.

Auf seinen Befehl erschienen zwei nackte, kupferfarbene Männer, deren Hände mit stählernen Klauen bewehrt waren; sie griffen einander sofort an und suchten sich mit diesen schneidend scharfen Waffen zu treffen, die in ihre schwarze Haut lange, klaffende Risse fetzten, aus denen das Blut strömte.

Das dauerte eine ganze Weile. Die Körper bestanden nur noch aus Wunden, und dennoch bearbeiteten die Kämpfer nach wie vor ihre Leiber mit dieser Art aus scharfen Klingen bestehender Harke. Dem einen war die Wange zerschnitten; das Ohr des andern war in drei Fetzen zerspalten.

Und der Fürst schaute dem mit wilder, leidenschaftlicher Freude zu. Er zitterte vor Wonne, stieß ein Lustgrunzen aus und ahmte mit unbewußten Gesten alle Bewegungen der Kämpfer nach, wobei er in einem fort schrie: ›Triff ihn, triff ihn doch!‹

Der eine sank ohnmächtig um; er mußte aus der mit rotem Blut besudelten Arena hinausgetragen werden, und der Radscha stieß einen tiefen Seufzer des Bedauerns aus, des Bedauerns, daß es schon vorbei sei.

Dann wandte er sich mir zu; er wollte wissen, was ich davon halte. Ich war innerlich empört, aber ich beglückwünschte ihn lebhaft; und er befahl sofort, mich zum Kusch-Mahal (Palast der Freuden) zu führen, wo ich wohnen sollte.

Ich durchschritt die unwahrscheinlichsten Gärten, die sich dort finden, und gelangte zu meiner Unterkunft.

Der Palast, ein Kleinod, lag am äußersten Ende des fürstlichen Parks; die ganze eine Seite seiner Mauern wurde von dem heiligen See von Vihara bespült. Er war quadratisch gebaut, die vier Fronten boten drei übereinander gelegene Säulengalerien von göttlich schöner Steinmetzarbeit dar. An jeder Ecke erhoben sich leichte, hohe oder niedrige Türmchen, einzeln oder gekoppelt, von ungleicher Gestalt und unterschiedlichem Aussehen; sie wirkten wie natürliche, dieser anmutigen Pflanze orientalischer Architekten entsprossene Blüten. Alle trugen bizarre Dächer; sie waren wie kokette Hütchen.

In der Mitte des Bauwerks ragte eine mächtige Kuppel auf und lief in einen entzückenden, winzigen Glockenturm aus; und ganz oben reckte sich eine kleine Kuppel, die länglich und rund war wie eine Frauenbrust aus weißem Marmor, gen Himmel.

Und das ganze Bauwerk war von oben bis unten mit Skulpturen bedeckt, erlesenen Arabesken, die den Blick berauschten, reglosen Prozessionen zarter Gestalten, deren steinerne Haltungen und Gesten von den Sitten und Bräuchen Indiens erzählten.

Die Zimmer wurden durch Fenster mit gezähnten Bogen erhellt; sie gingen auf die Gärten hinaus. In den Marmorboden waren anmutige Blumensträuße aus Onyx, Lapislazuli und Achat eingelegt.

Kaum hatte ich Zeit, meine Toilette zu vollenden, als auch schon Haribadada, ein Würdenträger des Hofes, der als Verbindungsmann zwischen dem Fürsten und mir diente, mir den Besuch seines Herrschers meldete.

Und der Radscha im Safrangewand erschien, drückte mir abermals die Hand und begann, mir tausend Dinge zu erzählen, wobei er mich unaufhörlich nach meiner Meinung fragte, die ihm zu bekunden mich große Mühe kostete. Dann wollte er mir die Ruinen des alten Palastes am andern Ende des Parks zeigen.

Sie waren ein wahrer Steinwald und wurden von einem Volk großer Affen bewohnt. Als wir herankamen, rannten die Männchen auf den Mauern hin und her und schnitten uns abscheuliche Grimassen, und die Weibchen machten, daß sie wegkamen, ihre Jungen auf dem Arm, und zeigten uns den kahlen Hintern. Der Fürst lachte wie toll, kniff mich zur Bezeigung seiner Freude in die Schulter und ließ sich inmitten der Trümmer nieder, während rings um uns oben auf den Mauern und auf allen Vorsprüngen eine Versammlung von Affen mit weißen Backenbärten hockte, uns die Zunge ausstreckte und mit der Faust drohte.

Als er von diesem Schauspiel genug hatte, stand der gelbe Herrscher auf und ging gravitätisch davon, wobei er mich stets neben sich zog, glücklich, mir schon an meinem Ankunftstag dergleichen Dinge gezeigt zu haben; außerdem erinnerte er mich daran, daß am nächsten Tag mir zu Ehren eine große Tigerjagd veranstaltet wurde.

Ich nahm an dieser Jagd teil, und an einer zweiten, einer dritten, an zehn, zwanzig hintereinander. Es wurden wechselweise alle Tiere gejagt, die in der Gegend lebten: Panther, Bären, Elefanten, Antilopen, Flußpferde, Krokodile, was weiß ich, die Hälfte der Tiere der Schöpfung. Ich war todmüde; das unaufhörliche Blutvergießen ekelte mich an; ich war dieses immer gleichen Vergnügens satt.

Schließlich erlahmte der Eifer des Fürsten, und auf meine inständigen Bitten hin gewährte er mir einige Muße zur Arbeit. Fortan begnügte er sich damit, mich mit Geschenken zu überschütten. Er schickte mir Kleinodien, herrliche Stoffe, dressierte Tiere, die Haribadada mit zur Schau getragenem ernsten Respekt darbrachte, als sei ich der Sonnengott höchstpersönlich, obwohl er mich im Grunde tief verachtete.

Und jeden Tag überbrachte mir eine Prozession von Dienern in verdeckten Schüsseln einen Anteil von jedem Gericht der fürstlichen Tafel; jeden Tag mußte ich mich einfinden und äußerst erfreut über irgendeine neue, für mich veranstaltete Zerstreuung tun: Bajaderentänze, Gauklerkünste, Truppenparaden – alles, was ein gastfreundlicher, aber etwas aufdringlicher Radscha sich ausdenken kann, um mir sein überraschendes Land in all seinem Zauber und all seinem Glanz zu zeigen.

Sobald ich ein bißchen in Ruhe gelassen wurde, arbeitete ich, oder ich ging zu den Affen, deren Gesellschaft mir unendlich sympathischer war als die des Fürsten.

Doch als ich eines Abends von einem Spaziergang heimkam, fand ich vor dem Tor meines Palastes Haribadada in feierlicher Haltung; er verkündete mir in geheimnisvollen Wendungen, in meinem Zimmer erwarte mich ein Geschenk des Herrschers; er überbringe mir die Entschuldigungen seines Herrn, daß er nicht eher daran gedacht habe, mir etwas anzubieten, das ich sicherlich entbehrt hätte. Nach dieser dunklen Rede verneigte sich der Abgesandte und verschwand.

Ich ging hinein und erblickte, an der Wand der Größe nach aufgestellt, sechs reglos nebeneinander stehende kleine Mädchen; wie Fische am Spieß sahen sie aus. Die älteste mochte vielleicht acht sein, die jüngste sechs. Im ersten Augenblick war mir nicht ganz klar, warum mir dies Pensionat in die Wohnung geschickt worden sei; doch dann erriet ich die zarte Aufmerksamkeit des Fürsten: Er hatte mir einen Harem zum Geschenk gemacht. In einem Übermaß an Höflichkeit hatte er ihn möglichst jung ausgesucht. Denn je grüner die Frucht ist, desto größerer Schätzung erfreut sie sich in jenen Ländern.

Und ich stand betroffen und beklommen und beschämt diesen kleinen Bälgern gegenüber, die mich mit ihren großen, ernsten Augen anblickten und schon zu wissen schienen, was ich möglicherweise von ihnen verlangen würde.

Ich wußte nicht, was ich ihnen sagen sollte. Am liebsten hätte ich sie weggeschickt, aber das Geschenk eines Fürsten weist man nicht zurück. Das wäre eine tödliche Beleidigung gewesen. Ich mußte also die Kinderschar behalten und bei mir unterbringen.

Sie standen starr da, ließen mich nicht aus den Augen, warteten auf meinen Befehl, schienen bestrebt zu sein, in meinen Augen meine Gedanken zu lesen. Dies verfluchte Geschenk! Wie bedrückte es mich! Schließlich kam ich mir lächerlich vor, und ich fragte die Größte: ›Wie heißt du?‹

Sie antwortete: ›Kâli.‹

Dies Mädchen mit der hübschen, wie Elfenbein leicht gelblich getönten Haut war etwas Wunderbares, wie eine Statue mit seinem länglichen, strengen Gesicht.

Um zu sehen, was sie wohl antwortete, und vielleicht auch, um sie verlegen zu machen, fragte ich: ›Warum bist du hier?‹

Sie sagte mit ihrer weichen harmonischen Stimme: ›Ich bin hier, um zu tun, was von mir zu verlangen dir gefallen wird, mein Herr und Gebieter.‹

Das Mädchen war also aufgeklärt.

Und ich richtete dieselbe Frage an die Kleinste, und sie antwortete mit ihrer dünneren Stimme klar und deutlich: ›Ich bin hier um dessentwillen, was von mir zu erbitten dir gefallen wird, mein Herr und Meister.‹

Sie sah aus wie ein Mäuschen, diese Kleine, und sie war reizend von oben bis unten. Ich hob sie hoch und küßte sie. Die anderen vollführten eine Bewegung, als wollten sie sich zurückziehen; sie dachten wohl, ich hätte meine Wahl bereits getroffen; doch ich befahl ihnen zu bleiben; ich hockte mich auf indische Art nieder, ließ sie sich rings um mich im Kreis hinsetzen und fing an, ihnen eine Geistergeschichte zu erzählen; ich konnte mich in ihrer Sprache hinlänglich ausdrücken.

Sie lauschten überaus aufmerksam, erbebten bei wundersamen Einzelheiten, zitterten vor Angst, bewegten die Hände. Die armen Kleinen dachten nicht mehr an das, weswegen sie hergeschickt worden waren.

Als ich mit meinem Märchen fertig war, rief ich meinen vertrauten Diener Latchmân und ließ ihn Zuckerwerk, eingemachte

Früchte und Gebäck bringen; sie aßen davon, bis sie nicht mehr konnten, und als mir dieses Abenteuer nach und nach sehr komisch vorkam, veranstaltete ich Spiele, um meinen Frauen Spaß zu machen.

Zumal eins davon fand großen Beifall. Ich stellte mich breitbeinig hin, und meine sechs Bambini liefen mir zwischen den Beinen hindurch, wobei die Kleinste den Zug eröffnete; die Größte stieß dabei jedesmal ein bißchen gegen mich, weil sie sich nie tief genug bückte. Sie lachten dabei gellend auf, und die jungen, unter den niedrigen Wölbungen meines üppigen Palastes erklingenden Stimmen weckten ihn auf, bevölkerten ihn mit kindlicher Heiterkeit und erfüllten ihn mit Lachen.

Dann ließ ich mir die Einrichtung des Schlafzimmers angelegen sein, in dem meine unschuldigen Konkubinen übernachten sollten. Schließlich befahl ich sie der Obhut der vier Kammerfrauen an, die der Fürst mir gleichzeitig geschickt hatte, damit sie meine Sultaninnen betreuten.

Acht Tage lang hatte ich meinen Spaß daran, bei diesen Püppchen den Papa zu mimen. Wir spielten herrlich Verstecken, Katze auf den Baum, Heißhand, und sie waren dabei außer sich vor Glück, weil sie jeden Tag von mir Spiele lernten, die sie noch nicht kannten und an denen sie Freude hatten.

Meine Behausung mutete jetzt an wie eine Mädchenschule. Und meine kleinen in köstliche Seide, in Stoffe mit Gold- und Silberstickerei gekleideten Freundinnen liefen in den langen Galerien und den stillen Sälen, in die durch die Bogenfenster gedämpftes Licht fiel, umher wie kleine Menschentiere.

Dann, eines Abends, wie es eigentlich geschah, weiß ich nicht, wurde die Größte, die, die Kâli hieß und wie eine Statuette aus altem Elfenbein aussah, wirklich meine Frau.

Sie war ein anbetungswürdiges kleines Wesen, sanft, schüchtern und fröhlich, das mich bald mit glühender Zuneigung liebte und das ich auf eine seltsame Weise liebte: voller Scham, zögernd, mit einer Art Furcht vor der europäischen Justiz, mit Vorbehalten, schlechtem Gewissen und dennoch mit leidenschaftlicher, sinnlicher Zärtlichkeit. Ich tätschelte sie wie ein Vater, und ich liebkoste sie wie ein Mann.

Verzeihen Sie, meine Damen, ich gehe ein bißchen zu weit.

Die andern spielten nach wie vor im Palast wie eine Schar junger Katzen.

Kâli wich nicht mehr von mir, außer wenn ich zum Fürsten ging. Wir erlebten zusammen köstliche Stunden in den Ruinen des alten Palastes, inmitten der Affen, mit denen wir uns angefreundet hatten.

Sie kuschelte sich auf meinen Knien zusammen, blieb dort liegen und wälzte in ihrem Sphinxköpfchen alle möglichen Dinge; vielleicht aber auch dachte sie an gar nichts, sondern behielt die schöne, liebreizende Pose bei, die bei jenen edlen, träumerischen Völkern etwas Erbliches ist: die hieratische Pose heiliger Statuen.

Ich hatte in einer großen Messingschüssel etwas zu essen mitgebracht, Backwerk, Früchte. Und nach und nach kamen die Meerkatzen zu uns heran, und ihre scheueren Jungen liefen ihnen nach; dann setzten sie sich im Kreis um uns herum, trauten sich nicht noch näher heran und warteten, bis ich mit der Verteilung meiner Leckerbissen anfing.

Dann kam fast immer ein kühneres Männchen bis zu mir hin und streckte die Hand aus wie ein Bettler; ich gab ihm ein Stück, und er brachte es sofort seinem Weibchen. Dann stießen alle andern wütende Schreie aus, Schreie der Eifersucht und des Zorns, und ich konnte diesem schauerlichen Lärm nur dadurch ein Ende machen, daß ich jedem einzelnen seinen Anteil hinwarf.

Da ich mich in diesen Ruinen recht behaglich fühlte, wollte ich meine Instrumente hintragen und dort arbeiten. Aber sobald die Affen die messingnen Präzisionsapparate sahen, die sie wohl für todbringende Geräte hielten, flohen sie nach allen Seiten davon und stießen entsetzliche Klagelaute aus.

Häufig verbrachte ich den Abend mit Kâli auf einer der äußeren Galerien oberhalb des Sees Vihara. Stumm betrachteten wir den glänzenden Mond, der über die Himmelstiefen hinwegglitt und einen zitternden Silbermantel über das Wasser breitete, und ganz hinten, am andern Ufer, die Zeile der kleinen Pagoden, die wie hübsche, mit dem Fuß im Wasser stehende Pilze aussahen. Dann nahm ich den ernsten Kopf meiner kleinen Geliebten in die Arme und küßte langsam und lange die glatte Stirn, die großen, von den Mysterien dieses uralten Fabellandes erfüllten schwarzen Augen und die stillen Lippen, die sich unter meinem Kuß auftaten. Und ich empfand ein verworrenes, machtvolles und vor allem poetisches Gefühl, das Gefühl, ich besäße in diesem Mädchen eine ganze Rasse, jene schöne, geheimnisumwitterte Rasse, der alle übrigen entsprungen zu sein scheinen.

Mittlerweile fuhr der Fürst fort, mich mit Geschenken zu überhäufen.

Eines Tages schickte er mir etwas Unerwartetes, das Kâli zu leidenschaftlicher Bewunderung hinriß.

Es war bloß ein Muschelkästchen, ein Pappkästchen mit daraufgeklebten kleinen Muscheln. In Frankreich hätte es vielleicht zwei Francs gekostet. Aber in jener Gegend war es ein Kleinod von unschätzbarem Wert. Sicherlich war es das erste, das in jenes Reich gelangt war.

Ich stellte es auf eine Truhe und ließ es dort stehen; ich belächelte die Wichtigkeit, die diesem schäbigen Warenhausartikel beigemessen wurde.

Aber Kâli wurde nicht müde, es voller Hochachtung und Hingerissenheit anzuschauen und zu bewundern. Dann und wann fragte sie mich: ›Erlaubst du, daß ich es einmal anfasse?‹ Und wenn ich sie dazu ermächtigt hatte, klappte sie den Deckel auf und schloß ihn äußerst behutsam wieder; langsam strich sie mit den feinen Fingern über die Schicht der kleinen Muscheln; bei dieser Berührung schien sie einen eigentümlichen Genuß zu empfinden, der ihr bis ins Herz drang.

Ich hatte inzwischen meine Arbeiten beendet und mußte an die Heimkehr denken. Es dauerte lange, bis ich mich zu dem Entschluß aufraffte; die zärtliche Neigung zu meiner kleinen Freundin hielt mich fest. Endlich aber mußte es sein.

Der Fürst war untröstlich; er veranstaltete weitere Jagden, weitere Kampfspiele; doch nach vierzehn Tagen dieser Freuden erklärte ich, ich könnte nicht länger bleiben, und er gab mich frei.

Der Abschied von Kâli schnitt mir ins Herz. Sie weinte, auf mir liegend, den Kopf an meine Brust geschmiegt; der Kummer durchbebte sie am ganzen Leib. Ich wußte nicht, was ich anfangen sollte, um sie zu trösten; meine Küsse waren zu nichts nütze.

Plötzlich fiel mir etwas ein; ich stand auf, holte das Muschelkästchen und drückte es ihr in die Hand. ›Für dich. Es gehört jetzt dir.‹

Da habe ich sie zum erstenmal lächeln sehen. Ihr ganzes Gesicht leuchtete vor innerer Freude auf, der tiefen Freude eines unmöglichen Traums, der plötzlich Wirklichkeit geworden war.

Und sie küßte, liebte mich beinahe wütend.

Wie dem auch sei, beim letzten Abschied weinte sie dennoch heftig. Ich verteilte Küsse und Gebäck an meine übrigen Frauen und reiste ab.

II

Zwei Jahre gingen hin; dann führten die Zufälligkeiten des Marinedienstes mich abermals nach Bombay. Unvorhergesehene Umstände brachten es mit sich, daß ich um einer neuen Mission willen, zu der mich meine Kenntnis des Landes und der Sprache befähigte, dort gelassen wurde.

Ich führte meine Arbeiten so schnell wie möglich durch, und da mir noch drei Monate Zeit verblieben, wollte ich meinem Freund, dem Radscha von Ganhara, und meiner lieben kleinen Frau Kâli einen kurzen Besuch abstatten, die ich sicherlich recht verändert wiederfinden würde.

Der Radscha Maddan empfing mich mit frenetischen Freudenbezeigungen. Er ließ vor meinen Augen drei Gladiatoren umbringen; den ersten Tag nach meiner Rückkehr blieb ich keine einzige Sekunde allein.

Abends war ich endlich frei; ich ließ Haribadada rufen, und nach mannigfachen Fragen, die ich stellte, um seinen Scharfblick abzulenken, fragte ich ihn: ›Und weißt du, was aus der kleinen Kâli geworden ist, die der Radscha mir geschenkt hatte?‹

Er machte ein trauriges, verärgertes Gesicht und antwortete äußerst verlegen: ›Besser, man spricht nicht von ihr.‹

›Warum denn nicht? Sie war eine reizende kleine Frau.‹

›Sie hat ein schlimmes Ende genommen, Herr.‹

›Wieso? Kâli? Was ist aus ihr geworden? Wo ist sie?‹

›Ich meine, sie hat schlimm geendet.‹

›Schlimm geendet? Ist sie denn tot?‹

›Ja, Herr. Sie hatte etwas Schändliches begangen.‹

Ich war tief betroffen; ich spürte, wie mein Herz klopfte, wie Angst mir die Brust zusammenschnürte.

Ich wiederholte: ›Etwas Schändliches? Was hat sie denn getan? Was ist mit ihr geschehen?‹

Der Mann geriet immer mehr in Verlegenheit; er flüsterte: ›Es ist besser, wenn Sie nicht danach fragen.‹

›Doch, ich will es wissen.‹

›Sie hat gestohlen.‹

›Kâli? Wen hat sie denn bestohlen?‹

›Sie, Herr.‹

›Mich? Wieso denn?‹

›Am Tag Ihrer Abreise hat sie Ihnen das Kästchen weggenommen, das der Fürst Ihnen geschenkt hatte. Es ist in ihren Händen gefunden worden!‹

›Welches Kästchen denn?‹

›Das Muschelkästchen.‹

›Aber das habe ich ihr doch geschenkt!‹

Der Inder sah mich verwundert an und antwortete: ›Ja, sie hat geschworen, tatsächlich, mit allen heiligen Eiden, Sie hätten es ihr geschenkt. Aber keiner hat geglaubt, Sie könnten einer Sklavin ein Geschenk des Fürsten gegeben haben, und da hat der Radscha sie bestrafen lassen.‹

›Bestrafen? Was ist denn mit ihr geschehen?‹

›Sie ist in einen Sack gesteckt worden, Herr, und in den See geworfen, von diesem Fenster aus, dem Fenster des Zimmers, in dem wir jetzt sind, des Zimmers, in dem sie den Diebstahl begangen hat.‹

Mich durchdrang der wildeste Schmerz, den ich jemals empfunden habe, und ich winkte Haribadada, er möge abtreten; er sollte mich nicht weinen sehen.

Und ich verbrachte die Nacht auf der Galerie über dem See, der Galerie, auf der ich das arme Kind so oft auf meinen Knien gehalten hatte.

Und ich malte mir aus, daß das Skelett ihres hübschen kleinen, verwesten Körpers dort unter mir in dem mit einem Strick zugeschnürten Leinensack liege, auf dem Grund des dunklen Wassers, das wir früher zusammen angeschaut hatten.

Trotz der Bitten und des ungestümen Kummers des Radscha reiste ich am nächsten Morgen wieder ab.

Und jetzt glaube ich, daß ich nie eine andere Frau wahrhaft geliebt habe als Kâli.«

Übertragen von Ernst Sander

Der Trunkenbold

Französischer Titel: L'Ivrogne
Erstdruck: Le Gaulois, 20. April 1884

I

Der Nordwind stürmte einher; er trieb riesige, schwere, dunkle Winterwolken über den Himmel; beim Dahinjagen über die Erde schütteten sie wütende Regengüsse nieder.

Das außer sich geratene Meer toste und rüttelte an der Küste; es warf gewaltige, langsame, geifernde Wogen an den Strand, die mit Kanonendonner zerbarsten. Sie kamen gemächlich heran, eine nach der andern, berghoch, und sprühten bei den Windstößen den weißen Schaum ihrer Kämme in die Luft; er war wie der Schweiß von Ungeheuern.

Der Orkan verfing sich in dem kleinen Tal von Yport, pfiff und jaulte, riß die Schieferziegel von den Dächern, zerbrach den Windschutz, stürzte Schornsteine um und schleuderte so heftige Böen in die Straßen, daß man sich darin nur bewegen konnte, indem man sich an den Hausmauern festhielt, und daß Kinder wie welkes Laub fortgeblasen und über die Häuser hinweg auf die Felder geweht worden wären.

Die Fischerboote waren bis zu den Häusern auf den Strand hinaufgezogen worden, aus Angst, das Meer könne bei Hochflut den Strand leerfegen, und ein paar Seeleute hockten hinter den runden Rümpfen der auf der Seite liegenden Fahrzeuge und schauten dem Zorn des Himmels und der Wasser zu.

Dann gingen sie einer nach dem andern weg, denn die Nacht senkte sich über den Sturm nieder und hüllte den toll gewordenen Ozean und den Lärm der rasenden Elemente in tiefes Dunkel.

Zwei Männer blieben noch da, die Hände in den Taschen, die Rücken unter den Sturmstößen gekrümmt, die Wollkappen bis zu den Augen heruntergezogen: zwei hochgewachsene normannische Fischer mit struppigem Rundbart, von den Salzböen des offenen Meeres gegerbter Haut, mit blauen Augen, die in der Mitte ein schwarzes, rundes Korn hatten, den scharfen Augen der Seeleute; sie können bis ans Ende ihres Blickfeldes sehen wie Raubvögel.

Der eine sagte: »Los, komm mit, Jérémie. Laß uns derweil Domino spielen. Ich zahle.«

Der andere zögerte noch; zwar lockten ihn das Spiel und der Schnaps, aber er wußte, daß er sich wieder mal sinnlos betrinken würde, wenn er bei Paumelle einkehrte; auch hielt ihn der Gedanke an seine Frau davon ab; sie war ganz allein im Haus geblieben. Er sagte: »Man könnte meinen, du habest eine Wette abgeschlossen, mich jeden Abend besoffen zu machen. Sag bloß mal, was für dich dabei herausspringt, denn immer bist du es ja, der zahlt.« Und trotzdem lachte er bei der Vorstellung all des Schnapses, den er auf Kosten von jemand anders getrunken hatte; er lachte das zufriedene Lachen eines Normannen, der freigehalten wird.

Mathurin, sein Kamerad, zerrte ihn noch immer am Arm. »Los, komm mit, Jérémie. An solch einem Abend kann man nicht heimgehen, ohne was Warmes im Leib zu haben. Wovor hast du Angst? Daß deine Frau dir nicht das Bett anwärmt?«

Jérémie antwortete: »Neulich abends habe ich die Tür nicht finden können... Sie haben mich sozusagen aus dem Bach vor unserm Haus gefischt!« Und er lachte noch einmal bei dieser Säufererinnerung, und dann ging er in aller Ruhe auf Paumelles Café zu, dessen erleuchtete Scheibe herüberschimmerte; er ging, Mathurin zog, der Wind schob ihn; diesen beiden Kräften Widerstand zu leisten ging über seine Kraft.

Die niedrige Gaststube war voll von Fischern, Rauch und Stimmenlärm. Alle diese Männer hatten Wolljacken an, hielten die Ellbogen auf die Tischplatten gestemmt und schrien, um sich verständlich zu machen. Je mehr Trinker hereinkamen, desto lauter mußte in dem Durcheinander der Stimmen und der auf die Marmorplatten geknallten Dominosteine gebrüllt werden, so daß der Krach immer stärker wurde.

Jérémie und Mathurin setzten sich in eine Ecke und fingen mit einer Partie an, und ein Glas Schnaps nach dem andern verschwand in der Tiefe ihrer Schlünde.

Dann spielten sie weitere Partien und tranken weitere Schnäpse. Mathurin spendierte in einem fort und zwinkerte dabei dem Wirt zu, einem dicken, feuerroten Kerl, der sich amüsierte, als wisse er schon längst um einen geplanten Schabernack; und Jérémie soff den Schnaps hinunter, wiegte den Kopf, stieß ein Lachen aus, das mehr ein Gebrüll war, und sah seinen Kumpel mit stumpfsinniger, zufriedener Miene an.

Nach und nach gingen sämtliche Gäste weg. Und jedesmal, wenn einer die Tür nach draußen aufmachte, um sich zu verdrücken, fuhr ein Windstoß in das Café, rührte stürmisch den schweren Pfeifenrauch durcheinander, ließ die an ihren Ketten hängenden Lampen baumeln und ihre Flammen aufflackern; und dann waren plötzlich der tiefe Stoß einer zerberstenden Woge und das Röhren des Sturms hörbar.

Jérémie saß mit aufgeknöpftem Kragen in der Haltung eines sinnlos Besoffenen da, das eine Bein ausgestreckt, den einen Arm niederhängend; und mit der andern Hand hielt er seine Dominosteine.

Sie waren jetzt mit dem Wirt allein; er war interessiert herangetreten. Er fragte: »Na, Jérémie, was macht dein Inneres? Geht's ihm besser, wo du es jetzt angefeuchtet hast?«

Und Jérémie antwortete mit ungelenker Zunge: »Je mehr ich hineingieße, desto trockener wird es da drin.«

Der Kneipwirt warf Mathurin einen pfiffigen Blick zu. Er fragte: »Und dein Bruder, Mathurin, wo ist der um diese Zeit?«

Der Fischer lachte dumm: »Der ist im Warmen, nur keine Sorge.«

Und beide schauten zu Jérémie hin, der triumphierend die Doppelsechs anlegte und verkündete: »Das ist der Bürgermeister.«

Als sie mit der Partie fertig waren, erklärte der Wirt: »Wißt ihr was, Jungs? Ich gehe jetzt in die Klappe. Ich lasse euch eine Lampe und noch einen Liter da. Die Pulle hat für zwanzig Sous an Bord. Du schließt die Tür von draußen ab, Mathurin, und schiebst den Schlüssel unter dem Windfang durch, so wie neulich abends.«

Mathurin entgegnete: »Keine Sorge. Selbstverständlich.«

Paumelle drückte seinen beiden späten Gästen die Hand und stieg schwerfällig die Holztreppe hinauf. Ein paar Minuten lang dröhnte sein gewichtiger Schritt durch das kleine Haus; dann zeigte ein Knarren und Krachen an, daß er sich zu Bett gelegt hatte.

Die beiden Männer spielten weiter; dann und wann rüttelte ein stärkerer Wutausbruch des Orkans an der Tür, ließ die Wände erbeben, und die beiden Trinker blickten auf, als sei jemand hereingekommen. Dann nahm Mathurin die Literflasche und goß Jérémies Glas voll. Aber plötzlich schlug die über dem Schanktisch hängende Uhr Mitternacht. Ihr verrostetes Läutwerk klang wie das Scheppern von Kochtöpfen, und die Schläge hallten lange nach, mit dumpfem, blechernem Hall.

Da stand Mathurin auf wie ein Matrose, dessen Freizeit zu Ende ist: »Los, Jérémie, jetzt geht's zu Mutter.«

Der andere kam mühsamer in Bewegung, gab sich einen Ruck und stützte sich auf die Tischplatte; dann gelangte er zur Tür und machte sie auf; sein Kumpel drehte derweil die Lampe aus.

Als sie auf der Straße standen, schloß Mathurin die Cafétür ab; dann sagte er: »Na, 'nen Abend, bis morgen.«

II

Jérémie machte drei Schritte, taumelte, streckte die Hände aus, bekam eine Hauswand zu fassen, die ihm Halt bot, und setzte sich strauchelnd wieder in Marsch. Manchmal trieb ein Sturmstoß, der sich in der engen Straße verfangen hatte, ihn so stark vorwärts, daß er ein paar Schritte laufen mußte; wenn die Heftigkeit der Bö dann nachließ, blieb er stehen, da die ihn treibende Kraft ausgesetzt hatte; und dann schwankte er auf den eigenwilligen Beinen eines Betrunkenen weiter.

Instinktiv trieb er seiner Wohnung zu, wie Vögel ihrem Nest. Endlich erkannte er seine Haustür und fing an, sie abzutasten, um das Schlüsselloch ausfindig zu machen und den Schlüssel hineinzustecken. Er fand es nicht und fluchte halblaut vor sich hin. Dann hämmerte er mit der Faust daran und rief nach seiner Frau, damit sie ihm helfe: »Mélina! He, Mélina!«

Als er sich an den Türflügel lehnte, um nicht umzufallen, gab dieser nach, ging auf, und Jérémie, seiner Stütze ledig, stolperte kopfüber in seine Behausung, fiel mitten im Zimmer auf die Nase und spürte, wie etwas Schweres über seinen Körper hinwegstieg und hinaus in die Nacht lief.

Er regte sich nicht, bestürzt vor Furcht, in kopfloser Angst vor dem Teufel, vor Wiedergängern, vor sämtlichen geheimnisvollen Dingen der Finsternis; er wartete lange, ohne eine Bewegung zu wagen. Doch als er merkte, daß alles still blieb, kam er halbwegs wieder zur Vernunft, zur verworrenen Klarheit eines Betrunkenen.

Und er richtete sich ganz langsam auf und setzte sich hin. Noch eine Weile wartete er; dann endlich faßte er sich ein Herz und stieß hervor: »Mélina!«

Seine Frau antwortete nicht.

Da zuckte ein jäher Zweifel durch sein umdunkeltes Gehirn, ein ungewisser Zweifel, ein verschwommener Argwohn. Er rührte sich nicht; er blieb im Dunkeln auf der Erde sitzen, kramte seine Gedanken zusammen und klammerte sich an unvollständige Einfälle, die strauchelten wie seine Füße.

Von neuem setzte er an: »Sag mir, wer es war, Mélina. Sag mir, wer es war. Ich tue dir nichts.«

Er wartete. Aus dem Dunkel erklang keine Stimme. Jetzt grübelte er laut. »Ich bin besoffen, das kannst du mir glauben! Besoffen bin ich! Er hat mich besoffen gemacht, dieser Scheißkerl; das hat er getan, damit ich nicht nach Hause kam. Ich bin besoffen!«

Und noch einmal sagte er: »Sag mir, wer es war, Mélina. Sonst gibt es ein Unglück.«

Nachdem er abermals gewartet hatte, fuhr er mit der langsamen, verbissenen Logik eines Betrunkenen fort: »Er hat mich festgehalten bei diesem Bummler, dem Paumelle, und die andern Abende auch, damit ich nicht nach Hause ging. Er steckt mit ihm unter einer Decke. Ach, dies Aas!«

Langsam erhob er sich auf die Knie. Dumpfer Zorn überkam ihn und mischte sich in die Nachwirkungen des Getrunkenen.

Wieder sagte er: »Sag mir, wer es war, Mélina, oder ich haue dir den Buckel voll, darauf kannst du dich verlassen!«

Er stand jetzt auf den Beinen; er zitterte jetzt vor lodernder Wut, als habe sich der Alkohol, den er im Leib hatte, in seinen Adern entzündet. Er tat einen Schritt, stieß an einen Stuhl, packte ihn, ging weiter, stieß an das Bett, tastete es ab und fühlte darin den warmen Körper seiner Frau.

Da verlor er vor Wut vollends den Kopf und brüllte: »So! Du bist da, du Dreckstück, und hast mir nicht geantwortet!«

Und er hob den Stuhl, den er in seiner robusten Seemannsfaust hielt, und schlug damit in einem wüsten Wutanfall in höchster Erbitterung vor sich hin. Ein Schrei gellte aus den Kissen, ein schriller, herzzerreißender Schrei. Da fing er an, loszuschlagen wie ein Drescher in der Scheune. Und bald regte sich nichts mehr. Der Stuhl flog in Stücken auseinander; aber ein Bein verblieb in seiner Hand, und keuchend schlug er immer weiter.

Dann hörte er damit auf und fragte: »Wirst du jetzt endlich sagen, wer vorhin bei dir gewesen ist?«

Mélina antwortete nicht.

Da setzte er sich zerbrochen vor Müdigkeit und verstumpft durch seine Gewalttat wieder auf die Erde, machte sich lang und schlief ein.

Als es Tag wurde, sah ein Nachbar seine Tür offenstehen und ging hinein. Er sah den schnarchenden Jérémie am Boden liegen, inmitten der Trümmer eines Stuhls, und im Bett einen Brei von Fleisch und Blut.

Übertragen von Irma Schauber

Adieu

Französischer Titel: Adieu
Erstdruck: Le Gil-Blas, 4. Mai 1884,
unter dem Pseudonym »Maufrigneuse«

Die beiden Freunde waren mit dem Abendessen fertig. Durch das Fenster des Cafés sahen sie auf den menschenwimmelnden Boulevard. Sie spürten die lauen Windstöße vorüberstreichen, die die Pariser Straßen in weichen Sommernächten durcheilen und die Spaziergänger den Kopf heben lassen und in ihnen das Verlangen zum Aufbrechen entfachen, ins Weite zu schweifen, irgendwohin, unter Laubkronen, und die von mondbeschienenen Flüssen träumen lassen, von Glühwürmchen und Nachtigallen.

Der eine der beiden, Henri Simon, seufzte tief und sagte: »Ach, ich werde allmählich alt. Traurig ist das. Früher war mir an solchen Abenden immer, als hätte ich den Teufel im Leib. Heute verspüre ich in mir nur noch sehnsüchtiges Bedauern. Geht schnell hin, das Leben.« Er war schon ein bißchen dicklich, etwa fünfundvierzig Jahre alt und sehr kahl.

Der andere, Pierre Carnier, war etwas älter, aber magerer und lebhafter; er entgegnete:

»Ich, mein Lieber, bin gealtert, ohne auch nur das mindeste davon zu merken. Ich war immer heiter, frisch und gesund, bei voller Kraft, und was dergleichen mehr ist. Wenn man sich nämlich jeden Tag im Spiegel anschaut, gewahrt man nicht, wie das Sichauswirken des Alters sich vollzieht, weil es langsam und regelmäßig vonstatten geht und das Gesicht so behutsam verwandelt, daß die Übergänge unmerklich bleiben. Einzig deswegen gehen wir nicht vor Kummer zugrunde nach nur zwei oder drei Jahren von solcherlei Verheerungen, weil wir sie eben nicht beurteilen können. Um sich ihrer bewußt zu werden, müßte man ein halbes Jahr lang sein Gesicht nicht anschauen – aber dann trifft es einen wie ein Schlag!

Und die Frauen, mein Lieber – wie tun sie mir leid, die armen Wesen! Ihr ganzes Glück, ihre ganze Macht, ihr ganzes Leben liegen in ihrer Schönheit beschlossen, und die währt ganze zehn Jahre.

Ich bin also gealtert, ohne eine Ahnung davon zu haben; ich hielt mich fast für einen Jüngling, und dabei war ich schon nahe den Fünfzig. Da ich keinerlei Gebrechen verspürte, lebte ich gesund und munter weiter.

Die Enthüllung meines Verfalls ist mir auf eine schauderhafte und ganz einfache Weise zuteil geworden, und ich war darob ein halbes Jahr lang völlig zerschmettert; dann habe ich die Folgerungen daraus gezogen.

Ich bin oft verliebt gewesen, wie alle Männer, hauptsächlich aber ein besonderes Mal.

Ich hatte sie am Meer kennengelernt, in Étretat, vor jetzt etwa zwölf Jahren, kurz nach dem Krieg. Es gibt nichts Reizenderes als den Strand dort, vormittags, um die Badezeit. Der Strand ist flach, hufeisenförmig geschwungen und eingerahmt von hohen weißen Steilklippen; sie weisen seltsame Öffnungen auf, die Tore genannt werden; eins ist gewaltig groß und streckt sein Riesenbein ins Meer, das andere liegt gegenüber und ist geduckt und rundlich; die Schar der Frauen versammelt sich in hellen Haufen auf der schmalen Kieselsteinlandzunge und läßt sie durch ihre hellen Toiletten in der Umrahmung der hohen Felsen aussehen wie einen prangenden Garten. Die Sonne strahlt voll auf die Felshänge, auf Sonnenschirme in allen Farbabschattungen, auf das grünlich-blaue Meer; und das alles ist heiter und bezaubernd und lächelt einem entgegen. Man setzt sich nahe ans Wasser und schaut den Badenden zu. Sie steigen zum Wasser nieder und heben dabei flanellene Morgenröcke an, die sie mit einer hübschen Bewegung abwerfen, wenn sie an den Schaumstreifen der kurzen Wellen gelangen; und dann gehen sie mit kleinen, schnellen Schritten ins Meer, Schritten, die ein köstlicher Kälteschauer, eine kurze Atembeklemmung manchmal innehalten lassen.

Nur recht wenige halten der Prüfung stand, die das Baden bedeutet. Dabei nämlich kann man sie beurteilen, von den Waden bis zu den Brüsten. Vor allem wenn sie aus dem Wasser herauskommen, enthüllen sich Schwächen, obwohl das Meerwasser ein vortreffliches Heilmittel gegen erschlafftes Fleisch ist.

Beim ersten Erblicken der jungen Frau in dieser Situation war ich entzückt und hingerissen. Sie sah gut aus, festfleischig. Es gibt Gestalten und Gesichter, deren Zauber sich jäh unserer bemächtigt, uns mit einem Schlag überwältigt. Es ist einem, als habe man die Frau gefunden, die zu lieben man geboren worden ist. So war mir zumute; so durchrüttelte es mich.

Ich ließ mich ihr vorstellen und war bald so verliebt in sie, wie ich es nie zuvor gewesen bin. Sie nahm mir das Herz im Sturm. Es ist etwas Schreckliches und Köstliches, auf diese Weise das Beherrschtwerden durch eine Frau zu erleiden. Es ist fast eine Marterqual und gleichzeitig ein unglaubwürdiges Glück. Ihr Blick, ihr Lächeln, das Haar in ihrem Nacken, wenn der Wind es sträubt, die kleinsten Linien ihres Gesichts, die leisesten Regungen ihrer Züge brachten mich außer mir und machten mich toll. Sie besaß mich vermöge ihrer ganzen Persönlichkeit, durch ihre Gesten, ihr Gehaben, sogar durch die Dinge, die sie trug; sie wurden zu etwas Behexendem. Es ging mir durch und durch, wenn ich ihren kleinen Schleier auf einer Kommode liegen sah, ihre auf einen Sessel geworfenen Handschuhe. Wie sie sich kleidete, erschien mir unnachahmlich. Niemand trug Hüte, die den ihren glichen.

Sie war verheiratet, aber der Mann kam nur alle Sonntage und reiste am Montag wieder ab. Er ließ mich übrigens gleichgültig. Ich war auf ihn kein bißchen eifersüchtig; warum, das weiß ich nicht; niemals im Leben ist mir ein Mensch bedeutungsloser erschienen als dieser Mann, niemals hat einer weniger meine Aufmerksamkeit erregt.

Wie habe ich sie geliebt! Und wie schön war sie, wie anmutig, wie jung! Sie war die verkörperte Jugend, Eleganz und Frische. Nie habe ich es so stark empfunden, in welchem Maß die Frau ein hübsches, feines, erlesenes, zartes Wesen ist, ein aus Zauber und Anmut geschaffenes. Nie war mir klarer geworden, welch verlokkende Schönheit in der Wölbung einer Wange liegen kann, im Schwung einer Lippe, in den rundlichen Falten eines kleinen Ohrs, in der Form des dummen Organs, das wir Nase nennen.

Das Ganze dauerte drei Monate; dann bin ich mit vor Verzweiflung gebrochenem Herzen nach Amerika gereist. Aber ihr Andenken verharrte in mir, ausdauernd und triumphierend. Sie besaß mich aus der Ferne, wie sie mich aus der Nähe besessen hatte. Jahre gingen hin. Ich vergaß sie nicht. Ich hatte ihr bezauberndes Bild vor Augen und im Herzen. Und meine Zärtlichkeit blieb ihr treu; jetzt war es eine ruhige Zärtlichkeit, etwas wie die geliebte Erinnerung an das, was mir in meinem ganzen Dasein als das Schönste und Verlockendste begegnet war.

Zwölf Jahre sind so wenig im Leben eines Mannes! Man spürt kaum, daß sie hingehen! Sie kommen eins nach dem andern, die Jahre, gemächlich und schnell, langsam und eilig, und jedes ist so lang und so schnell zu Ende! Und sie summieren sich so rasch, sie lassen so wenig Spuren hinter sich, sie verflüchtigen sich so gänzlich, daß man, wenn man sie umwendet und die durchlaufene Zeit betrachten will, nicht das mindeste mehr gewahrt und nicht begreift, wie es geschehen ist, daß man alt wurde.

Wirklich, mir war, als trennten mich kaum ein paar Monate von dem reizenden Sommer am steinigen Strand von Étretat.

Im letzten Frühling bin ich zum Abendessen zu Freunden nach Maisons-Laffitte gefahren.

Der Zug fuhr schon an, als eine dicke, von vier kleinen Mädchen eskortierte Dame in mein Abteil stieg. Ich würdigte diese sehr breite, sehr rundliche Gluckenmutter mit dem von einem bebänderten Hut umrahmten Vollmondgesicht kaum eines Blikkes.

Sie atmete heftig; durch schnelles Gehen war sie aus der Puste. Und die Kinder fingen an zu plappern. Ich schlug meine Zeitung auf und begann zu lesen.

Wir hatten gerade Asnières hinter uns, als meine Reisegefährtin mich unvermittelt fragte: ›Verzeihung, sind Sie nicht Monsieur Carnier?‹

›Allerdings, Madame.‹

Da fing sie an zu lachen, das zufriedene und dennoch ein wenig traurige Lachen einer braven Frau. ›Erkennen Sie mich nicht wieder?‹

Ich zögerte. Ich glaubte tatsächlich, dies Gesicht schon mal irgendwo gesehen zu haben; aber wo, aber wann? Ich antwortete: ›Ja... und nein... Freilich kenne ich Sie, aber ich kann mich nicht auf Ihren Namen besinnen.‹

Sie wurde ein bißchen rot. ›Madame Julie Lefèvre.‹

Nie hat mir etwas einen solchen Schlag versetzt. Innerhalb einer Sekunde war mir, als sei alles für mich zu Ende! Ich fühlte lediglich, es sei ein Schleier vor meinen Augen zerrissen und ich müsse schreckliche, schmerzliche Dinge wahrnehmen.

Das also war *sie*, diese dicke, vulgäre Frau? Und diese vier Mädchen hatte sie ausgebrütet, seit sie mir entschwunden war? Diese kleinen Wesen kamen mir genauso erstaunlich vor wie ihre Mutter. Sie entstammten ihr; sie waren schon groß, sie hatten ihren Platz im Leben, während sie, dies ehemalige Wunder an koketter, feiner Anmut, überhaupt nicht mehr zählte. Mir war, als hätte ich sie gestern zum letztenmal gesehen, und nun fand ich sie so wieder! War das möglich? Ein heftiger Schmerz zog mir das Herz zusammen und auch ein Aufbegehren gegen die Natur, ein unvernünftiger Unwille gegen das brutale, infame Werk der Zerstörung.

Verstört starrte ich sie an. Dann nahm ich ihre Hand, und es stiegen mir Tränen in die Augen. Ich beweinte ihre Jugend, ich beweinte ihren Tod. Denn diese dicke Dame kannte ich überhaupt nicht.

Auch sie war erschüttert; ungelenk brachte sie hervor: ›Ich habe mich sehr verändert, nicht wahr? Hilft eben nichts: Alles vergeht. Sie sehen, ich bin eine Mutter geworden, nichts als eine Mutter, eine gute Mutter. Alles übrige: adieu. Damit ist es aus. Oh, ich hatte mir gedacht, daß Sie mich nicht wiedererkennen würden, da wir ja einander nie wieder begegnet sind. Auch Sie haben sich übrigens verändert; es hat für mich einiger Zeit bedurft, bis ich mir gewiß war, daß ich mich nicht täuschte. Sie sind ganz grau geworden. Bedenken Sie, es ist jetzt zwölf Jahre her! Zwölf Jahre! Meine älteste Tochter ist schon zehn.‹

Ich sah das Kind an. Und ich gewahrte an der Kleinen etwas von dem einstigen Charme der Mutter, freilich etwas noch Unausgesprochenes, Ungeformtes, Bevorstehendes. Und das Leben kam mir vor wie ein rasch vorüberfahrender Zug.

Wir langten in Maisons-Laffitte an. Ich küßte meiner alten Freundin die Hand. Ich hatte ihr nichts zu sagen gewußt als abscheuliche Banalitäten. Ich war viel zu bestürzt gewesen, als daß ich hätte sprechen können.

Als ich abends allein bei mir daheim war, habe ich mich lange im Spiegel gemustert, sehr lange. Und am Ende gedachte ich dessen, was ich gewesen war, indem ich zurückdachte an meinen braunen Schnurrbart und mein schwarzes Haar, an die jungen Züge meines Gesichts. Jetzt war ich alt. Adieu.«

Übertragen von Irma Schauber

Das Haar

Französischer Titel: La Chevelure
Erstdruck: Le Gil-Blas, 13. Mai 1884,
unter dem Pseudonym »Maufrigneuse«

Die gekalkten Wände der Zelle waren nackt. Ein enges, vergittertes Fenster, das so hoch angebracht worden war, daß man nicht daran langen konnte, gab dem hellen, unheimlichen Raum sein Licht, und der auf einem Strohstuhl sitzende Irre sah uns mit einem starren, ungewissen und gequälten Blick an. Er war sehr mager; seine Backen waren hohl und sein Haar fast weiß; man ahnte, daß es innerhalb weniger Monate weiß geworden war. Seine Kleidung schien zu weit für seine dürren Glieder, seine eingefallene Brust, seinen hohlen Unterleib. Man spürte, dieser Mensch wurde von seinen Gedanken verheert und zernagt, durch *einen* Gedanken, wie eine Frucht von einem Wurm. Sein Wahnsinn, seine »Idee« saß dort, in diesem Kopf: halsstarrig, sich abplagend, unersättlich. Sie zehrte den Körper nach und nach auf. Die unsichtbare, unberührbare, ungreifbare, unstoffliche Idee höhlte den Leib aus, trank das Blut, brachte das Leben zum Erlöschen. Welch ein Geheimnis, dieser von einem Traum getötete Mensch! Er machte einem Pein, er erweckte Furcht und Mitleid, dieser Besessene! Welch seltsames, schreckliches, tödliches Trugbild wob hinter dieser Stirn und runzelte sie zu tiefen, immerfort sich bewegenden Falten?

Der Arzt sagte zu mir: »Er bekommt entsetzliche Wutanfälle, er ist einer der sonderbarsten Geisteskranken, mit denen ich je zu tun gehabt habe. Er leidet an einem erotischen, schauerlichen Wahn. Einer Art Nekrophilie. Übrigens hat er ein Tagebuch geschrieben, und daraus ist die Erkrankung seines Geistes klar und deutlich zu erkennen. Sein Irrsinn wird auf diese Weise sozusagen greifbar. Wenn dies Dokument Sie interessiert, können Sie es durchlesen.«

Ich folgte dem Arzt in sein Sprechzimmer, und er übergab mir das Tagebuch jenes unglücklichen Mannes. »Lesen Sie«, sagte er, »und sagen Sie mir dann, was Sie davon halten.«

Das Heft enthielt das Nachfolgende:

»Bis zu meinem zweiunddreißigsten Jahr habe ich ruhig und ohne Liebe dahingelebt. Das Leben dünkte mich sehr einfach, sehr gut und sehr leicht. Ich war reich. Ich besaß Neigung für so vielerlei Dinge, daß ich für nichts Leidenschaft empfinden konnte. Das Leben ist etwas Gutes! Jeden Tag erwachte ich glücklich und tat, was mir gefiel, und befriedigt ging ich zu Bett, in der geruhsamen Hoffnung auf den nächsten Tag und die sorglose Zukunft.

Ich hatte mehrere Geliebte gehabt, aber nie war mein Herz vor Begehren außer sich geraten, nie war meine Seele nach dem Besitzen von der Liebe gemartert worden. So zu leben hat sein Gutes!

Zu lieben ist noch besser, aber entsetzlich. Überdies empfinden sicherlich die, die da lieben wie alle Welt, ein glühendes Glück; aber das ist wohl geringer als das meine, denn mich hat die Liebe auf eine unglaubhafte Weise heimgesucht.

Da ich reich war, ging ich auf die Suche nach antiken Möbeln und alten Dingen; und häufig gedachte ich der Hände, die all das betastet, der Augen, die es bewundert, der Herzen, die es geliebt hatten; denn man liebt die Dinge! Oft verbrachte ich Stunden, Stunden und aber Stunden damit, eine kleine Taschenuhr aus dem vorigen Jahrhundert zu betrachten. Sie war so allerliebst, so hübsch mit ihrem Email und ihrem ziselierten Gold. Sie ging noch genauso wie an dem Tag, da eine Frau voller Entzücken, dieses zierliche Kleinod zu besitzen, sie gekauft hatte. Wer wohl mochte sie als erste in der lauen Wärme der Stoffe auf dem Busen getragen haben, so daß das Herz der Uhr am Herzen der Frau pochte? Welche Hand hatte sie mit den Spitzen der etwas erhitzten Finger gehalten, sie hin und her gedreht und dann die auf das Porzellanplättchen gemalten Schäfer abgewischt, die für eine Sekunde durch die Hautfeuchtigkeit beschlagen gewesen waren? Welche Augen hatten auf dem beblümten Zifferblatt nach der erwarteten Stunde ausgespäht, der geliebten Stunde, der göttlichen?

Wie gern hätte ich sie kennengelernt, sie gesehen, die Frau, die sich dieses erlesene, seltene Etwas ausgesucht hatte! Sie ist tot! Ich bin besessen vom Verlangen nach Frauen vergangener Zeiten; ich liebe aus der Ferne alle, die geliebt haben! Die Geschichte verwichener Zärtlichkeiten erfüllt mir das Herz mit Sehnsucht. O Schönheit, Lächeln, junge Bezeigungen der Liebe, Hoffnungen! Müßte das alles nicht von ewiger Dauer sein?

Wie habe ich ganze Nächte hindurch die armen, schönen, zärtlichen, sanften Frauen von ehedem beweint, deren Arme sich für den Kuß auftaten und die nun tot sind! Der Kuß selber ist unsterblich! Er geht von Lippe zu Lippe, von Jahrhundert zu Jahrhundert, von Zeitalter zu Zeitalter. Die Menschen pflücken ihn, geben ihn und sterben.

Das Vergangene verlockt mich, die Gegenwart erschreckt mich, weil die Zukunft der Tod ist. Ich sehne mich nach allem, was geschehen ist, ich beweine alle, die gelebt haben; ich möchte die Zeit anhalten, die Stunde zum Stillstand bringen. Aber sie schreitet fort, sie schreitet fort, sie verrinnt, sie nimmt mir von Sekunde zu Sekunde ein wenig meiner selbst um des Nichts willen, das morgen sein wird. Und nie werde ich nochmals leben.

Lebt wohl, ihr Gestrigen. Ich liebe euch.

Doch ich brauche nicht bedauert zu werden. Ich habe die gefunden, auf die ich wartete; und ich habe durch sie unglaubwürdige Freuden genossen.

An einem sonnigen Morgen durchschlenderte ich Paris; meine Seele war festlich gestimmt, meine Füße fröhlich; ich schaute mir mit dem oberflächlichen Interesse des Müßiggängers die Läden an. Plötzlich gewahrte ich bei einem Antiquitätenhändler ein italienisches Schränkchen aus dem 17. Jahrhundert. Es war sehr schön, sehr selten. Ich schrieb es einem venetianischen Kunsthandwerker namens Vitelli zu, der zu seiner Zeit sehr berühmt gewesen ist.

Dann ging ich weiter.

Warum hat mich das Rückdenken an jenes Möbelstück so verfolgt, daß ich kehrtmachte? Wiederum blieb ich vor dem Laden stehen, nur um es wiederzusehen, und ich spürte, wie es mich in Versuchung führte.

Welch seltsame Sache ist doch die Versuchung! Man schaut etwas an, und nach und nach verführt es uns, verwirrt uns, erobert uns, wie das Gesicht einer Frau es vermag. Sein Zauber bemächtigt sich unser, ein eigenartiger Zauber, der von der Form ausgeht, der Farbe, dem Gepräge des betreffenden Gegenstands; und man liebt ihn bereits, man begehrt, man will ihn. Ein Zwang zum Besitzen überkommt einen, ein zunächst zarter, gleichsam schüchterner Zwang, der indessen wächst, der heftig, der unwiderstehlich wird.

Und die Händler scheinen aus dem Aufflammen des Blicks die geheime, immer größer werdende Lust zu erraten.

Ich kaufte das Schränkchen und ließ es sogleich in meine Wohnung schaffen. Ich stellte es in meinem Schlafzimmer auf.

Oh, ich bedaure alle, die nicht die Flitterwochen eines Sammlers mit dem Stück kennen, das er gerade gekauft hat. Man liebkost es mit den Augen und mit der Hand, als sei es aus Fleisch und Blut; alle paar Minuten tritt man davor, man denkt unausgesetzt daran, gleichgültig, wohin man geht und was man tut und treibt. Die geliebte Erinnerung daran folgt einem auf die Straße, in die Gesellschaft, überallhin; und wenn man dann wieder heimkommt, betrachtet man es mit den zärtlichen Empfindungen eines Liebhabers, noch ehe man die Handschuhe ausgezogen oder den Hut abgelegt hat.

Wirklich, ich habe dieses Möbelstück acht Tage lang angebetet. In einem fort habe ich seine Türen aufgemacht, die Schubfächer aufgezogen; voller Entzücken habe ich mich damit befaßt und dabei alle heimlichen Freuden des Besitzes ausgekostet.

Eines Abends nun, als ich mit der Hand über eine Füllung fuhr, stellte ich fest, daß dahinter ein Geheimfach sein müsse. Mein Herz schlug schneller; die ganze Nacht hindurch suchte ich nach dem Geheimnis, ohne es entdecken zu können.

Das gelang mir erst anderntags, als ich eine Messerklinge in einen Spalt der Intarsien schob. Ein Holztäfelchen glitt beiseite, und ich gewahrte auf einer schwarzsamtenen Unterlage wundervolles Frauenhaar!

Ja, Haar, eine riesige Flechte blonden, fast rotblonden Haars; es mußte dicht an der Kopfhaut mit der Schere abgeschnitten worden sein, und es war mit einer goldenen Schnur zusammengebunden.

Verdutzt, zitternd, völlig durcheinandergeraten stand ich da! Ein nahezu unspürbarer Duft, so alt, daß er die Seele eines Dufts zu sein schien, stieg aus dem geheimen Schubfach und von dieser erstaunlichen Reliquie auf.

Ich nahm sie, behutsam, fast andächtig, und hob sie aus ihrem Versteck. Sogleich entfaltete sie sich, entbreitete ihre goldene Flut, die bis zum Fußboden rieselte, dicht und leicht, geschmeidig und schimmernd wie der feurige Schweif eines Kometen.

Mich überkam eine sonderbare Erschütterung. Was war dies? Wann, wie und warum war diese Haarflechte in das Schränkchen eingeschlossen worden? Welches Abenteuer, welche Tragödie verbarg sich dahinter?

Wer hatte dies Haar abgeschnitten? Ein Liebhaber am Abschiedstag? Ein Gatte am Tag der Rache? Oder sie, die es über der Stirn getragen hatte, an einem Tag der Verzweiflung?

War es zur Stunde des Eintritts ins Kloster geschehen, daß diese geliebte Köstlichkeit dort hineingeworfen worden war als ein der Welt der Lebendigen hinterlassenes Pfand? War es zu der Stunde geschehen, da die junge, schöne Tote ins Grab gesenkt werden sollte, daß der, der sie vergötterte, den Schmuck ihres Hauptes behalten hatte als das einzige von ihr, das er bewahren konnte, der einzige lebendige Teil ihrer Körperlichkeit, der nicht der Verwesung ausgesetzt war, das einzige, was er noch zu lieben und zu streicheln vermochte und zu küssen im Toben seines Schmerzes?

War es nicht befremdlich, daß dieses Haar erhalten war, während kein noch so winziges Stückchen des Körpers verblieb, dem es entsproß?

Es rann mir über die Finger, es streichelte mir die Haut mit einer absonderlichen Liebkosung, der Liebkosung einer Toten. Ich fühlte mich so weich gestimmt, daß ich hätte weinen mögen.

Lange, lange habe ich es in den Händen gehalten; dann war mir, als ströme daraus ein Aufwallen in mich über, als sei darin etwas von der Seele verblieben. Und ich legte es zurück auf den zeitversehrten Samt, und ich schob das Schubfach zu und schloß das Möbelstück ab und ging ins Freie, durch die Straßen, und hing meinen Träumen nach.

Ich ging vor mich hin, erfüllt von Traurigkeit und auch erfüllt von Aufruhr, dem Aufruhr, der nach einem Liebeskuß im Herzen verharrt. Mir schien, als hätte ich vor Zeiten schon einmal gelebt, als hätte ich jene Frau kennen müssen.

Und mir kamen Villons Strophen auf die Lippen wie ein Schluchzen:

O sagt mir, wo, in welchem Land
Ich Flora, Romas Schönste, finde,
Archipiada, wohin verbannt,
Mit Thaïs, ihrem Schwesternkinde,
Echo, die widersprach, wenn Töne
Man über Fluß und Teich ließ ziehn,
Die mehr besaß als Menschenschöne?
Wo schmolz der Schnee des Winters hin?

Die Königin Blanche, lilienweiß,
Die lieblich sang, wie die Sirene,
Berta Großfuß, Atis, Bietreis
Und Aremburg, Herrin von Maine,
Die gute Jeanne aus Lothringeland,
Von Briten in Rouen verbrannt,
Wo sind sie, Jungfrau-Königin?
Wo schmolz der Schnee des Winters hin?*

Beim Heimkommen verspürte ich ein unwiderstehliches Verlangen, meinen seltsamen Fund wiederzusehen; und ich nahm ihn abermals in die Hand und empfand bei der Berührung, wie ein langes Erschauern mir durch die Glieder rann.

Allein verblieb ich mehrere Tage in meinem gewöhnlichen Zustand, obwohl der lebhafte Gedanke an jenes Frauenhaar nicht mehr von mir wich.

Sowie ich heimkam, mußte ich es sehen und betasten. Ich

* Aus der Ballade »Von den Frauen vergangener Zeiten« (hier in der Übertragung von Walther Küchler).

drehte den Schlüssel des Schränkchens im Schloß mit dem Erbeben, das man empfindet, wenn man die Tür der Geliebten öffnet; denn ich hatte in den Händen und im Herzen ein verworrenes, seltsames, beständiges, sinnliches Verlangen, meine Finger in dies bezaubernde Geriesel von totem Haar zu tauchen.

Hatte ich es dann zur Genüge geliebkost, hatte ich das Schränkchen abgeschlossen, so spürte ich immer, daß es darin sei, wie wenn es ein lebendiges Wesen gewesen wäre, ein verborgenes, gefangenes; ich spürte es und begehrte es abermals; von neuem überkam mich das gebieterische Verlangen, es in die Hand zu nehmen, es zu betasten, mich bis zum Ekel zu schwächen durch die kalte, gleitende, aufreizende, toll machende, köstliche Berührung.

So durchlebte ich einen Monat oder zwei; ich weiß es nicht mehr. Das Frauenhaar hielt mich in Bann, verzauberte mich. Ich fühlte mich glücklich und gemartert wie in der Liebeserwartung, wie nach den Geständnissen, die der Verschmelzung vorhergehen.

Ich schloß mich mit dem Haar ein, um mit ihm allein zu sein, um es auf meiner Haut zu verspüren, um meine Lippen hineinzuwühlen, es zu küssen, hineinzubeißen. Ich schlang es um mein Gesicht, ich trank es, ich versenkte meine Augen in sein goldenes Gewoge, um durch es hindurch das Tageslicht blond zu sehen.

Ich habe es geliebt! Ja, geliebt habe ich es. Ich konnte nicht mehr ohne es auskommen, keine Stunde durchleben, ohne es aufs neue zu sehen. Und ich wartete, ich wartete... Worauf? Wußte ich es denn nicht? Auf sie.

Eines Nachts fuhr ich aus dem Schlaf mit dem Bewußtsein auf, ich sei in meinem Zimmer nicht allein.

Dabei war ich allein. Aber ich konnte nicht wieder einschlafen; und als ich mich in fiebernder Schlaflosigkeit eine Weile hin und her gewälzt hatte, stand ich auf, um das Haar anzurühren. Es kam mir weicher als sonst vor, beseelter. Kehren die Toten wieder? Die Küsse, mit denen ich es erwärmte, ließen mir vor Glück fast die Sinne schwinden; und ich nahm es mit in mein Bett, und ich legte mich nieder und drückte es an meine Lippen wie eine Geliebte, die man gleich besitzen wird.

Die Toten kehren wieder! Sie ist gekommen. Ja, ich habe sie gesehen, ich habe sie in den Armen gehalten, ich habe sie gehabt, wie sie ehedem im Leben gewesen ist, groß, blond, füllig, mit kalten Brüsten, die Hüften geformt wie eine Leier; und ich bin mit meinem Streicheln die gewellte, göttliche Linie von der Brust bis zu den Füßen hinabgeglitten und bin dabei allen Schwellungen ihres Körpers gefolgt.

Ja, ich habe sie gehabt, alle Tage, alle Nächte. Sie ist wiedergekehrt, die Tote, die schöne Tote, die Anbetenswerte, die Geheimnisumwitterte, die Unbekannte – alle Nächte.

Mein Glück war so groß, daß ich es nicht für mich behalten konnte. Ich empfand bei ihr ein übermenschliches Entzücken, die tiefe, unerklärliche Lust, das Unfaßliche, Unsichtbare, die Tote zu besitzen! Kein Liebender hat je glühendere, entsetzlichere Genüsse ausgekostet!

Ich habe mein Glück nicht geheimzuhalten verstanden. Ich liebte sie so sehr, daß ich sie nie wieder habe verlassen wollen. Ich habe sie immer bei mir getragen, überall. Ich habe sie, habe es durch die Stadt begleitet wie meine Frau; ich habe sie, habe es ins Theater in vergitterte Logen geführt wie meine Geliebte... Aber es ist gesehen, es ist erraten worden; sie ist, es ist mir weggenommen worden... Und mich hat man ins Gefängnis gesteckt wie einen Missetäter. Man hat sie, hat es mir genommen... O Elend!«

Hier endete die Niederschrift. Und plötzlich, als ich den Arzt ratlos anschaute, durchgellte die Heilanstalt ein furchtbarer Schrei, ein Geheul ohnmächtiger Wut und verzweifelten Begehrens.

»Hören Sie nur«, sagte der Arzt. »Dieser unzüchtige Kranke muß täglich fünfmal mit kalten Duschen behandelt werden. Nicht nur der Unteroffizier Bertrand hat Liebesverkehr mit Toten gehabt.«

In einem Gemisch von Verblüffung, Entsetzen und Mitleid stammelte ich: »Aber... jenes Haar... Existiert das denn tatsächlich?«

Der Arzt stand auf, öffnete einen Schrank voller Fläschchen und Instrumente und warf mir, quer durch sein Ordinationszimmer, einen langen Schwall blonden Haars hin; es flog auf mich zu wie ein goldener Vogel.

Mich durchfuhr ein Erzittern, als ich es schmeichlerisch und leicht in meinen Händen spürte. Und ich stand da, und das Herz klopfte mir vor Ekel und Verlangen, vor Ekel wie bei der Berührung von Dingen, die bei einem Verbrechen benutzt worden sind, vor Verlangen wie angesichts einer Verlockung durch etwas Infames und Geheimes.

Der Arzt zuckte die Achseln und sagte: »Das menschliche Innere ist zu *allem* fähig.«

Übertragen von Irma Schauber

Das Grauenhafte

Französischer Titel: L'Horrible
Erstdruck: Le Gaulois, 18. Mai 1884

Die laue Nacht sank langsam nieder.

Die Damen waren im Wohnzimmer der Villa geblieben. Die Herren saßen oder hockten rauchend rittlings auf den Stühlen im Garten, vor der Tür, rings um einen runden Tisch, auf dem Tassen und Likörgläser standen.

Ihre Zigarren glommen in dem von Minute zu Minute dichter werdenden Dunkel wie Augen. Es war von einem schrecklichen, tags zuvor geschehenen Unfall gesprochen worden: Unter den Augen der Gäste waren zwei Männer und drei Frauen im Fluß ertrunken.

Der General de G... sagte: »Ja, dergleichen Dinge sind erschütternd, aber nicht grauenhaft.

Grauenhaft, dieser Ausdruck besagt sehr viel mehr als schrecklich. Ein fürchterlicher Unfall wie jener erschüttert, bringt aus der Fassung, bestürzt; aber er macht nicht kopflos, er bringt einen nicht von Sinnen. Damit man von Grauen geschüttelt wird, bedarf es mehr als einer seelischen Erschütterung und mehr als des Schauspiels eines schrecklichen Todes; es ist dazu ein Schauer des Geheimnisvollen erforderlich oder eine anormale, übernatürliche Furchtempfindung. Ein Mensch, der stirbt, selbst unter den dramatischsten Umständen, flößt kein Grauen ein; ein Schlachtfeld ist nicht grauenhaft; Blut ist nicht grauenerregend; die gemeinsten Verbrechen sind nur selten grauenhaft.

Hören Sie zu: Ich will Ihnen zwei persönliche Erlebnisse erzählen, die mir klar gemacht haben, was unter ›dem Grauenhaften‹ zu verstehen ist.

Es war während des Krieges 1870. Wir waren durch Rouen marschiert und zogen uns auf Pont-Audemer zurück. Das Armeekorps, etwa zwanzigtausend Mann stark – zwanzigtausend

Männer auf wilder Flucht, in wüstem Durcheinander, demoralisiert, ausgepumpt –, sollte in Le Havre neu aufgestellt werden.

Alles war tief verschneit. Es dunkelte. Seit dem Vortag war keine Verpflegung ausgegeben worden. Alle machten, daß sie weiterkamen; die Preußen waren nicht weit.

Die ganze bleifahle normannische Landschaft mit den dunklen Flecken der die Bauernhöfe umstehenden Bäume lag unter einem schwarzen, unheilverkündenden Himmel vor uns.

Im stumpfen Dämmerlicht war nichts zu hören als ein verworrenes, weiches und dabei über die Maßen weit ausgedehntes Geräusch wie das einer wandernden Herde, ein endloses Fußgetrappel, und dazwischen ein gedämpftes Klappern von Kochgeschirren oder Säbeln. Die geduckt und gekrümmt gehenden, dreckigen, oft sogar in zerfetzte Uniformen gekleideten Männer schleppten sich mit langsamen, todmüden Schritten durch den Schnee und drängten weiter.

Die Haut der Hände klebte am Stahlbeschlag der Kolben; es fror nämlich schauderhaft in jener Nacht. Manchmal sah ich diesen oder jenen kleinen Mobilgardisten sich die Schuhe ausziehen; sie drückten ihn so, daß er lieber barfuß marschieren wollte, und dann hinterließ er in jedem Fußstapfen eine Blutspur. Nach einiger Zeit setzte er sich dann an einen Feldrain, um sich ein paar Minuten zu verschnaufen, und stand nicht wieder auf. Jeder Sitzende war ein Toter.

Wir haben viele dieser armen, zu Tode erschöpften Soldaten hinter uns gelassen, die da gehofft hatten, sie könnten bald weitermarschieren, sobald sie ihre steifen Beine ein bißchen ausgeruht hätten! Aber kaum hatten sie aufgehört, sich zu bewegen, das träge Blut in ihren erfrorenen Gliedern kreisen zu lassen – da ließ eine nicht niederzuringende Betäubung sie erstarren, heftete sie am Boden fest, schloß ihnen die Augen, lähmte in Sekundenschnelle den überforderten menschlichen Organismus. Und sie sanken ein wenig in sich zusammen, sie lehnten die Stirn auf die Knie, aber sie sanken nicht gänzlich um, da ihr Kreuz und ihre Beine unbeweglich geworden waren, hart wie Holz; sie konnten weder gebogen noch ausgestreckt werden.

Und wir andern, wir Robusteren, zogen immer weiter, kalt bis ins Mark, wir marschierten vermöge einer in uns wirkenden Bewegungskraft durch dies Dunkel, durch diesen Schnee, durch dieses kalte, todesöde Land, zerrüttet von Schmerz, von der Niederlage, von der Verzweiflung und vor allem gewürgt von dem erbärmlichen Gefühl des Verlassenseins, des Endes, des Todes, des Nichts.

Ich gewahrte zwei Gendarmen, die ein sonderbares, altes, bartloses Männlein von wahrhaft überraschendem Aussehen in den Armen hielten.

Sie suchten einen Offizier; sie glaubten einen Spion geschnappt zu haben.

Das Wort ›Spion‹ machte sofort unter den Nachzüglern die Runde, und es bildete sich ein Kreis um den Gefangenen. Eine Stimme rief: ›Muß umgelegt werden!‹ Und alle diese Soldaten, die vor Erschöpfung am Umfallen waren und sich nur aufrecht hielten, weil sie sich auf ihre Gewehre stützten, überkam jäh die bestialische Wut, die die Massen zu Metzeleien treibt.

Ich wollte etwas sagen; ich war damals Bataillonskommandeur. Aber es wurden in jenen Wochen keine Vorgesetzten mehr anerkannt; ich wäre selber erschossen worden.

Einer der Gendarmen sagte zu mir: ›Seit drei Tagen läuft er hinter uns her. Er bittet alle um Auskunft über die Artillerie.‹

Ich versuchte, den Unglückskerl zu verhören: ›Was haben Sie hier zu suchen? Was wollen Sie? Warum laufen Sie der Armee nach?‹

Er stammelte ein paar Worte in einem unverständlichen Dialekt.

Er war tatsächlich eine absonderliche Persönlichkeit, mit schmalen Schultern, tückischen Augen und so völlig durcheinander, wie er da vor mir stand, daß ich wahrhaftig glaubte, ich hätte es mit einem Spion zu tun. Er schien sehr alt und schwach. Er sah mich von unten herauf mit demütiger, blöder, durchtriebener Miene an.

Die Männer um uns schrien: ›An die Wand! An die Wand!‹

Ich fragte die Gendarmen: ›Können Sie für die Sicherheit des Gefangenen einstehen?‹

Ich hatte noch nicht zu Ende gesprochen, als ein schrecklicher

Stoß mich umwarf, und innerhalb einer Sekunde sah ich, wie der Mann von den wütenden Muskoten gepackt, zu Boden geworfen, geschlagen, zum Rand der Landstraße geschleppt und an einen Baum geworfen wurde. Er war schon fast tot; er fiel in den Schnee.

Und dann wurde er erschossen. Die Soldaten knallten auf ihn ein, luden wieder, schossen aufs neue, mit stumpfsinniger Erbitterung. Sie prügelten sich, um an die Reihe zu kommen, sie gingen an der Leiche vorüber und schossen abermals hinein, wie man an einem Sarg vorbeigeht und ihn mit Weihwasser besprengt.

Aber da gellte ein Schrei auf: ›Die Preußen! Die Preußen!‹

Und ich hörte von überall her den ungeheuren Lärm der kopflos davonlaufenden Armee.

Die Panik, die durch die auf den Vagabunden abgefeuerten Schüsse ausgelöst worden war, hatte die Henker selber um den Verstand gebracht; ohne zu begreifen, daß sie die Ursache des Alarms gewesen waren, hauten sie ab und verschwanden im Dunkel. Ich war mit der Leiche und den beiden Gendarmen allein; ihr Pflichtgefühl hatte sie bei mir bleiben lassen.

Sie hoben den zerrissenen, zerwalkten, blutigen Körper auf.

›Er muß begraben werden‹, sagte ich. Und ich hielt ihnen eine Schachtel Wachsstreichhölzer hin, die ich in der Tasche gehabt hatte.

Einer der Gendarmen leuchtete dem andern. Ich stand zwischen ihnen.

Der, der an der Leiche herumhantierte, gab gewissermaßen zu Protokoll: ›Bekleidet mit blauer Jacke, weißem Hemd, Hose und einem Paar Schuhen.‹

Das erste Streichholz erlosch; das zweite wurde angesteckt. Der Mann stülpte die Taschen um und redete weiter: ›Ein Messer mit Hirschhorngriff, ein kariertes Taschentuch, eine Tabakdose, ein Endchen Schnur, ein Stück Brot.‹

Das zweite Streichholz erlosch. Das dritte wurde angesteckt. Der Gendarm fingerte eine ganze Weile an der Leiche herum und erklärte dann: ›Weiter nichts.‹

Ich sagte: ›Ziehen Sie ihn aus. Vielleicht finden wir was auf der Haut.‹

Und damit die Gendarmen beide gleichzeitig zugreifen konnten, leuchtete ich selber ihnen. Ich sah beim aufflammenden und rasch erlöschenden Licht des Streichholzes, wie sie die Kleidungsstücke eins nach dem andern abzogen, um diese blutige, noch warme, tote Fleischmasse zu entblößen.

Und plötzlich stotterte der eine: ›Verdammt noch mal, Herr Major, das ist ja eine Frau!‹

Ich vermag nicht zu sagen, welch seltsames, durchbohrendes Angstgefühl mir ins Herz drang. Ich konnte es nicht glauben, ich kniete vor dem formlosen Brei im Schnee nieder, um mich zu überzeugen: Es war tatsächlich eine Frau!

Die beiden sprachlosen, aus der Fassung gebrachten Gendarmen warteten, daß ich etwas äußerte.

Aber ich konnte nur denken, nur vermuten.

Da brachte der Wachtmeister langsam hervor: ›Vielleicht hat sie ihren Sohn suchen wollen; er hat wohl bei der Artillerie gestanden, und sie hat lange nichts von ihm gehört.‹

Und der andere antwortete: ›Ja, das könnte schon sein.‹

Und ich, der so viel Schreckliches mit angesehen hatte – ich fing an zu schluchzen. Und angesichts dieser Toten, in dieser eisigen Nacht, inmitten dieser dunklen, flachen Landschaft, angesichts dieses Geheimnisses, angesichts dieser ermordeten Unbekannten, fühlte ich, was das Wort ›Grauen‹ in sich beschließt.

Und die gleiche Empfindung habe ich letztes Jahr gehabt, als ich einen der Überlebenden des Unternehmens Flatters vernahm, einen algerischen Schützen.

Sie kennen die Einzelheiten dieses scheußlichen Dramas. Aber eine ist vielleicht darunter, die Ihnen unbekannt geblieben ist.

Der Oberst zog durch die Wüste zum Sudan und durchquerte das riesige Gebiet der Tuaregs; die sind in diesem Sandozean, der vom Atlantik bis nach Ägypten und vom Sudan bis nach Algerien reicht, eine Art Piraten und mit denen vergleichbar, die ehedem die Meere unsicher machten.

Die die Marschkolonne geleitenden Führer gehörten dem Stamm der Chamban aus Ouargla an.

Eines Tages wurde mitten in der Wüste das Lager aufgeschlagen, und die Araber erklärten, da es noch ein Stück Weges bis zur

Quelle sei, wollten sie mit sämtlichen Kamelen hinziehen und Wasser holen.

Ein einziger Mann warnte den Oberst, er sei verraten; aber Flatters glaubte es nicht und begleitete den Convoi mit den Ingenieuren, den Ärzten und fast allen Offizieren.

Sie sind bei der Quelle niedergemacht und alle Kamele weggeführt worden.

Der Hauptmann der arabischen Niederlassung in Ouargla, der im Lager geblieben war, übernahm den Befehl über die Überlebenden, Spahis und Schützen, und der Rückzug wurde angetreten, unter Zurücklassung des Gepäcks und der Verpflegung, da ja keine Kamele zum Transport mehr zur Verfügung standen.

Sie setzten sich also in dieser schattenlosen, endlosen Einsamkeit in Marsch, unter glühender Sonne, die von früh bis spät auf sie niederbrannte.

Ein Stamm, der sich unlängst unterworfen hatte, brachte Datteln. Sie waren vergiftet. Fast alle Franzosen starben, darunter der letzte Offizier.

Nur noch ein paar Spahis blieben übrig, auch der Feldwebel Pobéguin, und ferner eingeborene Schützen vom Stamm Chamban. Es waren noch zwei Kamele da. Sie verschwanden eines Nachts mit zwei Arabern.

Da erkannten die Überlebenden, daß sie einander würden auffressen müssen, und als die Flucht der beiden Männer und der beiden Tiere entdeckt worden war, trennten die Übriggebliebenen sich und marschierten jeder für sich, weiter als eine Schußweite voneinander entfernt, unter dem lodernden Himmel durch den weichen Sand.

So ging es den ganzen Tag über, und wenn eine Quelle erreicht wurde, ging jeder für sich hin und trank, sobald der nächste Einzelgänger sich wieder in gehörigem Abstand befand. So ging es den ganzen Tag hindurch in der glühend heißen, flachen Weite, und da und dort wirbelten kleine Staubwolken auf und zeigten von weitem die Marschierer durch die Wüste an.

Eines Morgens jedoch bog einer der Wanderer plötzlich schräg ab und ging auf seinen Nachbarn zu. Und alle blieben stehen und sahen zu.

Der Mann, auf den der ausgehungerte Soldat zuging, lief nicht davon, sondern warf sich hin und legte auf den Herankommenden an. Als er ihn nahe genug glaubte, schoß er. Der andere wurde nicht getroffen und ging weiter, bis auch er anlegte und seinen Kameraden glatt totschoß.

Darauf liefen von überall her die andern herbei, um sich ihren Anteil zu holen. Und der, der geschossen hatte, zerlegte den Toten und verteilte.

Und sie gingen abermals auseinander, diese unversöhnlichen Bundesgenossen, bis der nächste Mord sie abermals zusammenbringen würde.

Zwei Tage lang lebten sie von dem geteilten Menschenfleisch. Als dann wieder der Hunger sie quälte, schoß der, der als erster geschossen hatte, zum zweitenmal. Und abermals zerlegte er wie ein Metzger die Leiche und bot seinen Kameraden an; für sich selber behielt er nur den ihm zustehenden Anteil.

Und so nahm dieser Menschenfresser-Rückzug seinen Fortgang.

Der letzte Franzose, Pobéguin, wurde an einem Brunnen niedergemetzelt, einen Tag, bevor Hilfe kam.

Ist Ihnen jetzt klar, was ich unter dem Ausdruck ›das Grauenhafte‹ verstehe?«

Das hat uns neulich abends General de G… erzählt.

Übertragen von Ernst Sander

Erinnerung

Französischer Titel: Souvenir
Erstdruck: Le Gil-Blas, 20. Mai 1884,
unter dem Pseudonym »Maufrigneuse«

Eine frühe Fassung dieser Novelle stellt das zweite Kapitel der in Band I der vorliegenden Gesamtausgabe der Novellen und Romane enthaltenen Novelle »Sonntage eines Pariser Bourgeois« dar.

Wie unter dem milden Streicheln der ersten Sonne mir Erinnerungen aus der Jugend kommen! Das ist ein Alter, da alles gut, heiter, zauberhaft und berauschend ist. Wie wundervoll sind die Erinnerungen an vergangene Frühlinge!

Gedenkt ihr noch, ihr alten Freunde, liebe Brüder, jener Jahre der Freude, da das Leben eitel Triumph und Lachen war? Gedenkt ihr noch der Tage des Schweifens und Streifens durch die Umgebung von Paris, unserer freudigen Armut, unserer Wanderungen durch die wiederergrünten Wälder, unserer Berauschtheit an blauer Luft in den Schenken am Seineufer und unserer so banalen und köstlichen Liebesabenteuer?

Eins von ihnen will ich euch erzählen. Es liegt zwölf Jahre zurück und kommt mir schon so alt vor, so alt, daß es mir jetzt am andern Ende meines Lebens zu liegen scheint, vor der Kurve, der heimtückischen Kurve, von der aus ich plötzlich das Ende der Reise wahrnahm.

Ich war damals fünfundzwanzig. Gerade erst war ich nach Paris gekommen; ich war Ministerialbeamter, und die Sonntage dünkten mich ungemeine, von überschwenglichem Glück erfüllte Feste, obgleich sich an ihnen niemals Ungewöhnliches begab.

Heute ist alle Tage Sonntag. Aber ich sehne mich nach der Zeit zurück, da ich wöchentlich nur *einen* hatte. Wie schön war der! Ich durfte sechs Francs ausgeben!

An jenem Morgen erwachte ich beizeiten, mit dem allen Beamten so wohlbekannten Gefühl der Freiheit, des Entronnenseins, des Erholens, der Ruhe, der Unabhängigkeit.

Ich machte mein Fenster auf. Es war herrliches Wetter. Ein ganz blauer Himmel überspannte die Stadt und war voller Sonne und Schwalben.

Rasch zog ich mich an und brach auf; ich wollte den Tag im Wald verleben und Blätterduft atmen; denn ich stamme vom Land und bin im Gras und unter Bäumen aufgewachsen.

Paris erwachte fröhlich in Wärme und Licht. Die Fassaden der Häuser glänzten; die Kanarienvögel der Conciergen schrien sich in ihren Bauern die Kehle heiser; und Heiterkeit durchlief die Straße, machte die Gesichter hell, rief überall ein Lachen hervor; es war, als seien im hellen Schein der aufgehenden Sonne Menschen und Dinge auf geheimnisvolle Weise zufrieden.

Ich ging an die Seine, ich wollte mit einer »Schwalbe«, einem der kleinen, schnellen Flußdampfer, nach Saint-Cloud fahren.

Wie genoß ich das Warten auf den Dampfer auf der Anlegebrücke! Mir war, als werde ich ans Ende der Welt reisen, nach neuen, wundersamen Ländern. Ich sah es auftauchen, das Schiff, dort hinten, unter dem Bogen der zweiten Brücke, ganz klein, mit seiner Rauchfahne; dann wurde es größer, immer größer, es wuchs stetig, und in meiner Vorstellung nahm es die Maße eines Überseedampfers an.

Es legte an, und ich ging an Bord.

Leute in Sonntagskleidung waren schon an Deck, mit grellbunten Kleidern, leuchtenden Bändern und dicken, scharlachroten Gesichtern. Ich stellte mich an den Bug und schaute dem Zurückweichen der Kais, der Bäume, der Häuser, der Brücken zu. Und plötzlich erblickte ich den großen Viadukt von Point-du-Jour, der dem Fluß den Weg verlegte. Dort endete Paris, dort begann das freie Land, und die Seine wurde hinter der Doppelreihe der Bögen mit einemmal ganz breit, als sei ihr Raum und Freiheit gewährt worden; sie wurde unvermittelt zu dem schönen, friedlichen Strom, der am Fuß bebuschter Hügel durchs flache Land dahinfließt, mitten durch Felder, am Saum der Wälder.

Die »Schwalbe« fuhr zwischen zwei Inseln hindurch und dann

an einem Hügelhang entlang, in dessen Grün viele weiße Häuser standen. Eine Stimme verkündete: »Bas-Meudon«, dann, etwas später: »Sèvres« und dann, noch später: »Saint-Cloud.«

Ich stieg aus. Und ich ging eiligen Schritts, mitten durch die kleine Stadt, die zum Wald führende Landstraße entlang. Ich hatte eine Karte der Umgebung von Paris mitgenommen, um mich nicht auf den vielen Wegen zu verlaufen, die nach jeder Richtung die kleinen Gehölze durchqueren, in denen die Pariser sich ergehen.

Sobald ich im Waldesschatten war, studierte ich den einzuschlagenden Weg; er kam mir übrigens außerordentlich einfach vor. Ich mußte nach rechts abbiegen, dann nach links, dann nochmals nach links, und so würde ich bei Einbruch der Dunkelheit nach Versailles gelangen, wo ich zu Abend essen wollte.

Und ich schritt langsam unterm jungen Laub einher und trank die würzige Luft in mich, die nach Knospen und Säften duftete. Ich ging gemächlich, vergaß den Aktenkram, das Büro, den Chef, die Kollegen, den Schriftverkehr und dachte an all das Erfreuliche, das mir unbedingt widerfahren mußte, an all das unbekannte, verschleierte Künftige. Tausend Kindheitserinnerungen gingen mir durch den Sinn; die Gerüche des Landes ließen sie in mir erstehen, und so ging ich weiter, durchdrungen vom duftenden, lebendigen, bebenden Zauber des in der heißen Junisonne erschlaffenden Waldes.

Bisweilen setzte ich mich an eine Böschung und schaute mir alle möglichen kleinen Blumen an; ihre Namen waren mir seit langem vertraut. Ich erkannte sie alle wieder, als seien es genau dieselben, die ich ehedem daheim gesehen hatte. Sie waren gelb, rot und violett, zart, wonnig; sie saßen an langen Stengeln oder duckten sich an den Erdboden. Insekten aller Farben und Formen, dickliche, langgestreckte, absonderlich gestaltete, erschrekkende Ungeheuer und mikroskopisch kleine, vollführten in aller Ruhe Kletterkunststücke an Grashalmen, die sich unter ihrer Last bogen.

Dann schlief ich ein paar Stunden in einem Graben und zog, durch diesen Schlummer ausgeruht und gekräftigt, weiter.

Vor mir tat sich ein entzückender Waldweg auf, dessen etwas

spärliches Laubwerk überall Tropfen von Sonnenlicht auf den Boden regnen ließ; sie ließen die weißen Margeriten leuchten. Der Weg erstreckte sich unermeßlich weit, leer und still. Einzig eine dicke, einsame Hornisse summte ihn entlang, machte manchmal halt, sog an einer sich unter ihr neigenden Blume und flog dann sogleich weiter, um sich in einiger Entfernung abermals niederzulassen. Ihr riesiger Körper schien aus braunem, gelb gestreiftem Samt zu bestehen und wurde von durchsichtigen, unverhältnismäßig kleinen Flügeln getragen.

Plötzlich jedoch gewahrte ich am Ende des Weges zwei Menschen, einen Mann und eine Frau; sie kamen mir entgegen. Es verdroß mich, daß mein geruhsamer Spaziergang gestört wurde, und ich wollte gerade im Unterholz verschwinden, als mir schien, ich würde angerufen. Tatsächlich, die Frau schwenkte den Sonnenschirm, und der Mann, der in Hemdsärmeln war und seinen Rock über dem einen Arm trug, hob den andern zum Zeichen, daß er in Not sei.

Ich ging ihnen entgegen. Sie waren beide puterrot und schritten hastig einher, sie mit kleinen, eilfertigen, er mit langen, ausgreifenden Schritten. Ihren Gesichtern war Mißgelauntheit und Erschöpfung anzusehen.

Sogleich fragte mich die Frau: »Könnten Sie mir wohl sagen, wo wir hier sind? Mein Schwachkopf von Mann hat uns in die Irre geführt, weil er behauptet hat, er kenne sich hier in der Gegend gut aus.«

Ich antwortete selbstsicher: »Sie sind auf dem Weg nach Saint-Cloud; hinter Ihnen liegt Versailles.«

Mit einem Blick gereizten Mitleids auf ihren Mann sprach sie weiter: »Nanu? Versailles liegt hinter uns? Aber gerade dort hatten wir zu Abend essen wollen!«

»Ich auch; ich bin auf dem Weg nach Versailles.«

Achselzuckend stieß sie mehrmals hervor: »Mein Gott, mein Gott, mein Gott!«, und zwar in dem Tonfall überlegener Verachtung, den die Frauen anschlagen, wenn sie andeuten wollen, daß sie im höchsten Grad aufgebracht sind.

Sie war sehr hübsch, jung, dunkel, mit einem Hauch von Bärtchen auf der Oberlippe.

Er hingegen schwitzte und wischte sich in einem fort die Stirn. Sicherlich handelte es sich um ein Pariser Kleinbürgerehepaar. Der Mann sah völlig verdattert, todmüde und trostlos aus. Er murmelte: »Aber, Liebste, du hast doch...«

Sie ließ ihn nicht ausreden. »So? Ich? Jetzt bin ich es natürlich gewesen. Habe ich etwa ohne jede Auskunft losziehen wollen? Habe ich behauptet, ich fände mich stets zurecht? Habe ich auf dem Hügel nach rechts abbiegen wollen und behauptet, ich kenne den Weg? Habe ich mir Cachou auf den Hals geladen...«

Sie hatte ihren Satz noch nicht zu Ende gebracht, als ihr Mann, wie wenn er plötzlich irrsinnig geworden sei, einen durchdringenden Schrei ausstieß, einen langgezogenen Schrei, wie ein Wilder, ein Schrei, der sich nicht in Worten ausdrücken läßt, aber der klang wie »Tiiitiiit«.

Die junge Frau schien das weder zu wundern noch aufzuregen; sie redete weiter: »Nein, wirklich, es gibt *zu* dumme Menschen, und die behaupten dann immer, sie wüßten alles. Bin *ich* etwa letztes Jahr in den Zug nach Dieppe gestiegen statt in den nach Le Havre? Das sag mir mal! Habe *ich* gewettet, Monsieur Letourneur wohne in der Rue des Martyrs? Habe *ich* nicht glauben wollen, daß Céleste klaute?« Und wütend, mit überraschender Zungenfertigkeit, fuhr sie fort und wartete mit den unterschiedlichsten Vorwürfen auf, den am wenigsten erwarteten und am meisten niederschmetternden Gehässigkeiten aus allen intimen Situationen des gemeinsamen Lebens; sie machte ihrem Mann alles zum Vorwurf, was er getan und gedacht hatte, alle seine Stellungnahmen, seine Vorsätze, seine Bemühungen, sein Leben von der Hochzeit bis zur gegenwärtigen Stunde.

Er war bestrebt, sie zu unterbrechen, sie zu beruhigen; er stammelte: »Aber Liebste... du kannst doch nicht... vor dem Herrn hier... Wir stellen uns bloß... Das interessiert doch den Herrn nicht...« Und er warf klägliche Blicke nach dem Dickicht hin, als wolle er dessen friedliche, geheimnisvolle Tiefe ermessen, um sich hineinzustürzen, zu fliehen, sich vor aller Augen zu verstekken; und von Zeit zu Zeit stieß er abermals einen Schrei aus, ein langgezogenes, überschrilles »Tiiitiiit«. Ich hielt diese Angewohnheit für einen nervösen Tick.

Die junge Frau wandte sich plötzlich mir zu, änderte mit höchst eigenartiger Schnelligkeit ihren Tonfall und sagte: »Wenn es dem Herrn nicht unangenehm ist, schließen wir uns ihm an, damit wir uns nicht abermals verlaufen und der Gefahr aussetzen, daß wir hier im Wald übernachten müssen.«

Ich verbeugte mich; sie nahm meinen Arm und fing an, von tausenderlei Dingen zu plaudern, von sich, ihrem Leben, ihrer Familie, ihrem Geschäft. Sie hatten einen Handschuhladen in der Rue Saint-Lazare.

Ihr Mann trottete neben ihr her, warf nach wie vor wie ein Geistesgestörter Blicke in das Baumgewirr und stieß dann und wann sein »Tiiitiiit« aus.

Schließlich fragte ich ihn: »Warum schreien Sie eigentlich immer so?«

Er antwortete mit bestürzter, verzweifelter Miene: »Mein armer Hund ist mir abhanden gekommen.«

»Nanu? Sie haben Ihren Hund verloren?«

»Ja. Kaum ein Jahr war er alt. Nie ist er aus dem Laden herausgekommen. Ich habe ihn mitnehmen wollen, damit er im Wald herumlaufen konnte. Er hat bis jetzt nie Gras und belaubte Bäume gesehen; und da ist er vollkommen verrückt geworden. Bellend ist er losgestürzt und im Wald verschwunden. Ich muß auch noch sagen, daß er sich sehr vor der Eisenbahn gefürchtet hat; vielleicht hat er dadurch den Verstand verloren. Ich habe rufen können, so viel ich wollte: Er ist nicht wiedergekommen. Jetzt stirbt er womöglich im Wald Hungers.«

Ohne ihren Mann dabei anzusehen, stieß die junge Frau hervor: »Hättest du ihn an der Leine gelassen, dann wäre das nicht passiert. Wenn man so blöd ist wie du, schafft man sich keinen Hund an.«

Leise und schüchtern sagte er: »Aber Liebste, du hattest doch...«

Sie blieb jäh stehen, sie starrte ihm in die Augen, als wollte sie sie ihm ausreißen, und begann wiederum, ihm unzählige Vorwürfe ins Gesicht zu werfen.

Es dunkelte. Der Nebelschleier, der das Land um die Dämmerung überzieht, entbreitete sich langsam; und es wogte etwas

Poetisches in der Luft; es bestand aus der Empfindung der sonderbaren, reizvollen Kühle, die den Wald durchzieht, wenn die Nacht heranrückt.

Da blieb der junge Mann stehen und betastete fieberhaft seinen Körper: »Oh, ich glaube, ich habe...«

Sie sah ihn an: »Na, was denn?«

»Ich habe nicht darauf geachtet, daß ich meinen Rock überm Arm trug.«

»Na und?«

»Ich habe meine Brieftasche verloren... Darin steckt mein Geld.«

Sie zitterte vor Zorn; sie bekam vor Unwillen keine Luft. »Das hat gerade noch gefehlt. Wie blöd du doch bist! Wie blöd du doch bist! Wie kann man nur solch einen Idioten heiraten! Los, such sie, und daß du sie mir ja wiederfindest! Ich gehe mit dem Herrn nach Versailles. Ich habe keine Lust, bei Mutter Grün zu übernachten.«

Er antwortete gefügig: »Ja, Liebste; und wo treffen wir uns?«

Mir war ein Restaurant empfohlen worden. Ich sagte ihm den Namen.

Der Mann machte kehrt, beugte sich zur Erde nieder und durchforschte sie mit ängstlichen Blicken, rief alle Augenblicke sein »Tiiitiiit« und trottete davon.

Es dauerte eine ganze Weile, bis er außer Sicht war; die immer dichtere Dunkelheit löschte ihn schließlich in der Ferne auf dem Waldweg aus. Bald war seine Gestalt nicht mehr zu erkennen; aber noch lange war sein klägliches »Tiiit tiiit, tiiit tiit« zu hören; es klang immer schriller, je dunkler die Nacht wurde.

Ich schlug einen lebhaften Schritt an, einen beglückten Schritt in dieser milden Abenddämmerung, und neben mir war die kleine, unbekannte Frau, die sich auf meinen Arm stützte.

Ich suchte nach galanten Worten, fand aber keine. Also blieb ich stumm, verwirrt, entzückt.

Aber da durchschnitt eine breite Landstraße unsern Waldweg. Zur Rechten in einem Tal gewahrte ich eine ganze Stadt.

Was für ein Ort mochte das sein?

Ein Mann ging an uns vorüber. Ich fragte ihn. Er antwortete: »Bougival.«

Mir verschlug es die Sprache. »Tatsächlich Bougival? Sind Sie Ihrer Sache sicher?«

»Herrjeh, da bin ich doch her!«

Die kleine Frau lachte wie eine Irre.

Ich schlug ihr vor, wir sollten einen Wagen mieten und nach Versailles fahren.

Sie antwortete: »Kommt nicht in Frage. Es ist viel zu komisch, und ich bin viel zu hungrig. Im Grunde bin ich ganz beruhigt; mein Mann, der wird sich schon wieder einfinden. Für mich ist es ein Segen, daß ich ihn mal ein paar Stunden los bin.«

Also gingen wir in ein Restaurant am Seineufer, und ich wagte es, ein »Cabinet particulier« zu nehmen.

Sie betrank sich gehörig, sang, trank Champagner, stellte jede erdenkliche Tollheit an und sogar die größte von allen.

Das war mein erster Ehebruch!

Übertragen von Ernst Sander

Spaziergang

Französischer Titel: Promenade
Erstdruck: Le Gil-Blas, 27. Mai 1884,
unter dem Pseudonym »Maufrigneuse«

Als der alte Leras – er war Buchhalter bei Labuze und Co. – aus dem Laden herauskam, stand er ein paar Augenblicke da, so sehr blendete ihn der Glanz der untergehenden Sonne. Den ganzen Tag lang hatte er beim gelben Licht einer Gaslampe in dem Raum hinter dem Laden gearbeitet; der lag an einem engen Hof, der tief war wie ein Brunnenschacht. Das kleine Gelaß, in dem er seit vierzig Jahren sich tagsüber aufhalten mußte, war so düster, daß man selbst im Hochsommer zwischen elf und drei kaum je ohne künstliche Beleuchtung auskam.

Es war dort immer feucht und kalt; und die Ausdünstungen dieser Art Grube, auf die das Fenster hinausging, drangen in das dunkle Zimmer ein und erfüllten es mit Schimmelgeruch und Kloakengestank.

Seit vierzig Jahren kam Leras jeden Morgen um acht in diese Gefängniszelle und verblieb darin bis abends um sieben; er beugte sich über die Geschäftsbücher und schrieb mit der Beflissenheit eines guten Angestellten.

Er verdiente jetzt jährlich dreitausend Francs; mit fünfzehnhundert hatte er angefangen. Er war Junggeselle geblieben; seine Mittel hatten es ihm nicht erlaubt, eine Frau zu nehmen. Und da ihm nie irgend etwas Freude gemacht hatte, hatte er so gut wie keine Wünsche. Von Zeit zu Zeit indessen war er seiner einförmigen, steten Tätigkeit müde und sprach ein platonisches Gelöbnis vor sich hin: »Zum Henker, wenn ich fünftausend Francs Zinsen hätte, das sollte ein schönes Leben werden.«

Es war übrigens nie zu einem schönen Leben gekommen, da er immer nur seine monatlichen Einkünfte zur Verfügung gehabt hatte.

Sein Dasein war ereignislos verlaufen, ohne Aufregungen und fast ohne Hoffnungen. Die Fähigkeit zum Träumen, die jeder in sich trägt, hatte sich bei ihm in Anbetracht der Dürftigkeit dessen, was er erstrebte, nie entwickelt.

Als Zwanzigjähriger war er bei Labuze und Co. eingetreten. Und er war immer da geblieben.

1856 hatte er seinen Vater verloren, 1859 seine Mutter. Und danach hatte sich nichts mehr ereignet als ein Wohnungswechsel, da sein Hausbesitzer die Miete hatte erhöhen wollen.

Tag für Tag ließ sein Wecker ihn Punkt sechs aus dem Bett springen; er vollführte ein gräßliches Geräusch, das einer abrollenden Kette.

Zweimal jedoch, 1866 und 1874, hatte der Mechanismus nicht funktioniert, ohne daß Leras je herausbekommen hätte, warum nicht. Er zog sich an, machte sein Bett, fegte sein Zimmer, wischte den Staub von seinem Sessel und der Kommodenplatte. Das alles kostete ihn anderthalb Stunden.

Dann ging er fort, kaufte in der Bäckerei Lahure – er hatte zwölf verschiedene Inhaber gekannt, ohne daß sie je den Namen geändert hätte – ein Hörnchen und ging dann weiter; das Stückchen Backwerk aß er unterwegs.

Sein ganzes Leben hatte sich also in dem engen, düsteren Büro vollzogen, das nach wie vor dieselbe Tapete hatte. Er hatte als Lehrling angefangen, als Hilfskraft Monsieur Bruments, und mit dem Wunsch, einmal an seine Stelle zu treten.

Er war tatsächlich an seine Stelle getreten und erwartete nun nichts mehr.

Die ganze Ernte an Erinnerungen, die andere Menschen im Verlauf ihres Lebens einheimsen, die unvorhergesehenen Geschehnisse, die schönen oder tragischen Liebesgeschichten, die abenteuerlichen Reisen, alle Zufälligkeiten eines ungebundenen Daseins waren ihm fremd geblieben.

Tage, Wochen, Monate, Jahreszeiten, Jahre waren einander gleich gewesen. Jeden Tag war er zur selben Stunde aufgestanden, weggegangen, ins Büro gekommen, hatte zu Mittag gegessen, war wieder weggegangen, hatte zu Abend gegessen und sich schlafen gelegt, ohne daß irgend etwas je die regelmäßige Monotonie desselben Tuns, derselben Gegebenheiten, derselben Gedanken unterbrochen hätte.

Früher hatte er in dem kleinen runden Spiegel, den sein Vorgänger ihm hinterlassen hatte, seinen blonden Schnurrbart und sein gelocktes Haar betrachtet. Jetzt musterte er allabendlich vor dem Weggehen im selben Spiegel seinen weißen Schnurrbart und seine kahle Stirn. So waren vierzig Jahre hingegangen, lange, schnelle Jahre, und sie waren leer gewesen wie ein Tag der Trauer und eins wie das andere wie die Stunden einer schlechten Nacht! Vierzig Jahre, von denen seit dem Tod der Eltern nichts geblieben war, nicht einmal eine Erinnerung, nicht einmal ein Unglück. Nichts.

An jenem Tag nun blieb Leras geblendet vom Glanz der untergehenden Sonne vor der zur Straße führenden Tür stehen; und anstatt daß er heimging, kam ihm der Gedanke, er könne vor dem Abendessen einen kleinen Spaziergang machen, was er vier- oder fünfmal im Jahr zu tun pflegte.

Er gelangte auf die Boulevards, auf denen unter den wieder ergrünten Bäumen ein Menschenstrom dahinfloß. Es war ein Frühlingsabend, einer der ersten warmen, linden Abende, die in den Herzen eine Lebenstrunkenheit aufstören.

Leras ging mit seinem schwankenden, hüpfenden Altmännerschritt; seine Augen schauten heiter drein; die allgemeine Freudigkeit und die laue Luft stimmten ihn froh.

Er kam auf die Champs-Élysées und ging weiter; das Fluidum von Jugend, das die Windstöße ihm zutrugen, belebte ihn.

Der ganze Himmel loderte, und der Triumphbogen zeichnete seine dunkle Masse vor dem leuchtenden Hintergrund des Horizontes ab; er war wie ein inmitten eines Glutmeers stehender Riese. Als der alte Buchhalter bei dem ungeheuren Bauwerk angelangt war, merkte er, daß er Hunger habe, und ging in eine Weinhandlung, um dort zu Abend zu essen.

Auf dem Bürgersteig vor dem Laden wurden ihm ein Hammelbein mit Buttersauce, Salat und Spargel vorgesetzt, und Leras genoß das beste Abendessen, das er seit langem verzehrt hatte. Er befeuchtete seinen Brie-Käse mit einer halben Flasche gutem

Bordeaux; dann trank er, was selten geschah, eine Tasse Kaffee und danach ein Gläschen Kognak.

Als er gezahlt hatte, fühlte er sich frohgesinnt, aufgekratzt, sogar ein bißchen betaumelt. Und er sagte sich: »Das ist mal ein angenehmer Abend. Ich will weitergehen, bis zum Bois de Boulogne. Das wird mir gut tun.«

Er brach auf. Ein altes Lied, das früher einmal eine seiner Nachbarinnen gesungen hatte, wollte ihm nicht aus dem Sinn:

»Als der Wald ergrünte,
Mein Liebster sich erkühnte:
  Komm mit mir, so sprach er, ich glaube,
  Schön kühl ist's jetzt in der Laube.«

Er trällerte es unausgesetzt vor sich hin und fing immer von neuem damit an. Über Paris war die Nacht herabgesunken, eine windlose Nacht voll Dampfbadwärme. Leras folgte der Avenue du Bois de Boulogne und sah die Droschken vorüberfahren. Sie kamen mit funkelnden Augen eine nach der andern; für eine Sekunde war ein Liebespaar zu sehen, das sich umschlungen hielt, die Frau im hellen Kleid, der Mann im Frack.

Es war eine lange Prozession von Liebenden, die da unter dem gestirnten, glühenden Himmel einherfuhr. Immer neue kamen, immer neue. Sie glitten vorüber, glitten vorüber, sie lagen zurückgelehnt in den Wagen, stumm, einer an den andern geschmiegt, versunken in Trugträume, in den Aufruhr des Begehrens, in das Beben der nahen Umarmung. Die warme Dunkelheit schien erfüllt von Küssen; sie flatterten und schwebten. Zärtlichkeit lieh der Luft etwas Erschlaffendes und machte sie noch erstickender. Alle diese einander umschlungen haltenden Menschen, alle diese von der gleichen Erwartung, dem gleichen Gedanken Berauschten verbreiteten ringsum ein Fieber. Alle diese Liebkosungen bergenden Wagen strömten bei ihrer Durchfahrt etwas wie eine leise, sinnverwirrende Ausdünstung aus.

Leras fühlte sich schließlich ein bißchen müde vom Gehen und setzte sich auf eine Bank, um die Kutschwagen mit ihrer Liebesfracht vorbeifahren zu sehen.

Unmittelbar danach trat eine Frau zu ihm und nahm neben ihm Platz. »Tag, Kleiner«, sagte sie.

Er gab keine Antwort.

Sie fuhr fort: »Laß dich von mir liebhaben, Schatz; du sollst mal sehen, wie nett ich bin.«

Er stieß hervor: »Sie irren sich.«

Sie schob einen Arm unter den seinen: »Los, sei nicht blöd, hör mal zu...«

Er stand auf und ging weg; sein Herz krampfte sich zusammen.

Hundert Schritte weiter sprach ihn eine andere Frau an: »Willst du dich nicht einen Augenblick zu mir setzen, du Hübscher?«

Er fragte: »Warum treiben Sie dieses Gewerbe?«

Sie pflanzte sich vor ihm auf und sagte mit völlig veränderter, heiserer, gehässiger Stimme: »Zum Donnerwetter, aus purem Vergnügen bestimmt nicht!«

Er ließt nicht locker; freundlich fragte er: »Also, was treibt Sie dazu?«

Sie sagte brummig: »Man muß doch wohl leben, das ist ja das Ekelhafte.« Und sie ging weg und trällerte dabei vor sich hin.

Leras blieb bestürzt stehen. Andere Frauen gingen an ihm vorbei; riefen ihm zu, forderten ihn auf.

Ihm war, als breite sich über seinem Kopf etwas Dunkles aus, etwas Herzzerreißendes. Und abermals setzte er sich auf eine Bank. Nach wie vor fuhren die Wagen vorüber.

Ich hätte besser getan, wenn ich nicht hierher gekommen wäre, dachte er. Ich bin vollkommen durcheinandergeraten. Er fing an, über all diese käufliche oder leidenschaftliche Liebe nachzugrübeln, über alle diese Küsse, die bezahlten oder gespendeten, die da an ihm vorbeiglitten.

Die Liebe! Er hatte sie kaum kennengelernt. Er hatte in seinem Leben nur zwei oder drei Frauen gehabt, durch Zufall, durch eine Fügung; seine Mittel erlaubten ihm keine Extraausgaben. Und er übersann das Leben, das er geführt hatte und das so andersgeartet als das Leben aller übrigen gewesen war, sein trübes, stumpfes, plattes, leeres Leben.

Es gibt eben Menschen, die keinerlei Glücksmöglichkeiten haben. Und jäh, wie wenn ein dicker Schleier zerrissen wäre, wurde er sich des Elends, des unendlichen, des einförmigen Elends seines Daseins bewußt: des vergangenen Elends, des gegenwärtigen, des künftigen; die letzten Tage waren genauso wie die ersten; er hatte nichts vor sich, nichts hinter sich, nichts im Herzen, nichts, nichts, nichts.

Das Vorüberfahren der Wagen dauerte noch immer an. Nach wie vor sah er im raschen Dahingleiten der offenen Droschken die beiden stummen, einander umschlungen haltenden Menschenwesen auftauchen und verschwinden. Ihm schien, als ziehe die gesamte Menschheit an ihm vorbei, trunken vor Freude, von Sinnenlust, von Glück. Und er war einsam und mußte zuschauen, einsam und allein. Auch morgen würde er allein sein, immer allein, so einsam, wie niemand sonst einsam war.

Er stand auf, tat ein paar Schritte, und in einem Anfall von Ermattung, als habe er eine lange Fußwanderung hinter sich, setzte er sich auf die nächste Bank.

Was erwartete er noch? Was erhoffte er? Nichts. Es fiel ihm ein, wie wohltuend es sein müsse, wenn man als alter Mann heimkomme und kleine, plappernde Kinder vorfinde. Altern ist etwas Behagliches, wenn man von Wesen umgeben ist, die einem das Leben danken, die einen liebhaben, einen streicheln, einem die netten, nichtigen Worte sagen, die das Herz erwärmen und über alles hinwegtrösten.

Und als er dann an sein kahles Zimmer dachte, sein kleines, sauberes und trübseliges Zimmer, das außer ihm nie jemand betrat, erdrosselte ein Gefühl der Traurigkeit seine Seele. Sein Zimmer dünkte ihn noch kläglicher als sein kleines Büro.

Niemand kam zu ihm herein; nie sprach darin jemand ein Wort. Es war tot, stumm, ohne den Widerhall einer menschlichen Stimme. Man könnte behaupten, die Wände bewahrten etwas von Leuten, die darin leben, etwas von ihrem Gehaben, von ihren Gesichtern, ihren Worten. Die von glücklichen Familien bewohnten Häuser sind fröhlicher als die Behausungen derer, die übel dran sind. Sein Zimmer war so bar der Erinnerungen wie sein Leben. Und der Gedanke, in dieses Zimmer zurückzukehren, ganz allein, in sein Bett zu kriechen, alle Gesten und alle

Erfordernisse jeden Abend zu wiederholen, erfüllte ihn mit Grauen. Und um sich noch weiter von dieser unheimlichen Wohnung zu entfernen und von dem Augenblick, da er sie wieder betreten mußte, stand er auf, und da er zufällig in den ersten Weg des Bois geriet, schlug er sich seitwärts in die Büsche und setzte sich ins Gras...

Um sich her, über sich, überall hörte er ein verworrenes, unermeßliches, stetiges Dröhnen, das sich aus zahllosen, vielförmigen Geräuschen zusammensetzte, ein dumpfes, nahes, fernes Dröhnen, ein unbestimmtes, riesiges Pochen und Zucken des Lebens: den Odem von Paris, das atmete wie ein kolossales Lebewesen.

Die schon hochstehende Sonne überschüttete den Bois de Boulogne mit einer Lichtflut. Einige Wagen begannen herumzufahren, und die Reiter langten frohgemut an.

Langsam ging ein Paar einen einsamen Weg entlang. Als die junge Frau aufblickte, gewahrte sie im Gezweig etwas Braunes; verwundert und beunruhigt hob sie die Hand: »Sieh mal, da... Was ist denn das?« Dann stieß sie einen Schrei aus und ließ sich in die Arme ihres Begleiters sinken; er mußte sie auf den Erdboden niedersetzen.

Die herbeigerufenen Wärter schnitten einen alten Mann ab, der sich an seinen Hosenträgern erhängt hatte.

Es wurde festgestellt, daß der Tod am Abend des Vortages eingetreten sei. Aus den bei ihm gefundenen Ausweisen war ersichtlich, daß es sich um den Buchhalter der Firma Labuze und Co. namens Leras handelte.

Als Todesursache wurde Selbstmord aus unbekannten Gründen angenommen. Vielleicht in einem plötzlichen Anfall von Geistesgestörtheit?

Übertragen von Irma Schauber

Die Schwestern Rondoli

Französischer Titel: Les Sœurs Rondoli
Erstdruck: L'Écho de Paris, 29. Mai – 5. Juni 1884

Für Georges de Porto Riche

I

»Nein«, sagte Pierre Jouvenet, »Italien kenne ich nicht, und dabei habe ich zweimal versucht hineinzukommen; aber jedesmal hat es an der Grenze einen Aufenthalt gegeben, der es mir unmöglich gemacht hat, weiter vorzudringen. Und dabei haben diese beiden Versuche mir einen bezaubernden Eindruck von den Sitten dieses schönen Landes gegeben. Die Bekanntschaft mit den Städten, den Museen, den großen Kunstwerken, an denen Italien so reich ist, steht mir noch bevor. Bei der ersten besten Gelegenheit werde ich einen neuen Versuch unternehmen, die abenteuerliche Entdeckungsfahrt in dieses Gebiet, das sich mir zu verschließen scheint, durchzuführen.

Sie verstehen mich nicht? Dann will ich es Ihnen erklären.

Im Jahre 1874 überkam mich der Wunsch, Venedig, Florenz, Rom und Neapel zu sehen. Das Verlangen danach packte mich um den 15. Juni herum, wenn das mächtige Drängen des Frühlings einem Reiselust und Liebesbegehren im Herzen erweckt. Dabei mache ich mir wenig aus Reisen. Jeden Ortswechsel halte ich für eine unnütze und ermüdende Tätigkeit. Die Nächte in der Eisenbahn, der Schlaf im Gerüttel des Waggons mit Kopfschmerzen und zerschlagenen Gliedern, das Erwachen mit schmerzendem Kreuz in solch einem rollenden Kasten, die peinliche Schmutzempfindung auf der Haut, die umherfliegenden Staubpartikelchen, die einem Augen und Haar pudern, der Kohlengeruch, von dem man sich sozusagen nährt, die abscheulichen Mahlzeiten an zugigen Büfetts sind, meiner Meinung nach, ein gar zu übler Anfang für etwas, das einem Freude machen soll.

Seit es Schnellzüge gibt, gibt es auch den Hoteltrübsinn, den Trübsinn der großen Hotels, die voller Menschen und zugleich leer sind, die unbekannten Zimmer, die einen schwermütig machen, die zweifelhaften Betten! Ich halte außerordentlich viel von meinem Bett. Es ist das Sanktuarium des Lebens. Man gibt ihm sein ermüdetes Fleisch nackt preis, damit es neue Kraft gewinnt und sich in den weißen Laken und warmen Daunen ausruht.

In ihm werden uns die köstlichsten Stunden des Daseins zuteil, die Stunden der Liebe und des Schlafes. Das Bett ist heilig. Wir sollten ihm Achtung und verehrende Anbetung zollen; wir sollten es lieben wie das Beste und Kostbarste, was wir auf dieser Erde besitzen.

Ich vermag kein Hotelbett aufzuschlagen, ohne daß mich ein Ekelgefühl überrieselt. Was ist in der vergangenen Nacht darin geschehen? Welche unsauberen, widrigen Menschen haben darin geschlafen? Und ich denke an all die schauderhaften Wesen, mit denen man Tag für Tag in nahe Berührung gerät, an garstige Bucklige, an Menschen mit Pusteln, an Leute mit schwarzen Nägeln, bei deren Anblick man an die Füße und an alles übrige denken muß. Ich denke an Leute, die, wenn man sie trifft, einem einen widerwärtigen Duft von Knoblauch oder Menschlichkeit in die Nase steigen lassen. Ich denke an Krüppel, an Leute mit Eiterbeulen, an schwitzende Kranke, an alles, was den Menschen an Häßlichkeit und Dreckigem anhaftet.

All das ist durch das Bett hindurchgegangen, in dem ich schlafen soll. Mir wird speiübel, und mein Herz krampft sich zusammen, wenn ich den Fuß hineinstecke.

Und die Hotelmahlzeiten, die endlosen Essereien inmitten all dieser lästigen oder grotesken Leute an der Table d'hôte; und die schauerlichen einsamen Mahlzeiten an kleinen Restaurationstischen angesichts eines ärmlichen Lämpchens mit Schirm! Und die schwermütig-öden Abende in einer unbekannten Stadt! Kennen Sie etwas Kläglicheres, etwas Trübseligeres als einen Abend, der über eine Stadt niedersinkt, die einem fremd ist? Man schreitet dahin, inmitten eines Gewoges, das einem seltsam vorkommt, wie wenn es sich im Traum vollzöge. Man schaut in Gesichter, die man nie zuvor gesehen hat und niemals wiedersehen wird; man hört Stimmen von Dingen reden, die einem völlig gleichgültig sind, in einer Sprache, die man womöglich nicht versteht. Man kostet die abscheuliche Empfindung des Verlorenseins aus. Das Herz ist einem schwer; die Beine versagen; auf der Seele lastet ein Druck. Man geht, als sei man auf der Flucht; man geht, nur um nicht ins Hotel zurückzumüssen, wo man sich noch verlorener fühlen würde, weil man dort eine Art Heimstatt hat, eine bezahlte Allerweltsheimstatt, und schließlich läßt man sich auf den Stuhl eines erleuchteten Cafés fallen, dessen Vergoldungen und Lichter einem noch tausendmal unangenehmer sind als die Dunkelheit der Straße. Dann sitzt man vor seinem Glas Bier mit dem schmutzigen Schaumrand, das einem ein Kellner mit unausgeglichen-hastigen Bewegungen hingestellt hat, und fühlt sich so gottsjämmerlich einsam, daß einen eine Art Irrsinn überkommt, ein Verlangen, aufzubrechen, woanders hinzugehen, gleichgültig, wohin, nur um nicht da bleiben zu müssen, an diesem Marmortisch, unter dieser funkelnden Deckenbeleuchtung. Und plötzlich wird man sich bewußt, daß man im Grunde stets und überall allein auf der Welt ist, daß einem indessen an Stätten, die man kennt, die Rippenstöße der einem Nahestehenden wenigstens die Illusion der menschlichen Brüderlichkeit geben. In solcherlei Stunden der Einsamkeit, der schwarzen Vereinzelung in fremden, fernen Städten vermag man breit, klar und tief zu denken. Gerade dann vermag man das Ganze des Lebens mit einem einzigen Blick zu überschauen, über den Blickwinkel der ewigen Hoffnung hinaus, und hinaus über das Täuschende der Gewohnheiten, die man angenommen hat, hinaus auch über das Warten auf Glück, das immer nur ein Traum bleibt.

Erst wenn man in die Ferne schweift, versteht man so recht, wie nah alles ist und wie kurz und wie leer; erst wenn man das Unbekannte sucht, wird einem so recht deutlich, wie mittelmäßig alles ist und wie schnell es endet; erst wenn man die Erde durchwandert, sieht man so recht, wie klein sie ist und wie sie ohne Unterlaß überall die gleiche bleibt.

Ach, die überschatteten Abende des Gehens von ungefähr

durch unbekannte Straßen – ich kenne sie. Davor habe ich größere Angst als vor allem andern.

Da ich somit um keinen Preis der Welt allein nach Italien reisen wollte, faßte ich den Entschluß, mich von meinem Freund Paul Pavilly begleiten zu lassen.

Sie kennen Paul. Für ihn verkörpern sich Welt und Leben in der Frau. Es gibt viele Männer, die diese Einstellung teilen. Das Dasein erscheint ihnen als dichterisch verklärt, als erleuchtet und erhellt, wenn eine Frau im Spiel ist. Nur weil es Frauen gibt, dünkt die Erde sie bewohnbar; die Sonne leuchtet und spendet Wärme, nur weil sie Frauen bescheint. Die Luft geht einem leicht und lieblich ein, weil sie über Frauenhaut gleitet und das kurze Haargekräusel über ihren Schläfen aufflattern läßt. Der Mond bezaubert, weil er sie träumen läßt und weil er der Liebe einen gewissen schmachtenden Reiz leiht. Alles, was Paul tut, wird zweifellos durch Frauen angeregt; alle seine Gedanken kreisen um Frauen und ebenso alle seine Bemühungen und Hoffnungen.

Als ich zu Paul von Italien sprach, weigerte er sich zunächst rundheraus, Paris zu verlassen; doch ich fing an, ihm Reiseabenteuer auszumalen; ich sagte ihm, die Italienerinnen stünden in dem Ruf, ganz besonders reizvoll zu sein; ich machte ihm Hoffnung auf gepfefferte Abenteuer in Neapel, dank einer Empfehlung, die ich an einen gewissen Signore Michele Amoroso hatte, dessen Beziehungen den Reisenden sehr nützlich seien; und so ließ er sich in Versuchung führen.

II

Eines Donnerstagabends, und zwar am 26. Juni, bestiegen wir den Schnellzug. Um diese Jahreszeit reist man eigentlich nicht in den Süden; wir waren allein im Abteil und hatten alle beide schlechte Laune; wir ärgerten uns, daß wir von Paris wegfuhren; wir stöhnten, daß wir dem Einfall zu dieser Reise nachgegeben hatten; wir hatten Sehnsucht nach der Kühle von Marly, der Schönheit der Seine, der Lieblichkeit der Uferböschungen, schönen müßiggängerischen Tagen im Boot, wohltuend schläfrigen

Abenden auf dem Wasser, während die Nacht langsam niedersinkt.

Paul lehnte sich auf das Armpolster in seiner Ecke und erklärte, als der Zug angefahren war: ›Zu blöd, daß wir da unten hinfahren.‹ Da es zu spät war, als daß er sich hätte anders entschließen können, erwiderte ich: ›Du hättest ja nicht mitzukommen brauchen.‹

Er gab keine Antwort. Doch mich überkam die Lust, laut aufzulachen – ein so wütendes Gesicht machte er. Er sieht dann genauso aus wie ein Eichhörnchen. Wir alle bewahren übrigens unterhalb der menschlichen Züge in unsern Gesichtern einen Tiertyp, als sei er das Kennzeichen unseres ursprünglichen Seins. Wie viele Menschen haben Bulldoggschnauzen, Bocksköpfe, Kaninchenköpfe, Fuchsgesichter, Pferde- oder Ochsenschädel! Paul ist ein Mensch gewordenes Eichhörnchen. Er hat die lebendigen Äuglein dieses Tieres, sein rotes Haar, seine spitzige Nase, seinen kleinen, feinen, geschmeidigen und beweglichen Körper und überdies noch eine geheimnisvolle Ähnlichkeit in seiner Gesamthaltung. Wie soll ich das ausdrücken? Eine Übereinstimmung der Gesten, des Gehabens, von der man meinen könnte, sie entstamme der Erinnerung.

Schließlich nickten wir beide ein und schliefen durchbraust und durchschüttert den Schlaf der Eisenbahn, den schreckliche Krampfverrenkungen in Armen und Hals sowie das jähe Anhalten des Zuges zu unterbrechen pflegen.

Wir erwachten, als wir an der Rhône entlangfuhren. Und bald warf das unablässige Feilen der Grillen, das durch die Vorhänge drang, dieses sirrende Zirpen, das wie die Stimme der warmen Erde anmutet, wie der Gesang der Provence, uns die heitere Empfindung, im Süden zu sein, ins Gesicht, in die Brust, in die Seele – den Ruch des sonnengedörrten Bodens, des steinig-felsigen und lichten Landes der untersetzten Olivenbäume mit dem graugrünen Blätterwerk. Als der Zug wieder einmal anhielt, ging ein Beamter den Seitengang entlang und rief ein volltönendes ›Valence‹, ein unverfälschtes ›Valence‹ mit Betonung, der echten, unverkennbaren Betonung, kurz und gut ein ›Valence‹, das uns abermals die wohlige Empfindung, in der Provence zu sein, die uns das zirpende Getön der Grillen bereits mitgeteilt hatte, schier körperlich bewußt machte.

Bis Marseille geschah nichts weiter. Wir stiegen aus und gingen ans Bahnhofsbüfett, um zu frühstücken.

Als wir wieder in unser Abteil kamen, hatte sich eine Frau darin häuslich niedergelassen.

Paul warf mir einen entzückten Blick zu; und mit einer halb unbewußten Geste strich er sich den kurzen Schnurrbart glatt; dann hob er die Reisemütze ein wenig und fuhr, in der Art eines Kammes, mit den fünf gespreizten Fingern durch sein infolge der durchreisten Nacht arg in Unordnung geratenes Haar. Darauf setzte er sich der Unbekannten gegenüber.

Jedesmal, wenn ich, sei es auf Reisen, sei es in der Gesellschaft, ein neues Gesicht vor mir sehe, empfinde ich den an Besessenheit grenzenden Zwang herauszubekommen, welche Seele, welcher Geist, welcher Charakter sich hinter diesen Zügen verbergen.

Es war eine junge Frau, eine sehr junge, hübsche Frau, und ganz sicher stammte sie aus dem Süden. Sie hatte wunderschöne Augen, herrliches schwarzes Haar, das sich wellte, selbst ein wenig kräuselte und dermaßen voll, üppig und lang war, daß es schwer wirkte; und allein schon sein bloßer Anblick reichte aus, um einem die Empfindung zu geben, es müsse auf ihrem Kopf lasten. Sie war sozusagen elegant gekleidet, und zwar mit einem gewissen schlechten südlichen Geschmack, und so wirkte sie ein wenig vulgär. Ihre regelmäßigen Gesichtszüge zeigten nicht die Anmut, das Vollendete eleganter Rassen, die unbeschwerte Zartheit, die den Abkömmlingen aristokratischer Familien schon bei der Geburt zuteil werden und die das erbliche Kennzeichen eines dünneren Blutes sind.

Die Armbänder, die sie trug, waren zu ungefüge, um aus Gold zu sein, und ihre Ohrringe waren mit durchsichtigen Steinen geschmückt, die zu dick waren, um Diamanten zu sein; ihrer ganzen Erscheinung haftete ein unbestimmtes Etwas an, das auf eine Abkunft aus dem Volk schließen ließ. Man wußte von vornherein, daß sie zu laut sprechen, bei jeder Gelegenheit aufkreischen und übertriebene Bewegungen machen würde.

Der Zug fuhr ab.

Sie blieb reglos auf ihrem Platz sitzen und starrte vor sich hin, in der verdrossenen Haltung einer Frau, die innerlich kocht. Uns hatte sie keines Blickes gewürdigt.

Paul fing an, sich mit mir zu unterhalten; er sagte einigermaßen gekünstelte Dinge, um damit zu wirken; er breitete ein wahres Schaufenster an Unterhaltungskünsten aus, um Interesse zu erwecken, so wie Händler ihre Waren zur Schau stellen, um die Kauflust zu reizen. Aber sie schien kein Wort zu verstehen.

›Toulon! Zehn Minuten Aufenthalt! Bahnhofsrestaurant!‹ rief der Bahnbedienstete.

Paul gab mir einen Wink, ich möge aussteigen, und sobald wir auf dem Bahnsteig standen, fragte er: ›Sag mal, wer und was mag das wohl sein?‹

Ich fing an zu lachen: ›Keine Ahnung! Außerdem ist es mir völlig gleichgültig.‹

Er war mächtig aufgekratzt: ›Sie ist verteufelt hübsch und knusprig, die Kleine. Was für Augen sie hat! Aber sie sieht mißgelaunt aus. Wahrscheinlich bedrückt sie irgend etwas; sie gibt auf nichts acht.‹

Ich brummte vor mich hin: ›Bei der kommst du nicht auf deine Kosten.‹

Aber er wurde wütend: ›Hier handelt es sich nicht um Kosten, mein Lieber; ich finde das Mädchen sehr hübsch, und weiter gar nichts. Ob man sie nicht ansprechen kann? Aber was könnte man ihr sagen? Sag doch, fällt dir nichts ein? Ahnst du wirklich nicht, wer und was sie sein könnte?‹

›Wahrhaftig nicht! Aber ich neige zu der Ansicht, daß sie eine Schmierenkomödiantin ist, die ihrer Truppe nachreist, nachdem sie um eines Liebesabenteuers willen durchgebrannt ist.‹

Er verzog gekränkt das Gesicht, als hätte ich ihm etwas Beleidigendes gesagt, und fuhr fort: ›Woraus willst du das schließen? Mir kommt sie, ganz im Gegenteil, tadellos und schick vor.‹

Ich antwortete: ›Sieh dir bloß mal ihre Armbänder an, mein Junge, und ihre Ohrringe und ihr Kleid. Ich würde mich nicht wundern, wenn sie sich als Tänzerin entpuppte oder vielleicht gar als eine Kunstreiterin; aber ich tippe mehr auf Tänzerin. Sie hat etwas an sich, das nach Theater riecht.‹

Dieser Gedanke schuf ihm augenscheinlich Unbehagen: ›Dazu ist sie zu jung, mein Lieber; sie ist höchstens zwanzig.‹

›Aber, lieber Junge, es gibt eine ganze Menge Dinge, die man tun kann, auch wenn man noch nicht zwanzig ist, und dazu gehören der Tanz und das Deklamieren, ganz abgesehen von mancherlei anderem, auf das sie sich vielleicht auf eine einzigartige Weise versteht.‹

›Die Reisenden in Richtung Nizza-Ventimiglia, einsteigen!‹ rief der Bahnbedienstete.

Wir mußten wieder ins Abteil. Unsere Nachbarin aß eine Apfelsine. Wirklich, sie benahm sich dabei nicht gerade vornehm. Sie hatte ihr entfaltetes Taschentuch über die Knie gebreitet; und die Art und Weise, wie sie die goldene Schale abriß und den Mund aufsperrte, um die Spelten mit den Lippen zu fassen und die Kerne zwischen den Vorhängen hindurch zum Fenster hinaus zu spucken, ließ auf eine recht mangelhafte Erziehung schließen, und zwar in bezug auf ihre Gewohnheiten und ihr Gehaben.

Übrigens schien sie noch mißgelaunter denn zuvor zu sein, und sie aß ihre Apfelsine rasch und so voller Wut, daß es in hohem Maße komisch wirkte.

Paul verschlang sie mit den Blicken und überlegte, was er anstellen könne, um ihre Aufmerksamkeit zu erregen, um ihre Neugierde zu erwecken. Und er begann wiederum, sich mit mir zu unterhalten, wobei er eine wahre Prozession erlesener Gedanken zutage brachte und eine Fülle berühmter Namen zitierte, als handele es sich um gute Bekannte. Sie schenkte seinen Bemühungen nicht die mindeste Beachtung. Wir durchfuhren Fréjus, St. Raphaël. Der Zug eilte durch diesen Rosengarten, dieses Rosenparadies, diesen üppigen Orangen- und Zitronenhain, der zu gleicher Zeit weiße Blütenzweige und goldene Früchte trägt, durch dieses Reich der Düfte, diese Heimstatt der Blumen, längs der wundervollen Küste, die sich von Marseille bis Genua hinzieht.

Man muß im Juni an dieser Küste entlangfahren, wo frei und wild in den engen Tälern, auf den Hügelhängen die schönsten Blumen blühen. Und überall sieht man Rosen, ganze Felder, Pflanzungen, Hecken, Gebüsche von Rosen. Sie ranken sich an Mauern empor, sie entfalten sich auf Dächern, sie klimmen in

Bäume, sie erschließen sich im Laubwerk, weiß, rot, gelb, klein oder riesengroß, schlicht, im einfarbigen, unauffälligen Kleid oder üppig, in schwerer, glänzender Toilette.

Und ihr machtvoller Duft, ihr unablässiger Duft schwängert die Luft, macht sie würzig und zugleich erschlaffend. Und der noch durchdringendere Ruch der offenen Orangenblüten scheint das, was man atmet, mit Süßigkeit zu erfüllen und daraus eine Kostbarkeit für den Geruchssinn zu machen.

Die hohe braune Felsenküste, die das reglose Mittelmeer bespült, erstreckt sich starr. Die schwere Sommersonne fällt wie ein Feuertuch auf die Berge, auf den langen Sandstrand, auf das hartblaue und wie geronnene Meer. Der Zug ist in unaufhörlicher Fahrt begriffen; er fährt durch Tunnels, die Vorgebirge durchschneiden, er gleitet über Hügelwellen, über das Wasser hin, auf Uferbauten, die steil wie Mauern sind; und ein milder, kaum wahrnehmbarer Salzhauch, ein Geruch dörrender Algen gesellt sich bisweilen zu dem machtvollen, verwirrenden Duft der Blumen.

Aber Paul sah nichts, hörte nichts, roch nichts. Die Mitreisende hielt all seine Aufmerksamkeit im Bann.

In Cannes hatte er mir, wie es schien, abermals etwas zu sagen; jedenfalls bedeutete er mir, ich möge mit ihm aussteigen. Kaum waren wir draußen, als er auch schon meinen Arm ergriff: ›Weißt du, sie ist schlechthin entzückend. Sieh dir doch nur ihre Augen an. Und ihr Haar, mein Lieber – so etwas habe ich überhaupt noch nicht gesehen!‹

Ich sagte: ›Nun, beruhige dich nur oder, wenn du irgendwelche Absichten hast, geh zum Angriff über. Sie sieht mir nicht uneinnehmbar aus, obwohl sie den Eindruck macht, als sei sie ein bißchen brummig.‹

Er fuhr fort: ›Könntest du sie nicht vielleicht anreden? Mir fällt nichts ein. Anfangs bin ich immer von einer Schüchternheit, die an Stumpfsinn grenzt. Ich habe es nie fertiggebracht, eine Frau auf der Straße anzusprechen. Ich gehe hinter ihr her, ich laufe um sie herum, ich gehe auf sie zu – und niemals fällt mir die erforderliche Redewendung ein. Ein einziges Mal habe ich versucht, eine Unterhaltung einzufädeln. Ich sah auf die unverkennbarste

Weise von der Welt, daß mein Eröffnungszug erwartet werde, und da unter allen Umständen etwas gesagt werden mußte, stotterte ich: ‚Befinden Sie sich wohl, gnädige Frau?' Sie hat laut aufgelacht, und ich habe gemacht, daß ich wegkam.‹

Ich versprach Paul, mich all meiner Geschicklichkeit zu bedienen, um eine Unterhaltung anzubahnen, und als wir unsere Plätze wieder eingenommen hatten, fragte ich unsere Nachbarin höchst liebenswürdig: ›Stört der Tabakrauch Sie, Gnädigste?‹

Sie antwortete: ›Non capisco.‹

Es war eine Italienerin! Mich überkam eine tolle Lust zu lachen. Paul verstand kein Wort dieser Sprache; ich mußte ihm als Dolmetscher dienen. Und so trat ich denn in meine Rolle ein. Ich sagte nun in wohllautendem Italienisch: ›Ich habe Sie gefragt, gnädige Frau, ob der Tabakrauch Ihnen auch nur im mindesten unangenehm sei?‹

Wütend schleuderte sie mir entgegen: ›Che mi fa!‹

Sie hatte weder den Kopf erhoben noch mich angesehen, und ich saß einigermaßen betroffen da, da ich keine Ahnung hatte, ob ich dieses ›Was geht mich das an?‹ für eine Ermächtigung, für eine Ablehnung, für ein Zeichen der Gleichgültigkeit oder für ein schlichtes: ›Lassen Sie mich gefälligst in Ruhe!‹ nehmen sollte. Ich fuhr fort: ›Wenn der Rauch Sie im mindesten stört...‹

Da antwortete sie: ›Mica‹, und zwar mit einem Ausdruck, der gleichbedeutend war mit: ›Lassen Sie mich zufrieden!‹

Indessen war es eine Erlaubnis, und ich sagte zu Paul: ›Du darfst rauchen.‹ Er sah mich mit erstaunten Augen an, wie man sie immer macht, wenn man Leute zu verstehen sucht, die eine fremde Sprache sprechen. Und er fragte mich mit einem schlechthin komischen Gesichtsausdruck: ›Was hast du ihr denn gesagt?‹

›Ich habe sie gefragt, ob wir rauchen könnten.‹

›Also kann sie kein Französisch?‹

›Keine Silbe.‹

›Und was hat sie geantwortet?‹

›Daß wir tun könnten, was uns beliebe.‹ Damit steckte ich mir meine Zigarre an.

Paul fuhr fort: ›Ist das alles, was sie gesagt hat?‹

›Mein Lieber, wenn du ihre Worte gezählt hättest, so würdest du gemerkt haben, daß sie sage und schreibe sechs gesprochen hat, und davon haben zwei den Zweck gehabt, mir mitzuteilen, daß sie kein Französisch verstehe. Es bleiben also noch vier. Nun, mit vier Worten kann man wirklich nicht allzu viel sagen!‹

Paul schaute recht unglücklich drein, enttäuscht und aus der Fassung gebracht.

Aber plötzlich fragte mich die Italienerin in dem mißgelaunten Ton, der ihrem Wesen zu entsprechen schien: ›Wissen Sie, wann wir in Genua ankommen?‹

Ich antwortete: ›Um elf Uhr abends, gnädige Frau.‹ Dann, nach einer Minute des Schweigens, fuhr ich fort: ›Auch wir fahren nach Genua, mein Freund und ich, und wenn wir Ihnen während der Fahrt auf irgendeine Weise nützlich sein könnten, so glauben Sie bitte, daß Sie uns damit sehr glücklich machen würden.‹ Da sie keine Antwort gab, sagte ich beharrlich: ›Sie sind allein, und wenn Sie unserer Dienste bedürften...‹

Sie stieß abermals ein ›Mica‹ hervor, das dermaßen hart klang, daß ich auf der Stelle verstummte.

Paul fragte: ›Was hat sie gesagt?‹

›Sie hat gesagt, sie finde dich ganz reizend.‹

Aber er war nicht zu Scherzen aufgelegt; und so bat er mich trocken, ich solle mich nicht über ihn lustig machen. Also übersetzte ich ihm die Frage der jungen Frau und mein geplantes Anerbieten, das sie so rundheraus zurückgewiesen hatte.

Er war tatsächlich aufgeregt wie ein Eichhörnchen im Käfig. Er sagte: ›Wenn wir herausbekämen, in welchem Hotel sie absteigt, dann kehrten wir dort ebenfalls ein. Versuch es doch mit einer geschickten Frage; mach eine neue Gelegenheit ausfindig, mit ihr zu sprechen.‹

Das war wahrhaftig nicht so leicht, und mir fiel nichts ein, obwohl ich jetzt selbst begierig war, die Bekanntschaft dieses schwierigen Mädchens zu machen.

Wir durchfuhren Nizza, Monaco, Mentone, und dann stoppte der Zug an der Grenze, der Zollrevision wegen.

Obwohl ich die schlecht erzogenen Leute verabscheue, die im Abteil zu Mittag oder zu Abend essen, ging ich und kaufte eine ganze Wagenladung von Mundvorrat, um durch einen letzten und äußersten Versuch den Gaumen unserer Reisegefährtin zu reizen. Ich fühlte nur zu gut, daß unter normalen Umständen mit diesem Mädchen leicht umzugehen war. Irgendeine Widerwärtigkeit machte sie gereizt; aber vielleicht bedurfte es eines Nichts, eines geweckten Verlangens, eines Wortes, eines auf die rechte Weise dargebrachten Anerbietens, um sie wieder guter Laune zu machen, sie umzustimmen und zu erobern.

Der Zug fuhr ab. Noch immer waren wir zu dritt allein. Ich breitete meinen Mundvorrat auf der Bank aus; ich zerlegte das Hühnchen, ich legte die Schinkenscheiben elegant auf Papier; dann schob ich sorglich unsern Nachtisch ganz nahe an die junge Frau heran: Erdbeeren, Pflaumen, Kirschen, Kuchen und Naschwerk. Als sie sah, daß wir zu essen anfingen, zog sie ihrerseits aus einer Handtasche ein Stück Schokolade und zwei Hörnchen und begann mit ihren schönen, scharfen Zähnen das knusprige Gebäck und die Tafel zu zerbeißen.

Paul sagte halblaut zu mir: ›Willst du sie nicht einladen?‹

›Gerade das ist meine Absicht, mein Lieber; aber die Einleitung ist gar nicht so leicht.‹

Indessen warf sie dann und wann einen Seitenblick auf unsere Vorräte, und ich merkte nur zu gut, daß sie noch Hunger haben würde, wenn sie mit ihren beiden Hörnchen fertig war. Ich ließ sie also ihr frugales Mahl beenden. Dann sagte ich zu ihr: ›Es wäre reizend, Gnädigste, wenn ich Ihnen von diesen Früchten anbieten dürfte.‹

Abermals antwortete sie: ›Mica‹, aber mit weniger gehässiger Stimme als zuvor, und ich redete beharrlich weiter: ›Dann erlauben Sie mir bitte, Ihnen ein Schlückchen Wein anzubieten. Wie ich sehe, haben Sie nichts getrunken. Es ist Wein Ihres Landes, italienischer Wein, und da wir jetzt in Ihrer Heimat sind, wäre es eine Freude für uns zu sehen, wie ein hübscher italienischer Mund ein von Franzosen, also Nachbarn, dargebrachtes Anerbieten entgegennimmt.‹

Sie schüttelte den Kopf, ganz leicht und langsam, mit dem Willen abzulehnen und dem Wunsch anzunehmen, und sagte noch einmal: ›Mica‹, diesmal jedoch ein beinahe höfliches ›Mica‹.

Ich nahm die kleine, nach italienischem Brauch in Stroh gehüllte Flasche; ich füllte ein Glas und reichte es ihr. ›Trinken Sie‹, sagte ich, ›das ist unser Willkommensgruß an Ihr Vaterland.‹

Sie nahm das Glas mit mürrischer Miene und leerte es in einem einzigen Zug, eine vom Durst Gepeinigte; dann gab sie es mir, ohne zu danken, zurück.

Darauf reichte ich ihr die Kirschen hin. ›Bitte nehmen Sie. Sie sehen doch, daß Sie uns damit eine Freude machen.‹

Von ihrer Ecke aus musterte sie sämtliche Früchte, die neben ihr ausgebreitet lagen, und dann sagte sie so schnell, daß ich nicht geringe Mühe hatte, sie zu verstehen: ›A me non piacciono ne le ciliegie ne le susine; amo soltanto le fragole.‹

›Was hat sie gesagt?‹ fragte Paul sogleich.

›Sie hat gesagt, sie möge weder Kirschen noch Pflaumen, sondern lediglich Erdbeeren.‹ Und ich legte ihr die Zeitung mit den Walderdbeeren auf die Knie.

Auf der Stelle fing sie an, sie sehr schnell zu essen; sie faßte sie mit den Fingerspitzen und warf sie sich aus geringer Entfernung in den Mund, der sich zu ihrem Empfang auf eine kokette und reizende Weise auftat.

Als sie das rote Häufchen aufgegessen hatte, das wir unter den behenden Bewegungen ihrer Finger innerhalb einiger Minuten hatten abnehmen, schmelzen und verschwinden sehen, fragte ich sie: ›Und was darf ich Ihnen jetzt anbieten?‹

Sie antwortete: ›Ich hätte gern ein bißchen Huhn.‹

Sicherlich die Hälfte des Flügeltiers verschlang sie; sie zerstükkelte es mit mächtigem Zuschnappen ihrer Kiefer und dem Gehaben eines Raubtieres. Danach entschloß sie sich, auch von den Kirschen zu nehmen, die sie nicht mochte, dann von den Pflaumen, dann von dem Kuchen, bis sie sagte: ›Jetzt habe ich genug‹ und sich wieder in ihrer Ecke verschanzte.

Mir begann die Sache einen Heidenspaß zu machen; ich wollte, daß sie noch mehr aß, und um sie dazu zu bringen, verdoppelte ich meine Komplimente und Angebote. Aber sie wurde plötzlich wütend und schleuderte mir ein dermaßen schreckliches, oft wiederholtes ›Mica‹ entgegen, daß ich es nicht wagte, ihre Verdauung weiterhin zu stören.

Ich wandte mich meinem Freund zu: ›Mein armer Junge, ich glaube, wir kommen doch nicht auf unsere Kosten.‹

Die Nacht kam, eine warme Sommernacht, die langsam niedersank und ihre feuchten Schatten über die brennende, müde Erde breitete. In der Ferne, Ort für Ort, längs des Meeres, schimmerten auf den Kaps, auf den Gipfeln der Vorgebirge Feuer auf, und am dunkelnden Horizont begannen sich die Sterne zu zeigen; manchmal verwechselte ich sie mit den Leuchtfeuern.

Der Duft der Orangenblüten wurde immer durchdringender; man sog ihn trunken ein; man weitete die Lungen, um ihn tief in sich zu trinken. Etwas Süßes, Köstliches, Göttliches schien die balsamischen Lüfte zu durchwehen.

Und plötzlich gewahrte ich unter den Bäumen längs des Schienenstranges, in der jetzt ganz schwarzen Dunkelheit, etwas wie einen Sternenregen. Es war wie ein tänzelnder, fliegender, spielender, durch das Blattwerk rieselnder Lichtregen, als sei eine Schar kleiner Sterne vom Himmel gefallen, um einen Ausflug auf die Erde zu unternehmen. Es waren Glühwürmchen, fliegende, hitzige Käfer, die in der durchdufteten Luft ein seltsames Feuerballett tanzten.

Zufällig flog ein solches Glühwürmchen in unser Abteil und strahlte sein schwankendes, bald erlöschendes, bald aufglimmendes Licht aus. Ich zog den blauen Schleier über das Deckenlicht und sah dem phantastischen Tierchen zu, wie es in launischem Funkenflug kam und entschwand. Plötzlich ließ es sich in dem schwarzen Haar unserer vom Essen müden Nachbarin nieder. Und Paul geriet in Ekstase; er schaute starr auf den schimmernden Punkt, der wie ein lebendiges Kleinod über der Stirn der schlafenden Frau funkelte.

Die Italienerin erwachte gegen ein Viertel vor elf und trug noch immer das leuchtende Tierchen im Haar. Als sie sich bewegte, sagte ich: ›Gleich kommen wir nach Genua.‹ Ohne mir zu antworten, wie besessen von einer ihr peinlichen Idee, flüsterte sie vor sich hin: ›Was soll ich jetzt bloß anfangen?‹ Dann fragte sie mich unvermittelt: ›Wollen Sie, daß ich mit Ihnen komme?‹

Ich war dermaßen verdutzt, daß ich nicht recht gehört zu haben meinte. ›Wie? Mit uns? Was wollen Sie damit sagen?‹

Sie wiederholte mit einer Miene, die von Wort zu Wort wütender wurde: ›Wollen Sie, daß ich gleich mit Ihnen komme?‹

›Nur zu gern! Aber wohin möchten Sie? Wohin darf ich Sie führen?‹

Mit souveräner Mißachtung zuckte sie die Achseln. ›Wohin Sie wollen! Mir ist es schnuppe.‹ Sie wiederholte zweimal: ›Che mi fa?‹

›Wir gehen nämlich ins Hotel.‹

Sie sagte im Ton höchster Verachtung: ›Gut! Dann gehen wir also ins Hotel.‹

Ich drehte mich nach Paul um und sagte: ›Sie fragt, ob wir einverstanden sind, daß sie mit uns kommt.‹

Die närrische Überraschung meines Freundes gab mir meine Kaltblütigkeit wieder.

Er stotterte: ›Mit uns? Wohin denn? Warum? Wieso?‹

›Wie soll ich denn das wissen! Sie hat mir diesen sonderbaren Vorschlag in einem höchst gereizten Ton gemacht. Ich habe ihr geantwortet, wir gingen ins Hotel, und sie hat erwidert: ‚Gut, dann gehen wir eben ins Hotel!' Wahrscheinlich hat sie keinen Heller. Aber wie dem auch sei, das ist denn doch eine recht sonderbare Art, Bekanntschaften zu machen.‹

Zitternd vor Aufregung rief Paul: ›Aber natürlich! Ich bin nur zu einverstanden! Sag ihr, daß wir sie bringen wollen, wohin sie will.‹ Dann zögerte er eine Sekunde und fuhr mit beunruhigter Stimme fort: ›Wir müssen nur wissen, mit wem sie gehen will. Ob mit dir oder mit mir?‹

Ich wandte mich der Italienerin zu, die uns nicht einmal zugehört zu haben schien und in völlige Unbekümmertheit zurückgesunken war, und sagte zu ihr: ›Wir sind sehr glücklich, daß Sie mit uns kommen wollen. Nur möchte mein Freund gern wissen, ob Sie meinen Arm oder den seinigen als Stütze zu wählen gedenken?‹

Sie sah mich aus ihren großen schwarzen Augen an und antwortete, unbestimmt überrascht: ›Che mi fa?‹

Ich wurde deutlicher: ›Wie ich glaube, nennt man in Italien den Freund, der die Sorge für alle Wünsche einer Frau auf sich nimmt, der sich mit allem befaßt, was sie will, der allen ihren

Launen entgegenkommt, einen Patito. Wen von uns beiden wünschen Sie sich als Patito?‹

Ohne Zaudern antwortete sie: ›Sie!‹

Ich wandte mich Paul zu: ›Sie hat mich ausersehen, mein Lieber; du hast Pech.‹

Mit wütender Miene erklärte er: ›Na, dann nur zu!‹ Nachdem er ein paar Minuten nachgedacht hatte, sagte er: ›Nimmst du es wirklich auf dich, dich mit diesem Flittchen zu belasten? Paß auf, die verdirbt uns unsere ganze Reise. Was sollen wir bloß mit diesem Frauenzimmer anfangen, das keinen gerade günstigen Eindruck macht? In ein besseres Hotel können wir doch mit der auf keinen Fall gehen!‹

Aber ich fing gerade an, die Italienerin sehr viel netter als zu Anfang zu finden, und ich legte Wert darauf, ja, ich legte jetzt tatsächlich Wert darauf, sie mitzunehmen. Ich war förmlich begeistert von diesem Gedanken, und ich spürte bereits den Erwartungsschauer auf der Haut, mit dem die Aussicht auf eine Liebesnacht einen überrieselt. Ich antwortete: ›Mein Lieber, wir haben zugestimmt. Jetzt ist es zu spät zum Rückzug. Und du hast mir als erster geraten, ja zu sagen.‹

Er brummte: ›Solch eine Dummheit! Nun, mach, was du willst!‹

Der Zug pfiff, fuhr langsamer; wir kamen an. Ich verließ das Abteil; dann bot ich meiner neuen Gefährtin die Hand. Sie sprang leichtfüßig zur Erde, und ich reichte ihr den Arm, den sie, wie es schien, widerstrebend nahm. Nachdem wir unser Gepäck herausgefunden und ausgehändigt erhalten hatten, gingen wir in die Stadt. Paul ging schweigend, mit nervösen Schritten.

Ich fragte ihn: ›In welches Hotel wollen wir eigentlich gehen? Es ist vielleicht etwas schwierig, mit einer Frau in die ‚Cité de Paris' zu gehen, zumal mit dieser Italienerin.‹

Paul unterbrach mich: ›Freilich, mit einer Italienerin, die weit eher nach einem Straßenmädchen als nach einer Herzogin aussieht. Aber mich geht das nichts an. Tu, was du willst!‹

Ich war einigermaßen betroffen. Ich hatte an die ›Cité de Paris‹ geschrieben und unsere Zimmer vorbestellt, und jetzt... Jetzt wußte ich nicht, wie ich mich entscheiden sollte.

Zwei Gepäckträger folgten uns mit den Koffern. Ich fuhr fort: ›Du solltest vorausgehen. Dann sagst du, wir kämen nach. Du kannst ganz beiläufig den Geschäftsführer wissen lassen, ich hätte eine… Freundin bei mir, und wir wünschten ein ganz ruhiges und abgetrenntes Appartement für uns drei, damit wir die übrigen Gäste nicht störten. Das wird er verstehen, und alles weitere machen wir dann von seiner Antwort abhängig.‹

Paul grollte: ›Danke bestens; dergleichen Aufträge und diese Rolle behagen mir wenig. Ich bin nicht hierher gekommen, um deine Lustgemächer vorzubereiten.‹

Aber ich ließ nicht locker: ›Ach, mein Lieber, reg dich nicht auf. Es ist natürlich besser, wenn man in einem guten Hotel unterkommt als in einem schlechten, und es ist doch weiter nichts dabei, bei dem Geschäftsführer nachzufragen, ob wir drei getrennte Schlafzimmer und ein gemeinsames Eßzimmer bekommen könnten.‹ Ich betonte das Wort ›drei‹; das bestimmte ihn.

Er bildete also die Vorhut, und ich sah ihn das Portal eines schönen Hotels durchschreiten, während ich, meine stumme Italienerin am Arm, auf der anderen Straßenseite auf und ab ging, wobei die Gepäckträger mir Schritt für Schritt folgten.

Schließlich kam Paul wieder, und zwar mit einem ebenso verdrossenen Gesicht wie meine Gefährtin. ›Erledigt‹, sagte er, ›wir können unterkommen; aber es sind nur zwei Schlafzimmer frei. Bring die Sache bitte nach deinem Belieben ins reine.‹

Und ich ging hinter ihm her, voller Scham, in dieser verdächtigen Gesellschaft meinen Einzug in das Hotel zu halten.

Wir hatten tatsächlich zwei Zimmer, die durch einen kleinen Salon getrennt waren. Ich bestellte uns ein kaltes Abendessen; dann wandte ich mich, einigermaßen verwirrt, der Italienerin zu. ›Wir haben leider nur zwei Schlafzimmer bekommen können. Bitte wählen Sie, welches Sie wollen.‹

Sie antwortete mit ihrem ewigen: ›Che mi fa?‹ Da hob ich ihren kleinen schwarzen Holzkoffer, einen richtigen Dienstmädchenkoffer, auf und trug ihn in das zur Rechten gelegene Zimmer, das ich für sie… für uns ausgesucht hatte. Eine französische Hand hatte auf ein viereckiges Papierstück am Koffer geschrieben: ›Mademoiselle Francesca Rondoli, Genua.‹

Ich fragte: ›Sie heißen Francesca?‹

Sie nickte bejahend, gab aber keine Antwort.

Ich fuhr fort: ›Wir essen jetzt gleich zu Abend. Vielleicht möchten Sie sich inzwischen erfrischen?‹

Sie antwortete mit einem ›Mica‹ – dieses Wort verließ ihren Mund ebenso häufig wie: ›Che mi fa?‹

Ich beharrte: ›Nach einer Eisenbahnfahrt ist es stets sehr angenehm, wenn man sich reinigen kann.‹

Dann fiel mir ein, daß sie vielleicht nicht die Dinge bei sich habe, die einer Frau unentbehrlich sind; denn sie schien mir tatsächlich in einer recht sonderbaren Lage zu sein; es war, als habe sie ein unangenehmes Abenteuer hinter sich; und so gab ich ihr mein Reisenecessaire.

Ich händigte ihr all die kleinen Reinigungsinstrumente aus, die es enthielt: eine Nagelbürste, eine neue Zahnbürste – denn davon führe ich stets eine Auswahl mit mir –, meine Scherchen, meine Nagelfeilen, Kämme. Ich öffnete eine Flasche Eau de Cologne, eine Flasche Lavendelwasser, ein Fläschchen New Mown Hay und ließ ihr die Auswahl. Ich öffnete meine Puderdose, in der die Schwanendaunenquaste schwamm. Ich breitete eins meiner feinen Handtücher über den Wasserkrug und legte ihr ein neues Stück Seife hin.

Sie folgte allen meinen Bewegungen mit großen, zornweiten Augen, ohne über meine Mühewaltung erstaunt oder froh zu sein.

Ich sagte zu ihr: ›Nun haben Sie alles, was Sie brauchen; ich sage Ihnen Bescheid, wenn das Essen da ist.‹

Damit ging ich in den Salon. Paul hatte das andere Schlafzimmer mit Beschlag belegt und sich darin eingeschlossen; und so blieb ich wartend allein.

Ein Kellner kam und ging und brachte die Teller, die Gläser. Er deckte langsam; dann stellte er ein kaltes Huhn auf den Tisch und sagte, es sei angerichtet.

Ich klopfte leise an Fräulein Rondolis Tür.

Sie rief: ›Herein!‹

Ich ging hinein. Ein erstickender Parfümduft schlug mir entgegen, der heftige, dichte Geruch, der in Friseurläden herrscht.

Die Italienerin saß auf ihrem Koffer in der Haltung einer nachdenklichen Mißgelaunten oder eines fristlos entlassenen Dienstmädchens. Mir war auf den ersten Blick deutlich geworden, was sie darunter verstand, ihre Toilette zu machen. Das Handtuch lag nach wie vor zusammengefaltet auf dem gefüllten Wasserkrug, die Seife unangetastet neben der leeren Waschschüssel; doch es machte den Eindruck, als habe die junge Frau die Flaschen mit wohlriechenden Essenzen halb leer getrunken. Mit dem Eau de Cologne freilich war sie sparsam umgegangen; es fehlte nur ungefähr ein Drittel der Flasche; zum Ausgleich indessen hatte sie überraschend reichlichen Gebrauch von Lavendelwasser und New Mown Hay gemacht. Eine Puderwolke, ein leichter weißer Nebel, schien noch in der Luft zu wogen, in solchem Maße hatte sie Gesicht und Hals damit bestäubt. Er lag ihr auf den Wimpern, den Augenbrauen und den Schläfen wie eine Art Schnee, während er auf ihren Backen eine dicke Schicht bildete und sich in den Vertiefungen des Gesichts angehäuft hatte, an den Nasenflügeln, im Kinngrübchen, an den Augenwinkeln.

Als sie aufstand, verbreitete sie einen dermaßen durchdringenden Geruch, daß ich meinte, ich bekäme Kopfschmerzen.

So gingen wir denn zu Tisch. Paul war geradezu widerwärtiger Laune. Ich vermochte ihm lediglich Worte des Tadels, der unwirschen Billigung oder ironisch gemeinte Komplimente zu entlocken.

Signorina Francesca schluckte wie ein Abgrund. Sobald sie mit dem Essen fertig war, machte sie sich's auf dem Sofa bequem. Ich indessen sah voller Unruhe der entscheidenden Stunde entgegen, da wir uns in unsere Gemächer zurückziehen mußten. Ich entschloß mich, dem Lauf der Dinge um jeden Preis die gewünschte Richtung zu geben, setzte mich neben die Italienerin und küßte ihr hingebungsvoll die Hand.

Sie schlug die ermüdeten Augen auf und warf mir zwischen den spaltweit geöffneten Lidern hindurch einen schläfrigen und noch immer mißgelaunten Blick zu.

Ich fragte: ›Da wir nur zwei Zimmer haben, erlauben Sie mir wohl, mit in das Ihrige zu kommen?‹

Sie antwortete: ›Machen Sie, was Sie wollen. Mir ist es gleich. Che mi fa?‹

Diese Gleichgültigkeit verletzte mich: ›Es ist Ihnen also nicht unangenehm, wenn ich mit Ihnen komme?‹

›Mir ist das völlig schnuppe. Machen Sie, was Sie wollen.‹

›Wollen Sie jetzt gleich zu Bett gehen?‹

›Ja, gern; ich bin müde.‹ Sie stand auf, gähnte, bot Paul die Hand, die er mit wütender Miene nahm, und ich leuchtete ihr in unser Zimmer hinein.

Aber es überkam mich eine Unruhe. ›Hier‹, sagte ich noch einmal, ›finden Sie alles, was Sie brauchen.‹ Und ich trug Sorge, eigenhändig die Hälfte des Kruges in die Waschschüssel zu gießen und das Handtuch neben die Seife zu legen. Dann ging ich wieder zu Paul.

Als ich bei ihm war, erklärte er: ›Na, da hast du dir ein schönes Dromedar aufgehalst!‹

Ich antwortete lachend: ›Mein Lieber, du solltest nicht allzu schlecht von den sauren Trauben sprechen.‹

Er fuhr fort, boshaft und tückisch: ›Schau dich nur beizeiten nach einem guten Arzt um, mein Lieber.‹

Ich zitterte, und die quälende Furcht, die uns nach verdächtigen Liebesabenteuern heimsucht, die Furcht, die uns die reizenden Bewegungen, die unvermuteten Liebesbezeigungen, die von ungefähr gepflückten Küsse verdirbt, überkam mich. Indessen heuchelte ich Mut: ›Ach, Unsinn; das Mädchen ist keine Herumtreiberin.‹

Aber er ließ nicht locker, der Schuft! Er hatte gesehen, wie der Schatten der Besorgnis über mein Gesicht geglitten war. ›Deine Menschenkenntnis in Ehren! Was für ein komischer Kerl du doch bist! Du liest dir im Eisenbahnabteil eine allein reisende Italienerin auf; sie bietet dir mit einem wirklich eigenartigen Zynismus an, im ersten besten Hotel mit dir zu schlafen. Du nimmst sie mit. Und dann behauptest du, sie sei keine Nutte! Und dann überredest du dich, du liefst heute abend nicht mehr Gefahr, als wenn du in das Bett einer Frau kröchest, die … die Blattern hat.‹ Und er lachte sein übles, mich drangsalierendes Lachen.

Ich setzte mich angstgepeinigt. Was sollte ich tun? Denn natürlich hatte er recht. Und in mir hub ein schrecklicher Kampf zwischen Furcht und Begehren an.

Er fuhr fort: ›Mach, was du willst; ich habe dich gewarnt; über die Folgen mußt du dir klar sein.‹

Aber ich sah in seinen Augen eine dermaßen ironische Heiterkeit, eine solche Lust an der Rache, er machte sich dermaßen über mich lustig, daß ich nicht länger zögerte. Ich bot ihm die Hand. ›Gute Nacht‹, sagte ich. ›Sieg ohne Gefahr ist Triumph ohne Ruhm. Und wahrhaftig, mein Lieber: Der Sieg wiegt die Gefahr auf.‹ Damit ging ich festen Schrittes in Francescas Zimmer.

Auf der Schwelle blieb ich verdutzt und aufs höchste verwundert stehen. Sie lag schon schlafend auf dem Bett, ganz nackt. Der Schlummer hatte sie überrascht, als sie gerade mit Auskleiden fertig gewesen war; sie lag in der bezaubernden Pose von Tizians ›Ruhender Venus‹ da.

Sie schien sich in ihrer Müdigkeit hingelegt zu haben, um die Strümpfe auszuziehen; denn sie waren auf der Bettdecke liegen geblieben; dann hatte sie wohl an irgend etwas gedacht, sicherlich an etwas Angenehmes, denn sie hatte ein wenig gewartet, ehe sie sich wieder erhob, um den träumerischen Gedanken ausschwingen zu lassen, wobei sie leise die Augen geschlossen und das Bewußtsein verloren hatte. Ein am Halsausschnitt besticktes Nachthemd, das augenscheinlich in einem Warenhaus gekauft worden war, das Prunkstück einer Anfängerin, lag locker über einen Stuhl gebreitet.

Sie war reizend, jung, fest und frisch.

Gibt es etwas Hübscheres als eine schlafende Frau? Solch ein Körper, dessen sämtliche Linien süß sind, dessen sämtliche Rundungen verführen, dessen weiche Erhebungen sämtlich das Herz in Verwirrung bringen, scheint wie geschaffen dazu, reglos im Bett zu liegen. Die gekurvte Linie, die sich in der Taille niedersenkt, an der Hüfte ansteigt und dann leicht anmutig abfällt zum Bein, um auf eine so kokette Weise an der Fußspitze zu enden, hebt sich mit all ihren erlesenen Reizen erst von den Laken eines Lagers ab.

Ich war im Begriff, für eine Sekunde die klugen Ratschläge meines Reisegenossen zu vergessen; aber als ich mich dann dem Waschtisch zuwandte, sah ich dort alles in dem Zustand liegen, wie ich es zurückgelassen hatte. Da setzte ich mich in einem plötzlichen Angstgefühl, und Unentschlossenheit quälte mich.

Wahrscheinlich bin ich lange, sehr lange so sitzen geblieben, eine Stunde vielleicht, ohne daß ich mich zu etwas hätte entschließen können, weder zum Vorgehen noch zur Flucht. Übrigens war mir der Rückzug abgeschnitten; ich mußte entweder die Nacht im Sessel verbringen oder aber mich ebenfalls ins Bett legen, und zwar auf jede Gefahr hin.

Allerdings überlegte ich mir nicht, ob ich hier oder dort schlafen solle; dazu war mein Geist zu erregt, waren meine Augen zu beschäftigt.

Ich rückte unaufhörlich hin und her, bebend, wie im Fieber, voller Unbehagen, nervös bis zum Übermaß. Dann stellte ich feige Überlegungen an: Schließlich verpflichtet es mich zu nichts, wenn ich mich hinlege. Wenn man sich ausruhen will, ist man auf einer Matratze besser untergebracht als in einem Sessel.

So zog ich mich denn langsam aus; dann kletterte ich über die Schläferin hinweg und drückte mich gegen die Wand, der Versuchung den Rücken kehrend.

Und so habe ich lange, sehr lange schlaflos gelegen.

Plötzlich jedoch wurde meine Nachbarin wach. Erstaunt öffnete sie die Augen, die noch immer mißgelaunt waren; als sie dann merkte, daß sie nackt war, stand sie auf und zog sich ruhig ihr Nachthemd an, mit einer Unbekümmertheit, als sei ich gar nicht vorhanden.

Dann aber... nun ja... nahm ich die Gelegenheit wahr, ohne daß es ihr übrigens das mindeste auszumachen schien. Und dann schlief sie sanft wieder ein, den Kopf auf ihren rechten Arm geschmiegt.

Und ich fing an, über die menschliche Unvorsichtigkeit und Schwäche nachzudenken. Schließlich schlief auch ich ein.

Sie zog sich beizeiten an, als Frau, die an Morgenarbeit gewöhnt ist. Die Bewegung, die sie beim Aufstehen machte, weckte mich, und ich sah aus halbgeschlossenen Lidern zu ihr hin.

Sie ging hin und her, ohne Hast, gleichsam als wundere sie sich, daß sie nichts zu tun habe. Dann entschloß sie sich, an den Waschtisch zu gehen, und innerhalb einer Minute leerte sie, was noch an Parfümen in meinen Flaschen verblieben war. Sie benutzte – der Wahrheit die Ehre! – auch das Waschwasser, aber nur wenig.

Als sie sich fix und fertig angezogen hatte, setzte sie sich wieder auf ihren Koffer, umschlang ihr eines Knie mit den Händen und verharrte in Nachdenken.

Da tat ich, als bemerkte ich sie erst jetzt, und sagte: ›Guten Morgen, Francesca.‹

Sie brummte, genauso unliebenswürdig wie am Vortag: ›Morgen.‹

Ich fragte: ›Haben Sie gut geschlafen?‹

Sie nickte stumm; ich sprang aus dem Bett und ging zu ihr hin, um sie zu küssen.

Sie hielt mir das Gesicht mit der verdrossenen Miene eines Kindes hin, das man wider seinen Willen liebkost. Da schloß ich sie zärtlich in die Arme – nun der Wein einmal entkorkt war, wäre ich recht dumm gewesen, ihn nicht auszutrinken – und drückte langsam meine Lippen auf ihre großen, ärgerlichen Augen, die sie unter meinen Küssen auf ihre Wangen, ihre fleischigen Lippen mir zu entziehen versuchte und belästigt schloß.

Ich fragte: ›Sie mögen es also nicht, wenn Sie geküßt werden?‹

Sie antwortete: ›Mica.‹

Ich setzte mich neben sie auf den Koffer, schob meinen Arm in den ihrigen und sagte: ›Mica! Mica! Immer nur Mica! Ich nenne Sie jetzt nur noch Signorina Mica!‹

Zum ersten Mal glaubte ich auf ihren Lippen den Anflug eines Lächelns zu sehen; aber es flog so schnell vorüber, daß ich mich ebenso gut getäuscht haben konnte.

›Wenn Sie immer nur Mica antworten, weiß ich gar nicht mehr, was ich anstellen muß, um Ihnen zu gefallen. Wir wollen mal überlegen, was wir heute anfangen können.‹

Sie zögerte, als habe der Abglanz eines Wunsches ihr Gehirn durchzuckt; dann sagte sie lässig: ›Mir ist alles schnuppe; ganz wie Sie wollen.‹

›Gut, Signorina Mica, dann nehmen wir einen Wagen und fahren spazieren.‹

Sie brummte: ›Ganz wie Sie wollen.‹

Paul erwartete uns im Eßzimmer mit der gelangweilten Miene des Dritten in einem Liebeshandel.

Ich setzte ein entzücktes Gesicht auf und schüttelte ihm die Hand mit einer Kraft, die ein Triumphgeständnis andeutete.

Er fragte: ›Was willst du jetzt anfangen?‹

Ich antwortete: ›Zunächst wollen wir ein bißchen in der Stadt umherbummeln; dann können wir einen Wagen nehmen und ein Stück der Umgebung kennenlernen.‹

Das Frühstück verlief schweigend; dann gingen wir durch die Straßen in die Museen. Ich schleppte Francesca an meinem Arm von einem Palazzo in den andern. Wir trotteten durch den Palazzo Spinola, den Palazzo Doria, den Palazzo Marcello Durazzo, den Palazzo Rosso und den Palazzo Biancho. Sie sah sich nichts an oder erhob bestenfalls vor sehr berühmten Werken müde und lässig den Blick. Paul war außer sich, ging hinter uns her und brummte unangenehme Dinge vor sich hin. Dann fuhren wir in einem Wagen ins Freie, alle drei stumm.

Zum Abendessen kehrten wir heim. Und am folgenden Tag war es das Gleiche und am nächstfolgenden ebenfalls.

Am dritten Tag sagte Paul: ›Weißt du, ich will lieber abreisen; schließlich habe ich keine Lust, drei Wochen lang zuzusehen, wie du ein Verhältnis mit dieser Nutte hast.‹

Ich war höchst betroffen und geniert, denn zu meiner größten Überraschung fühlte ich mich auf eine sonderbare Weise zu Francesca hingezogen. Der Mann ist schwach und dumm; ein Nichts reißt ihn hin, und jedesmal, wenn seine Sinne erregt oder gefesselt sind, gibt er nach. Ich hing an diesem Mädchen, das ich kaum kannte, diesem wortkargen und stets mißgelaunten Mädchen. Ich liebte ihr wütendes Gesicht, ihren unwillig verzogenen Mund, ihren verärgerten und gelangweilten Blick; ich liebte ihre lässigen Gesten, ihre verächtlichen Zustimmungen und selbst die Gleichgültigkeit, die sie in der Liebe bekundete.

Ein geheimes Band, das mysteriöse Band der animalischen Liebe, die Bindung des unersättlichen Besitzes, fesselte mich an sie. Ich sagte Paul das alles ganz offen.

Wahrscheinlich hielt er mich für einen Narren; er sagte: ›Gut, dann nimm sie mit.‹

Sie jedoch weigerte sich entschieden, Genua zu verlassen, ohne daß sie den Grund dafür angeben wollte. Ich versuchte es mit Bitten, Vernunftgründen, Versprechungen; aber nichts half.

So blieb ich denn.

Paul erklärte, er wolle allein weiterreisen. Er packte sogar seinen Koffer; doch dann blieb er gleichfalls.

Und so gingen weitere vierzehn Tage hin.

Francesca, die immer schweigsam und schlechter Laune war, lebte mehr neben als mit mir; auf alle meine Wünsche, Bitten, Vorschläge antwortete sie mit ihrem ewigen ›Che mi fa?‹ oder ihrem nicht minder ewigen ›Mica!‹

Mein Freund kam aus der Wut gar nicht mehr heraus.

Auf alle seine Zornesausbrüche antwortete ich: ›Du kannst ja abreisen, wenn du dich langweilst. Ich halte dich nicht.‹

Da überhäufte er mich mit Beleidigungen und Vorwürfen; er schrie mich an: ›Aber wohin soll ich deiner Meinung nach denn jetzt noch fahren? Wir haben drei Wochen zur Verfügung gehabt, und nun sind schon vierzehn Tage hin! Ich kann doch nicht gut jetzt noch die Reise antreten? Und überdies, was soll ich schließlich ganz allein in Venedig, Florenz und Rom anfangen? Aber ich werde es dir heimzahlen, und zwar teurer, als du denkst. Man nimmt niemand von Paris nach Genua mit und sperrt sich dann mit einer italienischen Nutte in ein Hotel ein!‹

Ich sagte ihm in aller Ruhe: ›Schön, dann fahr doch zurück nach Paris.‹

Er tobte los: ›Das tue ich auch, und zwar morgen!‹

Doch am nächsten Tag blieb er wie am vorhergegangenen, immer wütend und fluchend.

Man kannte uns jetzt bereits in den Straßen, in denen wir von morgens früh bis abends spät umherliefen, in den engen, bürgersteiglosen Straßen dieser Stadt, die einem ungeheuren Steinlabyrinth ähnlich sieht, das Korridore durchqueren, die an unterirdische Gänge erinnern. Wir gingen durch Passagen, in denen eine schreckliche Zugluft herrschte, durch zwischen Mauern eingezwängte Gänge – die Mauern waren so hoch, daß man kaum den Himmel sah. Bisweilen drehten sich Franzosen nach uns um, verwundert, daß sie Landsleute in der Gesellschaft dieses Mädchens mit dem verdrossenen Gesicht und der auffälligen Kleidung sahen, dessen Gehaben augenscheinlich recht sonderbar anmutete und das neben uns einigermaßen fehl am Platz und kompromittierend wirkte.

Beim Gehen stützte sie sich auf meinen Arm und hatte für nichts ein Auge. Warum blieb sie bei mir, bei uns, die wir ihr, wie es schien, so wenig Annehmliches zu bieten vermochten? Wer war sie? Woher kam sie? Was trieb sie? Verfolgte sie einen Plan, eine Absicht? Oder lebte sie als Abenteurerin und von Zufallsbekanntschaften? Vergeblich versuchte ich, mich in sie hineinzuversetzen, aus ihr klug zu werden, eine Erklärung für ihr Verhalten zu finden. Je länger ich mit ihr umging, desto mehr setzte sie mich in Erstaunen; sie kam mir geradezu rätselhaft vor. Auf keinen Fall war sie ein liederliches Frauenzimmer und betrieb die Liebe beruflich. Ich hielt sie vielmehr für das Kind armer Leute, das verführt, entführt, im Stich gelassen worden war und jetzt Gefahr lief, sich gänzlich zu verlieren. Was sollte ihrer Meinung nach aus ihr werden? Was erwartete sie? Denn sie schien sich nicht die mindeste Mühe zu geben, mich zu erobern oder irgendwelchen handgreiflichen Nutzen aus mir zu ziehen. Ich versuchte, sie auszufragen, sie zu veranlassen, daß sie von ihrer Kindheit, ihrer Familie erzähle. Sie gab keine Antwort. Und so lebte ich denn mit ihr zusammen, mit unbelastetem Herzen und von glühenden Zangen gezwicktem Fleisch, nie überdrüssig, es in meine Arme zu schließen, dieses mürrische und köstliche Weibwesen, mit dem ich auf eine animalische Weise zusammengekuppelt war, im Bann des Fleisches oder vielmehr durch das Fleisch verführt, besiegt durch eine Art sinnlichen Zaubers, eines jungen, gesunden, machtvollen Zaubers, der von ihr ausging, von ihrer angenehmen Haut, den kräftigen Linien ihres Körpers. So gingen weitere acht Tage hin. Das Ende meiner Reise rückte näher; denn bis zum 17. Juli mußte ich wieder in Paris sein. Paul hatte sich inzwischen mit dem Abenteuer abgefunden, indem er mich unausgesetzt aufzog und kränkte. Ich indessen erfand Vergnügungen, Zerstreuungen, Spazierfahrten, um meine Geliebte und meinen Freund aufzuheitern; ich gab mir unendliche Mühe.

Eines Tages schlug ich den beiden vor, einen Ausflug nach

Santa Margarita zu machen. Die reizende kleine Stadt schmiegt sich gartenumgeben an den Fuß einer Küste, die sich weit ins Meer hinaus erstreckt, bis nach dem Dorf Portofino. Wir gingen alle drei den schönen Weg entlang, der sich längs der Berge hinzieht.

Plötzlich sagte Francesca zu mir: ›Morgen kann ich nicht mit Ihnen ausgehen. Ich muß einen Besuch bei Verwandten machen.‹ Dann verstummte sie.

Ich drang nicht mit Fragen in sie, da ich sicher war, daß sie mir nicht antworten würde.

Tatsächlich stand sie am nächsten Morgen sehr früh auf. Da ich liegen blieb, setzte sie sich auf das Fußende meines Bettes und sagte mit verlegener Miene, verdrießlich, zögernd: ›Wenn ich bis heute abend nicht wiedergekommen bin – suchen Sie dann nach mir?‹

Ich antwortete: ›Freilich, gewiß! Wo muß ich denn hingehen?‹

Sie erklärte mir: ›Sie gehen in die Via Vittorio-Emanuele; dann durch den Passaggio Falcone und den Transito San Raffaele, und dort gehen Sie in das Haus des Möbelhändlers hinein, in den Hof, und dann ganz hinten in das Haus rechts, und dort fragen Sie nach Signora Rondoli. Da ist es.‹ Damit ging sie weg.

Ich blieb niedergeschlagen zurück.

Als er mich allein sah, fragte der verblüffte Paul stockend: ›Wo ist denn Francesca?‹

Und ich erzählte ihm, was geschehen war.

Er rief: ›Famos, mein Lieber! Nimm die Gelegenheit wahr und laß uns abreisen. Auf zwei Tage mehr oder weniger kommt es nicht an. Los, zum Bahnhof, pack deinen Koffer!‹

Ich weigerte mich: ›Nein, mein Junge; auf solche Weise kann ich das Mädchen unmöglich sitzen lassen, nachdem ich beinahe drei Wochen mit ihr zusammengewesen bin. Ich muß mich doch wenigstens von ihr verabschieden und ihr eine Kleinigkeit schenken; nein, auf keinen Fall werde ich mich wie ein Schuft benehmen.‹

Aber er wollte nichts hören; er bedrängte mich, er quälte mich und zog mich auf. Aber ich gab nicht nach.

Den ganzen Tag lang ging ich nicht aus und wartete auf Francescas Rückkehr.

Doch sie kam nicht.

Abends, beim Essen, triumphierte Paul: ›Nun hat sie dich sitzen lassen, mein Lieber. Das ist komisch, überaus komisch.‹

Ich war erstaunt, wie ich gestehen muß, und ein wenig aus der Fassung gebracht.

Er lachte mich aus; er zog mich auf: ›Das Mittel ist übrigens gar nicht so übel, wenn auch primitiv. ‚Warten Sie auf mich; ich komme wieder.' Wie lange du wohl noch warten mußt? Wer weiß? Vielleicht bist du so naiv, hinzugehen und unter der Adresse, die sie dir angegeben hat, nach ihr zu fragen: ‚Verzeihung, wohnt hier Signora Rondoli?' – ‚Nein, die wohnt hier nicht.' Ich wette, daß du nicht übel Lust hättest hinzugehen!‹

Ich widersprach: ›Nein, mein Lieber, und ich schwöre dir: Wenn sie bis morgen früh nicht wieder hier ist, nehme ich den Acht-Uhr-Schnellzug. Mehr brauche ich nicht zu tun, mein Gewissen ist dann entlastet.‹

Den ganzen Abend über war ich unruhig, ein bißchen traurig, ein bißchen nervös. Tatsächlich, in meinem Herzen war etwas für sie lebendig. Gegen Mitternacht ging ich zu Bett. Ich habe kaum geschlafen.

Um sechs stand ich auf. Ich weckte Paul, ich packte meinen Koffer, und zwei Stunden später stiegen wir in den Zug nach Frankreich.

III

Nun aber geschah es, daß ich im folgenden Jahr um die gleiche Zeit wie von einem periodischen Fieber abermals von dem Wunsch gepackt wurde, Italien kennenzulernen. Ich entschloß mich auf der Stelle zu der Reise, denn in Florenz, Venedig und Rom gewesen zu sein gehört zur Bildung jedes wohlerzogenen Menschen. Überdies gewinnt man auf diese Weise für die Gesellschaft eine Fülle von Unterhaltungsgegenständen und kann mit banalen Kunsturteilen um sich werfen, die stets wie etwas Tiefsinniges wirken.

Diesmal reiste ich allein, und ich langte zur gleichen Stunde wie im Vorjahr in Genua an, wenn auch ohne Reiseabenteuer. Ich stieg im gleichen Hotel ab und bekam zufällig das gleiche Zimmer!

Aber kaum lag ich im Bett, als die Erinnerung an Francesca, die übrigens schon seit dem Vortag unbestimmt durch meine Gedanken geglitten war, mich mit sonderbarer Hartnäckigkeit zu durchspuken begann. Kennen Sie dies Besessensein durch eine Frau, lange nachher, wenn man an die Stätten zurückkehrt, wo man sie geliebt und besessen hat?

Das ist eins der heftigsten und quälendsten Gefühle, die ich kenne. Man meint, jeden Augenblick müsse sie hereinkommen, lächeln, die Arme ausbreiten. Man hat ihr zugleich flüchtiges und scharf umrissenes Bild vor Augen; es schwebt vorüber, kommt wieder und verschwindet. Sie martert einen wie ein Nachtmahr, sie klammert sich fest, das Herz ist einem voll von ihr, ihre unwirkliche Gegenwart zaubert Aufruhr in die Sinne. Man meint sie leibhaftig zu sehen, der Duft ihres Parfüms verfolgt einen, auf den Lippen verspürt man den Geschmack ihrer Küsse und auf der Haut das Sichanschmiegen ihres Körpers. Dabei ist man allein, und man weiß es genau; dennoch leidet man unter den seltsamen Verwirrungen, die dieses zum Leben erweckte Phantom in einem schafft. Und es überkommt einen eine schwere, herzerregende Traurigkeit. Man meint, man sei unmittelbar zuvor auf ewig verlassen worden. Alle Dinge, die man um sich hat, gewinnen eine trostlose Nebenbedeutung; sie flößen der Seele, dem Herzen ein schauerliches Gefühl der Vereinsamung, der Verlassenheit ein. Ach! Man sollte niemals die Stadt, das Haus, das Zimmer, den Wald, den Garten, die Bank wiedersehen, wo man eine geliebte Frau in den Armen gehalten hat!

Wie gesagt, die ganze Nacht hindurch wurde ich von der Erinnerung an Francesca verfolgt; und nach und nach bemächtigte sich meiner der Wunsch, sie wiederzusehen – ein Wunsch, der anfangs wirr war, dann aber immer lebhafter wurde, schneidender, brennender. Und ich beschloß, den nächsten Tag über in Genua zu bleiben und zu versuchen, sie wiederzufinden. Wenn es mir nicht gelang, so konnte ich ja mit dem Abendzug weiterreisen.

Als es also Morgen war, begab ich mich auf die Suche. Ich erinnerte mich deutlich der Weisungen, die sie mir gegeben, als sie mich verlassen hatte: Via Vittorio-Emanuele, Passagio Falcone, Transito San Raffaele, Haus des Möbelhändlers, hinten im Hof das Haus rechts.

Nicht ohne Mühe fand ich das alles und klopfte an die Tür einer Art verfallenen Gartenhäuschens. Eine dicke Frau öffnete, die früher einmal sehr hübsch gewesen sein mußte, die jetzt jedoch nichts als außerordentlich schmutzig war. Obwohl sie über die Maßen dick war, hatte sie sich einige Züge von bemerkenswerter Majestät bewahrt. Ihr ungekämmtes Haar fiel ihr in Lokken in die Stirn und auf die Schultern, und in dem weiten, mit Flecken besäten Morgenrock sah man ihren dicken, schlampigen Körper wogen. Um den Hals trug sie eine enorme Talmikette und um die Handgelenke zwei sehr hübsche Armbänder aus Genueser Filigran.

Mit feindseliger Miene fragte sie: ›Was wünschen Sie?‹

Ich antwortete: ›Wohnt hier vielleicht Signorina Francesca Rondoli?‹

›Was wollen Sie denn von ihr?‹

›Ich hatte das Vergnügen, ihr im vergangenen Jahr zu begegnen, und ich hätte sie nur zu gern wiedergesehen.‹

Die alte Frau musterte mich mißtrauischen Blickes: ›Sagen Sie mir, wo Sie sie getroffen haben.‹

›Ja, hier, in Genua!‹

›Wie heißen Sie?‹

Ich zögerte eine Sekunde, dann sagte ich meinen Namen.

Kaum hatte ich ihn ausgesprochen, als die Italienerin die Arme ausbreitete, als wolle sie mich umhalsen: ›Ach! Sie sind der Franzose! Wie freue ich mich, Sie kennenzulernen! Wie freue ich mich! Aber was für einen Kummer haben Sie dem armen Kind gemacht! Einen vollen Monat hat sie auf Sie gewartet, ja, einen vollen Monat! Am ersten Tag hat sie geglaubt, Sie würden kommen und sie holen. Sie hatte nur sehen wollen, ob Sie sie wirklich liebten! Wenn Sie wüßten, wie sie geweint hat, als sie begriff, Sie würden nicht kommen. Ja, aus tiefstem Herzensgrund hat sie geweint. Und dann ist sie im Hotel gewesen. Sie waren abgereist.

Da hat sie geglaubt, Sie machten Ihre Italienreise und würden bei der Rückfahrt wieder über Genua kommen und sie dann holen, weil sie ja doch nicht hat mit Ihnen reisen wollen. Und sie hat gewartet, länger als einen Monat; und sie ist sehr traurig gewesen, wirklich, sehr traurig. Ich bin ihre Mutter!‹

Ich fühlte mich ein bißchen verwirrt. Indessen gewann ich schnell meine Sicherheit zurück und fragte: ›Ist sie denn jetzt hier?‹

›Nein, sie ist in Paris, mit einem Maler, einem reizenden jungen Herrn, der sie sehr lieb hat, der sie über die Maßen lieb hat und ihr alles schenkt, was sie will. Sehen Sie nur, was sie ihrer Mutter geschickt hat. Hübsch, nicht wahr?‹ Und sie zeigte mir mit durchaus südlicher Lebhaftigkeit ihre schweren Armringe und die gewichtige Halskette. Sie fuhr fort: ›Ich habe auch noch zwei Ohrringe mit Steinen und ein Seidenkleid und Ringe; aber das alles trage ich nicht morgens, das lege ich erst nachher an, wenn ich Toilette mache. Oh, sie ist jetzt sehr, sehr glücklich. Wie wird sie sich freuen, wenn ich ihr schreibe, daß Sie gekommen sind. Aber kommen Sie doch herein und nehmen Sie Platz. Kommen Sie, ich muß Ihnen doch etwas anbieten.‹

Ich dankte; ich wollte nun doch mit dem ersten Zug weiterreisen. Aber sie hatte mich beim Arm ergriffen, zog mich mit sich und sagte abermals: ›Kommen Sie doch, ich muß ihr doch sagen können, Sie seien bei uns in der Wohnung gewesen.‹

Und so ging ich denn in ein kleines, ziemlich dunkles Zimmer, dessen Mobiliar aus einem Tisch und ein paar Stühlen bestand.

Sie sagte: ›Oh, sie ist jetzt sehr, sehr glücklich. Als Sie sie in der Eisenbahn kennenlernten, hatte sie einen großen Kummer. Ihr Freund hatte sie in Marseille verlassen. Und nun fuhr sie nach Haus, das arme Kind. Sie hat Sie auf der Stelle sehr gern gehabt, aber sie war noch ein bißchen traurig, wissen Sie. Jetzt fehlt ihr nichts; sie schreibt mir von allem, was sie tut. Er heißt Bellemin. Es heißt, er gelte bei Ihnen als ein großer Maler. Er hat sie kennengelernt, als er hier vorbeigekommen ist, auf der Straße, ja, tatsächlich, auf der Straße, und auf den ersten Blick hat er sie geliebt. Aber darf ich Ihnen vielleicht ein Glas Sciroppo anbieten? Er ist sehr gut. Sind Sie dieses Jahr allein?‹

Ich antwortete: ›Ja, ich bin ganz allein.‹ Ich fühlte mich jetzt zum Lachen aufgelegt, und die Lachlust wurde immer größer; meine Enttäuschung verflog angesichts der Erklärungen der Mutter Rondoli. Ich mußte ein Glas Sciroppo trinken.

Sie fuhr fort: ›Wie? Ganz allein sind Sie? Oh, jetzt bin ich beinah böse, daß Francesca nicht hier ist; sie hätte Ihnen Gesellschaft geleistet, solange Sie in unserer Stadt weilen. Es ist traurig, wenn man ganz allein spazierengehen muß; es wird ihr sicherlich sehr leid tun.‹

Doch dann, als ich aufstand, rief sie: ›Aber vielleicht ist es Ihnen recht, wenn Carlotta mit Ihnen geht. Sie kennt alle Spazierwege vortrefflich. Das ist nämlich meine andere Tochter, die zweite.‹

Zweifellos nahm sie meine Verblüffung als Zustimmung, stürzte auf die ins Hausinnere führende Tür zu, öffnete sie und rief in die Dunkelheit eines unsichtbaren Treppenschachtes hinein: ›Carlotta! Carlotta! Komm schnell mal herunter, ganz schnell, mein geliebtes Kind!‹

Ich wollte Einwendungen machen; sie ließ es nicht zu: ›Nein, sie soll Ihnen Gesellschaft leisten; sie ist sehr nett und viel lustiger als die andere; sie ist ein gutes Mädchen, ein sehr gutes Mädchen, und ich habe sie sehr lieb.‹

Ich hörte auf den Stufen das Schlappen abgetretener Sohlen; und ein hochgewachsenes Mädchen erschien, braun, schmal und hübsch, aber ebenfalls ungekämmt; unter dem alten Kleid der Mutter ließ sie einen jungen, elastischen Körper ahnen.

Signora Rondoli setzte ihr meine Lage auseinander: ›Das ist Francescas Franzose, der vom letzten Jahr, weißt du. Er hat sie abholen wollen; er ist mutterseelenallein, der arme Herr. Da habe ich ihm denn gesagt, du würdest mit ihm gehen und ihm Gesellschaft leisten.‹

Carlotta musterte mich mit ihren schönen braunen Augen; dann fing sie zu lächeln an und flüsterte: ›Wenn er Lust hat – ich möchte schon.‹

Wie hätte ich da nein sagen können? Ich erklärte: ›Freilich möchte ich!‹

Da schubste Signora Rondoli sie hinaus: ›Zieh dich an, aber

fix, fix; du ziehst dein blaues Kleid an und setzt den Hut mit den Blumen auf; los, beeil dich!‹

Als die Tochter draußen war, erklärte sie mir: ›Ich habe noch zwei, aber die sind noch jünger. Das kostet etwas, lassen Sie's gut sein, vier Kinder aufzuziehen! Glücklicherweise ist die älteste gegenwärtig unter Dach.‹ Und dann erzählte sie mir ihre Lebensgeschichte, von ihrem toten Mann, der Eisenbahnbeamter gewesen war, und von allen guten Eigenschaften ihrer zweiten Tochter Carlotta.

Die kam wieder, mit dem gleichen Geschmack wie die ältere gekleidet, in einer auffälligen und sonderbaren Gewandung. Die Mutter schaute sie prüfend vom Kopf bis zu den Füßen an, fand, daß sie ihren Anforderungen entspreche, und sagte zu uns: ›Nun geht, ihr lieben Kinder.‹ Darauf wandte sie sich der Tochter zu: ›Vor allem komm heut abend nicht später als um zehn nach Haus; du weißt, daß die Haustür zugeschlossen wird.‹

Carlotta antwortete: ›Keine Angst, Mama.‹

Sie nahm meinen Arm, und so lief ich denn mit ihr durch die Straßen, wie ich es im Jahr zuvor mit ihrer Schwester getan hatte.

Zum Mittagessen ging ich ins Hotel; dann fuhr ich mit meiner neuen Freundin nach Santa Margarita und wiederholte auf diese Weise die letzte Spazierfahrt, die ich mit Francesca unternommen hatte.

Und am Abend ging sie nicht nach Haus, obwohl die Haustür um zehn Uhr verschlossen wurde.

Und während der vierzehn Tage, die zu meiner Verfügung standen, fuhr ich mit Carlotta in der Umgebung von Genua spazieren. Sie ließ mir nicht sehr viel Sehnsucht nach der andern.

Am Morgen meiner Abreise verging sie in Tränen; ich schenkte ihr ein Andenken und vier Armbänder für ihre Mutter.

Und ich habe die feste Absicht, dieser Tage abermals nach Italien zu reisen, wobei ich mit einer gewissen Unruhe, in die sich Hoffnungen mischen, bedenken muß, daß Signora Rondoli noch zwei Töchter hat.«

Übertragen von Ernst Sander

Die Ideen des Obersts

Französischer Titel: Les Idées du Colonel
Erstdruck: Le Gaulois, 9. Juni 1884

»Auf Ehre«, sagte Oberst Laporte, »ich bin alt, ich habe die Gicht, meine Beine sind steif wie Zaunpfähle, aber wenn eine Frau, eine hübsche Frau mir den Befehl gäbe, durch ein Nadelöhr zu kriechen, glaube ich, daß ich hindurchspränge wie ein Clown durch den Reifen. So wird es bis zu meinem Tode sein; es liegt mir nun mal im Blut. Ich bin ein alter Schwerenöter, ein alter Herr von der alten Schule. Der Anblick einer Frau, einer hübschen Frau, geht mir durch und durch, bis in die Reitstiefel. So ist es, und so bleibt es.

Im übrigen sind wir in Frankreich samt und sonders so oder beinah so, meine Herren. Wir bleiben dennoch Kavaliere, Kavaliere der Liebe und des Zufalls, da ja Gott abgeschafft worden ist – dessen Leibwächter wir im wahrsten Sinne des Wortes waren.

Aber die Frau, sehen Sie, die wird man uns nie aus dem Herzen reißen. Sie ist darin und bleibt darin. Wir lieben sie, wir werden sie immer lieben, wir werden um ihretwillen sämtliche Tollheiten und Torheiten begehen, solange es auf der Karte von Europa ein Frankreich gibt. Und selbst wenn Frankreich beiseite geschafft werden sollte, werden immer noch Franzosen übrigbleiben.

Vor den Augen einer Frau, einer hübschen Frau, fühle ich mich zu allem fähig. Sapristi! Wenn ich ihren Blick in mich eindringen fühle, ihren gottverdammten Blick, der einem Feuer in die Adern gießt, habe ich zu wer weiß was Lust: mich zu schlagen, zu kämpfen, Möbelstücke zu zerdeppern, zu zeigen, daß ich der stärkste bin, der tapferste, der kühnste und der aufopferungsfähigste aller Männer.

Aber damit stehe ich nicht allein da, wahrhaftig nicht; die ganze französische Armee ist wie ich, das schwöre ich Ihnen. Vom Rekruten bis zum General gehen wir durch dick und dünn, wenn es sich um eine Frau handelt, eine hübsche Frau. Bedenken Sie, was Jeanne d'Arc uns in alten Zeiten hat vollbringen lassen. Jede Wette: Wenn eine Frau, eine hübsche Frau am Abend vor Sedan, als Marschall Mac-Mahon verwundet worden war, den Oberbefehl übernommen hätte, dann hätten wir die preußischen Linien durchbrochen und aus ihren Kanonenrohren Schnaps gesoffen, zum Teufel noch mal!

In Paris wäre kein Trochu* am Platz gewesen, sondern eine heilige Genoveva.

Grade fällt mir ein kleines Begebnis ein, das vortrefflich beweist, daß wir alles, schlechthin alles fertigbringen, wenn eine Frau dabei zuschaut.

Ich war damals Hauptmann, ein ganz gewöhnlicher Hauptmann, und ich hatte eine Sicherungsabteilung unter mir; sie sollte sich mitten in einem von den Preußen besetzten Gebiet geordnet zurückziehen. Wir wurden eingekreist, verfolgt, gehetzt; wir waren völlig stumpf geworden und kamen beinah um vor Erschöpfung und Hunger.

Nun aber mußten wir unbedingt vor Anbruch des nächsten Tages Bar-sur-Tain erreichen, wenn wir nicht völlig aufgerieben, abgeschnitten und niedergemetzelt werden wollten. Wie wir überhaupt bis dahin durchgekommen sind? Keine Ahnung! Wir hatten also während der Nacht zwölf Meilen hinter uns zu bringen, zwölf Meilen durch Schnee und bei Schneefall, mit leerem Bauch. Ich selber dachte: Aus und vorbei; meine armen Kerle kommen niemals hin.

Seit dem Vortag hatten wir nichts gegessen. Den ganzen Tag über hielten wir uns in einer Scheune versteckt, einer eng an den andern gedrängt, damit wir es weniger kalt hatten; wir konnten weder reden noch uns rühren, und wir schliefen immer nur stoß- und ruckweise, wie man schläft, wenn man vor Erschöpfung vollkommen erledigt ist. Um fünf wurde es Nacht, eine bleifahle Schneenacht. Ich rüttelte meine Leute hoch. Viele wollten überhaupt nicht aufstehen; sie konnten weder ein Glied rühren noch

* Louis-Jules Trochu (1815–96), französischer General, 1870 Präsident der Regierung der Nationalen Verteidigung und Gouverneur von Paris, trat schon vor der Kapitulation der Stadt zurück. (Anmerkung des Übersetzers)

aufrecht stehen, so steif waren ihnen die Gelenke vor Frost und allem übrigen.

Vor uns die Ebene, eine verdammte Schneppe von Ebene, ganz nackt, und darauf rieselte der Schnee nieder. Das fiel und fiel, dicht wie ein Vorhang, diese weißen Flocken, die alles mit einem schweren, eisigen, dicken, toten Mantel einhüllen, der reinsten mit Eiswolle gestopften Matratze. Man hätte meinen können, man sei am Ende der Welt.

›Los, Jungs, ohne Tritt marsch.‹

Sie sahen sich das an, diesen weißen, von oben her niederfallenden Staub, und sie schienen zu denken: Schnauze voll; lieber hier verrecken.

Da zog ich meinen Revolver: ›Den ersten, der schlappmacht, lege ich um!‹

Und da setzten sie sich denn in Marsch, ganz langsam, wie Menschen, deren Beine zu nichts mehr nütze sind.

Vier schickte ich als Vorhut etwa dreihundert Meter voraus; dann kamen die übrigen, ein Sauhaufen, ohne Marschordnung, je nachdem sie abgekämpft waren oder größere oder kleinere Schritte machten. Die kräftigsten ließ ich eine Art Nachhut bilden, mit dem Befehl, den Nachzüglern mit Bajonettstößen in den Rücken Beine zu machen.

Der Schnee schien uns bei lebendigem Leib begraben zu wollen; er überpuderte die Käppis und die Mäntel, ohne darauf zu schmelzen; er machte aus uns Gespenster, Geister toter, müder Soldaten.

Ich sagte mir: ›Hier kommen wir niemals heraus, wenn nicht ein Wunder geschieht.‹

Dann und wann wurde für ein paar Minuten Rast gemacht, derentwegen, die nicht folgen konnten. Dann war nur das vage Niedergleiten des Schnees zu hören, jenes fast unfaßliche Geräusch, das durch das Sichscheuern und Durcheinanderstieben all der fallenden Flocken entsteht. Ein paar der Männer schüttelten sich, andere rührten sich überhaupt nicht.

Dann gab ich den Befehl zum Weitermarsch. Die Gewehre wurden wieder geschultert, und in schlappster Haltung ging es weiter.

Plötzlich blieb die Vorhut zurück. Etwas beunruhigte sie. Ich sah, wie die vier Männer dastanden und miteinander redeten. Ich schickte einen Sergeanten und sechs Mann vor und wartete ab.

Da gellte ein schriller Schrei, ein Frauenschrei, durch die lastende Schneestille, und nach ein paar Minuten wurden mir zwei Gefangene vorgeführt, ein alter Herr und ein junges Mädchen.

Ich vernahm sie mit leiser Stimme. Sie waren auf der Flucht vor den Preußen, die am Abend ihr Haus besetzt hatten und betrunken gewesen waren. Der Vater hatte Angst um seine Tochter gehabt, und ohne auch nur der Dienerschaft Bescheid zu sagen, waren sie beide mitten in der Nacht davongelaufen.

Ich merkte sofort, daß es harmlose Bürgersleute waren, vielleicht sogar etwas Besseres als Bürger. ›Sie kommen mit uns‹, sagte ich ihnen.

Es ging weiter. Da der alte Herr sich in der Gegend auskannte, führte er uns. Der Schneefall hörte auf; die Sterne erschienen, und es wurde grimmig kalt.

Das junge Mädchen hatte den Vater untergehakt und ging mit unregelmäßigen Schritten, überängstlichen Schritten. Mehrmals flüsterte sie: ›Ich spüre meine Füße nicht mehr‹, und ich litt mehr als sie, weil ich mitansehen mußte, wie dies arme kleine Frauenwesen sich durch den Schnee schleppte.

Mit einemmal blieb sie stehen. ›Vater‹, sagte sie, ›ich bin so erschöpft, daß ich nicht mehr weiterkann.‹

Der alte Herr wollte sie tragen; aber er konnte sie nicht mal hochheben, und sie sank zu Boden und stöhnte dabei tief auf.

Wir standen im Kreis um sie herum. Ich trat auf der Stelle; ich wußte nicht, was ich tun sollte, und den Entschluß, den Mann und das Kind einfach liegen zu lassen, brachte ich nicht über mich.

Da sagte einer meiner Männer, ein Pariser mit dem Spitznamen ›Praktikus‹: ›Los, Kameraden, wir müssen einfach das Fräulein da tragen, sonst sind wir keine Franzosen mehr, verdammt noch mal!‹

Ich glaube, Ehrenwort, daß ich vor Freude geflucht habe!

›Himmelherrgottnochmal, das ist aber nett von euch, Jungs. Und ich will auch mitanfassen.‹

Links von uns war in der Dunkelheit unbestimmt ein Wäldchen zu erkennen. Ein paar von meinen Männern gingen hin und kamen bald mit einem Bündel Zweigen zurück, die zu einer Bahre zusammengeschnürt wurden.

›Wer leiht seinen Mantel her?‹ rief Praktikus. ›Es ist für ein schönes Mädchen, ihr Brüder!‹

Und sofort fielen zehn Mäntel rings um den Soldaten nieder. Innerhalb einer Sekunde wurde das Mädchen in die warmen Bekleidungsstücke gewickelt und gebettet und auf sechs Schultern davongetragen. Ich hatte den Platz vorn rechts genommen und war, weiß Gott, recht froh über meine Last.

Beim Weitermarsch war es, als hätten wir einen Schluck Wein getrunken; es ging jetzt beherzter und schneller vorwärts. Da sehen Sie es: Eine Frau genügt – dann sind die Franzosen wie elektrisiert.

Die Soldaten fühlten sich neu belebt; es war ihnen wärmer geworden, und so stellte sich beinahe eine Marschordnung her. Ein alter Freischärler, der hinter der Bahre herging und auf den ersten wartete, der nicht mehr konnte, um an seine Stelle zu treten, flüsterte seinem Nebenmann zu, so laut, daß ich es hören konnte: ›Ich bin nicht mehr der Jüngste; aber diese Biester, diese Weiber, nur die bringen es fertig, daß einem das Herz im Leib höher schlägt!‹

Bis drei Uhr morgens rückten wir fast ohne Rastpause vorwärts. Da blieben plötzlich die von der Vorhut abermals stehen, und bald lag die ganze Abteilung am Boden im Schnee und bildete nur noch einen umrißlosen dunklen Fleck.

Leise gab ich Befehle und hörte hinter mir das trockene, metallische Klappern der Gewehrschlösser; es wurde geladen.

Hinten auf der Ebene bewegte sich etwas Merkwürdiges. Man hätte es für ein laufendes Riesentier halten können, das sich ausdehnte wie eine Schlange oder sich zur Kugel zusammenballte, jäh bald nach rechts, bald nach links vorschnellte; innehielt, dann weiterlief.

Plötzlich kam diese unstete Gestalt näher; ich sah in scharfem

Trab, einen hinter dem andern, zwölf versprengte Ulanen herankommen, die ihren Weg suchten.

Jetzt waren sie so nahe, daß ich deutlich das Schnaufen der Pferde hörte, das Eisengeklapper der Säbel und das Knirschen der Sättel.

Ich schrie: ›Feuer!‹

Und fünfzig Gewehrschüsse knallten durch die Nachtstille. Noch vier oder fünf Schüsse knallten nach; dann ein letzter ganz allein; und als das Geblendetsein durch das aufflammende Pulver von uns wich, sahen wir, daß sämtliche zwölf Männer und neun Pferde gefallen waren. Drei Pferde stoben in wütendem Galopp davon, und eins schleppte mit verzweifelten Sprüngen die am Steigbügel hängende Leiche seines Reiters nach.

Hinter mir lachte ein Soldat ein gräßliches Lachen. Ein anderer sagte: ›Das hat Witwen gegeben!‹ Vielleicht war er verheiratet. Ein dritter sagte noch: ›Ging im Handumdrehn.‹

Auf der Bahre hob sich ein Kopf: ›Was ist denn?‹ fragte sie. ›Wird gekämpft?‹

Ich antwortete: ›Nur eine Kleinigkeit. Wir haben gerade ein Dutzend Preußen erledigt!‹

Sie flüsterte: ›Die armen Menschen!‹ Doch da es sie fror, verschwand sie wieder unter den Mänteln.

Es ging weiter. Noch ein langer Marsch wurde zurückgelegt. Endlich wurde der Himmel blasser. Nach und nach färbte der Schnee sich heller, lichter, leuchtender; im Osten zeigte sich ein rosa Schein.

Eine ferne Stimme rief: ›Wer da?‹

Die ganze Abteilung machte halt; ich ging vor und sagte, wer wir seien.

Wir waren an den französischen Linien angelangt.

Als meine Männer an der Feldwache vorüberzogen, fragte ein berittener Major, dem ich kurz zuvor gemeldet hatte, als er die Bahre vorüberschwanken sah, mit dröhnender Stimme: ›Was haben Sie denn da drin?‹

Sogleich erschien ein Gesichtchen mit wirrem Blondhaar, das lächelte und antwortete: ›Mich!‹

Da mußten die Männer lachen, und in alle Herzen zog Freude ein.

Und Praktikus, der neben der Bahre marschierte, schwenkte sein Käppi und rief laut: ›Hoch Frankreich!‹

Und ich, warum, das weiß ich nicht, fühlte mich ganz erschüttert, so nett und galant fand ich das.

Mir war, als hätten wir das Land gerettet, als hätten wir etwas getan, das andere nicht fertiggebracht haben würden, etwas Schlichtes und wahrhaft Patriotisches.

Jenes Gesichtchen, sehen Sie, das werde ich nie vergessen; und wenn ich je meine Meinung abgeben müßte, ob Trommeln und Trompeten abgeschafft werden sollten, so würde ich vorschlagen, sie bei jedem Regiment durch ein hübsches Mädchen zu ersetzen. Das würde noch bessere Wirkung haben, als das Spielen der ›Marseillaise‹. Herrgott noch mal, wie würde das den alten Frontschweinen in die Knochen fahren, wenn sie eine solche Madonna, eine lebendige Madonna, an der Seite ihres Kommandeurs sähen!«

Er schwieg eine kurze Weile; dann nickte er und sagte mit überzeugter Miene: »Ganz egal – wir Franzosen, wir schwärmen nun mal für die Frauen!«

Übertragen von Irma Schauber

Papa Bonifaces Verbrechen

Französischer Titel: Le Crime du Père Boniface
Erstdruck: Le Gil-Blas, 24. Juni 1884

Als der Briefträger Boniface an jenem Tag aus dem Posthaus herauskam, stellte er fest, daß sein Rundgang heute weniger lang werde als sonst, und darüber empfand er große Freude. Er hatte den Landbezirk rings um den Marktflecken Vireville zu betreuen, und wenn er abends mit langen, müden Schritten heimkam, hatte er bisweilen mehr als vierzig Kilometer hinter sich gebracht. Die Verteilung würde also schnell vonstatten gehen; er konnte sogar unterwegs ein bißchen trödeln und gegen drei Uhr nachmittags wieder zu Hause sein. Feine Sache!

Er verließ den Marktflecken auf dem Weg nach Sennemare und begann mit dem Austragen der Post. Es war Juni, der grüne, überblühte Monat, der beste Monat für das flache Land.

Der Mann in seinem blauen Kittel und dem schwarzen Käppi mit der roten Litze schritt auf schmalen Pfaden durch Rapsfelder, Hafer- und Weizenfelder; das Getreide reichte ihm bis an die Schultern, und sein über die Ähren hinausragender Kopf schien auf einem stillen, grünenden Meer zu schwimmen, das eine leichte Brise weich wellte.

Er betrat die Bauernhöfe durch das Holztor in den Grenzböschungen, die von einer Doppelreihe von Buchen beschattet wurden; er begrüßte den Bauern mit Namen: »Tag, Meister Chicot« und reichte ihm seine Zeitung, »Le petit Normand«. Der Bauer wischte sich die Hand am Hosenboden ab, nahm das Blatt, schob es in die Tasche, um es später, nach dem Mittagessen, in aller Behaglichkeit zu lesen. Der in einer Tonne am Fuß eines schiefstehenden Apfelbaums hausende Hund bellte wütend und zerrte an seiner Kette, und der Landbriefträger nahm, ohne sich umzuschauen, seinen militärischen Schritt wieder auf, schnellte die langen Beine vor, den linken Arm auf seiner Posttasche, in der rechten Hand den Stock schwingend, der gleich ihm regelmäßig und eilig einherschritt.

Er verteilte seine Drucksachen und seine Briefe im Weiler Sennemare; dann schritt er wieder durch die Felder, um dem Steuereinnehmer die Post zu bringen; der wohnte in einem etwa ein Kilometer vom Dorf entfernt liegenden, einsamen Häuschen.

Es war ein neuer Steuereinnehmer; er hieß Monsieur Chapatis, war erst letzte Woche gekommen und seit kurzem verheiratet.

Er bekam eine Pariser Zeitung, und wenn er gerade Zeit hatte, warf Briefträger Boniface manchmal einen Blick in das Blatt, ehe er es dem Empfänger aushändigte.

So machte er denn also seine Posttasche auf, nahm das Blatt, schob es aus dem Streifband, faltete es auseinander und begann im Gehen zu lesen. Die erste Seite interessierte ihn nicht; die Politik ließ ihn kalt; auch über den Handelsteil ging er hinweg, aber an den vermischten Nachrichten begeisterte er sich.

An jenem Tag hatten sie es in sich. Über die Meldung von einem in einem Forsthaus begangenen Mord regte er sich sogar so auf, daß er mitten in einem Kleefeld stehen blieb, um sie langsam ein zweites Mal zu lesen. Es waren grauenhafte Einzelheiten. Ein morgens an dem Forsthaus vorbeifahrender Holzfäller hatte auf der Schwelle etwas Blut wahrgenommen, als habe jemand Nasenbluten gehabt. Da hat der Förster gestern abend ein Kaninchen geschossen, hatte er gedacht; aber bei näherem Zusehen war ihm aufgefallen, daß die Tür halb offenstand und daß das Schloß aufgebrochen worden war.

Da hatte er es mit der Angst bekommen und war ins Dorf gelaufen, um dem Bürgermeister Bescheid zu sagen; der hatte den Feldhüter und den Lehrer als Verstärkung geholt, und die vier Männer waren wieder hingegangen. Sie hatten den Förster mit abgeschnittenem Hals vor dem Kamin vorgefunden, seine Frau erdrosselt unter dem Bett und die kleine zehnjährige Tochter zwischen zwei Matratzen erstickt.

Briefträger Boniface war dermaßen erschüttert über diesen Mordfall, dessen grauenhafte Begleitumstände er sich einen nach dem andern ausmalte, daß er spürte, wie er in den Knien weich wurde, und ganz laut sprach er vor sich hin: »Verdammt noch mal, was für Kanaillen es doch gibt!« Dann schob er die Zeitung wieder in das Streifband und ging weiter, den Kopf voll von Bildern des Verbrechens. Bald langte er an Monsieur Chapatis' Grundstück an; er machte die Tür des kleinen Gartens auf und ging auf das Haus zu. Es war ein niedriges Bauwerk und bestand nur aus dem Erdgeschoß und dem darübergestülpten Mansardendach. Vom nächsten Haus lag es mindestens fünfhundert Meter ab.

Der Briefträger stieg die beiden Stufen der Eingangstreppe hinauf, legte die Hand auf die Klinke, versuchte die Tür zu öffnen und stellte fest, daß sie abgeschlossen sei. Dann fiel ihm auf, daß die Laden noch nicht geöffnet waren und daß am heutigen Tag noch keiner auf war.

Unruhe überkam ihn, denn seit seiner Ankunft war Monsieur Chapatis immer beizeiten aus den Federn gewesen. Boniface zog seine Taschenuhr hervor. Es war erst zehn Minuten nach sieben; er war also etwa eine Stunde früher als sonst gekommen. Das machte nichts; der Steuereinnehmer hätte schon auf sein müssen.

Darauf unternahm er einen Rundgang um das Haus, und zwar äußerst vorsichtig, als hätte irgendeine Gefahr bestanden. Es fiel ihm nichts Verdächtiges auf, nur Männerfußspuren in einem Erdbeerbeet.

Plötzlich jedoch, als er an einem Fenster vorbeiging, blieb er starr stehen, gelähmt vor Angst. Im Haus hatte jemand gestöhnt.

Er trat heran, stieg mit einem langen Schritt über eine Thymianeinfassung hinweg und lehnte das Ohr an den Laden, um besser zu hören; ganz bestimmt: Es stöhnte wer. Deutlich hörte er langgezogene, schmerzliche Seufzer, eine Art Röcheln, Geräusche wie von einem Ringkampf. Dann wurde das Stöhnen lauter, häufiger, schärfer ausgeprägt; es verwandelte sich in Schreie.

Da zweifelte Boniface nicht mehr daran, daß im gegenwärtigen Augenblick bei dem Steuereinnehmer eine Untat verübt werde; mit langen Schritten hastete er davon, durch den kleinen Garten; er rannte über die Felder, zwischen dem hochstehenden Getreide hindurch; er geriet völlig außer Atem; die Posttasche schlug ihm ins Kreuz, und so kam er ausgepumpt, keuchend, außer sich an der Tür der Gendarmerie an.

Wachtmeister Malautor war gerade dabei, mit Nägeln und Hammer einen schadhaften Stuhl zu reparieren. Gendarm Rautier hielt das havarierte Möbelstück zwischen den Beinen und hielt einen Nagel an den Rand der Bruchstelle; dann schlug der Wachtmeister sämtliche Hammerschläge auf die Finger seines Untergebenen, kaute dabei auf seinem Schnurrbart herum und hatte vor angestrengter Aufmerksamkeit runde, feuchte Augen.

Sobald er sie vor sich sah, rief der Briefträger: »Kommt schnell, der Steuereinnehmer wird ermordet, schnell, schnell!«

Die beiden Männer unterbrachen ihre Arbeit und hoben die Köpfe, mit den verwunderten Gesichtern von Leuten, die überrumpelt und gestört werden.

Als Boniface merkte, daß sie mehr verdutzt waren als sich beeilten, sagte er nochmals: »Schnell, schnell! Die Spitzbuben sind im Haus, ich habe Schreie gehört, es ist höchste Zeit.«

Der Wachtmeister legte seinen Hammer zu Boden und fragte: »Wer hat Ihnen Kenntnis von dem Vorfall gegeben?«

Der Briefträger antwortete: »Ich mußte die Zeitung und zwei Briefe hintragen, da habe ich gemerkt, daß die Tür verschlossen und der Steuereinnehmer noch nicht aufgestanden war. Ich bin um das Haus herumgegangen, um festzustellen, was los sei, und da habe ich ein Stöhnen gehört, als ob jemand erwürgt oder als ob ihm der Hals abgeschnitten würde, und da bin ich so schnell wie möglich hergelaufen, um Sie zu holen. Es ist höchste Zeit!«

Der Wachtmeister stand auf und fragte: »Und Sie haben nicht persönlich Hilfe geleistet?«

Der bestürzte Briefträger antwortete: »Ich fürchtete, dazu sei ich nicht in genügender Anzahl vorhanden.«

Da verkündete der überzeugte Gendarm: »Warten Sie, bis ich mich angezogen habe; dann komme ich mit.«

Und damit ging er in die Gendarmerie, und sein Gendarm folgte ihm und trug den Stuhl hinein.

Unmittelbar danach erschienen sie wieder, und alle drei setzten sich im Gleichschritt in Marsch nach der Stätte des Verbrechens.

Als sie bei dem Haus anlangten, verminderten sie bedachtsam das Tempo, und der Wachtmeister zog den Revolver; dann drangen sie vorsichtig in den Garten ein. Keine neue Spur wies auf ein Entkommen des Übeltäters hin. Die Tür war nach wie vor verschlossen, die Laden dicht.

»Wir schnappen sie«, flüsterte der Wachtmeister.

Der vor Aufregung zitternde Papa Boniface führte sie auf die andere Hausseite und deutete auf einen Fensterladen. »Da ist es«, sagte er.

Und der Wachtmeister ging ganz allein weiter vor und legte das Ohr gegen das Holz. Die beiden andern warteten, auf alles gefaßt, und ließen ihn nicht aus den Augen.

Eine ganze Weile blieb er reglos stehen und horchte. Um besser mit dem Kopf an den hölzernen Laden heranzukommen, hatte er seinen Dreispitz abgesetzt; er hielt ihn in der rechten Hand.

Was mochte er hören? Sein unbewegtes Gesicht verriet nichts; aber plötzlich sträubte sich sein Schnurrbart, seine Backen legten sich in Falten wie bei lautlosem Lachen; er trat wieder über die Buchsbaumkante zurück zu den beiden andern, die ihn betreten anstarrten.

Dann machte er ihnen Zeichen, sie sollten mitkommen, und zwar auf den Zehenspitzen; und als sie wieder am Hauseingang standen, forderte er Boniface auf, die Zeitung und die Briefe unter der Tür hindurchzuschieben.

Der Briefträger war sprachlos, gehorchte indessen geflissentlich.

»Und jetzt ohne Tritt marsch«, sagte der Wachtmeister.

Doch sobald sie die Gartentür hinter sich hatten, drehte er sich zu dem Briefträger um und sagte mit spöttischer Miene, spitzbübisch verzogenen Mundwinkeln und aufgerissenen, vor Freude funkelnden Augen: »Sie haben es faustdick hinter den Ohren, was?«

Der Alte fragte: »Wieso denn? Ich habe es doch gehört, ich schwöre Ihnen, daß ich es gehört habe.«

Aber der Gendarm konnte nicht mehr an sich halten und platzte los. Er lachte, daß ihm die Puste wegblieb, hielt sich mit beiden Händen den Bauch, knickte zusammen, Tränen in den Augen, mit schauderhaften Verzerrungen um die Nase. Und die beiden andern schauten ihn ratlos an.

Aber da er weder reden konnte noch zu lachen aufhören noch verständlich machen, was er habe, vollführte er eine Geste, eine volkstümliche, schlüpfrige Geste.

Da er noch immer nicht verstanden wurde, wiederholte er sie ein paarmal und wies mit dem Kopf auf das nach wie vor verschlossene Haus.

Und sein Gendarm, dem jäh ein Licht aufging, platzte ebenfalls los, in einem fürchterlichen Heiterkeitsausbruch.

Der Alte stand mit dummem Gesicht zwischen den beiden sich vor Lachen Biegenden.

Schließlich beruhigte sich der Wachtmeister, versetzte dem Alten einen neckischen Rippenstoß und rief: »O du Witzbold, du verdammter Witzbold, das vergessse ich mein Lebtag nicht, Papa Bonifaces Verbrechen!«

Der Briefträger riß die Augen sperrangelweit auf und sagte noch einmal: »Ich schwöre Ihnen, ich habe es gehört.«

Von neuem fing der Wachtmeister zu lachen an. Der Gendarm hatte sich ins Gras des Chausseegrabens gesetzt, um sich nach Herzenslust winden zu können. »So so, du hast es gehört. Und deine Frau, die schreit und stöhnt wohl auch so, wenn du sie ermordest, alter Witzbold?«

»Meine Frau?« Und er überlegte sich die Sache eine ganze Weile, und dann sagte er: »Meine Frau ... Ja, die brüllt, wenn ich sie verhaue ... Sie brüllt, das kann man schon sagen. Hat denn Monsieur Chapatis seine auch verhauen?«

Da bekam der Wachtmeister einen Tobsuchtsanfall vor Vergnügen, packte ihn an den Schultern, drehte ihn herum wie eine Puppe und flüsterte ihm etwas ins Ohr, daß er dastand wie die Kuh vorm neuen Tor.

Dann aber brummelte der Alte nachdenklich: »Nein ... so nicht ... so nicht ... Meine, die sagt dabei nie was ... Hätte ich nie geglaubt, daß es so was gibt ... Ich hätte darauf geschworen, es sei eine Marterung ...«

Und wirren Kopfes, ganz aus der Fassung gebracht und beschämt nahm er seinen Weg durch die Felder wieder auf, und der Gendarm und der Wachtmeister lachten weiter, riefen ihm von weitem Kasernenzoten zu, die sich gewaschen hatten, und sahen zu, wie sein schwarzes Käppi über dem ruhigen Meer des hochstehenden Getreides sich immer weiter entfernte.

Übertragen von Ernst Sander

Bett 29

Französischer Titel: Le Lit 29
Erstdruck: Le Gil-Blas, 8. Juli 1884,
unter dem Pseudonym »Maufrigneuse«

Wenn Rittmeister Épivent über die Straße ging, drehten alle Frauen sich um. Er stellte tatsächlich den Typus des schönen Husarenoffiziers dar. Deshalb stellte er sich stets zur Schau und brüstete sich unablässig wie ein Pfau, voller Stolz und Voreingenommenheit auf seine Schenkel, seine Taille und seinen Schnurrbart. Schnurrbart, Taille und Schenkel waren übrigens bei ihm großartig entwickelt. Der erstere war blond und sehr kräftig; er fiel von der Lippe martialisch in einem schönen Wulst von der Farbe reifen Weizens nieder, war aber feinhaarig, sorglich gedreht und hing an beiden Mundseiten in zwei mächtigen, wahrhaft kecken Sprossen nieder. Seine Taille war schmal, als trage er ein Korsett, und darüber wölbte sich eine breite, kraftvolle Männerbrust. Seine Schenkel waren wundervoll, die Schenkel eines Athleten, eines Tänzers; ihr muskulöses Fleisch zeichnete unter dem enganliegenden Stoff der roten Hose alle Bewegungen ab.

Beim Gehen tat er wichtig und spreizte Füße und Arme; er hatte den leicht wiegenden Gang des Reiters, der dazu geeignet ist, Beine und Brustkorb zur Geltung zu bringen, der bei Uniformträgern sieghaft wirkt, aber bei Zivilisten ziemlich vulgär.

Wie vielen Offizieren, stand dem Rittmeister Épivent Zivilkleidung schlecht. Trug er einen grauen oder schwarzen Anzug, so sah er bloß aus wie ein Handlungsgehilfe. Aber in großer Uniform wirkte er wie ein Triumphator. Er hatte übrigens einen gut geformten Kopf, eine schmale Hakennase, blaue Augen, eine niedrige Stirn. Aber leider war er kahl, ohne daß er je begriffen hätte, warum ihm die Haare ausgefallen seien. Er tröstete sich mit der Feststellung, daß bei einem großen Schnurrbart ein etwas nackter Schädel gar nicht so übel wirkte.

Er verachtete durchweg alle und jeden, wenngleich mit mancherlei Abstufungen der Verachtung.

Die Bürger existierten für ihn überhaupt nicht. Er betrachtete sie, wie man Tiere betrachtet, ohne ihnen mehr Aufmerksamkeit zu zollen, als man sie Spatzen oder Hühnern gewährt. In der Welt zählten lediglich Offiziere, aber er hegte nicht für alle Offiziere die gleiche Achtung. Letztlich respektierte er nur schöne Männer, da für ihn die wahre, die einzige Qualität eines Militärs das gute Aussehen war. Ein Soldat war ein gesunder, frohgemuter, strammer Kerl, zum Teufel, ein kecker Kerl, dazu geschaffen, in den Krieg zu ziehen und der Liebe zu frönen, ein Mann mit kräftiger Faust und kräftigen Lenden, und weiter gar nichts. Er klassifizierte die Generale der französischen Armee nach ihrer Taille, ihrer Haltung und dem rauhbärtigen Gesichtsausdruck. Bourbaki* war für ihn der größte Kriegsmann unserer Zeit.

Er lachte weidlich über die kurzen, dicken Infanterieoffiziere, die beim Marschieren schnaufen; aber vor allem empfand er eine unbesiegliche Geringschätzung für die armen Schwachmatikusse, die aus der Kriegsschule hervorgegangen waren, diese mageren, bebrillten, linkischen, ungeschickten Männlein, die für die Uniform geschaffen schienen wie ein Kaninchen zum Messelesen, wie er behauptete. Er entrüstete sich, daß diese krüppelhaften Frühgeburten mit den dünnen Beinen, die wie Taschenkrebse marschierten, die nicht tranken, nur wenig aßen und mathematische Gleichungen lieber zu haben schienen als hübsche Mädchen, überhaupt in der Armee geduldet wurden.

Beim schönen Geschlecht hatte Rittmeister Épivent beständig Erfolge, ja, wahre Triumphe.

Jedesmal, wenn er mit einer Frau soupierte, hielt er es für gewiß, daß er die Nacht im traulichen Beieinander auf dem gleichen Pfühl beenden werde, und wenn unübersteigliche Hinder-

* Charles Bourbaki (1816-97), zeichnete sich im Krimkrieg und im italienischen Krieg bei Solferino aus, erhielt 1871 den Befehl über die Ostarmee, versuchte vergeblich bei Belfort einen Durchbruch durch die deutsche Front und trat, in Gefahr, abgeschnitten zu werden, auf Schweizer Gebiet über. (Anmerkung des Übersetzers)

nisse seinen Sieg noch am selben Abend vereitelten, war er wenigstens sicher, daß anderntags die Fortsetzung folgen werde. Die Kameraden schätzten es nicht, ihn mit ihren Freundinnen zusammenzubringen, und die Geschäftsleute, die hübsche Frauen hinter ihren Ladentischen stehen hatten, kannten ihn, fürchteten ihn und haßten ihn ausgiebig.

Ging er vorüber, so wechselte die Kaufmannsfrau unwillkürlich mit ihm einen Blick durch die Schaufensterscheibe – einen jener Blicke, die schwerer wiegen als zärtliche Worte, die einen Ruf und eine Antwort enthalten, ein Verlangen und ein Geständnis. Und der Ehemann, den eine Art Instinkt warnte, wandte sich jäh um und warf einen wütenden Blick auf die stolze, breitbrüstige Gestalt des Offiziers. Und wenn der Offizier lächelnd und mit der erzielten Wirkung zufrieden vorbeigegangen war, warf der Kaufmann mit nervöser Hand die vor ihm liegenden Dinge durcheinander und erklärte: »Ist das ein aufgeblasener Pinsel! Wann endlich wird Schluß damit gemacht, diese Nichtsnutze, die ihren Blechnerladen durch die Straßen schleppen, zu ernähren? Mir ist ein Metzger lieber als ein Soldat. Wenn er Blut an seiner Schürze hat, dann ist es doch wenigstens Tierblut; er ist zu was nütze, und das Messer, das er an der Seite trägt, ist nicht dazu bestimmt, Menschen umzubringen. Unbegreiflich, daß es geduldet wird, daß auf den Spazierwegen diese Mörder ihre Mordwerkzeuge öffentlich zur Schau tragen. Ich weiß genau, es geht nicht ohne sie, aber man sollte sie doch wenigstens verbergen, und man sollte diesen Leuten keine Maskenkostüme mit roten Hosen und blauen Jacken anziehen. Man kleidet den Henker doch nicht als General, nicht wahr?«

Ohne zu antworten, zuckte die Frau unmerklich die Achseln, und der Mann, der diese Geste erriet, ohne sie gesehen zu haben, rief: »Es gehört ein gerüttelt Maß Dummheit dazu, sich den Vorbeimarsch solch eines Zierbengels anzusehen!«

Der Ruf des Rittmeisters Épivent als Eroberer war übrigens in der gesamten französischen Armee verbreitet.

Im Jahr 1868 bezog sein Regiment, die 102. Husaren, Garnison zu Rouen.

Er war bald stadtbekannt. Jeden Nachmittag gegen fünf Uhr erschien er auf dem Cours Boïeldieu, um seinen Absinth im Café de la Comédie zu trinken; doch bevor er das Restaurant betrat, legte er Wert darauf, einen Gang über die Promenade zu machen und seine Beine, seine Taille und seinen Schnurrbart zu zeigen.

Die Rouener Kaufleute, die ebenfalls spazieren gingen, die Hände hinterm Rücken, den Kopf voll Geschäftsangelegenheiten, und von Hausse und Baisse sprachen, warfen ihm dennoch einen Blick zu und brummten: »Verdammt noch mal, ein schöner Mensch!« Und wenn sie ihn erst erkannten: »Siehe da, der Rittmeister Épivent! Ein Teufelskerl ist er trotzdem!«

Die Frauen vollführten, wenn sie ihm begegneten, eine ganz sonderbare kleine Kopfbewegung; es war eine Art schamhaftes Erschauern, als fühlten sie sich ihm gegenüber schwach werden oder ausgezogen. Sie senkten ein wenig den Kopf, mit dem Schatten eines Lächelns auf den Lippen, einem Verlangen, als reizend erachtet zu werden und einen Blick von ihm zu erhaschen. Ging er zusammen mit einem Kameraden spazieren, so verfehlte dieser nie, jedesmal, wenn er Zeuge dieses Verhaltens wurde, vor sich hin zu murmeln: »Dieser verflixte Kerl, der Épivent! Hat der Schwein!«

Unter den ausgehaltenen Mädchen der Stadt entstand ein Kampf, ein Wettstreit, wer den Sieg davontragen werde. Sie kamen alle um fünf, der Stunde des Offiziersbummels, auf den Cours Boïeldieu, und schritten je zwei und zwei mit gerafftem Rock von einem Ende des Korsos zum andern, während, ebenfalls je zwei und zwei, die Leutnants, Rittmeister und Majore ihre Säbel über den Gehsteig schleifen ließen, ehe sie ins Café gingen.

Eines Abends nun aber ließ die schöne Irma, die, wie es hieß, die Geliebte des reichen Fabrikanten Templier-Papon war, ihren Wagen gegenüber dem Café halten, stieg aus, als wolle sie beim Graveur Paulard Briefpapier kaufen oder Visitenkarten bestellen, und ging zu diesem Behuf an den Tischen der Offiziere vorüber; dabei warf sie dem Rittmeister Épivent einen Blick zu, der so offensichtlich bedeutete: »Jederzeit, wenn Sie möchten«, daß Oberst Prune, der mit seinem Oberstleutnant grünen Absinth trank, nicht umhin konnte, brummig zu sagen: »Verdammter Ferkelkram! Hat der Bursche ein Schwein!«

Der Ausspruch des Obersts machte die Runde, und Rittmeister Épivent, dem der Kamm schwoll über diese Billigung von seiten seines Vorgesetzten, ging anderntags in großer Uniform mehrmals hintereinander vor den Fenstern der Schönen auf und ab. Sie sah ihn, zeigte sich, lächelte.

Noch am selben Abend war er ihr Liebhaber. Sie brachten sich ins Gerede, sie stellten sich zur Schau, sie kompromittierten sich gegenseitig; sie waren beide stolz auf ein solches Abenteuer.

In der ganzen Stadt wurde von nichts gesprochen als von der Liebschaft der schönen Irma mit dem Offizier. Einzig Monsieur Templier-Papon hatte keine Ahnung davon.

Rittmeister Épivent strahlte im Ruhmesglanz; alle Augenblicke sagte er: »Irma hat mir vorhin gesagt... Irma hat mir letzte Nacht gesagt... Gestern, als ich mit Irma zu Abend aß...«

Länger als ein Jahr führte er diese Liebe in Rouen umher, prunkte damit und entfaltete sie wie eine dem Feind abgenommene Fahne. Er fühlte sich durch diese Eroberung gewachsen, beneidet, der Zukunft sicherer, des so begehrten Ordenskreuzes sicherer, denn alle Welt hielt die Blicke auf ihn gerichtet, und es genügt ja, im Blickpunkt zu stehen, um nicht übersehen zu werden.

Nun aber brach der Krieg aus, und das Regiment des Rittmeisters wurde als eins der ersten an die Grenze geschickt. Der Abschied war herzzerbrechend. Er dauerte eine ganze Nacht.

Säbel, rote Hose, Käppi, Dolman lagen wild durcheinander auf einer Stuhllehne und am Boden; Kleider, Unterröcke, Seidenstrümpfe trieben sich zwischen den Uniformstücken am Boden herum und lagen hilfeflehend auf dem Teppich; das Schlafzimmer war um und um gekehrt wie nach einer Schlacht; Irma war schier von Sinnen und schlang mit gelöstem Haar dem Offizier ihre verzweifelten Arme um den Hals und erdrückte ihn fast; dann ließ sie ihn los, wälzte sich am Boden, stieß die Möbel um, riß die Fransen der Sessel ab, biß in die Stuhlbeine, während der Rittmeister, aufs tiefste gerührt, aber ein ungeschickter Tröster, immer wieder sagte: »Irma, liebe kleine Irma, es hilft ja nichts, es muß sein.« Und manchmal wischte er sich mit der Fingerspitze eine hervorquellende Träne aus dem Augenwinkel.

Bei Sonnenaufgang trennten sie sich. Sie folgte dem Geliebten bis zum ersten Rastort im Wagen. Und sie küßte ihn im Augenblick des Abschieds fast im Dabeisein des ganzen Regiments. Das fand man sogar sehr nett, sehr würdig, sehr wohlgetan, und die Kameraden drückten dem Rittmeister die Hand und sagten zu ihm: »Verdammter Glückspilz, sie hat tatsächlich Herz, die Kleine.«

Es wurde darin etwas Patriotisches erblickt.

Das Regiment wurde während des Feldzuges arg mitgenommen. Der Rittmeister tat sich heroisch hervor und empfing endlich das Kreuz; nach Kriegsende kehrte er in seine Garnison Rouen zurück.

Sobald er wieder dort war, erkundigte er sich nach Irma; aber niemand konnte ihm Genaueres sagen.

Die einen behaupteten, sie habe es toll mit den preußischen Offizieren getrieben, die andern, sie habe sich zu ihren Eltern zurückgezogen, Bauersleuten in der Gegend von Yvetot.

Er schickte sogar seinen Burschen zur Mairie, damit er in den Sterberegistern nachsah. Aber der Name seiner Geliebten fand sich nicht darin.

Und er empfand großen Kummer und trug ihn zur Schau. Er schob sein Unglück sogar dem Feind in die Schuhe; er gab den Preußen, die Rouen besetzt hatten, an dem Verschwinden der jungen Frau die Schuld und erklärte: »Im nächsten Krieg zahle ich es ihnen heim, den Schuften.«

Eines Vormittags jedoch, als er zum Mittagessen ins Kasino kam, überbrachte ein Dienstmann, ein alter, bekittelter Mann mit einer Wachstuchmütze, ihm einen Brief. Er öffnete ihn und las: »Mein Geliebter, ich bin im Krankenhaus, sehr, sehr elend. Willst du mich nicht besuchen? Das würde mich sehr freuen! Irma.«

Der Rittmeister wurde blaß, und voller Mitleid sagte er: »Verdammt noch mal, das arme Mädchen. Gleich nach dem

Mittagessen gehe ich hin.« Und inzwischen erzählte er der Offizierstafelrunde, Irma sei im Krankenhaus; aber er werde sie schon herausholen, heiliges Donnerwetter! Auch das sei die Schuld dieser verdammten Preußen. Sicher sei sie ganz allein gewesen, ohne einen Sou, vor Not am Verrecken, denn gewiß sei ihre Wohnungseinrichtung geplündert worden. »Diese Schweinehunde!«

Alle hörten ihm zu und waren gerührt.

Kaum hatte er seine zusammengerollte Serviette in den Holzring geschoben, als er auch schon aufstand; er nahm seinen Säbel vom Garderobenständer, drückte die Brust heraus, um sich schmal zu machen, schnallte sein Koppel um und begab sich beschleunigten Schrittes zum Zivilkrankenhaus.

Er hatte erwartet, ohne weiteres hineinzukommen; aber der Eintritt wurde ihm strengstens verwiesen, und er mußte sogar seinen Oberst aufsuchen, dem er den Fall unterbreitete und von dem er ein paar Zeilen für den Direktor bekam.

Dieser ließ zunächst den schönen Rittmeister eine Weile in seinem Vorzimmer warten und gab ihm schließlich, mit einer kalten, mißbilligenden Verbeugung, einen Erlaubnisschein.

Schon von der Tür an hatte er sich in diesem Asyl des Elends, des Leidens und des Todes unbehaglich gefühlt. Ein Krankenwärter führte ihn. Er ging auf den Zehenspitzen, um keinen Lärm in den langen Fluren zu machen, in denen ein fader Geruch nach Schimmel, Krankheit und Medikamenten herrschte. Dann und wann unterbrach als einziger Laut ein Stimmengemurmel die tiefe Stille des Krankenhauses.

Manchmal sah der Rittmeister durch eine offene Tür in einen Schlafraum hinein, auf eine Reihe von Betten, deren Tücher durch die Form der Körper angehoben waren. Genesende saßen auf Stühlen am Fußende ihrer Lagerstatt und nähten; sie trugen uniforme Anstaltskleidung aus grauem Leinen und weiße Hauben.

Plötzlich blieb sein Führer vor einer dieser Galerien voller Kranken stehen. An der Tür stand in Großbuchstaben: »Syphilitiker«. Den Rittmeister durchfuhr es; dann fühlte er, daß er rot wurde.

Am Eingang bereitete eine Krankenschwester an einem Holztischchen ein Medikament. »Ich bringe Sie hin«, sagte sie. »Es ist Bett 29.« Und sie ging vor dem Offizier her. Dann zeigte sie auf ein Lager: »Da!«

Es war nichts zu sehen als eine Ausbauschung der Bettdecke. Sogar der Kopf war unter den Laken verborgen.

Überall erhoben sich aus den Betten Gesichter, blasse, verwunderte Gesichter, und starrten die Uniform an, Gesichter von Frauen, jungen Frauen und alten Frauen, aber alle wirkten häßlich und vulgär in der schlichten, vorgeschriebenen Anstaltskleidung.

Der völlig durcheinandergeratene Rittmeister, der mit der einen Hand den Säbel anhob und in der andern sein Käppi hielt, sagte leise: »Irma.«

Im Bett entstand eine heftige Bewegung, und das Gesicht seiner Geliebten erschien, aber so verändert, so erschöpft, so mager, daß er es nicht wiedererkannte.

Sie keuchte, vor Erschütterung versagte ihr der Atem, und dann stieß sie hervor: »Albert! Albert! Du bist es! Oh! Wie gut... Wie gut...« Und aus ihren Augen rannen Tränen.

Die Krankenschwester brachte einen Stuhl: »Setzen Sie sich doch.«

Er setzte sich, er betrachtete das blasse, elende Gesicht des Mädchens, das er so schön und so frisch und gesund verlassen hatte. Er fragte: »Was fehlt dir denn?«

Sie antwortete schluchzend: »Du hast es doch gesehen; es steht an der Tür.« Und sie deckte sich die Kante des Lakens über die Augen.

Verstört und schamhaft fragte er weiter: »Wie hast du dir denn das geholt, du armes Kind?«

Sie sagte leise: »Bei den Schweinen von Preußen. Sie haben mich fast mit Gewalt genommen und mich angesteckt.«

Er wußte nichts mehr zu sagen. Er sah sie an und drehte auf seinen Knien sein Käppi hin und her.

Die andern Kranken starrten ihn an, und er glaubte einen Verwesungsgeruch zu spüren, einen Geruch nach vergammeltem Fleisch und von Schande in diesem Schlafraum voller Mädchen, die sich die schmähliche, schreckliche Krankheit zugezogen hatten.

Sie flüsterte: »Ich glaube, ich komme nicht davon. Der Arzt hat gesagt, es sei ein ernster Fall.« Dann erblickte sie auf der Brust des Offiziers das Ordenskreuz und rief: »Oh, du bist ausgezeichnet worden, wie freut mich das! Wie freut mich das! Ach, wenn ich dich doch küssen könnte!«

Ein Schauder der Furcht und des Ekels rann dem Rittmeister beim Gedanken an diesen Kuß über die Haut.

Er verspürte den Drang, jetzt wegzugehen, in der frischen Luft zu sein, nicht länger diese Frau vor sich zu haben. Indessen blieb er, da er nicht wußte, wie er es anstellen sollte, aufzustehen und sich von ihr zu verabschieden. Er fragte zögernd: »Hast du dich denn nicht behandeln lassen?«

Irmas Blick flammte auf: »Nein, ich habe mich rächen wollen, und wenn ich dabei auch krepieren sollte! Und ich habe sie ebenfalls angesteckt, alle, alle, so viel ich konnte. Solange sie in Rouen gewesen sind, habe ich mich nicht behandeln lassen.«

Beklommenen Tons, in dem ein bißchen Heiterkeit mitschwang, erklärte er: »Was das betrifft, so hast du recht getan.«

Sie wurde lebhafter, ihre Backen röteten sich, als sie sagte: »Ja, ja, laß nur gut sein: Es geht mehr als einer durch mich drauf. Ich habe mich gerächt, dafür stehe ich ein.«

Er stieß noch hervor: »Desto besser.« Dann stand er auf: »Ja, jetzt will ich gehen, ich muß um vier beim Oberst sein.«

Sie fuhr auf: »Jetzt schon? Jetzt schon willst du gehen? Oh, du bist doch gerade erst gekommen!«

Aber er wollte um jeden Preis fort. Er sagte: »Du siehst doch, daß ich sofort zu dir gekommen bin; aber ich muß unbedingt um vier beim Oberst sein.«

Sie fragte: »Ist es noch immer Oberst Prune?«

»Ja, noch immer. Er ist zweimal verwundet worden.«

Sie fragte: »Und deine Kameraden? Sind welche gefallen?«

»Ja. Saint-Timon, Savagnat, Poli, Sagreval, Robert, de Courson, Santal, Caravan und Poivrin sind gefallen. Sahel ist ein Arm abgenommen und Courvoisin ein Bein zerschmettert worden; Paquet hat das rechte Auge verloren.«

Sie lauschte voller Anteilnahme. Dann plötzlich stammelte sie: »Willst du mich nicht küssen, ehe du weggehst, wo doch Madame Langlois gerade nicht da ist?«

Und trotz des Ekels, der ihm in die Lippen stieg, küßte er sie auf die fahle Stirn; sie jedoch schlang die Arme um ihn und küßte wie von Sinnen das blaue Tuch seines Dolmans.

Sie fragte: »Kommst du wieder, sag, kommst du wieder? Versprichst du mir, daß du wiederkommst?«

»Ja, ich verspreche es dir.«

»Wann denn? Kannst du am Donnerstag?«

»Ja, am Donnerstag.«

»Am Donnerstag um zwei?«

»Ja, am Donnerstag um zwei.«

»Versprichst du es ganz fest?«

»Ja, ganz fest.«

»Adieu, Lieber.«

»Adieu.« Und damit ging er verwirrt unter den Blicken des ganzen Krankensaals; er beugte seine hohe Gestalt, um sich klein zu machen; als er draußen auf der Straße war, atmete er tief auf.

Abends fragten ihn die Kameraden: »Na, was ist mit Irma los?«

Er antwortete peinlich berührt: »Sie hat Lungenentzündung, es geht ihr recht schlecht.«

Aber ein kleiner Leutnant, der aus seiner Miene etwas gewittert hatte, zog Erkundigungen ein, und als der Rittmeister am andern Tag ins Kasino kam, wurde er mit einer Salve von Gelächter und Witzen empfangen. Jetzt endlich hatten sie Gelegenheit zur Vergeltung.

Unter anderm war herausgekommen, daß Irma es toll mit den preußischen Offizieren getrieben hatte, daß sie mit einem Oberst der blauen Husaren und vielen andern noch durchs Land geritten war und daß sie in ganz Rouen nur noch »das Preußenweib« genannt wurde.

Acht Tage lang war der Rittmeister das Opfer des Regiments. Mit der Post bekam er weitere Enthüllungen zugesandt, Rezepte, Hinweise auf Spezialärzte, sogar Medikamente, deren Zweck auf der Verpackung vermerkt worden war.

Und der ins Bild gesetzte Oberst erklärte strengen Tons: »Na, da hat der Rittmeister eine schöne Bekanntschaft gehabt. Ich werde ihn dazu beglückwünschen.«

Nach etwa zwölf Tagen wurde er abermals durch einen Brief zu Irma gerufen. Wütend zerriß er ihn und antwortete nicht.

Acht Tage später schrieb sie ihm von neuem, daß es ihr sehr schlecht gehe und daß sie ihm Lebewohl sagen wolle.

Er antwortete nicht.

Nach einigen weiteren Tagen suchte ihn der Geistliche des Krankenhauses auf. Die Prostituierte Irma Pavolin flehe ihn auf ihrem Sterbebett an, zu ihr zu kommen.

Er wagte es nicht, sich zu weigern, und folgte dem Geistlichen, aber er betrat das Krankenhaus mit einem Herzen, das von gehässigem Groll, gekränkter Eitelkeit und gedemütigtem Stolz geschwellt war. Er fand sie kaum verändert und meinte, sie habe ihm einen schlechten Streich gespielt. »Was willst du von mir?« fragte er.

»Ich habe dir Lebewohl sagen wollen. Anscheinend ist es mit mir aus.«

Er glaubte es nicht. »Hör mal, du machst mich zum Gelächter des ganzen Regiments, und ich will nicht, daß das so weitergeht.«

Sie fragte: »Was habe ich dir denn getan?«

Er ärgerte sich, daß er darauf nichts erwidern konnte. »Rechne nicht damit, daß ich je wieder hierher komme, um dann von aller Welt ausgelacht zu werden!«

Sie schaute ihn mit ihren erloschenen Augen an, in denen Zorn auffunkelte; sie fragte noch einmal: »Was habe ich dir denn getan? Bin ich vielleicht nicht nett zu dir gewesen? Habe ich je etwas von dir verlangt? Ohne dich wäre ich bei Monsieur Templier-Papon geblieben, und dann wäre ich jetzt nicht hier. Nein, siehst du, wenn jemand mir etwas vorwerfen kann, dann bist nicht du es.«

Mit bebender Stimme entgegnete er: »Ich mache dir keine Vorwürfe, aber ich kann dich nicht mehr besuchen, weil dein Benehmen gegenüber den Preußen der Schandfleck der ganzen Stadt gewesen ist.«

Mit einem Ruck setzte sie sich im Bett auf; es schüttelte sie: »Mein Benehmen gegenüber den Preußen? Aber wenn ich dir doch sage, daß sie mich mit Gewalt genommen haben, und wenn ich dir sage, daß ich mich nur deswegen nicht habe behandeln lassen, weil ich sie anstecken wollte! Hätte ich wieder gesund werden wollen, so wäre das nicht schwierig gewesen, verdammt noch mal! Aber ich habe sie umbringen wollen, und ich habe welche umgebracht, das kannst du mir glauben!«

Er stand noch immer vor ihr. »Auf alle Fälle ist es eine Schmach und Schande«, sagte er.

Sie bekam etwas wie einen Erstickungsanfall; dann fuhr sie fort: »So? Eine Schmach und Schande ist es, daß ich in den Tod gegangen bin, nur um sie um die Ecke zu bringen? Du hast anders geredet, als du zu mir in die Rue Jeanne-d'Arc kamst! Eine Schmach und Schande! Du mit deinem Ehrenkreuz hast nicht so viele wie ich erledigt! Ich habe es mehr verdient als du, mehr als du, denn ich habe mehr Preußen als du umgebracht!«

Bestürzt stand er da und zitterte vor Entrüstung. »Halt den Mund... Halt den Mund... Halt doch den Mund... Ich erlaube nicht... daß an diese Dinge... gerührt wird...«

Aber sie hörte nicht auf ihn: »Ihr habt den Preußen schön zu schaffen gemacht! Wäre dies alles passiert, wenn ihr sie daran gehindert hättet, nach Rouen zu kommen? Na? Aufhalten hättet ihr sie müssen, hast du verstanden? Und ich habe ihnen mehr angetan als du, ja, ich, mehr habe ich ihnen angetan, und ich muß jetzt sterben, und du gehst spazieren und wirfst dich in die Brust und beschwatzt die Frauen...«

In jedem Bett hatte sich ein Kopf aufgerichtet, und alle Augen blickten auf diesen Mann in Uniform, der da stotterte: »Sei doch still... Sei doch still... Sei doch still...«

Aber sie war nicht still. Sie kreischte: »Ja, du bist mir der Rechte, du Angeber! Ich kenne dich! Ja, ich kenne dich! Ich sage dir, daß ich ihnen mehr angetan habe als du und daß ich mehr um die Ecke gebracht habe als dein ganzes Regiment zusammen... Pack dich doch, du Memme!«

Er ging tatsächlich, er floh, mit langen Schritten ging er zwischen den beiden Reihen von Betten hindurch, in denen die Syphilitikerinnen sich regten. Und er hörte, wie Irmas keuchende, pfeifende Stimme ihm nachrief: »Mehr als du, ich habe mehr als du umgebracht, mehr als du...« Er hastete die Treppe hinab, Hals über Kopf, und lief in seine Wohnung und schloß sich ein.

Am andern Tag wurde ihm mitgeteilt, daß sie gestorben sei.

Übertragen von Ernst Sander

Der Tick

Französischer Titel: Le Tic
Erstdruck: Le Gaulois, 14. Juli 1884

Die Gäste, die am Abendessen teilnahmen, gingen nach und nach in den großen Speisesaal des Hotels hinüber und nahmen ihre Plätze ein. Die Aufwärter begannen zu bedienen, ganz langsam, damit die Nachzügler sich nicht zu überstürzen und sie nicht zum zweiten Mal die Schüsseln zu reichen brauchten; und die alten Badegäste, die schon seit längerer Zeit am Ort waren und deren Aufenthalt seinem Ende zuging, blickten jedesmal, wenn die Tür sich öffnete, interessiert auf, in der Hoffnung, daß sich neue Gesichter zeigten.

Das ist eine beliebte Zerstreuung in Badeorten. Man sieht den Mahlzeiten voller Erwartung entgegen, um die Neuangekommenen zu beaugenscheinigen, um Vermutungen anzustellen, wer sie sind, was sie tun, was sie denken. In uns regt sich ein Wunsch, der Wunsch nach angenehmen Begegnungen, freundlichen Bekanntschaften, vielleicht gar nach einem Liebesabenteuer. Da man sozusagen in Tuchfühlung lebt, gewinnen die Nachbarn, die Unbekannten eine gesteigerte Bedeutung. Die Neugierde liegt immerfort auf der Lauer, die Sympathie ist in steter Bereitschaft, und der Geselligkeitstrieb sucht nach Betätigung.

Man durchlebt Antipathien, die eine Woche, und Freundschaften, die einen Monat dauern; man sieht die Leute mit gänzlich andern Augen, unter dem besonderen Gesichtswinkel der Badebekanntschaft. Plötzlich entdeckt man Menschen, bei einer Plauderei, die eine Stunde dauert, am Abend, nach dem Essen, unter den Parkbäumen, wo die Heilquelle plätschert, die von überlegener Intelligenz sind oder überraschende Verdienste aufzuweisen haben, und einen Monat später hat man seine neuen Freunde völlig vergessen, so reizend sie auch während der ersten Tage gewesen sein mögen.

Indessen knüpfen sich an dergleichen Stätten auch dauerhafte, ernsthafte Bande schneller als anderswo. Man sieht einander während des ganzen Tages; man schließt sehr schnell Bekanntschaft; und in die aufkeimende Zuneigung mischt sich etwas von der Annehmlichkeit und Ungezwungenheit alter Freundschaften. Man bewahrt sich eine gewisse wohlige Erinnerung an den Beginn solcher Freundschaften, die Erinnerung an das erste Geplauder, das zur Entdeckung einer Seele geführt hat, an die ersten Blicke, die auf Worte und geheime Gedanken Fragen stellen und Antworten geben, die der Mund noch nicht ausgesprochen hat, die Erinnerung an das erste tiefere Vertrauen, die Erinnerung an das schöne Gefühl, jemand das Herz aufzutun, der einem auch das seinige zu öffnen scheint.

Und das Traurige, das über allen Badeorten liegt, die Einförmigkeit der immer gleichen Tage tun das Ihrige, daß eine erblühende Zuneigung sich von Stunde zu Stunde mehr entfaltet.

Wir erwarteten also an jenem Abend, wie wir es allabendlich taten, die Ankunft unbekannter Gestalten.

Es kamen nur zwei, indessen sehr seltsame, ein Mann und eine Frau: Vater und Tochter. Sie machten mir sogleich den Eindruck, als seien sie von Edgar Poe erschaffen; aber dennoch haftete ihnen etwas Reizvolles an, der Reiz des Unglücks; ich hielt sie für Opfer eines unheilvollen Geschicks. Der Mann war sehr groß und hager; er hielt sich ein wenig gebeugt und hatte ganz weißes Haar, zu weiß für sein noch junges Gesicht; und seinem Gehaben, seiner Person wohnte ein Ernst inne, jene Strenge der Haltung, wie sie für den Protestanten bezeichnend ist. Die Tochter, die an die vierundzwanzig oder fünfundzwanzig Jahre alt sein mochte, war klein, ebenfalls sehr mager, sehr blaß und wirkte matt, erschöpft und überlastet. Man begegnet bisweilen Menschen, die anmuten, als seien sie den Anforderungen und Notwendigkeiten des Lebens nicht gewachsen, als seien sie zu schwach, um sich zu regen, um zu gehen, um all das zu tun, was wir andern tagtäglich auf uns nehmen. Sie war einigermaßen hübsch, die Kleine, von der durchsichtigen Schönheit einer Erscheinung; und sie aß mit außerordentlicher Langsamkeit, gleich als sei es ihr beinahe unmöglich, die Arme zu bewegen.

Offensichtlich war sie es, die sich der Badekur unterziehen sollte.

Die beiden saßen mir gegenüber, an der andern Seite des Tisches, und ich bemerkte sogleich, daß der Vater an einem eigentümlichen Nerventick litt.

Jedesmal, wenn er etwas anfassen wollte, beschrieb seine Hand eine hastige Hakenlinie, eine Art tollschnellen Zickzacks, ehe es ihm gelang, den gesuchten Gegenstand zu berühren. Schon nach ein paar Augenblicken griff mich diese Bewegung dermaßen an, daß ich den Kopf abwandte, um sie nicht länger sehen zu müssen.

Ich bemerkte überdies, daß das junge Mädchen beim Essen den Handschuh der linken Hand anbehalten hatte.

Nach dem Essen machte ich einen Spaziergang durch den Kurpark. Was ich erzähle, geschah in einem kleinen Ort der Auvergne, in Châtel-Guyon, das sich weltentlegen in einer Schlucht verbirgt, am Fuß eines hohen Bergmassivs, dem so viele heiße Quellen entspringen, die aus dem tiefen Glutherd ehemaliger Vulkane kommen. Hoch über uns erhoben die Bergkuppen, erloschene Krater, ihre stumpfen Kegelhäupter über die lange Kette. Denn Châtel-Guyon liegt dort, wo das Gebiet der Dôme beginnt.

In einiger Entfernung erstreckt sich das Gebiet der Pics, und noch weiter entfernt liegt das Gebiet der Plombs.

Der Puy de Dôme ist der höchste der Dôme, der Pic von Le Sancy der schroffste der Pics und das Plomb von Le Cantal das größte der Plombs.

Es war sehr schwül an jenem Abend. Ich ging in der schattigen Allee auf und ab und hörte von dem Hügel her, der höchsten Erhebung des Parks, die Kasinomusik ihre ersten Weisen schmettern.

Und da bemerkte ich, wie langsamen Schrittes der Vater und die Tochter mir entgegenkamen. Ich grüßte sie, wie man in Badeorten seine Hotelgefährten eben grüßt, und der Mann blieb stehen und fragte mich: »Könnten Sie uns wohl einen kurzen, leichten und möglichst hübschen Spaziergang empfehlen? Verzeihen Sie, daß ich Sie bemühe.«

Ich erbot mich, sie in ein Tal zu führen, das ein winziger Fluß durchströmt, ein tiefes Tal, eine enge Schlucht zwischen zwei großen, felsigen, bebuschten Hängen.

Sie waren einverstanden.

Und wir sprachen natürlich von der Heilkraft der Quellen.

»Ach«, sagte er, »meine Tochter hat eine merkwürdige Krankheit; die Ursache ist noch nicht herausgefunden worden. Sie leidet an unbegreiflichen Nervenanfällen. Bald heißt es, sie sei herzkrank, bald soll es die Leber sein, dann wieder ein Rückenmarksleiden. Augenblicklich soll der Magen, der große Wärmespender und Regulator des Körpers, der Sitz dieses Proteusleidens mit den tausenderlei Erscheinungsformen und Anfällen sein. Darum sind wir hier. Aber meiner Meinung nach sind es die Nerven. Jedenfalls aber ist es sehr traurig.«

Ich mußte sogleich an das heftige Nervenzucken seiner Hand denken und fragte: »Könnte es sich nicht um ein vererbtes Leiden handeln? Haben Sie selbst nicht ein bißchen kranke Nerven?«

»Ich?... Nein... Ich habe stets sehr ruhige Nerven gehabt.« Nach einem kurzen Schweigen fuhr er unvermittelt fort: »Ach so! Sie spielen auf das Zucken meiner Hand an, wenn ich etwas anfassen will? Das kommt von einer schrecklichen Gemütsbewegung, die mir widerfahren ist. Stellen Sie sich vor, daß dies Kind hier lebendig begraben worden ist!«

Ich fand keine Antwort als ein überraschtes und erschüttertes »Ach!«.

Er fuhr fort:

»Dies ist das Abenteuer. Es ist ganz einfach. Juliette hatte seit einiger Zeit bedenkliche Herzanfälle. Wir glaubten an eine schwere Erkrankung dieses Organs und waren darum auf alles gefaßt.

Eines Tages wurde sie kalt, leblos, tot ins Haus getragen. Sie war im Garten umgefallen. Der Arzt stellte den Tod fest. Ich wachte einen Tag und zwei Nächte bei ihr; ich selbst legte sie in den Sarg und geleitete ihn in den Friedhof, wo er in unserer Familiengruft beigesetzt wurde. Es war auf dem Land, in Lothringen.

Ich hatte bestimmt, daß sie mit all ihrem Schmuck, den Armbändern, Halsketten, Ringen, mit allem, was ich ihr geschenkt hatte, und in ihrem ersten Ballkleid bestattet werden solle.

Sie können sich wohl vorstellen, in welch einer Verfassung des Herzens und der Seele ich mich befand, als ich nach Hause kam. Ich hatte nur sie gehabt; meine Frau ist seit langem tot. Ich ging allein, halb von Sinnen, erschöpft und todesmatt, in mein Zimmer und fiel in meinen Sessel, ohne Gedanken, ohne die Kraft, auch nur eine Bewegung zu machen. Ich war nur noch eine schmerzdurchbebte, zitternde Maschine, ein enthäuteter Muskelmann; meine Seele war wie eine klaffende, blutende Wunde.

Mein alter Diener Prosper, der mir geholfen hatte, Juliette in den Sarg zu legen und sie zum letzten Schlummer zu schmücken, kam geräuschlos herein und fragte: ›Wollen der Herr nichts zu sich nehmen?«

Ich schüttelte wortlos den Kopf.

Er fuhr fort: ›Der Herr tun unrecht. Der Herr werden auch krank werden. Wünschen der Herr zu Bett gebracht zu werden?‹

Ich stieß hervor: ›Nein, laß mich.‹

Und er zog sich zurück.

Wieviel Stunden verflossen sind, das weiß ich nicht. Oh! Diese Nacht! Diese Nacht! Es war kalt; das Feuer in dem großen Kamin war erloschen; und der Wind, der Winterwind, der eiskalte Wind, der wilde Wind, der über die gefrorene Ebene blies, rüttelte mit einem unheilvollen, regelmäßig wiederkehrenden Geräusch an den Fenstern.

Wieviel Stunden waren wohl verflossen? Ich saß da, schlaflos, kraftlos, vernichtet, mit offenen Augen, ausgestreckten Beinen und vor Verzweiflung stumpfer Seele. Plötzlich läutete die große Glocke an der Eingangstür, die große Glocke in der Halle.

Ich fuhr dermaßen zusammen, daß der Stuhl unter mir knackte. Der ernste, schwere Ton hallte durch das grabesleere Schloß. Ich drehte mich um und sah nach der Standuhr. Es war zwei Uhr morgens. Wer mochte zu dieser Stunde kommen?

Und abermals tat die Glocke zwei wilde Schläge. Sicherlich wagte die Dienerschaft nicht aufzustehen. Ich nahm eine Kerze und ging nach unten. Fast hätte ich gefragt: ›Wer ist da?‹

Dann schämte ich mich meiner Schwäche, und ich schob langsam die großen Riegel zurück. Mein Herz schlug heftig; ich hatte Angst. Jäh riß ich die Tür auf und erblickte in der Dunkelheit eine weiße Gestalt, wie eine Geistererscheinung.

Ich fuhr zurück, gelähmt vor Entsetzen, und stammelte: ›Wer... wer... wer... sind Sie?‹

Eine Stimme antwortete: ›Ich bin es, Vater.‹

Es war meine Tochter.

Natürlich glaubte ich, ich sei wahnsinnig, und ich wich zurück vor dem Schatten, der hereinkam, ich wich zurück und vollführte mit der Hand, wie um ihn wegzuscheuchen, die Geste, die Sie vorhin gesehen haben, die Geste, die ich seither nicht wieder losgeworden bin.

Die Erscheinung fing abermals zu sprechen an: ›Hab keine Furcht, Papa; ich bin nicht tot gewesen. Es hat mir wer meine Ringe stehlen wollen, und er hat mir den Finger abgeschnitten; da hat das Blut zu fließen angefangen, und das hat mich wieder zu mir gebracht.‹

Und da sah ich, daß sie tatsächlich mit Blut bedeckt war.

Ich fiel auf die Knie, etwas würgte mich, ich schluchzte und röchelte.

Als ich dann meine Gedanken ein wenig gesammelt hatte, noch immer viel zu betäubt, als daß ich das entsetzliche Glück hätte fassen können, das mir widerfahren war, führte ich sie in mein Zimmer hinauf und ließ sie sich in meinen Sessel setzen; dann schellte ich heftig nach Prosper, damit er das Feuer wieder anstecke, etwas zu trinken besorge und Hilfe hole.

Er kam herein, erblickte meine Tochter, riß in einem Krampf des Grauens und der Angst den Mund auf und fiel dann starr und tot auf den Rücken.

Er hatte die Gruft geöffnet, mein Kind verstümmelt und war dann weggegangen; denn er konnte die Spuren seines Raubes ja doch nicht verwischen. Nicht einmal den Deckel hatte er wieder auf den Sarg gelegt, da er wußte, daß ich ihn nicht verdächtigen würde, weil er mein volles Vertrauen besaß.

Nicht wahr, nun sehen Sie, daß wir recht übel dran sind.«

Er schwieg.

Die Nacht war gekommen und hatte das kleine, einsame, traurige Tal eingehüllt, und mich überkam eine geheimnisvolle Furcht ob der Nähe dieser beiden sonderbaren Wesen, der dem Grab Entstiegenen und des Vaters mit dem schauerlichen Handzucken.

Ich wußte nichts zu sagen. Ich murmelte vor mich hin: »Welch eine gräßliche Geschichte...« Nach einer Minute sagte ich noch: »Darf ich vorschlagen, daß wir umkehren? Ich glaube, es wird kühl.«

Und wir gingen nach dem Hotel zurück.

Übertragen von Ernst Sander

Célestes Geständnis

Französischer Titel: L'Aveu
Erstdruck: Le Gil-Bas, 22. Juli 1884

Das Mittagssonnenlicht regnet breit auf die Weidewiesen nieder. Sie erstrecken sich gewellt zwischen den Baumgruppen der Bauernhöfe und mannigfachen Feldern, reifem Roggen und goldenem Weizen, hellgrünem Hafer, dunkelgrünem Klee, und bilden einen großen, gestreiften, auf und ab steigenden, weichen Mantel auf dem nackten Leib der Erde.

Drüben, auf der Höhe einer Geländewelle, ist, ausgerichtet wie Soldaten, eine endlose Reihe von Kühen zu sehen; die einen liegen, die andern stehen; sie zwinkern mit ihren großen Augen im brennenden Licht, käuen wieder und weiden auf einem Kleefeld von der Ausdehnung eines Sees.

Und zwei Frauen, Mutter und Tochter, gehen hintereinander schwankenden Schrittes auf einem schmalen, durch das hochstehende Getreide gebahnten Weg auf das Kuhregiment zu.

Jede trägt zwei Zinkeimer, die durch ein gebogenes Traggestell weit vom Körper abgehalten werden; und bei jedem ihrer Schritte läßt das von der Sonne getroffene Metall eine blendend weiße Flamme auflodern.

Sie reden nicht miteinander. Sie wollen die Kühe melken. Sie kommen hin, stellen einen Eimer auf die Erde und gehen zu den beiden ersten Tieren; durch einen Tritt mit dem Holzschuh in die Flanke bringen sie sie zum Aufstehen. Das Tier richtet sich langsam auf, erst mit den Vorderbeinen, dann erhebt sich mühseliger das schwere Hinterteil; es scheint durch das riesige, gelbliche, niederhängende Euter belastet zu sein.

Und Mutter und Tochter Malivoire knien unter dem Kuhbauch und ziehen mit flinken Handbewegungen an dem geschwellten Euter, das bei jedem Druck einen dünnen Strahl Milch in den Eimer spritzt. Der hellgelbe Schaum steigt bis zum

Rand, und die Frauen gehen von Tier zu Tier, bis zum Ende der langen Reihe. Als sie mit dem Melken fertig sind, pflocken sie die Kühe an einer anderen Stelle an, so daß jede ein unversehrtes Stück Grün zum Weiden hat.

Dann treten sie den Rückweg an, langsamer jetzt, da sie die schweren, vollen Eimer tragen müssen, die Mutter voran, hinter ihr die Tochter. Doch diese bleibt plötzlich stehen, stellt ihre Traglast ab, setzt sich hin und fängt an zu weinen.

Die Mutter Malivoire hört die Schritte nicht mehr, dreht sich um und bleibt verdutzt ebenfalls stehen. »Was hast du denn?« fragt sie.

Und das Mädchen Céleste, eine große Fuchsige mit sonnenverbranntem Haar und sonnenverbrannten Wangen, auf denen die Sommersprossen aussehen, als seien ihr Feuertropfen ins Gesicht gefallen, als sie sich eines Tages in der Sonne abrackerte, murmelte mit leisem Gewimmer wie ein Kind, das Prügel bekommen hat: »Ich kann die Milch nicht mehr schleppen!«

Die Mutter sah sie argwöhnisch an. Noch einmal fragte sie: »Was hast du denn?«

Céleste, die zusammengekrümmt zwischen ihren beiden Eimern hockte, sagte: »Es drückt mich zu sehr. Ich kann nicht.«

Zum drittenmal fragte die Mutter: »Was hast du denn?«

Und das Mädchen stöhnte: »Ich glaube, ich kriege ein Kind.« Und sie schluchzte.

Da setzte die Alte ebenfalls die Eimer ab; sie war so betroffen, daß es ihr die Sprache verschlug. Schließlich brachte sie stotternd hervor: »Du … du … ein Kind, du Schneppe, das ist doch ausgeschlossen!«

Die Malivoires waren reiche Pächter, gesetzte, hochgeachtete, gerissene und einflußreiche Leute.

Céleste stammelte: »Ich glaube es aber trotzdem.«

Die bestürzte Mutter sah auf die vor ihr liegende, in Tränen zerfließende Tochter hinab. Nach ein paar Sekunden schrie sie sie an: »Du kriegst ein Kind! Du kriegst ein Kind! Wo hast du dir das geholt, du Hurenstück?«

Und die vor Aufregung zitternde Céleste sagte leise: »Ich glaube, es war in Polytes Wagen.«

Die Alte versuchte zu begreifen, versuchte zu erraten, versuchte herauszubekommen, wer ihre Tochter habe ins Unglück bringen können. War es ein reicher, angesehener junger Kerl, so würde sich die Sache in Ordnung bringen lassen. Dann war es halb so schlimm; Céleste war nicht die erste, der so was zustieß; aber wider den Strich ging es ihr dennoch, des Geschwätzes und des Ansehens der Familie wegen. Sie redete weiter: »Und wer hat es dir gemacht, du Schlampe?«

Und Céleste, die entschlossen war, mit allem herauszurücken, sagte: »Ich glaube, Polyte ist es gewesen.«

Da geriet die Mutter außer sich vor Wut, stürzte sich auf die Tochter und fing an, sie so rasend zu prügeln, daß ihr dabei die Haube vom Kopf flog.

Mit heftigen Faustschlägen bearbeitete sie ihr den Kopf, den Rücken, alles; und Céleste lag der Länge nach zwischen den beiden Eimern, die ihr ein bißchen Schutz boten, und barg bloß das Gesicht in den Händen.

Sämtliche Kühe waren so erstaunt, daß sie zu weiden aufgehört und sich umgedreht hatten; sie schauten mit ihren großen Augen zu. Die nächststehende muhte und reckte das Maul zu den beiden Frauen hin.

Als Mutter Malivoire so lange geprügelt hatte, daß ihr die Puste ausging, hörte sie schnaufend auf; nach und nach kam sie wieder einigermaßen zur Besinnung, und nun wollte sie völlige Klarheit haben: »Polyte! Ist denn das menschenmöglich? Daß du es mit einem Postkutscher hast treiben können! Vollkommen verrückt mußt du gewesen sein! Er muß dich behext haben, der Taugenichts!«

Und die immer noch am Boden liegende Céleste flüsterte in den Staub: »Ich habe kein Fahrgeld zu bezahlen brauchen!«

Und da war der alten Normannin die Sache klar.

Allwöchentlich mußte Céleste mittwochs und samstags die Erzeugnisse des Hofs zum Marktflecken bringen, Geflügel, Sahne und Eier.

Morgens um sieben zog sie los, zwei große Körbe am Arm, im einen die Sahne, im andern die Hähnchen; an der Landstraße wartete sie auf den Postwagen nach Yvetot.

Sie stellte ihre Waren auf die Erde und setzte sich an den Grabenrand; die Hühner mit ihren kurzen, spitzen Schnäbeln und die Enten mit ihren breiten, platten Schnäbeln steckten die Köpfe zwischen den Stäben des Weidenkorbs hindurch und hielten mit ihren runden, blöden, staunenden Augen Ausschau.

Bald langte das Vehikel an, eine Art gelber Koffer, der mit einer schwarzen Lederkappe überzogen war und dessen hinteres Ende im Zockeltrab einer alten Schimmelstute wackelte.

Und der Kutscher Polyte, ein lustiger Bursche, beleibt, obwohl noch jung, und so von der Sonne verbrannt, vom Wind gegerbt, von Regengüssen ausgelaugt und vom Schnaps getönt, daß sein Gesicht und sein Hals ziegelrot waren, rief schon von weitem und knallte dabei mit der Peitsche: »Tag, Mam'zelle Céleste! Was macht die Gesundheit?«

Sie reichte ihm, einen nach dem andern, ihre Körbe, die er auf dem Verdeck unterbrachte; dann stieg sie ein, wobei sie, um auf den Wagentritt zu gelangen, das Bein sehr hoch hob und dabei eine mollige, blaubestrumpfte Wade zur Schau stellte.

Und jedesmal machte Polyte denselben Witz: »Verflucht und zugenäht, sie ist nicht magerer geworden.«

Und sie lachte, sie fand das hochkomisch.

Dann rief er: »Hü, Kokotte!«, und daraufhin setzte sich sein mageres Pferd in Bewegung.

Danach holte Céleste aus der Tiefe ihrer Tasche ihr Portemonnaie hervor, entnahm ihm langsam zehn Sous, sechs für sie und vier für die Körbe, und reichte sie Polyte über dessen Schulter.

Er nahm sie und sagte: »Na, heute noch immer kein Späßchen?« Und dabei lachte er aus vollem Hals und drehte sich zu ihr um, um sie nach Herzenslust anzuschauen.

Ihr fiel es sehr schwer, jedesmal für die drei Kilometer lange Strecke diesen halben Franc herauszurücken. Und wenn sie keine Sousstücke hatte, litt sie noch mehr, weil sie sich nicht entschließen konnte, ein Silberstück anzubrechen. Eines Tages fragte sie beim Bezahlen: »Könnten Sie es für einen guten Stammgast wie mich nicht für sechs Sous machen?«

Er fing an zu lachen: »Sechs Sous, Sie Hübsche? Sie sind ganz sicher mehr wert.«

Sie beharrte: »Das macht für Sie nicht mal zwei Francs den Monat weniger.«

Er rief und zog dabei seinem Klepper eins über: »Hören Sie, ich bin kulant, für ein Späßchen bekommen Sie Preisermäßigung.«

Sie fragte dümmlich: »Was verstehen Sie denn darunter?«

Das amüsierte ihn so, daß er vor Lachen husten mußte. »Ein Späßchen ist eben ein Späßchen, mein Gott noch mal, ein Späßchen zwischen Junge und Mädchen, losgelegt zu zweit, sang- und klanglos.«

Sie verstand, wurde rot und erklärte: »So was mache ich nicht mit, M'sieu Polyte.«

Aber er ließ sich nicht einschüchtern; er wurde immer vergnügter und wiederholte: »Sie tun es doch noch, Sie Hübsche, das Späßchen zwischen Junge und Mädchen!«

Und seitdem war es ihm zur Gewohnheit geworden, sie jedesmal beim Bezahlen zu fragen: »Na, heute noch immer kein Späßchen?«

Jetzt ging sie auf den Scherz ein und antwortete: »Heute nicht, M'sieu Polyte, aber Samstag, dann ganz bestimmt.«

Und er rief lachend: »Gemacht! Also Samstag!«

Sie aber hatte sich heimlich ausgerechnet, daß sie in den zwei Jahren, die die Sache schon dauerte, an Polyte gut und gern achtundvierzig Francs gezahlt hatte, und achtundvierzig Francs werden auf dem Land nicht auf der Straße gefunden; und sie hatte sich auch ausgerechnet, daß sie in weiteren zwei Jahren fast hundert Francs bezahlt haben würde.

Und so geschah es, daß sie, als sie eines Frühlingstages allein waren und er, wie gewohnt, fragte: »Na, heute noch immer kein Späßchen?«, antwortete: »Ganz wie Sie wollen, M'sieu Polyte.«

Er wunderte sich kein bißchen, kletterte auf die rückwärtige Bank und murmelte mit zufriedener Miene: »Na, dann los. Ich wußte ja, daß es so kommen würde.«

Und der alte Schimmel trottete so gemächlich einher, daß er auf der Stelle zu treten schien, und war taub für die Stimme, die ihm dann und wann aus dem Wagenschlag zurief: »Hü, Kokotte! Hü, Kokotte!«

Drei Monate später merkte Céleste, daß sie schwanger war.

Das alles hatte sie mit kläglicher Stimme der Mutter erzählt.

Und die Alte, fragte, blaß vor Wut: »Wieviel hat es dann also gekostet?«

Céleste antwortete: »Vier Monate, das macht acht Francs, ganz genau.«

Da brach die Wut der Bauersfrau ungehemmt los; nochmals fiel sie über die Tochter her und prügelte sie, bis sie nicht mehr schnaufen konnte. Dann stand sie auf und fragte: »Hast du ihm gesagt, daß du ein Kind kriegst?«

»Natürlich nicht.«

»Warum hast du es ihm nicht gesagt?«

»Weil ich sonst womöglich wieder hätte zahlen müssen!«

Und die Alte überlegte; dann nahm sie den Eimer auf: »Los, steh auf, versuch mitzukommen.« Nach einer Pause fuhr sie fort: »Und sag ihm keinesfalls was, solange man es nicht sieht; dann verdienen wir noch sechs oder sieben Monate was.«

Und Céleste, die aufgestanden war, haubenlos und verquollen, weinte noch immer, setzte sich schweren Schrittes wieder in Marsch und brummelte: »Natürlich sage ich ihm nichts.«

Übertragen von Irma Schauber

Die Furcht

Französischer Titel: La Peur
Erstdruck: Le Figaro, 25. Juli 1884

Der Zug brauste mit voller Kraft in die Finsternis hinein. Ich saß allein im Abteil, gegenüber einem alten Herrn, der zum Fenster hinausschaute. Es roch in diesem Waggon der P. L. M., der Linie Paris-Lyon-Mittelmeer, der sicherlich aus Marseille gekommen war, sehr stark nach Phenol.

Die Nacht war mondlos, luftlos, glühend heiß. Es waren keine Sterne zu sehen, und der Fahrtwind des Zuges schleuderte uns etwas Warmes, Weiches, Bedrückendes, Unatembares ins Gesicht.

Vor drei Stunden waren wir in Paris abgefahren; jetzt eilten wir Mittelfrankreich entgegen, ohne etwas von den durchquerten Landschaften wahrzunehmen.

Plötzlich glitt etwas wie eine phantastische Erscheinung vorüber. Vor einem großen Feuer in einem Wald standen zwei Männer.

Das gewahrten wir eine Sekunde lang. Es waren, so hatte es uns geschienen, zwei arme Kerle gewesen, zerlumpt, rot im Lichtschein der Glut, mit bärtigen, uns zugekehrten Gesichtern, und rings um sie her, wie die Bühnendekoration eines Dramas, grüne Bäume, hellgrün und leuchtend, die Stämme grell angestrahlt vom hellen Widerschein der Flammen, das Laubwerk durchglitten, durchdrungen, durchfeuchtet vom hineinfließenden Licht.

Dann war alles wieder dunkel gewesen.

Freilich, ein höchst seltsamer Anblick! Was hatten diese beiden Stromer in dem Wald zu schaffen? Warum das Feuer in dieser erstickend heißen Nacht?

Mein Reisegenosse zog seine Taschenuhr und sagte: »Es ist genau Mitternacht. Wir haben etwas Sonderbares gesehen.«

Dem stimmte ich zu, und wir begannen zu plaudern; wir suchten uns darüber klar zu werden, was es mit den beiden Kerlen auf sich haben könne: ob es Übeltäter beim Verbrennen von Beweismaterial gewesen seien oder Hexenmeister beim Brauen eines Zaubertranks? Man steckt doch nicht im Hochsommer um Mitternacht mitten im Wald ein solches Feuer an, um sich sein Essen zu kochen? Was also mochten sie getrieben haben? Wir vermochten uns nichts auszudenken, was als wahrscheinlich hätte gelten können.

Und mein Reisegenosse fing an zu sprechen... Er war ein alter Mann, über dessen Beruf Klarheit zu bekommen mir nicht gelang. Ganz sicher ein Original, sehr gebildet; aber vielleicht ein bißchen verschroben.

Doch weiß man denn in diesem Leben, wo das Vernünftige häufig als Dummheit bezeichnet werden müßte und der Wahnsinn als Genie, wer weise und wer irrsinnig ist?

Er sagte:

»Ich bin froh, daß ich das gesehen habe. Ich habe ein paar Minuten lang etwas empfunden, das ich nicht mehr vorhanden glaubte!

Wie aufregend muß die Erde früher gewesen sein, als sie noch voller Geheimnisse war! Je mehr das Unbekannte entschleiert wird, desto mehr verödet die menschliche Einbildungskraft. Finden Sie nicht, daß die Nacht leer und von recht vulgärer Schwärze ist, seit darin keine Erscheinungen mehr auftauchen?

Man sagt sich: ›Wenn es nichts Phantastisches mehr gibt, keinen seltsamen Glauben, dann wird alles Unerklärliche erklärbar. Das Übernatürliche sinkt ab wie ein See, den ein Kanal entleert; die Wissenschaft schiebt die Grenzen des Wunderbaren von Tag zu Tag mehr zurück.‹

Ich nun aber gehöre der alten Rasse derer an, die eine Schwäche für den Glauben haben. Ich bin einer von der alten, naiven Rasse, die es gewohnt ist, nicht zu begreifen, nicht zu forschen, nicht zu wissen, die auf die sie umgebenden Geheimnisse eingestellt ist und sich der schlichten, unumwundenen Wahrheit verschließt.

Ja, durch die Ausmerzung des Unsichtbaren ist die Einbildungskraft verödet. Unsere Erde kommt mir heute vor wie ein erloschener, leerer, kalter Stern. Der Glaube, der sie poetisch verklärte, ist dahin.

Wenn ich nachts ins Freie gehe, wie gern würde ich dann in der Angst erbeben, die die alten Frauen beim Vorbeigehen an Friedhofsmauern sich bekreuzigen und die letzten Abergläubischen davonlaufen läßt vor den seltsamen, aus Sümpfen aufsteigenden Nebelgebilden und dem tollen Treiben der Irrlichter! Wie gern würde ich an das Ungewisse und Erschreckende glauben, von dem man ehedem zu spüren meinte, daß es die Finsternis durchglitt.

Wie düster und schrecklich muß früher das Nachtdunkel gewesen sein, als es noch von unbekannten Fabelwesen bevölkert war, von tückischen Schleichern, deren Gestalten man kaum erahnen konnte, deren Vorstellung das Herz zu Eis erstarren ließ, deren okkulte Macht die Grenzen unseres Daseins überschritt und denen zu begegnen unvermeidlich war!

Mit dem Übernatürlichen ist die wahre Furcht aus der Welt verschwunden, denn wahrhaft Furcht hat man nur vor dem Unbegreiflichen. Sichtbare Gefahren können erschüttern, verwirren, erschrecken! Was ist das schon im Vergleich zu der Verkrampfung, die der Seele bei dem Gedanken widerfährt, man werde einem wandelnden Geist begegnen, man werde von einem Toten umarmt werden, man werde eine der grausigen Bestien auf sich zulaufen sehen, wie es die Furchtsamkeit der Menschen sich ausgemalt hat? Das Nachtdunkel kommt mir hell vor, seit es nicht mehr durchspukt wird.

Und der Beweis dafür? Wenn wir uns unvermittelt allein in jenem Wald befänden, würde uns weit mehr das Bild der beiden sonderbaren Kerle verfolgen, die uns vorhin in der Helle ihres Feuers erschienen sind, als die Besorgnis vor einer beliebigen wirklichen Gefahr.«

Noch einmal sagte er: »Wahre Furcht hat man immer nur vor dem Unbegreiflichen.«

Und da überkam mich plötzlich eine Erinnerung, die Erinnerung an eine Geschichte, die uns eines Sonntags Turgenjew bei Gustave Flaubert erzählt hat.

Ob er sie je niedergeschrieben hat, weiß ich nicht.

Niemand hat sich wie der große russische Romancier darauf verstanden, den Schauer des verhüllten Unbekannten in die Seele gleiten und im Halbdunkel einer seltsamen Geschichte einen flüchtigen Blick in eine ganze Welt beunruhigender, ungewisser, bedrohlicher Dinge tun zu lassen.

Durch ihn verspürt man sie nur zu sehr, die vage Furcht vor dem Unsichtbaren, die Furcht vor dem Unbekannten, das hinter der Wand lauert, hinter der Tür, hinter dem sichtbaren Leben. Durch ihn durchhuschen uns jäh zweifelhafte Lichter, die gerade so weit Erhellung spenden, daß unsere Angst dadurch gesteigert wird.

Manchmal scheint er uns die Bedeutung bizarrer Koinzidenzen zu zeigen, eines unerwarteten Zusammentreffens von dem Anschein nach zufälligen Umständen, die jedoch ein verborgener, tückischer Wille geleitet haben muß. Durch ihn glaubt man einen unmerklichen Faden zu spüren, der uns auf geheimnisvolle Weise durchs Leben führt wie durch einen nebelhaften Traum, dessen Sinn sich uns unaufhörlich entzieht.

Er dringt nicht kühn und entschlossen ins Übernatürliche ein wie Poe oder Hoffmann; er erzählt schlichte Geschichten, in die sich lediglich etwas halbwegs Verschwommenes und halbwegs Verwirrendes einmischt.

Auch er hat an jenem Tag gesagt: »Wahre Furcht hat man immer nur vor dem Unbegreiflichen.«

Er saß oder lehnte vielmehr lässig in einem großen Sessel, mit niederhängenden Armen, die Beine lang und entspannt ausgestreckt; sein Kopf war ganz weiß, überflutet von der großen Woge des silbernen Haars und Barts, so daß er aussah wie Gottvater oder wie einer der Flußgötter des Ovid.

Er sprach langsam, mit einer gewissen Trägheit, die seinen Sätzen einen besonderen Zauber und seiner ein wenig schwerfälligen Sprechweise ein Zögern lieh, das die farbige Genauigkeit der Wörter noch mehr hervorhob. Seine blassen, weit offenen Augen spiegelten wie die eines Kindes alle Regungen seines Innern. Folgendes erzählte er uns:

Als junger Mensch hatte er in einem russischen Waldgebiet gejagt. Er war den ganzen Tag auf den Beinen gewesen, und am Spätnachmittag gelangte er an das Ufer eines stillen Flusses.

Er floß unter den Bäumen, zwischen den Bäumen einher, tief, hell und klar und voller Wasserpflanzen.

Den Jäger packte ein unwiderstehliches Verlangen, sich in dieses durchsichtige Wasser zu werfen. Er zog sich aus und sprang hinein. Er war ein hochgewachsener, kräftiger junger Mensch, ein ausdauernder, beherzter Schwimmer.

Langsam ließ er sich treiben, innerlich vollkommen ruhig; er streifte an Kräutern und Wurzeln entlang, glücklich, auf der Haut das leichte Vorübergleiten der Schlingpflanzen zu spüren.

Da legte sich eine Hand auf seine Schulter.

Er fuhr herum und erblickte ein fürchterliches Wesen, das ihn gierig ansah.

Es sah aus wie eine Frau oder ein Affenweibchen. Es hatte ein übergroßes, faltiges Gesicht, das grimassierend lachte. Zwei unbenennbare Dinger, sicherlich Brüste, wabbelten vorn, und über die Maßen langes, zottiges, von der Sonne rotbraun gebranntes Haar umrahmte ihr Gesicht und wallte ihr über den Rücken. Turgenjew wurde sich gewahr, daß eine abscheuliche Furcht ihn durchschauerte, die eisige Furcht, die vom Übernatürlichen ausgeht.

Ohne zu überlegen oder nachzudenken oder zu begreifen, schwamm er kopflos dem Ufer zu. Doch das Scheusal schwamm schneller als er und betastete ihn unter kleinen, erfreuten Kicheranfällen am Hals, am Rücken, an den Beinen. Endlich gelangte der vor Entsetzen dem Irrsinn nahe junge Mensch ans Ufer und rannte, so schnell er konnte, durch den Wald davon; es kam ihm gar nicht in den Sinn, nach seinen Kleidern und seinem Gewehr zurückzulaufen.

Das entsetzliche Wesen blieb ihm auf den Fersen; es konnte genauso schnell laufen wie er und grunzte und brummte in einem fort.

Der Flüchtende war am Ende seiner Kräfte und gelähmt vor Entsetzen; er war nahe daran hinzufallen, als ein Ziegen hütender, mit einer Peitsche bewaffneter kleiner Junge herbeigelaufen kam; er hieb auf die grauenhaft häßliche Menschenbestie ein; sie lief unter Schmerzensgeheul weg. Und Turgenjew sah sie im Laubwerk verschwinden wie ein Gorillaweibchen.

Es war eine Irrsinnige, die seit länger als einem Menschenalter in jenem Wald von milden Gaben der Hirten lebte und den halben Tag im Fluß herumschwamm.

Der große russische Schriftsteller fügte hinzu: »Nie im Leben habe ich solche Furcht gehabt, weil ich nicht begriff, was jenes Scheusal sein könne.«

Mein Reisegefährte, dem ich dieses Abenteuer erzählt hatte, sagte:

»Ja, Furcht hat man immer nur vor dem, was man nicht begreift. Die gräßliche Seelenverkrampfung, die als Entsetzen bezeichnet wird, empfindet man im Grunde nur dann, wenn sich der Furcht einiges von dem abergläubischen Schrecken vergangener Jahrhunderte zugesellt. Ich habe dieses Entsetzen in seiner ganzen Grauenhaftigkeit ein einziges Mal empfunden, und zwar um etwas so Einfachen, so Dummen willen, daß ich es kaum zu erzählen wage.

Ich war ganz allein auf einer Fußwanderung durch die Bretagne. Ich hatte das Finistère durchstreift, die öden Heidegebiete, die nackten Flächen, auf denen nur Stechginster wächst, neben großen, heiligen Steinen, verwunschenen Steinen. Tags zuvor hatte ich das finstere Kap Le Raz aufgesucht, das Ende der Alten Welt, wo seit Ewigkeiten zwei Meere einander bekämpfen: der Atlantik und der Ärmelkanal; mein Kopf war erfüllt von alten Sagen und Legenden, von gelesenen oder gehörten Geschichten über dieses Land des Glaubens und des Aberglaubens.

Und so wanderte ich denn bei Nacht von Penmarch nach Pont-l'Abbé. Kennen Sie Penmarch? Ein flaches, ganz flaches Ufergelände, ganz niedrig, dem Anschein nach niedriger als das Meer. Man sieht es überall, dieses Meer, drohend und grau, voll von geifernden Klippen, die wie wütende Bestien sind.

Ich hatte in einer Fischerschenke zu Abend gegessen und schritt jetzt auf der schnurgeraden Landstraße zwischen zwei Heideflächen einher. Es war sehr dunkel.

Dann und wann schienen Druidensteine, aufrechtstehenden

Phantomen gleich, mich im Vorbeigehen anzustarren, und nach und nach überkam mich das unbestimmte Vorgefühl einer Bedrohung; wovon wohl? Das wußte ich nicht. Es gibt Abende, an denen man glaubt, man werde von Geistern gestreift, Abende, an denen die Seele ursachlos erschauert, an denen das Herz in verworrener Angst stärker vor jenem Unsichtbaren pocht, dem ich nachtrauere.

Sie kam mir lang vor, jene Landstraße, unermeßlich lang und leer.

Kein Geräusch war zu vernehmen als das Grollen der Wogen weit hinter mir; und manchmal schien jenes monotone, drohende Brausen ganz nahe, so nahe, daß ich die Wellen mir auf den Fersen glaubte, daß ich meinte, sie liefen mit ihren Schaumkämmen über die Ebene, so daß ich am liebsten vor ihnen davongelaufen wäre, geflüchtet, so rasch meine Beine mich trugen.

Der Wind, ein in Böen niedrig dahinstreichender Wind, sauste in den Ginsterbüschen ringsum. Und obwohl ich sehr rasch ausschritt, empfand ich in Armen und Beinen ein Kältegefühl: das gräßliche Frösteln vor Angst.

Wie gern wäre ich jemandem begegnet!

Jetzt war es so dunkel, daß ich kaum die Landstraße zu erkennen vermochte.

Und plötzlich hörte ich vor mir, sehr weit weg, ein Rollen. Ich dachte: ›Siehe da, ein Fahrzeug.‹ Dann hörte ich nichts mehr. Nach einer Minute vernahm ich deutlich dasselbe Geräusch, und zwar näher. Dabei sah ich kein Licht; doch ich sagte mir: ›Sie haben keine Laterne. Kein Wunder in dieser unzivilisierten Gegend.‹

Das Geräusch verstummte; dann setzte es wieder ein. Es war zu dünn, als daß es von einem Einspänner hätte herrühren können; und überdies hörte ich den Hufschlag des Pferdes nicht, was mich wunderte, denn die Nacht war still.

Ich überlegte: Was mag das sein?

Es kam näher, schnell, sehr schnell! Aber ich hörte nichts als *ein* Rad – kein Trappeln von Pferdehufen oder Füßen – nichts. Was mochte das sein?

Jetzt war es nahe, ganz nahe; in einer instinktiven Aufwallung von Furcht warf ich mich in einen Straßengraben und sah einen Schubkarren an mir vorüberfahren, und er fuhr... ganz allein... Niemand schob ihn... Ja... Einen Schubkarren... ganz allein!

Mein Herz fing so ungestüm zu klopfen an, daß ich mich hintenüber ins Gras sinken ließ, und ich horchte auf das Rollen des Rades, das sich entfernte, dem Meer zu. Und ich brachte es nicht mehr über mich, aufzustehen, weiterzugehen, ja, mich zu regen; denn wenn es zurückgekommen wäre, wenn es mich verfolgt hätte, dann wäre ich vor Entsetzen gestorben.

Es dauerte lange, sehr lange, bis ich mich aufraffen konnte. Und den Rest des Weges legte ich mit einer solchen Angst in der Seele zurück, daß das leiseste Geräusch mir den Atem stocken ließ.

Sagen Sie, ist das nicht blöd? Aber diese Angst! Als ich mir die Sache später genau überlegte, ist sie mir klar geworden. Sicherlich hat ein barfüßiger kleiner Junge den Karren geschoben, und ich habe viel zu hoch nach dem Kopf eines ausgewachsenen Mannes Ausschau gehalten!

Denken Sie sich da hinein... Wenn einen ohnehin schon vor dem Übernatürlichen schaudert... und dann kommt ein Schubkarren... und der fährt allein... ganz allein... Nein, diese Angst!«

Er verstummte für eine Sekunde; dann fuhr er fort:

»Sehen Sie, wir wohnen jetzt einem merkwürdigen und schrecklichen Schauspiel bei, dem Ausbruch der Cholera.

Sie riechen das Phenol, mit dem die Waggons desinfiziert worden sind; das bedeutet, daß *sie* irgendwie schon da ist.

Man muß im gegenwärtigen Augenblick Toulon sehen. Lassen Sie's gut sein: Da spürt man auf Schritt und Tritt ihr Vorhandensein. Und nicht die Furcht vor irgendeiner Krankheit macht die Leute irrsinnig. Die Cholera ist ganz etwas anderes als bloß eine Krankheit – sie ist das Unsichtbare, die Gottesgeißel vergangener Zeiten, eine Art bösen Geistes, der wiedergekehrt ist und uns im gleichen Maße erstaunt, wie er uns Angst macht, weil er dem Anschein nach einer längst entschwundenen Epoche angehört.

Die Ärzte mit ihrer Mikrobe machen mich lachen. Kein Kleinwesen bringt es fertig, die Menschen so in Angst und Schrecken zu versetzen, daß sie aus den Fenstern springen; nein, es ist die Cholera, das unaussprechliche, schreckliche Geistwesen, das aus dem Fernen Osten gekommen ist.

Gehen Sie durch Toulon: In den Straßen wird getanzt.

Warum wird in diesen Tagen des großen Sterbens getanzt? Auf dem Land rings um die Stadt werden Feuerwerke abgebrannt, werden Freudenfeuer angesteckt, Musikkapellen spielen auf allen öffentlichen Spazierwegen fröhliche Weisen.

Warum dieser Wahnsinn?

Weil *sie* da ist, weil man ihr Trotz bietet – nicht der Mikrobe, sondern der Cholera, weil man sich ihr gegenüber keck bezeigen will, wie einem versteckten Feind gegenüber, der nach einem Ausschau hält. Um seinetwillen wird getanzt, gelacht, geschrien, werden Feuer angesteckt, Walzer gespielt, um seinetwillen, um des Geistes willen, der da tötet und dessen unsichtbare, drohende Gegenwart man überall wittert wie die der bösen Geister alter Zeiten, die die Barbarenpriester beschworen...«

Übertragen von Ernst Sander

Die Wiederkehr

Französischer Titel: Le Retour
Erstdruck: Le Gaulois, 28. Juli 1884

Das Meer schlägt mit kurzen, eintönigen Wellen gegen die Küste. Über den weiten blauen Himmel ziehen schnell kleine weiße Wolken; der rasche Wind treibt sie dahin wie Vögel, und das Dorf in der Senkung des sich dem Ozean entgegenstreckenden Tälchens wärmt sich im Sonnenschein.

Ganz vorn am Eingang das einzeln stehende Haus der Martin-Lévesques an der Landstraße. Es ist eine winzige Fischerbehausung mit Lehmwänden und Strohdach, das mit blauer Iris bewachsen ist – es sieht aus wie ein Federschmuck. Vor der Tür ein viereckiger Garten, groß wie ein Taschentuch; darin wachsen Zwiebeln, ein paar Kohlköpfe, Petersilie, Kerbel. Eine Hecke schließt ihn gegen den Fahrweg hin ab.

Der Mann ist auf Fischfang, und die Frau steht draußen und flickt die Maschen eines großen braunen Netzes; es hängt an der Wand wie ein riesiges Spinngewebe. Ein vierzehnjähriges Mädchen sitzt auf einem nach hinten geneigten und mit der Rückenlehne an der Tür haltsuchenden Strohstuhl und stopft Wäsche, oftmals geflickte und zusammengestückte Armenwäsche. Ein zweites, um ein Jahr jüngeres Mädchen wiegt ein ganz kleines Kind auf den Armen, das sich kaum bewegen und noch nicht sprechen kann; und zwei- und dreijährige Knirpse sitzen Nase an Nase mit nacktem Hintern auf der Erde, kratzen mit ihren ungeschickten Pfoten Dreck zusammen und werfen ihn einander ins Gesicht.

Keiner sagt was. Nur das Kleinste, das einschlafen soll, plärrt mit schrillem, zerbrechlichem Stimmchen lang ausgehaltene Töne. Auf der Fensterbank schläft eine Katze, und am Fuß der Mauer bilden erblühte Nelken ein schönes weißes Blumenpolster, über dem eine Schar von Insekten summt.

Das an der Gartentür nähende Mädchen ruft plötzlich: »Mama!«

Die Mutter antwortet: »Was denn?«

»Da ist er wieder.«

Seit dem frühen Morgen sind sie in Unruhe, weil ein Mann um das Haus herumstreunt: ein alter, ärmlich aussehender Mann. Er ist ihnen aufgefallen, als sie den Vater, der ausfahren wollte, zu seinem Boot brachten. Da hatte er gegenüber der Tür am Grabenrand gesessen. Bei ihrer Rückkehr vom Strand hatte er immer noch da gesessen und das Haus angestarrt.

Er sah krank und sehr elend aus. Eine Stunde lang war er nicht vom Fleck gewichen; als er dann gemerkt hatte, daß er für einen gehalten wurde, der Böses im Schild führte, war er aufgestanden und weggegangen, wobei er ein Bein nachschleppte.

Doch bald danach sahen sie ihn mit seinen langsamen, müden Schritten zurückkommen; und wieder hatte er sich hingesetzt, diesmal ein bißchen weiter entfernt, als wolle er sie beobachten.

Die Mutter und das Mädchen hatten Angst. Vor allem die Mutter machte sich Sorgen, weil sie von Natur ängstlich war und weil Lévesque, ihr Mann, erst bei Einbruch der Dunkelheit vom Meer heimkommen würde.

Ihr Mann hieß Lévesque; sie selber hieß Martin, und so waren die beiden Namen zu Martin-Lévesque zusammengezogen worden. Und zwar aus folgendem Grund: Sie hatte in erster Ehe einen Seemann namens Martin geheiratet, der alle Jahre zum Kabeljaufang nach Neufundland fuhr.

Nach zweijähriger Ehe hatte sie von ihm eine kleine Tochter und war bereits wieder seit sechs Monaten schwanger, als die »Schwesternpaar«, eine Dreimastbark aus Dieppe, verscholl.

Man hörte nie wieder von ihr; kein einziges Mitglied ihrer Besatzung kehrte heim; also wurde geglaubt, sie sei mit Mann und Maus untergegangen.

Zehn Jahre lang hatte die Martin auf ihren Mann gewartet und unter großer Mühsal ihre beiden Kinder aufgezogen; dann hatte sie, die eine tüchtige, wackere Frau war, Lévesque, ein Fischer aus ihrem Dorf, der Witwer war und einen kleinen Jungen hatte, um ihre Hand gebeten. Sie hatte ihn geheiratet und ihm innerhalb zweier Jahre zwei weitere Kinder geschenkt.

Sie lebten kärglich und hatten schwer zu arbeiten. Das Brot war teuer, und Fleisch war im Haus etwas nahezu Unbekanntes. Im Winter, während der Sturmmonate, gerieten sie manchmal in Schulden beim Bäcker. Doch die Kinder gediehen gut.

Es hieß überall: »Die Martin-Lévesques sind brave Leute. Die Martin läßt es sich sauer werden, und Lévesque hat als Fischer nicht seinesgleichen.«

Das kleine Mädchen an der Gartentür sagte: »Man könnte meinen, er kenne uns. Vielleicht ist es irgendein armer Mann aus Épreville oder Auzebosc.«

Aber die Mutter ließ sich nicht irremachen. Nein, nein, das war keiner hier aus der Gegend, dessen war sie sicher.

Da er sich so wenig von der Stelle rührte wie ein Zaunpfahl und unentwegt das Haus der Martin-Lévesques anstarrte, wurde die Martin wütend, und da die Angst sie beherzt machte, langte sie sich einen Spaten und trat vor die Tür. »Was haben Sie hier zu suchen?« schrie sie den Landstreicher an.

Er antwortete mit eingerosteter Stimme: »Na, ich schnappe ein bißchen frische Luft! Trete ich Ihnen damit zu nahe?«

Sie entgegnete: »Und warum lungern Sie sozusagen vor meinem Haus herum?«

Der Mann antwortete: »Ich tue keinem was. Darf man sich vielleicht nicht an den Straßengraben setzen?«

Sie wußte nicht, was sie darauf antworten sollte, und ging wieder ins Haus.

Der Tag zog sich in die Länge. Gegen Mittag verschwand der Mann. Aber gegen fünf ging er wieder vorbei. Am Spätnachmittag ließ er sich nicht mehr blicken.

Mit Anbruch der Dunkelheit kam Lévesque heim. Die Sache wurde ihm erzählt.

Er schüttelte den Kopf: »Das ist irgendein zudringlicher Kerl, oder er will uns einen Streich spielen.«

Und dann ging er zu Bett, ohne sich weiter Gedanken zu machen; aber seine Frau wurde das Bild dieses Herumstreichers nicht los, der sie so seltsam angeblickt hatte.

Als es Tag wurde, wehte es stark, und als der Fischer merkte, daß er nicht ausfahren könne, half er seiner Frau beim Netzeflikken.

Gegen neun kam das älteste Mädchen, eine Martin, die zum Brotholen weggeschickt worden war, mit bestürzter Miene heimgelaufen und rief: »Mama, er ist wieder da!«

Der Mutter gab es einen Stich, und ganz blaß sagte sie zu ihrem Mann: »Geh du hin und red mit ihm, Lévesque, daß er nicht in einem fort so zu uns herstiert; ich kann es nicht haben, mir dreht sich alles im Kopf.«

Und Lévesque, ein hagerer Seemann mit ziegelfarbenem Gesicht und struppigem roten Bart, blauen, von einem schwarzen Punkt durchstochenen Augen und kräftigem, stets mit einem Wollschal umwickeltem Hals, des Windes und Regens auf offener See wegen, trat ruhig ins Freie und ging auf den Landstreicher zu.

Und die beiden fingen an, miteinander zu reden.

Die Mutter und die Kinder beobachteten sie ängstlich und zitternd von weitem.

Plötzlich stand der Unbekannte auf und schritt zusammen mit Lévesque auf das Haus zu.

Erschrocken wich die Martin zurück.

Ihr Mann sagte zu ihr: »Gib ihm ein Stück Brot und ein Glas Zider. Er hat seit gestern nichts zu brechen und beißen gehabt.«

Und sie gingen alle beide ins Haus, und die Frau und die Kinder gingen hinter ihnen her. Der Landstreicher setzte sich und fing an zu essen; er saß mit gesenktem Kopf da, weil alle ihn anstarrten.

Die Mutter stand da und musterte ihn von oben bis unten; die beiden großen Mädchen, die Martin-Töchter, hielten neugierig den Blick auf ihn gerichtet, und die beiden Kleinen, die in der Kaminasche hockten, hatten aufgehört, mit dem schwarzgerußten Kochtopf zu spielen, als wollten auch sie diesen Fremden anschauen.

Lévesque hatte sich einen Stuhl herangezogen und fragte: »Dann kommen Sie also von weither?«

»Von Cette komme ich.«

»Einfach so, zu Fuß?«

»Ja, zu Fuß. Wenn man kein Geld hat, muß man wohl.«

»Wo wollen Sie denn hin?«

»Hierher.«

»Kennen Sie hier wen?«

»Das könnte schon sein.«

Sie verstummten. Er aß langsam, obwohl er ausgehungert war, und trank nach jedem Bissen Brot einen Schluck Zider. Er hatte ein abgezehrtes, rissiges, eingefallenes Gesicht; er schien viel durchgemacht zu haben.

Lévesque fragte ihn rundheraus: »Wie heißen Sie eigentlich?«

Ohne aufzublicken, antwortete er: »Martin.«

Ein seltsames Erschauern durchrann die Mutter. Sie trat einen Schritt vor, um sich den Verkommenen aus größerer Nähe anzusehen, und blieb vor ihm stehen, mit niederbaumelnden Armen und offenem Mund. Keiner sagte mehr was.

Schließlich fragte Lévesque: »Sind Sie von hier?«

Er antwortete: »Ja, von hier.«

Und als er dann endlich den Kopf hob, begegneten die Augen der Frau und die seinen sich und blieben starr und vereinigt, als hätten die Blicke sich ineinander verhakt.

Und sie sagte mit veränderter, leiser, bebender Stimme: »Bist du mein Mann?«

Er brachte stockend hervor: »Ja, bin ich.« Er rührte sich nicht; er kaute weiter sein Brot.

Lévesque, der mehr überrascht als erschüttert war, stotterte: »Du bist es also, Martin?«

Der andere sagte schlicht: »Ja, bin ich.«

Und der zweite Ehemann fragte: »Wo kommst du denn her?«

Der erste erzählte: »Von der afrikanischen Küste. Sind auf ein Riff gelaufen. Nur drei gerettet, Picard, Vanitel und ich. Und dann von Wilden aufgegriffen; die haben uns zwölf Jahre festgehalten. Picard und Vanitel sind gestorben. Ein englischer Reisender, der da durchzog, hat mich mitgenommen und bis nach Cette gebracht. Und nun bin ich da.«

Die Martin hatte zu weinen angefangen, das Gesicht in der Schürze.

Lévesque stieß hervor: »Und was sollen wir jetzt anfangen?«
Martin fragte: »Bist du jetzt ihr Mann?«
Lévesque antwortete: »Ja, bin ich!«
Sie sahen einander an und schwiegen.
Da blickte Martin auf die im Kreis herumstehenden Kinder und wies mit einer Kopfbewegung auf die beiden Mädchen: »Sind das meine?«
Lévesque sagte: »Ja, sind deine.«
Martin stand nicht auf; er küßte sie nicht; er stellte bloß fest: »Mein Gott, sind die schon groß!«
Lévesque wiederholte: »Was sollen wir jetzt anfangen?«
Der ratlose Martin wußte es auch nicht. Endlich raffte er sich zusammen: »Ich tue, was du willst. Ich will keinem Unrecht tun. Trotzdem ist es unangenehm, des Hauses wegen. Ich habe zwei Kinder, du hast drei, jeder hat seine. Aber die Mutter, gehört die nun dir oder mir? Ich bin mit allem einverstanden, was du tun willst; aber das Haus, das ist meins, weil nämlich mein Vater es mir hinterlassen hat, weil ich drin geboren bin und weil die Papiere beim Notar liegen.«
Die Martin weinte noch immer in kleinen Schluchzern, das Gesicht in der blauen Leinenschürze. Die beiden großen Mädchen waren herangetreten und beäugten unruhig ihren Vater.
Er hatte zu essen aufgehört. Er sagte nun seinerseits: »Was sollen wir jetzt anfangen?«
Lévesque fiel etwas ein: »Müssen zum Pfarrer, der soll entscheiden.«
Martin stand auf, und als er auf seine Frau zuging, warf sie sich ihm an die Brust und schluchzte: »Mein Mann! Bist wieder da! Martin, mein armer Martin, bist wieder da!«
Und sie hielt ihn mit beiden Armen umschlungen, es durchdrang sie ein Hauch des Einstmals, ein gerüttelt Maß von Erinnerungen wurde über sie ausgeschüttet, und sie mußte daran zurückdenken, wie sie als Zwanzigjährige gewesen war, als sie die ersten Liebesumarmungen erlebte.
Martin war gleichfalls sehr bewegt; er küßte sie auf die Haube. Die beiden kleinen Jungen im Kamin fingen an zu brüllen, als sie die Mutter schluchzen hörten, und der Letztgeborene, den die

zweite Martin-Tochter auf dem Arm hielt, stimmte mit seiner schrillen Stimme mit ein; sie klang wie eine verstimmte Querpfeife.

Lévesque stand abwartend da. »Los«, sagte er, »die Sache muß in Ordnung kommen.«

Martin löste sich von seiner Frau, und als er zu seinen beiden Töchtern hinsah, sagte die Mutter zu ihnen: »Gebt euerm Vater wenigstens einen Kuß.«

Gleichzeitig traten sie zu ihm hin, trockenen Auges, erstaunt, ein bißchen furchtsam. Und er küßte erst die eine, dann die andere auf die Backe, mit einem lauten, bäurischen Schmatzen. Als der Unbekannte herzutrat, stieß das kleine Kind so durchdringende Schreie aus, daß es war, als bekomme es Krämpfe.

Dann gingen die beiden Männer zusammen weg.

Als sie am Café du Commerce vorbeikamen, fragte Lévesque: »Wenn wir nun einen Schnaps tränken?«

»Können wir machen«, erklärte Martin.

Sie gingen hinein, setzten sich in das noch leere Gastzimmer, und Lévesque rief: »He, Chicot, zwei Calvados, von dem guten! Martin ist wieder da, Martin, der von meiner Frau, du weißt ja, Martin von der ›Schwesternpaar‹, die verschollen war.«

Und der Schankwirt, in der einen Hand drei Gläser, in der andern eine kleine Karaffe, kam heran, bebaucht, vollblütig, mit Fett vollgefressen, und sagte seelenruhig: »Na, Martin, bist wieder da?«

Martin antwortete: »Ja, bin ich.«

Übertragen von Irma Schauber